Über dieses Buch und die Autorin Die Romane der englischen Pfarrerstochter Jane Austen, die 1817 mit 42 Jahren an Tuberkulose starb, gehören zu den bedeutendsten Werken der klassizistischen Literatur um die Wende zum 19. Jahrhundert. Heute taucht der Name Jane Austen vor allem bei jüngeren Autorinnen immer wieder auf. Dabei gilt es keine Emanzipationsschriftstellerin zu entdecken, sondern eine sensible, humorvolle Schilderin von Charakteren, die das Wesen der Menschen in ihrer kleinen Welt mit feiner Ironie und psychologischer Sensibilität durchschaut und sie einfügt in die Lebensordnung der damaligen Gesellschaft.

»Gefühl und Verstand« gehört zusammen mit »Stolz und Vorurteil« und »Northanger Abbey« zum Trio der frühen Romane Jane Austens, die alle zwischen 1795 und 1798 von der gut Zwanzigjährigen geschrieben, aber vor ihrer Veröffentlichung fünfzehn bis zwanzig Jahre später umgearbeitet wurden. »Gefühl und Verstand« erschien 1811 anonym – »by a lady« – und auf eigene Kosten der Autorin in London.

Der Roman ist aus der Parodie einer zeitgenössischen Mode hervorgegangen, der Empfindsamkeit, einem in der Literatur und im Leben zur Schau getragenen Gefühlsüberschwang, der das eigene Lieben und Leiden zum Mittelpunkt der Welt machte. Sein Thema ist die Wahl des richtigen Ehepartners in der überschaubaren Welt des englischen Landadels und gehobenen Bürgertums. Im Zentrum der Handlung stehen die beiden Schwestern Marianne und Elinor. Schwärmerisch-gefühlvoll und unter dem Einfluß literarischer Idole weltfremd die eine, besonnen und von Vernunft geleitet die andere, verkörpern sie zwei kontrastierende Haltungen und geben nicht nur Anlaß zu mancherlei Verwicklungen, sondern der Autorin auch Gelegenheit, in virtuosen Dialogen ihre große Charakterisierungskunst, ihren Sinn für Humor und Ironie zu beweisen.

Von Jane Austen liegen im Fischer Taschenbuch Verlag außerdem die die folgenden Bände vor: ›Emma‹ (Bd. 2191), ›Stolz und Vorurteil‹ (Bd. 2205)

Jane Austen

Gefühl und Verstand

Roman

Aus dem Englischen
von Erika Gröger

Fischer Taschenbuch Verlag

Ungekürzte Ausgabe
Veröffentlicht im Fischer Taschenbuch Verlag GmbH,
Frankfurt am Main, August 1984
Lizenzausgabe mit freundlicher Genehmigung
des Aufbau-Verlags, Berlin (DDR)
Die englische Originalausgabe erschien zuerst 1811
in London unter dem Titel: ›Sense and Sensibility‹

Umschlaggestaltung: Jan Buchholz/Reni Hinsch
Druck und Bindung: Clausen & Bosse, Leck
Printed in Germany
980-ISBN-3-596-25810-3

Erstes Buch

Erstes Kapitel

Die Dashwoods waren eine alteingesessene Familie in Sussex. Sie hatten ein großes Besitztum und wohnten auf Norland Park inmitten ihrer Ländereien, wo sie seit vielen Generationen ein so achtbares Leben geführt hatten, daß sie im ganzen Bekanntenkreis in hohem Ansehen standen. Der letzte Eigentümer dieses Besitzes war ein Junggeselle, der ein sehr hohes Alter erreichte und viele Jahre seines Lebens hindurch seine Schwester als ständige Gefährtin und Haushälterin bei sich hatte. Doch ihr Tod — sie starb zehn Jahre vor ihm — zog große Veränderungen in seinem Hause nach sich; denn um ihren Verlust zu ersetzen, nahm er die Familie seines Neffen Mr. Henry Dashwood bei sich auf, welcher der rechtmäßige Erbe des Besitzes Norland war und dem er ihn auch zu vermachen gedachte. In der Gesellschaft seines Neffen und seiner Nichte sowie ihrer Kinder verbrachte der alte Herr behaglich seinen Lebensabend. Er schloß sie alle in sein Herz. Die ständige Aufmerksamkeit Mr. und Mrs. Henry Dashwoods gegenüber seinen Wünschen, die nicht etwa bloßem Eigennutz, sondern echter Herzensgüte entsprang, gewährte ihm alle Labsal, die ihm bei seinem Alter noch zuteil werden konnte, und das fröhliche Treiben der Kinder verschönte seine Tage.

Aus erster Ehe hatte Mr. Henry Dashwood einen Sohn, von seiner jetzigen Frau drei Töchter. Der Sohn, ein gesetzter, achtbarer junger Mann, war durch das große Vermögen seiner Mutter, dessen eine Hälfte ihm bei Erlangung der Volljährigkeit zufiel, reichlich versorgt. Überdies hatte er durch seine Ehe, die er bald darauf schloß, seinen Reichtum noch vermehrt. Für ihn war daher das Erbe von Norland nicht so lebenswichtig wie für seine Schwestern; denn deren Vermögen konnte nur klein ausfallen, wenn nicht dadurch etwas hinzukam, daß ihr Vater dieses Besitztum erbte. Ihre Mutter hatte nichts, und ihr Vater verfügte bloß über siebentausend Pfund; denn die verbleibende Hälfte des Vermögens seiner ersten Frau war gleichfalls ihrem Kind vermacht, und er bezog daraus nur eine Lebensrente.

Der alte Herr starb; sein Testament wurde verlesen, und wie fast jedes Testament rief es ebensoviel Enttäuschung wie Freude hervor. Er war weder so ungerecht noch so undankbar, sein Gut einem andern zu hinterlassen als seinem Neffen, doch er hinterließ es ihm unter Bedingungen, die den halben Wert der Erbschaft zunichte machten. Mr. Dashwood hatte sie sich mehr um seiner Frau und seiner Töchter als um seiner selbst und seines Sohnes willen gewünscht; aber sie war seinem Sohn und dessen Sohn — einem Kind von vier Jahren — auf eine Weise sichergestellt, daß ihm selbst keine Möglichkeit blieb, diejenigen zu versorgen, die er am meisten liebte und die auf eine Versorgung, sei es durch eine Hypothek auf das Gut oder durch den Verkauf seiner wertvollen Wälder, am meisten angewiesen waren. Das Ganze war zugunsten dieses Kindes festgelegt, das bei einigen Besuchen mit seinem Vater und seiner Mutter auf Norland das Herz seines Onkels durch reizvolle kleine Eigenheiten, die bei zwei- bis dreijährigen Kindern beileibe nichts Ungewöhnliches sind — mangelnde Sprechfertigkeit, einen ausgeprägten Willen, zahlreiche listige Streiche und viel Lärm —, so sehr für sich eingenommen hatte, daß sie bei ihm mehr ins Gewicht fielen als alle Aufmerksamkeiten, die ihm jahrelang von seiner Nichte und ihren Töchtern erwiesen worden waren. Er wollte sich jedoch keineswegs lieblos zeigen, und so hinterließ er jedem der drei Mädchen eintausend Pfund als Zeichen seiner Zuneigung.

Im ersten Augenblick war Mr. Dashwoods Enttäuschung groß, doch er war von Natur aus heiter und ein Optimist, und er durfte mit Recht hoffen, noch viele Jahre zu leben und, wenn er sparsam lebte, eine ansehnliche Summe aus dem Ertrag eines Besitzes zurückzulegen, der an sich schon groß war und in allernächster Zeit noch vergrößert werden konnte. Aber der Reichtum, der so lange hatte auf sich warten lassen, gehörte ihm nur ein Jahr. Länger überlebte er seinen Onkel nicht, und zehntausend Pfund einschließlich der jüngst hinzugekommenen Legate waren alles, was seiner Witwe und seinen Töchtern verblieb.

Sobald man erkannte, daß er in Lebensgefahr schwebte, schickte man nach seinem Sohn, und ihm legte Mr. Dashwood mit aller Kraft und allem Nachdruck, die er bei seiner Krankheit noch aufbringen konnte, das Wohl seiner Stiefmutter und -schwestern ans Herz.
Mr. John Dashwood hatte kein so empfindsames Gemüt wie die übrigen Mitglieder der Familie, doch eine derartige Bitte in einem derartigen Augenblick ging ihm nahe, und er versprach, alles zu tun, was in seiner Macht stand, um für ihr Auskommen zu sorgen. Eine solche Versicherung beruhigte seinen Vater, und dann hatte Mr. John Dashwood Muße, zu überlegen, wieviel wohl bei gebührender Umsicht in seiner Macht stehen mochte.
Er war kein übel gearteter junger Mann, es sei denn, man hielte ein ziemliches Maß an Kaltherzigkeit und Selbstsucht für üble Art; aber er war im allgemeinen gut angesehen, weil er sich seiner üblichen Pflichten mit Anstand entledigte. Hätte er eine liebenswertere Frau geheiratet, dann wäre aus ihm vielleicht ein noch angesehenerer Mann geworden; vielleicht wäre er sogar selbst liebenswert geworden; denn er war noch sehr jung, als er heiratete, und hatte seine Frau sehr gern. Aber Mrs. Dashwood war ein bloßes Zerrbild seiner selbst — noch engstirniger und selbstsüchtiger.
Als er seinem Vater das Versprechen gab, erwog er innerlich, das Vermögen seiner Schwestern durch ein Geschenk von tausend Pfund für jede zu vergrößern. In diesem Augenblick glaubte er sich wirklich dazu in der Lage. Bei der Aussicht auf jährlich viertausend zusätzlich zu seinem jetzigen Einkommen, neben der verbleibenden Hälfte des Vermögens seiner Mutter, wurde ihm warm ums Herz, und er hatte das Gefühl, freigebig sein zu können. Jawohl, er würde ihnen dreitausend Pfund geben — das wäre großzügig und anständig von ihm! Damit könnten sie reichlich auskommen. Dreitausend Pfund! Eine beträchtliche Summe, die er ohne große Schwierigkeiten erübrigen könnte. Den ganzen Tag dachte er darüber nach, und noch eine Reihe von Tagen, und bereute seinen Vorsatz nicht.
Kaum war sein Vater beerdigt, da traf Mrs. John Dashwood, ohne ihre Schwiegermutter von ihrer Absicht zu benachrichtigen, mit ihrem Kind und ihren Bediensteten ein. Niemand konnte ihr Recht zu kommen bestreiten: das Haus gehörte

ihrem Mann von dem Augenblick an, da sein Vater verschieden war; die Taktlosigkeit ihres Benehmens aber war um so größer und mußte auf eine Frau in Mrs. Dashwoods Lage, selbst wenn sie nur normal empfand, höchst abstoßend wirken; in *ihrem* Innern jedoch lebten ein so ausgeprägtes Ehrgefühl, eine so romantische Seelengröße, daß eine derartige Kränkung, wer immer sie begangen oder erfahren haben mochte, für sie eine Quelle unüberwindlicher Abneigung war. Mrs. John Dashwood war bei keinem aus der Familie ihres Mannes je besonders beliebt gewesen, aber bisher hatte sie noch nie Gelegenheit gehabt, zu zeigen, mit welcher Rücksichtslosigkeit gegenüber den Gefühlen anderer Menschen sie handeln konnte, falls es die Umstände geraten erscheinen ließen.

Als so kränkend empfand Mrs. Dashwood dieses schroffe Benehmen und so heftig verachtete sie deshalb ihre Schwiegertochter, daß sie bei deren Ankunft das Haus für immer verlassen hätte, wäre sie nicht durch die dringenden Bitten ihrer ältesten Tochter veranlaßt worden, erst zu bedenken, ob es auch schicklich sei; und ihre zärtliche Liebe zu ihren drei Kindern bestimmte sie hernach, zu bleiben und um ihretwillen einen Bruch mit ihrem Stiefsohn zu vermeiden.

Elinor, die älteste Tochter, deren Ratschlag so wirksam gewesen war, besaß eine Verstandeskraft und eine Nüchternheit des Urteils, die sie befähigten, trotz ihrer neunzehn Jahre bereits die Ratgeberin ihrer Mutter zu sein, und sie häufig in die Lage versetzten, zu ihrer aller Wohl der überschwenglichen Gemütsart Mrs. Dashwoods entgegenzuwirken, die doch meist zu Unbesonnenheiten führen mußte. Sie besaß ein vortreffliches Wesen — ihr Herz war zärtlich, und ihre Gefühle waren stark, doch sie wußte sie zu beherrschen; das war etwas, was ihre Mutter noch lernen mußte und was die eine ihrer Schwestern nie zu lernen entschlossen war.

Mariannes Fähigkeiten entsprachen in vieler Hinsicht durchaus denen Elinors. Sie war verständig und intelligent, doch in allem überschwenglich: ihr Kummer, ihre Freude kannten kein Maß. Sie war hochherzig, liebenswert, anziehend — sie war alles, nur nicht besonnen. Die Ähnlichkeit zwischen ihr und ihrer Mutter war verblüffend.

Elinor sah das Übermaß der Empfindsamkeit ihrer Schwester mit Besorgnis, Mrs. Dashwood aber schätzte und förderte es noch. Jetzt bestärkten beide einander in ihrem bitteren Weh.

Der heftige Schmerz, der sie im ersten Augenblick überwältigt hatte, wurde aus freiem Entschluß erneuert, herbeigesehnt, ständig neu erzeugt. Sie gaben sich ganz ihrem Kummer hin, suchten ihr Leid mit jedem geeigneten Gedanken zu vertiefen und waren fest entschlossen, sich nie wieder trösten zu lassen. Auch Elinor war tief betrübt, aber sie war dennoch imstande, zu kämpfen, sich zu bemühen. Sie war imstande, sich mit ihrem Bruder zu beraten, ihre Schwägerin bei ihrer Ankunft zu empfangen und mit der gebührenden Aufmerksamkeit zu behandeln und ihre Mutter zu gleichen Bemühungen aufzurütteln und zu gleicher Nachsicht zu bewegen.

Margaret, die andere Schwester, war ein gutmütiges, freundliches Mädchen, doch da sie bereits einen beträchtlichen Teil von Mariannes romantischen Vorstellungen in sich aufgenommen hatte, ohne indes Mariannes Verstand zu besitzen, erweckte sie mit ihren dreizehn Jahren nicht den Eindruck, daß sie in einem späteren Lebensalter ihren Schwestern gleichen würde.

Zweites Kapitel

Mrs. John Dashwood richtete sich jetzt als Herrin von Norland ein, und ihre Schwiegermutter und ihre Schwägerinnen wurden zu Besuchern degradiert. Als solche jedoch wurden sie von ihr mit gelassener Höflichkeit behandelt und von ihrem Mann mit so viel Freundlichkeit, wie er für jemand anders als sich selbst, seine Frau und sein Kind aufbringen konnte. Er nötigte sie sogar — nicht ohne einigen Eifer —, Norland als ihr Heim zu betrachten, und da sich Mrs. Dashwood nichts Besseres bot, als zu bleiben, bis sie in einem Haus in der Nähe unterkommen könnte, nahm sie seine Einladung an.

An einem Ort zu verweilen, wo alles sie an einstige Freuden erinnerte, war genau das richtige für ihr Gemüt. In heiterer Laune konnte niemand heiterer sein als sie oder ein höheres Maß an schwärmerischer Vorfreude auf das Glück empfinden, die allein schon Glück ist. Im Kummer aber erlag sie in gleicher Weise ihrer Stimmung und ließ sich dann ebensowenig trösten wie in der Freude zügeln.

Mrs. John Dashwood war ganz und gar nicht damit einverstanden, was ihr Mann für seine Schwestern zu tun gedachte.

Dreitausend Pfund von dem Vermögen ihres lieben Kleinen wegzugeben hieße ja, ihn ganz entsetzlich in Armut zu stürzen. Sie bat ihn, die Sache doch noch einmal zu bedenken. Wie könnte er es vor sich selbst verantworten, sein Kind, und noch dazu sein einziges Kind, einer so großen Summe zu berauben? Und welches Recht hätten die Misses Dashwood, die doch nur halbe Blutsverwandte von ihm seien, was sie überhaupt nicht als Verwandtschaft betrachte, von seiner Großmut eine so beträchtliche Summe zu erwarten? Bekanntlich gebe es zwischen Kindern aus verschiedenen Ehen eines Mannes keinerlei Zuneigung, und wieso wolle er da sich selbst und ihren lieben kleinen Harry dadurch ruinieren, daß er sein ganzes Geld an seine Halbschwestern wegschenkte?

„Es war der letzte Wunsch meines Vaters", erwiderte ihr Mann, „daß ich seine Witwe und seine Töchter unterstützen sollte."

„Wahrscheinlich wußte er gar nicht mehr, was er sprach; ich möchte wetten, er war schon nicht mehr ganz richtig im Kopf. Wäre er noch bei klarem Verstand gewesen, dann wäre er nicht auf den Einfall gekommen, dich zu bitten, das halbe Vermögen deines Kindes wegzuschenken."

„Er nannte keine bestimmte Summe, meine liebe Fanny; er bat mich bloß ganz allgemein, sie zu unterstützen und ihre Situation angenehmer zu gestalten, als es ihm selbst möglich war. Vielleicht wäre es richtig gewesen, wenn er das völlig mir überlassen hätte. Er konnte ja wohl kaum annehmen, daß ich nicht für sie sorgen würde. Aber da er mir das Versprechen abverlangte, blieb mir nichts weiter übrig, als es ihm zu geben — wenigstens glaubte ich das in dem Augenblick. Ich habe ihm also mein Versprechen gegeben und muß es auch halten. Etwas muß man für sie tun, wenn sie Norland verlassen und sich ein neues Heim einrichten."

„Na, dann *wird* man eben etwas für sie tun; aber dieses Etwas müssen ja nicht gleich dreitausend Pfund sein. Überlege doch mal", fügte sie hinzu, „ist das Geld erst fort, kommt es nie wieder. Deine Schwestern werden heiraten, und dann ist es für immer dahin. Ja, wenn es eines Tages wieder unserem armen Kleinen zufallen würde . . ."

„Allerdings", sagte ihr Mann sehr ernst, „das wäre freilich etwas ganz anderes. Es kann einmal eine Zeit kommen, wo es Harry leid tun wird, daß wir eine so bedeutende Summe weggegeben haben. Wenn er zum Beispiel später eine große Familie hat, wäre das Geld ein sehr angenehmer Zuschuß."

„Und ob."

„Dann wäre es vielleicht für alle Beteiligten besser, wenn die Summe um die Hälfte verringert würde. Fünfhundert Pfund wären doch eine gewaltige Erhöhung ihres Vermögens!"

„Oh, eine ganz ungeheure Erhöhung! Finde erst mal einen Bruder auf der Welt, der auch nur halb soviel für seine Schwestern täte, selbst wenn es seine richtigen Schwestern wären! Und unter diesen Umständen — bloß Halbverwandte! — Aber du hast ja einen so großzügigen Charakter!"

„Ich möchte mich keinesfalls schäbig benehmen", erwiderte er. „Bei solchen Anlässen tut man lieber zuviel als zuwenig. Zumindest kann mir dann niemand nachsagen, ich hätte nicht genug für sie getan — nicht einmal sie selbst können mehr erwarten."

„Niemand weiß, was sie erwarten", sagte seine Frau, „aber wir können uns sowieso nicht nach ihren Erwartungen richten, sondern es geht allein darum, wieviel du dir leisten kannst, wegzugeben."

„Gewiß, und ich denke, ich werde es mir leisten können, jeder fünfhundert Pfund zu geben. Schon so, ohne daß ich etwas dazulege, werden sie nach dem Tode ihrer Mutter jede über mehr als dreitausend Pfund verfügen — für ein junges Mädchen ein sehr stattliches Vermögen."

„Das ist es in der Tat, und eigentlich finde ich, daß sie überhaupt keinen Zuschuß brauchen. Sie werden sich einmal zehntausend Pfund teilen können. Wenn sie heiraten, dann sind sie versorgt oder stehen sich sogar gut, und wenn sie nicht heiraten, dann können sie mit den Zinsen von zehntausend Pfund alle zusammen sehr angenehm leben."

„Sehr richtig, und deshalb frage ich mich auch, ob es nach alledem nicht ratsamer wäre, statt für sie lieber etwas für ihre Mutter zu tun, solange sie noch lebt — ich denke zum Beispiel an eine Art Rente. Das würde meinen Schwestern ebenso zugute kommen wie ihr. Von hundert Pfund im Jahr könnten sie alle sehr angenehm leben."

Seine Frau hatte jedoch einige Bedenken, diesem Plan zuzustimmen.

„Allerdings", sagte sie, „es ist jedenfalls besser, als fünfzehnhundert Pfund auf einmal wegzugeben. Aber laß andererseits

Mrs. Dashwood noch fünfzehn Jahre leben, dann sind wir ganz schön hereingefallen."
„Noch fünfzehn Jahre? Meine liebe Fanny, sie wird nicht mehr halb so lange leben!"
„Sicher nicht; aber das wird dir auch schon aufgefallen sein: Leute, denen eine Rente gezahlt wird, leben ewig, und sie ist sehr kräftig und gesund und kaum vierzig. Eine Rente ist eine sehr ernste Angelegenheit: jedes Jahr erscheint sie von neuem, und man wird sie nie wieder los. Du ahnst nicht, auf was du dich da einläßt. Mit Renten habe ich schon große Scherereien erlebt; denn meine Mutter war gezwungen, drei auf einmal zu zahlen, die ihr mein Vater durch sein Testament aufgebürdet hatte — an alte, ausgediente Domestiken, und es ist kaum zu glauben, was ihr das für Unannehmlichkeiten bereitete. Zweimal im Jahr mußten diese Renten gezahlt werden, und dann die Umstände, den Leuten das Geld zuzustellen, und dann hieß es, einer von ihnen sei gestorben, und hinterher stellte sich heraus, daß es gar nicht an dem war. Meiner Mutter hing das Ganze zum Halse heraus. Ihre Einkünfte gehörten ihr ja gar nicht, sagte sie, wenn diese ewigen Ansprüche darauf lasteten, und es war um so herzloser von meinem Vater, als meine Mutter andernfalls frei hätte über das Geld verfügen können, ohne jede Einschränkung. Das hat in mir eine derartige Abneigung gegen Renten entwickelt, daß ich mich um nichts in der Welt darauf festnageln lassen würde, jemandem eine zu zahlen."
„Es ist bestimmt sehr unangenehm", erwiderte Mr. Dashwood, „wenn einem jedes Jahr die Einkünfte auf diese Weise beschnitten werden. Man ist nicht mehr Herr seines Vermögens, wie deine Mutter sehr richtig sagt. Auf die regelmäßige Zahlung einer solchen Summe an jedem Fälligkeitstag festgelegt zu sein ist alles andere als wünschenswert: man verliert dadurch seine Unabhängigkeit."
„Zweifellos, und außerdem dankt es dir auch keiner. Sie betrachten sich als gesichert; du tust bloß das, was man von dir erwartet, und das erweckt keinerlei Dankbarkeit. Ich an deiner Stelle würde alles, was ich für sie tue, von meinem eigenen Ermessen abhängig machen. Zu einem jährlichen Unterhalt würde ich mich nicht verpflichten. Manches Jahr kann es uns sehr ungelegen kommen, hundert oder auch bloß fünfzig Pfund von unsern eigenen Ausgaben einsparen zu müssen."

„Ich glaube, du hast recht, meine Liebe; es ist also besser, wir sehen keine Jahresrente für sie vor. Wenn ich ihnen gelegentlich etwas gebe, dann ist ihnen damit weit mehr gedient als mit einer jährlichen Unterhaltssumme, denn sie würden doch bloß größeren Aufwand treiben, wenn sie sich eines höheren Einkommens sicher wüßten, und am Jahresende wären sie um keinen Penny reicher. Bestimmt ist das die beste Lösung. Ein gelegentliches Geschenk von fünfzig Pfund wird verhindern, daß sie jemals in Geldverlegenheit kommen, und ich denke, damit erfülle ich großzügig das Versprechen, das ich meinem Vater gegeben habe."

„Natürlich. Zudem bin ich, offen gestanden, innerlich überzeugt, daß dein Vater gar nicht die Absicht hatte, ihnen Geld zu geben. Er hat dabei doch wohl nur an solche Unterstützung gedacht, wie man sie vernünftigerweise von dir erwarten kann — zum Beispiel, daß du dich nach einem gemütlichen kleinen Haus für sie umsiehst, ihnen beim Umzug hilfst und ihnen Fische und Wild und dergleichen schickst, wenn gerade die Jahreszeit danach ist. Ich möchte meine Hand dafür ins Feuer legen, daß er nicht mehr damit gemeint hat; es wäre ja auch sehr seltsam und unvernünftig von ihm gewesen. Überlege doch nur mal, mein lieber Dashwood, wie außerordentlich angenehm deine Stiefmutter und ihre Töchter von den Zinsen der siebentausend Pfund leben können, ganz abgesehen von den tausend Pfund, die jedes der Mädchen besitzt und die ihnen pro Kopf fünfzig Pfund im Jahr bringen, und natürlich werden sie ihrer Mutter davon Kostgeld geben. Alles in allem werden sie fünfhundert im Jahr für sich haben, und was in aller Welt könnten sich vier Frauen mehr wünschen? — Sie werden ja so billig leben! Ihre Haushaltung wird rein gar nichts kosten. Sie werden keine Kutsche, keine Pferde und kaum Personal haben; sie werden keine Gesellschaften geben und können überhaupt keine Ausgaben haben! Denk doch bloß, wie gut sie es haben werden! Fünfhundert Pfund im Jahr! Ich kann mir gar nicht vorstellen, wie sie auch nur die Hälfte davon verbrauchen wollen, und daß du ihnen noch was dazuschenken willst, ist eine völlig absurde Idee! Viel eher werden sie in der Lage sein, *dir* etwas abzugeben."

„Auf mein Wort", sagte Mr. Dashwood, „ich glaube, du hast völlig recht. Mein Vater kann bestimmt nichts weiter mit seiner Bitte gemeint haben, als was du sagst. Jetzt ist mir alles klar, und ich werde mich genau an meine Verpflichtung halten und ihnen die Unterstützung und die Wohltaten angedeihen lassen, die du mir geschildert hast. Wenn meine Mutter in ein anderes Haus zieht, will ich ihr bei ihrer Einrichtung gern behilflich sein, soweit ich dazu in der Lage bin. Ein paar Möbelstücke wären dann vielleicht ein passendes Geschenk."

„Gewiß", erwiderte Mrs. John Dashwood. „Eins mußt du dabei allerdings bedenken. Als dein Vater und deine Mutter nach Norland zogen, verkauften sie zwar das Mobiliar von Stanhill, aber das ganze Porzellan, das Tafelgeschirr und die Wäsche behielten sie, und das alles fällt jetzt deiner Mutter zu. Deshalb wird ihr Haus bereits nahezu komplett eingerichtet sein, wenn sie es übernimmt."

„Das ist zweifellos ein wichtiger Punkt, den wir bedenken sollten. Ein wertvolles Legat, das kann man wohl sagen! Und dabei wäre einiges von dem Tafelgeschirr unserem eigenen Bestand hier gut zustatten gekommen."

„Ja, und das Frühstücksservice ist noch mal so schön wie das, was zu diesem Haus gehört. Meiner Ansicht nach viel zu schön für jede Wohnung, die *sie* sich je werden leisten können. Aber so ist es nun mal. Dein Vater hat ja bloß an *sie* gedacht. Und eins muß ich dir sagen: du hast keine Veranlassung, ihm besonders dankbar zu sein oder dich in übertriebenem Maße um seine Wünsche zu kümmern; denn das wissen wir doch: wenn er gekonnt hätte, dann hätte er so gut wie alles auf der Welt *ihnen* hinterlassen."

Dieses Argument war zwingend. Es verlieh seinen Vorsätzen die Entschiedenheit, die noch gefehlt hatte, und so gelangte er denn endlich zu der Ansicht, daß es absolut unnötig, wenn nicht sogar unpassend wäre, für die Witwe und die Kinder seines Vaters mehr zu tun als jene Akte der Nächstenliebe, die ihm seine Frau vorschlug.

Drittes Kapitel

Mrs. Dashwood blieb noch mehrere Monate in Norland, doch nicht etwa, weil sie einem Umzug abgeneigt gewesen wäre, da nun nicht mehr jeder wohlbekannte Platz einen Sturm von Gefühlen in ihr auslöste wie in der ersten Zeit. Vielmehr brannte sie darauf, fortzukommen, sobald sie neuen Lebensmut schöpfte und sich wieder in der Lage fühlte, etwas anderes zu tun, als ihr Leid durch wehmütige Erinnerungen zu vergrößern, und suchte unermüdlich nach einem passenden Haus in der Umgebung von Norland; denn weit von jenem geliebten Ort wegzuziehen war unvorstellbar für sie. Aber es fand sich nichts Geeignetes, was sowohl ihren Vorstellungen von Komfort und Behaglichkeit als auch der Umsicht ihrer ältesten Tochter entsprochen hätte, welche auf Grund ihres sicheren Urteilsvermögens mehrere Häuser als für ihr Einkommen zu groß ablehnte, die ihrer Mutter recht gewesen wären.

Mrs. Dashwood hatte durch ihren Mann von dem feierlichen Versprechen seines Sohnes erfahren, das seine letzten irdischen Gedanken mit Trost erfüllte. An der Aufrichtigkeit dieser Versicherung zweifelte sie ebensowenig, wie er selbst es getan hatte, und im Hinblick auf ihre Töchter fühlte sie sich dadurch beruhigt; was dagegen sie selbst betraf, so glaubte sie auch von einer weit kleineren Hinterlassenschaft als siebentausend Pfund im Überfluß leben zu können. Auch um ihres Stiefsohns willen, um seines guten Herzens willen, freute sie sich, und sie machte sich Vorwürfe, daß sie ihn bisher verkannt und für edler Regungen unfähig gehalten hatte. Sein zuvorkommendes Benehmen ihr und seinen Schwestern gegenüber gab ihr die Gewißheit, daß ihm an ihrer aller Wohlergehen gelegen sei, und lange Zeit vertraute sie fest auf die Großmut seiner Absichten.

Die Verachtung, die sie schon seit Beginn ihrer Bekanntschaft für ihre Schwiegertochter empfunden hatte, steigerte sich noch beträchtlich, als sie deren Charakter im Laufe von sechs Monaten engen Zusammenlebens näher kennenlernte; und vielleicht hätten es die beiden Damen trotz aller höflichen Rücksichtnahme oder mütterlichen Gefühle der ersteren nicht so lange unter einem Dach miteinander ausgehalten, wäre nicht ein besonderer Umstand eingetreten, der Mrs. Dashwood den weiteren Aufenthalt ihrer Töchter auf Norland unbedingt wünschenswert erscheinen ließ.

Dieser Umstand war eine aufkeimende Zuneigung zwischen ihrer ältesten Tochter und Mrs. John Dashwoods Bruder, einem wohlerzogenen, angenehmen jungen Mann, der bei ihnen eingeführt worden war, kurz nachdem sich seine Schwester auf Norland niedergelassen hatte, und seither den größten Teil

seiner Zeit dort verbrachte.
Manche Mütter hätten dieses Verhältnis vielleicht aus Gründen des Eigennutzes gefördert, denn Edward Ferrars war der älteste Sohn eines Mannes, der sehr reich gestorben war, und manche hätten es vielleicht aus Gründen der Klugheit unterbunden, denn bis auf eine unbedeutende Summe hing sein ganzes Vermögen vom Testament seiner Mutter ab. Mrs. Dashwood aber war von beiden Erwägungen gleichermaßen unbeeinflußt. Es genügte ihr, daß er liebenswürdig war, daß er ihre Tochter liebte und daß Elinor seine Zuneigung erwiderte. Es stand im Gegensatz zu allen ihren Überzeugungen, daß Vermögensunterschiede Liebende trennen sollten, wenn sie sich auf Grund gleicher Neigungen zueinander hingezogen fühlten; und daß jemand, der Elinor kannte, ihre guten Eigenschaften nicht zu würdigen wissen sollte, überstieg ihr Vorstellungsvermögen.
Edward Ferrars empfahl sich der Wertschätzung der Damen nicht durch besondere Vorzüge in Erscheinung oder Auftreten. Er war kein schöner Mann, und seine Umgangsformen gewannen erst bei näherer Bekanntschaft. Er war zu scheu, um selbstbewußt zu sein, aber sobald er seine angeborene Schüchternheit überwunden hatte, zeugte sein ganzes Verhalten von einem aufrichtigen und gütigen Herzen. Seine geistigen Anlagen waren gut, und eine gediegene Erziehung hatte sie erfreulich gefördert. Doch weder seine Fähigkeiten noch seine Neigungen setzten ihn in den Stand, den Wünschen seiner Mutter und seiner Schwester zu entsprechen, die es gern gesehen hätten, wenn er sich irgendwie ausgezeichnet hätte — in welcher Hinsicht, wußten sie selbst nicht recht. Sie wollten, daß er in der Welt auf die eine oder andere Weise etwas darstellen solle. Seine Mutter wünschte ihn für politische Belange zu interessieren, um ihn ins Parlament zu bekommen oder ihn auf vertrautem Fuß mit einigen bedeutenden Persönlichkeiten seiner Zeit zu sehen. Mrs. John Dashwood wünschte das gleiche; doch bis eines dieser höheren Ziele erreichbar wäre, hätte es ihren Ehrgeiz vorerst schon gestillt, wenn ihr Bruder einen Landauer gefahren hätte. Aber Edward lag weder etwas an bedeutenden Persönlichkeiten noch an Landauern. All seine Wünsche drehten sich um häusliche Behaglichkeit und ein geruhsames Leben als Privatmann. Zum Glück hatte er einen jüngeren Bruder,

aus dem mehr zu werden versprach.
Edward hatte schon mehrere Wochen im Hause zugebracht, ohne daß ihm Mrs. Dashwood viel Beachtung geschenkt hätte; denn während dieser Zeit war sie in so tiefer Trauer versunken, daß ihr ihre Umgebung gleichgültig war. Sie bemerkte nur, daß Edward ruhig und unaufdringlich war, und das gefiel ihr an ihm. Er störte ihren seelischen Schmerz nicht mit Gesprächen im ungeeigneten Augenblick. Der erste Anlaß, ihn sich genauer anzusehen und weiteren Gefallen an ihm zu finden, ergab sich, als Elinor eines Tages zufällig eine Bemerkung darüber machte, wie sehr er sich doch von seiner Schwester unterscheide. Es war dies ein Gegensatz, der ihn ihrer Mutter wärmstens empfahl.
„Das genügt", sagte sie. „Wenn du sagst, daß er sich sehr von Fanny unterscheidet, so genügt das. Es bedeutet alles, was an einem Menschen liebenswert ist. Ich liebe ihn bereits."
„Ich glaube, er wird dir gefallen, wenn du ihn besser kennenlernst", sagte Elinor.
„Gefallen!" erwiderte ihre Mutter lächelnd. „Ich kenne kein Gefühl der Sympathie, das weniger wäre als Liebe."
„Du wirst ihn vielleicht schätzen."
„Für mich sind Wertschätzung und Liebe immer untrennbar gewesen."
Mrs. Dashwood bemühte sich jetzt, näher mit ihm bekannt zu werden. Sie hatte gewinnende Umgangsformen und besiegte bald seine Zurückhaltung. Schnell gewahrte sie all seine Vorzüge; die Gewißheit, daß er sich für Elinor interessiere, half dabei vielleicht ihrem Scharfblick, aber sie war wirklich von seinem Wert überzeugt, und selbst seine stille Art, die all ihren Vorstellungen vom Auftreten eines jungen Mannes widersprach, kam ihr nun nicht mehr langweilig vor, da sie sein warmes Herz und sein zärtliches Gemüt erkannt hatte.
Kaum hatte sie in seinem Verhalten gegenüber Elinor Anzeichen von Liebe bemerkt, da hielt sie eine ernste Zuneigung zwischen den beiden für erwiesen und machte sich Hoffnungen auf eine nahe bevorstehende Heirat.
„Meine liebe Marianne", sagte sie, „in ein paar Monaten wird Elinor aller Wahrscheinlichkeit nach den Bund fürs Leben schließen. Wir werden sie vermissen, aber *sie* wird glücklich sein."
„Ach, Mama, was fangen wir bloß ohne sie an?"

„Meine Liebe, es wird ja eigentlich gar keine Trennung sein. Wir werden bloß ein paar Meilen voneinander entfernt wohnen und uns jeden Tag sehen. Du wirst einen Bruder gewinnen, einen richtigen, zärtlichen Bruder. Ich habe von Edwards Herz die allerbeste Meinung. Aber du machst so ein ernstes Gesicht, Marianne, bist du mit der Wahl deiner Schwester nicht einverstanden?"

„Vielleicht bin ich davon ein wenig überrascht", sagte Marianne. „Edward ist ja sehr nett, und ich hab ihn furchtbar gern. Aber trotzdem — er ist nicht so, wie man sich einen jungen Mann vorstellt — irgend etwas fehlt — äußerlich macht er keinen besonderen Eindruck, und er hat nichts von dem Charme an sich, den ich bei einem Mann erwarten würde, der meine Schwester ernstlich zu fesseln vermag. Seinen Augen fehlt all die Lebhaftigkeit, all das Feuer, das zugleich Tugend und Intelligenz verrät. Und außerdem fürchte ich, Mama, daß er keinen wirklich guten Geschmack hat. Aus Musik scheint er sich kaum etwas zu machen, und wenn er Elinors Zeichnungen auch sehr bewundert, so ist es doch nicht die Bewunderung eines Menschen, der ihren Wert zu schätzen weiß. Er sieht ihr zwar häufig zu, wenn sie zeichnet, aber es ist klar, daß er in Wirklichkeit nicht das geringste von der Sache versteht. Er bewundert als Verehrer, nicht als Kenner. Um mich zu befriedigen, müßten diese beiden Eigenschaften miteinander vereint vorhanden sein. Ich könnte nicht mit einem Mann glücklich werden, dessen Geschmack nicht in jedem Punkt mit meinem eigenen übereinstimmt. Er muß sich in all meine Gefühle hineinversetzen können; dieselben Bücher, dieselben Musikstücke müssen uns beide entzücken. Ach, Mama, wie schwunglos, wie langweilig Edward gestern abend war, als er uns vorlas! Meine Schwester tat mir ja so leid! Aber sie ließ es so gefaßt über sich ergehen, sie schien es kaum zu bemerken. Ich hielt es nur mit Mühe auf meinem Platz aus. Diese schönen Verse, die mich schon oft an den Rand hemmungsloser Schwärmerei gebracht haben, mit so unerschütterlicher Ruhe, so schrecklicher Gleichgültigkeit heruntergeleiert zu hören!"

„Sicher wäre er mit einfacher, gefälliger Prosa besser zurechtgekommen. Das dachte ich mir gleich, aber du mußtest ihm ja unbedingt Cowper geben."

„Na, Mama, wenn ihn nicht einmal Cowper beflügelt! — Aber

über Geschmack läßt sich eben streiten. Elimor empfindet nicht so wie ich, und deshalb sieht sie vielleicht darüber hinweg und wird mit ihm glücklich. Aber wenn *ich* ihn liebte, mir hätte es das Herz gebrochen, ihn mit so wenig Gefühl lesen zu hören. Mama, je mehr ich die Welt kennenlerne, desto fester bin ich davon überzeugt, daß ich nie einen Mann finden werde, den ich wirklich lieben kann. Ich erwarte zuviel! Er muß alle Tugenden Edwards haben, und sein Äußeres und seine Manieren müssen seinem guten Charakter obendrein allen erdenklichen Charme verleihen."

„Vergiß nicht, meine Liebe, daß du noch keine siebzehn bist. Noch ist es viel zu früh, um an einem solchen Glück zu zweifeln. Warum sollte das Schicksal es mit dir weniger gut meinen als mit deiner Mutter? Nur in einer Hinsicht, meine Marianne, möge es dir besser ergehen als ihr!"

Viertes Kapitel

„Wie schade, Elinor", sagte Marianne, „daß Edward keinen Geschmack am Zeichnen findet!"

„Keinen Geschmack am Zeichnen?" fragte Elinor. „Wie kommst du darauf? Er zeichnet zwar nicht selbst, aber er sieht sich die Arbeiten anderer gern an, und ich kann dir versichern, daß es ihm keineswegs an natürlichem Geschmack fehlt, wenn er auch keine Gelegenheit hatte, ihn zu bilden. Hätte er sich je damit befaßt, ich glaube, er hätte sehr gut gezeichnet. Er mißtraut seinem eigenen Urteil in derartigen Fragen so sehr, daß er nur ungern seine Meinung über irgendein Bild äußert, aber er hat von Natur aus einen sicheren und schlichten Geschmack, der ihn im allgemeinen völlig richtig leitet."

Marianne wollte ihr nicht zu nahe treten und sagte nichts mehr zu diesem Thema; aber das Wohlgefallen, das nach Elinors Schilderung die Zeichnungen anderer in ihm erweckten, ließ sich bei weitem nicht mit jenem überschwenglichen Entzücken vergleichen, das man nach ihrer Auffassung allein als guten Geschmack bezeichnen konnte. So lächelte sie zwar innerlich über den Irrtum, doch hielt sie ihrer Schwester die blinde Eingenommenheit für Edward zugute, der er zuzuschreiben war.

„Du denkst doch hoffentlich nicht, Marianne", fuhr Elinor fort, „daß es ihm an Geschmack schlechthin fehlt. Das kann doch wohl nicht der Fall sein, denn dein Verhalten gegen ihn ist ausgesprochen herzlich, und wenn *das* deine Meinung wäre, dann würdest du es doch bestimmt nicht fertigbringen, höflich zu ihm zu sein."

Marianne wußte nicht recht, was sie erwidern sollte. Auf keinen Fall wollte sie die Gefühle ihrer Schwester verletzen, doch etwas zu sagen, was sie nicht glaubte, war ihr unmöglich. Endlich antwortete sie: „Sei nicht gekränkt, Elinor, wenn mein Lob nicht in jeder Hinsicht dem Eindruck entspricht, den du von Edwards Vorzügen hast. Ich hatte nicht so oft Gelegenheit wie du, die feineren Regungen seines Geistes, seine Neigungen und Interessen schätzen zu lernen, aber von seiner Güte und seinem gesunden Menschenverstand habe ich die allerhöchste Meinung. Ich finde ihn in jeder Hinsicht achtbar und liebenswert."

„Ich bin überzeugt", erwiderte Elinor lächelnd, „daß auch seine besten Freunde mit einer solchen Lobrede nicht unzufrieden sein könnten. Ich wüßte nicht, wie du dich hättest warmherziger für ihn aussprechen sollen."

Marianne war froh, daß sich ihre Schwester so leicht hatte beschwichtigen lassen.

„An seiner Intelligenz und an seiner Güte", fuhr Elinor fort, „kann meines Erachtens niemand zweifeln, der ihn gut genug kennt, um sich ungezwungen mit ihm zu unterhalten. Seine trefflichen Gedanken und Grundsätze kommen nur wegen seiner Schüchternheit, die ihn allzuoft schweigen läßt, nicht immer zum Vorschein. Du kennst ihn gut genug, um dir von seinem soliden Charakter ein rechtes Bild machen zu können. Was aber seine feineren Regungen betrifft, wie du es nennst, so sind sie dir auf Grund besonderer Umstände verborgener geblieben als mir. Wir sind zeitweise häufiger miteinander in Berührung gekommen, während du aus den zärtlichsten Motiven ganz von unserer Mutter in Anspruch genommen wurdest. Ich bin oft mit ihm zusammen gewesen, habe seine Gefühle erforscht und seine Ansichten über literarische und geschmackliche Fragen erfahren; und im großen ganzen möchte ich behaupten, daß er ein reiches Wissen besitzt, außerordentlich gern Bücher liest, eine lebhafte Phantasie hat, scharf und genau beobachtet und über einen feinen, unverdorbenen Geschmack verfügt. Seine Fähigkeiten gewinnen in jeder Hinsicht bei näherer Bekanntschaft ebenso wie sein

Benehmen und seine Person. Auf den ersten Blick wirkt er sicher nicht beeindruckend, und sein Äußeres wird man kaum als schön bezeichnen, bis man bemerkt, wie ungewöhnlich gütig sein Blick und wie überaus freundlich seine Miene ist. Mittlerweile habe ich ihn so gut kennengelernt, daß ich ihn wirklich schön finde, oder doch wenigstens beinahe. Was meinst du, Marianne?"

„Ich werde ihn sehr bald schön finden, Elinor, auch wenn ich es jetzt noch nicht tue. Sowie du mir sagst, daß ich ihn als Bruder lieben soll, werde ich in seinem Gesicht nicht mehr Unvollkommenheit erblicken als jetzt in seinem Herzen."

Elinor zuckte bei dieser Erklärung zusammen und bedauerte den Eifer, zu dem sie sich hatte hinreißen lassen, als sie von ihm sprach. Sie fühlte, daß sie sehr von Edward eingenommen war. Diese Sympathie hielt sie für wechselseitig; doch erst mußte sie sich der Sache sicherer sein, ehe es ihr angenehm sein würde, daß Marianne so fest an diese gegenseitige Zuneigung glaubte. Sie wußte, Marianne und ihre Mutter brauchten bloß einen Augenblick lang etwas zu vermuten, um im nächsten schon daran zu glauben — etwas zu wünschen hieß bei ihnen, es zu erhoffen, und es zu erhoffen hieß, fest damit zu rechnen. Sie versuchte ihrer Schwester zu erklären, wie die Dinge wirklich lagen.

„Ich will keineswegs abstreiten", sagte sie, „daß ich eine sehr hohe Meinung von ihm habe — daß ich ihn sehr schätze, daß ich ihn mag."

Marianne sprudelte über vor Entrüstung. „‚Ihn schätze! Ihn mag!' Kaltherzige Elinor! Ach, schlimmer noch als kaltherzig! Schämt sich, anders zu sein! Gebrauche noch einmal diese Worte, und ich verlasse augenblicklich das Zimmer."

Elinor mußte lachen. „Entschuldige", sagte sie, „und laß dir versichern, daß ich dich nicht verletzen wollte, als ich so ruhig über meine eigenen Gefühle sprach. Du darfst sie für stärker halten, als ich sie zum Ausdruck gebracht habe; kurz gesagt, du darfst sie für so stark halten, wie seine Vorzüge und meine Annahme — meine Hoffnung, daß er etwas für mich empfindet, es ohne Unbesonnenheit und Torheit rechtfertigen. Aber mehr darfst du dir unter ihnen *nicht* vorstellen. Ich bin mir seiner Zuneigung keineswegs sicher. Es gibt Augenblicke, da erscheint mir ihr Ausmaß zweifelhaft; und solange er seine Gefühle nicht offenbart hat, brauchst du dich nicht zu wundern, wenn ich es vermeide, mich in meinem eigenen Gefühl noch dadurch zu bestärken, daß ich es für mehr halte oder für mehr ausgebe, als es ist. Im Herzen hege ich wenig, ja, eigentlich gar keinen Zweifel an seiner Sympathie. Aber es gibt noch andere Punkte zu berücksichtigen als seine Neigung. Er ist weit davon entfernt, selbständig zu sein. Was für ein Mensch seine Mutter wirklich ist, können wir nicht wissen, doch nach dem, was Fanny gelegentlich über ihr Verhalten und ihre Ansichten äußerte, stellen wir sie uns nicht gerade liebenswürdig vor; und wenn ich mich nicht sehr irre, so ist sich Edward selbst darüber im klaren, daß ihm vieles im Wege stehen würde, falls es sein Wunsch wäre, eine Frau zu heiraten, die weder ein großes Vermögen noch einen hohen Rang mitbringt."

Marianne wunderte sich, wie weit ihre Mutter und sie selbst in ihrer Phantasie die Wirklichkeit überflügelt hatten.

„Also bist du tatsächlich noch nicht mit ihm verlobt!" sagte sie. „Aber es wird sicher bald soweit sein. Diese Verzögerung hat allerdings auch ihre Vorteile. Erstens werde *ich* dich nicht so schnell verlieren, und zweitens wird Edward um so mehr Gelegenheit haben, jenen natürlichen Geschmack für deine Lieblingsbeschäftigung zu entwickeln, der für dein künftiges Glück doch absolut notwendig ist. Ach, wenn ihn dein Genius so weit beflügelte, daß er selber zeichnen lernt, wie entzückend das doch wäre!"

Elinor hatte ihrer Schwester gesagt, was sie wirklich dachte. Sie war nicht der Ansicht, daß es um ihre Neigung zu Edward so günstig bestellt sei, wie es Marianne geglaubt hatte. Mitunter verriet er einen Mangel an Temperament, der, selbst wenn er nicht auf Gleichgültigkeit beruhte, doch auch nicht viel mehr verhieß. Zweifel an ihrer Zuneigung, falls er welche hegte, würden ihn zwar beunruhigen, aber schwerlich jene seelische Niedergeschlagenheit hervorrufen, die sich häufig an ihm zeigte. Eine einleuchtendere Erklärung mochte seine Abhängigkeit sein, die es ihm verwehrte, seiner Neigung freien Lauf zu lassen. Sie wußte, seine Mutter verhielt sich so gegen ihn, daß er im Augenblick weder ein angenehmes Zuhause bei ihr hatte noch die Gewißheit besaß, einmal ein eigenes Heim gründen zu können, wenn er sich nicht genau nach ihren Vorstellungen von einer vorteilhaften Partie richtete. Da Elinor dies alles wußte, konnte sie sich in dieser Frage un-

möglich beruhigt fühlen. Sie verließ sich keineswegs darauf, daß seine Neigung zu ihr den Ausgang nehmen würde, den ihre Mutter und ihre Schwester für sicher hielten. Ja, je länger sie zusammen waren, um so zweifelhafter erschien ihr die Natur seiner Gefühle, und bisweilen hielt sie diese ein paar schmerzliche Augenblicke lang für nichts weiter als Freundschaft.
Doch wo auch immer die Grenze dieser Empfindungen liegen mochte, sie genügten, um bei seiner Schwester, sobald sie ihr auffielen, Unruhe und zugleich — was noch natürlicher war — Unhöflichkeit auszulösen. Sie benutzte die erste Gelegenheit, ihre Schwiegermutter aus diesem Anlaß zu beleidigen, indem sie ihr so ausdrücklich schilderte, welch große Karriere ihrem Bruder bevorstehe, wie fest Mrs. Ferrars entschlossen sei, ihre beiden Söhne gut zu verheiraten, und welche Gefahr jedes junge Mädchen laufe, das ihn zu „umgarnen" versuche, daß sich Mrs. Dashwood weder ahnungslos stellen noch ruhig bleiben konnte. Sie gab ihr eine Antwort, die sie ihre Verachtung fühlen ließ, und ging augenblicklich aus dem Zimmer, entschlossen, ihre liebe Elinor ohne Rücksicht auf die Unbequemlichkeiten und die Kosten eines so plötzlichen Umzugs keine Woche länger derartigen Verdächtigungen auszusetzen.
In dieser Gemütsverfassung wurde ihr mit der Post ein Brief zugestellt, der einen Vorschlag enthielt, welcher ihr ganz besonders gelegen kam. Ein Verwandter von ihr, ein vermögender und einflußreicher Gentleman in Devonshire, bot ihr zu sehr günstigen Bedingungen ein kleines Haus an. Der Brief stammte von dem Gentleman selbst und war ganz im Geiste echter Hilfsbereitschaft gehalten. Er habe erfahren, sie suche eine Wohnung; die Unterkunft, die er ihr anbieten könne, sei zwar bloß ein kleines Landhaus, doch würde alles, was sie für erforderlich hielte, getan werden, um es für sie instand zu setzen, falls ihr die Lage zusage. Er lud sie, nachdem er ihr das Haus und den Garten im einzelnen geschildert hatte, wärmstens ein, mit ihren Töchtern nach Barton Park, seinem eigenen Wohnsitz, zu kommen, von wo aus sie selbst beurteilen könne, ob sich Barton Cottage — denn die Häuser lägen in derselben Gemeinde — durch irgendwelche Umbauten in ein angenehmes Heim für sie verwandeln ließe. Es schien ihm wirklich daran gelegen, sie alle gut unterzubringen, und sein Brief war in einem so freundlichen Ton gehalten, daß er nicht

verfehlen konnte, seiner Verwandten zu gefallen, zumal in einem Augenblick, da sie unter dem kaltherzigen und fühllosen Verhalten ihr näherstehender Menschen litt. Sie brauchte keine Zeit, um sich die Sache zu überlegen oder Erkundigungen einzuziehen. Ihr Entschluß stand fest, noch bevor sie zu Ende gelesen hatte. Vor ein paar Stunden noch hätte der Umstand, daß Barton in der von Sussex so weit entfernten Grafschaft Devonshire lag, schwerer gewogen als jeder Vorteil, den dieser Ort nur hätte bieten können; jetzt aber erwies er sich geradezu als Empfehlung. Die Gegend von Norland verlassen zu müssen war kein Unglück mehr; es war ein erstrebenswerter Schritt, ja, es war eine Wohltat im Vergleich zu der Qual, noch länger Gast ihrer Schwiegertochter bleiben zu müssen, und von der liebgewordenen Stätte auf immer wegzuziehen würde nicht so weh tun wie dort zu wohnen oder auf Besuch zu weilen, solange eine solche Frau Herrin auf Norland war. Augenblicklich schrieb sie Sir John Middleton ihren Dank für seine Güte und ihre Zusage auf sein Anerbieten, und dann hatte sie nichts Eiligeres zu tun, als beide Briefe ihren Töchtern zu zeigen, um sich ihres Einverständnisses zu versichern, ehe sie die Antwort absandte.

Elinor war schon immer der Ansicht gewesen, daß es klüger wäre, wenn sie sich in einiger Entfernung von Norland niederlassen würden als unmittelbar unter ihren jetzigen Bekannten. In dieser Beziehung hatte sie also keinen Anlaß, sich der Absicht ihrer Mutter zu widersetzen, nach Devonshire zu ziehen. Auch war das Haus, wie es Sir John beschrieben hatte, von so schlichter Beschaffenheit und die Miete so ungewöhnlich niedrig, daß sich gegen beides beim besten Willen nichts einwenden ließ; und obwohl der Plan nichts Verlockendes für sie hatte und sie weiter von Norland entfernen würde, als es ihren Wünschen entsprach, versuchte sie doch nicht, ihre Mutter davon abzubringen, eine Zusage zu senden.

Fünftes Kapitel

Ihr Antwortschreiben war kaum aufgegeben, da leistete sich Mrs. Dashwood das Vergnügen, ihrem Stiefsohn und seiner Frau mitzuteilen, daß sie über ein Haus verfüge und sie nicht länger mehr inkommodieren wolle, als bis alles für ihren

Einzug vorbereitet sei. Sie vernahmen es mit Überraschung. Mrs. John Dashwood äußerte sich nicht, aber ihr Mann sagte höflich, er hoffe, sie werde sich nicht weit von Norland niederlassen. Es bereitete ihr eine große Genugtuung, zu erwidern, daß sie nach Devonshire ziehe. — Edward drehte sich mit einem Ruck zu ihr um, als er das hörte, und in seiner Stimme mischten sich Überraschung und ein Bedauern, das ihr niemand zu erklären brauchte, während er wiederholte: „Nach Devonshire! Dahin wollen Sie ziehen? So weit von hier! Und in welchen Teil von Devonshire?" Sie schilderte ihm die Örtlichkeit. Das Anwesen liege vier Meilen nördlich von Exeter.

„Es ist nur ein kleines Landhaus", fuhr sie fort, „aber ich hoffe dort viele meiner Freunde begrüßen zu können. Es läßt sich leicht um ein bis zwei Räume erweitern, und wenn es meine Freunde nicht zu beschwerlich finden, so weit zu reisen, um mich wiederzusehen, dann werde ich es bestimmt nicht beschwerlich finden, sie unterzubringen."

Sie schloß mit einer sehr freundlichen Einladung an Mr. und Mrs. John Dashwood, sie in Barton zu besuchen, und an Edward richtete sie eine noch liebenswürdigere. Ihr vor kurzem mit ihrer Schwiegertochter geführtes Gespräch hatte sie zwar zu dem Entschluß bewogen, nicht länger als unbedingt nötig in Norland zu bleiben, doch was den Punkt anbelangte, auf den es vor allem abgezielt hatte, so war es ohne jede Wirkung auf sie geblieben. Edward und Elinor zu trennen lag ihr ferner denn je, und mit dieser deutlichen Einladung an ihren Bruder wollte sie Mrs. John Dashwood zeigen, wie völlig gleichgültig es ihr war, ob sie etwas gegen diese Heirat hatte.

Mr. John Dashwood versicherte seiner Mutter immer wieder, wie außerordentlich er es bedauere, daß ihr neues Haus so weit von Norland entfernt liege, daß er außerstande sei, sie beim Fortschaffen ihrer Möbel zu unterstützen. Er verspürte in diesem Augenblick wirklich Gewissensbisse; denn die einzige Hilfeleistung, auf die er die Erfüllung des seinem Vater gegebenen Versprechens reduziert hatte, war ihm unter diesen Umständen unmöglich gemacht. Der gesamte Hausrat wurde auf dem Wasserwege transportiert. Er bestand in der Hauptsache aus Wäsche, Tafelgeschirr, Porzellan und Büchern nebst einem hübschen Pianoforte, das Marianne gehörte. Mrs. John Dashwood sah seufzend die Gepäckstücke scheiden: sie empfand es als äußerst ungerecht, daß Mrs. Dashwood so hübsche Einrichtungsgegenstände besaß, während ihr Einkommen im Vergleich zu ihrem eigenen doch so unbedeutend war.

Mrs. Dashwood mietete das Haus auf ein Jahr; es war fertig eingerichtet und sofort beziehbar. Hinsichtlich des Vertrages gab es auf beiden Seiten keinerlei Schwierigkeiten, und sie wartete nur noch, um ihre Habe auf Norland zu veräußern und Verschiedenes für ihren künftigen Haushalt zu regeln, ehe sie nach Westen aufbrach; und da ihr alles, was sie interessierte, überaus rasch von der Hand ging, so war das bald getan. Die Pferde, die ihr Mann ihr hinterlassen hatte, waren bald nach seinem Tode verkauft worden, und als sich jetzt eine Gelegenheit bot, auch die Kutsche zu veräußern, fand sie sich auf den dringenden Rat ihrer ältesten Tochter dazu bereit, sich von dem Gefährt zu trennen. Wäre es nur nach ihrem eigenen Wunsch gegangen, so hätte sie es zur Bequemlichkeit ihrer Kinder behalten, doch Elinors Umsicht setzte sich durch. *Ihrer* Klugheit war es auch zuzuschreiben, daß man die Zahl der Bedienten auf drei verringerte: zwei Mädchen und einen Diener, die schnell unter denen ausgewählt waren, welche zu ihrem Haushalt auf Norland gehört hatten.

Der Diener und das eine der Mädchen wurden sogleich nach Devonshire geschickt, um das Haus für die Ankunft ihrer Herrin vorzubereiten, denn Lady Middleton war Mrs. Dashwood gänzlich unbekannt, so daß sie lieber gleich das Landhaus beziehen als in Barton Park zu Gast weilen wollte; und sie verließ sich so gänzlich auf Sir Johns Beschreibung des Anwesens, daß sie nicht den Wunsch verspürte, es selbst in Augenschein zu nehmen, ehe sie es als Herrin betrat. Ihre Ungeduld, Norland den Rücken zu kehren, wurde wachgehalten durch die offensichtliche Befriedigung ihrer Schwiegertochter über ihren bevorstehenden Umzug, eine Befriedigung, die hinter der kühlen Einladung zu verbergen, doch die Abreise zu verschieben, sie sich kaum die Mühe nahm. Jetzt hätte ihr Stiefsohn eigentlich die beste Gelegenheit gehabt, das seinem Vater gegebene Versprechen mit allem Anstand zu erfüllen. Hatte er das gleich zu Anfang, als er auf das Gut kam, versäumt, so wäre wohl der Zeitpunkt, da sie sein Haus verließen, der geeignetste gewesen, es nachzuholen. Aber Mrs. Dashwood mußte schon bald alle derartigen Hoffnungen begraben und auf Grund des allgemeinen Tons seiner Äußerungen zu der Überzeugung gelangen, daß seine Unterstützung in nichts weiter bestehen würde, als sie ein halbes Jahr auf Norland beherbergt zu haben. Er sprach so oft von den steigenden Haushaltskosten und den ständigen, nicht abzusehenden Geldforderungen, mit denen er als Mann von Stand überschüttet werde, daß er eher selbst Geld nötig zu haben als sich mit der Absicht zu tragen schien, etwas von seinem Geld wegzugeben.

Bereits wenige Wochen nach dem Tag, der Sir John Middletons ersten Brief nach Norland gebracht hatte, war in ihrem künftigen Heim alles so weit vorbereitet, daß Mrs. Dashwood und ihre Töchter die Reise antreten konnten.

Viele Tränen flossen, als sie sich von dem geliebten Heimatort verabschiedeten. „Norland, teures Norland!" sagte Marianne, als sie an dem letzten Abend, den sie dort verbrachten, allein vor dem Haus auf und ab ging. „Wann werde ich aufhören, dir nachzutrauern! Wann es lernen, mich anderswo daheim zu fühlen! Ach, du glückliches Haus, wüßtest du doch, was ich leide, wenn ich dich jetzt von dieser Stelle aus betrachte, von der aus ich dich vielleicht nie wieder betrachten werde! Und ihr, vertraute Bäume! Aber ihr wandelt euch nicht. Kein Blatt wird welken, weil wir nicht mehr da sind, kein Zweig absterben, wenn unsere Blicke nicht mehr auf euch fallen! Nein, ihr werdet euch nicht wandeln, ahnt nichts von der Freude oder dem Schmerz, den ihr bereitet, und spürt es nicht, wenn es plötzlich andere sind, die sich in eurem Schatten ergehen! Aber wer wird dasein, sich über euch zu freuen?"

Sechstes Kapitel

Den ersten Teil ihrer Reise legten sie in so melancholischer Stimmung zurück, daß sie ihn nicht anders als beschwerlich und unangenehm empfinden konnten. Doch als sie sich dem Ziel näherten, siegte ihr Interesse an dem Aussehen einer Gegend, in der sie in Zukunft wohnen sollten, über ihre Niedergeschlagenheit, und als sie in das Bartontal einbogen, stimmte sie dessen Anblick vollends heiter. Es war ein freundlicher, fruchtbarer Landstrich, reich an Wäldern und Wiesen. Nachdem sie über eine Meile den Talwindungen gefolgt waren, langten sie bei ihrem eigenen Haus an. Ein kleiner Rasenplatz stellte den ganzen Grundbesitz an seiner Vorderseite dar, und ein zierliches Pförtchen gewährte ihnen Einlaß.

Als Wohnhaus war Barton Cottage zwar klein, aber massiv und behaglich, als Landhaus jedoch hatte es seine Mängel, denn der Grundriß war regelmäßig und das Dach mit Ziegeln gedeckt, die Fensterläden waren nicht grün gestrichen, und an den Wänden rankte kein Geißblatt. Ein schmaler Gang führte durch das Haus unmittelbar nach hinten in den Garten. Zu beiden Seiten des Eingangs lag ein Wohnzimmer von je sechzehn Fuß im Geviert, und daran schlossen sich die Wirtschaftsräume und die Treppe an. Vier Schlafzimmer und zwei Dachkammern machten den Rest des Hauses aus. Es war nicht jahrelang daran gebaut worden, und es befand sich in gutem Zustand. Im Vergleich mit Norland war es allerdings ärmlich und klein — doch die Tränen, welche die Erinnerung in ihnen aufsteigen ließ, als sie das Haus betraten, trockneten bald. Die Freude der Bedienten über ihre Ankunft stimmte sie wieder froh, und jeder bemühte sich um der anderen willen, glücklich zu erscheinen. Es war ein herrlicher Spätsommertag Anfang September, und bei dem schönen Wetter machte das Haus auf sie einen sehr vorteilhaften ersten Eindruck, der wesentlich dazu beitrug, daß es ihnen auch auf die Dauer gefiel.

Das Haus hatte eine schöne Lage. Gleich hinter ihm stiegen hohe Hügel an und in nicht allzu großer Entfernung auch zu beiden Seiten; einige davon hatten kahle Hänge, die übrigen waren von Feldern bedeckt oder bewaldet. Das Dorf Barton lag im wesentlichen auf einem dieser Hügel und bot von den Fenstern des Hauses aus einen freundlichen Anblick. Auf der Vorderseite des Hauses reichte die Aussicht weiter; sie umfaßte das ganze Tal und erstreckte sich auch auf das jenseits liegende Land. Die Hügel, die das Haus umgaben, schlossen das Tal in dieser Richtung ab; unter einem anderen Namen und mit einem neuen Lauf setzte es sich zwischen zwei der steilsten von ihnen fort.

Mit der Größe und der Einrichtung des Hauses war Mrs. Dashwood insgesamt sehr zufrieden; ihr früherer Lebensstil machte es zwar unerläßlich, vieles zu vervollständigen, doch das Vervollständigen und Verbessern war ihr ein Vergnügen, und sie verfügte im Augenblick über genügend Bargeld, um all das anzuschaffen, was den Räumlichkeiten an höherer

Eleganz abging. „Das Haus selbst“, sagte sie, „ist für unsere Familie natürlich zu klein, aber wir werden es uns zunächst einmal einigermaßen gemütlich darin machen, denn für Veränderungen ist es dieses Jahr schon zu spät. Vielleicht können wir im Frühjahr ans Bauen denken, wenn ich viel Geld habe, was ich doch annehmen möchte. Diese beiden Wohnzimmer sind für eine so große Zahl von Freunden, wie ich sie des öfteren hier versammelt zu sehen hoffe, zu klein, und ich habe mir schon überlegt, ob wir nicht den Flur mit dem einen zusammenlegen und noch einen Teil von dem anderen dazunehmen; der Rest dieses anderen Zimmers würde dann für den Eingang übrigbleiben. Wenn dann noch ein neues Wohnzimmer dazukäme, was sich leicht machen ließe, und oben noch ein Schlafzimmer und eine Dachkammer, dann hätten wir ein ganz entzückendes kleines Landhaus. Die Treppe könnte ich mir allerdings schöner vorstellen. Aber man kann nicht alles auf einmal verlangen, obwohl ich mir denken könnte, daß es nicht sehr schwierig sein dürfte, sie zu verbreitern. Ich werde ja sehen, wie gut ich mich im Frühjahr stehe, und dementsprechend planen wir dann unsere Umbauten.“

Einstweilen jedoch, bis all diese Änderungen aus den Ersparnissen bestritten werden könnten, die eine Frau, welche noch nie im Leben gespart hatte, von einem Einkommen von fünfhundert Pfund im Jahr zu machen gedachte, waren sie einsichtig genug, mit dem Haus vorlieb zu nehmen, wie es war; und so beschäftigte sich eine jede von ihnen mit ihren besonderen Angelegenheiten und bemühte sich nach Kräften, mit Hilfe ihrer Bücher und sonstigen Sachen ein behagliches Heim zu schaffen. Mariannes Pianoforte wurde ausgepackt und an einem geeigneten Platz aufgestellt, und Elinors Zeichnungen wurden an den Wänden des Wohnzimmers angebracht.

Bei solcherlei Beschäftigungen wurden sie am nächsten Tag bald nach dem Frühstück durch das Eintreten ihres Hauswirts unterbrochen, der sie besuchte, um sie in Barton willkommen zu heißen und ihnen alle Annehmlichkeiten seines Hauses und seines Gartens anzubieten, deren ihr neues Heim vorläufig noch ermangelte. Sir John Middleton war ein gutaussehender Mann um die Vierzig. Er war früher einmal in Stanhill zu Besuch gewesen, aber das war zu lange her, als daß sich die jungen Mädchen noch hätten an ihn erinnern können. Sein Gesicht wirkte sehr gutmütig, und seine Umgangsformen waren so freundlich wie der Ton seines Briefes. Über ihre Ankunft schien er echte Befriedigung zu empfinden und um ihr Wohlergehen ernstlich besorgt zu sein. Er erklärte mit großem Nachdruck, es sei sein sehnlichster Wunsch, daß sie auf das geselligste mit seiner Familie verkehrten, und lud sie so herzlich ein, jeden Tag nach Barton Park zum Essen zu kommen, bis sie ihren Haushalt erst einmal geordnet hätten, daß man ihm seine schon beinahe zudringlich vorgetragenen Bitten nicht übelnehmen konnte. Seine Freundlichkeit beließ es nicht bei Worten; denn eine Stunde nachdem er sich verabschiedet hatte, traf von Barton Park ein großer Korb voll Gemüse und Früchten ein, dem noch vor Tagesende ein Geschenk an Wildbret folgte. Er bestand auch darauf, alle ihre Briefe für sie zur Post zu bringen und von dort abzuholen, und ließ es sich nicht versagen, ihnen täglich seine Zeitung zu schicken.

Lady Middleton hatte ihm ein sehr höfliches Billett mitgegeben, in dem sie ihre Absicht ankündigte, Mrs. Dashwood ihre Aufwartung zu machen, sobald sie gewiß sein könne, mit ihrem Besuch keine Ungelegenheiten zu bereiten, und nachdem dieses Billett mit einer ebenso höflichen Einladung beantwortet worden war, wurde ihnen am andern Tage Ihre Ladyschaft vorgestellt.

Es war ihnen natürlich sehr viel daran gelegen, den Besuch einer Person zu empfangen, von der ihr Wohlergehen in Barton in hohem Maße abhängen würde, und ihre elegante Erscheinung entsprach völlig ihren Erwartungen. Lady Middleton war höchstens sechs- bis siebenundzwanzig Jahre alt; ihr Gesicht war hübsch, ihre Figur groß, schlank und auffallend und ihre Haltung graziös. Ihre Umgangsformen zeichneten sich durch all die Eleganz aus, an der es ihrem Mann mangelte, doch wäre ihnen ein Teil seiner Freimütigkeit und Herzenswärme sehr zustatten gekommen. Lady Middletons Besuch dauerte lange genug, um die anfängliche Bewunderung für sie wieder etwas zu verringern; denn es zeigte sich, daß sie zwar über tadellose Manieren verfügte, ansonsten aber reserviert und kühl war und außer den banalsten Fragen und Bemerkungen nichts Eigenes zu sagen wußte.

An Unterhaltung herrschte jedoch kein Mangel, denn Sir John war sehr gesprächig, und Lady Middleton hatte in weiser Voraussicht ihren Ältesten mitgebracht, einen hübschen etwa sechsjährigen Jungen. Dadurch gab es ein Thema, auf das die Damen im Notfall immer wieder zurückgreifen konnten, denn sie mußten sich nach dem Namen des Jungen und seinem Alter erkundigen, seine Schönheit bewundern und ihm Fragen stellen, die seine Mutter für ihn beantwortete, während er mit niedergeschlagenem Blick an ihrem Rockzipfel hing — sehr zur Verwunderung Ihrer Ladyschaft, die es seltsam fand, daß er sich in Gesellschaft so schüchtern benahm, wo er doch zu Hause wahrhaftig genug lärmte. Bei jedem förmlichen Besuch sollte man wahrhaftig ein Kind mitnehmen, um für Unterhaltung zu sorgen. Im vorliegenden Fall dauerte es zehn Minuten, zu entscheiden, ob der Junge mehr nach dem Vater oder der Mutter kam und in welchen Einzelheiten er jedem von beiden ähnelte; denn natürlich waren alle darüber verschiedener Meinung, und einer wunderte sich über die Ansicht des anderen.

Bald sollten die Dashwoods Gelegenheit haben, auch über die übrigen Kinder ihr Urteil abzugeben, da Sir John nicht eher das Haus verließ, als bis er ihre Zusage hatte, daß sie am nächsten Tag zu ihm zum Dinner kommen würden.

Siebentes Kapitel

Barton Park lag etwa eine halbe Meile von dem Landhaus entfernt. Auf ihrer Herfahrt durch das Tal waren die Damen nahe daran vorbeigekommen, doch war es durch einen vorgelagerten Hügel ihrem Blick verborgen geblieben. Das Haus war groß und ansehnlich, und der Lebensstil der Middletons zeichnete sich gleichermaßen durch Gastlichkeit und Eleganz aus. Das erstere war auf Sir Johns Einfluß zurückzuführen, das letztere auf den seiner Gattin. Es geschah nur selten, daß nicht ein paar Freunde bei ihnen zu Besuch weilten, und sie pflegten mehr Geselligkeit aller Art als jede andere Familie in der Gegend. Beide brauchten das zum Glücklichsein; denn so verschieden sie im Hinblick auf ihr Wesen und ihr Benehmen auch sein mochten, so sehr ähnelten sie einander durch einen völligen Mangel an Talent und Geschmack, der ihre Beschäftigungen, soweit sie nicht durch gesellschaftlichen Umgang bedingt waren, in einem sehr engen Rahmen hielt. Sir John widmete sich ganz der Jagd, Lady Middleton ihrer

Aufgabe als Mutter. Er ging auf die Pirsch und schoß, und sie verwöhnte ihre Kinder — das war für beide der einzige Lebensinhalt. Lady Middleton genoß den Vorteil, ihre Kinder das ganze Jahr über verziehen zu können, für Sir Johns Lieblingsbeschäftigungen dagegen gab es nur während der Hälfte dieser Zeit Gelegenheit. Ständige Verpflichtungen daheim und außer Hause sorgten jedoch dafür, daß Sir John bei guter Laune blieb und seine Frau ihre gute Lebensart betätigen konnte.

Lady Middleton bildete sich viel auf die Eleganz ihrer Tafel und ihrer gesamten Haushaltung ein, und aus dieser Eitelkeit erwuchs ihr bei all ihren Gesellschaften das meiste Vergnügen. Dagegen war die Befriedigung, die Sir John in geselligem Umgang fand, bei weitem realer; es machte ihm Freude, mehr junge Leute um sich zu versammeln, als sein Haus fassen konnte, und je ausgelassener es zuging, desto schöner fand er es. Er war ein Segen für die gesamte Jugend der Umgebung; denn im Sommer veranstaltete er eine Landpartie mit gekochtem Schinken und Brathuhn nach der anderen, und im Winter waren seine privaten Bälle so zahlreich, daß sie jeder jungen Dame genügen mußten, die nicht gerade unter dem unstillbaren Vergnügungsdurst einer Fünfzehnjährigen litt.

Die Ankunft einer neuen Familie in der Gegend war für ihn immer ein freudiges Ereignis, und von den Bewohnern, die sein Landhaus bei Barton nun hatte, war er in jeder Hinsicht entzückt. Die Schwestern Dashwood waren jung, hübsch und natürlich. Das genügte, sie ihm sympathisch zu machen; denn Natürlichkeit war alles, was ein junges Mädchen brauchte, um geistig ebenso anziehend auf ihn zu wirken wie körperlich. Sein freundliches Gemüt fühlte sich dadurch beglückt, daß er einer Familie ein Heim geboten hatte, deren augenblickliche Lebenslage man im Vergleich zu ihrer früheren Situation bedauernswert nennen konnte. Indem er sich gegen seine Verwandten großmütig zeigte, wurde ihm daher die wahre Befriedigung eines edlen Herzens zuteil, und daß er eine nur aus Frauen bestehende Familie in seinem Landhaus untergebracht hatte, gewährte ihm alle Befriedigung eines Weidmanns; denn ein Weidmann schätzt zwar von seinen Geschlechtsgenossen einzig diejenigen, die gleich ihm Weidmänner sind, aber er verspürt nicht oft Lust, ihren Geschmack zu bilden, indem er ihnen Wohnung auf seinem Gut zugesteht.

Mrs. Dashwood und ihre Töchter wurden an der Schwelle des Hauses von Sir John empfangen, der sie mit aufrichtiger Freude in Barton Park willkommen hieß, und während er seine Gäste in den Salon geleitete, äußerte er, wie schon am Tag zuvor, den jungen Damen gegenüber abermals sein Bedauern, daß es ihm nicht gelungen sei, ein paar nette junge Männer herbeizuschaffen. Außer ihm selbst würde nur noch ein Herr anwesend sein, sagte er, ein guter Freund, der gerade zu Besuch weile, jedoch weder sehr jung noch sehr lustig sei. Er hoffe, sie würden entschuldigen, daß die Gesellschaft so klein sei, doch er könne ihnen versichern, es solle nie wieder geschehen. Er habe im Laufe des Vormittags bei mehreren Familien vorgesprochen, um die Zahl der Gäste zu vergrößern, aber es sei gerade Vollmond, und da habe jeder schon eine Menge Einladungen. Zum Glück sei vor kaum einer Stunde Lady Middletons Mutter in Barton eingetroffen, eine sehr heitere, angenehme Frau; die jungen Damen würden es daher hoffentlich nicht so langweilig finden, wie sie vielleicht befürchteten. Aber den jungen Damen wie ihrer Mutter genügte es durchaus, daß sich zwei völlig Fremde unter der Gesellschaft befanden, und sie wünschten sich keineswegs noch mehr.
Mrs. Jennings, Lady Middletons Mutter, war eine gutmütige, lustige, korpulente ältere Frau, die ungemein viel redete und einen sehr glücklichen und ziemlich vulgären Eindruck machte. Sie steckte voller Späße und Gelächter, und noch ehe die Mahlzeit vorbei war, hatte sie etliche witzige Bemerkungen über Liebhaber und Ehemänner zum besten gegeben, gehofft, sie hätten ihr Herz nicht in Sussex zurückgelassen, und behauptet, sie sähe sie erröten, ganz gleich, ob es an dem war oder nicht. Marianne ärgerte sich um ihrer Schwester willen darüber und warf Elinor, besorgt, wie sie wohl diese Spötteleien ertrüge, einen Blick zu, dessen Ernsthaftigkeit Elinor weitaus peinlicher berührte als Mrs. Jennings' billige Anzüglichkeiten.
Oberst Brandon, Sir Johns Freund, stach in seiner ganzen Art so sehr von diesem ab, daß er ebensowenig als Freund zu ihm zu passen schien wie Lady Middleton als Frau oder Mrs. Jennings zu Lady Middleton als Mutter. Er war wortkarg und verschlossen. Seine äußere Erscheinung wirkte jedoch nicht unangenehm, obwohl er, nach Mariannes und Margarets Meinung, ein eingefleischter alter Hagestolz war, denn er hatte

die Fünfunddreißig bereits hinter sich; ein schönes Gesicht besaß er zwar nicht, aber seine Miene verriet Empfindsamkeit, und sein Benehmen war das eines vollendeten Gentlemans.

Keiner der Anwesenden hatte etwas an sich, was ihn den Dashwoods als geeigneten Umgang empfohlen hätte; Lady Middletons kalte Teilnahmslosigkeit jedoch wirkte so abstoßend, daß sich im Vergleich dazu Oberst Brandons Ernst und selbst die überschwengliche Ausgelassenheit Sir Johns und seiner Schwiegermutter geradezu anziehend ausnahmen. Lady Middleton schien erst dann Freude zu empfinden, als nach dem Essen ihre vier Rangen hereingetobt kamen, mit ihr tollten, an ihren Kleidern zerrten und jedem Gespräch ein Ende machten, das sich um etwas anderes als sie selbst drehte.

Am Abend, als man entdeckte, daß Marianne musikalisch war, bat man sie zu spielen. Das Instrument wurde aufgeschlossen, alle bereiteten sich auf den Kunstgenuß vor, und Marianne, die sehr gut singen konnte, trug auf allgemeinen Wunsch den größten Teil der von Lady Middleton bei ihrer Hochzeit in die Ehe gebrachten Lieder vor, die seitdem wahrscheinlich unberührt auf dem Pianoforte gelegen hatten; denn Ihre Ladyschaft hatte jenes Ereignis damit gefeiert, daß sie das Musizieren aufgab, obwohl sie nach den Worten ihrer Mutter ganz hervorragend und nach ihren eigenen sehr gern gespielt hatte.

Mariannes Vortrag wurde mit größtem Beifall aufgenommen. Jedesmal, wenn sie ein Lied beendet hatte, bewunderte Sir John sie lautstark, und ebenso lautstark unterhielt er sich mit den anderen, während sie sang. Lady Middleton rief ihn mehrfach zur Ordnung, drückte ihre Verwunderung darüber aus, wie sich jemand auch nur einen Augenblick davon ablenken lassen könne, der Musik zu lauschen, und bat Marianne, doch ein bestimmtes Lied zu singen, das diese eben erst vorgetragen hatte. Nur Oberst Brandon hörte ihr zu, ohne in Verzückung zu geraten. Er zollte ihr lediglich das Kompliment, aufmerksam zu sein, und aus diesem Grund empfand sie eine Hochachtung vor ihm, die sich die übrigen verständlicherweise durch ihre unentschuldbare Geschmacklosigkeit verscherzt hatten. Sein Gefallen an der Musik glich zwar nicht jenem ekstatischen Hingerissensein, das allein zu ihrem eigenen stimmen konnte, aber verglichen mit der entsetzlichen Stumpfheit der andern war es doch recht schätzenswert, und sie war vernünftig genug, einzuräumen, daß ein Mann mit fünfunddreißig Jahren sehr wohl über das Alter stürmischer Gefühle und die Fähigkeit zu intensivem Genuß hinaus sein konnte. Sie war ohne weiteres bereit, dem Oberst in Anbetracht seines vorgerückten Alters alles zugute zu halten, was die Menschlichkeit gebot.

Achtes Kapitel

Mrs. Jennings war eine Witwe mit einem stattlichen Leibgedinge. Sie besaß nur zwei Töchter, die sie beide anständig unter die Haube gebracht hatte, und daher blieb ihr jetzt nichts Besseres zu tun, als den Rest der Welt ebenfalls unter die Haube zu bringen. Dieses Ziel zu verwirklichen, war sie mit Eifer bestrebt, soweit es in ihrer Gewalt stand, und so versäumte sie keine Gelegenheit, eheliche Verbindungen zwischen den jungen Leuten ihres Bekanntenkreises anzubahnen. Sie besaß einen erstaunlichen Scharfblick für aufkeimende Herzensregungen und hatte so manches Mal das Vergnügen ausgekostet, eine junge Dame durch Anspielungen auf ihre Macht über einen gewissen jungen Herrn schamrot und eitel zu machen; und dieser Spürsinn befähigte sie denn auch, bald nach ihrer Ankunft in Barton mit Entschiedenheit zu erklären, daß Oberst Brandon bis über beide Ohren in Marianne Dashwood verliebt sei. Sie habe es gleich am ersten Abend, den sie zusammen gewesen seien, vermutet, denn er habe ihr so aufmerksam beim Singen zugehört, und als der Besuch erwidert worden und die Middletons in dem Landhäuschen zum Dinner erschienen seien, da habe sich die Tatsache bestätigt, denn er habe ihr wieder zugehört. Es mußte einfach so sein. Davon war sie felsenfest überzeugt. Sie würden ein ideales Paar abgeben, denn er war reich und sie war hübsch. Seit Mrs. Jennings auf Grund ihrer Beziehungen zu Sir John mit Oberst Brandon Bekanntschaft geschlossen hatte, war sie bestrebt gewesen, eine geeignete Partie für ihn ausfindig zu machen, so wie sie stets bestrebt war, allen hübschen Mädchen zu einem guten Mann zu verhelfen.

Der unmittelbare Gewinn, der dabei für sie selbst heraussprang, war keineswegs gering, denn sie erhielt Gelegenheit, über die beiden endlos Witze zu reißen. In Barton Park lachte sie über den Oberst und in dem Landhaus über Marianne. Dem ersteren war ihr Gespött, soweit es nur ihn selbst betraf, wahrscheinlich völlig gleichgültig, doch der letzteren war es zunächst unverständlich; und als sie begriff, worauf es abzielte, wußte sie nicht recht, ob sie über die Absurdität lachen oder sich über die Unverschämtheit ärgern sollte; denn sie betrachtete es als eine herzlose Verunglimpfung des Obersts im Hinblick auf seine vorgerückten Jahre und seinen einsamen Stand als alter Junggeselle.

Mrs. Dashwood, die einen Mann, der fünf Jahre jünger war als sie selbst, nicht für so überaus hochbetagt hielt, wie er der jugendlichen Phantasie ihrer Tochter erschien, bemühte sich, Mrs. Jennings von dem Verdacht zu reinigen, sie wolle sich über sein Alter lustig machen.

„Aber du kannst doch sicher nicht bestreiten, Mama, daß diese Unterstellung ausgesprochen absurd ist, auch wenn du vielleicht nicht glaubst, daß sie vorsätzlicher Bosheit entspringt. Oberst Brandon ist allerdings jünger als Mrs. Jennings, aber er ist alt genug, um mein Vater zu sein; und sollte er je so lebensvoll gewesen sein, sich zu verlieben, dann muß er jetzt längst über jedes derartige Gefühl hinaus sein. Das ist denn doch zu lächerlich! Wann wird ein Mann vor solchen Witzeleien sicher sein, wenn ihn nicht einmal Alter und Gebrechlichkeit davor bewahren?"

„Gebrechlichkeit?" sagte Elinor. „Willst du behaupten, Oberst Brandon sei gebrechlich? Ich kann zwar gut verstehen, daß dir sein Alter viel höher erscheint als unserer Mutter, aber du wirst dir doch nicht etwa vormachen, daß ihm schon die Glieder versagen!"

„Hast du denn nicht gehört, wie er über Rheumatismus klagte? Und ist das etwa nicht das häufigste Gebrechen in vorgerücktem Alter?"

„Mein liebes Kind", sagte ihre Mutter lachend, „unter diesen Umständen mußt du ja ständig befürchten, daß es mit mir zu Ende geht, und es muß dir geradezu wie ein Wunder vorkommen, daß ich das ehrwürdige Alter von vierzig Jahren überhaupt erreicht habe."

„Mama, du tust mir unrecht. Ich weiß sehr wohl, Oberst Brandon ist noch nicht so alt, daß sich seine Freunde schon Sorgen machen müßten, ihn durch den Lauf der Natur zu verlieren. Vielleicht hat er noch zwanzig Jahre zu leben. Aber mit

fünfunddreißig denkt ein Mann nicht mehr ans Heiraten."
„Mit fünfunddreißig sollte ein Mann vielleicht nicht mehr daran denken, eine Siebzehnjährige zu heiraten", sagte Elinor. „Aber wenn sich eine Siebenundzwanzigjährige findet, die noch ledig ist, dann glaube ich nicht, daß seine fünfunddreißig Jahre für Oberst Brandon ein Hinderungsgrund wären, sie zu heiraten."
„Mit siebenundzwanzig", sagte Marianne nach einer kurzen Pause, „darf sich eine Frau keine Hoffnung machen, noch einmal Liebe zu empfinden oder zu erwecken; und wenn sie ein Zuhause hat, wo sie sich nicht wohl fühlt, oder ein zu geringes Vermögen, dann kann ich mir vorstellen, daß sie sich mit der Rolle einer Krankenpflegerin abfindet, um das Auskommen und die Sicherheit der Ehefrau zu besitzen. Wenn er also eine solche Frau heiratet, dann ist daran nichts Unpassendes. Es wäre eine Vernunftehe, und die Leute würden nichts dabei finden. In meinen Augen wäre es überhaupt keine Ehe, aber das tut nichts zur Sache. Für mich wäre das Ganze ein bloßer Tauschhandel, bei dem jeder auf Kosten des andern profitieren möchte."
„Ich weiß ja", erwiderte Elinor, „du würdest dich niemals von mir überzeugen lassen, daß eine Siebenundzwanzigjährige in der Lage wäre, für einen Fünfunddreißigjährigen etwas zu empfinden, was der Liebe nahe genug kommt, um ihn ihr als erstrebenswerten Gefährten erscheinen zu lassen. Aber ich muß dir widersprechen, wenn du Oberst Brandon und seine Frau zu ständiger Gefangenschaft in einem Krankenzimmer verurteilst, bloß weil er gestern bei dem naßkalten Wetter zufällig mal über ein rheumatisches Ziehen in der Schulter klagte."
„Aber er hat von Flanellwesten gesprochen", sagte Marianne, „und für mich ist eine Flanellweste unweigerlich mit Schmerzen, Krämpfen, rheumatischen Beschwerden und Leiden aller Art verbunden, die alte und gebrechliche Menschen befallen."
„Hätte ihn nur ein heftiges Fieber geschüttelt, dann hättest du nicht halb so geringschätzig über ihn geurteilt. Gib zu, Marianne, die glühenden Wangen, die eingesunkenen Augen und der jagende Puls eines Fiebernden haben doch etwas ungemein Interessantes für dich, nicht wahr?"
Ein wenig später, nachdem Elinor das Zimmer verlassen hatte, sagte Marianne: „Mama, was übrigens Krankheit anbelangt,

so mache ich mir Sorgen, die ich dir nicht verschweigen möchte. Ich bin überzeugt, daß es Edward Ferrars nicht gut geht. Wir sind nun schon bald vierzehn Tage hier, und er hat sich noch immer nicht sehen lassen. Nur eine ernste Indisposition kann der Grund für dieses ungewöhnliche Säumnis sein. Was sollte ihn denn sonst in Norland aufhalten?"

„Hattest du damit gerechnet, daß er so schnell kommt?" fragte Mrs. Dashwood. „Ich nicht. Im Gegenteil, wenn ich mir überhaupt deswegen Gedanken gemacht habe, dann nur, weil ich mich erinnerte, daß er sich manchmal nicht besonders über meine Einladung zu freuen schien, wenn ich davon sprach, er solle nach Barton kommen. Wartet Elinor schon auf ihn?"

„Ich habe nicht mit ihr darüber gesprochen, aber ganz sicher wartet sie schon auf ihn."

„Ich glaube, da irrst du dich, denn als ich mich gestern mit ihr darüber unterhielt, ob wir uns nicht einen neuen Kamin für die unbenutzte Schlafkammer zulegen sollten, meinte sie, das habe keine Eile, weil in der nächsten Zeit nicht damit zu rechnen sei, daß der Raum gebraucht werde."

„Merkwürdig! Was kann das bloß bedeuten? Aber die ganze Art und Weise, wie sie sich gegeneinander benahmen, ist mir unerklärlich! Wie kalt, wie gefaßt sie sich voneinander verabschiedet haben! Wie steif sie sich am letzten Abend ihres Beisammenseins miteinander unterhielten! Beim Abschied war Edward zu Elinor nicht anders als zu mir: er teilte seine besten Wünsche gleichmäßig zwischen uns beiden wie ein lieber Bruder. Zweimal habe ich sie im Laufe des letzten Vormittags absichtlich allein gelassen, und jedesmal ist er mir ganz unerklärlicherweise aus dem Zimmer gefolgt. Und Elinor hat nicht geweint wie ich, als sie Norland und Edward Lebewohl sagte. Sogar jetzt ist ihre Selbstbeherrschung durch nichts zu erschüttern. Ist sie je niedergeschlagen oder melancholisch? Versucht sie je, allein zu sein, oder wirkt sie auch nur einmal in Gesellschaft ruhelos und unzufrieden?"

Neuntes Kapitel

Mittlerweile hatten sich die Dashwoods in Barton einigermaßen behaglich eingerichtet. Das Haus, der Garten und die gesamte Umgebung waren ihnen inzwischen vertraut, und die alltäglichen Beschäftigungen, welche die Hälfte der Reize von Norland ausgemacht hatten, wurden jetzt von ihnen mit weit größerer Freude wieder aufgenommen, als sie in Norland seit dem Tode ihres Vaters hatten finden können. Sir John Middleton, der sie in den ersten beiden Wochen täglich besuchte und es von zu Hause nicht gewohnt war, daß man sich viel betätigte, konnte seine Verwunderung darüber nicht verhehlen, daß sie immer etwas zu tun hatten.

Ihre Besucher waren, wenn man von denen aus Barton Park absah, nicht zahlreich; denn trotz aller dringenden Bitten Sir Johns, doch häufiger in der Nachbarschaft zu verkehren, und seiner wiederholten Versicherungen, daß seine Kutsche immer zu ihren Diensten stünde, war Mrs. Dashwoods Sinn für Unabhängigkeit stärker als ihr Wunsch nach geselligem Umgang für ihre Töchter. So verzichtete sie entschlossen darauf, Familien zu besuchen, zu denen der Fußweg zu weit war. Allerdings kamen auf diese Weise nur wenige in Frage, und nicht alle davon waren für Besucher zugänglich. Etwa anderthalb Meilen von ihrem Haus entfernt hatten die Mädchen bei einem ihrer ersten Spaziergänge durch das sich eng dahinwindende Allenhamtal, welches, wie schon beschrieben, vom Bartontal abzweigte, ein stattliches altes Gutshaus entdeckt, das sie lebhaft interessierte, weil es sie an Norland erinnerte, und den Wunsch in ihnen weckte, es näher kennenzulernen. Doch als sie sich erkundigten, erfuhren sie, daß es einer sehr angesehenen älteren Dame gehöre, die bedauerlicherweise zu leidend sei, um mit jemand zu verkehren, und ihr Haus nie verlasse.

Überall lud die Umgebung zu herrlichen Spaziergängen ein. Die Höhenzüge, die beim Blick aus fast jedem Fenster des Landhäuschens dazu verlockten, auf ihren Gipfeln in frischer Luft zu schwelgen, boten eine beglückende Abwechslung, wenn drunten die wunderschönen Täler im Schmutz versanken; und zu einem dieser Hügel lenkten Marianne und Margaret eines denkwürdigen Morgens ihre Schritte, als endlich ein paar Sonnenstrahlen durch den wolkenverhangenen Himmel fielen und sie von dem Stubenarrest erlösten, zu dem sie der Landregen der beiden voraufgegangenen Tage verurteilt hatte. Das Wetter war nicht einladend genug, um auch die beiden anderen von ihren Zeichnungen und Büchern fortzulocken,

obwohl Marianne behauptet hatte, der Tag würde noch vollends schön werden und alle noch drohenden Wolken würden sich von den Hügeln verziehen, und so waren die beiden Mädchen allein aufgebrochen.
Munter stiegen sie bergan und freuten sich beim Anblick jedes Fleckchens blauen Himmels über die Richtigkeit ihrer Vorhersage, und als ihnen ein kräftiger Südwest frisch um die Ohren blies, dachten sie mitleidig an die Befürchtungen, die ihre Mutter und Elinor davon abgehalten hatten, ein so köstliches Erlebnis mit ihnen zu teilen.
„Gibt es ein größeres Glück auf der Welt als dieses?“ sagte Marianne. „Margaret, hier gehen wir mindestens zwei Stunden lang spazieren!“
Margaret war einverstanden, und so setzten sie ihren Weg fort und stemmten sich übermütig lachend gegen den Wind, bis sich nach etwa zwanzig Minuten auf einmal die Wolken am Himmel zusammenzogen und ein Regenschauer ihnen ins Gesicht peitschte. Betroffen und überrascht mußten sie umkehren, ob sie wollten oder nicht, denn der nächste Unterschlupf, der sich bot, war ihr eigenes Haus. Ein Trost blieb ihnen jedoch, den ihre augenblickliche Notlage schicklicher erscheinen ließ, als es sonst der Fall gewesen wäre: aus Leibeskräften den steilen Abhang hinunterzulaufen, der direkt zu ihrer Gartenpforte führte.
Sie rannten los. Marianne war zunächst voran, aber plötzlich trat sie fehl und stürzte zu Boden. Margaret war es nicht möglich, anzuhalten und ihr beizustehen, da sie unfreiwillig weitergerissen wurde, bis sie wohlbehalten unten anlangte.
Ein Gentleman, der ein Gewehr trug und zwei Jagdhunde bei sich hatte, die um ihn herumtollten, kam den Berg herauf und war nur wenige Meter von Marianne entfernt, als ihr der Unfall zustieß. Er nahm sein Gewehr ab und eilte ihr zu Hilfe. Sie war wieder aufgestanden, aber bei dem Sturz hatte sie sich den Fuß verstaucht und konnte sich kaum auf den Beinen halten. Der Gentleman bot ihr seine Dienste an, und als er merkte, daß sie sich aus Anstandsrücksichten gegen das sträubte, was ihre Lage erforderlich machte, nahm er sie ohne Umstände einfach in die Arme und trug sie den Berg hinunter, dann weiter durch den Garten, dessen Pforte Margaret offengelassen hatte, bis ins Haus hinein, wo Margaret soeben

angelangt war, und ließ sie erst los, nachdem er sie im Wohnzimmer auf einem Stuhl abgesetzt hatte.
Elinor und ihre Mutter fuhren bei seinem Eintritt überrascht hoch, und während sie ihn noch mit sichtlichem Erstaunen und heimlicher Bewunderung anstarrten, was beides auf seine Erscheinung zurückzuführen war, entschuldigte er sich für sein Eindringen und schilderte den Anlaß so freimütig und unbefangen, daß sich die Wirkung seiner ungewöhnlich stattlichen Gestalt noch um den Reiz seiner Stimme und seines Mienenspiels erhöhte. Aber auch wenn er alt, häßlich und ungewandt gewesen wäre, hätte eine ihrer Tochter erwiesene Aufmerksamkeit genügt, ihm Mrs. Dashwoods Dankbarkeit und Wohlwollen zu sichern; seine Jugend, Schönheit und Vornehmheit jedoch verliehen seiner Tat einen Glanz, der sie innerlich ergriff.
Sie dankte ihm immer wieder und lud ihn mit der ihr eigenen Liebenswürdigkeit ein, Platz zu nehmen. Das schlug er jedoch aus, weil er schmutzig und naß sei. Dann fragte Mrs. Dashwood, wem sie sich denn verpflichtet fühlen dürfe. Sein Name sei Willoughby, erwiderte er; er halte sich gegenwärtig in Allenham auf und hoffe, sie werde ihm die Ehre gestatten, sich morgen nach Miss Dashwoods Befinden zu erkundigen. Die Ehre wurde ihm gern gewährt, und dann setzte er, was ihn nur noch interessanter machte, bei strömendem Regen seinen Weg fort.
Seine männliche Schönheit und sein ungewöhnlich sicheres Auftreten waren sogleich Gegenstand allgemeiner Bewunderung, und sein galantes Verhalten, mit dem man Marianne aufzog, wurde wegen seiner äußeren Vorzüge um so mehr bekichert. Marianne selbst hatte weniger von seinem Äußeren gesehen als die anderen, denn die Verlegenheit, die ihr Gesicht erglühen ließ, als er sie aufhob, hatte ihr die Kraft geraubt, ihn zu betrachten, nachdem er mit ihr das Haus betreten hatte. Aber sie hatte doch genug von ihm gesehen, um in die Bewunderung der anderen einzustimmen, und zwar mit jenem Eifer, der stets von ihr geäußertes Lob auszeichnete. Seine Erscheinung und sein Benehmen waren genau so, wie es sich ihre Phantasie schon immer für den Helden einer Lieblingserzählung ausgemalt hatte, und daß er sie ohne viel Umstände ins Haus getragen hatte, zeugte von einer schnellen Entschlußkraft, die ihr an seiner Tat besonders gefiel. Alles an ihm war

interessant. Sein Name klang gut, seine Wohnung lag in ihrem Lieblingsdorf, und sie stellte bald fest, daß einem Mann von allen Kleidungsstücken ein Jagdrock am besten zu Gesicht stünde. Ihre Phantasie arbeitete lebhaft, ihr kamen angenehme Gedanken, und dem Schmerz eines verstauchten Knöchels wurde keine Beachtung geschenkt.

An jenem Vormittag besuchte Sir John die Dashwoods, sowie ihm das Wetter erlaubte, außer Haus zu gehen. Man erzählte ihm von Mariannes Unfall und fragte ihn neugierig, ob er in Allenham einen Gentleman namens Willoughby kenne.

„Willoughby?" rief Sir John. „Was, ist der wieder im Lande? Das nenne ich aber eine gute Nachricht; morgen reite ich hinüber und lade ihn für Donnerstag zum Essen ein."

„Dann kennen Sie ihn also", sagte Mrs. Dashwood.

„Und ob ich ihn kenne! Natürlich, er ist doch jedes Jahr hier."

„Und was ist das für ein junger Mann?"

„Der beste Kerl, den es je gab, das kann ich Ihnen versichern. Ein ganz ausgezeichneter Schütze und der mutigste Reiter von ganz England."

„Und das ist alles, was Sie Gutes über ihn sagen können?" rief Marianne entrüstet. „Wie sind denn seine Manieren bei näherem Umgang? Was hat er für Interessen, was für Talente, was für geistige Anlagen?"

Sir John war etwas verwirrt.

„Bei meiner Seele", sagte er, „was das angeht, so weiß ich nicht viel über ihn. Aber er ist ein angenehmer, freundlicher Mensch, und er hat die schönste kleine schwarze Pointerhündin, die ich je gesehen habe. Hat er sie heute mitgehabt?"

Doch Marianne konnte ihm ebensowenig über die Farbe von Mr. Willoughbys Vorstehhündin Auskunft geben wie er ihr über Mr. Willoughbys Wesensart.

„Aber wer ist er denn eigentlich?" fragte Elinor. „Woher stammt er? Hat er in Allenham ein Haus?"

Über diesen Punkt konnte Sir John genauere Auskunft geben. Er erzählte ihnen, daß Mr. Willoughby keinen eigenen Grundbesitz in der Gegend habe, daß er sich hier nur aufhalte, wenn er die alte Dame in Allenham Court besuche, mit der er verwandt sei und deren Besitz er einmal erben sollte, und er fügte hinzu: „Ja, ja, den lohnt es sich einzufangen, das können Sie mir glauben, Miss Dashwood; überdies hat er in Somersetshire ein hübsches kleines eigenes Gut, und ich an Ihrer Stelle würde ihn nicht meiner jüngeren Schwester überlassen, und wenn sie noch so viele Berge hinunterpurzelt. Miss Marianne darf sich nicht einbilden, daß alle Männer nur für sie da sind. Brandon wird eifersüchtig werden, wenn sie sich nicht in acht nimmt."

„Ich glaube nicht", sagte Mrs. Dashwood gutmütig lächelnd, „daß Mr. Willoughby Gefahr läuft, von einer *meiner* Töchter eingefangen zu werden, wie Sie sich ausgedrückt haben. Zu einer derartigen Beschäftigung habe ich sie nicht erzogen. Vor uns sind die Männer sicher, und mögen sie noch so reich sein. Es freut mich jedoch, Ihren Worten zu entnehmen, daß er ein anständiger junger Mann ist, dessen Bekanntschaft man sich nicht zu schämen braucht."

„Meiner Meinung nach ist er der beste Kerl, den es je gegeben hat", wiederholte Sir John. „Ich kann mich noch erinnern, wie er letztes Weihnachten bei uns auf einem kleinen Hausball von acht bis vier Uhr durchgetanzt hat, ohne sich auch nur einmal auszuruhen."

„Nein, wirklich?" rief Marianne mit glänzendem Blick, „und auch elegant, mit Schwung?"

„Ja, und um acht war er schon wieder da, um auf die Fuchsjagd zu reiten."

„Das gefällt mir, so muß ein junger Mann sein. Was er auch tut, er muß es mit ganzem Einsatz tun und darf dabei kein Gefühl der Müdigkeit kennen."

„Ach ja, ich seh schon, wie es kommt", sagte Sir John, „ich seh schon, wie es kommt. Jetzt werden Sie sich den angeln und überhaupt nicht mehr an den armen Brandon denken."

„Das ist ein Ausdruck, Sir John", sagte Marianne heftig, „den ich ganz besonders geschmacklos finde. Ich kann keine abgedroschenen Phrasen ausstehen, die witzig sein sollen, und ‚sich einen Mann angeln' oder ‚eine Eroberung machen' sind mir die verhaßtesten von allen. Sie haben eine vulgäre und rohe Färbung, und selbst wenn man ihre bildhafte Formulierung als geistreich bezeichnen könnte, so hat ihnen doch die Zeit längst alles Originelle genommen."

Sir John verstand diese Zurechtweisung nicht ganz, aber er lachte so herzhaft, als wäre es der Fall, und dann erwiderte er: „Ja, ja, Sie werden schon genug Eroberungen machen, so oder so, das will ich meinen. Der arme Brandon! Der ist schon ganz hin; und den lohnt es sich wirklich zu angeln, das können Sie mir glauben, und wenn Sie noch so oft hinpurzeln und sich die Knöchel verstauchen.“

Zehntes Kapitel

Mariannes Lebensretter, wie Mr. Willoughby von Margaret elegant, doch nicht sehr treffend bezeichnet wurde, stellte sich schon zeitig am nächsten Morgen im Landhaus ein, um seine Aufwartung zu machen. Mrs. Dashwood empfing ihn mehr als höflich, mit einer Liebenswürdigkeit, die ihr Sir Johns Bericht wie auch ihre eigene Dankbarkeit nahelegten, und alles, was sich während des Besuchs zutrug, war dazu angetan, ihm den besten Eindruck von dem Taktgefühl, der Eleganz, der gegenseitigen Zuneigung und häuslichen Behaglichkeit dieser Familie zu verschaffen, die er durch einen Zufall kennengelernt hatte. Ihn von den persönlichen Reizen der Damen zu überzeugen, hätte es keiner weiteren Begegnung bedurft.

Elinor Dashwood hatte einen zarten Teint, regelmäßige Züge und eine bemerkenswert gute Figur. Marianne sah noch besser aus. Sie machte zwar keine so korrekte Erscheinung wie ihre Schwester, doch da sie den Vorteil der Größe hatte, wirkte sie um so auffälliger, und ihr Gesicht war so lieblich, daß man sie schön nennen konnte, ohne sich mit diesem Allerweltslob in dem Maße an der Wahrheit zu vergehen, wie es sonst gewöhnlich geschieht. Ihre Haut war tief brünett, aber durchscheinend, so daß ihr Teint ungewöhnlich strahlend wirkte. Sie hatte sehr sympathische Züge, ihr Lächeln war anmutig und freundlich, und aus ihren kohlschwarzen Augen blitzten so viel Leben, Temperament und Feuer, daß es wohl kaum jemand gab, der sich nicht daran erfreut hätte. Willoughby wurde der Ausdruck ihrer Augen zunächst vorenthalten, weil die Erinnerung an seine Hilfeleistung Marianne verlegen machte. Doch als das vorüber war, als sie sich wieder faßte, als sie sah, daß bei diesem Gentleman eine vollendet gute Erziehung mit Offenheit und Lebhaftigkeit einherging, und vor allem als sie ihn erklären hörte, er begeistere sich leidenschaftlich für Musik und Tanz, da schenkte sie ihm einen so beifälligen Blick, daß er die restliche Zeit seines Besuchs fast nur noch ihr widmete.

Man brauchte nur eine ihrer Lieblingsbeschäftigungen zu erwähnen, um sie ins Gespräch zu ziehen. Wurden solche Themen aufgeworfen, so konnte sie nicht ruhig bleiben, und sie kannte weder Schüchternheit noch Zurückhaltung, wenn sie erörtert wurden. Die beiden jungen Leute stellten bald fest, daß sie ein gemeinsames Interesse an Musik und Tanz verband und daß es einer vollständigen Übereinstimmung ihrer Ansichten in bezug auf alles, was damit zusammenhing, entsprang. Das ermutigte Marianne dazu, seine Anschauungen weiter zu überprüfen, und so brachte sie das Thema Bücher zur Sprache: da wurden ihm ihre Lieblingsautoren aufgezählt und mit so glühender Begeisterung gepriesen, daß ein junger Mann von fünfundzwanzig Jahren schon auf den Kopf gefallen sein mußte, wenn ihn das nicht sofort von der Vortrefflichkeit der genannten Werke überzeugt hätte, so wenig er sie vielleicht auch vorher geschätzt haben mochte. Sie hatten einen verblüffend ähnlichen Geschmack. Beide liebten abgöttisch dieselben Bücher, dieselben Passagen, und zeigte sich doch einmal ein Meinungsunterschied, erhob sich ein Widerspruch, dann dauerte er nicht länger, als bis Marianne ihre zwingenden Argumente und ihre strahlenden Augen in die Debatte warf. Mr. Willoughby pflichtete all ihren Urteilen bei, ließ sich von ihrer Begeisterung anstecken, und lange bevor sein Besuch zu Ende war, unterhielten sie sich bereits so vertraut wie gute alte Bekannte.

„Na, Marianne", sagte Elinor, sobald er gegangen war, „das ist ja allerhand, was du da an einem einzigen Vormittag erreicht hast! Du hast bereits Mr. Willoughbys Meinung zu fast allen wichtigen Fragen herausbekommen. Du weißt, wie er über Cowper und Scott denkt, du hast dich vergewissert, daß er die Schönheit ihrer Werke so uneingeschränkt würdigt, wie es sich gehört, und hast von ihm jede Versicherung erhalten, daß er Pope nicht mehr bewundert, als ihm zusteht. Aber wie willst du deine Bekanntschaft auf die Dauer fortsetzen, wenn du nichts Eiligeres zu tun hast, als sofort sämtliche Gesprächsgegenstände mit ihm durchzugehen? Deine Lieblingsthemen wirst du bald erschöpft haben. Noch eine Zusammenkunft genügt, damit er dir seine Ansichten über das Schöne in der bildenden Kunst und über Zweitehen erläutert, und dann geht dir der Stoff aus."

„Elinor", rief Marianne, „ist das anständig? Ist das gerecht?

Leide ich wirklich unter einem solchen Mangel an Ideen? Aber ich verstehe, wie du das meinst. Ich bin allzu ungezwungen, allzu glücklich, allzu freimütig gewesen. Ich habe gegen alle spießigen Anstandsregeln verstoßen. Ich bin offen und aufrichtig gewesen, statt reserviert, stumpfsinnig, langweilig und heuchlerisch zu sein — hätte ich nur vom Wetter und den schlechten Straßen gesprochen und nur einmal in zehn Minuten ein Wort gesagt, dann wäre mir dieser Vorwurf erspart geblieben."

„Mein liebes Kind", sagte ihre Mutter, „du darfst das Elinor nicht übelnehmen — sie hat ja nur Spaß gemacht. Ich würde sie selbst zurechtweisen, wenn sie überhaupt dazu fähig wäre, dir die Freude an der Unterhaltung mit unserem neuen Freund zu verderben." Augenblicklich war Marianne besänftigt.

Willoughby blieb seinerseits keinen Beweis dafür schuldig, daß er sich über die Bekanntschaft der Damen freute und sie offenbar zu vertiefen wünschte. Er kam sie jeden Tag besuchen. Zuerst gab er vor, sich nach Mariannes Befinden erkundigen zu wollen; doch die Ermutigung des ihm von Tag zu Tag mit größerer Freundlichkeit zuteil werdenden Empfangs machte einen solchen Vorwand überflüssig, noch ehe er wegen Mariannes völliger Genesung ohnehin nicht mehr anging. Einige Tage blieb sie ans Haus gefesselt, doch noch nie war eine Fessel als weniger lästig empfunden worden. Willoughby war ein intelligenter junger Mann von rascher Auffassungsgabe, lebhafter Sinnesart und freimütigen, liebenswürdigen Umgangsformen. Er war direkt dazu geschaffen, Mariannes Herz zu gewinnen; denn mit den genannten Vorzügen verband er nicht nur ein einnehmendes Äußeres, sondern auch ein natürliches inneres Feuer, das jetzt durch ihr eigenes Beispiel entfacht und geschürt wurde und ihn mehr als alles andere ihrer Zuneigung empfahl.

In seiner Gesellschaft zu sein wurde mit der Zeit ihr größtes Vergnügen. Sie lasen, sie unterhielten sich, sie sangen zusammen; sein musikalisches Talent war beachtlich, und er las mit all dem Gefühl und der Begeisterung vor, an denen es Edward leider gemangelt hatte.

In Mrs. Dashwoods Augen war er ebenso fehlerlos wie in Mariannes, und auch Elinor fand nichts an ihm auszusetzen außer einer Neigung, die ihn ihrer Schwester sehr ähnlich machte und ihn dieser besonders sympathisch erscheinen ließ, nämlich daß er bei jeder Gelegenheit allzu offen sagte, was er dachte, ohne auf die Anwesenden oder die Umstände Rücksicht zu nehmen. Damit, daß er allzu schnell ein Urteil über andere Menschen fällte, die allgemeine Höflichkeit mißachtete, um sich ganz und gar der Sache hinzugeben, die sein Herz gefangennahm, und sich allzu leicht über die Anstandsformen hinwegsetzte, bewies er einen Mangel an Takt, den Elinor keinesfalls billigen konnte, was auch immer er und Marianne zu seiner Rechtfertigung sagen mochten.

Marianne begann jetzt einzusehen, daß die Verzweiflung, die sie mit sechzehneinhalb Jahren ob der Aussichtslosigkeit ergriffen hatte, je einem Mann zu begegnen, der ihren Vorstellungen von Vollkommenheit entspräche, voreilig und unbegründet gewesen war. Willoughby war genau so, wie sie sich in jener schwarzen Stunde und an allen weniger düsteren Tagen in ihrer Phantasie den Mann ausgemalt hatte, der ihr den Kopf verdrehen könnte, und sein Verhalten ließ deutlich erkennen, daß er ebensosehr darauf bedacht wie dazu befähigt war.

Auch ihre Mutter, in der seine Aussicht auf eine reiche Erbschaft keinerlei spekulative Gedanken an eine Heirat geweckt hatte, begann eine solche Entwicklung noch vor Ablauf einer Woche zu erhoffen und zu erwarten, und sie beglückwünschte sich schon insgeheim dazu, zwei solche Schwiegersöhne gewonnen zu haben wie Edward und Willoughby.

Daß Oberst Brandon Zuneigung für Marianne hegte, was seine Freunde so bald entdeckt hatten, wurde Elinor erst zu einem Zeitpunkt offenbar, da die andern bereits wieder aufhörten, sich dafür zu interessieren. Deren Aufmerksamkeit und Scharfsinn wandten sich jetzt seinem glücklicheren Rivalen zu, und die Sticheleien, die Brandon hatte erdulden müssen, noch ehe überhaupt so etwas wie Zuneigung in ihm aufgekeimt war, unterblieben, als seine Gefühle nun wirklich den Spott herauszufordern begannen, mit dem man die Empfindsamkeit sehr zu Recht bedenkt. Elinor mußte, wenn auch widerstrebend, glauben, daß die Empfindungen, die ihm Mrs. Jennings zu ihrer eigenen Befriedigung angedichtet hatte, jetzt tatsächlich von ihrer Schwester in ihm erregt wurden und daß, wenn Mr. Willoughbys Liebe durch eine weitreichende Ähnlichkeit zwischen seinem und Mariannes Wesen nur gesteigert wurde, ein ebenso ausgeprägter Gegensatz der Charaktere im Falle Oberst Brandons durchaus keinen Hinderungsgrund darstellte. Sie sah es mit Bedauern; denn was für Hoffnungen durfte sich ein schweigsamer Fünfunddreißigjähriger machen, mit dem ein sehr lebhafter Fünfundzwanzigjähriger rivalisierte? Und da sie ihm schon keinen Erfolg wünschen konnte, so wünschte sie von Herzen, er möge gleichgültig sein. Sie konnte ihn gut leiden — trotz seines Ernstes und seiner Zurückhaltung erweckte er ihr Interesse. Er wirkte zwar gesetzt, aber doch umgänglich, und seine Zurückhaltung schien eher einer seelischen Belastung als einer angeborenen Schwermut zu entspringen. Sir John hatte einmal Andeutungen über frühere Kränkungen und Enttäuschungen gemacht, was sie in dem Glauben bestärkte, daß er unglücklich sei, und sie betrachtete ihn voller Hochachtung und Mitgefühl.

Vielleicht bedauerte und schätzte sie ihn um so mehr, als er von Willoughby und Marianne geringgeachtet wurde, die beide ein Vorurteil gegen ihn hatten, weil er weder lebhaft noch jung war, und entschlossen schienen, seine Vorzüge unterzubewerten.

„Brandon ist genau die Sorte Mann", sagte Willoughby eines Tages, als sie sich über ihn unterhielten, „von dem alle gut sprechen, aber um den sich niemand kümmert; alle freuen sich, ihn zu sehen, aber keinem fällt es ein, sich mit ihm abzugeben."

„Genau so denke ich auch über ihn", rief Marianne.

„Bildet euch bloß nichts darauf ein", sagte Elinor, „denn ihr tut ihm beide unrecht. Bei der ganzen Familie in Barton Park ist er hoch angesehen, und jedesmal, wenn ich mit ihm zusammentreffe, bemühe ich mich, ihn in ein Gespräch zu ziehen."

„Daß *Sie* ihn in Schutz nehmen", erwiderte Willoughby, „spricht gewiß für ihn; was aber sein Ansehen bei den übrigen betrifft, so gereicht ihm das weiß Gott nicht zur Ehre. Wer würde sich schon die Demütigung gefallen lassen, von Frauen wie Lady Middleton und Mrs. Jennings geschätzt zu werden, wenn er allen anderen Menschen gleichgültig ist?"

„Aber vielleicht gleichen Leute wie Sie und Marianne mit ihren Lästerungen die Hochachtung Lady Middletons und ihrer Mutter wieder aus. Wenn deren Lob ein Tadel ist, dann kann Ihr Tadel ebensogut ein Lob sein, denn ich finde die beiden Damen nicht unverständiger als Sie voreingenommen und ungerecht."

„Ihrem Protegé zuliebe werden Sie sogar spitz."

„Mein Protegé, wie Sie ihn nennen, ist ein vernünftiger Mensch, und Vernunft hat mich von jeher angezogen. Jawohl, Marianne, auch bei einem Mann zwischen dreißig und vierzig. Er hat viel von der Welt gesehen, er ist im Ausland gewesen, ist belesen und hat einen regen Geist. Er hat mir über die verschiedensten Dinge Auskunft geben können, und er hat auf meine Fragen stets mit einer Bereitwilligkeit geantwortet, die von guter Erziehung und gutem Charakter zeugt."

„Das heißt", rief Marianne verächtlich, „er hat dir erzählt, daß es in Ostindien heiß ist und daß einem dort die Moskitos lästig fallen."

„Das hätte er mir zweifellos erzählt, wenn ich mich danach erkundigt hätte, aber zufällig war ich über diese Punkte schon vorher informiert."

„Vielleicht", sagte Willoughby, „hätten seine Kenntnisse sogar bis zur Existenz von Nabobs, Goldmohurs und Palankins gereicht."

„Ich darf wohl behaupten, daß seine Kenntnisse viel weiter reichen als Ihre Unvoreingenommenheit. Aber wieso haben Sie etwas gegen ihn?"

„Ich habe durchaus nichts gegen ihn. Im Gegenteil, ich halte ihn für einen sehr ehrenwerten Mann, dem jeder Gutes nachsagt und den niemand beachtet, für einen Mann, der mehr Geld hat, als er ausgeben kann, mehr Zeit, als er mit sinnvoller Beschäftigung herumzubringen weiß, und jedes Jahr zwei neue Röcke."

„Darüber hinaus", rief Marianne, „hat er weder Geist noch Geschmack, noch Temperament. Seinen Gedanken fehlt es an Glanz, seinen Gefühlen an Leidenschaft und seiner Stimme an Ausdruck."

„Ihr verurteilt seine Fehler so in Bausch und Bogen und so ausschließlich auf der Grundlage eurer eigenen Phantasie, daß sich alles, was ich Lobendes über ihn sagen kann, im Vergleich damit kalt und nüchtern ausnimmt. Ich weiß nur so viel: er hat Verstand, eine gute Erziehung, solide Kenntnisse, gebildete Umgangsformen, und ich glaube, auch ein liebenswürdiges Wesen."

„Miss Dashwood", rief Willoughby, „das ist nun aber wirklich nicht nett von Ihnen. Sie versuchen mich mit Vernunftgründen zu entwaffnen und mich wider meinen Willen zu überzeugen. Aber das lasse ich mir nicht gefallen. Sie werden feststellen, daß meine Unnachgiebigkeit ebenso groß ist wie Ihre Überredungskunst. Es gibt drei unwiderlegbare Gründe, weshalb ich etwas gegen Oberst Brandon habe: er hat mir damit gedroht, es werde regnen, als ich schönes Wetter wollte; er hat etwas an dem Vorhang meiner Kutsche auszusetzen, und er läßt sich nicht dazu überreden, meine braune Stute zu kaufen. Wenn es Ihnen jedoch eine Genugtuung bereitet, zu erfahren, daß ich seinen Charakter in sonstiger Beziehung für untadelig halte, dann bin ich bereit, das zuzugeben. Aber als Gegenleistung für ein Zugeständnis, das mir ziemlich schwerfallen würde, können Sie mir nicht das Recht verweigern, ihn weiterhin so unausstehlich zu finden wie bisher."

Elftes Kapitel

Mrs. Dashwood und ihre Töchter hatten sich bei ihrer Ankunft in Devonshire wohl kaum träumen lassen, daß ihre Zeit mit so vielen Verpflichtungen ausgefüllt sein würde, wie sie sich bald ergaben, oder daß sie so häufig Einladungen erhalten und so oft Besucher empfangen würden, daß ihnen kaum noch Muße für eine ernsthafte Beschäftigung blieb. Und doch war es so. Als Mariannes Knöchel wiederhergestellt war, wurden die zuvor von Sir John entwickelten Pläne hinsichtlich im Hause und im Freien stattfindender Vergnügungen in die Tat umgesetzt. Es begannen die Hausbälle in Barton Park, und es wurden Ausflüge zu Wasser organisiert und auch durchgeführt, sooft es der verregnete Oktober nur zuließ. Zu jeder dieser Veranstaltungen wurde Willoughby hinzugezogen, und die zwanglose Vertraulichkeit, die sich ganz natürlich bei solchen Zusammenkünften ergab, war wie geschaffen, seine Bekanntschaft mit den Dashwoods zu vertiefen, und bot ihm Gelegenheit, sich von Mariannes vortrefflichen Eigenschaften zu überzeugen, seiner Bewunderung für sie Ausdruck zu verleihen und ihrem eigenen Verhalten den deutlichsten Beweis ihrer Zuneigung zu entnehmen.

Elinor fand es nicht überraschend, daß die beiden etwas füreinander übrig hatten. Sie wünschte lediglich, sie würden es etwas weniger offen zeigen, und ein paarmal legte sie es Marianne nahe, sich doch etwas besser zu beherrschen. Aber Marianne verabscheute alle Geheimhaltung, wenn rückhaltlose Offenheit durchaus nichts Schimpfliches an sich hatte, und das Bemühen, Gefühle zu verhehlen, die an sich nicht zu tadeln waren, schien ihr nicht nur eine überflüssige Mühe zu sein, sondern ein geradezu schändlicher Kniefall der Vernunft vor banausischen und irrigen Anschauungen. Willoughby dachte ebenso, und ihrer beider Verhalten entsprach völlig ihren Ansichten.

War er zugegen, so hatte sie für niemand anders einen Blick. Alles, was er tat, war richtig. Alles, was er sagte, war geistreich. Beschloß man in Barton Park den Abend mit Kartenspiel, dann bemogelte er sich und alle übrigen Anwesenden, um ihr ein gutes Blatt zu verschaffen. Vergnügte man sich eine Nacht bei Tanz, dann war er die Hälfte der Zeit ihr Partner, und mußten sie sich einmal für ein paar Tänze trennen, dann standen sie geflissentlich beisammen und wechselten mit kaum jemand anders ein Wort. Solch ein Verhalten hatte natürlich zur Folge, daß man weidlich über sie lachte, aber Spott konnte sie nicht beschämen und schien ihnen kaum etwas auszumachen.

Mrs. Dashwood teilte ihre Gefühle so vorbehaltlos, daß sie keine Neigung verspürte, die beiden davon abzuhalten, sich so über Gebühr zur Schau zu stellen. Sie erblickte darin nichts anderes als die natürliche Folge einer starken Zuneigung eines jungen, leidenschaftlichen Gemüts.

Für Marianne war dies eine glückliche Zeit. Ihr Herz gehörte Willoughby, und ihre stille Sehnsucht nach Norland, die sie aus Sussex mitgebracht hatte, schien sich, seit er ihr neues Heim durch seine Anwesenheit verschönte, schneller legen zu wollen, als sie je für möglich gehalten hätte.

Elinor fühlte sich weniger glücklich. Ihr Herz war nicht so unbefangen, ihre Freude an den gemeinsamen Vergnügungen nicht so ungetrübt. Sie hatten ihr keinen Gesellschafter beschert, der sie für ihren Verlust entschädigen oder von den schmerzlichen Erinnerungen an Norland ablenken konnte. Lady Middleton und Mrs. Jennings waren kein Ersatz für den Gedankenaustausch, den sie vermißte; die letztere allerdings war eine nimmermüde Erzählerin und hatte ihr gleich von Anbeginn so viel Freundlichkeit entgegengebracht, daß ihr ein

großer Teil ihres Redestroms sicher war. Schon drei- oder viermal hatte sie Elinor ihren ganzen Lebenslauf erzählt, und wäre Elinors Gedächtnis Mrs. Jennings' Mitteilsamkeit gewachsen gewesen, dann hätte sie schon nach sehr kurzer Bekanntschaft in allen Einzelheiten erfahren können, wie Mr. Jennings' letzte Krankheit verlaufen war und was er wenige Minuten vor seinem Tode zu seiner Frau gesagt hatte. Lady Middleton war nur insofern angenehmer als ihre Mutter, als sie weniger sprach. Elinor bedurfte keines großen Scharfblicks, um festzustellen, daß ihre Reserviertheit nichts weiter als eine ruhige Wesensart war und keineswegs etwas mit Verstand zu tun hatte. Zu ihrem Mann und ihrer Mutter war sie nicht anders als zu ihnen; ein innigeres Verhältnis zu ihr war daher weder zu erwarten, noch schien es erwünscht. Sie hatte den einen Tag nichts zu sagen, was sie nicht schon am Tag zuvor gesagt hätte. Ihre Langweiligkeit blieb sich immer gleich, denn selbst ihre Stimmung wechselte nie, und wenn sie auch nichts dagegen hatte, daß ihr Mann Gesellschaften arrangierte — vorausgesetzt, alles ging schön manierlich dabei zu und ihre beiden ältesten Kinder waren um sie —, so schien sie ihnen doch nie mehr Vergnügen abzugewinnen, als sie empfunden hätte, wenn sie zu Hause geblieben wäre; und sie beteiligte sich so wenig am Gespräch der anderen, daß man ihre Anwesenheit manchmal erst bemerkte, wenn sie sich wegen ihrer herumtobenden Jungen beunruhigte.
Von all ihren neuen Bekannten war Oberst Brandon der einzige, der Elinor eine gewisse Hochachtung vor seinen Fähigkeiten abverlangte, freundschaftliches Interesse in ihr weckte und sich als angenehmer Umgang erwies. Willoughby kam nicht in Betracht. Ihre Bewunderung und ihre Sympathie, selbst ihre schwesterliche Sympathie, waren ihm sicher, doch er war verliebt; er kümmerte sich ausschließlich um Marianne, und ein weit weniger gut zu leidender Mann wäre ein insgesamt befriedigenderer Umgang gewesen. Oberst Brandon hatte zu seinem Pech keinerlei Anlaß, allein an Marianne zu denken, und die Unterhaltung mit Elinor tröstete ihn am besten über die völlige Gleichgültigkeit ihrer Schwester hinweg.
Elinors Mitgefühl für ihn wurde noch dadurch gesteigert, daß sie Grund hatte zu vermuten, er habe schon früher einmal Liebeskummer durchlitten. Auf diese Vermutung wurde sie durch einige Worte gebracht, die er eines Abends in Barton

Park fallen ließ, als sie sich in beiderseitigem Einverständnis setzten, während die andern tanzten. Er hielt seinen Blick unverwandt auf Marianne geheftet, und nach einer Weile sagte er mit einem leichten Lächeln: „Soviel ich gehört habe, billigt es Ihre Schwester nicht, daß sich jemand ein zweites Mal verliebt."

„Nein", erwiderte Elinor, „darin hat sie sehr romantische Ansichten."

„Oder vielmehr hält sie es, wie ich glaube, für unmöglich, daß es so etwas gibt."

„Wahrscheinlich. Aber wie sie das fertigbringt, ohne damit ihren eigenen Vater in ein schiefes Licht zu setzen, der doch zweimal verheiratet war, das weiß ich auch nicht. In ein paar Jahren wird sie sich aber mehr vom Verstand und von der Erfahrung leiten lassen; dann werden ihre Ansichten andern Leuten auch besser begründet und leichter vertretbar erscheinen als jetzt."

„Das wird sicherlich der Fall sein", erwiderte er, „und dennoch liegt in den Vorurteilen eines jungen Menschen etwas so Liebenswertes, daß man es nur bedauern kann, wenn sie landläufigen Ansichten weichen."

„Darin kann ich Ihnen nicht beipflichten", sagte Elinor. „Solche Gefühle, wie Marianne sie hegt, bringen Ungelegenheiten mit sich, die durch alle Reize eines schwärmerischen und weltfremden Gemüts nicht aufgewogen werden können. Ihre Anschauungen haben leider alle die Tendenz, sich über die Schicklichkeit hinwegzusetzen; von etwas mehr Weltkenntnis erhoffe ich mir für sie den größten Gewinn."

Nach einer kurzen Pause nahm er den Faden des Gesprächs wieder auf. „Lehnt Ihre Schwester eine zweite Liebe ausnahmslos ab? Hält sie sie bei jedermann für gleichermaßen unstatthaft? Sollen denn alle, deren erste Liebe an Treulosigkeit oder widrigen Umständen zerbrach, den Rest ihres Lebens in Gleichgültigkeit verbringen?"

„Auf mein Wort, so genau kenne ich mich in ihren Grundsätzen auch nicht aus. Ich weiß nur so viel, daß sie bisher in keinem Fall eine zweite Liebe entschuldbar gefunden hat."

„Diese Einstellung kann nicht von Dauer sein", sagte er, „doch ein Wandel, ein völliger Umschwung der Gefühle . . . Nein, nein, wünschen Sie das nicht; denn wenn sich die romantische Schwärmerei eines jungen Menschen verflüchtigt, wie oft wird sie da von Ansichten abgelöst, die nur allzu platt und allzu gefährlich sind! Ich spreche aus Erfahrung. Ich kannte einmal eine Dame, die in Temperament und Wesen Ihrer Schwester sehr ähnlich war und ebenso dachte und urteilte wie sie, doch nach einer erzwungenen Veränderung – nach einer Reihe unglücklicher Umstände ..." Hier brach er plötzlich ab; anscheinend glaubte er schon zuviel gesagt zu haben. Sein Gesichtsausdruck aber brachte Elinor auf Vermutungen, die ihr sonst nie in den Sinn gekommen wären. Die Dame hätte wahrscheinlich nicht ihren Verdacht erregt, hätte er nicht seine Gesprächspartnerin davon überzeugt, daß nichts, was sie betraf, über seine Lippen kommen sollte. Wie die Dinge lagen, bedurfte es nur eines geringen Aufwands an Phantasie, um seine Gemütsbewegung mit der zärtlichen Erinnerung an Vergangenes in Zusammenhang zu bringen. Zu mehr verstieg sich Elinor nicht. Marianne dagegen hätte es an ihrer Stelle nicht damit bewenden lassen. Mit ihrer lebhaften Einbildungskraft hätte sie sich flugs eine ganze Geschichte daraus zurechtgemacht und alles im melancholischsten Sinn einer unglücklichen Liebe ausgelegt.

Zwölftes Kapitel

Als Elinor und Marianne am nächsten Morgen zusammen einen Spaziergang unternahmen, teilte die letztere ihrer Schwester eine Neuigkeit mit, welche diese, wiewohl sie Mariannes Unbesonnenheit und Gedankenlosigkeit kannte, doch durch das Ausmaß überraschte, in dem sie für beides bezeichnend schien. Marianne erzählte ihr hocherfreut, Willoughby habe ihr ein Pferd geschenkt, eines, das er selbst auf seinem Gut in Somersetshire gezüchtet habe und das bestens dazu geeignet sei, eine Frau zu tragen. Ohne zu bedenken, daß ihre Mutter nicht die Absicht hatte, ein Pferd zu halten, und, sollte sie ihren Entschluß diesem Geschenk zuliebe ändern, ein weiteres für den Reitknecht würde kaufen müssen, der zudem erst noch anzustellen war, und endlich auch noch einen Stall würde bauen müssen, um beide Pferde darin unterzubringen, hatte sie das Geschenk ohne Zögern angenommen und ihrer Schwester voller Entzücken davon erzählt.

„Er will sofort seinen Reitknecht nach Somersetshire schicken

und es holen lassen", fuhr sie fort, „und sobald es hier ist, reiten wir jeden Tag zusammen aus. Du kannst es auch mit benutzen. Stell dir doch vor, liebe Elinor, wie herrlich es sein muß, über diese Berge zu galoppieren!"
Höchst ungern ließ sie sich aus einem so glücklichen Traum reißen und sträubte sich erst eine Weile, all den unbequemen Wahrheiten ins Gesicht zu sehen, die mit der Angelegenheit verbunden waren, ehe sie sich ihnen beugte. Was einen weiteren Diener betraf, so kostete der doch so gut wie gar nichts. Mama würde bestimmt nichts dagegen haben, und für den wäre es doch auch mit einem x-beliebigen Pferd getan — er könnte sicher immer eins in Barton Park bekommen, und was den Stall anging, so würde der einfachste Verschlag genügen. Elinor deutete nunmehr Zweifel an, ob es auch schicklich wäre, ein derartiges Geschenk von einem Mann anzunehmen, den sie so wenig oder doch zumindest erst so kurze Zeit kenne. Das war zuviel.
„Da irrst du dich aber, Elinor", sagte Marianne aufbrausend, „wenn du glaubst, daß ich Willoughby zu wenig kenne. Ich kenne ihn noch nicht lange, das stimmt, aber ich kenne ihn besser als jeden andern Menschen auf der Welt, ausgenommen dich und Mama. Nicht Zeit und Gelegenheit sind entscheidend dafür, wie weit sich zwei Menschen nahekommen, sondern allein ihre Wesensart. Bei manchen reichen sieben Jahre nicht aus, daß sie sich kennenlernen, und bei anderen sind sieben Tage mehr als genug. Ich würde es für eine größere Unschicklichkeit halten, mir ein Pferd von meinem Bruder schenken zu lassen als von Willoughby. John kenne ich sehr wenig, obwohl wir jahrelang in einer Familie zusammen gelebt haben; über Willoughby hingegen habe ich mir längst ein Urteil gebildet."
Elinor hielt es für das klügste, diesen Punkt nicht mehr zu berühren. Sie kannte das Naturell ihrer Schwester. Widersetzte man sich ihr in einer so heiklen Frage, dann würde sie nur um so fester auf ihrer Meinung bestehen. Es genügte, an ihre Liebe zu ihrer Mutter zu appellieren, ihr die Ungelegenheiten vor Augen zu führen, welche diese nachgiebige Mutter auf sich nehmen müßte, wenn sie — wie zu erwarten — dieser Vergrößerung des Haushalts zustimmte, damit Marianne sich einsichtig fügte. Sie versprach, der Mutter gegenüber nichts von dem Geschenk zu erwähnen, um sie gar nicht erst zu so unüberlegter Güte zu verleiten, und Willoughby bei der

nächsten Begegnung zu erklären, daß sie es ausschlagen müsse.
Sie hielt Wort, und als sich Willoughby noch am gleichen Tage in dem Landhaus einfand, hörte Elinor, daß sie leise mit ihm sprach, ihm erzählte, wie enttäuscht sie sei und daß sie sich leider gezwungen sehe, auf die Annahme seines Geschenks zu verzichten. Die Gründe dafür wurden ihm gleichfalls mitgeteilt, und sie waren so überzeugend, daß er nicht weiter auf seinem Anerbieten bestehen konnte. Sein Bedauern war ihm jedoch deutlich anzumerken, und sowie er es mit Nachdruck ausgesprochen hatte, fuhr er mit ebenso leiser Stimme fort: „Aber das Pferd gehört Ihnen trotzdem, Marianne, auch wenn Sie jetzt keine Verwendung dafür haben. Ich werde es nur so lange behalten, bis Sie es zu sich nehmen können. Wenn Sie einmal Barton verlassen, um sich in einem eigenen, ständigen Heim einzurichten, dann wird Sie Queen Mab empfangen."
Das alles hörte Elinor mit an, und in dem ganzen Satz, in der Art, wie Willoughby ihn aussprach und wie er ihre Schwester beim Vornamen nannte, lag so viel Vertraulichkeit, ein so unmißverständlicher Sinn, daß sie sofort daraus schloß, die beiden seien sich einig. Von diesem Augenblick an stand für sie fest, daß sie sich verlobt hatten, und das einzig Überraschende an diesem Umstand war nur, daß zwei so offenherzige Naturen es ihr und ihren Freunden überließen, von allein dahinterzukommen.
Am nächsten Tag vertraute ihr Margaret etwas an, was ein noch deutlicheres Licht auf diese Sache warf. Willoughby hatte den vorhergehenden Abend bei ihnen verbracht, und Margaret war eine Weile mit ihm und Marianne im Wohnzimmer allein geblieben und hatte dabei einiges beobachtet, was sie mit höchst wichtiger Miene bei der nächsten sich bietenden Gelegenheit ihrer Schwester mitteilte.
„Ach, Elinor!" rief sie. „Ich muß dir ja solch ein Geheimnis von Marianne verraten! Ganz bestimmt wird sie Mr. Willoughby bald heiraten."
„Das hast du fast jeden Tag behauptet, seit sie sich das erstemal auf dem Hochkirchberg trafen", erwiderte Elinor. „Und sie kannten sich noch keine Woche, da wußtest du schon mit Sicherheit, daß Marianne sein Bild um den Hals trug. Es stellte sich aber heraus, daß es bloß eine Miniatur von unserm Großonkel war."

„Aber diesmal ist es etwas anderes. Ich weiß genau, daß sie bald heiraten, denn er hat eine Locke von ihrem Haar."
„Nimm dich in acht, Margaret! Vielleicht stammt das Haar bloß von *seinem* Großonkel!"
„Nein wirklich, Elinor, es ist von Marianne. Ich bin mir so gut wie sicher, denn ich hab gesehen, wie er es abschnitt. Gestern abend, nach dem Tee, als du und Mama nicht im Zimmer wart, da haben die beiden die Köpfe zusammengesteckt und eifrig miteinander getuschelt, und er schien sich etwas von ihr zu erbitten, und dann hat er ihre Schere genommen und eine lange Locke von ihrem Haar abgeschnitten, denn es war ihr ganz in den Nacken gefallen, und dann hat er die Locke geküßt und in ein Stück weißes Papier gewickelt und in seine Brieftasche gesteckt."
Solchen Beweisgründen, die mit solcher Überzeugungskraft vorgetragen wurden, konnte Elinor die Glaubwürdigkeit nicht absprechen, und dazu sah sie auch gar keinen Anlaß, denn der Vorfall paßte genau zu dem, was sie selbst gesehen und gehört hatte.
Margarets Scharfblick äußerte sich nicht immer auf eine für ihre Schwester so befriedigende Weise. Als ihr Mrs. Jennings eines Abends in Barton Park zusetzte, sie solle doch den Namen des jungen Mannes nennen, der in Elinors Gunst obenan stehe — eine Frage, die schon lange ihre Neugier reizte —, blickte Margaret ihre Schwester an und sagte: „Ich darf es nicht verraten, nicht wahr, Elinor?"
Darüber mußten natürlich alle lachen, und Elinor versuchte mitzulachen. Aber es fiel ihr schwer. Sie war davon überzeugt, daß Margaret jemand im Auge hatte, bei dem sie es nicht gelassen würde ertragen können, wenn Mrs. Jennings immer wieder seinen Namen zum Gegenstand eines ihrer unermüdlich wiederholten Scherze machte.
Marianne fühlte aufrichtig mit ihr, schadete ihr aber mehr, als daß sie ihr nützte, denn sie lief dunkelrot an und sagte wütend zu Margaret: „Merk dir das eine: du kannst vermuten, was du willst, aber du hast kein Recht, vor andern Leuten darüber zu reden."
„Ich vermute gar nichts", erwiderte Margaret. „Du hast es mir doch selbst gesagt."
Das steigerte die allgemeine Heiterkeit, und man drang eifrig auf Margaret ein, doch noch etwas mehr zu verraten.

„Ach bitte, Miss Margaret, wir möchten alles darüber wissen", sagte Mrs. Jennings. „Wie heißt denn der Herr?"
„Das darf ich Ihnen nicht sagen, Ma'am. Aber ich weiß genau, wie er heißt, und ich weiß auch, wo er ist."
„Ja, ja, wir können uns denken, wo er ist: bei sich zu Hause in Norland natürlich. Sicher ist es der Gemeindepfarrer."
„Nein, das ist er nicht. Er hat gar keinen Beruf."
„Margaret", sagte Marianne äußerst erbost, „du weißt doch, daß das alles bloß eine Erfindung von dir ist und daß es so einen Mann gar nicht gibt!"
„Na, dann muß er inzwischen gestorben sein, Marianne, denn ich weiß genau, daß es so einen Mann einmal gegeben hat, und sein Name fängt mit F an."
Elinor war Lady Middleton sehr dankbar, daß sie in diesem Augenblick einwarf, es regne sehr, wenngleich sie annahm, daß diese Unterbrechung nicht besonderer Aufmerksamkeit entsprang, sondern der tiefen Abneigung Ihrer Ladyschaft gegen die unschicklichen Sticheleien, an denen ihr Gatte und ihre Frau Mutter so großes Gefallen fanden. Das von ihr angeschnittene Thema wurde jedoch sofort von Oberst Brandon aufgegriffen, der bei jeder Gelegenheit auf die Gefühle anderer Rücksicht nahm, und beide ließen sich lang und breit über das Wetter aus. Willoughby öffnete das Pianoforte und bat Marianne, sich daran zu setzen, und über den mannigfachen Bemühungen verschiedener Anwesender, den Gesprächsgegenstand zu wechseln, wurde er glücklich fallengelassen. Elinor aber erholte sich nicht so leicht von dem Schreck, den seine Erörterung ihr versetzt hatte.
An diesem Abend verabredete man sich, am folgenden Tag einen Ausflug nach einem sehr schönen Landsitz zu machen, der etwa zwölf Meilen von Barton entfernt lag und einem Schwager Oberst Brandons gehörte, ohne dessen Vermittlung man ihn nicht besichtigen konnte, denn der Besitzer, der gerade im Ausland weilte, hatte in diesem Punkt strenge Anweisungen erteilt. Die Umgebung sollte sehr schön sein, und Sir John, der sie besonders eifrig pries, durfte als ein leidlicher Kenner gelten, denn er hatte im Laufe der letzten zehn Jahre jeden Sommer wenigstens zwei Ausflüge dorthin veranstaltet. In dieser Gegend gab es auch einen herrlichen See, und eine Segelfahrt auf ihm sollte einen Großteil des Vormittags ausfüllen: man wollte Proviant mitnehmen, in offenen Kutschen

fahren und alles im üblichen Stil einer vergnügten Landpartie ausrichten.
Einigen der Anwesenden erschien das Unternehmen reichlich kühn angesichts der Jahreszeit und des Umstands, daß es seit zwei Wochen jeden Tag geregnet hatte, und Mrs. Dashwood, die bereits erkältet war, wurde von Elinor überredet, zu Hause zu bleiben.

Dreizehntes Kapitel

Der geplante Ausflug nach Whitwell verlief ganz anders, als es sich Elinor vorgestellt hatte. Auf Nässe, Müdigkeit und Angst war sie gefaßt, doch das Unternehmen ging noch unglücklicher aus, denn sie fuhren überhaupt nicht.
Um zehn Uhr hatte sich die Gesellschaft in Barton Park versammelt, wo man frühstücken wollte. Der Vormittag schien einigermaßen günstig, wenn es auch die ganze Nacht über geregnet hatte. Die Bewölkung war aufgerissen, und des öfteren kam die Sonne durch. Alle waren munter und guter Dinge, bereit, sich zu amüsieren, und fest entschlossen, lieber die größten Unbequemlichkeiten und die schlimmsten Strapazen auf sich zu nehmen, als von dem Vorhaben abzulassen.
Während man noch beim Frühstück saß, wurde die Post gebracht. Unter den Briefen befand sich auch einer für Oberst Brandon; er nahm ihn, sah auf die Anschrift, wurde bleich und verließ augenblicklich das Zimmer.
„Was hat Brandon bloß?" fragte Sir John. Keiner wußte es zu sagen.
„Hoffentlich ist es keine schlechte Nachricht", meinte Lady Middleton. „Es muß sich schon um etwas Außergewöhnliches handeln, wenn Oberst Brandon so plötzlich meine Frühstückstafel verläßt."
Nach etwa fünf Minuten kehrte er zurück.
„Doch hoffentlich keine schlechte Nachricht, Oberst?" fragte Mrs. Jennings, sowie er eintrat.
„Keineswegs, Ma'am, danke."
„Ist er aus Avignon? Hoffentlich steht nicht drin, daß es Ihrer Schwester schlechter geht?"
„Nein, Ma'am. Er ist aus London und ein bloßer Geschäftsbrief."

„Aber wieso hat Sie die Handschrift so aus der Fassung gebracht, wenn es nur ein Geschäftsbrief ist? So kommen Sie mir nicht davon, Oberst; erzählen Sie uns, was dahintersteckt."
„Meine Teuerste", sagte Lady Middleton, „bedenke doch, was du da sagst!"
„Vielleicht steht drin, daß Ihre Cousine Fanny geheiratet hat?" sagte Mrs. Jennings, ohne den Hinweis ihrer Tochter zu beachten.
„Nein, das nicht."
„Na, dann weiß ich, von wem er ist, Oberst. Und ich hoffe, es geht ihr gut."
„Wen meinen Sie, Ma'am?" fragte er und wurde ein wenig rot.
„Ach, Sie wissen schon, wen ich meine."
„Ich bedaure es außerordentlich, Ma'am", sagte er, an Lady Middleton gewandt, „daß ich gerade heute diesen Brief erhalte, denn es geht um geschäftliche Dinge, die meine sofortige Anwesenheit in London erfordern."
„In London?" rief Mrs. Jennings. „Was wollen Sie um diese Jahreszeit in London?"
„Es ist ein großer Verlust für mich", fuhr er fort, „eine so angenehme Gesellschaft verlassen zu müssen, und ich bedaure es um so mehr, als ich fürchte, daß meine Gegenwart notwendig ist, um Ihnen in Whitwell Zutritt zu verschaffen."
Welch ein Schlag für alle!
„Aber wenn Sie dem Verwalter eine Mitteilung schrieben, Mr. Brandon", sagte Marianne eifrig, „würde das nicht genügen?"
Er schüttelte den Kopf.
„Wir müssen fahren", sagte Sir John. „Es darf einfach nicht aufgeschoben werden, wenn wir so kurz davorstehen. Sie können eben erst morgen nach London reisen, Brandon, und damit basta."
„Ich wünschte, es wäre so einfach. Aber ich bin außerstande, meine Abreise auch nur um einen Tag zu verzögern!"
„Wenn Sie uns nur mitteilen möchten, worin Ihre geschäftlichen Angelegenheiten bestehen", sagte Mrs. Jennings, „dann könnten wir ja sehen, ob es sich aufschieben läßt oder nicht."
„Sie hätten nicht einmal sechs Stunden Verspätung", sagte Willoughby, „wenn Sie erst nach unserer Rückkehr abreisen würden."

„Ich kann es mir nicht erlauben, auch nur eine Stunde Zeit zu verlieren."
Da hörte Elinor, wie Willoughby mit leiser Stimme zu Marianne sagte: „Gewisse Leute können Vergnügungsfahrten nicht ausstehen. Brandon gehört auch dazu. Wahrscheinlich hatte er Angst, sich zu erkälten, und da hat er sich diesen Trick ausgedacht, um sich zu drücken. Ich wette fünfzig Guineen, daß er den Brief selbst geschrieben hat."
„Daran zweifle ich nicht", erwiderte Marianne.
„Wenn Sie sich mal was in den Kopf gesetzt haben, dann lassen Sie sich von keinem Menschen davon abbringen, Brandon, das weiß ich schon lange", sagte Sir John. „Ich hoffe aber, Sie werden es sich noch mal überlegen. Bedenken Sie doch: die beiden Misses Carey haben sich den Weg von Newton bis hierher gemacht, die drei Misses Dashwood sind zu Fuß vom Landhaus herübergekommen, und Mr. Willoughby ist zwei Stunden früher aufgestanden als gewöhnlich, bloß um nach Whitwell zu fahren."
Oberst Brandon äußerte noch einmal sein Bedauern darüber, daß er ihnen allen diese Enttäuschung bereiten müsse, erklärte jedoch zugleich, daß es unvermeidlich sei.
„Na ja, und wann kommen Sie wieder?"
„Ich hoffe, wir werden Sie hier in Barton sehen", fügte Ihre Ladyschaft hinzu, „sobald Sie London wieder verlassen können. Die Fahrt nach Whitwell müssen wir eben bis zu Ihrer Rückkehr verschieben."
„Das ist sehr freundlich von Ihnen. Aber es ist völlig ungewiß, wann es mir möglich sein wird, zurückzukehren, so daß ich mich in keiner Weise festzulegen wage."
„Ach was, er muß und wird wiederkommen", rief Sir John. „Wenn er bis Ende der Woche nicht hier ist, dann hole ich ihn."
„Ach ja, tun Sie das, Sir John", rief Mrs. Jennings, „und dann können Sie vielleicht auch rauskriegen, um was für Geschäfte es sich handelt!"
„Ich stecke meine Nase nicht in andrer Leute Angelegenheiten. Wahrscheinlich ist es etwas, weswegen er sich schämt."
Es wurde gemeldet, daß Oberst Brandons Pferde bereitstünden.
„Sie wollen doch nicht etwa bis nach London reiten?" er-

kundigte sich Sir John.
„Nein. Bloß bis Honiton. Dann fahre ich mit der Post."
„Na schön, wenn Ihr Entschluß also wirklich feststeht, dann wünsche ich Ihnen eine gute Reise. Aber Sie sollten es sich doch noch mal überlegen."
„Ich versichere Ihnen, das steht nicht in meiner Macht."
Dann verabschiedete er sich von der ganzen Gesellschaft. „Besteht keine Aussicht, daß ich Sie und Ihre Schwestern im Winter in London wiedersehe, Miss Dashwood?"
„Leider nein."
„Dann muß ich Ihnen für eine längere Zeit Lebewohl sagen, als mir angenehm ist."
Vor Marianne verbeugte er sich nur und sagte nichts.
„Hören Sie, Oberst", sagte Mrs. Jennings, „ehe Sie gehen, hätten wir aber doch noch gern von Ihnen gewußt, was Sie vorhaben."
Er wünschte ihr einen guten Morgen und ging zusammen mit Sir John hinaus.
Jetzt ließ man den so lange aus Höflichkeit zurückgehaltenen Klagen und Mißfallensäußerungen freien Lauf, und alle stellten immer wieder von neuem fest, was für eine Unverschämtheit es von ihm sei, sie so zu enttäuschen.
„Ich kann mir schon denken, was für geschäftliche Angelegenheiten das sind", rief Mrs. Jennings triumphierend.
„Wirklich, Ma'am?" fragten die andern fast wie aus einem Munde.
„Ja. Bestimmt ist es wegen Miss Williams."
„Wer ist denn Miss Williams?" fragte Marianne.
„Was! Sie wissen nicht, wer Miss Williams ist? Von der müssen Sie doch schon gehört haben. Das ist eine Verwandte von dem Oberst, meine Teure, eine sehr nahe Verwandte. Wir wollen nicht sagen, wie nahe sie ihm steht, um die jungen Damen nicht zu schockieren." Dann sagte sie, ein wenig die Stimme senkend, zu Elinor: „Sie ist seine uneheliche Tochter."
„Ach nein!"
„O doch. Und sie ist ihm wie aus dem Gesicht geschnitten. Wahrscheinlich wird ihr der Oberst sein gesamtes Vermögen hinterlassen."
Als Sir John wieder eintrat, stimmte er kräftig in das allgemeine Bedauern über einen so unglücklichen Vorfall ein, schloß jedoch mit der Bemerkung, da sie nun einmal alle

beisammen seien, müßten sie auch irgend etwas beginnen, um sich ein paar vergnügte Stunden zu machen, und nach kurzer Beratung kam man überein, daß man, wenngleich echtes Vergnügen nur in Whitwell zu finden sei, zur Beruhigung der Gemüter wenigstens eine Fahrt ins Blaue unternehmen wolle. Die Kutschen wurden bestellt. Willoughbys Wagen kam als erster, und Marianne strahlte vor Glück, als sie einstieg. Er fuhr rasch durch den Park, und bald waren sie außer Sicht, und sie wurden auch nicht mehr gesehen, bis sie zurückkamen, was erst geschah, nachdem alle übrigen längst wieder da waren. Beiden schien die Ausfahrt ungemein gefallen zu haben, doch sie machten darüber nur sehr vage Angaben: sie hätten sich an die Feldwege gehalten, während die übrigen die Berge hinaufgefahren seien.
Es wurde beschlossen, am Abend zu tanzen, und alle sollten sich den ganzen Tag lang nach besten Kräften amüsieren. Zum Dinner stellten sich noch ein paar von den Careys ein, und so hatte man das Vergnügen, fast zu zwanzig bei Tische zu sein, was Sir John mit großer Befriedigung feststellte. Willoughby nahm seinen gewohnten Platz zwischen den beiden älteren Schwestern Dashwood ein. Mrs. Jennings saß zur Rechten Elinors, und sie hatten sich noch nicht lange niedergelassen, da beugte sich die erstere hinter Elinors und Willoughbys Rücken zu Marianne hinüber und sagte so laut, daß es die beiden anderen hören konnten: „Ich bin euch trotz eurer Heimlichkeiten auf die Schliche gekommen. Ich weiß, wo ihr den Vormittag verbracht habt!"
Marianne wurde rot und entgegnete sehr eilig: „Wo denn, bitte?"
„Wußten Sie denn nicht", warf Willoughby ein, „daß wir in meiner Karriole ausgefahren sind?"
„Aber ja doch, Sie Frechdachs, das weiß ich sehr gut, und ich wollte unbedingt herausbekommen, *wo* Sie hingefahren sind. Ich hoffe, Ihr Haus gefällt Ihnen, Miss Marianne. Es ist ja sehr groß, und wenn ich Sie einmal besuche, dann werden Sie es hoffentlich neu möbliert haben, denn das hatte es wahrhaftig sehr nötig, als ich vor sechs Jahren das letztemal dort war."
Marianne blickte äußerst verlegen zur Seite. Mrs. Jennings lachte aus vollem Halse, und Elinor kam dahinter, daß sie in ihrer unerträglichen Neugier doch tatsächlich Mr. Willoughbys Stallknecht von ihrer Dienerin hatte ausfragen lassen und auf

diese Weise zu der Auskunft gekommen war, daß die beiden jungen Leute nach Allenham gefahren, längere Zeit im Garten spazierengegangen seien und sich das ganze Haus angesehen hätten.

Elinor wollte das kaum glauben; sie konnte sich nicht vorstellen, daß Willoughby den Vorschlag machen oder Marianne ihm zustimmen würde, das Haus zu betreten, solange sich Mrs. Smith dort aufhielt, der Marianne doch völlig unbekannt war.

Sobald man das Speisezimmer verließ, fragte Elinor Marianne danach, und sie war sehr überrascht, als sie erfuhr, daß alle von Mrs. Jennings berichteten Umstände völlig der Wahrheit entsprachen. Marianne nahm es ihr ziemlich übel, daß sie daran gezweifelt hatte.

„Wieso kommst du auf die Idee, wir könnten nicht hingefahren sein und uns das Haus angesehen haben? Hast du es nicht oft selber tun wollen?"

„Doch, Marianne, aber ich wäre nicht hingegangen, solange Mrs. Smith da ist, und noch dazu mit Mr. Willoughby als einzigem Begleiter."

„Mr. Willoughby ist aber der einzige Mensch, der überhaupt das Recht hat, jemandem das Haus zu zeigen, und da er einen offenen Wagen fuhr, war es auch nicht möglich, noch jemand anders mitzunehmen. Es war der angenehmste Vormittag meines Lebens."

„Ich fürchte nur", erwiderte Elinor, „wenn uns etwas angenehm ist, so heißt das noch lange nicht, daß es sich auch schickt."

„Ganz im Gegenteil, es gibt gar keinen besseren Beweis dafür, Elinor. Wenn wirklich etwas Unschickliches daran gewesen wäre, dann wäre mir das gleich bewußt geworden, denn wir spüren es immer, wenn wir unrecht tun, und wenn ich dieses Gefühl gehabt hätte, dann hätte ich mich auch nicht freuen können."

„Aber, meine liebe Marianne, dein Verhalten hat dich bereits einigen sehr impertinenten Bemerkungen ausgesetzt — beginnst du nicht daran zu zweifeln, ob es auch klug war?"

„Wenn die impertinenten Bemerkungen von Mrs. Jennings den Maßstab für unschickliches Benehmen bilden sollen, dann benehmen wir uns alle jeden Augenblick unseres Lebens daneben. Ich messe ihrem Tadel ebensowenig Wert bei wie ihrem

Lob. Ich bin mir nicht bewußt, etwas Unrechtes getan zu haben, indem ich Mrs. Smith's Anwesen betrat oder mit ihr Haus ansah. Beides wird eines Tages Mr. Willoughby gehören und ..."

„Selbst wenn beides eines Tages dir gehören sollte, Marianne, hättest du noch lange nicht das Recht gehabt, so etwas zu tun."

Marianne errötete bei dieser Andeutung, doch bereitete sie ihr ganz offensichtlich große Befriedigung, und nach zehnminutigem angestrengtem Nachdenken wandte sie sich wieder ihrer Schwester zu und sagte überaus freundlich: „Vielleicht war es tatsächlich sehr unüberlegt von mir, nach Allenham zu fahren, Elinor, aber Mr. Willoughby wollte mir doch so gern das Gut zeigen, und es ist wirklich ein reizendes Haus, das kannst du mir glauben. Im Obergeschoß hat es einen bemerkenswert hübschen Salon, schön geräumig für ständige Benutzung, und mit modernen Möbeln wäre er einfach entzückend. Es ist ein Eckzimmer und hat nach zwei Seiten Fenster. Auf der einen Seite schaut man über den Rasenplatz hinter dem Haus auf einen schönen bewaldeten Hang, und auf der andern hat man einen Ausblick auf die Kirche und das Dorf und die herrlichen steilen Berge dahinter, die wir so oft bewundert haben. Ich hatte zwar nicht den vorteilhaftesten Eindruck, denn die Möbel waren ziemlich abgenutzt, aber wenn der Raum neu eingerichtet wäre — Willoughby meint, mit ein paar hundert Pfund könnte man daraus eine der gemütlichsten Sommerwohnungen von ganz England machen."

Und wäre Elinor nicht durch die anderen beim Zuhören gestört worden, so hätte ihr Marianne auch noch alle übrigen Räume des Hauses mit derselben Begeisterung geschildert.

Vierzehntes Kapitel

Ein paar Tage lang bewegten Oberst Brandons plötzliche Abreise von Barton Park sowie die Hartnäckigkeit, mit der er den Grund dafür verschwieg, Mrs. Jennings' Gedanken und erregten ihre Wißbegier; denn sie war eine überaus wißbegierige Person, wie das auch gar nicht anders sein kann bei jemand, der an dem Tun und Lassen seiner sämtlichen Bekannten so lebhaften Anteil nimmt. Fast ununterbrochen machte sie sich Gedanken darüber, was wohl die Ursache sein könne. Sie war fest davon überzeugt, es müsse eine schlechte Nachricht dahinterstecken, sie zog alle Unglücksfälle in Betracht, die ihm zugestoßen sein könnten, und nahm sich vor, ihn nicht so einfach davonkommen zu lassen.

„Bestimmt ist etwas sehr Trauriges passiert", sagte sie. „Ich hab es ihm doch gleich angesehen. Der Ärmste! Vielleicht steht es schlecht um sein Vermögen. Das Gut in Delaford hat man noch nie höher als auf zweitausend im Jahr geschätzt, und sein Bruder hinterließ ihm einen Haufen Schulden. Sicher hat man ihn wegen finanzieller Angelegenheiten geholt, denn was soll es sonst schon sein? Ob es wohl an dem ist? Ich würde wer weiß was darum geben, um hinter die Wahrheit zu kommen. Vielleicht ist es auch wegen Miss Williams — das hat übrigens viel für sich, denn er wurde ganz verlegen, als ich von ihr sprach. Vielleicht liegt sie in London krank; natürlich, nichts wahrscheinlicher als das, ich glaube, sie kränkelt immer ein wenig. Ich möchte wetten, es ist wegen Miss Williams. Es sieht mir nicht danach aus, daß es jetzt noch um sein Vermögen so schlecht steht, denn er lebt sehr sparsam und wird inzwischen sein Gut wohl schuldenfrei haben. Was kann es bloß sein? Vielleicht hat sich der Zustand seiner Schwester in Avignon verschlechtert, und sie hat ihn holen lassen. Daß er es mit der Abreise so eilig gehabt hat, spricht ja sehr dafür. Ach, ich wünsche ihm von Herzen, daß alles gut ausgeht und daß er eine brave Frau kriegt."

So grübelte und so redete Mrs. Jennings. Bei jeder neuen Vermutung änderte sie ihre Meinung, und alle schienen ihr gleichermaßen plausibel. Elinor nahm zwar auch lebhaften Anteil an Oberst Brandons Wohlergehen, interessierte sich aber nicht so brennend für den Grund seiner plötzlichen Abreise, wie es Mrs. Jennings von ihr erwartete; denn abgesehen davon, daß dieser Umstand ihrer Meinung nach keine so lang anhaltende Verwunderung und keine solche Vielfalt von Spekulationen rechtfertigte, galt ihr Interesse schon längst etwas anderem. Sie fragte sich ernsthaft, warum ihre Schwester und Willoughby sich so beharrlich über einen Punkt ausschwiegen, der, wie sie doch wissen mußten, in höchstem Grade ihrer aller Aufmerksamkeit fesselte. Und da dieses Schweigen andauerte, wirkte es von Tag zu Tag befremdlicher und ließ sich immer weniger mit beider Wesensart vereinbaren.

Wieso sie ihrer Mutter und ihr selbst nicht offen erklärten, wie es um sie beide stand, was doch aus ihrem Verhalten zueinander deutlich genug hervorging, das wollte Elinor nicht in den Kopf.
Sie konnte sich leicht vorstellen, daß es ihnen nicht möglich sein würde, bald zu heiraten; denn Willoughby war zwar unabhängig, aber es bestand kein Anlaß, ihn für reich zu halten. Sir John hatte sein Gut auf sechs- bis siebenhundert Pfund im Jahr geschätzt; er leistete sich jedoch Ausgaben, die er von diesem Einkommen schwerlich bestreiten konnte, und er hatte oft selbst über seine Armut geklagt. Doch Elinor konnte sich nicht erklären, warum sie ihr Verlöbnis auf so merkwürdige Weise geheimzuhalten suchten, wo doch alles offensichtlich genug war. Dieses Benehmen stand so völlig im Widerspruch zu den Ansichten, die beide vertraten, und zu ihrem sonstigen Verhalten, daß Elinor bisweilen zweifelte, ob sie denn auch wirklich verlobt wären, und dieser Zweifel genügte, sie davon abzuhalten, Marianne zu fragen.
Willoughbys Verhalten war für alle der eindeutige Beweis seiner Zuneigung. Marianne gegenüber zeichnete es sich durch all die besondere Zärtlichkeit aus, deren das Herz eines Verliebten fähig ist, den Familienangehörigen gegenüber durch die freundliche Aufmerksamkeit eines künftigen Schwiegersohns und Schwagers. Das Landhaus schien er wie seine zweite Heimat zu lieben; dort verbrachte er einen viel größeren Teil seiner Zeit als in Allenham, und wenn sie nicht gerade alle durch eine Geselligkeit in Barton Park zusammengeführt wurden, dann endeten seine Vormittagsspaziergänge fast regelmäßig dort, und er verbrachte den Rest des Tages an Mariannes Seite, während sein Lieblingsjagdhund zu ihren Füßen lag.
Eines Abends, etwa eine Woche, nachdem Oberst Brandon in die Stadt gefahren war, schien Willoughbys Herz ganz besonders in Liebe zu den ihn umgebenden Dingen aufzugehen, und als Mrs. Dashwood zufällig etwas von ihrer Absicht erwähnte, das Landhaus im Frühjahr umbauen zu lassen, wandte er sich eifrig dagegen, Veränderungen an einem Ort vorzunehmen, den ihm seine Gefühle als geradezu vollkommen hinstellten.
„Was“, rief er, „das liebe Häuschen umbauen! Nein. Damit kann ich mich niemals einverstanden erklären. Wenn es nach

mir ginge, dann dürfte kein Stein hinzugefügt, nicht ein Zollbreit angebaut werden!"
„Sie brauchen sich nicht zu beunruhigen", sagte Elinor, „nichts dergleichen wird geschehen; denn meine Mutter wird nie das Geld für ein solches Unternehmen haben."
„Das freut mich von Herzen. Möge sie immer arm bleiben, wenn sie Reichtum nicht besser zu gebrauchen weiß."
„Danke, Mr. Willoughby. Aber Sie dürfen versichert sein, daß ich allen Umbauten der Welt zuliebe keines der Gefühle opfern würde, die Sie oder sonst jemand, der mir nahesteht, an diesen Ort binden. Verlassen Sie sich darauf: Sollte im Frühjahr, wenn ich unsere Ausgaben überschlage, noch ein nicht verwendeter Betrag übrig sein, dann werde ich ihn lieber nutzlos auf die hohe Kante legen als ihn auf eine Ihnen so schmerzliche Weise verbrauchen. Aber hängen Sie wirklich so sehr an diesem Haus, daß Sie keinen Mangel an ihm finden?"
„O ja", sagte er. „Für mich ist es fehlerlos. Mehr noch — ich halte es für die einzige Gebäudeform, in der man glücklich werden kann, und wenn ich reich genug wäre, dann würde ich Combe auf der Stelle abreißen und es genau nach dem Plan dieses Landhauses wieder aufbauen lassen."
„Sicherlich mit einer dunklen, engen Treppe und einer Küche, die qualmt", sagte Elinor.
„Ja", rief er in demselben eifrigen Ton, „mit allem, was dazu gehört — im Hinblick auf all seine Bequemlichkeiten und Unbequemlichkeiten sollte nicht der geringste Unterschied festzustellen sein. Dann, und nur dann, unter einem solchen Dach, könnte ich in Combe vielleicht ebenso glücklich werden, wie ich es in Barton gewesen bin."
„Ich bilde mir ein", erwiderte Elinor, „daß Sie in Zukunft Ihr eigenes Haus ebenso fehlerlos finden werden wie jetzt dieses hier, selbst wenn Sie den Nachteil besserer Räume und einer breiteren Treppe in Kauf nehmen müssen."
„Gewiß gibt es Umstände", sagte Willoughby, „die es mir sehr teuer machen würden, aber dieser Ort wird immer einen so hervorragenden Platz in meinem Herzen einnehmen wie kein zweiter."
Mrs. Dashwood blickte wohlgefällig Marianne an, deren schöne Augen so ausdrucksvoll auf Willoughby gerichtet waren, daß man deutlich in ihnen lesen konnte, wie gut sie ihn verstand.

„Wie oft habe ich mir gewünscht", fügte er hinzu, „als ich vor einem Jahr in Allenham war, daß Barton Cottage bewohnt wäre! Jedesmal, wenn ich an dem Haus vorbeikam, bewunderte ich seine Lage und bedauerte ich, daß niemand in ihm wohnte. Damals hätte ich mir nicht träumen lassen, daß ich bei meinem nächsten Besuch auf dem Lande von Mrs. Smith als erstes erfahren würde, daß neue Bewohner in Barton Cottage eingezogen seien, und diese Mitteilung erweckte sogleich eine Befriedigung und ein Interesse in mir, die sich gewissermaßen nur als eine Art Vorahnung erklären lassen, welches Glück mir hier zuteil werden sollte. Muß es nicht so etwas gewesen sein, Marianne?" wandte er sich mit gesenkter Stimme an sie. Dann fuhr er im gleichen Tonfall wie vorher fort: „Und doch wollen Sie mir dieses Haus verunstalten, Mrs. Dashwood? Ihm mit Verbesserungen, die keine wären, seine Schlichtheit rauben? Und dieses traute Stübchen, in dem unsere Bekanntschaft begann und in dem wir seitdem so viele Stunden gemeinsam verlebt haben, wollen Sie zu einem gewöhnlichen Flur degradieren, und jedermann würde durch diesen Raum eilen, der bis jetzt weit mehr Behaglichkeit und Komfort in sich geborgen hat, als es irgendeinem anderen Salon von den schönsten Ausmaßen der Welt je möglich wäre."

Mrs. Dashwood versicherte ihm, daß man keine derartigen Veränderungen vornehmen würde.

„Sie sind eine gute Frau", erwiderte er bewegt. „Ihr Versprechen macht mich froh. Erweitern Sie es noch ein wenig, und es wird mich glücklich machen. Versprechen Sie mir, daß nicht nur Ihr Haus so bleiben wird, wie es ist, sondern daß ich auch Sie und die Ihren immer so unverändert vorfinden werde wie Ihre Wohnung und daß Sie mir immer mit der Freundlichkeit begegnen werden, die mir alles, was Ihnen gehört, so teuer werden ließ."

Das Versprechen wurde gern gegeben, und den ganzen Abend zeugte Willoughbys Verhalten zugleich von seiner Zuneigung und seinem Glück.

„Sehen wir Sie morgen beim Dinner?" fragte Mrs. Dashwood, als er sich verabschiedete. „Ich lade Sie nicht für den Vormittag ein, denn da müssen wir nach Barton Park gehen und Lady Middleton unsere Aufwartung machen."

Willoughby verabredete mit ihnen, daß er sich gegen vier Uhr einstellen würde.

Fünfzehntes Kapitel

Mrs. Dashwoods Besuch bei Lady Middleton am andern Tag fand denn auch wirklich statt, und zwei ihrer Töchter begleiteten sie. Marianne aber entschuldigte sich mit dem fadenscheinigen Vorwand, sie habe noch etwas zu tun, und ihre Mutter, die daraus schloß, Willoughby habe ihr am Abend zuvor versprochen, sie während der Abwesenheit der übrigen aufzusuchen, war völlig damit einverstanden, daß sie zu Hause blieb.

Als sie von Barton Park zurückkehrten, wartete vor dem Landhaus Willoughbys Diener mit dem Wagen, und so war Mrs. Dashwood überzeugt, das Richtige vermutet zu haben. So weit entsprach alles dem, was sie vorausgesehen hatte, aber als sie das Haus betrat, erblickte sie etwas, womit ihre Voraussicht nicht gerechnet hatte. Kaum waren sie im Korridor, da kam Marianne, das Taschentuch an die Augen gepreßt, offenbar völlig verzweifelt aus dem Wohnzimmer gestürzt und rannte die Treppe hinauf, ohne die andern zu bemerken. Überrascht und betroffen, eilten sie sofort in das Zimmer, das Marianne soeben verlassen hatte, und fanden dort nur Willoughby, der am Kamin lehnte und ihnen den Rücken zuwandte. Als sie eintraten, drehte er sich um, und man konnte ihm ansehen, daß er von ähnlichen Gefühlen erschüttert war wie Marianne.

„Was hat denn Marianne?" rief Mrs. Dashwood, als sie hereinkam, „sie ist doch nicht etwa krank?"

„Ich hoffe nicht", erwiderte er und bemühte sich, ein heiteres Gesicht zu machen. Gezwungen lächelnd, fuhr er sogleich fort: „Eher könnte ich krank sein — denn ich habe eine sehr schwere Enttäuschung erlebt!"

„Eine Enttäuschung?"

„Ja, denn ich bin nicht in der Lage, meine Verabredung bei Ihnen einzuhalten. Mrs. Smith hat heute morgen von dem Vorrecht der Reichen gegenüber armen, abhängigen Verwandten Gebrauch gemacht und mich in Geschäften nach London geschickt. Ich habe soeben meine Aufträge erhalten und von Allenham Abschied genommen, und damit mir wieder etwas froher zumute wird, bin ich jetzt hierhergekommen, um auch von Ihnen Abschied zu nehmen."

„Nach London! — Und Sie fahren noch heute vormittag?"

„In wenigen Augenblicken."
„Das ist ja sehr schade. Aber man muß Mrs. Smith gefällig sein, und ihre Geschäfte werden Sie doch hoffentlich nicht lange von uns fernhalten?"
Er wurde rot, als er erwiderte: „Sie sind sehr gütig, aber ich habe nicht die Absicht, gleich wieder nach Devonshire zurückzukommen. Ich pflege Mrs. Smith nur einmal im Jahr zu besuchen."
„Ist denn Mrs. Smith die einzige Freundin, die Sie haben? Ist Allenham das einzige Haus in dieser Gegend, wo Sie willkommen sind? Schämen Sie sich, Willoughby, Sie brauchen doch nicht zu warten, bis Sie von uns eingeladen werden!"
Er wurde noch röter, und mit niedergeschlagenem Blick erwiderte er nur: „Sie sind zu gütig."
Mrs. Dashwood sah Elinor überrascht an. Diese war ebenso erstaunt wie ihre Mutter. Eine Weile sagte keiner ein Wort. Mrs. Dashwood brach als erste das Schweigen.
„Ich möchte nur noch hinzufügen, mein lieber Willoughby, daß Sie uns in Barton Cottage immer willkommen sind. Ich dränge Sie natürlich nicht, sofort zurückzukehren. Nur Sie selbst können ermessen, wieweit Mrs. Smith damit einverstanden wäre, und in dieser Hinsicht zweifle ich ebensowenig an Ihrem Urteilsvermögen wie an Ihrem guten Willen."
„Meine derzeitigen Verpflichtungen", erwiderte Willoughby verlegen, „sind so geartet — daß — daß ich nicht zu hoffen wage . . ."
Er brach ab. Mrs. Dashwood war zu verwundert, um etwas zu sagen, und es herrschte wieder Schweigen. Diesmal wurde es von Willoughby gebrochen, der mit einem Anflug von Lächeln sagte: „Es ist töricht, es auf diese Weise hinauszuschieben. Ich will mich nicht länger damit quälen, unter Freunden zu bleiben, deren Gesellschaft ich mich jetzt nicht mehr erfreuen darf."
Dann nahm er eilig von ihnen Abschied und ging aus dem Zimmer. Sie sahen ihn in seine Kutsche steigen, und eine Minute später war er außer Sicht.
Mrs. Dashwood war zu bewegt, um zu reden, und verließ sofort das Wohnzimmer, um sich ungestört den Sorgen und Befürchtungen zu überlassen, die dieser plötzliche Aufbruch in ihr auslöste.
Elinor war nicht weniger bestürzt als ihre Mutter. Voll banger

Ahnungen und Zweifel dachte sie über das eben Vorgefallene nach. Willoughbys Benehmen, als er sich von ihnen verabschiedet hatte, seine Verlegenheit und seine gespielte Heiterkeit und vor allem seine Weigerung, die Einladung ihrer Mutter anzunehmen, eine für einen Liebhaber und für ihn selbst so ungewohnte Zurückhaltung — all das beunruhigte sie zutiefst. Den einen Augenblick fürchtete sie, er habe überhaupt nie ernste Absichten gehabt, und den nächsten, es habe ein folgenschwerer Streit zwischen ihm und ihrer Schwester stattgefunden — Marianne hatte das Zimmer so todunglücklich verlassen, daß ein ernster Streit die glaubwürdigste Erklärung dafür sein konnte; doch wenn sie bedachte, wie Marianne ihn liebte, dann schien ihr ein Streit wiederum beinahe ausgeschlossen.

Aber was auch der Anlaß ihrer Trennung gewesen sein mochte — daß ihre Schwester litt, stand außer Frage, und sie dachte voll zärtlichen Mitgefühls an den heftigen Schmerz, dem sich Marianne aller Wahrscheinlichkeit nach jetzt nicht nur zu ihrer Erleichterung hingab, sondern den sie auch noch pflichtschuldig hegen und pflegen würde.

Nach etwa einer halben Stunde kam ihre Mutter wieder, zwar mit geröteten Augen, doch nicht mit allzu trauriger Miene.

„Unser lieber Willoughby ist jetzt schon einige Meilen von Barton entfernt, Elinor", sagte sie, als sie sich an ihre Arbeit setzte, „und wie schwer wird es ihm bei dieser Reise ums Herz sein!"

„Das kommt mir alles ziemlich merkwürdig vor. So plötzlich abzufahren! Ein einziger Augenblick scheint alles über den Haufen geworfen zu haben. Gestern abend war er noch so glücklich, so heiter, so liebenswürdig! Und jetzt, nur zehn Minuten, nachdem er uns etwas davon gesagt hat, fährt er weg, und hat obendrein nicht einmal die Absicht wiederzukommen! Es muß noch mehr geschehen sein, als er uns gestanden hat. Er hat nicht so gesprochen und sich nicht so benommen wie sonst. Dir muß doch der Unterschied auch aufgefallen sein. Was kann es bloß sein? Ob sie sich gezankt haben? Weshalb sollte er sich sonst so gesträubt haben, deine Einladung anzunehmen?"

„Am guten Willen dazu hat es ihm nicht gefehlt, Elinor, das habe ich ihm deutlich angemerkt. Es stand nicht in seiner Macht, sie anzunehmen. Ich habe eingehend darüber nachgedacht, das darfst du mir glauben, und ich habe jetzt eine Erklärung für all das, was mir im ersten Augenblick ebenso seltsam vorkam wie dir."

„Wirklich?"

„Ja. Ich habe mir eine Erklärung zurechtgelegt, die mich völlig befriedigt; dich allerdings wird sie wohl nicht befriedigen, Elinor, denn du zweifelst ja, wo du nur kannst. Aber ich laß es mir von dir nicht ausreden. Ich bin überzeugt, Mrs. Smith vermutet, daß er etwas für Marianne empfindet, und sie ist nicht damit einverstanden — vielleicht weil sie anderes mit ihm vorhat — und will ihn aus diesem Grunde schnellstens von hier fortbringen, und die Geschäfte, mit denen sie ihn beauftragt hat, sind bloß ein Vorwand, um ihn wegzuschicken. So stelle ich mir das jedenfalls vor. Außerdem ist er sich darüber klar, *daß* sie die Verbindung nicht billigt; deshalb wagt er es vorläufig auch nicht, ihr sein Verlöbnis mit Marianne zu gestehen, und fühlt sich infolge seiner Abhängigkeit gezwungen, sich in ihre Pläne zu fügen und Devonshire einstweilen zu verlassen. Jetzt wirst du mir natürlich vorhalten, daß dies so oder auch *nicht* so sein kann, aber komme mir bitte nicht mit Haarspaltereien, wenn du keine andere Erklärung für das Vorgefallene weißt, die ebenso einleuchtend ist wie diese. Also, Elinor, was hast du mir zu sagen?"

„Nichts, denn du hast meine Antwort bereits vorweggenommen."

„Dann hättest du mir also gesagt, daß es so sein kann oder auch nicht. Ach, Elinor, wie unbegreiflich sind deine Gefühle! Du glaubst lieber an das Schlechte als an das Gute. Du würdest eher versuchen, einen Grund zum Unglücklichsein für Marianne zu entdecken und dem armen Willoughby etwas in die Schuhe zu schieben, als eine Entschuldigung für ihn zu finden. Du willst ihm unbedingt einen Vorwurf daraus machen, daß er sich nicht so liebenswürdig wie sonst gezeigt hat, als er sich von uns verabschiedete. Soll man ihm denn nicht zugute halten, daß er vielleicht nur aus Unbedachtsamkeit so gehandelt hat oder aus Niedergeschlagenheit über eine eben erfahrene Enttäuschung? Soll man das Wahrscheinliche nicht gelten lassen, bloß weil es ungewiß ist? Sind wir dem Manne nichts schuldig, der uns allen so viel Grund gegeben hat, ihn zu lieben, und nicht den geringsten Anlaß der Welt, schlecht von ihm zu denken? Soll man nicht die Möglichkeit einräumen, daß er zwingende Motive hatte, wenn sie auch zunächst geheim bleiben müssen? Und außerdem, was für einen Verdacht hast du denn?"

„Das läßt sich schwer sagen. Aber daß man sich auf etwas Unangenehmes gefaßt macht, ist die unvermeidliche Folge einer derartigen Veränderung, wie wir sie an ihm erlebt haben. Es ist jedoch sehr viel Wahres daran, daß man ihm manches zugute halten muß, wie du eben gesagt hast, und ich möchte beileibe nicht voreingenommen über jemand urteilen. Ohne Zweifel kann Willoughby sehr triftige Gründe für sein Verhalten gehabt haben, und das will ich auch hoffen. Aber es hätte eher seiner Art entsprochen, sie uns sogleich mitzuteilen. Verschwiegenheit mag geboten sein, aber ich muß mich doch sehr darüber wundern, daß ausgerechnet er davon Gebrauch macht."

„Du kannst ihn doch aber unmöglich dafür tadeln, daß er von seiner sonstigen Art abweicht, wenn es nun einmal notwendig ist. Doch du gibst wirklich zu, daß es richtig ist, was ich zu seiner Verteidigung gesagt habe? — Da bin ich froh — und er ist freigesprochen."

„Nicht gänzlich. Es mag angebracht sein, daß sie Mrs. Smith ihr Verlöbnis verheimlichen — sofern sie wirklich verlobt sind —, und wenn das der Fall ist, dann wird es für Willoughby das ratsamste sein, sich vorläufig nur wenig in Devonshire aufzuhalten. Aber das ist doch noch lange kein Grund, es auch uns zu verheimlichen."

„Zu verheimlichen? Mein liebes Kind, du willst doch Willoughby und Marianne nicht etwa Heimlichtuerei vorwerfen? Das ist aber merkwürdig — du selbst hast ihnen doch jeden Tag tadelnde Blicke zugeworfen, weil sie so unvorsichtig waren."

„Ich verlange keinen Beweis dafür, daß sie sich lieben", sagte Elinor, „sondern dafür, daß sie verlobt sind."

„Ich bin von beidem völlig überzeugt."

„Aber weder er noch sie hat ein Wort mit dir darüber gesprochen."

„Ich brauche keine Worte, wo Taten eine so deutliche Sprache reden. Hat nicht sein Verhalten gegenüber Marianne und uns allen mindestens in den letzten vierzehn Tagen davon gezeugt, daß er sie liebt und als seine künftige Frau betrachtet und daß er sich zu uns allen wie zu nächsten Verwandten hingezogen fühlt? Haben wir uns nicht ausgezeichnet verstanden? Hat er mich nicht täglich mit seinen Blicken, seinem Benehmen, seiner aufmerksamen und liebenswürdigen Hochachtung um meine Einwilligung gebeten? Liebe Elinor, ist es möglich, an ihrem Verlöbnis noch zu zweifeln? Wie kommst du bloß auf solch einen Gedanken? Wieso soll man denn annehmen, daß Willoughby, wo er doch wissen muß, daß deine Schwester ihn liebt, sie verläßt, vielleicht auf Monate, ohne ihr seine Liebe zu gestehen — daß sie sich trennen, ohne einander Treue zu schwören?"

„Ich gebe zu", erwiderte Elinor, „daß alle Umstände für ihr Verlöbnis sprechen, bis auf einen, und dieser eine Umstand ist, daß sich beide völlig über diesen Punkt ausgeschwiegen haben, und der wiegt bei mir schwerer als fast jeder andere."

„Das ist doch merkwürdig! Du mußt ja eine sehr schlechte Meinung von Willoughby haben, wenn du nach allem, was sich offen zwischen ihnen abgespielt hat, noch daran zweifeln kannst, wie sie zueinander stehen. Sollte denn sein Verhalten gegen deine Schwester die ganze Zeit über nur Schauspielerei gewesen sein? Glaubst du etwa, daß sie ihm in Wirklichkeit gleichgültig ist?"

„Nein, das kann ich mir nicht vorstellen. Sicher wird er sie lieben."

„Aber mit einer seltsamen Art von Zärtlichkeit, wenn er sie so gleichgültig, so unbekümmert um die Zukunft allein läßt, wie du das von ihm glaubst."

„Du mußt bedenken, liebe Mutter, daß diese Frage für mich ja überhaupt noch nicht entschieden ist. Ich gebe zu, daß ich meine Zweifel hatte, aber jetzt sind sie nicht mehr so stark wie anfangs, und vielleicht werden sie bald ganz zerstreut. Wenn wir merken, daß die beiden sich schreiben, dann werden alle meine Befürchtungen dahinschwinden."

„Wirklich ein gewaltiges Zugeständnis! Wenn du sie vor dem Altar stehen siehst, dann wirst du wahrscheinlich vermuten, daß sie zu heiraten beabsichtigen. Ungläubiges Mädchen! Ich aber verlange keine Beweise. Meiner Ansicht nach ist nichts geschehen, was einen Zweifel rechtfertigt, niemand hat etwas zu verheimlichen versucht, alles hat sich stets rückhaltlos offen zugetragen. An den Wünschen deiner Schwester kannst du nicht zweifeln. Also mußt du Willoughby im Verdacht haben. Aber warum? Ist er nicht ein Mann von Ehre und Anstand?

Hat er denn je Wankelmut zu erkennen gegeben, der dich beunruhigen könnte? Kann er ein Betrüger sein?"
„Ich hoffe es nicht, ich glaube es nicht", rief Elinor. „Ich mag Willoughby, ich mag ihn aufrichtig, und an seiner Lauterkeit zu zweifeln kann dir nicht schwerer fallen als mir. Aber meine Bedenken sind mir ganz unfreiwillig gekommen, und ich will sie nicht noch stärker werden lassen. Ich war allerdings betroffen über sein verändertes Benehmen heute morgen: er sprach nicht wie sonst und hat deine Freundlichkeit nicht herzlich erwidert. Aber das alles kann wirklich an solchen Umständen liegen, wie du sie angedeutet hast. Er hatte sich soeben von meiner Schwester verabschiedet, hatte sie in tiefstem Kummer von sich gehen sehen, und wenn er, um Mrs. Smith nicht zu kränken, der Versuchung widerstehen zu müssen glaubte, bald hierher zurückzukommen, und sich dabei bewußt war, daß er, indem er deine Einladung ausschlug und sagte, er werde einige Zeit verreisen, seiner Handlungsweise unserer Familie gegenüber einen unedlen, verdächtigen Anstrich verlieh — dann hatte er allerdings Ursache, verlegen und verwirrt zu sein. In diesem Fall, glaube ich, hätte er mit einem klaren und offenen Eingeständnis seiner Schwierigkeiten mehr Ehre eingelegt, wie das auch seiner ganzen Art besser entsprochen hätte, aber mit einer so unzureichenden Begründung möchte ich nicht Kritik am Verhalten eines andern üben, bloß weil es sich nicht mit meinen eigenen Anschauungen vereinbart oder dem zuwiderläuft, was ich für richtig und konsequent halte."
„Das sagst du sehr zu Recht. Willoughby verdient es bestimmt nicht, so verdächtigt zu werden. *Wir* kennen ihn zwar noch nicht lange, doch in dieser Gegend ist er kein Fremder, und wer hätte je etwas Nachteiliges über ihn gesagt? Wäre er in der Lage gewesen, selbständig zu handeln und sofort zu heiraten, dann wäre es vielleicht sonderbar von ihm gewesen, uns zu verlassen, ohne mir sogleich alles zu gestehen, aber das ist nicht der Fall. Es ist ein Verlöbnis, das in mancher Hinsicht keinen günstigen Anfang nahm, denn ihre Heirat muß in sehr ungewisser Ferne liegen, und gerade Verschwiegenheit, soweit sie sich wahren läßt, kann jetzt sehr angebracht sein."
Sie wurden durch Margarets Eintritt unterbrochen, und nun hatte Elinor Muße, über die Darlegungen ihrer Mutter nachzudenken, viele davon als wahrscheinlich anzuerkennen und

zu hoffen, daß sie alle gerechtfertigt waren.
Bis zum Dinner bekamen sie Marianne nicht zu Gesicht, dann trat sie ins Zimmer und nahm wortlos ihren Platz bei Tisch ein. Ihre Augen waren rot und geschwollen, und es schien, als halte sie nur mühsam ihre Tränen zurück. Sie vermied es, die anderen anzusehen, konnte weder essen noch sprechen, und als ihr nach einer Weile ihre Mutter voll zärtlichen Mitgefühls schweigend die Hand drückte, da war es mit ihrem bißchen Standhaftigkeit vollends vorbei, sie brach in Tränen aus und verließ das Zimmer.
Diese tiefe Niedergeschlagenheit hielt den ganzen Abend an. Marianne hatte keinerlei Kraft mehr, sich zu beherrschen, denn ihr fehlte jeder Wille dazu. Man brauchte nur eine Kleinigkeit zu erwähnen, die in irgendeinem Zusammenhang mit Willoughby stand, und schon überwältigte sie der Schmerz, und wenn sich ihre Angehörigen auch die größte Mühe gaben, sie zu trösten, so konnten sie doch, falls sie überhaupt sprachen, unmöglich jedes Thema vermeiden, das Mariannes Gefühle mit ihm in Verbindung brachten.

Sechzehntes Kapitel

Marianne hätte es sich nicht verziehen, wenn sie in der ersten Nacht nach ihrem Abschied von Willoughby hätte Schlaf finden können. Sie hätte sich geschämt, am nächsten Morgen ihren Angehörigen ins Gesicht zu sehen, wenn sie nicht ruhebedürftiger aufgestanden wäre, als sie sich hingelegt hatte. Doch die Gefühle, die ihr eine derartige seelische Gefaßtheit als eine Schande erscheinen ließen, enthoben sie auch der Gefahr, solche Schande auf sich zu laden. Sie lag die ganze Nacht wach und weinte die meiste Zeit. Sie stand mit Kopfweh auf, konnte nicht sprechen und wollte nichts zu sich nehmen; alle Augenblicke bereitete sie ihrer Mutter und ihren Schwestern Schmerz und verbat sich von ihnen jeden Versuch, sie zu trösten. Ihre Empfindsamkeit war mächtig am Werke!
Nach dem Frühstück ging sie allein aus, machte einen Spaziergang um das Dorf Allenham, schwelgte in Erinnerungen an vergangene Freuden und weinte den größten Teil des Vormittags über ihr nunmehriges Unglück.
Der Abend verging in gleichem Gefühlsüberschwang. Sie

spielte all die Lieblingslieder durch, die sie sonst immer Willoughby vorgespielt hatte, all die Melodien, die sie so oft gemeinsam gesungen hatten, saß am Instrument und starrte auf jede Notenzeile, die er ihr aufgeschrieben hatte, bis ihr das Herz davon so schwer wurde, daß sich ihre Traurigkeit nicht mehr steigern ließ, und so nährte sie Tag für Tag ihren Kummer. Sie verbrachte ganze Stunden am Klavier, bald singend, bald weinend, und oft versagte ihr vor Tränen die Stimme. Wie in der Musik, so suchte sie auch in Büchern den Gram, den der Gegensatz zwischen Vergangenheit und Gegenwart in ihr erwecken mußte. Sie las nur das, was sie gemeinsam gelesen hatten.

Ein so qualvoller Schmerz ließ sich natürlich nicht für alle Zeit bewahren. Nach ein paar Tagen mäßigte er sich zu stiller Melancholie, doch die Beschäftigungen, denen sie sich täglich aufs neue hingab, ihre einsamen Spaziergänge und stummen Betrachtungen riefen gelegentlich noch immer heftige Gefühlsausbrüche hervor.

Es kam kein Brief von Willoughby, und Marianne schien auch gar keinen zu erwarten. Ihre Mutter war überrascht, und Elinor beunruhigte sich wieder. Doch Mrs. Dashwood war im Bedarfsfall nie um Erklärungen verlegen, die zumindest sie selbst zufriedenstellten.

„Bedenke doch, Elinor", sagte sie, „wie oft Sir John die Post für uns abholt und wegbringt. Wir sind uns doch darüber klargeworden, daß die Verlobung vielleicht geheimgehalten werden muß, und das ist nicht möglich, wenn ihre Briefe durch Sir Johns Hände gehen."

Das konnte Elinor nicht bestreiten, und sie versuchte darin einen hinreichenden Grund für Willoughbys und Mariannes Schweigen zu finden. Dabei gab es einen so direkten, einfachen und ihrer Ansicht nach auch sehr gangbaren Weg, den wahren Stand der Dinge herauszubekommen und alle Geheimniskrämerei mit einmal abzutun, daß sie sich gedrängt fühlte, ihn ihrer Mutter vorzuschlagen.

„Warum", sagte sie, „fragst du Marianne eigentlich nicht, ob sie mit Willoughby verlobt ist oder nicht? Dir, ihrer Mutter, und noch dazu einer so guten und verständnisvollen Mutter, kann sie doch die Frage nicht übelnehmen. Sie wäre nur die natürliche Folge deiner Liebe zu ihr. Sie war doch sonst so offenherzig, und ganz besonders dir gegenüber."

„Nicht um alles in der Welt würde ich sie so etwas fragen! Möglicherweise sind sie gar nicht verlobt, und wie unglücklich müßte sie dann so eine Frage machen! Jedenfalls wäre es ganz niedrig gehandelt. Ich würde ja nie wieder ihr Vertrauen verdienen, wenn ich sie zwänge, mir etwas zu gestehen, was vorläufig niemand bekannt werden soll. Ich kenne Mariannes Herz: ich weiß, daß sie mich zärtlich liebt und daß ich nicht die letzte sein werde, die die Wahrheit erfährt, wenn die Umstände es gestatten, sie zu enthüllen. Ich würde keinen Menschen zwingen, sich mir anzuvertrauen, am allerwenigsten mein Kind; denn aus Pflichtgefühl würde sie es tun, auch wenn es nicht ihrem Wunsch entspräche."

Elinor hielt diese Großzügigkeit für übertrieben, zumal ihre Schwester noch sehr jung war, und bestand auf ihrem Vorschlag, aber vergeblich; die einfachsten Forderungen des Verstandes, der Fürsorge, der Vorsicht gingen unter in Mrs. Dashwoods romantischem Zartgefühl.

Es verstrichen mehrere Tage, ehe Mariannes Mutter und Schwestern in ihrer Gegenwart Willoughbys Namen erwähnten. Sir John und Mrs. Jennings allerdings waren nicht so rücksichtsvoll; mit ihrem Spott erhöhten sie die Qual manch einer qualvollen Stunde. Eines Abends aber, als Mrs. Dashwood zufällig einen Shakespeareband in die Hand genommen hatte, rief sie aus:

„Wir haben ja ‚Hamlet' noch gar nicht beendet, Marianne! Unser lieber Willoughby ist weggefahren, ehe wir ihn auslesen konnten. Wir werden das Buch beiseite legen, bis er wiederkommt . . . Aber es werden vielleicht Monate vergehen, bis es soweit ist."

„Monate?" rief Marianne, aufs äußerste überrascht. „Nein — und auch nicht mehr viele Wochen."

Mrs. Dashwood bedauerte, was sie gesagt hatte; Elinor aber freute sich, denn es hatte Marianne eine Antwort entlockt, die deutlich davon zeugte, daß sie Willoughby vertraute und seine Absichten kannte.

Eines Morgens, etwa eine Woche, nachdem er die Gegend verlassen hatte, vermochten die Schwestern Marianne zu überreden, an ihrem üblichen Spaziergang teilzunehmen, statt allein zu gehen. Bisher hatte sie bei ihren Wanderungen sorgfältig jede Begleitung gemieden. Wollten ihre Schwestern nach den Bergen, stahl sie sich sogleich in die Feldwege, sprachen

sie vom Tal, kletterte Marianne schnell die Hügel hinauf und war nie zu finden, wenn die andern aufbrachen. Endlich aber gelang es Elinor, der diese ständige Absonderung sehr mißfiel, sie umzustimmen. Sie gingen die Landstraße entlang, die durch das Tal führte, und schwiegen zumeist; denn Mariannes Gedanken ließen sich nicht beeinflussen, und Elinor, die zufrieden war, wenigstens in einem Punkt Erfolg gehabt zu haben, begnügte sich einstweilen damit. Hinter dem Taleingang, wo sich die Landschaft zwar noch immer prächtig, doch weniger rauh und freier ihrem Blick darbot, lag vor ihnen ein langes Stück der Straße, die sie auf ihrer Reise nach Barton gekommen waren, und als sie diesen Punkt erreichten, blieben sie stehen, hielten Umschau und betrachteten die Gegend, die sie vom Landhaus aus überblicken konnten, diesmal von einem Ort, bis zu dem sie noch auf keinem ihrer Spaziergänge gelangt waren.
Unter den Objekten der Umgebung entdeckten sie alsbald ein lebendes: es war ein Reiter, der ihnen entgegenkam. Nach ein paar Minuten war zu erkennen, daß es sich um einen Gentleman handelte, und einen Augenblick später rief Marianne verzückt: „Er ist es — ja, er ist's! Ich weiß, daß er's ist!" und wollte ihm entgegeneilen.
Elinor aber rief: „Nicht doch, Marianne, ich glaube, du irrst dich. Das ist nicht Willoughby. Der Mann ist nicht groß genug für ihn und hat auch nicht seine Figur."
„Doch, doch", rief Marianne, „ganz bestimmt hat er die. Seine Figur, seinen Rock, sein Pferd. Ich wußte ja, daß er bald wiederkommen würde."
Sie ging eilig weiter, während sie das sagte, und um Marianne vor einer peinlichen Situation zu bewahren, hielt Elinor mit ihr Schritt, denn sie war sich ziemlich sicher, daß es sich nicht um Willoughby handelte. Bald waren sie auf dreißig Schritt an den Gentleman herangekommen. Marianne blickte wieder auf — ihr stockte das Herz, sie drehte sich jäh um und lief weg, während ihre beiden Schwestern sie mit lauter Stimme zurückzuhalten suchten. Eine dritte Stimme, die sie beinahe ebensogut kannte wie die Willoughbys, gesellte sich dazu und bat sie stehenzubleiben, und sie drehte sich überrascht um und erkannte und begrüßte Edward Ferrars.
Er war der einzige Mensch auf der Welt, dem sie es in diesem Augenblick verzeihen konnte, daß er nicht Willoughby war, der einzige, der ihr ein Lächeln hätte abgewinnen können; so

drängte sie ihre Tränen zurück, um diesen andern anzulächeln, und vergaß über dem Glück ihrer Schwester eine Weile ihre eigene Enttäuschung.
Er stieg ab, übergab das Pferd seinem Diener und begleitete sie zu Fuß heim nach Barton, wohin er eigens kam, um sie zu besuchen.
Alle drei hießen ihn sehr herzlich willkommen, ganz besonders aber Marianne, die ihn liebevoller empfing als selbst Elinor. Marianne sah denn auch in der Begegnung zwischen Edward und ihrer Schwester nur eine Fortdauer der unbegreiflichen Kühle, die ihr schon in Norland oft an dem Verhältnis der beiden aufgefallen war. Besonders Edward benahm sich bei dieser Gelegenheit gar nicht, wie es sich für einen Liebhaber gehörte. Er wirkte verlegen, schien sich kaum darüber zu freuen, daß er sie alle wiedersah, blickte weder entzückt noch heiter, sagte kaum etwas, wenn man ihn nicht mit Fragen dazu nötigte, und zeichnete Elinor mit keinem Beweis seiner Liebe aus. Marianne beobachtete das mit wachsendem Erstaunen. Sie begann beinahe eine Abneigung gegen Edward zu fühlen, und es endete, wie übrigens jedes Gefühl bei ihr, damit, daß sich ihre Gedanken wieder auf Willoughby richteten, dessen Benehmen in einem auffälligen Gegensatz zu dem seines künftigen Schwagers stand.
Nach einer kurzen Pause, die den ersten erstaunten Fragen bei dieser Begegnung folgte, erkundigte sich Marianne, ob Edward direkt aus London komme. Nein, er sei schon vierzehn Tage in Devonshire.
„Vierzehn Tage!" wiederholte sie überrascht, weil er schon so lange in derselben Grafschaft weilte wie Elinor, ohne sie besucht zu haben.
Er machte einen sehr unglücklichen Eindruck, als er erklärte, er habe sich bei Freunden in der Nähe von Plymouth aufgehalten.
„Sind Sie in letzter Zeit wieder einmal in Sussex gewesen?" fragte Elinor.
„Vor etwa vier Wochen war ich in Norland."
„Und wie sieht unser liebes, liebes Norland aus?" rief Marianne.
„Das liebe, liebe Norland", sagte Elinor, „sieht wahrscheinlich genauso aus wie jedes Jahr um diese Zeit: Wälder und Wege dick mit welken Blättern bedeckt."

„Ach", rief Marianne, „wie begeistert war ich früher, wenn ich die Blätter fallen sah! Wie entzückt war ich auf meinen Spaziergängen, wenn der Wind sie in einem Reigen um mich herumwirbelte! Zu welchen Gefühlen mich der Herbst, die Blätter, die Luft hinrissen! Jetzt ist niemand da, der sich an den Blättern freut. Jetzt sind sie bloß eine Plage, und man fegt sie schleunigst weg, damit sie keiner sieht."

„Es teilt eben nicht jeder deine Leidenschaft für welke Blätter", sagte Elinor.

„Nein, es ist selten, daß ein Mensch meine Gefühle teilt und versteht. Aber es kommt vor!" Nachdem sie das gesagt hatte, versank sie einige Augenblicke in Träumereien, dann aber faßte sie sich wieder und wandte sich an Edward, um ihn auf den schönen Ausblick aufmerksam zu machen. „Sehen Sie, hier ist das Bartontal. Schauen Sie es sich an und empfinden Sie nichts, wenn Sie können! Schauen Sie sich diese Hügel an! Haben Sie je dergleichen gesehen? Zur Linken liegt Barton Park, zwischen diesen Bäumen und Gärten. Sie können die Hinterfront des Hauses sehen. Und dort, hinter dem letzten Berg, der sich so erhaben auftürmt, liegt unser Häuschen."

„Es ist eine schöne Gegend", erwiderte er, „aber diese Niederungen sind im Winter sicher voller Schlamm."

„Wie können Sie an Schlamm denken, wenn Sie etwas Schönes sehen?"

„Weil ich", erwiderte er lächelnd, „inmitten all dieser Schönheit einen schlammigen Feldweg vor mir sehe."

„Wie merkwürdig!" sagte Marianne vor sich hin, während sie weiterging.

„Haben Sie angenehme Nachbarn hier? Sind die Middletons umgängliche Leute?"

„Nein, gar nicht", antwortete Marianne, „wir hätten es nicht schlechter treffen können."

„Aber Marianne!" rief ihre Schwester. „Wie kannst du nur so etwas sagen! Wie kannst du nur so ungerecht sein! Es ist eine sehr angesehene Familie, Mr. Ferrars, und uns gegenüber haben sie sich sehr freundlich benommen. Hast du denn vergessen, Marianne, wie viele angenehme Stunden wir ihnen verdanken?"

„Nein", sagte Marianne leise, „und auch nicht, wie viele peinliche Augenblicke."

Elinor nahm keine Notiz davon. Sie kümmerte sich um ihren Besucher und bemühte sich, so etwas wie eine Unterhaltung mit ihm in Gang zu bringen, indem sie ihm von ihrer neuen Wohnung erzählte, von ihren Annehmlichkeiten und so weiter und ihm gelegentlich eine Frage oder eine Bemerkung abnötigte. Seine Kälte und seine Zurückhaltung befremdete sie sehr; sie war verstimmt und beinahe ärgerlich, doch sie beschloß, sich in ihrem Verhalten ihm gegenüber lieber nach der Vergangenheit als nach der Gegenwart zu richten, ließ sich nichts von Verdruß oder Mißfallen anmerken und behandelte ihn so, wie sie glaubte, daß es ihm wegen der verwandtschaftlichen Bande zustünde.

Siebzehntes Kapitel

Mrs. Dashwood war nur im ersten Augenblick überrascht, ihn zu sehen; denn daß er nach Barton kam, war ihrer Meinung nach das Natürlichste von der Welt. Ihre Freude und die Bekundungen ihrer herzlichen Gefühle hielten weit länger an als ihre Verwunderung. Er wurde aufs freundlichste von ihr empfangen, und Schüchternheit, Kälte und Zurückhaltung vermochten einem solchen Willkommen nicht zu widerstehen. Sie hatten sich schon zu verflüchtigen begonnen, ehe er das Haus betrat, und von Mrs. Dashwoods gewinnendem Wesen wurden sie dann vollends beseitigt. Kein Mann hätte sich in eine ihrer Töchter verlieben können, ohne sie selbst in seine Zuneigung einzubeziehen, und Elinor sah mit Genugtuung, daß er bald wieder fast der alte war. Seine Gefühle für sie alle schienen wieder aufzuleben, sein Interesse an ihrem Wohlergehen wurde wieder spürbar. Er war jedoch nicht in guter Stimmung; er lobte das Haus, bewunderte die Aussicht, war aufmerksam und nett, aber trotzdem besserte sich seine Stimmung nicht. Die ganze Familie merkte es, und Mrs. Dashwood, die das einem gewissen Mangel an Großmut auf seiten seiner Mutter zuschrieb, setzte sich mit einem Gefühl der Empörung über alle selbstsüchtigen Eltern zu Tisch.

„Was für Pläne hat denn Mrs. Ferrars jetzt mit Ihnen, Edward?" fragte sie, als das Dinner vorbei war und sie sich um den Kamin versammelt hatten, „sollen Sie noch immer gegen Ihren Willen ein großer Redner werden?"

„Nein. Ich hoffe, meine Mutter hat mittlerweile eingesehen, daß ich für eine öffentliche Laufbahn ebenso wenig Talent wie Neigung mitbringe."

„Und worauf soll sich Ihr Ruhm nun gründen? Denn berühmt müssen Sie doch werden, um Ihre Familie zufriedenzustellen, und ohne jeden Hang zur Verschwendung, ohne jede Vorliebe für Fremde, ohne akademischen Grad und ohne Dünkel wird Ihnen das wohl schwerfallen."

„Ich werde es auch gar nicht erst versuchen. Ich strebe nicht danach, mich auszuzeichnen, und ich habe allen Grund zu der Annahme, daß es mir ohnehin nicht gelingen würde. Gott sei Dank! Ich lasse mich nicht mit Gewalt zu einem Genie oder einem großen Redner machen."

„Sie haben keinen Ehrgeiz, das weiß ich sehr wohl. Ihre Wünsche sind ganz bescheiden."

„Wahrscheinlich ebenso bescheiden wie die aller übrigen Menschen. Wie jedermann möchte ich vollkommen glücklich sein, aber auch wie jedermann auf meine eigene Weise. Größe wird mir nicht dazu verhelfen."

„Das wäre auch merkwürdig", rief Marianne. „Was haben denn Reichtum und Größe mit Glück zu tun?"

„Größe nur wenig", sagte Elinor, „aber Reichtum hat recht viel damit zu tun."

„Schäme dich, Elinor!" sagte Marianne. „Geld kann nur dem Glück bedeuten, dem alles andere abgeht, was einen Menschen glücklich macht. Es gibt einem ein Auskommen, aber darüber hinaus keine echte Befriedigung, was die eigentliche Persönlichkeit betrifft."

„Vielleicht", sagte Elinor lächelnd, „können wir uns in diesem Punkt einig werden. *Dein* Auskommen und *mein* Reichtum werden wohl so ziemlich dasselbe sein, und wo das fehlt, darin werden wir wahrscheinlich beide übereinstimmen, muß es einem, so wie die Welt jetzt eingerichtet ist, an allen äußeren Annehmlichkeiten mangeln. Du machst dir bloß noblere Vorstellungen als ich. Sag mal, was verstehst du denn unter Auskommen?"

„So an die achtzehnhundert bis zweitausend Pfund im Jahr, mehr nicht."

Elinor lachte. „Zweitausend im Jahr! Tausend wären für mich schon Reichtum! Ich wußte ja gleich, worauf es hinauslaufen würde."

„Und dabei sind zweitausend im Jahr ein sehr bescheidenes Einkommen", sagte Marianne. „Mit einem kleineren läßt sich nicht anständig wirtschaften. Ich stelle bestimmt keine übertriebenen Ansprüche. Ein Haushalt, wie er sich gehört, mit Dienern, ein oder zwei Kutschen und Jägern läßt sich von weniger nicht bestreiten."
Elinor lächelte von neuem, als sie ihre Schwester so eingehend ihre künftigen Ausgaben in Combe Magna beschreiben hörte.
„Jäger?" wiederholte Edward. „Aber wieso müssen Sie denn Jäger haben? Jeder jagt doch nicht."
Marianne erwiderte errötend: „Aber die meisten!"
„Ich wünschte", sagte Margaret, die auf einen ganz überraschenden Gedanken gekommen war, „jemand würde jeder von uns ein großes Vermögen schenken!"
„Ach ja", rief Marianne. Ihre Augen glänzten vor Begeisterung, und ihre Wangen glühten vor Freude über solch ein imaginäres Glück.
„Diesem Wunsch werden wir uns wohl alle anschließen, denke ich", sagte Elinor, „trotz der Unzulänglichkeiten des Reichtums."
„Herrgott!" rief Margaret. „Wie glücklich ich wäre! Ich weiß gar nicht, was ich damit anfangen würde."
Marianne machte ein Gesicht, als ob ihr dieser Punkt keinerlei Kopfzerbrechen bereitete.
„Ich wüßte auch nicht, wie ich ein großes Vermögen ausgeben sollte", sagte Mrs. Dashwood, „wenn meine Kinder alle ohne meine Hilfe reich würden."
„Du brauchst bloß mit dem Umbau unseres Hauses anzufangen", meinte Elinor, „dann ist das überhaupt kein Problem mehr."
„Was für großartige Bestellungen in solch einem Fall von dieser Familie nach London gehen würden!" sagte Edward. „Welch ein Freudentag für Buchhändler, Musikalienhändler und Kunsthändler! Sie, Miss Dashwood, würden einen Dauerauftrag erteilen, daß man Ihnen jeden neuen Kupferstich, der etwas taugt, zusendet — und was Marianne betrifft, so kenne ich ihre große Seele: in ganz London wären nicht genug Noten aufzutreiben, um sie zufriedenzustellen. Und Bücher! — Thomson, Cowper, Scott — sie würde sie sich alle mehrfach zulegen, ja, ich glaube, sie würde sämtliche Exem-

plare davon aufkaufen, um zu verhindern, daß sie in unwürdige Hände geraten, und sie würde sich jedes Buch kaufen, in dem etwas darüber steht, wie man einen knorrigen alten Baum bewundert. Nicht wahr, Marianne? Verzeihen Sie mir meine Dreistigkeit. Aber ich wollte Ihnen damit nur beweisen, daß ich unsere alten Meinungsverschiedenheiten noch nicht vergessen habe."

„Ich liebe Erinnerungen, Edward — traurige und fröhliche; ich denke gern zurück — und Sie werden mich nie kränken, wenn Sie von der Vergangenheit sprechen. Sie haben ganz richtig vermutet, wofür ich mein Geld ausgeben würde — wenigstens einen Teil davon — mein Kleingeld würde ich ganz sicher dazu verwenden, meine Noten- und Büchersammlung zu vervollständigen."

„Und die Masse Ihres Vermögens würden Sie in Form von Jahresrenten für die Erben der Autoren anlegen."

„Nein, Edward, ich wüßte noch etwas anderes damit anzufangen."

„Dann würden Sie es vielleicht demjenigen als Belohnung aussetzen, der die geschickteste Verteidigung Ihrer Lieblingsmaxime verfaßt, daß sich jeder Mensch nur einmal im Leben verlieben kann — denn Ihre Ansicht über diesen Punkt hat sich doch wohl noch nicht geändert?"

„Keinesfalls. In meinem Alter hat man schon einigermaßen gefestigte Ansichten. Es ist unwahrscheinlich, daß ich jetzt noch etwas erlebe, was sie ins Wanken bringen könnte."

„Sehen Sie", sagte Elinor, „Marianne ist so standhaft wie eh und je. Sie hat sich überhaupt nicht verändert."

„Bloß etwas ernster ist sie geworden."

„Na, Edward", meinte Marianne, „das müssen gerade *Sie* mir sagen! Sie sind ja auch nicht eben der Lustigste."

„Wie kommen Sie denn darauf?" erwiderte er mit einem Seufzer. „Aber Lustigkeit war ja auch noch nie ein Charakterzug von mir."

„Ich glaube, von Marianne auch nicht", sagte Elinor. „Ich würde sie kaum als lebhaft bezeichnen — sie ist sehr ernst, sehr eifrig bei allem, was sie tut — manchmal spricht sie etwas viel, und immer voller Begeisterung — aber sie ist nicht oft wirklich fröhlich."

„Ich glaube, Sie haben recht", erwiderte er, „und dabei habe ich sie immer für lebhaft gehalten."

„Ich habe mich selbst häufig bei derartigen Irrtümern ertappt", sagte Elinor, „dabei nämlich, daß ich den Charakter eines Menschen in dieser oder jener Hinsicht völlig falsch einschätzte — daß ich mir Leute viel fröhlicher oder ernster, intelligenter oder dümmer vorstellte, als sie in Wirklichkeit sind, und ich kann nicht einmal sagen, wieso oder wodurch die Täuschung zustande kam. Manchmal richtet man sich danach, was sie selbst über sich sagen, und sehr oft auch danach, was andere über sie sagen, ohne daß man sich die Zeit nimmt, über sie nachzudenken und sich selbst ein Urteil zu bilden."

„Aber ich hielt es bisher für richtig, Elinor", sagte Marianne, „sich ganz von der Meinung anderer leiten zu lassen. Ich dachte, unsere Urteilskraft sei uns nur gegeben, damit wir sie der unserer Nächsten unterordnen. Das ist doch wohl immer dein Grundsatz gewesen!"

„Nein, Marianne, nie. Mir ging es nie darum, den Verstand zu unterwerfen. Das einzige, was ich je zu beeinflussen versucht habe, ist das Verhalten gewesen. Du darfst meinen Standpunkt nicht mißverstehen. Ich gebe zu, ich habe oft gewünscht, du würdest unsere Bekannten im allgemeinen etwas rücksichtsvoller behandeln, aber wann habe ich dir je geraten, dir ihre Ansichten zu eigen zu machen oder dich in schwerwiegenden Fragen nach ihrem Urteil zu richten?"

„Dann ist es Ihnen also nicht gelungen, aus Ihrer Schwester ein Muster an Höflichkeit zu machen", sagte Edward zu Elinor. „Kommen Sie damit nicht bei ihr voran?"

„Ganz im Gegenteil", erwiderte Elinor und sah dabei Marianne vielsagend an.

„Ich denke ganz wie Sie", gab er zurück, „aber ich fürchte, was mein praktisches Verhalten anlangt, so geht es mir mehr wie Ihrer Schwester. Ich möchte nie jemand kränken, aber ich bin so lächerlich schüchtern, daß ich oft gleichgültig wirke; dabei hält mich bloß meine angeborene Unbeholfenheit zurück. Manchmal denke ich, die Natur muß mich dazu bestimmt haben, niederen Umgang zu pflegen, so wenig fühle ich mich unter vornehmen Fremden wohl!"

„Marianne kann ihre Gleichgültigkeit nicht mit Schüchternheit entschuldigen", sagte Elinor.

„Sie kennt ihren eigenen Wert zu gut, um falsche Scham aufkommen zu lassen", erwiderte Edward. „Schüchternheit ist nur die Auswirkung eines gewissen Minderwertigkeitsgefühls.

Wenn ich überzeugt wäre, daß meine Manieren völlig ungezwungen und gefällig sind, dann wäre ich auch nicht schüchtern."
„Aber Sie wären immer noch reserviert", sagte Marianne, „und das ist viel schlimmer."
Edward fuhr auf. „Reserviert? Bin ich reserviert, Marianne?"
„Ja, sehr."
„Ich verstehe Sie nicht", erwiderte er und wurde rot. „Reserviert — wie denn, in welcher Beziehung? Was soll ich Ihnen sagen? Was erwarten Sie zu hören?"
Elinor sah überrascht seine Erregung, doch sie versuchte, lachend das Thema zu wechseln, und sagte zu ihm: „Kennen Sie denn meine Schwester nicht gut genug, um zu verstehen, was sie meint? Wissen Sie denn nicht, daß sie jeden für reserviert hält, der nicht ebenso schnell spricht und das, was sie bewundert, nicht ebenso begeistert bewundert wie sie?"
Edward gab keine Antwort. Seine ernste, grüblerische Stimmung kehrte in vollem Umfang wieder — und eine Zeitlang brütete er schweigend und stumpf vor sich hin.

Achtzehntes Kapitel

Es beunruhigte Elinor sehr, daß ihr Freund derart bedrückt war. Sein Besuch konnte sie nicht recht froh machen, solange seine eigene Wiedersehensfreude so unvollkommen schien. Es war offensichtlich, daß er sich unglücklich fühlte. Sie wünschte, es wäre ebenso offensichtlich gewesen, daß er noch immer die gleiche Zuneigung für sie empfand, die sie früher zweifellos in ihm erweckt hatte. Doch ob seine Empfindungen für sie unverändert fortdauerten, schien bis jetzt sehr ungewiß, und sprach einmal ein lebhafterer Blick dafür, so sprach wenig später sein zurückhaltendes Benehmen dagegen.
Am nächsten Morgen kam er zu ihr und Marianne in das Frühstückszimmer, noch bevor die andern unten waren, und Marianne, die immer darauf bedacht war, das Glück der beiden nach Kräften zu fördern, ließ sie bald danach allein. Doch noch ehe sie halb die Treppe hinauf war, hörte sie, wie dic Wohnzimmertür geöffnet wurde, und als sie sich umdrehte,

sah sie erstaunt, daß Edward herauskam.
„Ich geh mal eben ins Dorf und sehe nach meinen Pferden", sagte er, „mit dem Frühstück ist es ja noch nicht soweit. Ich bin gleich wieder da."

Als Edward zurückkam, stand er unter dem frischen Eindruck der reizvollen Umgebung. Auf dem Wege zum Dorf hatte er viele schöne Stellen des Tals kennengelernt, und das Dorf selbst, das wesentlich höher lag als das Landhaus, gewährte einen herrlichen Fernblick, der ihm außerordentlich gefallen hatte. Das war ein Thema, das Mariannes Aufmerksamkeit fesselte, und sie begann ihm zu schildern, wie sehr sie selbst die Landschaft bewundere, und ihn eingehend zu befragen, welche Einzelheiten ihn besonders beeindruckt hätten, doch Edward fiel ihr ins Wort: „Sie dürfen mich nicht zuviel fragen, Marianne; vergessen Sie nicht, daß ich von pittoresken Dingen nichts verstehe, und Sie werden sich an meiner Ignoranz und an meinem ungebildeten Geschmack stoßen, wenn wir auf Einzelheiten zu sprechen kommen. Ich werde die Berge steil nennen statt kühn, das Landschaftsbild merkwürdig und unförmig statt regellos und schroff und entfernte Gegenstände nicht erkennbar statt von einer weichen, dunstigen Atmosphäre verschleiert. Sie müssen sich schon mit der Bewunderung zufriedengeben, die ich aus ehrlichem Herzen aufbringen kann. Ich sage, es ist eine sehr schöne Gegend — die Berge sind steil, die Wälder scheinen voll herrlicher Bäume, und das Tal macht einen ansprechenden und lieblichen Eindruck — üppige Wiesen und hier und da ein paar saubere Bauernhäuser. Es ist genau so, wie ich mir eine schöne Gegend vorstelle, denn es vereint das Schöne mit dem Nützlichen — und ich nehme an, es ist auch pittoresk, denn Sie bewundern es. Ich will gern glauben, daß es hier eine Menge Felsen und Klüfte und graues Moos und undurchdringliches Gestrüpp gibt, aber das alles sagt mir nicht viel. Ich verstehe mich nicht auf das Pittoreske."
„Ich fürchte, das ist leider nur zu wahr", sagte Marianne, „aber wieso prahlen Sie auch noch damit?"
„Ich vermute", sagte Elinor, „daß Edward, um eine Art von Affektiertheit zu vermeiden, hier in eine andere verfällt. Weil er glaubt, daß viele Leute eine größere Bewunderung für die Schönheiten der Natur heucheln, als sie tatsächlich fühlen, und

weil ihn solch eine Heuchelei anwidert, stellt er sich gleichgültiger und unempfänglicher, als er in Wirklichkeit ist. Er ist verwöhnt und beansprucht seine eigene Form von Affektiertheit."

„Da hast du allerdings recht", sagte Marianne. „Landschaften zu bewundern ist zu einer bloßen Phrasendrescherei herabgesunken. Jeder tut, als empfände er bei ihrem Anblick etwas, und versucht sie mit ebensoviel Geschmack und Eleganz zu beschreiben wie der, welcher als erster darstellte, was pittoreske Schönheit ist. Ich verabscheue Phrasen aller Art, und manchmal habe ich meine Gefühle für mich behalten, weil ich keine Worte fand, mit denen ich sie hätte schildern können, es sei denn abgenutzte und bis zur Bedeutungslosigkeit verblaßte Redensarten."

„Ich bin davon überzeugt", sagte Edward, „daß Sie wirklich so viel Freude über einen schönen Anblick empfinden, wie Sie zum Ausdruck bringen. Aber dafür muß Ihre Schwester auch einräumen, daß ich nicht mehr fühle, als ich zum Ausdruck bringe. Ich erfreue mich an einem schönen Anblick, aber nicht um des Pittoresken willen. Aus verkrüppelten, windgeknickten, krummen Bäumen mache ich mir nichts. Ich bewundere sie viel mehr, wenn sie hoch, gerade und kräftig sind. Verfallene windschiefe Hütten entsprechen nicht meinem Geschmack. Ich liebe keine Nesseln, keine Disteln und auch kein Heidekraut. Über ein schmuckes Bauernhaus freue ich mich mehr als über einen alten Wachtturm — und eine Schar sauberer, zufriedener Dorfbewohner gefällt mir besser als die schönste Räuberbande der Welt."

Marianne blickte ungläubig auf Edward und mitleidig auf ihre Schwester. Elinor lachte nur.

Das Thema wurde nicht weiter erörtert, und Marianne schwieg nachdenklich, bis plötzlich ein neuer Gegenstand ihre Aufmerksamkeit fesselte. Sie saß neben Edward, und als er sich von Mrs. Dashwood Tee eingießen ließ, sah sie seine Hand so dicht vor sich, daß ihr an einem seiner Finger ein Ring auffiel, dessen Fassung eine Haarlocke enthielt.

„Nanu, Sie tragen ja neuerdings einen Ring, Edward!" rief sie. „Ist das Fannys Haar? Sie hat Ihnen ja mal welches versprochen, aber ich habe es dunkler in Erinnerung."

Marianne sprach völlig unüberlegt aus, was sie dachte. Als sie aber sah, wie sehr sie damit Edward in Verlegenheit brachte, ärgerte sie sich über ihre Unbesonnenheit nicht weniger als er selbst. Er wurde dunkelrot, und nach einem flüchtigen Blick auf Elinor erwiderte er: „Ja, das Haar ist von meiner Schwester. Durch die Fassung bekommt es ja immer einen andern Farbton."

Elinor, der sein Blick nicht entgangen war, wirkte gleichfalls betreten. Daß es ihr eigenes Haar war, davon war sie auf der Stelle ebenso überzeugt wie Marianne, nur zogen sie unterschiedliche Schlüsse daraus: während Marianne an ein freiwilliges Geschenk ihrer Schwester glaubte, wußte Elinor, daß er es gestohlen oder es sich auf eine ihr unbekannte Weise verschafft haben mußte. Sie war jedoch nicht in der Laune, darin eine Beleidigung zu erblicken; deshalb tat sie so, als habe sie den Vorfall nicht bemerkt, sprach schnell von etwas anderem und nahm sich vor, bei der ersten sich bietenden Gelegenheit das Haar näher zu betrachten und sich darüber Gewißheit zu verschaffen, ob es auch wirklich dieselbe Farbe hatte wie ihr eigenes.

Edwards Verwirrung hielt eine Weile an und verlor sich schließlich in einem Zustand völliger geistiger Abwesenheit. Den ganzen Morgen war er ungewöhnlich ernst. Marianne machte sich heftige Vorwürfe wegen ihrer Worte, doch sie hätte sich wohl eher verziehen, wenn sie gewußt hätte, wie wenig sie ihre Schwester damit gekränkt hatte.

Im Laufe des Vormittags erhielten sie Besuch von Sir John und Mrs. Jennings, die gehört hatten, daß ein Gentleman im Landhaus eingetroffen sei, und nun kamen, um den Gast in Augenschein zu nehmen. Dank der Hilfe seiner Schwiegermutter brauchte Sir John nicht lange, um herauszufinden, daß der Name Ferrars mit F begann. Und das lieferte den beiden Stoff für eine zukünftige Kanonade von Witzeleien über die zärtlich liebende Elinor, und nur der Umstand, daß sie Edward eben erst kennengelernt hatten, vermochte sie davon abzuhalten, sofort das Feuer zu eröffnen. So aber konnte Elinor nur aus ihren vielsagenden Blicken ersehen, wie gut sie — auf Grund von Margarets Angaben — Bescheid wußten.

Sir John kam nie zu den Dashwoods, ohne sie nach Barton Park einzuladen — entweder für den nächsten Tag zum Dinner oder noch für denselben Abend zum Tee. Diesmal aber, zur besseren Zerstreuung ihres Besuchers, zu dessen Unterhaltung beizutragen er sich verpflichtet fühlte, bat er sie um ihre

Zusage für beides.
„Heute abend müssen Sie mit uns Tee trinken", sagte er, „weil wir ganz allein sind, und morgen müssen Sie unbedingt zum Dinner kommen, weil wir viel Gesellschaft haben werden."
Mrs. Jennings unterstrich diese Notwendigkeit. „Und wer weiß, vielleicht bietet sich auch Gelegenheit zum Tanzen?" sagte sie. „Das wird Sie doch sicher locken, Miss Marianne."
„Zum Tanzen?" rief Marianne. „Unmöglich! Wer soll denn tanzen?"
„Wer? Na, Sie, und die Whitakers natürlich und die Careys. Was, Sie bilden sich doch wohl nicht etwa ein, keiner könnte tanzen, bloß weil ein gewisser Herr, der ungenannt bleiben soll, nicht da ist!"
„Ich wünschte mir nichts sehnlicher", rief Sir John, „als daß Willoughby wieder bei uns wäre."
Marianne wurde rot, und das bestärkte Edward in seinen Vermutungen. „Wer ist denn dieser Willoughby?" fragte er leise Elinor, neben der er saß.
Sie gab ihm eine kurze Antwort. Mariannes Mienenspiel war mitteilsamer. Edward sah genug, um zu verstehen, was die andern meinten und was diejenigen von Mariannes Äußerungen bedeuteten, über die er sich vorher den Kopf zerbrochen hatte, und als die Besucher das Haus verließen, ging er sofort zu ihr und sagte im Flüsterton: „Ich habe Ihr Rätsel gelöst. Soll ich Ihnen sagen, was ich herausbekommen habe?"
„Was meinen Sie?"
„Soll ich es Ihnen sagen?"
„Aber ja doch."
„Also dann: Ich habe herausbekommen, daß Mr. Willoughby jagt!"
Marianne war überrascht und verwirrt; dennoch mußte sie über seine still verschmitzte Art lachen, und nach einer kurzen Pause sagte sie: „Ach, Edward! Wie können Sie nur! . . . Aber ich hoffe, es wird einmal der Tag kommen . . . Sie werden ihn bestimmt gern haben."
„Daran zweifle ich nicht", erwiderte er und wunderte sich sehr, daß sie so ernst auf seine Worte eingegangen war; denn hätte er das Ganze nicht für einen Scherz unter guten Bekannten gehalten, der auf eine Nichtigkeit oder ein Nichts zwischen ihr und Mr. Willoughby anspielte, dann hätte er sich nicht unterstanden, die Sprache darauf zu bringen.

Neunzehntes Kapitel

Edward blieb eine Woche im Landhaus zu Gast. Mrs. Dashwood nötigte ihn, länger zu verweilen, doch wie um sich selbst zu peinigen, schien er entschlossen, seine Freunde in dem Augenblick zu verlassen, da es bei ihnen am schönsten war. Seine Stimmung war zwar immer noch sehr unausgeglichen, hatte sich aber im Laufe der letzten zwei, drei Tage erheblich gebessert: er fand immer mehr Gefallen an dem Haus und der Umgebung, sprach nie von Abschied, ohne zu seufzen, erklärte, er könne völlig frei über seine Zeit verfügen, war zudem unschlüssig, wohin er reisen sollte, wenn er sie verließe — doch reisen müsse er. Noch nie sei ihm eine Woche so schnell vergangen — er könne es kaum glauben, daß sie schon um sei. Das sagte er öfter als einmal. Er sagte auch noch andere Dinge, die von einem Wandel seiner Gefühle zeugten und sein Handeln Lügen straften. In Norland gefiele es ihm nicht, in London fühle er sich nicht wohl, doch nach Norland oder nach London müsse er reisen. Er schätze die Freundlichkeit der Dashwoods über alle Maßen, er fühle sich am glücklichsten, wenn er bei ihnen sei. Doch entgegen ihrem und seinem eigenen Wunsch müsse er sie Ende der Woche verlassen, obwohl er zeitlich in keiner Weise gebunden sei.

Elinor legte alles, was sie an dieser Verhaltensweise seltsam fand, seiner Mutter zur Last, und es traf sich glücklich, daß er eine Mutter hatte, deren Wesen ihr so wenig bekannt war, daß es dazu herhalten konnte, alles Merkwürdige an ihrem Sohn zu erklären. Trotz aller Enttäuschung und Betroffenheit und manchmal auch Verstimmung über sein eigenartiges Benehmen war sie im großen ganzen durchaus geneigt, seine Handlungen mit der gleichen Nachsicht und Großzügigkeit zu betrachten, die sie ihrer Mutter zuliebe für Willoughby hatte aufbringen müssen, was ihr weit schwerer gefallen war. Seinen Mangel an Temperament, Offenheit und Konsequenz schrieb sie größtenteils seinem Mangel an Unabhängigkeit zu sowie dem Umstand, daß er Mrs. Ferrars' Ansichten und Pläne besser kannte. Die Kürze seines Besuchs, die Unabänderlichkeit seines Vorsatzes, wieder abzureisen, entsprangen der gleichen erzwungenen Bereitschaft, der gleichen unumgänglichen Notwendigkeit, sich nach seiner Mutter zu richten. Alldem lag der alte, wohlbekannte Zwiespalt zwischen Pflicht und Wille, zwischen Eltern und Kind zugrunde. Elinor hätte gern gewußt, wann diese Schwierigkeiten ein Ende nehmen würden, wann dieser Gegensatz verschwinden würde — wann Mrs. Ferrars sich zum Besseren bekehren und es ihrem Sohn gestatten würde, glücklich zu sein. Doch über solche fruchtlosen Wünsche mußte sie sich damit hinwegtrösten, daß sie ihr Vertrauen in Edwards Liebe zu erneuern suchte, indem sie sich an jedes Zeichen von Zuneigung in Blick und Wort erinnerte, das er in Barton von sich gegeben hatte, vor allem aber an den schmeichelhaften Beweis, den er ständig am Finger trug.

„Ich glaube, Edward", sagte Mrs. Dashwood, als sie am letzten Morgen beim Frühstück saßen, „Sie wären ein glücklicherer Mensch, wenn Sie einen Beruf hätten, der Ihre Zeit ausfüllen und Ihren Plänen und Handlungen ein Ziel geben würde. Etwas Unersprießliches würde allerdings für Ihre Freunde daraus erwachsen — Sie würden ihnen nicht mehr so viel von Ihrer Zeit widmen können. Aber" — lächelnd — „Sie würden dabei zumindest einen wesentlichen Vorteil haben: Sie würden wissen, wo Sie hinsollen, wenn Sie sie verließen."

„Ich kann Ihnen versichern", erwiderte er, „daß ich darüber ebensolange nachgedacht habe wie Sie. Es ist immer mein Mißgeschick gewesen, und wird es wohl auch immer bleiben, daß ich keine notwendigen Geschäfte habe, die mich ausfüllen, keinen Beruf, der Tätigkeit von mir verlangt oder mir eine gewisse Unabhängigkeit gewährt. Doch unglücklicherweise hat mich mein eigenes wählerisches Wesen und auch das meiner Freunde zu dem gemacht, was ich bin: ein müßiges, hilfloses Geschöpf. Was die Wahl eines Berufes betrifft, so haben wir uns nie einigen können. Ich habe immer die Kirche vorgezogen, und das tue ich auch heute noch. Aber das war meinen Angehörigen nicht fein genug. Sie rieten mir zum Heer. Das war mir nun wieder viel zu fein. Die Juristenlaufbahn schien ihnen genügend vornehm: viele junge Männer, die im Temple logierten, machten eine glänzende Figur in den besten Kreisen und kutschierten in sehr eleganten Gigs durch die Stadt. Aber ich hatte keine Lust zum Rechtsstudium, nicht einmal in dieser angenehmeren Form, die meiner Familie vorschwebte. Die Marine hatte etwas für sich, denn sie stand in Mode, aber als man sie für mich in Betracht zog, war ich schon zu alt, um ihr beizutreten, und da es schließlich nicht notwendig war, daß ich überhaupt einen Beruf ausübte, und ich ebenso schneidig auftreten und mein Geld durchbringen konnte, wenn ich keinen roten Rock anhatte, so entschied man, Müßiggang sei im großen ganzen immer noch das Vorteilhafteste und Ehrenvollste, und als junger Mann von achtzehn Jahren ist man im allgemeinen nicht so sehr darauf erpicht, sich zu betätigen, daß man sich den Bitten seiner Freunde, man solle nichts tun, widersetzen würde. Ich wurde daher in Oxford eingeschrieben und habe mich seither entsprechend dem Müßiggang gewidmet."

„Da der Müßiggang Sie nicht glücklich macht", sagte Mrs. Dashwood, „so wird die Folge davon sein, daß Ihre Söhne einmal zu ebenso vielen Tätigkeiten, Beschäftigungen, Berufen und Gewerben erzogen werden wie die Calumellas."

„Ihre Erziehung soll so sein", sagte er mit ernster Stimme, „daß sie mir möglichst unähnlich werden. Im Fühlen, im Handeln, im Charakter — in jeder Beziehung."

„Na, na, das ist doch alles nur die Auswirkung einer augenblicklichen Niedergeschlagenheit, Edward. Sie sind melancholisch gestimmt und bilden sich ein, alle, die anders sind als Sie, müßten glücklich sein. Aber bedenken Sie, daß der Abschied von Freunden bisweilen jedem weh tut, unabhängig von seinem Bildungsgrad oder Stand. Erkennen Sie Ihr eigenes Glück! Ihnen fehlt nichts als Geduld — oder geben Sie ihr einen verheißungsvolleren Namen, nennen Sie sie Hoffnung! Ihre Mutter wird Ihnen, wenn es soweit ist, die Unabhängigkeit sichern, an der Ihnen so viel liegt; es ist ihre Pflicht, und es wird, es muß kurz über lang ihr Glück ausmachen, dafür zu sorgen, daß Sie nicht Ihre ganze Jugend in Unzufriedenheit vergeuden. Wieviel können da nicht schon ein paar Monate ändern!"

„Ich glaube", erwiderte Edward, „es können noch viele Monate vergehen, ohne daß sich für mich etwas zum Guten ändert."

Diese Mutlosigkeit konnte zwar Mrs. Dashwood nicht anstecken, bereitete jedoch bald darauf ihnen allen zusätzlichen Kummer beim Abschied und hinterließ besonders in Elinor ein unbehagliches Gefühl, das sich wohl nur mühsam im Laufe der Zeit würde unterdrücken lassen. Doch da sie fest entschlossen war, es zu unterdrücken und nicht den Anschein aufkommen zu lassen, sie litte unter Edwards Fortgang mehr als ihre Angehörigen, bediente sie sich nicht der von Marianne bei ähnlicher Gelegenheit so sinnreich gebrauchten Methode, durch eine Flucht in Schweigen, Einsamkeit und Muße ihren Kummer zu steigern und zu verlängern. Die Mittel der beiden Schwestern waren ebenso verschieden wie ihre Zwecke und halfen beiden gleichermaßen weiter.

Sobald Edward aus dem Haus war, setzte sich Elinor an ihr Zeichenbrett, arbeitete den ganzen Tag eifrig drauflos, war weder besonders begierig, über Edward zu sprechen, noch vermied sie es und schien beinahe ebenso an den allgemeinen Belangen der Familie interessiert wie sonst. Und wenn sie durch dieses Verhalten ihren eigenen Schmerz auch nicht verringerte, so wurde er doch zumindest nicht unnötig gesteigert, und ihrer Mutter und ihren Schwestern blieb auf diese Weise viel Sorge um sie erspart.

Ein derartiges Benehmen, das ganze Gegenteil von ihrem eigenen, fand Marianne ebensowenig vorbildlich, wie sie ihr eigenes fehlerhaft gefunden hatte. Die Frage der Selbstbeherrschung war für sie schnell entschieden: bei starken Gefühlen war sie unmöglich, bei lauen kein Verdienst. Daß die Gefühle ihrer Schwester lau waren, wagte sie nicht zu bestreiten, obgleich sie bei dem Gedanken errötete, und für die Stärke ihrer eigenen lieferte sie einen schlagenden Beweis — sie liebte und achtete diese Schwester auch weiterhin, trotz dieser beschämenden Überzeugung.

Ohne sich gegen ihre Familie zu verschließen oder das Haus zu verlassen, um allein zu sein, oder die ganze Nacht wach zu liegen, um in Erinnerungen zu schwelgen, fand Elinor jeden Tag genügend Muße, über Edward und sein Verhalten nachzudenken, in einer Weise, die ganz von ihrem jeweiligen Gemütszustand abhing: voll Zärtlichkeit, Mitleid, Billigung, Tadel und Zweifel. Selbst wenn ihre Mutter und ihre Schwester zugegen waren, gab es eine Fülle von Gelegenheiten, wo ihnen die Natur ihrer Beschäftigung ein Gespräch verwehrte und ein völliger Einsamkeit entsprechender Zustand hervorgerufen wurde. Dann war ihr Geist frei; ihre Gedanken ließen sich nicht an die Kette legen, und wie es bei einem so interessanten Gegenstand nicht anders sein konnte, standen die Vergangenheit und die Zukunft vor ihr auf, fesselten ihre Aufmerksamkeit und bemächtigten sich ihrer Erinnerung, ihrer Gedanken, ihrer Phantasie.

Aus derartigen Träumereien am Zeichenbrett wurde sie eines

Morgens, bald nach Edwards Abreise, durch die Ankunft von Besuchern aufgeschreckt. Sie war gerade allein. Das Geräusch der kleinen Pforte am Eingang des Rasenplatzes vor dem Haus zog ihren Blick auf das Fenster, und sie sah eine große Besucherschar auf die Tür zukommen. Unter ihnen befanden sich Sir John und Lady Middleton sowie Mrs. Jennings, doch außerdem waren da noch zwei andere, ein Herr und eine Dame, die ihr gänzlich unbekannt waren. Sie saß in der Nähe des Fensters, und als Sir John sie bemerkte, überließ er den andern die Förmlichkeit, an die Tür zu klopfen, ging über den Rasen und veranlaßte sie, den Fensterflügel aufzumachen, um mit ihm zu sprechen, obwohl der Abstand zwischen Tür und Fenster so klein war, daß man unmöglich am Fenster sprechen konnte, ohne an der Tür gehört zu werden.
„Also", sagte er, „wir haben Ihnen ein paar Fremde mitgebracht. Wie gefallen sie Ihnen?"
„Pst! Man kann Sie doch hören!"
„Na wenn schon. Es sind ja bloß die Palmers. Charlotte ist sehr hübsch, kann ich Ihnen sagen. Gucken Sie mal, da können Sie sie sehen."
Da Elinor gewiß war, sie ohnehin in wenigen Augenblicken zu sehen, verzichtete sie darauf, sich diese Freiheit zu nehmen.
„Wo ist Marianne? Ist sie weggerannt, weil wir gekommen sind? Ihr Klavier steht doch offen."
„Ich glaube, sie macht einen Spaziergang."
Jetzt kam auch Mrs. Jennings hinzu, die so ungeduldig war, ihre Neuigkeiten loszuwerden, daß sie nicht warten konnte, bis die Tür geöffnet wurde. Sie kam hallo rufend zum Fenster: „Wie geht es Ihnen, meine Teure? Wie geht es Mrs. Dashwood? Wo sind denn Ihre Schwestern? Was? Ganz allein? Da werden Sie aber froh sein, ein bißchen Gesellschaft zu haben. Ich habe Ihnen meinen anderen Schwiegersohn und meine Tochter zu Besuch mitgebracht. Stellen Sie sich nur die Überraschung vor, als sie so plötzlich auftauchten! Gestern abend, als wir unsern Tee tranken, da dachte ich, ich hörte eine Kutsche, aber es kam mir überhaupt nicht in den Sinn, daß sie es sein könnten. Ich konnte mir nur vorstellen, daß vielleicht Oberst Brandon wiedergekommen war, also sagte ich zu Sir John: ‚Ich glaube, ich höre eine Kutsche, vielleicht ist Oberst Brandon wieder zurück . . .'"

Elinor mußte sie mitten in ihrem Bericht stehenlassen, um die übrigen Besucher zu empfangen. Lady Middleton stellte die beiden Fremden vor; Mrs. Dashwood und Margaret kamen gleichzeitig die Treppe herunter, und dann setzten sich alle, um einander in Augenschein zu nehmen, indes Mrs. Jennings mit ihrem Bericht fortfuhr, während sie in Begleitung Sir Johns durch den Korridor in das Wohnzimmer ging.

Mrs. Palmer war etliche Jahre jünger als Lady Middleton und ihr in jeder Hinsicht völlig unähnlich. Sie war klein und rundlich und hatte ein sehr hübsches Gesicht mit dem schönsten Ausdruck von Gutmütigkeit, den man sich denken kann. Ihre Manieren waren bei weitem nicht so elegant wie die ihrer Schwester, dafür aber wesentlich gewinnender. Sie trat lächelnd ein, unterbrach während der ganzen Dauer des Besuches ihr Lächeln nur, um zu lachen, und lächelte noch immer, als sie ging. Ihr Gatte war ein ernst dreinschauender junger Mann von fünfundzwanzig oder sechsundzwanzig Jahren, der gewandter und intelligenter wirkte als seine Frau, dafür aber weniger gewillt schien, Gefallen zu erwecken oder zu finden. Er trat selbstbewußt in das Zimmer, machte wortlos eine knappe Verbeugung vor den Damen, musterte kurz erst sie und dann die Wohnungseinrichtung, nahm sich eine Zeitung vom Tisch und las darin, solange er blieb.

Mrs. Palmer dagegen, die von Natur aus gleichbleibend höflich und glücklich war, hatte kaum Platz genommen, da sprudelte sie auch schon über vor Bewunderung für das Wohnzimmer und alles, was darin zu sehen war.

„Ach, was für ein entzückendes Zimmer! So etwas Reizendes hab ich noch nie gesehn! Wenn man bedenkt, Mama, wieviel schöner alles geworden ist, seit ich das letztemal hier war! Mir hat ja das Haus schon immer gut gefallen" — an Mrs. Dashwood gewandt —, „aber Sie haben es so nett eingerichtet! Sieh doch bloß, Schwester, wie entzückend alles ist! So ein Haus würde ich gern selber haben wollen! Nicht wahr, Mr. Palmer?"

Mr. Palmer gab ihr keine Antwort und hob nicht einmal den Blick von der Zeitung.

„Mr. Palmer hört mich nicht", sagte sie lachend. „Manchmal hört er mich überhaupt nicht. Es ist ja so komisch!"

Das war für Mrs. Dashwood ein ganz neuer Gedanke. Sie war es nicht gewohnt, die Rücksichtslosigkeit eines andern witzig zu finden, und sah die beiden unwillkürlich überrascht an. Inzwischen hatte Mrs. Jennings, so laut sie konnte, weitergeredet und ihre Schilderung, wie sehr sie am Abend zuvor von dem Besuch ihrer Kinder überrascht worden seien, fortgesetzt, und sie ließ sich nicht eher unterbrechen, als bis alles haarklein erzählt war. Mrs. Palmer lachte herzhaft bei der Erinnerung, wie alle gestaunt hatten, und jeder bestätigte etliche Male, daß es eine sehr angenehme Überraschung gewesen sei.

„Was glauben Sie, wie froh wir alle waren, sie wiederzusehen", fuhr Mrs. Jennings, zu Elinor vorgebeugt, fort; sie sprach mit gesenkter Stimme, als sollte sie niemand anders hören, obwohl sie und Elinor doch auf verschiedenen Seiten des Zimmers saßen, „aber trotzdem wäre es mir lieber gewesen, sie wären nicht ganz so schnell gefahren und hätten die Reise nicht so ausgedehnt; denn sie sind Geschäfte halber auf dem Umweg über London gekommen. Wissen Sie" — dabei nickte sie vielsagend und deutete auf ihre Tochter —, „in ihrer Situation hätte sie das doch nicht tun sollen. Ich wollte ja, daß sie heute vormittag zu Hause bleiben und sich ausruhen sollte, aber sie wollte unbedingt mitkommen; sie wollte Sie alle doch so gern kennenlernen!"

Mrs. Palmer lachte und sagte, es würde ihr schon nichts schaden.

„Sie rechnet, daß sie im Februar niederkommt", fuhr Mrs. Jennings fort.

Ein solches Gespräch konnte Lady Middleton nicht länger mit anhören; so gab sie denn ihrem Herzen einen Stoß und fragte Mr. Palmer, ob in der Zeitung etwas Neues stünde.

„Nein, nichts", erwiderte er und las weiter.

„Da kommt ja Marianne", rief Sir John. „Na, Palmer, jetzt werden Sie ein fabelhaft hübsches Mädchen zu sehen kriegen!"

Er ging sofort auf den Korridor hinaus, öffnete die Vordertür und führte Marianne selbst herein. Mrs. Jennings fragte sie gleich beim Eintreten, ob sie nicht in Allenham gewesen sei, und Mrs. Palmer fing herzhaft an zu lachen, zum Zeichen, daß sie die Frage verstanden hatte. Mr. Palmer blickte auf, als sie in das Zimmer kam, starrte sie ein paar Minuten lang an und wandte sich dann wieder seiner Zeitung zu. Jetzt fiel Mrs. Palmers Blick auf die Zeichnungen an den Wänden. Sie stand auf, um die Bilder zu betrachten.

„O Himmel, sind die aber schön! Ach, wie herrlich! Guck doch bloß, Mama, wie süß! Die sind aber ganz reizend, ich könnte sie mir immerzu ansehen." Damit setzte sie sich wieder und hatte bald schon vergessen, daß es etwas Derartiges überhaupt gab im Zimmer.

Als Lady Middleton aufstand, um zu gehen, erhob sich Mr. Palmer ebenfalls, legte die Zeitung hin, streckte sich und blickte alle der Reihe nach an.

„Du hast wohl geschlafen, mein Lieber?" sagte seine Frau lachend.

Er gab ihr keine Antwort, sondern bemerkte bloß, nachdem er nochmals das Zimmer gemustert hatte, die Decke sei sehr niedrig und habe sich verzogen. Danach verbeugte er sich und ging mit den übrigen.

Sir John hatte alle sehr nachdrücklich gebeten, den nächsten Tag in Barton Park zu verbringen. Mrs. Dashwood, die darauf hielt, sich nicht öfter bei ihnen zum Dinner einzustellen, als sie zum gleichen Zweck bei ihr im Landhaus erschienen, schlug die Einladung sehr bestimmt aus, was sie selbst betraf; ihren Töchtern stellte sie es frei, zu tun, wie ihnen beliebte. Doch die waren nicht neugierig darauf, mit anzusehen, wie Mr. und Mrs. Palmer ihr Dinner aßen, und ein anderes Vergnügen versprachen sie sich von ihrer Gesellschaft nicht. Sie versuchten deshalb ebenfalls, sich zu entschuldigen — das Wetter sei launisch und werde höchstwahrscheinlich nicht gut sein. Aber Sir John ließ sich damit nicht abspeisen — man werde sie mir der Kutsche abholen, und sie müßten einfach kommen. Auch Lady Middleton redete ihnen zu, allerdings nicht ihrer Mutter. Mrs. Jennings und Mrs. Palmer schlossen sich den Bitten an — offenbar lag allen daran, einen Abend im Kreise der Familie zu vermeiden, und da blieb den jungen Damen nichts weiter übrig, als nachzugeben.

„Wieso laden sie ausgerechnet uns ein?" fragte Marianne, sobald der Besuch gegangen war. „Die Miete für unser Landhaus soll angeblich niedrig sein, aber ich finde den Preis sehr hoch, wenn wir unweigerlich nach Barton Park zum Dinner müssen, sooft sich bei ihnen oder bei uns jemand zu Besuch aufhält."

„Diese häufigen Einladungen", sagte Elinor, „sind jetzt nicht weniger höflich und freundlich von ihnen gemeint als vor ein paar Wochen. Es liegt nicht an ihnen, wenn sich etwas geändert hat und die Abende bei ihnen jetzt langweilig und öde sind. Wir müssen die Ursache schon anderswo suchen."

Zwanzigstes Kapitel

Als die Schwestern Dashwood am nächsten Tag in Barton Park den Salon durch die eine Tür betraten, kam Mrs. Palmer eilig durch die andere herein und sah noch genauso gutmütig und fröhlich aus. Sie nahm die Mädchen sehr liebevoll bei der Hand und zeigte sich hochentzückt, sie wiederzusehen.

„Ich freue mich ja so, Sie zu sehen!" sagte sie und setzte sich zwischen Elinor und Marianne, „denn wir haben heute so schlechtes Wetter, daß ich schon Angst hatte, Sie würden vielleicht nicht kommen, und das wäre doch schrecklich gewesen, wo wir morgen schon wieder abfahren. Wir müssen fahren, wissen Sie, denn nächste Woche kommen die Westons zu uns. Es ging alles so plötzlich mit unserer Reise. Ich wußte überhaupt nichts davon, bis auf einmal der Wagen vor der Tür stand und Mr. Palmer mich fragte, ob ich mit nach Barton fahren wollte. Er ist ja so komisch! Nie sagt er mir was! Es tut mir so leid, daß wir nicht länger bleiben können, aber wir werden uns ja hoffentlich recht bald in London treffen."

Es blieb ihnen nichts weiter übrig, als ihr zu erklären, daß daraus nichts werden würde.

„Sie fahren nicht nach London?" rief Mrs. Palmer lachend. „Da enttäuschen Sie mich aber. Ich könnte Ihnen das netteste Haus der Welt besorgen, gleich neben unserm am Hanover Square. Sie müssen wirklich kommen. Es wäre mir bestimmt ein großes Vergnügen, Sie überallhin zu begleiten, bis es mit meiner Entbindung soweit ist, falls Mrs. Dashwood nicht in die Öffentlichkeit gehen möchte." Sie dankten ihr, mußten ihr aber alle ihre Bitten abschlagen. „Ach, mein Lieber", rief Mrs. Palmer ihrem Mann zu, der soeben ins Zimmer kam, „du mußt mir helfen, die Misses Dashwood zu überreden, daß sie diesen Winter nach London fahren."

Aber ihr Lieber gab darauf keine Antwort, sondern begann, nachdem er vor den Damen eine knappe Verbeugung gemacht hatte, über das Wetter zu schimpfen.

„Wie scheußlich das alles ist!" sagte er. „Solch ein Wetter kann einem alles und alle verleiden. Bei Regen ist es drinnen genauso langweilig wie draußen. Da werden einem alle Bekannten über. Was denkt sich Sir John bloß dabei, daß er hier im Haus nicht mal ein Billardzimmer hat? Wie wenig Leute haben doch eine Ahnung davon, was Komfort heißt! Sir John ist ebenso fad wie das Wetter."

Bald kamen auch die übrigen.

„Ich glaube, Miss Marianne", sagte Sir John, „heute haben Sie nicht Ihren üblichen Spaziergang nach Allenham machen können."

Marianne schaute sehr ernst drein und sagte nichts.

„Ach, tun Sie doch vor uns nicht so heimlich", sagte Mrs. Palmer, „wir wissen ja alle Bescheid, das können Sie mir glauben, und ich bewundere Ihren guten Geschmack, denn er ist ein sehr schöner Mann. Wir wohnen nämlich gar nicht weit von ihm auf dem Lande. Keine zehn Meilen, würde ich sagen."

„An die dreißig", sagte ihr Mann.

„Ach, das ist doch kein großer Unterschied. In seinem Haus bin ich zwar noch nicht gewesen, aber es soll sehr schön sein."

„Der scheußlichste Kasten, den ich je im Leben gesehen habe", meinte Mr. Palmer.

Marianne sagte kein Wort, aber ihre Miene verriet, daß das Thema sie interessierte.

„Ist es sehr häßlich?" fuhr Mrs. Palmer fort. „Dann muß es sich bei dem, das so schön ist, wohl um ein anderes handeln."

Als sie im Speisezimmer Platz genommen hatten, bemerkte Sir John mit Bedauern, daß sie nur zu acht waren.

„Meine Liebe", sagte er zu seiner Frau, „das ist aber sehr ärgerlich, daß wir so wenig sind. Warum hast du denn nicht die Gilberts zu heute eingeladen?"

„Habe ich dir, als wir darüber sprachen, nicht gesagt, daß es nicht ginge? Sie waren doch das letztemal zum Dinner bei uns."

„Nicht wahr", sagte Mrs. Jennings zu Sir John, „wir beide würden nicht auf solchen Förmlichkeiten bestehen."

„Damit würden Sie aber sehr schlechte Manieren beweisen", rief Mr. Palmer.

„Mußt du denn jedem widersprechen, mein Lieber?" sagte seine Frau mit ihrem üblichen Lachen. „Weißt du nicht, daß

das äußerst unhöflich ist?"
„Ich hatte nicht das Gefühl, jemand zu widersprechen, als ich deiner Mutter schlechte Manieren vorwarf."
„Jaja, schimpf du nur", sagte die gutmütige alte Dame. „Du hast Charlotte aus meinen Händen in Empfang genommen und kannst sie nicht wieder zurückgeben. Da bist du also der Hereingefallene."
Charlotte lachte herzhaft bei dem Gedanken, daß ihr Mann sie nicht wieder loswerden könne, und meinte triumphierend, ihr sei es ganz egal, wie grob er zu ihr sei, denn sie müßten doch zusammen leben. Mrs. Palmer war der gutmütigste Mensch, den man sich denken kann, und sie war fest entschlossen, glücklich zu sein. Die gewollte Gleichgültigkeit, die Barschheit und der Mißmut ihres Mannes kränkten sie nicht, und wenn er nörgelte oder auf sie schimpfte, dann amüsierte sie sich köstlich.
„Mr. Palmer ist ja so komisch!" flüsterte sie Elinor zu. „Immerzu hat er schlechte Laune."
Nachdem sie ihn eine Weile beobachtet hatte, nahm Elinor es Mr. Palmer nicht mehr ab, daß er wirklich der urwüchsige Grobian war, als der er sich gab. Wie so viele seiner Geschlechtsgenossen war er vielleicht ein wenig verbittert, seit er festgestellt hatte, daß er unerklärlicherweise der Schönheit erlegen und somit der Ehemann einer sehr dummen Frau geworden war — aber dieser Irrtum, das wußte sie wohl, war viel zu häufig, als daß ein vernünftiger Mann nicht schließlich darüber hinwegkommen würde. Vielmehr nahm sie an, daß es einem Wunsch nach Auszeichnung entsprang, wenn er jedermann so von oben herab behandelte und alles um sich her schlechtmachte. Er trachtete danach, andern Menschen überlegen zu erscheinen. Das Motiv war viel zu alltäglich, um zu verwundern; die Mittel dagegen mochten zwar seine Überlegenheit in schlechtem Benehmen beweisen, waren aber nicht geeignet, jemand für ihn einzunehmen außer seine Frau.
„Ach, meine liebe Miss Dashwood", sagte Mrs. Palmer bald danach, „ich möchte Sie und Ihre Schwester gern um eine große Gefälligkeit bitten. Wollen Sie nicht zu Weihnachten ein paar Tage in Cleveland verbringen? Ach, bitte ja, kommen Sie, wenn die Westons bei uns sind. Sie können sich gar nicht vorstellen, wie sehr ich mich darüber freuen würde! Es wird einfach herrlich werden! — Mein Lieber", wandte sie sich an

ihren Mann, „möchtest du nicht auch, daß uns die Misses Dashwood in Cleveland besuchen?“
„Natürlich“, erwiderte er höhnisch, „dazu bin ich eigens nach Devonshire gekommen.“
„Na also“, sagte seine Frau, „sehen Sie, Mr. Palmer erwartet Sie; da dürfen Sie nicht nein sagen.“
Aber beide schlugen die Einladung nachdrücklich und entschieden aus.
„O doch, Sie müssen kommen, und Sie werden kommen. Es wird Ihnen bestimmt ausgezeichnet gefallen. Die Westons werden bei uns sein, und es wird ganz herrlich werden. Sie können sich nicht vorstellen, wie schön es in Cleveland ist, und jetzt ist es bei uns auch unerhört lustig, denn Mr. Palmer ist immerzu unterwegs und wirbt Stimmen für die Wahlen, und es kommen so viele Leute zu uns zum Dinner, die ich noch nie gesehen habe, es ist ganz reizend! Aber der Ärmste, es ist ja solch eine Strapaze für ihn, denn er ist gezwungen, sich bei allen Leuten beliebt zu machen.“
Elinor konnte sich kaum das Lachen verbeißen, als sie ihr beipflichtete, wie schwer eine solche Aufgabe ihm fallen müsse.
„Ach, wird das reizend sein, wenn er erst im Parlament ist“, sagte Charlotte. „Nicht wahr? Was werde ich lachen! Das wird doch so komisch, wenn auf allen Briefen an ihn die Buchstaben M. P. hinter dem Namen stehen. — Aber wissen Sie, daß er sagt, er wird nicht seine Unterschrift dafür hergeben, daß ich meine Briefe portofrei verschicken kann? Er lehnt es einfach ab. Nicht wahr, mein Lieber?“
Ihr Lieber nahm keine Notiz von ihr.
„Er schreibt nämlich so ungern“, fuhr sie fort. „Er sagt, es ist ihm ein Greuel.“
„Nein“, sagte er, „solchen Blödsinn hab ich nie behauptet. Dichte mir nicht deine ganzen Märchen an.“
„Na bitte, da sehen Sie, wie komisch er ist. So ist er immer! Manchmal spricht er einen halben Tag lang kein Wort mit mir, und dann bringt er so was Komisches heraus — über irgend etwas x-beliebiges.“
Als man sich ins Wohnzimmer zurückbegab, überraschte sie Elinor mit der Frage, ob sie Mr. Palmer nicht ganz besonders nett fände.
„O doch“, sagte Elinor, „er macht einen sehr angenehmen Eindruck.“

„Na, das freut mich aber, daß Sie das finden. Ich dachte es mir gleich, er ist ja so umgänglich, und Mr. Palmer ist seinerseits auch äußerst eingenommen von Ihnen und Ihren Schwestern, das kann ich Ihnen versichern, und Sie können sich gar nicht vorstellen, wie enttäuscht er wäre, wenn Sie nicht nach Cleveland kämen. Ich wüßte wirklich nicht, was Sie dagegen haben könnten."

Elinor mußte abermals ihre Einladung ausschlagen und wechselte das Thema, um weiteren Bitten vorzubeugen. Sie hielt es für wahrscheinlich, daß Mrs. Palmer, die doch in derselben Grafschaft wohnte wie Willoughby, ihr mehr über ihn würde erzählen können als die Middletons, die ihn nur flüchtig kannten, und sie wollte sich gern von irgend jemand seinen guten Ruf bestätigen lassen, um Marianne jeder möglichen Befürchtung zu entheben. Daher begann sie sich zu erkundigen, ob Mr. Willoughby in Cleveland verkehre und ob sie näher mit ihm bekannt seien.

„Ach du liebe Güte, ja, ich kenne ihn ganz genau", erwiderte Mrs. Palmer. „Ich habe zwar nie mit ihm gesprochen, aber ich bekomme ihn ja ständig in London zu sehen. Irgendwie hat es sich ergeben, daß ich nie in Barton war, wenn er sich in Allenham aufhielt. Mama hat ihn schon einmal hier gesehen, aber da war ich gerade bei meinem Onkel in Weymouth. Doch ich möchte sagen, wir hätten in Somersetshire sehr viel mit ihm verkehrt, wenn es sich nicht unglücklicherweise so getroffen hätte, daß wir nie zur gleichen Zeit auf dem Lande gewesen sind. Er hält sich ja wohl sehr wenig in Combe auf, soviel ich weiß, aber auch wenn er noch so lange da wäre, glaube ich nicht, daß Mr. Palmer ihn besuchen würde, denn er gehört doch zur Opposition, wissen Sie, und außerdem ist es ja so weit ab. Ich weiß sehr gut, weshalb Sie sich nach ihm erkundigen; Ihre Schwester wird ihn heiraten. Ich freue mich riesig darüber, denn dann wird sie ja meine Nachbarin."

„Bei meinem Wort", erwiderte Elinor, „da wissen Sie besser Bescheid als ich, wenn Sie Grund zu der Annahme haben, daß solch eine Heirat zustande kommen wird."

„Tun Sie doch nicht so, als ob es nicht stimmt, denn Sie wissen ja, daß es sich schon herumgesprochen hat. Ich kann Ihnen versichern, daß ich auf der Herfahrt in London davon gehört habe."

„Aber meine liebe Mrs. Palmer!"

„Doch, bei meinem Ehrenwort! Montag früh traf ich in der Bond Street Oberst Brandon, und der hat mir gleich davon erzählt."

„Das überrascht mich aber sehr. Oberst Brandon soll Ihnen davon erzählt haben? Da irren Sie sich gewiß. Jemandem, der gar nicht daran interessiert sein kann, so etwas mitzuteilen, selbst wenn es wahr wäre — das würde ich von Oberst Brandon nicht erwarten."

„Aber ich versichere Ihnen, daß es doch so war, und ich werde Ihnen genau erzählen, wie sich die Sache abgespielt hat. Als wir ihn trafen, kehrte er um und ging ein Stück mit uns, und dann fingen wir an, über meinen Schwager und meine Schwester zu sprechen, und eins ergab das andere, und da sagte ich zu ihm: ‚Also, Herr Oberst, da soll doch in Barton eine neue Familie in das Landhaus eingezogen sein, und Mama schreibt mir, die Töchter sollen sehr hübsch sein und die eine würde Mr. Willoughby von Combe Magna heiraten. Sagen Sie bitte, stimmt das? Denn Sie müssen es ja wissen, wo Sie vor kurzem noch in Devonshire waren.'"

„Und was hat der Oberst gesagt?"

„Ach, nicht viel, aber er machte ein Gesicht, als ob er wüßte, daß es stimmt, und deshalb steht es von dem Augenblick an für mich fest. Das wird ganz entzückend, kann ich Ihnen sagen. Wann wird es denn soweit sein?"

„Ich hoffe, es ging Mr. Brandon gesundheitlich gut?"

„O doch, sehr gut; und er hat Sie ja so gelobt, er sagt über Sie nur das Allerbeste."

„Das ist für mich sehr schmeichelhaft. Ich halte ihn für einen vortrefflichen Mann, und ich finde ihn ungewöhnlich angenehm."

„Ich auch. Er ist solch ein reizender Mensch — schade, daß er so ernst und schwermütig ist. Mama sagt, er soll ja auch in Ihre Schwester verliebt gewesen sein. Ich kann Ihnen sagen, das wäre ein großes Kompliment, wenn das stimmt, denn er verliebt sich selten in jemand."

„Ist Mr. Willoughby in Ihrem Teil von Somersetshire sehr bekannt?" fragte Elinor.

„Ach doch, außerordentlich sogar, das heißt, ich glaube nicht, daß viele Leute mit ihm verkehren, denn Combe Magna liegt ja so weit ab; aber alle finden ihn äußerst angenehm, das kann ich Ihnen versichern. Mr. Willoughby ist beliebt wie kein zweiter, wo er auch hingeht, und das können Sie Ihrer Schwester ruhig sagen. Sie hat ungeheures Glück, daß sie ihn kriegt, Ehrenwort; natürlich hat er noch viel mehr Glück, daß er sie kriegt, denn sie ist ja so hübsch und angenehm, daß der beste Mann für sie nicht gut genug ist. Allerdings finde ich Ihre Schwester kaum hübscher als Sie, das können Sie mir glauben; ich finde Sie beide über alle Maßen hübsch, und Mr. Palmer findet natürlich dasselbe, wenn er es gestern abend auch nicht eingestehen wollte."

Mrs. Palmers Auskünfte über Willoughby waren nicht sehr ergiebig, aber jeder Beweis, der für ihn sprach, und mochte er noch so geringfügig sein, war Elinor angenehm.

„Ich freue mich ja so, daß wir uns endlich kennengelernt haben", fuhr Charlotte fort. „Ich hoffe, wir werden nun immer gute Freunde bleiben. Sie können sich gar nicht vorstellen, wie ich darauf gebrannt habe, Ihnen zu begegnen. Es ist ja ganz reizend, daß Sie in dem Landhaus wohnen. Es gibt gewiß nichts Schöneres. Und ich freue mich ja so, daß Ihre Schwester eine so gute Partie macht. Hoffentlich werden Sie viel nach Combe Magna kommen. Es ist jedenfalls eine sehr schöne Gegend."

„Sie sind schon länger mit Oberst Brandon bekannt, nicht wahr?"

„Doch, schon sehr lange, seit meine Schwester geheiratet hat. Er war einer von Sir Johns besten Freunden. Ich glaube", fuhr sie mit gesenkter Stimme fort, „er hätte mich auch ganz gerne genommen, wenn er mich hätte haben können. Sir John und Lady Middleton wünschten es ja sehr. Aber Mama vertrat die Ansicht, die Partie sei nicht gut genug für mich, sonst hätte Sir John dem Oberst etwas davon gesagt, und dann hätten wir auf der Stelle geheiratet."

„Wußte denn Oberst Brandon vorher nichts von dem Vorschlag, den Sir John Ihrer Mutter machte? Hatte er Ihnen niemals seine Liebe gestanden?"

„Das nicht, nein; aber wenn Mama nichts dagegen gehabt hätte, dann, glaube ich, wäre er sehr gern einverstanden gewesen. Er hatte mich doch erst zweimal gesehen, denn das war ja noch, bevor ich von der Schule kam. Aber ich bin so viel glücklicher geworden. Mr. Palmer ist für mich genau der Richtige."

Am nächsten Tag reisten die Palmers nach Cleveland zurück, und die beiden Familien in Barton waren wieder darauf angewiesen, einander selbst zu unterhalten. Doch dieser Zustand dauerte nicht lange. Kaum hatte Elinor aufgehört, an ihre letzten Besucher zu denken — sich zu wundern, warum Charlotte so grundlos glücklich war, warum sich Mr. Palmer trotz guter Gaben so einfältig stellte und wie es kam, daß Mann und Frau so oft nicht zueinander paßten —, da war es Sir Johns und Mrs. Jennings' eifrigen Bemühungen im Dienste der Geselligkeit gelungen, neue Besucher herbeizuschaffen, die sie kennenlernen und beobachten durfte.

Eines Morgens waren sie bei einer Ausfahrt nach Exeter zwei jungen Damen begegnet, die zu Mrs. Jennings' Verwandtschaft gehörten, wie diese mit Befriedigung feststellte, und das genügte Sir John, um sie auf der Stelle nach Barton Park einzuladen, sobald ihre Verpflichtungen in Exeter es erlaubten. Einer solchen Einladung ließen ihre Verpflichtungen in Exeter sofort den Vortritt, und Lady Middleton fiel aus allen Wolken, als ihr Sir John bei seiner Rückkehr den baldigen Besuch zweier junger Mädchen ankündigte, die sie noch nie im Leben gesehen hatte und von deren Eleganz, ja auch nur leidlicher Salonfähigkeit sie keineswegs überzeugt war; denn die diesbezüglichen Versicherungen ihres Mannes und ihrer Mutter galten ihr nichts. Daß es obendrein Verwandte waren, machte die Sache nur noch schlimmer, und Mrs. Jennings, die sie zu trösten versuchte, trat daher ins Fettnäpfchen, als sie ihrer Tochter den Rat gab, sich nicht an ihrer Vornehmtuerei zu stoßen, Verwandten müsse man schließlich einiges nachsehen. Da sich der Besuch nun jedenfalls nicht mehr verhindern ließ, fand sich Lady Middleton mit der philosophischen Gelassenheit einer wohlerzogenen Frau in ihr Geschick und begnügte sich damit, ihrem Mann wegen dieser Angelegenheit ein paar gelinde Vorhaltungen zu machen — täglich etwa fünf-, sechsmal.

Die jungen Damen trafen ein. Sie machten keineswegs einen unfeinen oder nicht gesellschaftsfähigen Eindruck. Ihre Kleider waren sehr modisch, ihre Manieren sehr höflich — sie fanden das Haus entzückend, schwärmten für die Einrichtung und erwiesen sich als so vernarrt in Kinder, daß Lady Middleton eine gute Meinung von ihnen hatte, noch ehe sie eine

Stunde in Barton Park waren. Sie fand, die Mädchen seien wirklich sehr angenehm, und das war bei Ihrer Ladyschaft schon überschwengliche Bewunderung. Bei einem so begeisterten Lob wuchs Sir Johns Vertrauen in die eigene Urteilskraft, und er machte sich sogleich auf den Weg nach dem Landhaus, um die Misses Dashwood von der Ankunft der Misses Steele zu unterrichten und ihnen zu versichern, daß es die nettesten Mädchen der Welt seien. Eine derartige Empfehlung hatte allerdings nicht viel zu besagen. Elinor wußte nur zu gut, daß man die nettesten Mädchen der Welt in jedem Teil Englands und in allen nur erdenklichen Spielarten antreffen konnte, was Gestalt, Gesicht, Gemüt und Geistesgaben betraf. Sir John wollte die ganze Familie sofort nach Barton Park mitnehmen, damit sie sich seine Gäste ansah. Dieser wohltätige Philanthrop! Es hätte ihn geschmerzt, selbst einen Verwandten dritten Grades nicht mit anderen zu teilen.
„Kommen Sie doch gleich mit", sagte er, „bitte, kommen Sie mit — Sie müssen mitkommen — ich bestehe darauf, daß Sie mitkommen. Sie können sich gar nicht vorstellen, wie sehr Ihnen die Mädchen gefallen werden. Lucy ist ungeheuer hübsch und so gutmütig und liebenswürdig! Die Kinder hängen alle schon so an ihr, als ob sie eine alte Bekannte wäre. Und beide möchten Sie unbedingt sehen, denn sie haben in Exeter gehört, daß Sie die schönsten Mädchen der Welt seien, und ich habe ihnen gesagt, daß es wirklich wahr ist und noch viel mehr. Bestimmt werden sie Ihnen gefallen. Sie haben eine ganze Kutsche voll Spielsachen für die Kinder mitgebracht. Sie können doch nicht so herzlos sein und nicht mitkommen! Gewissermaßen sind es doch auch Ihre Verwandten. Sie sind mit mir verwandt, und die beiden Mädchen mit meiner Frau; also sind Sie auch miteinander verwandt."
Doch es gelang Sir John nicht, sie zu überreden. Er konnte lediglich die Zusage erhalten, daß sie sich am nächsten oder übernächsten Tag in Barton Park einfinden würden, und dann verließ er sie voller Verwunderung über ihre Gleichgültigkeit, ging nach Hause und pries den Misses Steele ihre Reize, wie er ihnen die der Misses Steele gepriesen hatte.
Bei ihrem versprochenen Besuch in Barton Park und der damit verbundenen Vorstellung der jungen Damen fanden die Schwestern Dashwood an der Älteren, die schon fast dreißig war und ein ziemlich häßliches und nicht gerade intelligentes

Gesicht hatte, nichts zu bewundern; der anderen jedoch, die erst zwei- oder dreiundzwanzig war, mußten sie beträchtliche Schönheit zugestehen: ihre Züge waren hübsch, sie hatte einen scharfen, raschen Blick und ein gewandtes Auftreten, das ihr zwar nicht wirkliche Eleganz oder Anmut, aber eine gewisse Ausstrahlung verlieh. Die beiden jungen Damen waren ungemein höflich, und Elinor räumte ihnen bald einigen Verstand ein, als sie sah, wie sie sich unablässig mit wohlüberlegten Aufmerksamkeiten Lady Middleton angenehm machten. In einem fort waren sie von den Kindern entzückt, lobten ihre Schönheit, bemühten sich um ihre Gunst und gingen auf all ihre Launen ein, und die restliche, nicht von so aufreibenden Höflichkeitsbezeigungen in Anspruch genommene Zeit verbrachten sie damit, alles zu bewundern, was Ihre Ladyschaft gerade tat, falls sie etwas tat, oder sich den Schnitt irgendeines eleganten neuen Kleides abzuzeichnen, mit dem Ihre Ladyschaft sie tags zuvor in nicht enden wollendes Entzücken versetzt hatte. Zum Glück für jene, die ihre Huldigungen in solcher Münze entrichten, sind liebende Mütter, die gern etwas Lobendes über ihre Kinder hören möchten, nicht nur unersättlich, sondern auch sehr gutgläubig: sie können nicht genug davon bekommen und saugen begierig alles in sich auf, und das Übermaß an Zuneigung und Geduld, das die Schwestern Steele Lady Middletons Sprößlingen entgegenbrachten, wurde denn auch von ihr mit der größten Selbstverständlichkeit und ohne jedes Mißtrauen hingenommen. Mit mütterlichem Wohlgefallen sah sie all die boshaften Unartigkeiten und mutwilligen Streiche, die ihre Verwandten über sich ergehen ließen. Sie sah mit an, wie man ihnen die Schärpen aufband, die Haare zerzauste, die Nähtäschchen ausräumte und ihnen Messer und Schere stahl, und zweifelte keinen Augenblick, daß dies beiden Teilen Vergnügen bereitete. Das einzige, was sie sehr wunderte, war, daß Elinor und Marianne so gelassen dabeisaßen und sich nicht an den Vorgängen beteiligten.

„John ist heute recht lebhaft", sagte sie, als er Anne Steeles Taschentuch stibitzte und aus dem Fenster warf, „ein richtiger kleiner Lausbub."

Und als bald darauf der andere Junge die gleiche Dame kräftig in den Finger kniff, da bemerkte sie liebevoll: „Wie verspielt William heute wieder ist!"

„Und da ist ja meine süße kleine Annamaria", fuhr sie fort

und liebkoste zärtlich ein dreijähriges kleines Mädchen, das in den letzten beiden Minuten keinen Krach gemacht hatte, „und sie ist immer so lieb und ruhig. So ein ruhiges Kind gibt es kein zweites Mal!“

Doch während Ihre Ladyschaft die Kleine abdrückte, kratzte eine Nadel ihrer Frisur unglücklicherweise das Kind im Nacken, worauf dieses Muster an Artigkeit in so heftige Schreie ausbrach, daß sie auch von einem ausgesprochen lauten Kind kaum übertroffen werden konnten. Die Mutter war überaus betreten, doch konnte sie nicht beunruhigter sein als die Misses Steele, und in dieser kritischen Notlage taten die drei alles, was ihnen die Liebe eingeben konnte und was geeignet schien, die Qualen der kleinen Dulderin zu lindern. Man setzte sie der Mutter auf den Schoß, bedeckte sie mit Küssen, und die eine der Schwestern Steele kniete nieder und wusch ihr die Wunde mit Lavendelwasser, während ihr die andere den Mund mit Zuckerpflaumen vollstopfte. Bei solch einer Belohnung für die Tränen war das Kind zu klug, um mit Weinen aufzuhören. Es heulte und schluchzte weiter aus Leibeskräften und strampelte wie wild, als seine beiden Brüder es anfassen wollten, und alle vereinten Bemühungen vermochten es nicht zu beschwichtigen, bis sich Lady Middleton zum Glück entsann, daß sie eine Woche zuvor in einem ähnlichen Fall eine Schramme an der Schläfe erfolgreich mit Aprikosenmarmelade behandelt hatte, und jetzt das gleiche Mittel für diesen unglücklichen Kratzer empfahl, worauf die junge Dame einen Augenblick ihre Schreie unterbrach, was zu der Hoffnung berechtigte, daß sie es nicht zurückweisen würde. Die Mutter trug sie daher auf den Armen hinaus, um diese Medizin zu holen, und da die beiden Jungen es vorzogen, ihr zu folgen, obwohl die Mutter sie nachdrücklich gebeten hatte dazubleiben, waren die vier jungen Damen jetzt miteinander allein, und es herrschte eine Ruhe, wie es sie in diesem Raum schon viele Stunden nicht mehr gegeben hatte.

„Die arme Kleine“, sagte Anne Steele, sobald die Jungen fort waren. „Es hätte leicht sehr viel schlimmer ausgehen können.“

„Ich weiß bloß nicht recht, wie“, rief Marianne, „es sei denn unter gänzlich anderen Umständen. Aber so ist es nun mal: man macht sich Sorgen, obwohl gar kein Grund dazu besteht.“

„Was für eine reizende Frau Lady Middleton ist!" sagte Lucy Steele.
Marianne schwieg; sie brachte es nicht fertig, etwas zu sagen, was sie nicht fühlte, so nichtig auch der Anlaß sein mochte, und daher fiel Elinor stets allein die Aufgabe zu, den andern etwas vorzulügen, wo die Höflichkeit es erforderte. Sie tat auch jetzt ihr Bestes und sprach von Lady Middleton mit mehr Wärme, als sie empfand, wenn auch längst nicht so begeistert wie Miss Lucy.
„Und auch Sir John", rief die ältere Schwester, „welch ein charmanter Mann!"
Auch hier steuerte Elinor ein bescheidenes und gerechtes Lob bei, ohne große Worte zu machen. Sie bemerkte bloß, er sei äußerst gutmütig und freundlich.
„Und was für eine reizende kleine Familie sie haben! Ich hab noch nie im Leben so nette Kinder gesehen. Ich bin schon richtig in sie vernarrt, und ich hab ja auch schon immer Kinder furchtbar gern gehabt."
„Den Eindruck habe ich auch", sagte Elinor lächelnd, „nach dem, was ich heute vormittag miterlebt habe."
„Ich kann mir vorstellen", sagte Lucy, „daß Sie der Ansicht sind, die Middletons seien allzu nachsichtig gegen ihre Kinder. Vielleicht tun sie wirklich ein bißchen zuviel des Guten, aber bei Lady Middleton paßt es ganz zu ihrer Natur, und was mich betrifft, so habe ich es gern, wenn Kinder lebhaft und munter sind; zahme Duckmäuser mag ich nicht."
„Ich muß gestehen", erwiderte Elinor, „daß ich, solange ich in Barton Park bin, bei dem Gedanken an zahme und ruhige Kinder keinerlei Abscheu empfinde."
Nach diesen Worten entstand eine kurze Pause. Anne Steele, die sehr zum Reden aufgelegt schien, brach sie zuerst, indem sie ziemlich unvermittelt fragte: „Und wie gefällt es Ihnen in Devonshire, Miss Dashwood? Ich nehme an, es ist Ihnen nicht leichtgefallen, sich von Sussex zu trennen."
Von der Vertraulichkeit dieser Frage oder zumindest von der Art, wie sie vorgebracht wurde, ein wenig überrascht, bejahte Elinor.
„Norland ist sagenhaft schön, nicht wahr?" fuhr Anne fort.
„Wir haben von Sir John gehört, daß er es über alle Maßen bewundert", sagte Lucy, die es offenbar für geboten hielt, die Zudringlichkeit ihrer Schwester irgendwie zu entschuldigen.

„Ich glaube, jeder, der es einmal gesehen hat, muß es bewundern", erwiderte Elinor. „Auch wenn nicht anzunehmen ist, daß jemand außer uns seine Schönheit richtig zu würdigen weiß."

„Und hatten Sie dort eine Menge schicke Galane? In dieser Gegend wird es wohl nicht so viele geben. Was mich betrifft, so finde ich, daß sie immer eine angenehme Zugabe sind."

„Wie kommst du bloß auf den Gedanken", sagte Lucy und schien sich ihrer Schwester zu schämen, „daß es in Devonshire nicht so viele nette junge Männer geben könnte wie in Sussex?"

„Nicht doch, meine Liebe, das will ich ja gar nicht behaupten. In Exeter gibt es natürlich schicke Galane wie Sand am Meer; aber woher soll ich denn schließlich wissen, was für schicke Galane es in Norland gibt, und ich hatte ja auch bloß Angst, die Misses Dashwood könnten es in Barton langweilig finden, wenn sie hier nicht so viele haben wie früher. Aber vielleicht machen sich die jungen Damen auch gar nichts aus Galanen und können genausogut ohne welche auskommen. Was mich betrifft, so finde ich sie ja ungeheuer nett, vorausgesetzt, sie sind schick angezogen und benehmen sich manierlich. Wenn sie schmuddlig und frech sind, kann ich sie nicht ausstehen. Mr. Rose in Exeter zum Beispiel, der Kommis von Mr. Simpson, wissen Sie, ist ein ungeheuer schicker junger Mann, so ein richtiger Galan, aber den müßten Sie mal morgens sehen, was er da für eine traurige Figur macht! Ihr Bruder war ja sicher auch ein flotter Galan, Miss Dashwood, ehe er geheiratet hat, wo er doch so reich war?"

„Auf mein Wort", erwiderte Elinor, „das kann ich Ihnen nicht sagen, denn mir ist nicht ganz klar, was der Ausdruck bedeutet. Aber so viel kann ich sagen: wenn er vor seiner Heirat ein Galan war, dann ist er noch immer einer, denn er hat sich nicht im geringsten verändert."

„Ach du liebe Güte! Wenn man von Galanen spricht, denkt man doch nicht an verheiratete Männer — die haben was anderes zu tun."

„Herrgott, Anne!" rief ihre Schwester. „Du redest in einem fort bloß immer von Galanen; Miss Dashwood muß ja glauben, du hast überhaupt nichts anderes im Kopf." Und um das Thema zu wechseln, begann sie das Haus und die Einrichtung zu bewundern.

Diese Probe von den Schwestern Steele genügte. Die plumpe, dummdreiste Vertraulichkeit der Älteren nahm ihr alles Sympathische, und da sich Elinor von der Schönheit und dem schelmischen Blick der Jüngeren nicht über ihren Mangel an wirklicher Eleganz und Natürlichkeit hinwegtäuschen ließ, verabschiedete sie sich von den beiden Damen ohne jedes Verlangen, sie näher kennenzulernen.

Nicht so die Schwestern Steele. Die hatten von Exeter einen reichlichen Vorrat an Bewunderung für Sir John Middleton, seine Familie und seine sämtlichen Verwandten mitgebracht, und damit knauserten sie jetzt nicht, als sie die Dashwoods für die schönsten, elegantesten, gebildetsten und angenehmsten Mädchen erklärten, die sie je gesehen hätten und mit denen sie unbedingt näher bekannt werden wollten. Und näher miteinander bekannt zu werden war dann auch ihr unvermeidliches Schicksal, wie Elinor bald merkte; denn da Sir John ganz auf seiten der Schwestern Steele stand, war ihre Partei zu stark für irgendwelche Gegenwehr, und so mußte man sich mit jener Art freundschaftlichen Verkehrs abfinden, der darin besteht, daß man fast jeden Tag ein oder zwei Stunden miteinander in einem Raum zusammensitzt. Mehr konnte Sir John nicht tun; der ahnte allerdings auch nicht, daß etwas mehr vonnöten war: räumliches Beisammensein hieß für ihn soviel wie inniges Vertrautsein, und da es ihm gelang, sie immer wieder zusammenzubringen, zweifelte er nicht im mindesten daran, daß sie feste Freundschaft geschlossen hätten.

Man mußte ihm jedoch zugute halten, daß er sein möglichstes tat, um das Eis zwischen ihnen zu brechen, indem er den Damen Steele rückhaltlos alles mitteilte, was er über die privatesten Angelegenheiten seiner jungen Verwandten wußte oder auch nur vermutete, und schon als Elinor das zweite Mal mit ihnen zusammentraf, gratulierte ihr die ältere von beiden dazu, daß ihre Schwester so glücklich gewesen sei, einen sehr schicken Galan zu erobern, seit sie in Barton weile.

„Es ist doch fabelhaft", sagte sie, „daß sie so jung heiratet, und er soll ja ein toller Galan sein und phantastisch gut aussehen. Ich hoffe, Sie selbst haben auch bald solches Glück; aber vielleicht haben Sie schon längst heimlich einen Freund."

Elinor hatte keinen Grund zu der Annahme, daß Sir John seine Vermutungen über ihr Verhältnis zu Edward mit mehr Taktgefühl äußern würde, als er im Hinblick auf Marianne bewiesen hatte, ja, er bevorzugte diesen Scherz sogar, weil er noch etwas neuer war und mehr zu raten aufgab; und seit Edwards Besuch war kein einziges gemeinsames Dinner vergangen, bei dem er nicht auf das getrunken hätte, was ihr das Liebste sei — mit einem so vielsagenden Blick und einem solchen Gezwinkere und Geplinkere, daß jedermann darauf aufmerksam werden mußte. Desgleichen war jedesmal der Buchstabe F ins Spiel gebracht worden und hatte zu so zahlreichen Späßen herhalten müssen, daß seine Eigenschaft als witzigster Buchstabe des Alphabets für Elinor seit langem feststand.

Wie nicht anders zu erwarten, kamen jetzt die Schwestern Steele in den Genuß all dieser Späße, und die ältere der beiden wurde von unbezwinglicher Neugier gepackt, den Namen des Gentlemans zu erfahren, auf den ständig angespielt wurde — ein Verlangen, welches, wiewohl mehrfach ungehörig geäußert, durchaus zu ihrer allgemeinen Aufdringlichkeit paßte, mit der sie die Mädchen nach ihren Familienangelegenheiten ausfragte. Aber Sir John spannte ihre Neugier, die er mit solchem Vergnügen geweckt hatte, nicht lange auf die Folter, denn es bereitete ihm mindestens ebensoviel Befriedigung, Anne Steele den Namen zu verraten, wie dieser, ihn herauszubekommen.

„Er heißt Ferrars“, flüsterte er deutlich hörbar, „aber bitte sagen Sie es keinem weiter, denn es ist streng geheim!“

„Ferrars?“ wiederholte Anne. „Mr. Ferrars ist also der Glückliche, wie? Ach nein, doch nicht etwa der Bruder Ihrer Schwägerin, Miss Dashwood? Wirklich, ein sehr angenehmer junger Mann; ich kenne ihn sehr gut.“

„Wie kannst du bloß so was sagen, Anne!“ rief Lucy, die immer an den Behauptungen ihrer Schwester etwas zu berichtigen hatte. „Wir sind zwar ein paarmal bei meinem Onkel mit ihm zusammengetroffen, aber daß wir ihn sehr gut kennen, wäre doch wohl etwas zuviel behauptet!“

Elinor horchte interessiert und überrascht auf. Wer war dieser Onkel? Wo wohnte er? Wie kam es, daß sie sich kannten? Gern hätte sie mehr darüber erfahren, auch wenn sie es unterließ, das Gespräch darauf zu bringen. Aber es fiel kein Wort mehr darüber, und zum erstenmal im Leben hatte sie den Eindruck, es fehle Mrs. Jennings in bezug auf solche Bagatellen entweder an Neugier oder an Mitteilsamkeit. Die Art, wie Anne Steele von Edward gesprochen hatte, machte sie nur noch neugieriger; denn ihre Bemerkungen kamen ihr ziemlich boshaft vor und brachten sie auf den Verdacht, diese Dame wisse etwas Nachteiliges über ihn oder bilde es sich wenigstens ein. Doch ihre Neugier half ihr nichts; denn Anne Steele ging nicht mehr darauf ein, wenn jemand eine Andeutung machte oder wenn Sir John Mr. Ferrars' Namen gar offen aussprach.

Zweiundzwanzigstes Kapitel

Marianne, die noch nie sehr nachsichtig gegen Zudringlichkeit, vulgäres Wesen, mangelnde Intelligenz oder auch nur von dem ihren abweichenden Geschmack gewesen war, schien, nach ihrem Gemütszustand zu schließen, zu diesem Zeitpunkt ganz besonders wenig aufgelegt, an den Damen Steele Gefallen zu finden oder sie in ihren Annäherungsversuchen zu bestärken; und dieser ständigen Kühle ihrer Schwester, die jede freundschaftliche Regung bei den andern beiden im Keim ersticken mußte, schrieb es Elinor denn auch hauptsächlich zu, daß diese sich mit Vorliebe ihr zuwandten, vor allem Lucy, die keine Gelegenheit ausließ, sie in ein Gespräch zu verwickeln oder durch ungezwungene und freimütige Äußerung ihrer Ansichten die Bekanntschaft zu vertiefen.
Lucy hatte Mutterwitz, ihre Bemerkungen waren oft treffend und lustig, und als Gesellschafterin für eine halbe Stunde fand Elinor sie häufig angenehm. Doch ihre Gaben waren durch keine Erziehung gefördert worden, sie war unwissend und unbelesen, und ihren Mangel an jeglicher Geistesbildung, ihre Unkenntnis in den elementarsten Dingen konnte sie vor Elinor nicht verbergen, obwohl sie ständig bemüht war, sich von der besten Seite zu zeigen. Elinor sah diese Vernachlässigung von Fähigkeiten, die durch entsprechende Ausbildung beträchtlich hätten entwickelt werden können, und bedauerte Lucy deswegen. Weit weniger mitfühlend sah sie allerdings den gänzlichen Mangel an Takt, an Aufrichtigkeit und Herzensreinheit, der sich in ihren Aufmerksamkeiten, Gefälligkeiten und Schmeicheleien in Barton Park verriet, und sie fand keine dauerhafte Befriedigung in dem Umgang mit einem Menschen, bei dem sich Unlauterkeit mit Unwissenheit paarte, dessen mangelnde Bildung sie daran hinderte, ein Gespräch auf gleichem Niveau zu führen, und der mit seinem Verhalten andern

gegenüber jeden Beweis von Aufmerksamkeit und Hochachtung ihm selbst gegenüber völlig wertlos machte.
„Sie werden meine Frage wohl etwas befremdlich finden", meinte Lucy eines Tages, als sie zusammen von Barton Park zum Landhaus gingen, „aber sagen Sie doch bitte, kennen Sie Mrs. Ferrars, die Mutter Ihrer Schwägerin, persönlich?"
Elinor fand die Frage allerdings sehr befremdlich, und das war ihrer Miene auch deutlich anzusehen, als sie antwortete, sie habe Mrs. Ferrars nie kennengelernt.
„Was Sie nicht sagen!" erwiderte Lucy. „Das wundert mich aber, denn ich dachte, Sie müßten sie manchmal in Norland gesehen haben. Dann können Sie mir wohl auch nicht sagen, was für eine Frau sie ist?"
„Nein", entgegnete Elinor und hütete sich, ihre wahre Meinung von Edwards Mutter preiszugeben, zumal ihr nichts daran lag, diese unverblümte Neugier zu befriedigen. „Ich weiß gar nichts über sie."
„Sie werden es sicher sehr merkwürdig finden, daß ich mich in dieser Weise nach ihr erkundige", sagte Lucy und sah Elinor aufmerksam an, während sie sprach, „aber vielleicht habe ich meine Gründe . . . wenn ich mir gestatten dürfte . . . aber wie dem auch sei, Sie werden mir hoffentlich glauben, daß ich nicht zudringlich sein möchte."
Elinor gab ihr eine höfliche Antwort, und sie gingen einige Minuten schweigend weiter. Dann griff Lucy das Thema wieder auf, indem sie ein wenig zögernd sagte: „Ich möchte nicht, daß Sie mich für zudringlich und neugierig halten. Nicht um alles in der Welt möchte ich diesen Eindruck bei einem Menschen erwecken, an dessen guter Meinung mir so viel liegt wie an der Ihren. Und ich hätte auch ganz bestimmt keine Bedenken, mich *Ihnen* anzuvertrauen, ja, ich würde mir sogar sehr gern von Ihnen einen Rat geben lassen, wie ich mich in einer so unangenehmen Lage verhalten soll; es gibt jedoch keinen Grund, Sie damit zu belästigen. Schade, daß Sie Mrs. Ferrars nicht kennen."
„Es tut mir wirklich leid, daß ich sie nicht kenne", sagte Elinor sehr verwundert, „wenn *Ihnen* damit gedient wäre, meine Meinung über sie zu erfahren. Aber ich hatte gar keine Ahnung, daß Sie mit dieser Familie in Verbindung stehen, und deswegen bin ich auch ein wenig überrascht, muß ich gestehen, daß Sie sich so eingehend nach Mrs. Ferrars erkundigen."

„Das will ich Ihnen gern glauben, und es wundert mich auch gar nicht. Aber wenn ich es über mich brächte, Ihnen alles zu erzählen, dann wären Sie sicher nicht mehr so überrascht. Im Augenblick habe ich zu Mrs. Ferrars keinerlei Beziehung, aber es könnte einmal dahin kommen — wie bald, das wird ganz von ihr abhängen —, daß wir uns sehr nahestehen."
Während sie das sagte, sah sie reizend verschämt zu Boden und warf ihrer Gesprächspartnerin nur einmal einen Seitenblick zu, um die Wirkung ihrer Worte zu beobachten.
„Du lieber Himmel!" rief Elinor. „Wie meinen Sie das? Sie sind doch nicht etwa mit Mr. Robert Ferrars bekannt? Ist es möglich?" Und sie war nicht gerade entzückt bei dem Gedanken an eine solche Schwägerin.
„Nein", erwiderte Lucy, „nicht mit Mr. *Robert* Ferrars — den habe ich nie im Leben gesehen, sondern" — sie blickte Elinor fest ins Gesicht — „mit seinem älteren Bruder."
Was empfand Elinor in diesem Augenblick? Verwunderung, die wohl ebenso schmerzlich wie tief gewesen wäre, wenn die Behauptung nicht sofort Ungläubigkeit in ihr erweckt hätte. In schweigendem Staunen sah sie Lucy an und konnte sich nicht vorstellen, welchen Sinn und Zweck diese Erklärung haben sollte; und obwohl sie die Farbe wechselte, verharrte sie in Ungläubigkeit und lief nicht Gefahr, in Hysterie auszubrechen oder gar ohnmächtig zu werden.
„Das dürfte Sie allerdings überraschen", fuhr Lucy fort, „denn ganz bestimmt haben Sie bis jetzt nichts davon geahnt. Ich bin sicher, er hat Ihnen und Ihren Angehörigen gegenüber nie die leiseste Andeutung fallen lassen; denn es sollte immer ein großes Geheimnis bleiben, und ich habe es auch bis zu dieser Stunde getreulich gehütet. Von all meinen Verwandten weiß es kein Mensch außer Anne, und ich hätte auch Ihnen gegenüber nie ein Wort davon erwähnt, wenn ich nicht felsenfest überzeugt wäre, daß man sich auf Ihre Verschwiegenheit verlassen kann; und ich habe wirklich geglaubt, mit meinen vielen Fragen nach Mrs. Ferrars einen so merkwürdigen Eindruck auf Sie gemacht zu haben, daß ich Ihnen mein Verhalten erklären mußte. Und ich kann mir auch nicht denken, daß es Mr. Ferrars nicht recht sein würde, wenn er erfährt, daß ich mich Ihnen anvertraut habe, denn ich weiß, er hat die allerhöchste Meinung von Ihnen und allen Ihren Angehörigen und betrachtet Sie und die anderen Misses Dashwood als seine

Schwestern.“ Sie hielt inne.
Eine Weile schwieg Elinor. Ihr Erstaunen über das Gehörte hatte ihr zunächst einmal die Sprache verschlagen; endlich aber zwang sie sich zu sprechen, vorsichtig zu sprechen, und so sagte sie mit einer Selbstbeherrschung, die ihre Überraschung und Unruhe einigermaßen verdeckte: „Darf ich fragen, ob Sie schon längere Zeit verlobt sind?“
„Es sind jetzt vier Jahre.“
„Vier Jahre?“
„Ja.“
Elinor war sehr erschüttert, aber sie konnte es einfach nicht glauben.
„Bis vor kurzem“, sagte sie, „wußte ich nicht einmal, daß Sie überhaupt miteinander bekannt sind.“
„Wir kennen uns schon viele Jahre. Mein Onkel hatte ihn doch lange Zeit bei sich aufgenommen.“
„Ihr Onkel?“
„Ja. Mr. Pratt. Hat er in Ihrer Gegenwart denn nie von Mr. Pratt gesprochen?“
„Ich glaube doch“, antwortete Elinor, der das Sprechen in dem Maße, wie ihre Erregung stieg, immer mehr Mühe machte.
„Er hat vier Jahre bei meinem Onkel in Longstaple bei Plymouth gelebt. Dort hat unsere Bekanntschaft begonnen, denn meine Schwester und ich hielten uns oft bei meinem Onkel auf, und dort haben wir uns auch verlobt, allerdings erst ein Jahr, nachdem er nicht mehr unter der Obhut meines Onkels stand; aber er war auch nachher fast immer bei uns. Ich bin nur sehr ungern darauf eingegangen, wie Sie sich denken können — ohne das Wissen und das Einverständnis seiner Mutter —, aber ich war noch zu jung und zu verliebt in ihn, um so vernünftig zu sein, wie ich eigentlich hätte sein sollen. Sie kennen ihn zwar nicht so gut wie ich, Miss Dashwood, aber Sie werden ihn sicher so weit kennengelernt haben, um zu verstehen, daß er sehr wohl in der Lage ist, die Zuneigung einer Frau zu gewinnen.“
„Sicher“, antwortete Elinor, ohne zu wissen, was sie sagte; doch nach kurzem Nachdenken fand sie die Gewißheit wieder, daß Edward sie ehrlich liebe und ihre Begleiterin ihr die Unwahrheit sage, und sie fuhr fort: „Mit Mr. Edward Ferrars verlobt! — Ich muß gestehen, was Sie mir da sagen, hat mich so überrascht, daß ich wirklich . . . Verzeihen Sie, aber sicher

liegt hier eine Verwechslung der Person oder des Namens vor. Wir reden bestimmt nicht von demselben Mr. Ferrars."
„Wir reden bestimmt von keinem andern", rief Lucy lächelnd. „Der Mr. Ferrars, den ich meine, ist der älteste Sohn von Mrs. Ferrars aus der Park Street und der Bruder Ihrer Schwägerin, Mrs. John Dashwood. Sie werden doch wohl zugeben, daß ich mich nicht in dem Namen des Mannes irre, von dem mein ganzes Glück abhängt."
„Es ist doch merkwürdig", erwiderte Elinor, sehr schmerzlich betroffen, „daß ich ihn nie Ihren Namen erwähnen hörte."
„Nein. Wenn Sie unsere Lage berücksichtigen, so ist das durchaus nicht merkwürdig. Unsere größte Sorge ist es gewesen, die Sache geheimzuhalten. Sie wußten nichts von mir und meiner Familie, und deshalb hatte er nicht den geringsten Grund, Ihnen gegenüber meinen Namen zu erwähnen; und da er vor allem fürchtete, daß seine Schwester etwas ahnen könnte, war das allein schon Grund genug, nicht von mir zu sprechen."
Sie schwieg. Elinors Gewißheit geriet ins Wanken, nicht aber ihre Selbstbeherrschung.
„Vier Jahre sind Sie also schon verlobt", sagte sie mit fester Stimme.
„Ja. Und weiß der Himmel, wie lange wir noch werden warten müssen. Der arme Edward! Er ist schon ganz verzagt." Dann nahm sie eine kleine Miniatur aus ihrer Tasche und fuhr fort: „Um jeden Irrtum auszuschließen, schauen Sie sich doch bitte einmal dieses Porträt an. Er ist zwar nicht gut darauf getroffen, aber sie werden ganz sicher erkennen, wen es darstellen soll. Ich habe es schon seit drei Jahren."
Mit diesen Worten legte sie es Elinor in die Hände, und als diese das Bild sah, hatte sie zumindest den Beweis, daß es wirklich Edward darstellte, welch andere Zweifel die Furcht vor übereilten Schlußfolgerungen oder der Wunsch, ihre Begleiterin der Unaufrichtigkeit zu überführen, in ihr auch wachhalten mochten. Fast im gleichen Atemzug gab sie die Miniatur zurück und bestätigte die Ähnlichkeit.
„Es war mir bisher leider nicht möglich, ihm dafür ein Bild von mir zu geben", fuhr Lucy fort, „was mich sehr bedrückt, denn er wollte immer so gern eins haben! Aber ich habe mir fest vorgenommen, bei der nächsten sich bietenden Gelegenheit eins anfertigen zu lassen."

„Daran tun Sie ganz recht", entgegnete Elinor ruhig. Dann gingen sie schweigend weiter. Lucy sprach zuerst wieder.

„Ich habe nicht den geringsten Zweifel", sagte sie, „daß Sie dieses Geheimnis für sich behalten werden, denn Sie können sich natürlich vorstellen, wie wichtig es für uns ist, daß seine Mutter es nicht erfährt; sie würde ganz gewiß nie verstanden sein. Ich bringe kein Vermögen mit, und ich glaube, sie ist sehr hochnäsig."

„Ich habe Ihr Vertrauen wahrhaftig nicht gesucht", sagte Elinor, „aber Sie schätzen mich völlig richtig ein, wenn Sie mich für zuverlässig halten. Ihr Geheimnis ist bei mir sicher; doch verzeihen Sie, wenn ich meine Verwunderung darüber ausdrücke, daß Sie mir ganz unnötigerweise solch eine Mitteilung gemacht haben. Sie müssen doch zumindest bedacht haben, daß Ihr Geheimnis dadurch, daß Sie mich eingeweiht haben, nicht sicherer geworden ist."

Als sie das sagte, sah sie Lucy ernst an, um vielleicht in ihrer Miene zu lesen, daß der größte Teil von dem, was sie gesagt hatte, nicht der Wahrheit entspräche; aber in Lucys Miene änderte sich nichts.

„Ich hatte befürchtet, daß Sie es für sehr aufdringlich halten würden, wenn ich Ihnen das alles anvertraute", sagte sie. „Ich kenne Sie ja erst seit kurzem persönlich; vom Erzählen allerdings kenne ich Sie und Ihre Familie schon sehr lange, und gleich, als ich Sie sah, hatte ich das Gefühl, als wären Sie eine gute alte Bekannte. Außerdem glaubte ich in diesem Falle wirklich, Ihnen eine Erklärung schuldig zu sein, nachdem ich mich so eingehend nach Edwards Mutter erkundigt hatte, und ich bin in der unglücklichen Lage, keinen Menschen zu haben, den ich um Rat fragen kann. Anne ist die einzige, die etwas davon weiß, und an ihr habe ich keine Stütze; sie schadet mir sogar mehr, als sie mir nützt, denn ich schwebe ständig in Furcht, daß sie mich verrät. Sie kann den Mund nicht halten, wie Sie schon bemerkt haben werden, und neulich habe ich tatsächlich Todesängste ausgestanden, daß sie, als Sir John auf Edward zu sprechen kam, mit allem herausplatzen würde. Sie können sich gar nicht vorstellen, was ich innerlich dabei stets durchmache. Ich wundere mich bloß, daß ich noch lebe, bei allem, was ich in den letzten vier Jahren wegen Edward gelitten habe. Alles ist noch völlig unentschieden und in der Schwebe, und außerdem sehe ich ihn so selten — wir kommen kaum öfter als zweimal im Jahr zusammen. Ich weiß wirklich nicht, wieso ich noch nicht an gebrochenem Herzen zugrunde gegangen bin."

Damit griff sie zum Taschentuch, doch Elinor verspürte nicht viel Mitleid.

„Manchmal", fuhr Lucy fort, nachdem sie sich die Augen gewischt hatte, „denke ich, ob es nicht das beste für uns beide wäre, ganz und gar Schluß zu machen." Während sie das sagte, sah sie ihrer Begleiterin voll ins Gesicht. „Aber dann fehlt mir wieder die nötige Entschlossenheit dazu. Ich kann den Gedanken nicht ertragen, ihn unglücklich zu machen, und ich weiß doch, daß ich das schon durch die bloße Andeutung eines solchen Schrittes tun würde. Und auch um meiner selbst willen — wo ich ihn doch so gern habe —, ich glaube nicht, daß ich es fertigbrächte. Was würden Sie mir denn in einem solchen Fall raten, Miss Dashwood? Was würden Sie an meiner Stelle tun?"

„Verzeihen Sie", erwiderte Elinor, über die Frage betroffen, „aber ich kann Ihnen unter solchen Umständen keinen Rat geben. Sie müssen sich von Ihrem eigenen Urteil leiten lassen."

„Natürlich", fuhr Lucy fort, nachdem beide einige Minuten geschwiegen hatten, „wird ihn seine Mutter irgendwann einmal selbständig machen müssen, aber der arme Edward ist deswegen so niedergeschlagen! Hatten Sie nicht den Eindruck, daß er sehr bedrückt war, als er sich in Barton aufhielt? Er war so unglücklich, als er von uns in Longstaple abreiste, um Sie zu besuchen, daß ich befürchtete, Sie würden ihn für sehr krank halten."

„Dann war er also bei Ihrem Onkel, bevor er zu uns kam?"

„Aber ja. Er war vierzehn Tage bei uns zu Besuch gewesen. Dachten Sie, er käme direkt aus London?"

„Nein", erwiderte Elinor und spürte mit einem feinen Stich jede neue Einzelheit, die für Lucy sprach. „Ich kann mich erinnern, daß er sagte, er habe sich vierzehn Tage bei Freunden in der Nähe von Plymouth aufgehalten." Sie erinnerte sich auch daran, wie sehr es sie damals überrascht hatte, daß er nichts weiter über diese Freunde erzählte und sogar ihre Namen verschwieg.

„Kam er Ihnen nicht sehr niedergedrückt vor?" wiederholte Lucy.

„Allerdings, ganz besonders bei seiner Ankunft.“
„Ich bat ihn, sich zusammenzunehmen, weil ich Angst hatte, Sie könnten merken, was mit ihm los war, aber es stimmte ihn so melancholisch, daß er bloß vierzehn Tage bei uns bleiben konnte und daß er mich so angegriffen sah. Der Ärmste! Ich fürchte, es steht noch immer so um ihn, denn er schreibt ganz verzweifelt. Ich erhielt von ihm Nachricht, bevor ich von Exeter aufbrach.“ Damit holte sie einen Brief aus ihrer Tasche und zeigte Elinor unbefangen die Adresse. „Sie kennen ja wohl seine Schrift — sie ist sehr sympathisch, nicht wahr? Aber diesmal hat er nicht so schön geschrieben wie sonst. Sicher war er abgespannt, denn er hat mir nur eine Seite geschrieben.“
Elinor erkannte seine Schrift und konnte nicht länger zweifeln. Das Bild mochte zufällig in Lucys Hände gelangt sein, hatte sie sich eingeredet, vielleicht war es gar kein Geschenk von Edward; aber ein Briefwechsel konnte nur bei einem regelrechten Verlöbnis bestehen, er ließ einfach keine andere Erklärung zu. Einige Augenblicke war sie wie betäubt — ihr stockte das Herz, und sie konnte sich kaum noch auf den Beinen halten, doch es war unbedingt erforderlich, daß sie die Fassung bewahrte, und sie kämpfte so entschlossen gegen ihre deprimierenden Gefühle an, daß sie sie bald und für den Augenblick vollständig überwand.
„Daß wir uns schreiben“, sagte Lucy, während sie den Brief wieder einsteckte, „ist unser einziger Trost in den langen Zeiten der Trennung. Ja, *ich* kann mich außerdem noch mit diesem Bild trösten, aber der arme Edward hat nicht einmal das. Wenn er nur ein Bild von mir hätte, sagt er, dann würde es ihm leichter fallen. Ich schenkte ihm eine Locke von meinem Haar und einen Ring, als er das letztemal in Longstaple war, und das tröstete ihn etwas, sagte er, aber doch nicht so wie ein Bild. Vielleicht haben Sie den Ring bemerkt, als er bei Ihnen war?“
„Doch“, sagte Elinor mit einer Gefaßtheit, unter der sich so viel Erregung und Kummer verbargen, wie sie noch niemals verspürt hatte. Sie war beschämt, erschüttert, verwirrt.
Zum Glück hatten sie in diesem Moment das Landhaus erreicht, und das Gespräch konnte nicht fortgesetzt werden. Nachdem sie einige Minuten bei ihnen Platz genommen hatten, kehrten die Schwestern Steele nach Barton Park zurück, und Elinor hatte Muße, nachzudenken und unglücklich zu sein.

Zweites Buch

Erstes Kapitel

Wie wenig Elinor im allgemeinen auch an Lucys Aufrichtigkeit glauben mochte, im vorliegenden Fall konnte sie ihr bei ernsthafter Überlegung unmöglich mißtrauen, denn es gab keinen hinreichenden Anlaß für die Torheit, eine derartige Unwahrheit in die Welt zu setzen. Was Lucy als Wahrheit ausgegeben hatte, das vermochte, das wagte Elinor nicht länger in Zweifel zu ziehen; zumal es noch von allen Seiten durch so viele Indizien und Beweise gestützt wurde und nichts dagegen sprach als ihre eigenen Wünsche. Im Hause Mr. Pratts hatten sie Gelegenheit gehabt, einander kennenzulernen; das bildete die Grundlage für alles übrige und war ebenso unbestreitbar wie beunruhigend; und Edwards Besuch in der Nähe von Plymouth, seine melancholische Verfassung, seine Unzufriedenheit mit seinen eigenen Zukunftsaussichten, sein unbestimmtes Verhalten ihr selbst gegenüber, die eingehende Kenntnis der Schwestern Steele hinsichtlich Norland und ihrer Familienverhältnisse, worüber sie sich schon oft gewundert hatte, das Bild, der Brief, der Ring — das alles ergab eine solche Fülle unwiderlegbarer Beweise, daß Elinor nicht mehr zu befürchten brauchte, ihn ungerecht zu verurteilen, und machte es zu einer Tatsache — an der auch bei aller Zuneigung nicht zu rütteln war —, daß er sie schlecht behandelt hatte. Ihr Zorn über ein solches Verhalten, ihre Empörung, daß sie darauf hereingefallen war, ließen sie vorübergehend nur an sich denken; bald jedoch meldeten sich andere Gedanken, andere Erwägungen an. Hatte Edward sie absichtlich hintergangen? Hatte er ihr Gefühle vorgetäuscht, die er nicht empfand? War sein Verlöbnis mit Lucy eine Herzensbindung? Nein, vielleicht war es das früher einmal gewesen, jetzt aber bestimmt nicht mehr. Sein Herz gehörte ihr allein. Darin konnte sie sich nicht täuschen. Ihre Mutter, ihre Schwestern, Fanny — alle hatten

in Norland sein Interesse für sie bemerkt, es war kein Wunschtraum ihrer eigenen Eitelkeit. Ganz sicher liebte er sie. Welch Herzenstrost war doch diese Überzeugung! Wie viel war sie bereit ihm deshalb zu vergeben! Er verdiente Tadel, schweren Tadel, weil er in Norland geblieben war, nachdem er gespürt hatte, daß ihr Einfluß auf ihn größer war, als er sein durfte. Das ließ sich durch nichts rechtfertigen; doch wenn er ihr weh getan hatte — um wieviel mehr hatte er sich selbst weh getan; war ihre Lage bedauernswert, so war die seine hoffnungslos. Durch seine Unbesonnenheit hatte er sie vorübergehend unglücklich gemacht, sich selbst aber schien er damit jede Möglichkeit genommen zu haben, je wieder glücklich zu werden. Ihr Gemüt würde sich mit der Zeit schon wieder beruhigen, er aber — was hatte er für sich zu erhoffen? Konnte er je mit Lucy Steele auch nur leidlich glücklich werden? Wo seine Neigung fraglos ihr selbst galt — konnte er sich da bei seiner Rechtschaffenheit, seinem Zartgefühl, seiner Bildung mit einer Frau zufriedengeben, die so unwissend, so berechnend und so egoistisch war wie Lucy?
In der jugendlichen Verliebtheit seiner neunzehn Jahre hatte er sich begreiflicherweise von ihrer Schönheit und ihrem gefälligen Wesen blenden lassen, aber die vier folgenden Jahre — Jahre, die bei vernünftiger Lebensführung so viel zur Schärfung der Urteilskraft beitragen — mußten ihm die Augen geöffnet haben für die Mängel ihrer Erziehung, während sie im gleichen Zeitraum niederen Umgang gepflogen und sich mit Nichtigkeiten abgegeben und dabei wahrscheinlich viel von der Natürlichkeit verloren hatte, die vielleicht einmal ihrer Schönheit einen interessanten Zug verliehen hatte.
Hatten die von seiten seiner Mutter zu erwartenden Schwierigkeiten schon groß geschienen für den Fall, daß er sie, Elinor, heiraten wollte, wieviel größer mußten sie nun erst sein, da seine Verlobte zweifellos gesellschaftlich tiefer stand und vermutlich weniger Vermögen besaß als sie selbst. Zwar war sein Herz inzwischen Lucy so entfremdet, daß diese Schwierigkeiten seine Geduld auf keine harte Probe stellen mochten, aber in welch melancholischer Verfassung mußte sich jemand befinden, dem die Aussicht auf Widerstand und unfreundliche Behandlung seitens seiner Familie eine Erleichterung bedeuteten!
Als diese schmerzlichen Gedanken nach und nach in ihr auf-

stiegen, weinte sie mehr um ihn als um sich. Gestärkt von dem Bewußtsein, nichts getan zu haben, womit sie ihr jetziges Unglück verdiente, und getröstet von dem Glauben, daß Edward nichts getan habe, womit er sich ihre Achtung verscherzt hätte, meinte sie sich sogar im ersten, heftigen Schmerz des schweren Schlages genügend beherrschen zu können, um in ihrer Mutter und ihren Schwestern keinerlei Argwohn aufkommen zu lassen. Und es gelang ihr so gut, sich ihren eigenen Erwartungen entsprechend zu verhalten, daß beim Dinner, knapp zwei Stunden, nachdem all ihre schönsten Hoffnungen zerschellt waren, es niemand den Schwestern angesehen hätte, daß Elinor heimlich Kummer litt, weil sich Hindernisse vor ihr auftürmten, die sie für immer von dem Geliebten trennen würden, und daß Marianne von der Vortrefflichkeit eines Mannes träumte, dessen Herz ihr ganz und gar zu gehören schien und den sie in jeder Kutsche zu erblicken glaubte, die am Haus vorüberfuhr.

Die Notwendigkeit, ihrer Mutter und Marianne das zu verschweigen, was ihr im geheimen anvertraut worden war, kostete Elinor zwar ständige Anstrengung, vergrößerte aber ihren Schmerz nicht. Im Gegenteil, es war eine Erleichterung für sie, daß ihr erspart blieb, ihnen etwas mitzuteilen, was ihnen so viel Kummer bereiten würde, und daß sie andererseits davor bewahrt blieb, jene Verdammung Edwards mit anhören zu müssen, die das Übermaß ihrer blinden Zuneigung zu ihr wahrscheinlich mit sich bringen würde und die mehr war, als sie zu ertragen sich imstande fühlte.

Sie wußte, daß ein Rat von ihnen oder eine Aussprache mit ihnen ihr keine Hilfe wären; die Zärtlichkeit und Sorge der beiden mußten ihre Qual nur vergrößern, indes ihre Selbstbeherrschung weder durch ihr Vorbild noch durch ihr Lob gefördert werden würde. Sie war allein stärker, und ihr eigener, wohlbeschaffener Verstand half ihr dermaßen gut, daß ihre Festigkeit so unerschütterlich und ihr heiteres Auftreten so beständig waren, wie das bei einem derart heftigen und frischen Schmerz nur möglich sein konnte.

Wie sehr sie auch unter dem ersten Gespräch mit Lucy über dieses Thema gelitten hatte, so verspürte sie doch schon bald den dringenden Wunsch, es wiederaufzunehmen, und das aus mehr als einem Grund. Sie wollte viele Einzelheiten im Zusammenhang mit dem Verlöbnis noch einmal hören, sie wollte wissen, ob Lucy wirklich etwas für Edward empfand, ob ihre Erklärung, daß sie ihm zärtlich zugetan sei, auch aufrichtig war, und sie wollte Lucy vor allem durch ihre Bereitwilligkeit, das Thema wiederaufzugreifen, und durch die Gelassenheit, mit der sie darüber sprechen konnte, überzeugen, daß sie nur als Freundin daran interessiert war, was — wie sie stark befürchtete — ihre unfreiwillige Erregung bei ihrem Gespräch am Vormittag zumindest im Zweifel gelassen haben mußte. Daß Lucy geneigt war, auf sie eifersüchtig zu sein, schien sehr logisch. Es lag auf der Hand, daß Edward stets voller Anerkennung von ihr gesprochen hatte, nicht nur, weil Lucy dies versicherte, sondern auch, weil sie es wagte, ihr nach so kurzer persönlicher Bekanntschaft ein Geheimnis anzuvertrauen, das offenbar und zugegebenermaßen sehr wichtig war. Und selbst Sir Johns Späße mußten von einigem Gewicht gewesen sein. Aber solange Elinor sich vollkommen sicher war, daß Edward sie wirklich liebte, bedurfte es gar keiner weiteren Erwägung von Wahrscheinlichkeiten, um Lucys Eifersucht zu erklären, und daß sie eifersüchtig war, davon zeugte gerade ihr Vertrauen. Welchen anderen Grund konnte es für die Enthüllung der ganzen Angelegenheit geben, als Elinor dadurch über Lucys ältere Ansprüche auf Edward zu informieren und sie zu veranlassen, ihn in Zukunft zu meiden? Es bereitete Elinor nur wenig Mühe, diese Absichten ihrer Rivalin zu durchschauen, und wenn sie auch fest entschlossen war, sich ihr gegenüber so zu verhalten, wie es die Gebote der Ehre und der Rechtschaffenheit erforderten, ihre eigene Zuneigung zu Edward zu bekämpfen und ihn so wenig wie möglich zu sehen, konnte sie sich doch nicht den Trost versagen, Lucy davon zu überzeugen, daß ihr Herz unverletzt geblieben sei. Und da sie nun nichts Schmerzlicheres mehr über das Thema hören konnte, als sie bereits gehört hatte, mißtraute sie nicht ihrer Fähigkeit, eine Wiederholung von Einzelheiten mit Fassung zu ertragen.

Aber es fand sich nicht sogleich eine Gelegenheit dafür, wiewohl Lucy ebenso geneigt war wie sie, jede sich bietende Möglichkeit zu ergreifen. Das Wetter war kaum einmal schön genug, um einen gemeinsamen Spaziergang zu erlauben, bei dem sie sich ohne weiteres von den anderen hätten absondern können, und obwohl sie sich wenigstens jeden zweiten Abend entweder in Barton Park oder im Landhaus trafen, meist jedoch in ersterem, erwartete man von ihnen nicht, daß sie sich trafen, um Konversation zu machen. Ein solcher Gedanke wäre weder Sir John noch Lady Middleton je in den Sinn gekommen, und daher blieb für eine allgemeine Unterhaltung stets nur sehr wenig Zeit und für ein spezielles Gespräch schon gar keine. Man traf sich, um gemeinsam zu essen, zu trinken und zu lachen, um Karten oder „gefüllte Kalbsbrust" zu spielen oder irgendein anderes Spiel, bei dem es genügend laut zuging.

Ein oder zwei Begegnungen dieser Art hatten stattgefunden, ohne daß Elinor Gelegenheit gehabt hätte, allein mit Lucy zu sprechen, als Sir John eines Morgens im Landhaus vorbeikam und sie alle bat, sie möchten doch die Güte haben, am selben Tag mit Lady Middleton zu speisen, da er gezwungen sei, den Klub in Exeter aufzusuchen, und sie sonst mit ihrer Mutter und den beiden Misses Steele ganz allein sein würde. Elinor, die vermutete, daß sich in einer solchen Gesellschaft, in der aller Wahrscheinlichkeit nach die ruhige und wohlerzogene Lady Middleton den Ton angeben würde und sie ungezwungener beisammen sein könnten, eher eine Möglichkeit zur Ausführung ihrer Absicht bieten würde, als wenn Sir John sie alle in einem lauten Kreis vereinigte, nahm die Einladung sofort an. Margaret war — mit Erlaubnis ihrer Mutter — gleichermaßen einverstanden, und Marianne, die wie immer nicht gewillt war, sich einer solchen Gesellschaft anzuschließen, wurde von ihrer Mutter, die es nicht ertragen konnte, daß sie sich von jeder Gelegenheit zum Vergnügtsein ausschloß, ebenfalls zum Gehen überredet.

Die jungen Damen gingen, und so blieb Lady Middleton glücklicherweise vor der schrecklichen Einsamkeit bewahrt, die sie bedroht hatte. Die Fadheit des Besuchs entsprach genau dem, was Elinor erwartet hatte; er brachte keinen einzigen neuen Gedanken, keine interessante Äußerung, und nichts hätte weniger fesselnd sein können als ihre Unterhaltung sowohl im Speisezimmer als auch im Salon. In den letzteren begleiteten sie die Kinder, und während sie dort verweilten, war sich Elinor nur zu gut der Unmöglichkeit bewußt, Lucys Aufmerksamkeit zu beanspruchen, als daß sie auch nur den Versuch dazu unternommen hätte. Sie verließen den Salon erst, als das Teegeschirr abgeräumt wurde. Dann wurde der Spieltisch zurechtgerückt, und Elinor wunderte sich über sich selbst, wie sie je die Hoffnung gehegt haben konnte, in Barton

Park Zeit für ein Gespräch zu finden. Alle erhoben sich, um Vorbereitungen für ein Gesellschaftsspiel zu treffen.
„Ich bin froh", sagte Lady Middleton zu Lucy, „daß Sie das Körbchen meiner armen kleinen Annamaria heute abend nicht mehr fertigmachen; denn ich bin sicher, es schadet Ihren Augen, wenn Sie sich bei Kerzenlicht mit Filigranarbeit beschäftigen. Wir werden die Enttäuschung der lieben Kleinen morgen mit etwas anderem wiedergutmachen; ich denke, dann wird sie nicht allzu unglücklich sein."
Dieser Hinweis genügte, damit Lucy sich sogleich erinnerte und antwortete: „Da tun Sie mir aber großes Unrecht, Lady Middleton. Ich habe nur gewartet, um zu erfahren, ob Sie Ihr Spiel auch ohne mich durchführen können, sonst säße ich schon längst über meiner Filigranarbeit. Um nichts in der Welt würde ich den kleinen Engel enttäuschen, und wenn Sie mich jetzt am Kartentisch benötigen, so bin ich entschlossen, das Körbchen nach dem Abendessen fertigzumachen."
„Sie sind sehr liebenswürdig. Ich hoffe, Sie verderben sich nicht die Augen. Würden Sie bitte klingeln, damit Kerzen zum Arbeiten gebracht werden? Mein armes kleines Mädchen wäre schrecklich enttäuscht, wenn das Körbchen morgen nicht fertig wäre, das weiß ich. Ich habe ihr zwar gesagt, daß es wahrscheinlich nichts werden würde, aber ich bin sicher, sie verläßt sich darauf, daß es fertig wird."
Lucy zog ihr Arbeitstischchen direkt neben sich und setzte sich mit einem Eifer und einer Fröhlichkeit, die anzudeuten schienen, daß es für sie kein größeres Vergnügen gäbe, als für ein verzogenes Kind ein Filigrankörbchen herzustellen.
Lady Middleton schlug den anderen eine Doppelpartie Kasino vor. Niemand machte einen Einwand außer Marianne, die wie üblich unter Mißachtung aller Formen konventioneller Höflichkeit erklärte: „Ihre Ladyschaft werden wohl die Güte haben, mich zu entschuldigen. Sie wissen doch, ich verabscheue das Kartenspiel. Ich werde mich an das Pianoforte setzen. Ich habe es noch nicht wieder angerührt, seit es gestimmt worden ist." Und ohne weitere Umstände drehte sie sich um und ging zum Klavier.
Lady Middleton machte ein Gesicht, als wüßte sie dem Himmel Dank dafür, daß sie selbst sich noch nie in ihrem Leben so taktlos benommen hatte.
„Wissen Sie, Ma'am, Marianne bringt es nicht fertig, diesem

Instrument lange fernzubleiben", sagte Elinor in dem Bemühen, die Beleidigung zu mildern, „und ich wundere mich nicht einmal darüber, denn es ist das am besten klingende Pianoforte, das ich je gehört habe."
Die restlichen fünf Mitspieler mußten nun ihre Karten ziehen.
„Wenn ich zufällig ausscheiden sollte", fuhr Elinor fort, „so könnte ich möglicherweise Miss Steele von einigem Nutzen sein und ihr zur Hand gehen. Es ist noch so viel an dem Körbchen zu tun, daß es ihr wohl kaum möglich sein wird, es noch heute abend fertigzustellen, wenn sie allein daran arbeitet. Ich würde diese Aufgabe sehr gern übernehmen, sofern sie mir gestattet, mich an der Arbeit zu beteiligen."
„Ich wäre Ihnen allerdings sehr dankbar für Ihre Hilfe", rief Lucy, „denn ich sehe, daß doch mehr daran zu tun ist, als ich dachte, und es wäre grausam, die liebe Annamaria am Ende doch noch zu enttäuschen."
„Oh! Das wäre in der Tat schrecklich", sagte Anne. „Das süße kleine Geschöpf, wie gern ich es doch habe!"
„Sie sind sehr gütig", sagte Lady Middleton zu Elinor, „und da Sie wirklich an der Arbeit Vergnügen finden, so werden Sie vielleicht ebensogern bis zum nächsten Robber warten, oder wollen Sie jetzt schon ihr Glück versuchen?"
Elinor entschied sich freudig für den ersten dieser Vorschläge, und so hatte sie durch den geringsten Aufwand jenes verbindlichen Benehmens, dessen sich zu befleißigen Marianne nie über sich bringen konnte, ihr eigenes Ziel erreicht und gleichzeitig Lady Middleton einen Gefallen erwiesen. Lucy machte bereitwilligst Platz für sie, und die beiden hübschen Rivalinnen kamen auf diese Weise Seite an Seite am selben Tisch zu sitzen und beschäftigten sich damit, in bester Eintracht ein und dieselbe Arbeit voranzubringen. Das Pianoforte, an dem Marianne, gebannt von ihrer Musik und ihren Gedanken, inzwischen vergessen hatte, daß sich noch andere außer ihr im Zimmer befanden, stand glücklicherweise so nahe bei ihnen, daß Elinor schlußfolgerte, sie könne unter dem Schutz seiner Klänge das sie interessierende Thema aufgreifen, ohne Gefahr zu laufen, am Spieltisch gehört zu werden.

Mit zwar vorsichtiger, aber fester Stimme begann Elinor folgendermaßen:
„Ich würde das Vertrauen, mit dem Sie mich beehrt haben, nicht verdienen, hätte ich nicht den Wunsch, es mir zu erhalten, oder kein tiefergehendes Interesse für seinen Gegenstand. Ich brauche mich deshalb wohl nicht zu entschuldigen, wenn ich das Thema erneut aufgreife."
„Ich bin Ihnen dankbar", entgegnete Lucy herzlich, „daß Sie das Eis brechen. Sie erleichtern mir das Herz, denn ich fürchtete schon, Sie irgendwie mit dem, was ich Ihnen am Montag erzählte, gekränkt zu haben."
„Mich gekränkt! Wie können Sie so etwas denken? Glauben Sie mir", und Elinor sprach mit vollster Aufrichtigkeit, „nichts liegt meiner Absicht ferner, als einen solchen Gedanken in Ihnen zu wecken. Könnten Sie ein Motiv für Ihr Vertrauen gehabt haben, das nicht ehrenvoll oder schmeichelhaft für mich wäre?"
„Und doch versichere ich Ihnen", antwortete Lucy mit einem vielsagenden Blick ihrer scharfen Augen, „daß sich mir in Ihrem Benehmen eine Kälte und ein Mißfallen zu äußern schienen, die mich sehr beunruhigten. Ich gewann die Überzeugung, Sie seien mir böse, und ich habe mir seitdem Vorwürfe gemacht, daß ich mir die Freiheit genommen habe, Sie mit meinen Angelegenheiten zu belästigen. Aber ich bin froh, jetzt feststellen zu können, daß ich es mir nur eingebildet habe und Sie mich deshalb nicht tadeln. Wenn Sie wüßten, welch einen Trost es für mich bedeutete, einmal mein Herz zu erleichtern, indem ich zu Ihnen über das sprach, woran ich in jedem Augenblick meines Lebens denke, so bin ich sicher, Ihr Mitgefühl würde alles andere überwiegen."
„Ich kann mir in der Tat leicht vorstellen, daß es für Sie eine sehr große Erleichterung war, als Sie mich in Ihre Lage einweihten. Seien Sie versichert, Sie werden nie einen Grund haben, es zu bereuen. Sie befinden sich in einer sehr unglücklichen Situation. Es scheint mir, daß Sie von Schwierigkeiten umringt sind, und Sie werden beide Ihre ganze Zuneigung brauchen, um dagegen gewappnet zu sein. Mr. Ferrars hängt, glaube ich, völlig von seiner Mutter ab."
„Er selbst besitzt nur zweitausend Pfund! Es wäre Wahnsinn,

auf einer solchen Grundlage zu heiraten, obgleich ich für mein Teil ohne einen Seufzer jede Aussicht auf mehr aufgeben könnte. Ich bin von jeher an ein sehr geringes Einkommen gewöhnt und könnte für ihn aller Armut Trotz bieten. Aber ich liebe ihn zu sehr, um so selbstsüchtig zu sein, ihn möglicherweise all dessen zu berauben, was seine Mutter ihm vielleicht geben würde, wenn er ihrem Wunsch gemäß heiratete. Wir müssen warten, vielleicht viele Jahre. Bei fast jedem anderen Mann auf der Welt wäre das eine beunruhigende Aussicht, aber ich weiß, daß mir Edwards Liebe und Treue durch nichts geraubt werden können."

„Diese Gewißheit muß Ihnen alles sein, und ihn hält zweifellos dasselbe Vertrauen in Sie aufrecht. Wenn die Stärke Ihrer gegenseitigen Zuneigung nachgelassen hätte, wie dies bei vielen Menschen unter vielen Umständen während eines vierjährigen Verlöbnisses ganz natürlich der Fall sein würde, wäre Ihre Lage in der Tat bemitleidenswert."

Bei diesen Worten blickte Lucy auf, aber Elinor hütete sich sorgfältig, irgendeinen Ausdruck auf ihrem Gesicht erscheinen zu lassen, der ihren Worten eine verdächtige Bedeutung hätte verleihen können.

„Edwards Liebe zu mir", sagte Lucy, „ist bereits einer ziemlich harten Prüfung unterzogen worden durch unsere lange, sehr lange Trennung, nachdem wir uns verlobt hatten. Sie hat diese Probe so gut bestanden, daß es unverzeihlich von mir wäre, jetzt an ihr zu zweifeln. Ich kann mit Bestimmtheit sagen, daß er mir in dieser Hinsicht von Anfang an nie auch nur für einen Augenblick Anlaß zur Beunruhigung gegeben hat."

Elinor wußte kaum, ob sie über diese Behauptung lächeln oder seufzen sollte.

Lucy sprach weiter. „Ich bin von Natur aus auch ziemlich eifersüchtig, und auf Grund der Verschiedenheit unserer Lebensverhältnisse, auf Grund dessen, daß er so viel mehr in der Welt herumkommt als ich und daß wir ständig getrennt sind, war ich allem Argwohn aufgeschlossen genug, um sofort die Wahrheit herauszufinden, wenn sich beim Wiedersehen die geringste Veränderung in seinem Benehmen gegen mich gezeigt hätte oder irgendeine Verstimmung, die ich mir nicht hätte erklären können, oder wenn er von einer Dame mehr als von einer anderen gesprochen hätte oder in irgendeiner Hinsicht in Longstaple weniger glücklich geschienen hätte, als er es dort sonst gewesen war. Ich will damit nicht sagen, daß ich im allgemeinen besonders wachsam oder scharfsichtig bin, aber ich glaube bestimmt, ich ließe mich in einem solchen Fall nicht täuschen."

Das ist ja alles schön und gut, dachte Elinor, aber wir wissen beide, was wir davon zu halten haben.

„Wie sind denn nun Ihre Aussichten?" fragte sie nach einer kurzen Pause. „Oder haben sie keine andere, als auf Mrs. Ferrars' Tod zu warten, was ein trauriger und schockierender Gedanke wäre? Ist ihr Sohn entschlossen, sich damit und mit der jahrelangen ermüdenden Ungewißheit, die das für Sie bedeuten würde, zu begnügen, anstatt das Risiko einzugehen, sich für eine Weile ihr Mißfallen zuzuziehen, indem er die Wahrheit eingesteht?"

„Wenn wir bloß gewiß sein dürften, daß es nur für eine Weile wäre! Aber Mrs. Ferrars ist eine sehr eigensinnige, hochmütige Frau und würde wahrscheinlich, sobald sie es hörte, im ersten Zorn alles Robert vermachen, und der Gedanke daran läßt um Edwards willen in mir alle Bereitschaft zu einer raschen Entscheidung dahinschwinden."

„Und auch um Ihrer selbst willen, oder Ihre Uneigennützigkeit entbehrte jeder Grundlage der Vernunft."

Lucy blickte Elinor wieder an und schwieg.

„Kennen Sie Mr. Robert Ferrars?" fragte Elinor.

„Nein. Ich habe ihn nie gesehen, aber ich denke, er ist seinem Bruder sehr unähnlich, einfältig und ein großer Stutzer."

„Ein großer Stutzer!" wiederholte Anne Steele, die diese Worte während einer kurzen Pause in Mariannes Spiel aufgefangen hatte. „Oh! Ich würde sagen, sie sprechen von ihren Lieblingsgalanen!"

„Nein, liebe Schwester", rief Lucy, „da irrst du dich. Unsere Lieblingsgalane sind nämlich *keine* großen Stutzer."

„Ich kann dafür garantieren, daß derjenige Miss Dashwoods keiner ist", sagte Mrs. Jennings und lachte herzhaft, „denn er ist einer der bescheidensten und wohlerzogensten jungen Männer, die ich je kennengelernt habe. Aber was Lucy betrifft, so ist sie eine derart schlaue Person, daß man einfach nicht herausbekommen kann, wer bei ihr in Gunst steht."

„Oh!" rief Anne und sah dabei die anderen bedeutungsvoll an, „ich wage zu behaupten, daß Lucys Galan ebenso bescheiden

und wohlerzogen ist wie der von Miss Dashwood."
Elinor wurde wider Willen rot. Lucy biß sich auf die Lippen und schaute ihre Schwester ärgerlich an. Eine Zeitlang sprach keine von beiden. Dann brach Lucy als erste das Schweigen und sagte trotz des sicheren Schutzes eines von Marianne gespielten gewaltigen Klavierstückes mit gesenkter Stimme:
„Ich will Ihnen offen von einem Plan erzählen, den ich mir ausgedacht habe, damit die Angelegenheit in Fluß kommt. Ich will Sie deshalb in das Geheimnis einweihen, weil auch Sie zu den Beteiligten gehören. Ich glaube, Sie kennen Edward gut genug, um zu wissen, daß er die Kirche jeder anderen Profession vorziehen würde. Mein Plan sieht nun vor, daß er, sobald es ihm möglich ist, in den geistlichen Stand tritt und daß dann durch Ihren Einfluß, den Sie sicherlich gütigerweise aus Freundschaft zu ihm und, wie ich hoffe, auch auf Grund von ein wenig Wohlwollen für mich selbst geltend machen würden, Ihr Bruder bewogen wird, ihm die Pfründe in Norland zu geben. Soviel ich weiß, ist sie recht einträglich, und der gegenwärtige Inhaber wird wahrscheinlich nicht mehr lange leben. Das würde für uns ausreichen, um heiraten zu können, und was das weitere anbelangt, so müssen wir hoffen, daß Zeit und Glück uns gewogen sind."
„Ich würde mich jederzeit glücklich schätzen", antwortete Elinor, „einen Beweis meiner Achtung und Freundschaft für Mr. Ferrars zu geben. Aber meinen Sie nicht auch, daß meine Einmischung in einer solchen Sache völlig überflüssig wäre? Er ist der Bruder von Mrs. John Dashwood, und das sollte doch wohl ihrem Gatten als Empfehlung genügen."
„Aber Mrs. Dashwood würde Edwards Absicht, in den geistlichen Stand zu treten, nicht gerade billigen."
„Dann vermute ich eher, daß mein Einfluß sehr wenig nützen würde."
Wieder schwiegen sie ein paar Minuten. Schließlich rief Lucy mit einem tiefen Seufzer: „Ich glaube, es wäre das klügste, das Verlöbnis zu lösen und die ganze Sache auf diese Weise zu beenden. Wir müssen nach allen Seiten mit so vielen Schwierigkeiten kämpfen, daß wir dann vielleicht letzten Endes glücklicher wären, auch wenn es uns für einige Zeit traurig machen würde. Aber Sie wollen mir offenbar keinen Rat geben, Miss Dashwood?"
„Nein", antwortete Elinor mit einem Lächeln, das sehr erregte

Gefühle verbarg, „in dieser Frage keinesfalls. Sie wissen sehr wohl, daß meine Meinung bei Ihnen nur dann ins Gewicht fiele, wenn sie Ihren Wünschen entspräche."

„Da tun Sie mir aber wirklich unrecht", erwiderte Lucy mit großem Ernst. „Ich kenne niemand, an dessen Urteil mir so viel liegt wie an dem Ihren, und ich glaube bestimmt, daß, wenn Sie sagten: ‚Ich rate Ihnen auf jeden Fall, Ihr Verlöbnis mit Edward Ferrars zu lösen, weil es für Sie beide besser ist', ich mich entschließen würde, es unverzüglich zu tun."

Elinor errötete über die Unaufrichtigkeit von Edwards zukünftiger Frau und entgegnete: „Dieses Kompliment würde mich ganz sicher davon abhalten, irgendeine Meinung über die Angelegenheit zu äußern, wenn ich mir eine gebildet hätte. Es mißt meinem Einfluß zu großen Wert bei. Zwei Menschen zu trennen, die einander so zärtlich zugetan sind, wäre eine Anmaßung von seiten eines unbeteiligten Dritten."

„Eben weil Sie ein unbeteiligter Dritter sind", sagte Lucy ein wenig gereizt und mit besonderem Nachdruck, „fiele Ihre Meinung so entscheidend bei mir ins Gewicht. Wenn ich vermuten müßte, Sie seien in irgendeiner Hinsicht auf Grund Ihrer eigenen Gefühle voreingenommen, so läge mir gar nichts an Ihrer Meinung."

Elinor hielt es für das klügste, hierauf nichts zu erwidern, damit sie sich nicht gegenseitig zu unangemessen großer Ungezwungenheit und Offenheit herausforderten, und war sogar schon halb entschlossen, das Thema nie wieder aufzugreifen. Deshalb folgte diesen Worten ein mehrere Minuten dauerndes Schweigen, und wiederum war Lucy diejenige, die es brach.

„Werden Sie diesen Winter in London sein, Miss Dashwood?" fragte sie mit der ihr eigenen Selbstgefälligkeit.

„Sicherlich nicht."

„Das tut mir aber leid", erwiderte die andere, während ihre Augen bei dieser Mitteilung aufleuchteten, „es wäre mir ein solches Vergnügen gewesen, Sie dort zu treffen! Aber ich wage zu behaupten, daß Sie trotzdem kommen werden. Ich bin sicher, daß Ihr Bruder und Ihre Schwägerin Sie zu sich einladen werden."

„Ich werde ihre Einladung nicht annehmen können, wenn das der Fall sein sollte."

„Wie schade! Ich hatte schon fest damit gerechnet, Sie in

London wiederzusehen. Anne und ich werden Ende Januar zu Verwandten fahren, die schon seit ein paar Jahren darauf warten, daß wir sie besuchen! Aber ich fahre nur, um Edward zu treffen. Er ist im Februar dort. Sonst hätte London für mich keinerlei Reiz, ich fühle mich dort nicht wohl."

Einen Augenblick später wurde Elinor zum Spieltisch gerufen, da man den ersten Robber abgeschlossen hatte, und somit war der vertraulichen Unterhaltung der beiden Damen ein Ende gesetzt, worein sie sich ohne Zögern schickten; denn auf beiden Seiten war nichts gesagt worden, was sie weniger Abneigung gegeneinander hätte empfinden lassen als zuvor, und Elinor setzte sich mit der traurigen Gewißheit an den Tisch, daß Edward nicht nur keine Liebe für die Person hegte, die seine Frau werden sollte, sondern daß er nicht einmal die Aussicht hatte, in seiner Ehe leidlich glücklich zu werden, was bei aufrichtiger Liebe von ihrer Seite möglich gewesen wäre. Einzig Egoismus konnte eine Frau bewegen, einen Mann weiterhin durch ein Verlöbnis zu binden, dessen er, wie sie so sicher zu wissen schien, längst überdrüssig war.

Von dieser Zeit an wurde das Thema von Elinor nie wieder erwähnt, und sobald Lucy es aufgriff, die keine Gelegenheit versäumte, es anzuschneiden, und besonders sorgfältig darauf bedacht war, ihre Vertraute über ihr Glück zu informieren, wann immer sie von Edward einen Brief erhielt, wurde es von der ersteren ruhig und mit Vorsicht erörtert und abgetan, sobald es die Höflichkeit erlaubte; denn sie empfand solche Gespräche als ein Entgegenkommen, das Lucy nicht verdiente und das für sie selbst gefährlich war.

Der Besuch der Schwestern Steele in Barton Park wurde weit über die bei der ursprünglichen Einladung vorgesehene Zeit hinaus verlängert. Sie machten sich immer angenehmer, man konnte sie nicht entbehren; Sir John wollte nichts von ihrer Abreise hören, und trotz ihrer zahlreichen und schon so lange feststehenden Verpflichtungen in Exeter, trotz der sich daraus ergebenden absoluten Notwendigkeit ihrer unverzüglichen Rückkehr, die an jedem Wochenende ganz besonders dringlich war, wurden sie überredet, fast zwei Monate lang im Gutshaus zu bleiben und an der gebührenden Feier jenes Festes teilzunehmen, das einen mehr als normalen Aufwand an privaten Bällen und großen Dinners erfordert, um seine Bedeutsamkeit zu unterstreichen.

Drittes Kapitel

Obwohl Mrs. Jennings die Gewohnheit hatte, einen Großteil des Jahres bei ihren Kindern und Freunden zu verbringen, besaß sie dennoch auch ein eigenes Heim. Seit dem Tod ihres Mannes, der in einem weniger vornehmen Teil Londons mit Erfolg Handel getrieben hatte, wohnte sie jeden Winter in einem Haus in einer der Straßen nahe dem Portman Square. Auf dieses Heim nun begann sie Anfang Januar ihre Gedanken zu richten, und eines Tages bat sie plötzlich und von ihnen gänzlich unerwartet die beiden älteren Schwestern Dashwood, sie dorthin zu begleiten. Elinor erteilte ihr, ohne die wechselnde Gesichtsfarbe und den lebhaften Blick ihrer Schwester zu beachten, die deren Interesse an diesem Plan verrieten, unverzüglich eine dankbare, aber entschiedene Absage für beide, womit sie ihre gemeinsame Meinung auszusprechen glaubte. Als Grund gab sie ihrer beider feste Entschlossenheit an, ihre Mutter zu dieser Jahreszeit nicht zu verlassen. Mrs. Jennings nahm die abschlägige Antwort mit einigem Erstaunen auf und wiederholte unverzüglich ihre Einladung.

„Ach du lieber Himmel, ich bin sicher, Ihre Mutter kann Sie recht gut entbehren, und ich möchte Sie doch sehr bitten, mir die Ehre Ihrer Gesellschaft zu geben, denn ich habe es mir nun mal in den Kopf gesetzt. Denken Sie nicht, daß Sie mir irgendwelche Unannehmlichkeiten bereiten, ich werde mir in keiner Weise besondere Umstände machen Ihretwegen. Es ist nur nötig, Betty mit der Kutsche zu schicken, und ich denke doch, daß ich mir das leisten kann. Wir drei werden in meiner Chaise sehr gut Platz haben, und wenn wir in London sind und Sie nicht überall mit mir hingehen wollen, na schön, dann können Sie immer noch mit einer meiner Töchter mitgehen. Ich glaube bestimmt, Ihre Mutter wird nichts dagegen haben. Ich hatte solches Glück, meine eigenen Töchter unter die Haube zu bringen, daß sie mich für eine sehr geeignete Person halten wird, Sie unter die Fittiche zu nehmen. Und sollte es mir nicht gelingen, wenigstens eine von Ihnen zu verheiraten, bevor wir uns wieder trennen, so wird das nicht mein Fehler sein. Ich werde bei allen jungen Männern ein gutes Wort für Sie einlegen, darauf können Sie sich verlassen!"

„Ich denke", sagte Sir John, „Miss Marianne hätte nichts

gegen einen solchen Plan einzuwenden, wenn ihre ältere Schwester einverstanden wäre. Es ist ohne Zweifel sehr hart, daß ihr kein bißchen Vergnügen vergönnt sein soll, nur weil Miss Elinor es nicht wünscht. Deshalb rate ich Ihnen beiden, ganz einfach nach London zu fahren, wenn Sie Barton satt haben, ohne Miss Elinor ein Wort davon zu sagen."

„Ach ja", rief Mrs. Jennings, „ich bin sicher, daß ich mich schrecklich über Miss Mariannes Gesellschaft freuen würde, ganz gleich, ob nun Miss Elinor mitkommt oder nicht, nur, je mehr, desto lustiger, sage ich immer, und ich dachte auch, es wäre für sie angenehmer, zusammen zu sein; denn wenn sie sich mit mir langweilen, dann können sie sich immer noch miteinander unterhalten und hinter meinem Rücken über meine verrückten Gewohnheiten lachen. Aber die eine oder die andere, wenn schon nicht beide, muß ich haben. Der Himmel sei mir gnädig! Was glauben Sie denn, wie ich allein in meinen vier Wänden leben soll, wo ich es doch bis zu diesem Winter gewohnt war, immer Charlotte um mich zu haben! Kommen Sie, Miss Marianne, wir wollen den Handel mit einem Handschlag besiegeln, und wenn Miss Elinor mit der Zeit ihren Sinn ändert, na, dann um so besser."

„Ich danke Ihnen, Ma'am, ich danke Ihnen aufrichtig", sagte Marianne mit großer Wärme. „Ihre Einladung sichert Ihnen meine Dankbarkeit auf immer, und es würde mich sehr glücklich machen, ja, es wäre fast das größte Glück, das es für mich gibt, wenn ich sie annehmen könnte. Aber meine Mutter, meine teuerste, gütigste Mutter — Elinor hat recht mit dem, was sie so eindringlich vorbrachte, und wenn sie durch unsere Abwesenheit weniger glücklich wäre oder Unbequemlichkeiten ertragen müßte — o nein, nichts würde mich dazu bewegen können, sie zu verlassen. Das sollte, das darf mich keine Überwindung kosten."

Mrs. Jennings wiederholte ihre Versicherung, daß Mrs. Dashwood sie sehr gut entbehren könne, und Elinor, die ihre Schwester nun verstand und sah, zu welcher Gleichgültigkeit gegen fast alles andere sie sich durch ihr Verlangen, wieder mit Willoughby zusammen zu sein, hinreißen ließ, machte keinen weiteren direkten Einwand gegen das Vorhaben, sondern wollte lieber alles der Entscheidung ihrer Mutter überlassen, von der sie sich jedoch kaum Unterstützung erhoffte hinsichtlich ihres Bestrebens, einen Besuch zu verhindern, den sie für

Marianne nicht billigen konnte und den um ihrer selbst willen zu vermeiden sie besondere Gründe hatte. Was immer Marianne wünschte, würde ihre Mutter eifrig fördern, und sie konnte nicht erwarten, die letztere zu einem vorsichtigen Verhalten zu überreden in einer Angelegenheit, die mit Mißtrauen zu betrachten sie sie nie zu bewegen vermocht hatte. Auch wagte sie nicht, das Motiv für ihre eigene Abneigung gegen eine Reise nach London zu erklären. Daß Marianne, anspruchsvoll, wie sie war, völlig vertraut mit Mrs. Jennings' Manieren und beständig von ihnen abgestoßen, sich daraus ergebende Unannehmlichkeiten nicht sehen wollte und all das außer acht ließ, was ihr empfindsames Gemüt am meisten verletzen mußte, nur um dieses eine Ziel zu erreichen, war ein so deutlicher Beweis dafür, welch ungeheure Wichtigkeit dieses Ziel für sie besaß, wie ihn Elinor trotz allem, was vorgefallen war, nie erwartet hätte.

Als Mrs. Dashwood von der Einladung Mitteilung gemacht wurde, wollte sie nichts von einer Ablehnung dieses Angebots um ihretwillen hören, da sie überzeugt war, daß eine derartige Reise ihren beiden Töchtern großes Vergnügen bereiten würde, und da sie merkte, wie sehr Mariannes Herz trotz all ihrer zärtlichen Rücksichtnahme für sie selbst an dem Vorhaben hing. So bestand sie darauf, daß beide unverzüglich zusagen sollten, und begann dann mit ihrer gewohnten Heiterkeit eine Reihe von Vorzügen aufzuzählen, die sich für alle aus dieser Trennung ergeben würden.

„Ich bin entzückt von dem Plan", sagte sie lebhaft, „genau das würde ich mir wünschen. Margaret und ich werden daraus ebensoviel Nutzen ziehen wie ihr selbst. Wir werden ja so ruhig und glücklich mit unseren Büchern und unserer Musik leben, wenn ihr und die Middletons fort seid! Ihr werdet sicher große Fortschritte bei Margaret feststellen, wenn ihr wieder zurückkommt! Und ich plane auch eine kleine Veränderung in euren Schlafzimmern, die nun ohne jede Unbequemlichkeit für euch vorgenommen werden kann. Ich halte es für sehr richtig, daß ihr einmal nach London kommt; ich wäre unbedingt dafür, daß jede junge Frau eures Standes mit der Londoner Lebensart und den dortigen Vergnügungen bekannt wird. Ihr werdet unter der Obhut einer mütterlichen Frau stehen, an deren Wohlwollen euch gegenüber ich keinen Zweifel zu hegen brauche. Und aller Wahrscheinlichkeit nach werdet ihr euren

Bruder sehen, und welche Fehler er oder seine Frau auch immer haben mögen, wenn ich mir überlege, wessen Sohn er ist, so kann ich es nicht ertragen, daß ihr einander so fremd geworden seid."

„Obgleich du mit der üblichen Besorgtheit um unser Glück", sagte Elinor, „jedes Hindernis für den vorliegenden Plan, das dir nur eingefallen ist, aus dem Wege geräumt hast, gibt es noch immer einen Einwand, der meiner Meinung nach nicht so leicht beseitigt werden kann."

Marianne machte ein enttäuschtes Gesicht.

„Und was", sagte Mrs. Dashwood, „will meine liebe kluge Elinor nun noch zu bedenken geben? Welch schrecklichen Hinderungsgrund wird sie jetzt vorbringen? Ich will kein Wort über die Kosten dieser Angelegenheit hören."

„Mein Einwand ist folgender: Obwohl ich weiß, daß Mrs. Jennings ein gutes Herz hat, ist sie doch keine Frau, an deren Gesellschaft wir Freude fänden oder deren Protektion uns zum Vorteil gereichen könnte."

„Das ist sehr richtig", antwortete ihre Mutter, „aber mit ihr allein sein, also ohne andere Gesellschaft, werdet ihr wohl kaum jemals, und in der Öffentlichkeit werdet ihr euch fast immer mit Lady Middleton zeigen."

„Wenn Elinor durch ihre Abneigung gegen Mrs. Jennings zurückgehalten wird", sagte Marianne, „dann braucht das schließlich kein Grund dafür zu sein, daß *ich* ihre Einladung nicht annehme. Ich habe keine solchen Skrupel, und ich bin sicher, ich werde ohne große Mühe mit all diesen Unannehmlichkeiten fertig."

Elinor mußte ungewollt lächeln angesichts so viel Gleichgültigkeit gegenüber dem Verhalten einer Person, die mit leidlicher Höflichkeit zu behandeln sie Marianne früher oftmals kaum hatte überreden können, und sie beschloß, ebenfalls zu fahren, wenn ihre Schwester auf der Reise bestand, da sie es nicht für schicklich hielt, daß Marianne einzig von ihrem eigenen Urteil geleitet werden oder Mrs. Jennings im Hinblick auf alle Behaglichkeit ihres häuslichen Lebens von Mariannes Gnade abhängen sollte. Mit diesem Entschluß befreundete sie sich um so leichter, als sie sich daran erinnerte, daß Edward Ferrars laut Lucys Bericht nicht vor Februar in London sein sollte und daß ihr eigener Besuch, selbst ohne auffällige Verkürzung, gut vor diesem Zeitpunkt würde beendet werden können.

„Ich möchte, daß ihr *beide* fahrt", sagte Mrs. Dashwood. „Diese Einwände sind völlig unbegründet. Ihr werdet viel Vergnügen daran finden, in London zu sein, und besonders daran, zusammen dort zu sein. Wenn es Elinor nur einmal fertigbrächte, von einer Sache auch Freude zu erwarten, dann würde sie in diesem Falle sogar eine Vielzahl von Gründen dafür sehen; zum Beispiel würde sie sich vielleicht auch Freude davon versprechen, ihre Bekanntschaft mit der Familie ihrer Schwägerin zu vertiefen."
Elinor hatte sich oft eine Gelegenheit gewünscht, zu versuchen, den Glauben ihrer Mutter an die Zuneigung zwischen Edward und ihr zu erschüttern, damit der Schock nicht so groß sein würde, wenn die volle Wahrheit ans Licht käme, und so zwang sie sich auf diese Herausforderung hin, wenn auch fast ohne jede Hoffnung auf Erfolg, dieses Vorhaben auszuführen, und sagte so ruhig wie möglich: „Ich mag Edward Ferrars sehr gern und werde mich immer freuen, ihn zu sehen. Aber was die übrige Familie angeht, so ist es mir gänzlich gleichgültig, ob ich je mit ihr bekannt werde oder nicht."
Mrs. Dashwood lächelte und schwieg. Marianne hob erstaunt den Blick, und Elinor mußte erkennen, daß sie ebensogut hätte den Mund halten können.
Nach nur noch sehr kurzer weiterer Erörterung wurde endlich beschlossen, die Einladung in vollem Umfang anzunehmen. Mrs. Jennings empfing die Zusage mit großem Vergnügen und vielen Versicherungen ihrer Gewogenheit und Wertschätzung. Aber nicht nur für sie war es ein Anlaß zur Freude. Sir John war entzückt; denn für einen Mann, dessen größte Angst die Furcht vor dem Alleinsein war, galt die Vergrößerung der Einwohnerzahl Londons um zwei Personen schon etwas. Selbst Lady Middleton machte sich die Mühe, entzückt zu sein, was für sie eine ziemliche Anstrengung bedeutete; und was die Damen Steele, insbesondere Lucy, anbelangte, so waren sie noch nie in ihrem Leben so glücklich gewesen, wie diese Nachricht sie machte.
Elinor fügte sich der Übereinkunft, die ihren Wünschen so gar nicht entsprach, mit weniger Widerstreben, als sie selber erwartet hatte. Was sie betraf, so war es nun gleichgültig, ob sie nach London fuhr oder nicht, und als sie sah, wie sehr sich ihre Mutter über den Plan freute, wie Stimme, Blick und Verhalten ihrer Schwester dadurch an Heiterkeit gewannen,

ihre frühere Lebhaftigkeit wiederhergestellt und ihre Fröhlichkeit über das gewohnte Maß hinaus gesteigert wurde, da konnte sie mit dem Anlaß nicht unzufrieden sein und hielt es kaum noch für gerechtfertigt, den Folgen zu mißtrauen.
Mariannes Freude überstieg die Grenze normalen Glücksempfindens, so groß waren die Erregung ihres Gemüts und ihre Ungeduld aufzubrechen. Nur das Widerstreben, ihre Mutter allein zu lassen, half ihr die Fassung wiederzugewinnen, und beim Abschiednehmen war ihr Kummer herzzerreißend. Die Niedergeschlagenheit ihrer Mutter war kaum geringer, und Elinor war die einzige von den dreien, die die Trennung nicht als etwas Ewiges zu betrachten schien.
Ihre Abreise fand in der ersten Januarwoche statt. Die Middletons sollten eine Woche später folgen. Die Schwestern Steele behaupteten ihre Stellung im Gutshaus und sollten es erst mit dem Rest der Familie verlassen.

Viertes Kapitel

Elinor konnte nicht mit Mrs. Jennings in einer Kutsche sitzen und unter ihrem Schutz eine Reise nach London antreten, noch dazu als ihr Gast, ohne sich über ihre eigene Situation zu wundern, so jung war ihre Bekanntschaft mit dieser Dame, so wenig paßten sie hinsichtlich Alter und Veranlagung zusammen, und so viele Einwände hatte sie noch vor wenigen Tagen gegen einen solchen Schritt erhoben! Aber diese Einwände waren alle mit dem glücklichen Eifer der Jugend, welchen Marianne und ihre Mutter gleichermaßen besaßen, zurückgewiesen oder mißachtet worden, und Elinor konnte trotz aller gelegentlich in ihr aufsteigenden Zweifel an Willoughbys Treue nicht das Übermaß freudiger Erwartung mit ansehen, das Mariannes Herz erfüllte und ihre Augen strahlen machte, ohne zu fühlen, wie aussichtslos es im Vergleich dazu um ihr eigenes Glück bestellt, wie freudlos ihr eigener Gemütszustand war und wie gern sie in Mariannes aufregender Lage gewesen wäre, um dasselbe begeisternde Ziel vor sich zu haben, dieselbe Möglichkeit der Hoffnung. Eine kurze, eine sehr kurze Zeit mußte nun über Willoughbys Absichten entscheiden; aller Wahrscheinlichkeit nach befand er sich bereits in London. Mariannes ungeduldiges Warten auf die Abreise verriet ihre Überzeugung, daß sie ihn dort treffen würde, und Elinor war entschlossen, nicht nur jede neue Erkenntnis über seinen Charakter zu gewinnen, welche die eigene Beobachtung oder die Auskünfte anderer ihr vermitteln könnten, sondern ebenso sein Benehmen gegen ihre Schwester mit höchster Aufmerksamkeit zu studieren, um genau festzustellen, was für ein Mensch er war und was er beabsichtigte, noch bevor es zu vielen Begegnungen gekommen wäre. Sollten ihre Beobachtungen zu einem ungünstigen Resultat führen, war sie auf jeden Fall entschlossen, ihrer Schwester die Augen zu öffnen; verhielte es sich anders, würden ihre Bemühungen anderer Natur sein — sie müßte dann lernen, jeden selbstsüchtigen Vergleich zu unterlassen und jedes Bedauern zu unterdrücken, das ihre Freude über Mariannes Glück schmälern könnte.

Ihre Reise dauerte drei Tage, und Mariannes Benehmen während dieser Zeit war eine gelungene Probe davon, wie höflich und umgänglich sie sich in Zukunft gegen Mrs. Jennings zeigen würde. Sie hüllte sich fast die ganze Fahrt über in Schweigen, hing ihren Gedanken nach und sprach kaum einmal von sich aus, es sei denn, irgendein Objekt von malerischer Schönheit in Sehweite entrang ihr einen Ausruf des Entzückens, der sich jedoch ausschließlich an ihre Schwester richtete. Um dieses Verhalten wieder wettzumachen, bezog Elinor sofort den Posten der Höflichkeit, den sie sich selbst zugewiesen hatte, benahm sich gegen Mrs. Jennings mit größter Zuvorkommenheit, unterhielt sich mit ihr, lachte mit ihr und hörte ihr zu, wann immer sich dies als nötig erwies; und Mrs. Jennings ihrerseits behandelte sie beide mit aller ihr zu Gebote stehenden Freundlichkeit, war bei jeder Gelegenheit um ihre Bequemlichkeit und ihr Wohlergehen besorgt und nur bekümmert, weil sie sie nicht dazu bringen konnte, im Gasthaus ihre Speisen selbst zu wählen, und auch kein Geständnis von ihnen zu erzwingen vermochte, ob sie lieber Lachs statt Dorsch oder gekochtes Huhn statt Kalbskoteletts haben wollten. Am dritten Tag gegen drei Uhr erreichten sie London, froh, nach einer solchen Reise der Gefangenschaft einer Kutsche entronnen zu sein, und bereit, den ganzen Luxus eines prasselnden Kaminfeuers zu genießen.

Das Haus war hübsch und auch hübsch eingerichtet, und die jungen Damen wurden unverzüglich in den Besitz eines sehr komfortablen Zimmers gesetzt. Es hatte früher Charlotte gehört, und über dem Kaminsims hing noch eine von ihr in Farbe auf Seide gemalte Landschaft zum Beweis dafür, daß sie mit einigem Erfolg sieben Jahre an einer berühmten Londoner Schule studiert hatte.

Da das Essen erst zwei Stunden nach ihrer Ankunft fertig sein sollte, beschloß Elinor, die Zwischenzeit zu benutzen, um ihrer Mutter zu schreiben, und setzte sich zu diesem Zweck an den Tisch. Wenige Minuten später tat Marianne dasselbe. „Ich schreibe schon nach Hause, Marianne", sagte Elinor, „solltest du nicht besser deinen Brief um ein, zwei Tage verschieben?"

„Ich habe nicht die Absicht, an Mutter zu schreiben", erwiderte Marianne hastig und in einem Ton, als wünsche sie jede weitere Frage zu unterbinden. Elinor sagte nichts mehr; sie dachte sich jedoch sofort, daß Marianne dann wohl an Willoughby schreiben mußte, und ebenso rasch zog sie den Schluß, daß sie verlobt sein mußten, wie geheim sie dies auch immer zu halten wünschten. Sie freute sich darüber, wenn es sie auch nicht gänzlich befriedigte, und schrieb ihren Brief mit mehr Elan weiter. Derjenige Mariannes war in wenigen Minuten beendet; der Länge nach konnte es sich nur um eine einfache Mitteilung handeln. Er wurde gefaltet, versiegelt und in ungeduldiger Eile adressiert. Elinor glaubte ein großes W in der Anschrift zu erkennen, und kaum war Marianne fertig, da klingelte sie dem Bedienten und bat ihn, den Brief mit der Ortspost zustellen zu lassen. Dies entschied die Frage sofort.

Mariannes gute Stimmung hielt weiterhin an, aber sie war von einer inneren Unruhe erfaßt, die verhinderte, daß sich ihre Schwester sehr darüber freute, und diese Unruhe steigerte sich in dem Maße, wie der Abend fortschritt. Sie konnte kaum etwas zu sich nehmen, und als sie nach dem Essen in den Salon zurückkehrten, schien sie voll Ungeduld auf jedes Geräusch einer Kutsche zu lauschen.

Es erfüllte Elinor mit großer Befriedigung, daß Mrs. Jennings, die in ihrem Zimmer viel zu tun hatte, wenig von dem sah, was vor sich ging. Das Teegeschirr wurde hereingebracht, und schon war Marianne mehr als einmal durch ein Klopfen an einer Tür in der Nachbarschaft enttäuscht worden, als plötzlich ein lautes Pochen ertönte, das nun aber wirklich nicht von einem anderen Haus herüberklingen konnte. Elinor war sicher, daß es Willoughbys Kommen ankündigte, und Marianne sprang auf und ging zur Tür. Alles war still; die Spannung war kaum zu ertragen. Marianne öffnete die Tür, ging ein paar Schritte zur Treppe hin, und nachdem sie eine halbe Minute gelauscht hatte, kehrte sie in das Zimmer zurück mit all der Erregung, die die Überzeugung, ihn gehört zu haben, natürlicherweise hervorbringen mußte, und in der Verzückung dieses Augenblicks entrangen sich ihr unwillkürlich die Worte: „O Elinor! Es ist Willoughby, er ist es tatsächlich!", und sie schien fast bereit, sich in seine Arme zu werfen, als Oberst Brandon eintrat.

Der Schock war zu groß, als daß sie ihn mit Fassung hätte ertragen können, und sie verließ unverzüglich das Zimmer. Elinor war ebenfalls enttäuscht, aber gleichzeitig sorgte ihre Achtung vor Oberst Brandon dafür, daß sie ihn willkommen hieß, und es tat ihr überaus leid, daß ein Mann, der ihrer Schwester so zugetan war, merken sollte, daß sein Erscheinen ihr lediglich Kummer und Enttäuschung bereitete. Sie sah sofort, daß es ihm nicht verborgen geblieben war, daß er Marianne sogar bemerkt hatte, als sie den Salon verließ, und daß er sich vor Erstaunen und Bestürzung kaum so weit fassen konnte, um ihr selbst mit der erforderlichen Höflichkeit zu begegnen.

„Ist Ihre Schwester krank?" fragte er.

Elinor antwortete etwas verlegen, daß es so sei, und sprach dann von Kopfschmerzen, gedrückter Stimmung und Übermüdung und von allen möglichen Ursachen, denen sie das Benehmen ihrer Schwester mit Anstand zuschreiben konnte.

Er hörte ihr sehr ernst und aufmerksam zu, schien sich aber wieder zu fangen und sagte nichts mehr zu diesem Thema, begann sogleich von seiner Freude zu sprechen, sie in London zu sehen, und stellte die üblichen Fragen nach ihrer Reise und den Freunden, die sie zurückgelassen hatten.

In dieser ruhigen Art, mit nur wenig Interesse auf beiden Seiten, setzten sie ihr Gespräch fort, beide niedergeschlagen und in Gedanken ganz woanders. Elinor hätte zu gern gefragt, ob sich Willoughby in der Stadt befand, fürchtete aber, ihn mit einer Erkundigung nach seinem Rivalen zu kränken. Schließlich fragte sie ihn, nur um überhaupt etwas zu sagen, ob er die ganze Zeit in London gewesen sei, seit sie ihn zuletzt gesehen habe. „Ja", antwortete er ein wenig verlegen, „fast die ganze Zeit. Ich war ein- oder zweimal für ein paar Tage in Delaford, aber es war mir nie möglich, nach Barton zurückzukehren."

Diese Worte und die Art, wie sie gesagt wurden, riefen ihr unverzüglich alle näheren Umstände seiner Abreise von diesem Ort ins Gedächtnis zurück; gleichzeitig erinnerte sie sich, zu welchem Kopfzerbrechen und welchen Vermutungen eben diese Umstände bei Mrs. Jennings geführt hatten, und sie fürchtete, daß ihre Frage viel mehr Neugierde über den Gegenstand angedeutet haben könnte, als sie je verspürt hatte.

Mrs. Jennings ließ nicht lange auf sich warten. „Oh, der Oberst!" sagte sie mit ihrer gewohnten lärmenden Fröhlichkeit. „Ich freue mich schrecklich, Sie zu sehen. Tut mir leid, daß ich nicht schon eher kommen konnte, entschuldigen Sie, aber ich war gezwungen, mich hier mal ein bißchen umzusehen und meine Sachen in Ordnung zu bringen. Ich bin ja lange nicht zu Hause gewesen, und Sie wissen doch, wenn man längere Zeit fort war, dann hat man immer eine ganze Menge Kleinigkeiten zu erledigen. Außerdem mußte ich noch was mit Cartwright besprechen. Himmel, seit dem Dinner bin ich fleißig gewesen wie eine Biene! Aber sagen Sie, Oberst, woher wußten Sie, daß ich heute wieder in London sein würde?"

„Ich hatte das Vergnügen, es bei den Palmers zu hören, wo ich gespeist habe."

„Ach, was Sie nicht sagen! Na und, wie geht es ihnen allen? Wie fühlt sich Charlotte? Ich möchte wetten, daß sie jetzt schon ganz schön dick ist."

„Mrs. Palmer schien es recht gut zu gehen, und ich bin beauftragt, Ihnen auszurichten, daß sie Sie bestimmt morgen besuchen kommen wird."

„Aber ja, gewiß, das dachte ich mir schon. Also, Oberst, wie Sie sehen, habe ich zwei junge Damen mitgebracht — das heißt, Sie sehen jetzt nur eine von ihnen, aber irgendwo ist noch eine zweite. Ihre Freundin Marianne nämlich — was Sie sicher nicht ungern hören. Ich weiß nicht, wie Sie und Mr. Willoughby sich ihretwegen einigen werden. Ach ja, es ist schon was Feines, jung und schön zu sein! Na — jung war ich auch mal, doch sehr schön bin ich nie gewesen, zu meinem Pech. Aber ich habe trotzdem einen vortrefflichen Mann bekommen, und ich weiß nicht, wozu die größte Schönheit sonst noch taugen sollte. Ach, der Ärmste! Er ist schon seit acht Jahren tot, wenn nicht länger. Aber sagen Sie, Oberst, wo haben Sie gesteckt, seit wir uns das letzte Mal gesehen haben? Und wie gehen Ihre Geschäfte voran? Kommen Sie, lassen Sie uns keine Geheimnisse unter Freunden haben!"

Er beantwortete alle Fragen Mrs. Jennings' mit seiner gewohnten Sanftmut, ohne sie jedoch auch nur in einer zufriedenzustellen. Dann begann Elinor die Vorbereitungen für den Tee zu treffen, und Marianne war genötigt, sich wieder zu zeigen.

Nach ihrem Eintritt wurde Oberst Brandon noch nachdenklicher und schweigsamer, als er es zuvor schon gewesen war, und Mrs. Jennings konnte ihn nicht dazu bewegen, lange zu bleiben. Kein weiterer Besucher sprach an diesem Abend vor, und die Damen beschlossen einstimmig, zeitig zu Bett zu gehen.

Marianne erhob sich am nächsten Morgen wieder mit guter Stimmung und einem glücklichen Gesicht. Die Enttäuschung vom vergangenen Abend schien in Erwartung dessen, was der neue Tag bringen sollte, vergessen. Sie hatten noch nicht lange ihr Frühstück beendet, da hielt Mrs. Palmers Landauer vor der Tür, und wenig später trat sie selbst lachend ins Zimmer und war so entzückt, sie alle wiederzusehen, daß schwer zu sagen war, ob ihr die Begegnung mit ihrer Mutter oder mit den Misses Dashwood die größere Freude bereitete. Sie sei ja so überrascht, daß sie in die Stadt gekommen seien, obwohl sie es eigentlich die ganze Zeit erwartet hätte, und sie sei ja so verärgert, daß sie die Einladung ihrer Mutter angenommen hätten, nachdem sie ihre eigene abgelehnt hatten, obgleich sie es ihnen wiederum auch nie verziehen hätte, wenn sie nicht gekommen wären!

„Mr. Palmer wird ja so glücklich sein, Sie wiederzusehen", sagte sie, „was glauben Sie, was er sagte, als er hörte, daß Sie mit Mama nach London kämen? Ich habe jetzt vergessen, was es war, aber es war etwas ganz Komisches!"

Nachdem sie ein oder zwei Stunden mit diesem — wie ihre Mutter es nannte — angenehmen Geplauder verbracht hatten oder, anders ausgedrückt, mit einer Vielzahl von Fragen bezüglich all ihrer Bekannten von seiten Mrs. Jennings' und grundlosem Lachen von seiten Mrs. Palmers, schlug die letztere vor, es sollten sie doch alle in ein paar Geschäfte begleiten, wo sie am Vormittag einige Einkäufe zu tätigen gedachte. Mrs. Jennings und Elinor stimmten bereitwillig zu, da sie gleichfalls Besorgungen machen wollten, und Marianne, die zuerst dagegen war, wurde zum Mitkommen überredet.

Wohin sie auch gingen, immer hielt Marianne ganz offensichtlich nach irgend etwas Ausschau. Besonders in der Bond Street, wo sie sehr viel zu erledigen hatten, suchten ihre Augen ohne Unterlaß, und gleich, in welchem Geschäft sie sich gerade befanden, waren ihre Gedanken nie bei dem, was da vor ihnen ausgebreitet wurde und was die anderen interessierte und in Anspruch nahm. Sie war überall so ruhelos und unzufrieden, daß ihre Schwester nie ihre Meinung über ein Kaufobjekt erfahren konnte, wie sehr es sie auch beide angehen mochte. Sie freute sich über nichts, brannte darauf, wieder nach Hause zu kommen, und konnte nur mit Mühe ihren Ärger über Mrs. Palmers Langweiligkeit zurückhalten, deren Blick von jedem schönen, teuren oder neuen Gegenstand angezogen wurde, die darauf erpicht war, alles zu kaufen, sich dann aber zu nichts entschließen konnte und ihre Zeit mit Begeisterung und Unentschlossenheit vertrödelte.

Es war später Vormittag geworden, ehe sie nach Hause zurückkehrten, und kaum hatten sie das Haus betreten, da lief Marianne schon eiligst die Treppe hinauf, und als Elinor ihr folgte, sah sie gerade noch, wie sie sich mit bekümmerter Miene vom Tisch abwandte — ein Zeichen dafür, daß kein Willoughby dagewesen war.

„Ist kein Brief für mich abgegeben worden, während wir fort waren?" fragte sie den Bedienten, der mit den Paketen eintrat. Sie erhielt eine verneinende Antwort. „Sind Sie ganz sicher?" fragte sie. „Sind Sie sicher, daß kein Diener und kein Dienstmann einen Brief oder eine Mitteilung abgegeben hat?"

Der Mann antwortete, daß niemand dergleichen getan hätte.

„Wie überaus seltsam!" sagte sie mit leiser, enttäuschter Stimme und wandte sich zum Fenster.

Wie seltsam, wahrhaftig! wiederholte Elinor bei sich und betrachtete ihre Schwester besorgt. Wenn sie nicht genau gewußt hätte, daß er in der Stadt ist, hätte sie ihm nicht an diese Adresse hier geschrieben, sondern nach Combe Magna. Aber wenn er in der Stadt ist, wie seltsam, daß er dann weder kommt noch schreibt! Ach, liebe Mutter, es ist nicht richtig, wenn du erlaubst, daß ein Verlöbnis zwischen einer so jungen Tochter und einem so wenig bekannten Mann auf so zweifelhafte, so mysteriöse Weise fortgesetzt wird! Ich möchte wohl gerne alles ergründen, aber wie wird man meine Einmischung aufnehmen?

Nach einiger Überlegung beschloß sie, falls die Anzeichen noch längere Zeit so unerfreulich bleiben sollten, ihrer Mutter mit allen Mitteln die Notwendigkeit vor Augen zu führen, sich in dieser Angelegenheit Klarheit zu verschaffen.

Mrs. Palmer und zwei ältere Damen aus Mrs. Jennings' Bekanntenkreis, die sie am Vormittag getroffen und eingeladen hatte, waren bei ihnen zu Tisch. Die erstere verabschiedete sich bald nach dem Tee, um ihren Verpflichtungen für den Abend nachzukommen, und Elinor war gezwungen, den anderen zu einer vollständigen Whistrunde zu verhelfen. Marianne war für derartige Sachen nicht zu gebrauchen, da sie das Spiel wohl nie lernen würde. Aber obgleich sie aus diesem Grund über ihre Zeit frei verfügen konnte, brachte ihr der Abend keinesfalls mehr Freude als Elinor, denn er verging für sie in unruhiger Erwartung und schmerzlicher Enttäuschung. Ab und zu versuchte sie es ein paar Minuten lang mit Lesen, aber es dauerte nie lange, und sie legte das Buch wieder zur Seite und kehrte zu der interessanteren Beschäftigung des Hin- und Herwanderns im Zimmer zurück, wobei sie stets einen Augenblick am Fenster stehenblieb, in der Hoffnung, das lang erwartete Klopfen an der Tür zu hören.

Fünftes Kapitel

„Wenn dieses frostfreie Wetter noch länger anhält", sagte Mrs. Jennings, als sie sich am nächsten Morgen beim Frühstück zusammenfanden, „dann wird Sir John nächste Woche Barton nur ungern verlassen wollen. Es ist schmerzlich für Jäger, auch nur einen Tag von ihrem Vergnügen zu verlieren. Die Ärmsten! Mir tun sie immer leid, wenn ihnen das passiert. Sie scheinen es sich so sehr zu Herzen zu nehmen."

„Das ist wahr!" rief Marianne mit fröhlicher Stimme und ging zum Fenster, um nach dem Wetter zu sehen. „Daran habe ich noch gar nicht gedacht. Dieses Wetter wird viele Jäger auf dem Land zurückhalten."

Es war ein angenehmer Gedanke, durch den all ihre gute Laune wiederkehrte. „Es ist tatsächlich ein herrliches Wetter für die Jäger", fuhr sie fort und setzte sich mit heiterer Miene an den Frühstückstisch. „Wie sehr sie es doch genießen müssen! Aber" — wieder besorgt — „es ist nicht zu erwarten, daß es lange anhält. Zu dieser Jahreszeit und nach einer so langen Regenperiode werden wir sicherlich nur noch wenige solche Tage haben. Es wird bald Frost geben, und aller Wahrscheinlichkeit nach sogar strengen Frost. Vielleicht schon in ein, zwei Tagen. Dieses ungewöhnlich milde Wetter kann kaum noch länger anhalten — nein, vielleicht friert es heute nacht schon!"

„Jedenfalls", sagte Elinor, die verhindern wollte, daß Mrs. Jennings die Gedanken ihrer Schwester ebenso deutlich erkannte wie sie selbst, „möchte ich behaupten, daß wir Sir John und Lady Middleton Ende nächster Woche hier haben werden."

„Aber ja, meine Teure, darauf könnte ich wetten. Mary setzt immer ihren Willen durch."

Und als nächstes, schloß Elinor im stillen, wird Marianne mit der heutigen Post einen Brief nach Combe schicken.

Aber falls sie das tat, so wurde der Brief mit einer Heimlichkeit geschrieben und abgesandt, vor der all die Wachsamkeit, mit der Elinor es festzustellen suchte, versagte. Doch wie es sich in Wahrheit auch verhalten mochte, und wie weit Elinor auch davon entfernt war, mit dem Stand der Dinge vollkommen zufrieden zu sein — solange sie Marianne bei guter Laune sah, konnte sie selbst nicht allzu bekümmert sein. Und Marianne war bei guter Laune: glücklich über das milde Wetter und noch glücklicher in Erwartung des Frostes.

Der Morgen wurde zum Großteil damit verbracht, Karten in den Häusern von Mrs. Jennings' Bekannten abzugeben, um sie zu benachrichtigen, daß sie wieder in der Stadt sei, und Marianne hatte die ganze Zeit damit zu tun, die Richtung des Windes zu ermitteln, die Veränderungen des Himmels zu beobachten und jeden Wechsel der Luft festzustellen.

„Findest du es jetzt nicht auch kälter als heute morgen, Elinor? Es scheint mir doch ein recht erheblicher Unterschied zu sein. Ich kann kaum meine Hände warmhalten, nicht einmal im Muff. Ich glaube, gestern war es nicht so. Die Wolken scheinen sich auch zu zerteilen, gleich wird die Sonne durchkommen, und wir werden einen klaren Nachmittag haben."

Elinor war abwechselnd belustigt und schmerzlich berührt, aber Marianne fuhr in dieser Weise fort und sah jeden Abend in der Helligkeit des Feuers und jeden Morgen in den Erscheinungen der Atmosphäre sichere Anzeichen für das Nahen des Frostes.

Die Schwestern Dashwood hatten keinen Grund, mit Mrs. Jennings' Lebensart und Bekanntenkreis unzufriedener zu sein als mit ihrem Benehmen ihnen gegenüber, das unverändert freundlich blieb. Alles, was ihre Haushaltsangelegenheiten betraf, wurde aufs großzügigste arrangiert, und abgesehen von ein paar alten Freunden aus der Stadt, mit denen sie zu Lady Middletons Bedauern immer noch Umgang pflegte, besuchte sie niemanden, bei dem eingeführt zu werden die Gefühle ihrer jungen Begleiterinnen hätte verletzen können. Elinor freute sich, in dieser Hinsicht mehr Grund zur Zufriedenheit zu haben, als sie erwartet hatte, und war daher auch eher bereit, sich mit dem Mangel an wirklichem Vergnügen bei all ihren Abendgesellschaften abzufinden, die — sowohl zu Hause als auch anderswo allein zum Zwecke des Kartenspiels veranstaltet — für ihre Unterhaltung nur wenig bieten konnten.

Oberst Brandon, an den eine Dauereinladung ergangen war, besuchte sie fast jeden Tag. Er kam, um Marianne zu sehen und um mit Elinor zu sprechen, die der Unterhaltung mit ihm oft mehr Befriedigung abgewann als allen anderen Ereignissen des Tages, aber gleichzeitig mit großer Bestürzung seine dauerhafte Zuneigung für ihre Schwester sah. Sie fürchtete, es sei eine wachsende Zuneigung. Es schmerzte sie zu sehen, mit welchem Ernst er Marianne oft beobachtete, und seine seelische Verfassung war sicherlich schlechter als in Barton.

Etwa eine Woche nach ihrer Ankunft erhielten sie die Gewißheit, daß Willoughby ebenfalls eingetroffen war. Als sie von der vormittäglichen Ausfahrt heimkamen, lag seine Karte auf dem Tisch.

„Mein Gott!" rief Marianne. „Er war da, als wir gerade außer Haus waren." Elinor, die froh war, daß sie endlich den sicheren Beweis für seine Anwesenheit in London hatten, wagte jetzt zu äußern: „Verlaß dich darauf, er wird morgen wieder vorsprechen." Aber Marianne schien sie kaum zu hören, und bei Mrs. Jennings' Eintritt flüchtete sie mit der kostbaren Karte.

Während dieser Vorfall Elinors Stimmung hob, brachte er ihrer Schwester die ganze frühere, ja, eine noch viel stärkere Erregung zurück. Von diesem Augenblick an fand sie keine Ruhe mehr. Die Aussicht, er könne zu jeder Stunde des Tages bei ihr erscheinen, machte sie aller Beschäftigung unfähig. Am nächsten Morgen bestand sie darauf, zu Hause zu bleiben, als die andern ausgingen.

Elinor dachte ununterbrochen daran, was sich während ihrer Abwesenheit in der Berkeley Street ereignen könnte, aber als sie zurückkehrten, genügte ein einziger Blick auf ihre Schwester, um sie erkennen zu lassen, daß Willoughby keinen zweiten Besuch abgestattet hatte. Im selben Augenblick wurde ein Brief hereingebracht und auf den Tisch gelegt.

„Für mich?“ rief Marianne und ging hastig darauf zu.

„Nein, Ma'am, für meine Herrin.“

Aber Marianne, nicht überzeugt, nahm ihn unverzüglich an sich.

„Er ist wirklich für Mrs. Jennings, wie ärgerlich!“

„Du erwartest wohl einen Brief?“ fragte Elinor, die nicht länger schweigen konnte.

„Ja, nur ein paar Zeilen.“

Nach einer kurzen Pause sagte Elinor: „Du hast kein Vertrauen zu mir, Marianne.“

„Na, weißt du, Elinor, solch ein Vorwurf von dir, die du zu niemandem Vertrauen hast!“

„Ich!“ wiederholte Elinor etwas verwirrt. „Wahrhaftig, Marianne, ich habe nichts zu erzählen.“

„Ich auch nicht“, antwortete Marianne energisch, „wir befinden uns also in der gleichen Lage. Keine von uns hat irgend etwas zu erzählen, du, weil du wenig mitteilsam bist, und ich, weil ich nichts verberge.“

Elinor, bestürzt über diesen Vorwurf der Zurückhaltung, den zu entkräften nicht in ihrer Macht stand, wußte nicht, wie sie unter solchen Umständen Marianne zu größerer Offenheit veranlassen konnte.

Bald erschien Mrs. Jennings, und als man ihr den Brief gab, las sie ihn laut vor. Er war von Lady Middleton, teilte ihre Ankunft in der Conduit Street am vergangenen Abend mit und bat um den Besuch ihrer Mutter und ihrer Verwandten am folgenden Abend. Sir Johns Geschäfte und eine starke Erkältung ihrerseits gestatteten nicht, daß sie in der Berkeley

Street vorsprächen. Die Einladung wurde angenommen, doch als die vereinbarte Stunde heranrückte, hatte Elinor, so notwendig es aus Gründen der Höflichkeit auch war, daß sie beide Mrs. Jennings bei einem solchen Besuch begleiteten, einige Schwierigkeit, ihre Schwester zum Mitgehen zu überreden, denn Willoughby hatte sich noch immer nicht blicken lassen, und sie war daher einem Vergnügen außer Haus abgeneigter denn je, weil sie nicht Gefahr laufen wollte, daß er wieder während ihrer Abwesenheit vorsprach.

Als der Abend vorüber war, stellte Elinor fest, daß sich eine Charakteranlage durch einen Umweltwechsel nicht wesentlich ändert, denn Sir John, obwohl eben erst in der Stadt eingetroffen, hatte es zustande gebracht, fast zwanzig junge Menschen um sich zu scharen und ihnen mit einem Ball Freude zu bereiten. Dies war jedoch ein Unternehmen, das Lady Middleton nicht billigte. Auf dem Land war ein improvisierter Tanzabend zweifellos statthaft, aber in London, wo der Ruf der Eleganz weit wichtiger und weit schwerer erwerbbar war, bedeutete es ein zu großes Risiko, nur um des Vergnügens einiger Mädchen willen bekannt werden zu lassen, daß Lady Middleton einen kleinen Ball für acht oder neun Paare gegeben hatte mit nur zwei Geigern und weiter nichts als einem kalten Büfett.

Mr. und Mrs. Palmer gehörten ebenfalls zu der Gesellschaft. Der erstere, den sie seit ihrer Ankunft noch nicht gesehen hatten, da er sorgsam darauf bedacht war, den Eindruck zu vermeiden, er erwiese seiner Schwiegermutter irgendwelche Aufmerksamkeiten, und sich daher nie in ihrer Nähe zeigte, gab bei ihrem Eintritt kein Zeichen des Erkennens von sich. Er sah sie kurz an, schien nicht zu wissen, wer sie waren, und nickte lediglich Mrs. Jennings von der anderen Seite des Raumes zu. Marianne blickte sich im Zimmer um, als sie eintrat; es genügte, daß *er* nicht da war — sie nahm Platz und war zu übelgelaunt, um selbst Freude zu empfinden oder andern welche zu bereiten. Nach etwa einer Stunde kam Mr. Palmer gemächlich zu den Schwestern Dashwood herangeschlendert und drückte seine Überraschung aus, sie in der Stadt zu sehen, obwohl doch Oberst Brandon zuerst in seinem Haus von ihrer Ankunft erfahren und er selbst etwas sehr Komisches gesagt hatte, als er hörte, daß sie kommen würden.

„Ich dachte, Sie wären beide in Devonshire", sagte er.
„So?" erwiderte Elinor.
„Wann reisen Sie denn wieder zurück?"
„Ich weiß noch nicht." Und damit endete ihre Unterhaltung.
Noch nie in ihrem Leben war Marianne dem Tanzen so abhold gewesen wie an jenem Abend, und noch nie hatte sie die damit verbundene körperliche Anstrengung so ermüdet. Sie beklagte sich darüber auf dem Rückweg nach der Berkeley Street.
„Ach was", sagte Mrs. Jennings, „wir kennen den Grund für all das recht gut. Wenn eine bestimmte Person, die hier nicht genannt werden soll, dagewesen wäre, so wären Sie kein bißchen müde gewesen, und um die Wahrheit zu sagen, es war nicht sehr nett von ihm, Ihnen kein Treffen zu gewähren, wo er doch eingeladen war."
„Eingeladen!" rief Marianne.
„So sagte mir meine Tochter Lady Middleton, denn es scheint, Sir John hat ihn heute morgen irgendwo auf der Straße getroffen."
Marianne sagte nichts mehr, sah aber äußerst verletzt aus. Bestrebt, in dieser Lage etwas zu tun, was das Los ihrer Schwester erleichtern könnte, beschloß Elinor, am nächsten Tag ihrer Mutter zu schreiben, und hoffte, indem sie ihre Besorgnis um Mariannes Gesundheit weckte, jene Nachforschungen auszulösen, die so lange aufgeschoben worden waren; und sie neigte noch eifriger zu dieser Maßnahme, als sie nach dem Frühstück am nächsten Morgen bemerkte, daß Marianne wieder an Willoughby schrieb, denn sie konnte nicht annehmen, daß der Brief an eine andere Person gerichtet war.
Gegen Mittag ging Mrs. Jennings in geschäftlichen Angelegenheiten allein aus, und Elinor begann sogleich mit ihrem Brief, während Marianne, zu unruhig für eine Beschäftigung und zu bekümmert für eine Unterhaltung, von einem Fenster zum anderen wanderte oder sich in traurigem Nachdenken vor das Kaminfeuer setzte. Elinor brachte ihr Anliegen an ihre Mutter sehr ernst vor, berichtete alles, was geschehen war, ihre Vermutungen, daß Willoughby untreu sei, und bat sie unter Berufung auf ihre Pflicht und Liebe, von Marianne einen Bericht über ihre wirkliche Situation im Hinblick auf Willoughby zu verlangen.
Ihr Brief war kaum zu Ende geschrieben, als ein Klopfen einen Besucher ankündigte und Oberst Brandon gemeldet wurde.

Marianne, die ihn vom Fenster aus gesehen hatte und der Gesellschaft aller Art verhaßt war, verließ das Zimmer, noch bevor er es betrat. Er sah ernster aus als sonst, und obwohl er seine Genugtuung zum Ausdruck brachte, daß er Elinor allein vorfand, so als hätte er ihr etwas Besonderes zu erzählen, saß er eine Zeitlang, ohne ein Wort zu sagen. Elinor, die überzeugt war, er wolle ihr etwas mitteilen, was ihre Schwester betraf, wartete ungeduldig, daß er zu sprechen begann. Es war nicht das erste Mal, daß sie diese Überzeugung fühlte; denn schon mehr als einmal zuvor hatte er ganz offensichtlich im Begriff gestanden, etwas Besonderes über Marianne zu enthüllen oder zu erfragen, und mit Bemerkungen wie „Ihre Schwester sieht heute unpäßlich aus" oder „Ihre Schwester scheint verstimmt zu sein" einen Anfang gemacht. Nach einer Pause von mehreren Minuten brach er das Schweigen und fragte sie mit ziemlich erregter Stimme, wann er ihr zur Errungenschaft eines Schwagers gratulieren könne. Auf solch eine Frage war Elinor nicht gefaßt, und da sie keine Antwort bereit hatte, war sie gezwungen, zu einem einfachen, bewährten Mittel zu greifen und zu fragen, was er meine. Er versuchte zu lächeln und antwortete: „Die Verlobung Ihrer Schwester mit Mr. Willoughby ist doch allgemein bekannt."
„Sie kann nicht allgemein bekannt sein", erwiderte Elinor, „wenn nicht einmal ihre eigene Familie davon Kenntnis hat."
Er blickte sie überrascht an und sagte: „Bitte entschuldigen Sie, ich fürchte, meine Frage war zudringlich, aber ich nahm nicht an, daß eine Geheimhaltung beabsichtigt sei, da sie offen miteinander korrespondieren und man überall von ihrer Heirat spricht."
„Wie kann das möglich sein? Von wem haben Sie es gehört?"
„Von vielen Leuten. Von einigen, die Sie nicht kennen, von anderen, mit denen Sie sehr vertraut sind. Von Mrs. Jennings, Mrs. Palmer und den Middletons. Aber ich hätte es trotzdem nicht geglaubt, denn wenn man sich nicht überzeugen lassen will, findet man immer etwas, um seine Zweifel zu bestärken, wenn ich nicht zufällig, als mich der Diener heute einließ, bei ihm einen Brief gesehen hätte, der von der Hand Ihrer Schwester an Mr. Willoughby adressiert war. Ich wollte fragen, aber ich war überzeugt, bevor ich die Frage stellen konnte.

Ist alles schon endgültig festgesetzt? Ist es unmöglich, zu ...? Aber ich habe kein Recht, und ich könnte keinerlei Aussicht auf Erfolg haben. Entschuldigen Sie bitte, Miss Dashwood. Ich glaube, es war nicht richtig von mir, so viel zu sagen, aber ich weiß kaum, was ich tun soll, und ich habe das allergrößte Vertrauen zu Ihrer Umsicht. Sagen Sie mir, daß alles endgültig beschlossen ist, daß jeder Versuch — kurz, daß Geheimhaltung, falls Geheimhaltung möglich wäre, alles ist, was bleibt."

Diese Worte, mit denen er ein rückhaltloses Geständnis seiner Liebe zu ihrer Schwester ablegte, gingen Elinor sehr nahe. Sie war nicht sogleich in der Lage, etwas zu erwidern, und selbst als sie sich wieder gefaßt hatte, suchte sie eine Weile nach der am besten passenden Antwort. Der wirkliche Stand der Dinge zwischen Willoughby und ihrer Schwester war ihr so wenig bekannt, daß sie in ihrem Bemühen, ihn zu erklären, sowohl zuviel als auch zuwenig sagen konnte. Doch da sie überzeugt war, daß Mariannes Liebe zu Willoughby Oberst Brandon keine Hoffnung auf Erfolg lassen konnte, wie diese Liebe auch ausgehen mochte, und sie gleichzeitig ihr Benehmen vor jeder Kritik zu bewahren wünschte, hielt sie es nach einiger Überlegung für das klügste und geeignetste, mehr zu sagen, als sie wirklich wußte und glaubte. Sie bestätigte daher, daß sie, obwohl sie nie von ihnen selbst über die Art ihres Verhältnisses in Kenntnis gesetzt worden sei, an ihrer gegenseitigen Zuneigung keinen Zweifel hege und nicht erstaunt sei, von ihrer Korrespondenz zu erfahren.

Er hörte ihr mit gespannter Aufmerksamkeit zu, und als sie geendet hatte, erhob er sich sogleich von seinem Platz, und nachdem er mit erregter Stimme gesagt hatte: „Ich wünsche Ihrer Schwester alles nur erdenkliche Glück und Willoughby, daß er sich bemühen möge, sie zu verdienen", verabschiedete er sich und ging.

Dieses Gespräch hinterließ bei Elinor keine angenehmen Gefühle, die ihre Unruhe bezüglich anderer Punkte hätten beschwichtigen können; im Gegenteil, ihr blieb der deprimierende Eindruck von Oberst Brandons Unglück, und sie wurde überdies von dem Wunsch, es beseitigt zu sehen, abgehalten durch ihr Bangen um eben jenes Ereignis, das es bestätigen mußte.

Während der nächsten drei, vier Tage geschah nichts, was Elinor den Schritt, sich an ihre Mutter zu wenden, hätte bedauern lassen; denn Willoughby kam weder, noch schrieb er. Etwa gegen Ende dieser Zeit waren sie eingeladen, Lady Middleton auf eine Gesellschaft zu begleiten, an der teilzunehmen Mrs. Jennings durch die Indisposition ihrer jüngsten Tochter gehindert wurde, und auf diese Gesellschaft bereitete sich Marianne, gänzlich entmutigt, unbekümmert um ihr Äußeres und völlig uninteressiert, ob sie mitging oder dablieb, ohne einen hoffnungsvollen Blick oder ein Zeichen von Freude vor. Nach dem Tee saß sie bis zur Ankunft Lady Middletons vor dem Kamin im Salon, ohne sich auch nur einmal von ihrem Platz zu rühren oder ihre Haltung zu wechseln, hing ihren Gedanken nach und war gleichgültig gegen die Anwesenheit ihrer Schwester; und als man ihnen schließlich mitteilte, daß Lady Middleton eingetroffen sei, fuhr sie auf, als hätte sie vergessen, daß man jemand erwartete.

Sie erreichten ihren Bestimmungsort rechtzeitig und sobald es die lange Reihe der Kutschen vor ihnen erlaubte, stiegen sie aus, gingen die Treppe hinauf, hörten, wie ihre Namen mit lauter Stimme von einem Treppenabsatz zum anderen gerufen wurden, und betraten einen strahlendhell erleuchteten Raum voller Menschen, in dem es unerträglich heiß war. Nachdem sie durch Knickse der Dame des Hauses ihre Höflichkeit bezeugt hatten, konnten sie sich unter die Menge mischen und ihren Teil an Hitze und Unbequemlichkeit genießen, die durch ihre Ankunft notwendigerweise noch vermehrt werden mußten. Nachdem Lady Middleton einige Zeit damit verbracht hatte, wenig zu sagen und noch weniger zu tun, setzte sie sich, um Kasino zu spielen, und da Marianne keine Lust zum Herumgehen verspürte und sie und Elinor glücklicherweise zwei freie Stühle fanden, ließen sie sich in der Nähe des Tisches nieder.

Sie hatten noch nicht lange dort gesessen, als Elinor Willoughby bemerkte, der ein paar Meter von ihnen entfernt stand und ein lebhaftes Gespräch mit einer sehr elegant aussehenden jungen Dame führte. Sie fing auch bald seinen Blick auf, und er verbeugte sich unverzüglich, ohne jedoch den Versuch zu machen, mit ihr zu sprechen oder zu Marianne herüberzukommen, obwohl er sie sehen mußte; dann setzte er sein Gespräch mit derselben Dame fort. Elinor wandte sich unwillkürlich Marianne zu, um zu sehen, ob der Vorgang von ihr bemerkt worden sei. In diesem Moment erblickte Marianne Willoughby. Ihr ganzes Gesicht erglühte vor plötzlicher Freude, und sie wäre sofort zu ihm geeilt, hätte ihre Schwester sie nicht zurückgehalten.

„Du lieber Himmel!" rief sie. „Er ist da, er ist da! Ach, warum schaut er nicht her? Warum kann ich nicht mit ihm sprechen?"

„Bitte, bitte, sei ruhig!" rief Elinor. „Verrate nicht jedem hier, was in dir vorgeht. Vielleicht hat er dich noch nicht gesehen."

Das glaubte sie jedoch selbst nicht, und in einem solchen Augenblick ruhig zu sein überstieg nicht nur Mariannes Kraft, sondern es war auch gar nicht ihr Wunsch. So wartete sie in qualvoller Ungeduld, die aus jedem Zug ihres Gesichtes sprach.

Endlich drehte er sich abermals um und schaute sie beide an; sie stand auf, sagte mit zärtlicher Stimme seinen Namen und streckte ihm die Hand entgegen. Er kam heran, und indem er sich mehr Elinor als Marianne zuwandte, als wünsche er, ihren Blick zu meiden, und als sei er entschlossen, ihr Verhalten nicht zu beachten, erkundigte er sich hastig nach Mrs. Dashwood und fragte, wie lange sie sich schon in London befänden. Elinor war durch eine solche Anrede ihrer ganzen Geistesgegenwart beraubt und nicht in der Lage, auch nur ein einziges Wort zu sagen. Doch ihre Schwester brachte ihre Gefühle auf der Stelle zum Ausdruck. Ihr Gesicht wurde über und über rot, und sie rief mit einer Stimme, in der größte Bewegung schwang: „Großer Gott, Willoughby, was soll das bedeuten? Haben Sie meine Briefe nicht erhalten? Wollen Sie mir nicht die Hand reichen?"

Nun konnte er nicht mehr anders, aber die Berührung schien ihm peinlich zu sein, und er hielt ihre Hand nur einen Augenblick. Während dieser ganzen Zeit bemühte er sich merklich um Haltung. Elinor beobachtete sein Gesicht und sah, daß seine Miene allmählich gelassener wurde. Nach kurzer Pause vermochte er ruhig zu sagen:

„Ich habe mir die Ehre gegeben, am vergangenen Dienstag in der Berkeley Street vorzusprechen, und es sehr bedauert, daß ich nicht das Glück hatte, Sie und Mrs. Jennings zu Hause anzutreffen. Ich hoffe, meine Karte ist nicht verlorengegangen."

„Aber haben Sie denn nicht meine Briefe erhalten?" rief Marianne in höchster Erregung. „Da muß ein Irrtum vorliegen, dessen bin ich sicher, ein furchtbarer Irrtum. Was kann das zu bedeuten haben? Sagen Sie es mir, Willoughby. Um Himmels willen, sagen Sie mir, was ist geschehen?"

Er antwortete nicht, seine Gesichtsfarbe wechselte, und all seine Verlegenheit kehrte zurück; aber als er den Blick der jungen Dame auffing, mit der er vorher gesprochen hatte, schien er die Notwendigkeit zu spüren, sich augenblicklich zusammenzunehmen, faßte sich wieder und sagte: „Ja, ich hatte das Vergnügen, die Mitteilung von Ihrer Ankunft in der Stadt zu erhalten, die mir zu senden Sie die Güte hatten", drehte sich mit einer leichten Verbeugung hastig um und ging zu seiner Bekannten zurück.

Marianne, die nun erschreckend blaß aussah und nicht mehr stehen konnte, sank auf ihren Sessel, und Elinor, die jeden Moment erwartete, daß sie in Ohnmacht fiel, versuchte sie vor den Blicken der anderen zu schützen und belebte sie mit Lavendelwasser.

„Geh zu ihm, Elinor", rief Marianne, sobald sie wieder sprechen konnte, „und veranlasse ihn, zu mir zu kommen. Sag ihm, ich muß ihn sehen, ich muß sofort mit ihm sprechen. Ich finde keine Ruhe. Ich werde keinen Augenblick Ruhe haben, solange dieses furchtbare Mißverständnis nicht geklärt ist. So geh doch schon!"

„Wie könnte ich? Nein, meine liebe Marianne, du mußt warten. Dies ist nicht der Ort für Erklärungen. Warte wenigstens bis morgen."

Nur mit Mühe vermochte sie sie daran zu hindern, ihm selbst zu folgen; sie zu überreden, ihre Erregung zu zügeln, wenigstens zu warten, bis sie, ruhiger geworden, mit ihm in größerer Ungestörtheit und mit größerer Wirkung sprechen könne, war unmöglich, denn Marianne fuhr fort, unaufhörlich ihrem unglücklichen Seelenzustand durch leises Klagen Ausdruck zu verleihen. Nach kurzer Zeit sah Elinor, wie Willoughby das Zimmer durch die Tür zum Treppenhaus verließ. Sie teilte Marianne mit, daß er fort sei, und führte ihr zugleich — als ein neues Argument dafür, daß sie sich beruhigen müsse — die

Unmöglichkeit vor Augen, am selben Abend noch einmal mit ihm zu sprechen. Daraufhin flehte Marianne ihre Schwester unverzüglich an, Lady Middleton zu bitten, sie nach Hause zu bringen, da sie sich zu elend fühle, um auch nur eine Minute länger zu bleiben.

Lady Middleton, obwohl mitten in einem Robber, war zu höflich, als daß sie sich Mariannes Wunsch, zu gehen, weil ihr nicht gut sei, auch nur einen Augenblick widersetzt hätte, und nachdem sie ihre Karten einer Bekannten gegeben hatte, verließen sie die Gesellschaft, sobald ihre Kutsche gefunden war. Während der Rückfahrt nach der Berkeley Street wurde kaum ein Wort gesprochen. Marianne litt schweigend und war zu niedergedrückt, um zu weinen, aber da Mrs. Jennings glücklicherweise noch nicht zu Hause war, konnten sie gleich auf ihr Zimmer gehen, wo Riechsalz Marianne wieder ein wenig zu sich brachte. Sie war bald entkleidet und im Bett, und da sie offenbar allein zu bleiben wünschte, verließ ihre Schwester sie und hatte, während sie auf Mrs. Jennings' Rückkehr wartete, Muße genug, das Vergangene zu durchdenken.

Daß eine Art Verlöbnis zwischen Willoughby und Marianne bestanden hatte, daran konnte sie nicht zweifeln, und daß Willoughby dessen überdrüssig war, schien gleichermaßen klar; denn obschon Marianne noch immer ihre eigenen Wünsche hegen mochte, konnte sie, Elinor, ein solches Benehmen weder einem Irrtum noch einem Mißverständnis zuschreiben. Nichts als ein vollständiger Gefühlswandel konnte dafür verantwortlich gemacht werden. Ihre Entrüstung wäre noch viel stärker gewesen, hätte sie nicht jene Verlegenheit bemerkt, die das Wissen um sein eigenes schlechtes Benehmen zu verraten schien und verhinderte, daß sie ihn für so charakterlos hielt, mit den Gefühlen ihrer Schwester von Anfang an gespielt zu haben, ohne jede Absicht, die einer Prüfung standhielte. Fernsein mochte seine Neigung geschwächt und Bequemlichkeit ihn bestimmt haben, sie zu überwinden. Aber daß eine Neigung früher bestanden hatte, daran konnte sie wirklich nicht zweifeln.

Was Marianne anbelangte, so vermochte Elinor nur mit größter Besorgnis an die Seelenqual zu denken, die ein so unglückliches Wiedersehen ihr bereits zugefügt haben mußte, und an das noch größere Leid, das sie in der Folge wahrscheinlich erwartete. Ihre eigene Lage gewann im Vergleich dazu;

denn da sie Edward wie eh und je achten konnte, auch wenn sie in Zukunft getrennt sein sollten, würde sie stets innerlich gestärkt sein. Aber alle Umstände, die ein so trauriges Geschick verschlimmern konnten, schienen sich zu verbinden, um Mariannes Schmerz bei der endgültigen Trennung von Willoughby noch zu vergrößern — bei dem sofortigen und unwiderruflichen Bruch mit ihm.

Siebentes Kapitel

Noch bevor das Stubenmädchen am nächsten Tag das Feuer angezündet und die Sonne Macht über einen kalten, trüben Januarmorgen gewonnen hatte, kniete Marianne, erst zur Hälfte angekleidet, vor einem der Fenstersitze, um dort wenigstens ein bißchen Licht zu erhalten, und schrieb so schnell, wie es ihr ununterbrochen fließender Tränenstrom gestattete. Bei solcher Beschäftigung erblickte sie Elinor, die durch ihre Unruhe und ihre Seufzer aus dem Schlaf gerissen wurde, und nachdem sie sie eine Weile mit stiller Sorge beobachtet hatte, sagte sie in sanftem, rücksichtsvollem Ton:

„Marianne, darf ich fragen . . .?“

„Nein, Elinor“, antwortete sie, „frage nichts. Du wirst bald alles erfahren.“

Die verzweifelte Beherrschtheit, mit der diese Worte gesagt wurden, hielt nur so lange an, wie sie sprach, und wurde unverzüglich wieder von demselben Übermaß an Leid abgelöst. Es dauerte einige Minuten, bis sie ihren Brief weiterschreiben konnte, und die heftigen Gefühlsausbrüche, die sie von Zeit zu Zeit zwangen, mit dem Schreiben innezuhalten, waren Beweis genug für Elinors Vermutung, daß sie wahrscheinlich zum letztenmal an Willoughby schrieb.

Elinor umgab sie schweigend und unaufdringlich mit jeder nur möglichen Fürsorge, und sie hätte sie noch mehr zu beschwichtigen und zu beruhigen versucht, wäre sie nicht von Marianne im Tone äußerster Reizbarkeit angefleht worden, sie doch um alles in der Welt in Frieden zu lassen. Unter solchen Umständen war es für sie beide besser, nicht länger als nötig zusammen zu sein, und Mariannes ruheloser Gemütszustand hinderte sie nicht allein daran, auch nur einen Augenblick länger im Zimmer zu bleiben, nachdem sie angekleidet war,

sondern ließ sie, da er zugleich Einsamkeit und ständigen Ortswechsel erforderte, bis zum Frühstück im Haus herumwandern und jedermanns Anblick meiden.
Zum Frühstück versuchte sie gar nicht erst, einen Bissen zu essen, und Elinor nahm sich nicht die Mühe, sie zu drängen, zu bemitleiden oder besonders zu beachten, sondern war einzig und allein bestrebt, Mrs. Jennings' Aufmerksamkeit ganz auf sich selbst zu lenken.
Da das Frühstück eine Lieblingsmahlzeit Mrs. Jennings' war, dauerte es ziemlich lange, und sie machten es sich danach gerade am runden Arbeitstisch bequem, als für Marianne ein Brief abgegeben wurde. Sie nahm ihn dem Diener ungeduldig aus der Hand und lief mit totenblasser Miene augenblicklich aus dem Zimmer. Elinor, die daran so deutlich, als hätte sie die Richtung gesehen, erkannte, daß er von Willoughby kommen mußte, verspürte unverzüglich solches Mitleid, daß sie sich kaum aufrecht halten konnte, und saß so zitternd da, daß sie fürchtete, es könne Mrs. Jennings' Aufmerksamkeit einfach nicht entgehen. Die gute Dame jedoch sah nur, daß Marianne einen Brief von Willoughby erhalten hatte, was für sie ein Riesenspaß war und von ihr auch dementsprechend behandelt wurde. Lachend erklärte sie, sie hoffe, er sei nach Mariannes Geschmack. Was Elinors Kummer betraf, so war sie viel zu eifrig damit beschäftigt, Kammgarn für ihren Teppich abzumessen, als daß sie überhaupt etwas anderes gesehen hätte, und sobald Marianne das Zimmer verlassen hatte, setzte sie ihre Rede ruhig fort und sagte:
„Auf mein Wort, ich habe noch nie in meinem Leben ein junges Mädchen so rettungslos verliebt gesehen! Meine Mädchen waren reineweg gar nichts im Vergleich zu ihr, obwohl sie sich schon lächerlich genug aufgeführt haben. Aber was Miss Marianne anbelangt, so ist sie ein völlig veränderter Mensch. Ich hoffe von ganzem Herzen, daß er sie nicht mehr viel länger warten läßt, denn es ist ja schrecklich, sie so elend und unglücklich zu sehen. Sagen Sie, wann werden sie denn heiraten?"
Obgleich Elinor nie weniger zu einem Gespräch aufgelegt gewesen war als in diesem Augenblick, zwang sie sich, eine solche Herausforderung zu beantworten, und erwiderte daher mit dem Versuch eines Lächelns: „Haben Sie sich tatsächlich die Überzeugung eingeredet, Ma'am, daß meine Schwester

Mr. Willoughby heiraten wird? Ich dachte, es wäre nur ein Spaß gewesen, aber eine so ernste Frage scheint mehr zu beinhalten. Ich muß Sie deshalb ersuchen, sich nicht länger einer Täuschung hinzugeben. Ich versichere Ihnen, mich würde nichts mehr überraschen als die Mitteilung, daß sie zu heiraten beabsichtigen."

„Pfui, Miss Dashwood! Wie können Sie so reden! Wissen wir denn nicht alle, daß es eine Heirat geben muß, daß sie bis über beide Ohren ineinander verliebt sind, seit sie sich zum erstenmal gesehen haben? Habe ich sie nicht selbst in Devonshire jeden Tag von früh bis spät zusammen gesehen? Und wußte ich etwa nicht, daß Ihre Schwester nur mit mir nach London gekommen ist, um Hochzeitskleider zu kaufen? Kommen Sie, das hat doch keinen Zweck! Weil Sie selbst so schlau sind, denken Sie, niemand anders hat Verstand. Aber das stimmt durchaus nicht, das kann ich Ihnen sagen, denn es ist schon lange in der ganzen Stadt bekannt. Ich erzähle jedem davon, und Charlotte tut das auch."

„In der Tat, Ma'am", sagte Elinor sehr ernst, „Sie irren sich. Es ist wirklich sehr unfreundlich, solch ein Gerücht zu verbreiten, und Sie werden das noch selbst erkennen, auch wenn Sie es mir jetzt nicht glauben wollen."

Mrs. Jennings lachte abermals, und Elinor war nicht in der Stimmung, mehr zu sagen, und da sie vor allem begierig war, zu erfahren, was Willoughby geschrieben hatte, eilte sie in ihr gemeinsames Zimmer, wo sie beim Öffnen der Tür Marianne auf dem Bett ausgestreckt sah, fast von Tränen erstickt, einen Brief in der Hand, während zwei oder drei andere neben ihr lagen. Elinor näherte sich ihr langsam, ohne zu sprechen, setzte sich auf das Bett, nahm ihre Hand, küßte sie mehrere Male liebevoll und ließ dann ihren Tränen freien Lauf, welche zuerst kaum weniger heftig flossen als die Mariannes. Die letztere schien, obgleich sie nicht fähig war zu sprechen, die ganze Zärtlichkeit dieses Benehmens zu spüren, und nachdem sie einige Zeit auf diese Weise in gemeinsamem Leid verbracht hatten, legte sie alle Briefe in Elinors Hände, bedeckte ihr Gesicht mit ihrem Taschentuch und schrie fast vor Qual. Elinor, die wußte, daß ein solcher Kummer, so schwer es auch fiel, ihn mit anzusehen, sich austoben mußte, blieb bei ihr, bis dieser übermäßige Schmerz von selbst ein wenig nachgelassen hatte, wandte sich dann eifrig Willoughbys Brief zu und las wie folgt:

Bond Street, im Januar

Gnädiges Fräulein,
ich hatte soeben die Ehre, Ihren Brief zu erhalten, für den Sie bitte meinen aufrichtigen Dank entgegennehmen wollen. Ich las mit Bedauern, daß mein Benehmen gestern abend nicht ganz Ihre Billigung fand, und obgleich ich in Verlegenheit bin, zu entdecken, in welchem Punkt ich so unglückselig sein konnte, Sie zu kränken, bitte ich Sie um Verzeihung für ein, wie ich Ihnen versichern kann, völlig unbeabsichtigtes Vergehen. Ich werde an meine frühere Bekanntschaft mit Ihrer Familie in Devonshire stets voll Dankbarkeit und Freude zurückdenken, und ich wiege mich in der Hoffnung, daß sie nicht durch irgendeinen Irrtum oder eine falsche Auslegung meiner Handlungen abgebrochen werden wird. Ich hege die allergrößte Achtung vor Ihrer ganzen Familie, aber sollte ich je so unglückselig gewesen sein, Hoffnungen auf mehr zu erwecken, als ich empfand oder auszudrücken beabsichtigte, so müßte ich mich dafür tadeln, daß ich diese Achtung nicht vorsichtiger zum Ausdruck gebracht habe. Sie werden zugeben, daß ich keinesfalls je mehr beabsichtigt haben konnte, wenn Sie erfahren, daß meine Neigung schon sei langem einer anderen gehört und es sicherlich nur noch wenig Wochen dauern wird, bis dieses Verlöbnis eingelöst wird. Nur mit großem Bedauern komme ich Ihrem Wunsche nach, Ihnen die Briefe, mit denen Sie mich beehrt haben, sowie die Haarlocke, die Sie mir so entgegenkommenderweise schenkten, zurückzusenden.

Ich verbleibe, gnädiges Fräulein,
Ihr gehorsamer Diener
John Willoughby.

Es läßt sich vorstellen, mit welcher Entrüstung ein solcher Brief von Elinor gelesen werden mußte. Obwohl sie sich, noch bevor sie ihn angefangen hatte, bereits darüber klar war, daß er ein Bekenntnis seiner Unbeständigkeit enthalten mußte und ihre Trennung für immer bestätigen würde, ahnte sie doch nicht, daß man dergleichen in solche Worte kleiden konnte; auch hätte sie Willoughby nicht für fähig gehalten, sich so weit von jedem ehrbaren, taktvollen Verhalten zu entfernen, so weit von dem, was sich gemeinhin für einen Gentleman gehört, und einen so unverschämt brutalen Brief zu schicken, einen Brief, der keinen Treubruch eingestand und jedwede Zuneigung leugnete, statt neben seinem Wunsch auf Freigabe auch sein Bedauern zum Ausdruck zu bringen — einen Brief, in dem jede Zeile eine Beleidigung darstellte und der seinen Verfasser als einen hartgesottenen Schurken auswies.

Elinor hielt einige Zeit erstaunt und entrüstet inne, dann las sie ihn wieder und wieder, aber jedes neue Durchlesen diente nur dazu, ihren Abscheu vor diesem Mann zu verstärken, und sie war so aufgebracht gegen ihn, daß sie nicht zu sprechen wagte, um Marianne nicht noch mehr zu verwunden, indem sie die Lösung ihres Verlöbnisses nicht als den Verlust von etwas durchaus Wertvollem, sondern als die Rettung vor dem schlimmsten und unabänderlichsten aller Übel darstellte — einer lebenslangen Verbindung mit einem charakterlosen Menschen —, als eine wirkliche Befreiung, ein wahres Glück.

Während sie in tiefes Nachdenken versunken war über den Inhalt des Briefes, über die Verworfenheit jenes Gemüts, das ihn ersinnen konnte, und wahrscheinlich auch über das gänzlich andere Gemüt einer gänzlich anderen Person, die keine andere Verbindung mit dieser Angelegenheit hatte, als von ihrem Herzen bei allem, was vorfiel, hergestellt wurde, vergaß Elinor den Kummer ihrer Schwester dicht neben sich, vergaß, daß drei ungelesene Briefe auf ihrem Schoß lagen, und vergaß so vollständig, wie lange sie sich schon im Zimmer befand, daß sie, als sie eine Kutsche an der Tür vorfahren hörte und zum Fenster ging, um nachzusehen, wer schon so unerhört früh kommen könnte, höchst erstaunt war, Mrs. Jennings' Wagen zu erblicken, der — wie sie wußte — nicht vor eins bestellt worden war. Entschlossen, Marianne nicht zu verlassen, wenngleich im Augenblick keine Hoffnung bestand, zu ihrer Beruhigung beitragen zu können, ging sie eilends, um sich bei Mrs. Jennings zu entschuldigen, daß sie sie nicht begleiten könne, weil ihre Schwester unpäßlich sei. Mrs. Jennings, voll gutmütigen Verständnisses für den Grund, ließ die Entschuldigung bereitwilligst gelten, und Elinor kehrte, nachdem sie sie wohlbehalten zur Kutsche geleitet hatte, zu Marianne zurück, die gerade versuchte, aus dem Bett aufzustehen, und die sie noch rechtzeitig genug erreichte, um zu verhindern, daß sie zu Boden fiel, so geschwächt und schwindlig war sie von dem langen Mangel an der erforderlichen Ruhe und Nahrung; denn sie hatte schon seit vielen Tagen keinerlei Appetit und

viele Nächte hintereinander nicht richtig geschlafen, und da sie nun nicht länger mehr durch ihre fieberhafte innere Spannung aufrechterhalten wurde, waren die Folgen all dessen in Form von Kopfschmerzen, einem empfindlichen Magen und allgemeiner Nervenschwäche zu spüren. Ein Glas Wein, das ihr Elinor sogleich holte, bewirkte jedoch, daß sie sich besser fühlte, und sie war endlich fähig, zu zeigen, daß sie sich der Fürsorge dankbar bewußt war, indem sie sagte:
„Arme Elinor! Wie unglücklich ich dich mache!"
„Ich wünschte nur", antwortete ihre Schwester, „ich könnte etwas tun, um dich zu trösten."
Diese Worte waren, wie es auch alle anderen gewesen wären, zu viel für Marianne, die in ihrer Herzensnot nur ausrufen konnte: „Ach, Elinor! Mir ist so elend zumute", bevor ihre Stimme endgültig unter Seufzern erstickte.
Elinor konnte diesen Strom ungehemmten Kummers nicht länger schweigend mit ansehen.
„Nimm dich doch bitte zusammen, liebe Marianne", sagte sie mit Nachdruck, „damit du nicht dich selbst und alle, die dich lieben, noch todunglücklich machst. Denk an deine Mutter. Denk an ihren Gram, wenn sie dich so leiden sieht. Ihretwegen mußt du dich beherrschen."
„Ich kann nicht, ich kann nicht", rief Marianne klagend, „verlaß mich, verlaß mich, wenn es dich betrübt. Verlaß mich, hasse mich, vergiß mich! Aber quäle mich nicht so. Ach! Wie leicht ist es doch für die, die selber keinen Kummer haben, von Beherrschung zu sprechen! Glückliche, glückliche Elinor, *du* kannst nicht ahnen, was ich leide!"
„Nennst du *mich* glücklich, Marianne? Ach, wenn du wüßtest! Und glaubst du, ich könnte es sein, wenn ich dich so unglücklich sehe?"
„Verzeih mir, verzeih mir", Marianne legte ihrer Schwester die Arme um den Hals, „ich weiß, du fühlst mit mir. Ich kenne dein Herz, aber du bist doch — du mußt doch glücklich sein. Edward liebt dich. Was, ach, sag, was könnte ein solches Glück trüben?"
„Viele, viele Umstände", sagte Elinor ernst.
„Nein, nein, nein", rief Marianne heftig, „er liebt dich, nur dich. Du *kannst* keinen Kummer verspüren!"
„Ich kann keine Freude verspüren, solange ich dich in diesem Zustand sehe."

„Und du wirst mich nie mehr anders sehen. Mein Unglück ist so groß, daß es durch nichts beseitigt werden kann."
„So darfst du nicht sprechen, Marianne. Hast du denn keinen Trost? Keine Freunde? Ist dein Verlust dergestalt, daß keine Aussicht auf Tröstung bliebe? Sosehr du jetzt auch leidest, denke daran, was du gelitten hättest, wenn die Enthüllung seines Charakters erst zu einem späteren Zeitpunkt erfolgt wäre, wenn dein Verlöbnis Monate und Monate gedauert hätte, wie das durchaus hätte möglich sein können, bevor es ihm endlich eingefallen wäre, Schluß zu machen. Jeder zusätzliche Tag unglückseligen Vertrauens von deiner Seite hätte den Schlag nur noch furchtbarer gemacht."
„Verlöbnis!" rief Marianne. „Es hat doch gar kein Verlöbnis bestanden."
„Kein Verlöbnis?"
„Nein. Er ist nicht so unwürdig, wie du vielleicht denkst. Er hat mir keinen Treueschwur gebrochen."
„Aber er hat dir doch wohl gesagt, daß er dich liebt?"
„Ja — nein — nicht direkt. Er hat es jeden Tag zum Ausdruck gebracht, aber er hat sich mir nie offen erklärt. Manchmal dachte ich, er hätte es getan — aber er hat es nie gesagt."
„Aber du hast ihm doch geschrieben?"
„Ja. Konnte das nach allem, was vorgefallen war, falsch sein? Aber ich kann jetzt nicht mehr sprechen."
Elinor sagte nichts mehr, sondern wandte sich wieder den drei Briefen zu, die nun ihre Neugierde in viel stärkerem Maße erregten als vorher, und las sie unverzüglich. Der erste, den ihre Schwester ihm gleich nach ihrer Ankunft in der Stadt geschrieben hatte, war folgenden Inhalts

Berkeley Street, im Januar

Sicher werden Sie überrascht sein, Willoughby, wenn Sie diesen Brief erhalten, und ich denke, Sie müssen noch mehr als Überraschung fühlen, wenn Sie erfahren, daß ich in London bin. Die Möglichkeit, hierherzukommen, wenn auch mit Mrs. Jennings, war eine Versuchung, der wir nicht widerstehen konnten. Ich hoffe, Sie erhalten diese Zeilen rechtzeitig, um noch heute abend herzukommen, aber ich will mich nicht darauf verlassen. Auf jeden Fall werde ich Sie morgen erwarten. Für heute leben Sie wohl.

M. D.

Ihr zweiter Brief, der am Morgen nach dem Ball bei den Middletons geschrieben worden war, lautete:

Ich kann nicht ausdrücken, wie enttäuscht ich bin, Sie vorgestern verfehlt zu haben, und auch nicht, wie sehr ich mich wundere, daß ich noch keine Antwort auf einen Brief erhalten habe, den ich Ihnen vor etwa einer Woche sandte. Zu jeder Tagesstunde erwartete ich, von Ihnen zu hören, mehr noch, Sie zu sehen. Bitte, sprechen Sie sobald wie möglich bei uns vor und erklären Sie mir den Grund, warum ich vergeblich gewartet habe. Es ist besser, wenn Sie diesmal früher kommen, da wir gegen eins gewöhnlich schon fort sind. Gestern abend waren wir bei Lady Middleton, wo ein Ball stattfand. Man sagte mir, daß Sie ebenfalls eingeladen gewesen wären. Aber kann das wirklich stimmen? Sie müßten sich in der Tat sehr verändert haben, seit wir uns trennten, wenn dies der Fall gewesen sein sollte und Sie nicht gekommen sind. Aber an eine solche Möglichkeit will ich nicht glauben, und ich hoffe, schon sehr bald von Ihnen persönlich die Versicherung zu hören, daß es sich anders verhält.

M. D.

Ihr letztes Schreiben an ihn hatte folgenden Inhalt:

Was soll ich von Ihrem Benehmen gestern abend halten, Willoughby? Ich fordere noch einmal eine Erklärung. Ich war bereit, Sie mit all der Freude wiederzusehen, die unsere Trennung naturgemäß hervorbrachte, mit der Vertrautheit, die mir durch unsere enge Bekanntschaft in Barton gerechtfertigt schien. Aber wie wurde ich abgewiesen! Ich habe eine entsetzliche Nacht verbracht in dem Bemühen, ein Verhalten zu entschuldigen, das kaum anders als beleidigend genannt werden kann. Doch obgleich es mir noch nicht möglich war, eine vernünftige Entschuldigung für Ihr Benehmen zu finden, bin ich bereit, Ihre Rechtfertigung dafür zu hören. Vielleicht sind Sie über irgend etwas, was mich betrifft, falsch unterrichtet oder mit Vorbedacht getäuscht worden, wodurch ich in Ihrer Meinung gesunken bin. Sagen Sie mir, was es ist, erklären Sie die Gründe für Ihr Handeln, und ich werde zufriedengestellt sein, weil es mir möglich ist, Sie zufriedenzustellen. Es würde mich wirklich sehr betrüben, wenn ich gezwungen wäre, schlecht von Ihnen zu denken, aber sollte dieser Fall eintreten, sollte ich erfahren, daß Sie nicht der sind, für den wir Sie bisher gehalten haben, daß Ihre Achtung für uns alle unaufrichtig war und daß Ihr Benehmen gegen mich nur auf Täuschung abzielte, dann lassen Sie es mich sobald wie möglich wissen. Meine Gefühle sind im Augenblick in einem Zustand schrecklicher Ungewißheit. Ich möchte Sie so gern von aller Schuld freisprechen, aber Gewißheit auf beiden Seiten wird Erleichterung sein im Vergleich zu dem, was ich jetzt leide. Wenn Sie nicht mehr so wie früher empfinden, wollen Sie bitte meine Briefe und meine Haarlocke zurückschicken, die in Ihrem Besitz sind.

M. D.

Daß solche Briefe, so voller Zuneigung und Vertrauen, in dieser Weise beantwortet werden konnten, wollte Elinor um Willoughbys willen kaum glauben. Aber wenn sie ihn auch verurteilte, so war sie doch nicht blind gegen die Unschicklichkeit, daß sie überhaupt geschrieben worden waren, und sie bedauerte gerade im stillen, daß ihre Schwester so unklug gewesen war, diese freiwilligen Beweise ihrer Zärtlichkeit zu wagen, die durch nichts Vorangegangenes gerechtfertigt und durch den Ausgang der ganzen Affäre aufs schärfste verurteilt wurden, als Marianne, die gesehen hatte, daß sie mit dem Lesen der Briefe fertig war, ihr gegenüber die Bemerkung machte, sie enthielten nichts, was nicht auch jede andere in der gleichen Situation geschrieben hätte.

„Ich hatte das Gefühl", fügte sie hinzu, „so fest mit ihm versprochen zu sein, als wären wir durch den strengsten gesetzlichen Vertrag miteinander verbunden."

„Das glaube ich schon", sagte Elinor, „aber unglücklicherweise hatte er nicht dasselbe Gefühl."

„Er hatte dasselbe Gefühl, Elinor — Wochen um Wochen hat er es gehabt. Ich weiß es. Was auch immer ihn jetzt verändert haben mag — und das kann nur die schwärzeste gegen mich angewandte Arglist bewirkt haben —, einmal war ich ihm so teuer, wie mein eigenes Herz es nur wünschen kann. Diese Haarlocke, auf die er nun so bereitwillig zu verzichten vermag, hat er sich flehentlich von mir erbeten. Hättest du doch in jenem Moment seinen Blick, sein Benehmen gesehen, hättest du doch seine Stimme gehört! Hast du den letzten Abend unseres Zusammenseins in Barton vergessen? Oder den Morgen, da wir uns trennten! Als er mir sagte, daß es möglicherweise viele Wochen dauern könne, bevor wir uns wiedersehen würden — seine Verzweiflung — wie könnte ich diese Verzweiflung je vergessen!"

Ein paar Augenblicke lang konnte sie nicht sprechen, aber nachdem diese Gefühlsaufwallung vorüber war, fügte sie in festerem Ton hinzu:

„Elinor, mir ist grausam mitgespielt worden, aber nicht von Willoughby."

„Liebste Marianne, von wem sonst? Wer sollte ihn dazu angeregt haben?"

„Eher alle andern als sein Herz. Ich könnte mir eher vorstellen, daß sich alle meine Bekannten verschworen haben, um mich in seiner Meinung herabzusetzen, als daß ich seine Natur einer solchen Grausamkeit für fähig hielte. Diese Frau, von der er schreibt — wer immer sie auch sein mag —, oder auch jeder andere außer dir selbst, du Liebe, Mama und Edward kann so unmenschlich gewesen sein, mich zu verleumden. Gibt es außer euch dreien einen Menschen auf der Welt, dem ich nicht eher so viel Schlechtes zutraute als Willoughby, dessen Herz ich so gut kenne?"

Elinor wollte nicht streiten und antwortete nur: „Wer auch immer in so verabscheuenswürdiger Weise dein Feind gewesen sein mag, laß ihn um seinen boshaften Triumph gebracht sein, meine liebe Schwester, wenn er sieht, zu welch würdevoller Haltung das Wissen um deine Schuldlosigkeit und deine guten Absichten dich befähigt. Es ist ein natürlicher und berechtigter Stolz, der solcher Bosheit widersteht."

„Nein, nein", rief Marianne, „ein Unglück wie das meinige kennt keinen Stolz. Es ist mir gleich, ob alle Leute wissen, daß ich unglücklich bin. Der Triumph, mich so zu sehen, mag der ganzen Welt vergönnt sein. Elinor, ach Elinor, diejenigen, die wenig leiden, mögen so stolz und so stark sein, wie sie wollen — mögen einer Beleidigung widerstehen oder eine Kränkung rächen. Aber ich kann das nicht. Ich muß es fühlen, ich muß unglücklich sein, und mir soll es recht sein, wenn sich andere darüber freuen können."

„Aber um Mutters und um meinetwillen . . ."

„Würde ich mehr tun als um meiner selbst willen. Aber glücklich zu erscheinen, wenn ich mich so elend fühle — ach, wer

könnte das von mir verlangen?"
Sie schwiegen wieder. Elinor ging gedankenvoll vom Kamin zum Fenster und vom Fenster zum Kamin, ohne zu bemerken, daß der Kamin Wärme ausstrahlte oder daß durch das Fenster etwas zu sehen war; und Marianne, die am Fußende des Bettes saß, den Kopf gegen einen Bettpfosten gelehnt, griff wieder nach Willoughbys Brief, und nachdem sie ihn, bei jedem Satz erschaudernd, abermals durchgelesen hatte, rief sie:
„Es ist zuviel! O Willoughby, Willoughby, kann das wirklich von Ihnen sein? Grausam, grausam — nichts kann Sie freisprechen. Nichts, Elinor. Was er auch immer an Nachteiligem über mich gehört haben mag, hätte er seine Meinung so schnell ändern dürfen? Hätte er es mir nicht berichten, mir nicht Gelegenheit geben müssen, es selbst aufzuklären? ‚Die Haarlocke' — sie wiederholte die Worte des Briefes —, ‚die Sie mir so entgegenkommenderweise schenkten' — das ist unverzeihlich! Willoughby, wo war Ihr Herz, als Sie diese Worte schrieben? Ach! Wie grausam unverschämt! Elinor, kann man ihm je verzeihen?"
„Nein, Marianne, ich wüßte nicht, wie."
„Und doch, diese Frau — wer weiß, welche List sie angewandt hat — wie lange mag es schon vorbereitet gewesen und wie gründlich durch sie bewerkstelligt worden sein! Wer ist sie? Wer kann sie sein? Welche der ihm bekannten Damen habe ich ihn je jung und anziehend nennen hören? Ach! Keine, keine. Er hat zu mir immer nur über mich selbst gesprochen."
Eine neue Pause folgte. Marianne war sehr erregt und gelangte am Ende zu dem Schluß:
„Elinor, ich muß nach Hause. Ich muß nach Hause und Mama trösten. Können wir nicht gleich morgen fahren?"
„Morgen, Marianne?"
„Ja. Warum sollte ich noch länger hierbleiben? Ich bin nur wegen Willoughby hergekommen — und wer kümmert sich jetzt um mich? Wem liegt etwas an mir?"
„Wir können unmöglich morgen abreisen. Wir schulden Mrs. Jennings viel mehr als Höflichkeit, und schon das einfachste Gebot der Höflichkeit läßt solch eine hastige Abreise nicht zu."
„Na, dann bleiben wir eben noch einen oder zwei Tage. Aber ich kann nicht mehr lange hierbleiben, ich kann nicht hier-

bleiben und die Fragen und Bemerkungen all dieser Leute über mich ergehen lassen. Diese Middletons und diese Palmers — wie soll ich ihr Mitleid ertragen? Das Mitleid einer Frau wie Lady Middleton! Ach! Was würde *er* dazu sagen!"

Elinor riet ihr, sich wieder hinzulegen, und das tat sie auch für einen Augenblick. Aber keine Lage brachte ihr Erleichterung, und in ruheloser seelischer und körperlicher Qual wälzte sie sich von einer Seite auf die andere, bis sie immer hysterischer wurde und ihre Schwester sie nur noch mit Mühe auf dem Bett halten konnte und eine Zeitlang sogar fürchtete, sie würde gezwungen sein, Hilfe zu holen. Ein paar Lavendeltropfen jedoch, die zu nehmen sie sich schließlich überreden ließ, waren von Nutzen; und als Mrs. Jennings zurückkehrte, lag sie still und ruhig auf dem Bett.

Achtes Kapitel

Mrs. Jennings suchte sie nach ihrer Rückkehr unverzüglich auf, und ohne abzuwarten, bis ihr Klopfen beantwortet würde, öffnete sie die Tür und kam mit einem Blick aufrichtiger Besorgnis ins Zimmer.

„Wie geht es Ihnen, meine Liebe?" fragte sie Marianne in mitleidvollem Ton, während diese ihr Gesicht abwandte und nicht einmal den Versuch machte, etwas zu erwidern.

„Wie geht es ihr, Miss Dashwood? Die Ärmste! Sie sieht sehr schlecht aus. Kein Wunder. Ach, es ist nur zu wahr. Er soll wirklich schon sehr bald heiraten, dieser Taugenichts! Ich habe keine Nachsicht mit ihm. Mrs. Taylor hat es mir vor einer halben Stunde erzählt, und ihr wiederum hat es eine gute Freundin von Miss Grey selbst gesagt, sonst hätte ich es sicher nicht geglaubt, und es hat mich fast umgeworfen, als ich es hörte. Nun, erwiderte ich, ich kann nur sagen, wenn es wirklich wahr ist, dann hat er einer jungen Dame meiner Bekanntschaft auf die abscheulichste Weise mitgespielt, und ich wünsche von ganzem Herzen, daß ihn seine Frau zu Tode ärgert. Und das werde ich immer sagen, meine Liebe, darauf können Sie sich verlassen. Ich hatte keine Ahnung, daß ein Mann sich derart aufführen kann, und falls ich ihn je wiedersehen sollte, werde ich ihm eine solche Strafpredigt halten, wie er sie sein Lebtag noch nicht gehört hat. Aber lassen Sie sich trösten, meine liebe

Miss Marianne. Er ist nicht der einzige junge Mann auf der Welt, der es wert ist, erobert zu werden, und mit Ihrem hübschen Gesicht wird es Ihnen nie an Verehrern fehlen. Ach, die Ärmste! Ich will sie nicht länger stören, denn es ist besser, sie weint sich gleich richtig aus und hat dann die Sache überstanden. Zum Glück kommen Parrys und Sandersons heute abend, das wird sie aufmuntern."

Sie ließ die beiden allein und ging auf Zehenspitzen aus dem Zimmer, als fürchtete sie, den Schmerz ihrer jungen Freundin durch Lärm noch zu vergrößern.

Zur Überraschung ihrer Schwester entschloß sich Marianne, mit ihnen zu speisen. Elinor riet ihr sogar davon ab. Aber „nein, sie würde hinuntergehen; sie könnte es sicherlich ganz gut ertragen, und es würde nicht soviel über sie geredet werden". Elinor, die sich freute, daß Marianne sich einen Augenblick lang von solch einem Beweggrund leiten ließ, obwohl sie es kaum für möglich hielt, daß sie das ganze Dinner durchhalten würde, sagte nichts mehr, sondern ordnete ihr das Kleid, so gut sie konnte, während Marianne noch auf dem Bett liegenblieb, und war bereit, sie in das Speisezimmer zu begleiten, sobald man sie beide rief.

Marianne aß mehr und war ruhiger, als ihre Schwester erwartet hatte, wenngleich sie über alle Maßen unglücklich aussah. Hätte sie zu sprechen versucht oder wäre nur die Hälfte von Mrs. Jennings' wohlgemeinten, aber unangebrachten Aufmerksamkeiten in ihr Bewußtsein gedrungen, so hätte sie diese Ruhe nicht bewahren können. Aber keine Silbe kam über ihre Lippen, und ihre Geistesabwesenheit ließ sie nicht bemerken, was um sie herum vorging.

Elinor, die Mrs. Jennings' Freundlichkeit zu würdigen wußte, obwohl das Überschwengliche daran oft peinlich und manchmal fast lächerlich wirkte, erwies ihr jene Erkenntlichkeiten und erwiderte jene Höflichkeiten, die ihre Schwester nicht selbst erweisen oder erwidern konnte. Ihre gute Freundin sah, wie unglücklich Marianne war, und fühlte, daß ihr alles zugestanden werden mußte, was sie weniger unglücklich machen konnte — wenn das überhaupt möglich war. Sie behandelte sie daher mit der ganzen zärtlichen Nachsicht einer Mutter gegen ihr Lieblingskind am letzten Tag der Ferien. Marianne sollte den besten Platz am Kamin bekommen, sie sollte bewogen werden, von jedem Leckerbissen im Hause zu kosten, und sie sollte aufgemuntert werden durch den Bericht von allen Neuigkeiten des Tages. Wäre Elinor nicht durch die traurige Miene ihrer Schwester daran gehindert worden, Heiterkeit zu verspüren, so hätte sie sich über Mrs. Jennings' Bemühungen amüsieren können, eine Enttäuschung in der Liebe durch eine Unmenge von Konfekt und Oliven und ein warmes Kaminfeuer vergessen zu machen. Sobald dies alles jedoch durch ständige Wiederholung Marianne zwangsläufig bewußt geworden war, konnte sie nicht länger bleiben. Mit einem heftigen Ausruf des Schmerzes und einer abwehrenden Handbewegung gegen ihre Schwester, ihr nicht zu folgen, stand sie unvermittelt auf und eilte aus dem Zimmer.

„Die Ärmste!" rief Mrs. Jennings, sobald sie den Raum verlassen hatte. „Wie schrecklich leid sie mir doch tut! Und sie hat doch wahr und wahrhaftig ihren Wein stehenlassen! Und die Dörrkirschen auch! Du lieber Himmel! Nichts scheint ihr auch nur ein bißchen gutzutun. Wenn ich bloß wüßte, was sie gern essen möchte, ich würde es schon irgendwo in der Stadt auftreiben lassen. Na, mir ist das einfach unverständlich, wie ein Mann solch ein hübsches Mädchen so schlecht behandeln kann! Aber wenn die eine viel Geld hat und die andere so gut wie gar keins, dann Gott befohlen! Da interessiert sie Schönheit und dergleichen nicht mehr!"

„Die Dame — ich glaube, Sie nannten sie Miss Grey — ist also sehr reich?"

„Fünfzigtausend Pfund, meine Liebe. Haben Sie sie schon einmal gesehen? Sie soll ein kluges, elegantes Mädchen sein, aber nicht hübsch. Ich erinnere mich recht gut an ihre Tante, Biddy Henshawe, sie heiratete einen sehr wohlhabenden Mann. Aber die ganze Familie ist ja reich. Fünfzigtausend Pfund! Und wie man hört, kommt's gerade zur rechten Zeit. Er soll nämlich ziemlich am Ende sein. Kein Wunder! Wo er immerzu mit seinem Zweispänner und seinen Jägern durch die Gegend fährt! Na, es lohnt sich nicht, darüber zu reden, aber wenn ein junger Mann, sei er, wer er will, daherkommt und einem hübschen Mädchen den Hof macht und die Hochzeit verspricht, hat er keinen Grund, von seinem Wort zurückzutreten, nur weil er allmählich arm wird und ein reicheres Mädchen bereit ist, ihn zu nehmen. Warum verkauft er in einem solchen Fall nicht seine Pferde, vermietet sein Haus, entläßt seine Bedienten und stellt sich sofort von Grund auf um? Ich garantiere Ihnen, Miss Marianne hätte bereitwillig gewartet, bis alles geordnet gewesen wäre. Aber das genügt heutzutage nicht mehr. Junge Männer dieses Alters bringen es einfach nicht fertig, auf eins ihrer Vergnügen zu verzichten."

„Wissen Sie, was für ein Mensch diese Miss Grey ist? Ist sie nett?"

„Ich habe nie etwas Nachteiliges über sie gehört, eigentlich habe ich überhaupt kaum je von ihr gehört, außer daß Mrs. Taylor heute morgen sagte, Miss Walker hätte ihr gegenüber einmal angedeutet, sie glaube, Mr. und Mrs. Ellison würden es ganz gern sehen, wenn Miss Grey heiratete, denn sie und Mrs. Ellison verstünden sich nicht."

„Und wer sind die Ellisons?"

„Ihre Vormunde, meine Liebe. Aber jetzt ist sie mündig und kann selber ihre Wahl treffen, und sie hat ja auch eine schöne Wahl getroffen! Was nun" — nach kurzem Schweigen —, „Ihre arme Schwester ist auf ihr Zimmer gegangen, um sich, wie ich vermute, ungestört ihrem Schmerz zu überlassen. Gibt es denn gar nichts, womit man sie trösten könnte? Die Arme, es kommt mir doch recht grausam vor, sie allein zu lassen. Na, es wird nicht mehr lange dauern, dann werden sich ein paar Freunde bei uns einfinden, und das wird sie ein wenig aufmuntern. Was sollen wir denn spielen? Whist kann sie ja nicht ausstehen, das weiß ich, aber es muß doch irgendein Gesellschaftsspiel geben, das sie gern mag?"

„Gnädige Frau, Sie brauchen sich wirklich nicht so viele Gedanken zu machen. Ich glaube nicht, daß Marianne heute abend noch einmal ihr Zimmer verläßt. Wenn ich kann, werde ich sie überreden, zeitig zu Bett zu gehen. Ich bin sicher, daß sie Ruhe braucht."

„Ja, ja, ich glaube, das wird das Beste für sie ein. Sie soll sagen, was sie zum Abendessen will, und dann zu Bett gehen. Du lieber Himmel! Kein Wunder, daß sie so schlecht und so niedergeschlagen ausgesehen hat in den letzten zwei Wochen, denn so lange trägt sie diese Sache schon mit sich herum, vermute ich. Und dann hat also der Brief, der heute kam, den Schlußpunkt gesetzt! Die Ärmste! Ich glaube, wenn ich nur die leiseste Ahnung gehabt hätte, würde ich sie um alle Reichtümer der Welt nicht damit aufgezogen haben. Aber sehen Sie, wie sollte ich denn so was vermuten? Ich war der Überzeugung, daß es weiter nichts als ein gewöhnlicher Liebesbrief sei, und Sie wissen doch, wie gern die jungen Leute es haben, wenn man darüber seine Witze macht. Du lieber Himmel! Sir John und meine Töchter werden tief betrübt sein, wenn sie es erfahren! Wenn ich nur meine fünf Sinne beisammen gehabt hätte, dann wäre ich auf dem Heimweg in der Conduit Street vorbeigefahren und hätte ihnen davon berichtet! Aber ich werde sie ja morgen sehen."

„Ich glaube, Sie brauchen Mrs. Palmer und Sir John nicht davor zu warnen, jemals in Gegenwart meiner Schwester Mr. Willoughbys Namen zu erwähnen oder auch nur die geringste Anspielung auf das Vorgefallene zu machen. Ihr edler Charakter wird sie von selbst erkennen lassen, wie grausam es wäre, vor ihr zu zeigen, daß sie etwas davon wissen. Und je weniger man mit mir über dieses Thema spricht, desto mehr werden meine Gefühle geschont werden, wie Sie sich sicher leicht denken können, gnädige Frau."

„O Gott ja, das kann ich wahrhaftig. Es muß schrecklich für Sie sein, wenn davon gesprochen wird, und was Ihre Schwester angeht, so bin ich sicher, daß ich um nichts auf der Welt auch nur ein einziges Wort vor ihr darüber verlieren würde. Sie haben ja gesehen, daß ich es auch während des ganzen Dinners nicht tat. Und Sir John und meine Töchter würden es ebenfalls nicht tun. Sie sind alle sehr aufmerksam und rücksichtsvoll, besonders wenn ich ihnen einen Wink gebe, was ich gewiß tun werde. Ich für mein Teil denke, je weniger über solche Dinge gesprochen wird, desto besser — desto eher wächst Gras darüber. Und außerdem, was kommt schon Gutes vom Reden?"

„In dieser Angelegenheit kann dadurch nur Schaden angerichtet werden, und zwar noch mehr als in vielen Fällen ähnlicher Art, denn sie ist von Umständen begleitet gewesen, die es für jeden Beteiligten wünschenswert erscheinen lassen, daß das Ganze nicht zum Stadtgespräch wird. Aber in einem muß ich Mr. Willoughby Gerechtigkeit widerfahren lassen — er hat kein tatsächlich bestehendes Verlöbnis mit meiner Schwester gelöst."

„Ach was, meine Liebe! Tun Sie bloß nicht so, als wollten Sie ihn verteidigen. Kein tatsächlich bestehendes Verlöbnis, was denn noch! Nachdem er sie durch das ganze Haus in Allenham geschleppt und sogar schon die Zimmer festgelegt hat, in denen sie später wohnen würden!"

Elinor wollte um ihrer Schwester willen das Thema nicht

weiter verfolgen und hoffte um Willoughbys willen, man würde es nicht von ihr verlangen; denn wenn Marianne viel zu verlieren hatte, so konnte er nur sehr wenig durch eine Aufdeckung der Wahrheit gewinnen. Nach kurzem Schweigen auf beiden Seiten sprach Mrs. Jennings mit der ihr eigenen lebhaften Fröhlichkeit weiter.

„Na, meine Liebe, es ist schon ein wahres Wort, daß alles auch seine gute Seite hat, denn um so besser werden nun die Chancen für Oberst Brandon stehen. Er wird sie am Ende doch noch kriegen, ganz bestimmt. Ich möchte wetten, daß sie bis Mitte des Sommers verheiratet sind. Du lieber Himmel! Wie er sich über diese Nachricht freuen wird! Ich hoffe, er kommt heute abend. Es wird auf jeden Fall eine bessere Partie für Ihre Schwester sein. Zweitausend im Jahr ohne Schulden oder Abzüge. Ach ja, da ist freilich noch das uneheliche kleine Kind, das hatte ich ganz vergessen. Aber man kann es ohne große Kosten in die Lehre geben, und was hat es schon zu bedeuten? Delaford ist ein hübsches Anwesen, das kann ich Ihnen versichern, genauso, wie ich mir ein hübsches altmodisches Haus vorstelle, mit vielen Bequemlichkeiten und Vorzügen, ganz von großen Gartenmauern eingeschlossen, mit den besten Obstbäumen, die es in England gibt, und in einer Ecke ein riesiger Maulbeerbaum! Du lieber Himmel, wie Charlotte und ich uns vollgegessen haben, das einzige Mal, als wir dort waren! Dann gibt es dort einen Taubenschlag, ein paar entzückende Fischteiche und einen sehr hübschen Kanal, kurz, alles, was man sich nur wünschen kann. Und überdies liegt es ganz in der Nähe der Kirche und nur eine Viertelmeile von der Landstraße entfernt, so ist es niemals langweilig. Man braucht sich bloß in eine alte Eibenlaube hinterm Haus zu setzen, und dann kann man alle Kutschen sehen, die vorbeifahren. Ach, es ist schon ein hübsches Fleckchen! Nicht weit davon im Dorf ist ein Fleischer, und das Pfarrhaus ist auch nur einen Steinwurf weit entfernt. Für meine Begriffe tausendmal schöner als Barton Park, wo sie gezwungen sind, drei Meilen weit nach Fleisch zu schicken, und außer Ihrer Mutter keine Nachbarn in der Nähe haben. Na, ich werde dem Oberst schon Mut machen, sobald es mir möglich ist. Ein Hammel, wissen Sie, bringt den anderen um. Wenn wir bloß erreichen könnten, daß sie sich Willoughby aus dem Kopf schlägt!"

„Ja, wenn uns das gelänge, Ma'am", sagte Elinor, „dann wäre

alles gut, ob mit oder ohne Oberst Brandon.“ Und sie erhob sich und verließ das Zimmer, um zu Marianne zu gehen, die sie, wie erwartet, in ihrem Zimmer vorfand, wo sie sich in stillem Gram über die letzten Reste eines Feuers beugte, welches bis zu Elinors Eintritt die einzige Lichtquelle dargestellt hatte.

„Es ist besser, du läßt mich allein“, war alles, was ihre Schwester von ihr zu hören bekam.

„Ich gehe erst“, sagte Elinor, „wenn du dich zu Bett legst.“ Aber in ihrem augenblicklichen Zustand eigensinnigen Leidens weigerte sich Marianne zunächst, dies zu tun. Der sanften, wenn auch nachdrücklichen Überredung ihrer Schwester gelang es jedoch schon bald, sie zum Nachgeben zu bewegen, und Elinor sah, wie sie ihren schmerzenden Kopf auf das Kissen legte und sich in einer Weise verhielt, die ihr, wie sie hoffte, etwas Ruhe bringen würde, bevor sie sie verließ.

Im Salon, wohin sie dann zurückkehrte, gesellte sich bald Mrs. Jennings mit einem vollen Weinglas in der Hand zu ihr.

„Meine Liebe“, sagte sie, als sie eintrat, „mir ist eben eingefallen, daß ich noch einen Rest vom feinsten alten Constantiawein im Hause habe, der je probiert worden ist, und so habe ich ein Glas davon für Ihre Schwester gebracht. Mein armer Mann! Wie gern er ihn gemocht hat! Immer wenn er einen seiner üblichen Gichtanfälle hatte, sagte er, der Wein täte ihm besser als alles andere auf der Welt. Bitte geben Sie ihn Ihrer Schwester!“

„Gnädige Frau“, erwiderte Elinor und lächelte über die Verschiedenartigkeit der Beschwerden, für die er empfohlen wurde, „Sie sind zu gütig! Aber ich komme eben von Marianne, sie liegt im Bett und ist, wie ich hoffe, schon beinahe eingeschlafen. Ich denke, nichts wird ihr einen so guten Dienst erweisen wie Ruhe, und wenn Sie gestatten, werde ich den Wein selber trinken.“

Obgleich Mrs. Jennings es bedauerte, nicht fünf Minuten früher gekommen zu sein, war sie mit dem Kompromiß zufrieden, und Elinor dachte, während sie fast alles austrank, daß die gute Wirkung bei Gichtanfällen für sie im Augenblick zwar von geringer Bedeutung war, die heilende Kraft für ein enttäuschtes Herz jedoch ebensogut an ihr selbst wie an ihrer Schwester ausprobiert werden mochte.

Während man dann Tee trank, erschien Oberst Brandon, und

an seiner Art, sich im Zimmer nach Marianne umzublicken, erkannte Elinor sofort, daß er sie weder zu sehen erwartete noch wünschte, und merkte auch bald, daß er bereits wußte, was Marianne in der Zwischenzeit widerfahren war. Mrs. Jennings kam nicht auf diesen Gedanken, denn bald nach seinem Eintreten ging sie quer durchs Zimmer zum Teetisch hinüber, wo Elinor saß, und flüsterte: „Der Oberst sieht so ernst aus wie immer, nicht wahr. Er weiß noch von nichts. Sagen Sie es ihm doch, meine Liebe."

Bald darauf zog er sich einen Stuhl neben den ihren und erkundigte sich mit einem Blick, der sie vollends von seinem Unterrichtetsein überzeugte, nach ihrer Schwester.

„Marianne geht es nicht gut", sagte sie. „Sie hat sich schon den ganzen Tag nicht wohl gefühlt, und wir haben sie überredet, sich hinzulegen."

„Vielleicht", antwortete er zögernd, „ist dann doch mehr — mehr Wahres an dem, was ich heute morgen gehört habe, als ich zuerst für möglich hielt."

„Was haben Sie denn gehört?"

„Daß ein Gentleman, von dem ich Grund habe anzunehmen — kurz, ein Herr, von dem ich weiß, daß er verlobt ist — wie soll ich es Ihnen nur erklären? Wenn Sie es schon wissen, und zweifellos ist das der Fall, dann kann ich es mir vielleicht ersparen."

„Sie meinen", erwiderte Elinor mit erzwungener Ruhe, „Mr. Willoughbys Vermählung mit Miss Grey. Ja, wir wissen alles. Es scheint heute ein Tag der allgemeinen Aufklärung gewesen zu sein, denn gerade der heutige Morgen hat es uns offenbart. Mr. Willoughby ist unbegreiflich! Wo haben Sie es denn gehört?"

„Bei einem Schreibwarenhändler in der Pall Mall, wo ich etwas zu erledigen hatte. Zwei Damen warteten auf ihre Kutsche, und die eine von ihnen gab der andern einen Bericht über die beabsichtigte Verbindung, mit einer Stimme, die so wenig zu verbergen suchte, daß es mir unmöglich war, nicht alles mit anzuhören. Der Name Willoughby, John Willoughby, der häufig wiederholt wurde, erregte zuerst meine Aufmerksamkeit, und was folgte, war die sichere Bestätigung, daß im Hinblick auf seine Vermählung mit Miss Grey, die nicht länger ein Geheimnis zu bleiben brauche, nunmehr alles endgültig festgelegt sei; ich erfuhr, daß sie sogar binnen weniger Wochen stattfinden würde, und noch viele Einzelheiten über die Vorbereitungen und mancherlei anderes. Besonders an einen Punkt erinnere ich mich, weil er dazu diente, den Mann noch eindeutiger zu identifizieren. Sobald die Feierlichkeiten beendet seien, würden sie nach Combe Magna gehen, seinem Landsitz in Somersetshire. Mein Erstaunen können Sie sich vorstellen! Aber ich kann Ihnen wirklich nicht beschreiben, was ich dabei empfand. Bei der mitteilsamen Dame handelte es sich, wie ich auf meine Nachfrage erfuhr, denn ich blieb in dem Laden, bis sie gegangen waren, um eine Mrs. Ellison, und das ist, wie ich festgestellt habe, der Name von Miss Greys Vormund."

„Das stimmt. Aber haben Sie auch gehört, daß Miss Grey fünfzigtausend Pfund besitzt? Wenn überhaupt, dann können wir vielleicht darin eine Erklärung finden."

„Mag sein. Aber Willoughby ist fähig — wenigstens denke ich das ..." Er hielt einen Moment inne, dann fügte er mit gesenkter Stimme hinzu: „Und Ihre Schwester, wie hat sie ..."

„Sie hat sehr darunter gelitten. Ich kann nur hoffen, daß es bald vorübergeht. Es war und ist ein grausamer Schmerz für sie. Ich glaube, bis gestern hat sie nicht an seiner Zuneigung gezweifelt, und vielleicht selbst jetzt noch — aber ich bin fast überzeugt, daß er ihr nie richtig zugetan war. Er war mehr als unaufrichtig! Und in mancher Hinsicht scheint er auch ein hartes Herz zu haben."

„Ach", sagte Oberst Brandon, „das hat er, weiß Gott! Aber Ihre Schwester betrachtet es — ich glaube, so sagten Sie —, betrachtet es nicht ganz so wie Sie?"

„Sie kennen ja ihren Charakter und können sich denken, wie eifrig sie ihn noch immer verteidigen würde, wenn sie könnte."

Er gab keine Antwort, und bald nachdem das Teegeschirr abgeräumt und die Vorbereitungen für das Kartenspiel getroffen waren, wurde das Thema zwangsläufig fallengelassen. Mrs. Jennings, welche die beiden mit Genugtuung beobachtet hatte, während sie miteinander sprachen, und die als Wirkung von Elinors Mitteilung eine so unverzügliche Aufheiterung Oberst Brandons erwartete, wie sie sich für einen Mann in der Blüte der Jugend, der Hoffnung und des Glücks geziemt hätte, sah mit Erstaunen, daß er den ganzen Abend noch ernster und nachdenklicher war als sonst.

Nach einer Nacht, die ihr mehr Schlaf brachte, als sie erwartet hatte, erwachte Marianne am nächsten Morgen zu demselben Bewußtsein ihres Unglücks, mit dem sie die Augen geschlossen hatte.

Elinor ermutigte sie soviel wie möglich, über ihre Empfindungen zu sprechen, und bevor noch das Frühstück fertig war, hatten sie das Thema wieder und wieder erörtert, mit gleichbleibend fester Überzeugung und liebevollem Rat von seiten Elinors und denselben heftigen Gefühlsausbrüchen und wechselnden Ansichten von seiten Mariannes wie zuvor. Manchmal hielt sie Willoughby für ebenso unglücklich und unschuldig wie sich selbst, und manchmal fand sie keinen Trost mehr, weil es ihr unmöglich schien, ihn freizusprechen. Bald war es ihr völlig gleichgültig, ob alle Welt es erfuhr, bald wollte sie sich für immer von der Welt zurückziehen, und dann wieder meinte sie energisch, Widerstand leisten zu können. Nur in einem Punkt blieb ihre Haltung unverändert, nämlich wenn es darum ging, Mrs. Jennings' Gegenwart soweit wie möglich zu meiden, und sie schwieg entschlossen, wenn sie gezwungen war, sie zu ertragen. Ihr Herz konnte nicht glauben, daß Mrs. Jennings' Teilnahme an ihrem Kummer auch nur das geringste mit echtem Mitgefühl zu tun hatte.

„Nein, nein, nein, das kann nicht sein", klagte sie, „sie kann kein Mitleid empfinden. Ihre Freundlichkeit ist keine Herzensgüte, ihre Besorgtheit keine Anteilnahme. Sie will nur Gesprächsstoff, und sie hat mich bloß gern, weil ich ihr den liefere."

Elinor hätte dieser Worte nicht bedurft, um sich über die Ungerechtigkeit im klaren zu sein, zu der sich ihre Schwester in ihrer Meinung über andere durch ihre leicht verletzbare, verfeinerte Seele, durch die allzu große Bedeutung, die sie den zartesten Äußerungen einer stark ausgeprägten Empfindsamkeit beimaß, und den Reiz eleganter Umgangsformen oft verleiten ließ. Wie die Hälfte aller andern Menschen, falls diejenigen, die klug und gütig sind, mehr als die Hälfte ausmachen, war Marianne trotz ihrer ausgezeichneten Fähigkeiten und vortrefflichen Charakteranlagen weder vernünftig noch aufrichtig. Sie erwartete von anderen Leuten dieselben Meinungen und Gefühle, die sie selbst hatte, und sie beurteilte deren

Beweggründe nach der unmittelbaren Wirkung ihrer Handlungen auf sich selbst. So ergab sich, während die beiden Schwestern nach dem Frühstück in ihrem Zimmer beisammensaßen, ein Umstand, der Mrs. Jennings' Herz in Mariannes Meinung noch mehr herabsetzte, weil es sich auf Grund ihrer eigenen Schwäche zufällig als Ursache frischen Schmerzes für sie erwies, obgleich sich Mrs. Jennings dabei ganz zweifellos von der besten Absicht leiten ließ.

Mit einem Brief in der ausgestreckten Hand und heiter lächelnder Miene, weil sie sicher war, daß sie Trost brachte, betrat sie das Zimmer und sagte:

„Hier, meine Liebe, bringe ich Ihnen etwas, was Ihnen bestimmt guttun wird."

Marianne hatte genug gehört. Schon im nächsten Augenblick spiegelte ihr ihre Phantasie einen Brief von Willoughby vor, der, voller Zärtlichkeit und Reue, alles, was geschehen war, zufriedenstellend und überzeugend erklären und sogleich gefolgt sein würde von Willoughby selbst, der eiligst ins Zimmer gestürzt käme, um zu ihren Füßen die Beteuerungen seines Briefes durch die Beredsamkeit seiner Augen zu bekräftigen. Doch das Werk eines Augenblicks wurde durch den nächsten schon zerstört. Sie hatte die Handschrift ihrer Mutter, bis dahin nie unwillkommen, vor sich, und in der bitteren Enttäuschung, die einem solchen Ausbruch ekstatischer Hoffnung folgte, war ihr zumute, als hätte sie bis zu diesem Moment nicht gewußt, was leiden heißt.

Um Mrs. Jennings' Grausamkeit zu beschreiben, hätten Marianne selbst im Augenblick ihrer größten Beredsamkeit die Worte gefehlt, und so konnte sie sie nur durch die bitteren Tränen tadeln, die aus ihren Augen stürzten — ein Tadel jedoch, der an seinem Objekt so völlig unbemerkt vorüberging, daß Mrs. Jennings ihr, als sie sich nach vielen Bezeugungen ihres Mitleids zurückzog, noch immer den Brief als einen Trost nahelegte. Aber sein Inhalt brachte Marianne, die sich inzwischen so weit beruhigt hatte, daß sie ihn lesen konnte, nur wenig Trost. Willoughby füllte jede Zeile aus. Ihre Mutter, die noch immer an ihr Verlöbnis glaubte und sich so enthusiastisch wie eh und je auf seine Treue verließ, war durch Elinors Beschwörungen nur dazu bewogen worden, von Marianne größere Offenheit gegen sie beide zu erbitten, und dies mit solcher Zärtlichkeit für sie, solcher Zuneigung für Willoughby

und solcher Überzeugung von ihrem künftigen Glück, daß Marianne bitterlich weinte, während sie den Brief las.
All ihre Ungeduld, nach Hause zu kommen, kehrte nun zurück; ihre Mutter war ihr teurer denn je, teurer gerade durch das Übermaß ihres unangebrachten Vertrauens zu Willoughby, und sie drängte heftig zum Aufbruch. Elinor, die nicht entscheiden konnte, ob es für Marianne besser wäre, in London zu sein oder in Barton, bot von sich aus keinen Rat an außer Geduld, bis man die Wünsche ihrer Mutter erführe, und zu guter Letzt willigte ihre Schwester auch ein, darauf zu warten.
Mrs. Jennings verließ sie früher als sonst; denn sie vermochte keine Ruhe zu finden, bis nicht die Middletons und die Palmers sich ebensosehr sorgen konnten wie sie selbst, und nachdem sie Elinors Begleitung aufs entschiedenste abgelehnt hatte, ging sie für den Rest des Vormittags allein aus. Elinor setzte sich daraufhin schweren Herzens — denn sie war sich bewußt, daß sie etwas sehr Betrübliches mitteilen würde, und schloß aus dem Brief an Marianne, wie schlecht es ihr gelungen war, den Boden dafür vorzubereiten — nieder, um ihrer Mutter von dem Vorgefallenen zu schreiben und ihre Weisungen für die Zukunft zu erbitten, während Marianne, die nach Mrs. Jennings' Weggang in den Salon kam, am Tisch stehen blieb, wo Elinor schrieb, die Fortschritte ihrer Feder beobachtete, sich um ihretwillen wegen der Schwierigkeit einer solchen Aufgabe grämte und sich noch heftiger grämte wegen der Wirkung auf ihre Mutter.
In dieser Weise hatten sie etwa eine Viertelstunde zugebracht, als Marianne, für deren Nerven schon das geringste Geräusch zuviel war, durch ein Klopfen an der Tür aufgeschreckt wurde.
„Wer mag das sein?" sagte Elinor. „Noch dazu so früh! Ich dachte, wir wären endlich mal allein."
Marianne ging zum Fenster.
„Es ist Oberst Brandon!" sagte sie verärgert. „Vor ihm ist man doch nie sicher."
„Er wird nicht hereinkommen, wenn Mrs. Jennings nicht zu Hause ist."
„Darauf will ich mich lieber nicht verlassen", sagte Marianne und zog sich in ihr eigenes Zimmer zurück. „Ein Mann, der mit seiner eigenen Zeit nichts anzufangen weiß, hat auch keine

Bedenken, die anderer Leute zu stehlen."
Das Folgende bestätigte ihre Vermutung, obwohl sie auf Ungerechtigkeit und Irrtum beruhte; denn Oberst Brandon kam tatsächlich herein, und Elinor, die überzeugt war, daß ihn Sorge um Marianne herführte, und die diese Sorge auch in seiner betrübten, melancholischen Miene und in seiner bangen, wenn auch kurzen Erkundigung nach ihr bemerkte, konnte ihrer Schwester nicht verzeihen, daß sie ihn so gering eingeschätzt hatte.
„Ich traf Mrs. Jennings in der Bond Street", sagte er, nachdem er sie begrüßt hatte. „Sie ermutigte mich, bei Ihnen vorzusprechen, und ich ließ mich um so eher ermutigen, als ich es für wahrscheinlich hielt, Sie allein anzutreffen, was mir sehr am Herzen lag. Der Grund dafür, das zu hoffen, mein Wunsch, mein einziger Wunsch dabei war — ich nehme an, ich glaube, daß ich — daß ich Trost spenden kann. Nein, ich darf nicht Trost sagen, keinen vorübergehenden Trost, sondern Gewißheit, dauernde Gewißheit für Ihre Schwester. Wenn Sie mir erlauben, will ich meine Achtung für sie, für Sie selbst und für Ihre Mutter dadurch beweisen, daß ich Ihnen über Umstände berichte, die nur durch eine *sehr* aufrichtige Zuneigung, nur durch den lebhaften Wunsch, von Nutzen zu sein . . . Ich glaube, ich bin dazu berechtigt — allerdings, wo ich so viele Stunden damit zugebracht habe, mich zu überzeugen, daß ich richtig handle, besteht da nicht auch aller Grund, fürchten zu müssen, daß es doch nicht richtig ist?" Er hielt inne.
„Ich verstehe Sie", sagte Elinor. „Sie haben mir etwas über Mr. Willoughby mitzuteilen, was seinen Charakter noch weiter erhellen wird. Wenn Sie das mitteilen, so wird dies der größte Freundschaftsdienst sein, den man Marianne erweisen kann. *Meine* Dankbarkeit für jede Information, die diesem Zweck dient, ist Ihnen auf der Stelle sicher, und die ihre muß mit der Zeit dadurch gewonnen werden. Bitte, bitte, lassen Sie es mich hören."
„Sie sollen es hören. Um mich kurz zu fassen: Als ich Barton im vergangenen Oktober verließ — aber so werden Sie sich wohl kaum die rechte Vorstellung machen können. Ich muß schon weiter ausholen. Sie werden in mir einen sehr ungeschickten Erzähler finden, Miss Dashwood. Ich weiß gar nicht, wo ich anfangen soll. Ein kurzer Bericht über mich ist, glaube ich, vonnöten, und er soll auch wirklich kurz sein. Ich

fühle mich weiß Gott wenig versucht", er seufzte tief, „mich über ein solches Thema weitschweifig auszulassen."

Er schwieg einen Moment, um sich zu sammeln, und fuhr dann mit einem weiteren Seufzer fort:

„Sie erinnern sich wahrscheinlich nicht mehr an ein Gespräch — es ist nicht anzunehmen, daß es irgendeinen Eindruck bei Ihnen hinterlassen hat —, an ein Gespräch zwischen uns eines Abends in Barton Park. Es war ein Tanzabend, an dem ich auf eine Dame anspielte, die ich einmal gekannt hatte und die in gewisser Hinsicht Ihrer Schwester Marianne ähnelte."

„O doch", antwortete Elinor, „ich erinnere mich noch sehr gut daran." Er schien erfreut über diese Versicherung und sprach weiter.

„Falls ich nicht durch die Unzuverlässigkeit, durch die Parteilichkeit einer zärtlichen Erinnerung getäuscht werde, so besteht eine sehr starke Ähnlichkeit zwischen beiden, sowohl was das Geistige anbelangt als auch das Äußere. Dieselbe Herzenswärme, dieselbe Lebhaftigkeit der Phantasie und der Sinne. Diese Dame war eine meiner nächsten Verwandten, ein Waisenkind von klein auf, und stand unter der Vormundschaft meines Vaters. Wir waren fast gleichaltrig und von frühester Kindheit an Spielgefährten und Freunde. Ich kann mich an keine Zeit erinnern, zu der ich Eliza nicht geliebt hätte. Und als wir heranwuchsen, war meine Liebe zu ihr von einer Innigkeit, deren Sie mich vielleicht gar nicht für fähig halten, wenn Sie nach meinem jetzigen freudlosen, ernsten Gemütszustand urteilen. Ihre Liebe zu mir war, glaube ich, ebenso glühend wie die Zuneigung Ihrer Schwester für Mr. Willoughby, und sie war nicht weniger unglücklich, wenn auch aus einem anderen Grund. Als Eliza siebzehn war, verlor ich sie für immer. Sie wurde verheiratet — gegen ihre Neigung mit meinem Bruder verheiratet. Sie besaß ein großes Vermögen, und unser Familiensitz war mit hohen Schulden belastet. Und ich fürchte, das ist alles, was sich über das Verhalten eines Mannes sagen läßt, der zugleich ihr Onkel und ihr Vormund war. Mein Bruder verdiente sie nicht, er liebte sie nicht einmal. Ich hatte gehofft, ihre Zuneigung für mich würde sie gegen alle Schwierigkeiten wappnen, und einige Zeit hindurch war es auch so. Aber schließlich siegte das Elend ihrer Lage — sie erfuhr große Lieblosigkeit — über all ihre Entschlossenheit, und obgleich sie mir versprochen hatte, daß nichts — aber wie unbedacht ich erzähle! Ich habe Ihnen ja noch gar nicht gesagt, wie sich das alles zutrug. Wir sollten in wenigen Stunden zusammen nach Schottland fliehen, aber durch den Verrat oder die Torheit der Zofe meiner Cousine scheiterte unser Plan. Ich wurde in das Haus eines weitläufigen Verwandten verbannt, und ihr gestattete man weder Freiheit noch Gesellschaft noch Vergnügen, bis mein Vater sein Ziel erreicht hatte. Ich hatte mich zu sehr auf ihre Stärke verlassen, und es war ein harter Schlag für mich. Wäre ihre Ehe wenigstens glücklich gewesen, so hätte ich mich nach ein paar Monaten damit abgefunden, jung, wie ich damals war, oder zumindest brauchte ich jetzt nicht darüber zu klagen. Aber das war nicht der Fall. Mein Bruder empfand nichts für sie. Seine Vergnügungen waren nicht der Art, wie sie hätten sein sollen, und von Anfang an behandelte er sie lieblos. Die Folgen, die das für einen so jungen, so lebhaften und so unerfahrenen Menschen wie Mrs. Brandon hatte, waren nur zu verständlich. Zuerst fand sie sich mit dem ganzen Elend ihrer Lage ab, und es wäre besser gewesen, wenn sie nicht jene Seelenqual hätte erleben müssen, die die Erinnerung an mich weckte. Aber darf man sich wundern, daß sie mit einem solchen Mann, der Untreue geradezu herausforderte, und ohne einen Freund, der ihr hätte raten und sie zurückhalten können — mein Vater lebte nach ihrer Hochzeit nur noch wenige Monate, und ich selbst war mit meinem Regiment in Ostindien —, daß sie da moralisch sank? Wenn ich in England geblieben wäre, vielleicht — aber ich wollte das Glück der beiden fördern, indem ich mich ihr ein paar Jahre fernhielt, und aus diesem Grund hatte ich meine Versetzung beantragt. Der Schock, den ihre Heirat für mich bedeutet hatte“, fügte er mit sehr erregter Stimme hinzu, „war eine Kleinigkeit, ja, er war eigentlich nichts gegen das, was ich empfand, als ich zwei Jahre später von ihrer Scheidung hörte. *Das* war die Ursache für meine Schwermut — selbst jetzt läßt die Erinnerung an das, was ich litt . . .“

Er konnte nicht weitersprechen, erhob sich hastig und ging ein paar Minuten im Zimmer umher. Elinor, gerührt von seiner Erzählung und mehr noch von seinem Kummer, konnte gleichfalls nicht sprechen. Er sah ihre Bewegung, trat zu ihr, nahm ihre Hand, drückte sie und küßte sie voll dankbarer Hochachtung. Einige Minuten stiller Sammlung ermöglichten es ihm, gefaßt fortzufahren.

„Erst fast drei Jahre nach dieser unglücklichen Zeit kehrte ich nach England zurück. Als ich ankam, begann ich natürlich sofort die Suche nach ihr, aber sie verlief ebenso ergebnislos wie traurig. Ich konnte ihre Spur nur so weit verfolgen, bis sie das erste Mal verführt worden war, und ich hatte allen Grund zu befürchten, daß sie sich von ihrem Liebhaber nur getrennt hatte, um noch tiefer in ein sündiges Leben hinabzusinken. Die ihr gesetzlich zugestandene Unterhaltssumme entsprach weder ihrem Vermögen, noch reichte sie für eine angemessene Lebensführung aus, und ich erfuhr von meinem Bruder, daß die Berechtigung zu ihrem Empfang einige Monate zuvor auf eine andere Person übertragen worden war. Er nahm an — und mit welcher Ruhe vermochte er das anzunehmen! —, daß ihr extravaganter Lebensstil und die nachfolgende Not sie gezwungen hatten, sie zu veräußern, um sofort einige Hilfe zu erhalten. Aber schließlich habe ich sie doch gefunden, und zwar nachdem ich schon wieder sechs Monate in England war. Anteilnahme für einen früheren Bedienten von mir, der seitdem ins Unglück geraten war, ließ mich ihn im Gefängnis aufsuchen, wo er wegen Schulden eingesperrt war, und dort befand sich auch meine unglückselige Verwandte in ganz ähnlicher Haft. So verändert, so verwelkt — verbraucht durch alle möglichen schweren Leiden! Ich wollte es kaum glauben, daß die traurige, kränkliche Gestalt vor mir jenes hübsche, blühende, gesunde Mädchen sein sollte, für das ich einst geschwärmt hatte. Was ich litt, als ich sie so erblickte — aber ich habe nicht das Recht, Ihre Gefühle zu verwunden, indem ich versuche, es zu beschreiben. Ich habe Ihnen ohnehin schon zuviel zugemutet. Daß sie sich allem Anschein nach im letzten Stadium der Schwindsucht befand, das war — ja, in einer solchen Situation war es mein größter Trost. Das Leben konnte nichts mehr für sie tun, als ihr Zeit geben für eine bessere Vorbereitung auf den Tod, und die bekam sie. Ich sorgte dafür, daß sie eine gute Unterkunft und ordentliche Dienerschaft erhielt. Ich besuchte sie an jedem Tag, der ihr in ihrem kurzen Leben noch verblieb, und ich war bei ihr in ihrer letzten Stunde."

Wieder hielt er inne, um sich zu sammeln, und Elinor bekundete ihre Empfindungen durch einen Ausruf zärtlichen Mitgefühls für das Schicksal seiner unglücklichen Freundin.

„Ich hoffe doch", sagte er, „daß Ihre Schwester sich nicht

beleidigt fühlen wird durch die Ähnlichkeit, die ich zwischen ihr und meiner armen, in Schande geratenen Verwandten feststelle. Ihre Schicksale, ihre Vermögen sind nicht dieselben, und wäre die liebenswerte Veranlagung der einen durch einen festeren Willen oder eine glücklichere Ehe geschützt gewesen, dann wäre sie so geworden, wie Sie es an der anderen noch erleben werden. Aber wozu das alles? Ich scheine Sie für nichts und wieder nichts betrübt zu haben. Ach, Miss Dashwood, es ist gefährlich, ein Thema wie dieses, das vierzehn Jahre lang nicht berührt worden ist, überhaupt zu erörtern! Ich werde mich kürzer fassen, konzentrierter sein. Sie überließ ihr einziges Kind meiner Fürsorge, ein kleines Mädchen, das damals etwa drei Jahre alt war, die Frucht ihrer ersten schuldigen Verbindung. Sie liebte das Kind und hatte es auch immer bei sich gehabt. Mir war es ein kostbares, zu treuen Händen anvertrautes Gut, und gern hätte ich es im wortwörtlichsten Sinne gehütet, indem ich selbst über seine Erziehung wachte, wenn es nur unsere Situation erlaubt hätte. Aber ich hatte keine Familie, kein Heim, und meine kleine Eliza wurde daher in einer Schule untergebracht. Ich besuchte sie dort, sooft ich konnte, und nach dem Tod meines Bruders, der vor fünf Jahren eintrat und durch den ich in den Besitz des Familienerbes kam, besuchte sie mich häufig in Delaford. Ich gab sie als eine entfernte Verwandte aus, aber ich weiß sehr wohl, daß man mich im allgemeinen in eine viel engere Verbindung mit ihr gebracht hat. Es ist jetzt drei Jahre her — sie war eben vierzehn geworden —, da nahm ich sie aus der Schule und vertraute sie der Obhut einer sehr geachteten Frau in Dorsetshire an, die bereits vier oder fünf andere Mädchen etwa gleichen Alters betreute. Zwei Jahre lang hatte ich allen Grund, mit ihrer Situation zufrieden zu sein. Aber im vergangenen Februar, vor fast einem Jahr, verschwand sie plötzlich. Ich hatte ihr auf ihren dringenden Wunsch hin erlaubt — unklugerweise, wie sich später herausstellte —, nach Bath zu reisen mit einer ihrer jungen Freundinnen, die ihren kranken Vater dorthin begleitete. Ich wußte, daß er ein guter Mensch war, und ich hielt auch seine Tochter für gut — für besser, als sie es verdiente, denn mit der eigensinnigsten, unvernünftigsten Geheimnistuerei sagte sie mir nichts, gab sie mir keinen Anhaltspunkt, obwohl sie sicherlich alles wußte. Ihr Vater dagegen, ein wohlmeinender, aber nicht sehr scharfsichtiger

Mann, konnte mir, wie ich glaube, beim besten Willen keinen Hinweis geben. Er war meist an das Haus gefesselt gewesen, während die Mädchen in der Stadt umherschwärmten und wahllos Bekanntschaften schlossen, und er versuchte mich zu überzeugen, so vollkommen, wie er selbst überzeugt war, daß seine Tochter nicht das geringste mit der Sache zu tun hatte. Kurzum, ich konnte nichts erfahren, außer, daß sie fort war. Über das Weitere konnte ich acht lange Monate hindurch nur Vermutungen anstellen. Was ich dachte, und was ich befürchtete, können Sie sich schwer vorstellen, und auch, was ich litt."

„Mein Gott", rief Elinor, „könnte es — könnte Willoughby . . .!"

„Die erste Nachricht über sie", fuhr er fort, „kam in einem Brief von ihr selbst, im vergangenen Oktober. Er wurde mir von Delaford aus nachgeschickt, und ich erhielt ihn gerade an dem Morgen, als unser Ausflug nach Whitwell geplant war. Das war also der Grund, weshalb ich Barton so plötzlich verließ, was damals sicherlich allen seltsam vorgekommen sein muß und was, wie ich glaube, einige auch beleidigt hat. Ich denke, daß Mr. Willoughby, als seine Blicke mich für meine Unhöflichkeit tadelten, weil ich die Gesellschaft verlassen wollte, sich wohl kaum vorstellen konnte, daß ich abberufen wurde, um das Los eines Mädchens zu erleichtern, das er elend und unglücklich gemacht hatte. Aber selbst wenn er es gewußt hätte, was hätte es schon genutzt? Wäre er, im sicheren Bewußtsein der Gunst Ihrer Schwester, weniger heiter oder weniger glücklich gewesen? Nein, denn er hatte bereits getan, was kein Mensch tun würde, der überhaupt etwas für einen anderen zu empfinden vermag. Er hatte das Mädchen, dessen Jugend und Unschuld er mißbraucht hatte, in einer Situation äußerster Not zurückgelassen, ohne ein achtbares Heim, ohne Hilfe, ohne Freunde, ohne Kenntnis seiner Adresse! Er hatte sie mit dem Versprechen verlassen zurückzukehren. Aber er kehrte weder zurück, noch schrieb er, noch unterstützte er sie."

„Das übersteigt alles!" rief Elinor.

„So also ist sein Charakter: leichtsinnig, ausschweifend, und noch viel schlimmer. Wenn Sie das jetzt alles wissen, wie ich es ja nun schon seit vielen Wochen weiß, dann können Sie sich vielleicht vorstellen, wie mir zumute gewesen sein muß, als ich sah, daß Ihre Schwester ihn noch so gern hatte wie eh und je, und als mir versichert wurde, daß sie ihn heiraten würde. Stellen Sie sich vor, wie mir um Ihrer aller willen zumute gewesen sein muß. Als ich vorige Woche zu Ihnen kam und Sie allein vorfand, war ich entschlossen, die Wahrheit zu erfahren, wenn ich auch noch unsicher war, was ich tun sollte, sobald sie mir bekannt wäre. Mein Benehmen muß Ihnen damals seltsam vorgekommen sein, aber jetzt werden Sie es verstehen. Zuzusehen, wie Sie alle so getäuscht wurden, wie Ihre Schwester — aber was konnte ich schon tun? Ich hatte keine Hoffnung, mich mit Erfolg einmischen zu können, und manchmal dachte ich, der Einfluß Ihrer Schwester würde ihn vielleicht bessern. Aber wer vermag nun, nach seinem so unehrenhaften Handeln, zu sagen, was er mit ihr vorhatte? Aber was es auch gewesen sein mag, sie wird jetzt vielleicht, und später ganz zweifellos, für ihre eigene Lage dankbar sein, wenn sie sie mit der meiner armen Eliza vergleicht, wenn sie sich die elende und hoffnungslose Situation dieses armen Mädchens vor Augen hält, wenn sie sich dieses Mädchen selbst vorstellt, mit einer Zuneigung für ihn, so stark, noch immer so stark wie ihre eigene, und mit einer Seele, gequält von Vorwürfen, die sie durch ihr ganzes Leben begleiten werden. Sicherlich wird dieser Vergleich seine Wirkung auf sie nicht verfehlen. Sie wird merken, daß ihr eigenes Leid nichts dagegen ist: Es ist aus keinem Fehltritt entstanden und kann ihr keine Schande bringen. Im Gegenteil, jeder Freund wird ihr dadurch nur noch mehr verbunden sein. Verständnis für ihr Unglück und Achtung für die Stärke, mit der sie es trägt, müssen jede Zuneigung steigern. Entscheiden Sie nach Gutdünken, wieviel Sie ihr von dem mitteilen, was ich Ihnen erzählt habe; Sie müssen am besten wissen, welche Wirkung es hervorrufen wird. Aber hätte ich nicht fest und von ganzem Herzen geglaubt, daß es helfen könnte, ihren Kummer zu lindern, so hätte ich mir nicht erlaubt, Sie mit diesem Bericht über mein familiäres Mißgeschick zu behelligen, mit einer Erzählung, die vielleicht den Eindruck macht, ich wollte mich selbst auf Kosten anderer herausstreichen."

Elinor dankte ihm ernst für seine Worte und versicherte ihm gleichzeitig, daß sie sich für Marianne aus der Mitteilung des Geschehenen großen Nutzen verspreche.

„Daß sie sich bemüht", sagte sie, „ihn von jeder Schuld frei-

zusprechen, hat mir mehr Sorge gemacht als alles andere, denn das schadet ihr mehr, als wenn sie ganz von seiner Unwürdigkeit überzeugt wäre. Nun, sie wird zwar zuerst viel leiden, aber ich glaube bestimmt, daß sie bald ruhiger werden wird. Haben Sie", fuhr sie nach kurzem Schweigen fort, „Mr. Willoughby irgendwann einmal gesehen, seit Sie ihn in Barton verließen?"
„Ja", antwortete er ernst, „ich habe ihn einmal gesehen. *Eine* Begegnung war nicht zu vermeiden."
Elinor, erschrocken über seinen Tonfall, blickte ihn besorgt an und fragte:
„Wie, haben Sie sich mit ihm getroffen, um . . .?"
„Es blieb mir keine andere Wahl. Eliza hatte mir, wenn auch nur äußerst zögernd, den Namen ihres Liebhabers gestanden, und als er zwei Wochen nach mir in die Stadt zurückkehrte, trafen wir uns auf Verabredung, er, um sein Verhalten zu verteidigen, und ich, um es zu bestrafen. Wir kehrten beide unverwundet zurück, und deshalb ist diese Begegnung nie bekannt geworden."
Elinor seufzte über die vermeintliche Notwendigkeit dieser Sache, aber einem Mann und Soldaten gegenüber wagte sie nicht, sie zu kritisieren.
„Das", sagte Oberst Brandon nach einer Pause, „war also die unglückselige Ähnlichkeit zwischen dem Schicksal von Mutter und Tochter! Und so schlecht habe ich das mir zu treuen Händen Anvertraute gehütet!"
„Ist sie noch in der Stadt?"
„Nein. Ich fand sie kurz vor ihrer Niederkunft, und sobald sie sich vom Wochenbett erholt hatte, brachte ich sie mit ihrem Kind aufs Land, und dort bleibt sie auch."
Da ihm bald darauf einfiel, daß er Elinor wahrscheinlich von ihrer Schwester fernhielt, beendete er seinen Besuch, nachdem sie ihm noch einmal ihren Dank ausgesprochen hatte, und ließ sie voller Mitleid und Hochschätzung für ihn zurück.

Zehntes Kapitel

Als Elinor wenig später die Einzelheiten dieses Gesprächs ihrer Schwester wiederholte, war die Wirkung auf diese nicht ganz so, wie sie es erwartet hatte. Nicht, daß Marianne in irgendeinem Punkt die Wahrheit des Berichteten angezweifelt hätte, denn sie hörte allem mit angespannter, williger Aufmerksamkeit zu, machte weder einen Einwand noch eine Bemerkung, versuchte auch nicht, Willoughby zu rechtfertigen, und schien nur durch ihre Tränen zu zeigen, daß sie es für unmöglich hielt. Aber obgleich Elinor an diesem Verhalten merkte, daß die Überzeugung von seiner Schuld *doch* bis in ihr Bewußtsein drang, obgleich sie mit Genugtuung sah, wie Marianne daraufhin Oberst Brandon nicht mehr länger mied, wenn er vorsprach, wie sie mit ihm redete, sogar freiwillig mit ihm redete, wenn auch mit einer Art mitleidvoller Hochachtung, und obgleich sie sah, daß Marianne weniger gereizt war als zuvor, sah sie sie doch um nichts glücklicher. Wohl wurde sie ruhiger, aber sie war traurig und niedergeschlagen. Sie empfand den Verlust von Willoughbys Charakter noch schwerer, als sie den Verlust seines Herzens empfunden hatte. Die Tatsache, daß er Miss Williams verführt und dann verlassen hatte, das Unglück dieses armen Mädchens und der Zweifel, was er einmal mit ihr selbst beabsichtigt haben mochte, zehrten so sehr an ihr, daß sie es nicht fertigbrachte, über ihre Gefühle zu sprechen, nicht einmal mit Elinor; und daß sie schweigend über ihrem Kummer brütete, bereitete ihrer Schwester mehr Schmerzen als wenn sie ihn ihr immer wieder offen eingestanden hätte.

Mrs. Dashwoods Gefühle oder ihre Äußerungen zu beschreiben, als sie Elinors Brief erhielt und beantwortete, hieße nur eine wiederholte Beschreibung dessen geben, was ihre Töchter bereits gefühlt und geäußert hatten — die Beschreibung einer Enttäuschung, welche kaum weniger schmerzlich war als die Mariannes, und einer Entrüstung, welche sogar noch größer war als die Elinors. Lange Briefe von ihr, die einander schnell folgten, trafen ein und teilten allen mit, daß sie litt und sich Gedanken machte, drückten ihre ängstliche Sorge um Marianne aus und flehten sie an, dieses Mißgeschick mit Seelenstärke zu tragen. Mariannes Leid mußte in der Tat schlimmer Natur sein, wenn ihre Mutter von Seelenstärke sprechen konnte! Kränkend und demütigend mußte die Ursache jenes Kummers sein, dem sich nicht hinzugeben *sie* ihr wünschen konnte!

Ohne Rücksicht auf ihr eigenes Wohlbefinden hatte Mrs. Dashwood beschlossen, daß Marianne zum gegenwärtigen Zeitpunkt überall besser aufgehoben sei als in Barton, wo alles um sie herum in der heftigsten und schmerzlichsten Weise die Vergangenheit heraufbeschwören würde, indem es ihr ständig Willoughby vor Augen führte, so wie sie ihn dort immer gesehen hatte. Sie empfahl daher ihren Töchtern, ihren Besuch bei Mrs. Jennings auf keinen Fall abzukürzen, der — wie alle annahmen — mindestens fünf bis sechs Wochen dauern sollte, obgleich dies nie genau festgelegt worden war. Es würden sich zwangsläufig die verschiedensten Beschäftigungen, Anregungen und Gesellschaften ergeben, mit denen in Barton nicht aufgewartet werden konnte und die, wie sie hoffte, Mariannes Interesse zumindest zeitweise von sich selbst ablenken und sie vielleicht einiges Vergnügen finden lassen würden, wie sehr sie auch jeden Gedanken an beides im Augenblick verwerfen mochte.

Vor jeder Gefahr, Willoughby wiederzusehen, hielt ihre Mutter sie in der Stadt für mindestens ebenso sicher wie auf dem Land, da der Verkehr mit ihm nun von allen, die sich ihre Freunde nannten, aufgegeben werden mußte. Mit Absicht würden sie einander nie über den Weg laufen, Unachtsamkeit konnte sie nie einer Überraschung aussetzen, und für den Zufall sprach im Menschenmeer Londons sogar noch weniger als in der Abgeschiedenheit Bartons, wo er ihr möglicherweise begegnen würde, während er jenen Anstandsbesuch in Allenham anläßlich seiner Vermählung machte, den Mrs. Dashwood zuerst als wahrscheinlich vorausgesehen hatte und inzwischen für sicher hielt.

Doch sie hatte noch einen anderen Grund für ihren Wunsch, daß ihre Kinder bleiben sollten, wo sie waren. Ihr Stiefsohn hatte ihr in einem Brief mitgeteilt, daß er und seine Frau noch vor Mitte Februar in London sein würden, und sie hielt es für richtig, wenn sie ab und zu mit ihrem Bruder zusammenkämen.

Marianne hatte versprochen, den Weisungen ihrer Mutter zu folgen, und fügte sich ihnen daher, ohne Einwände zu erheben, obwohl sie ihren Wünschen und Erwartungen völlig zuwiderliefen und obwohl sie spürte, daß sie grundfalsch waren, da sie auf irrigen Voraussetzungen beruhten. Zudem beraubte sie der Wunsch ihrer Mutter, sie solle noch länger in London bleiben, der einzigen Möglichkeit, ihren Kummer zu lindern, indem sie sich der Anteilnahme ihrer Mutter versicherte, und

verurteilte sie zu einer Gesellschaft und einer Umgebung, welche sie hindern würden, auch nur einen Augenblick Ruhe zu finden.
Aber es war ein großer Trost für sie, daß das, was ihr selbst Schlechtes brachte, ihrer Schwester Gutes bringen würde. Elinor andererseits, die vermutete, daß es nicht in ihrer Macht liegen würde, Edward gänzlich zu meiden, tröstete sich mit dem Gedanken, daß ihr längerer Aufenthalt daher zwar ihrem eigenen Glück entgegenwirken, für Marianne jedoch besser sein würde als eine unverzügliche Rückkehr nach Devonshire.
Elinors Bemühungen, ihre Schwester davor zu bewahren, daß sie je Willoughbys Namen zu hören bekam, waren nicht umsonst gewesen. Marianne — obgleich sie es selbst nicht wußte — genoß diesen Vorteil zur Gänze, denn weder Mrs. Jennings noch Sir John, ja nicht einmal Mrs. Palmer sprach je in ihrer Gegenwart von ihm. Elinor wünschte, dieselbe Nachsicht hätte sich auch auf sie erstrecken können, aber das war unmöglich, und so war sie gezwungen, sich Tag für Tag ihrer aller Entrüstung anzuhören.
Sir John hätte es nie für möglich gehalten. Ein Mann, von dem gut zu denken er stets allen Grund gehabt habe! So ein gutmütiger Bursche! Er glaube nicht, daß es einen mutigeren Reiter in ganz England gäbe! Es sei einfach nicht zu glauben! Er wünschte ihn von ganzem Herzen zum Teufel! Er würde kein Wort mehr mit ihm sprechen, wo er ihn auch treffen mochte, um nichts auf der Welt! Nein, nicht einmal, wenn es in Barton auf der Pirsch passieren würde und sie zwei Stunden zusammen warten müßten. So ein Schurke! So ein falscher Hund! Erst als sie sich das letztemal getroffen hätten, habe er ihm noch einen von Follys Welpen angeboten! Und das sei nun das Ende davon!
Mrs. Palmer war auf ihre Art ebenso ungehalten. Sie sei entschlossen, die Bekanntschaft mit ihm unverzüglich abzubrechen, und sie sei sehr dankbar, daß sie nie mit ihm näher bekannt gewesen sei. Sie wünschte von ganzem Herzen, daß Combe Magna nicht so nahe bei Cleveland läge, aber es spiele keine Rolle, denn für Besuche wäre es sowieso viel zu weit entfernt. Sie hasse ihn so, daß sie entschlossen sei, seinen Namen nie mehr zu erwähnen, und sie würde jedem, mit dem sie zusammenkäme, erzählen, was für ein Taugenichts er sei.

Der Rest von Mrs. Palmers Anteilnahme wurde auf die Beschaffung aller erfahrbaren Einzelheiten über die bevorstehende Hochzeit und ihre Wiedergabe an Elinor verwandt. Sie konnte schon bald berichten, bei welchem Stellmacher die neue Kutsche gebaut wurde, von welchem Maler Mr. Willoughbys Porträt gemalt wurde und in welchem Geschäft Miss Greys Kleider zu sehen waren.
Die ruhige und höfliche Gleichgültigkeit Lady Middletons bei dieser Gelegenheit war eine rechte Erholung für Elinor, auf die das laute Mitgefühl der anderen oft deprimierend wirkte. Es war ein großer Trost für sie, überzeugt sein zu dürfen, wenigstens bei *einer* Person aus ihrem Freundeskreis kein Interesse zu erwecken, ein großer Trost, zu wissen, daß wenigstens *ein* Mensch da war, der mit ihr zusammen sein konnte, ohne Neugierde auf Einzelheiten oder Besorgnis um den gesundheitlichen Zustand ihrer Schwester zu verspüren.
Jede Eigenschaft wird zuzeiten durch die obwaltenden Umstände über ihren wahren Wert hinaus erhöht, und manchmal waren Elinor übertriebene Beileidsbezeugungen dermaßen lästig, daß ihr eine gute Kinderstube eine weit wichtigere Voraussetzung zum Trostspenden zu sein schien als ein gutes Herz.
Lady Middleton brachte ihre Meinung über die Angelegenheit etwa ein- oder zweimal am Tag zum Ausdruck, sofern das Thema sehr häufig berührt wurde, indem sie sagte: „Es ist in der Tat sehr schockierend!“, und durch diese ständig benutzte, wenngleich wohlwollende Äußerung war es ihr nicht nur von Anfang an möglich, die Schwestern Dashwood ohne die geringste Gefühlsbewegung zu sehen, sondern auch sehr bald, sie zu sehen, ohne im mindesten an die ganze Angelegenheit erinnert zu werden; und nachdem sie so die Würde ihres Geschlechts verteidigt und ihre entschiedene Verurteilung dessen ausgesprochen hatte, was am anderen Geschlecht schlecht war, glaubte sie sich mit Fug und Recht für die Belange ihrer eigenen Gesellschaften interessieren zu dürfen und beschloß deshalb — übrigens sehr entgegen Sir Johns Ansicht —, sobald die Vermählung stattgefunden hätte, ihre Karte bei Mrs. Willoughby abzugeben, da diese eine elegante und vermögende Dame sein würde.
Oberst Brandons feinfühlige, unaufdringliche Fragen waren Elinor nie unwillkommen. Er hatte sich das Privileg vertrauter

Zwiegespräche über die Enttäuschung ihrer Schwester durch den freundschaftlichen Eifer, mit welchem er sich bemüht hatte, diese Enttäuschung zu lindern, reichlich verdient, und sie unterhielten sich stets voller Zuversicht miteinander. Seine größte Belohnung für die schmerzliche Mühe, vergangene Sorgen und gegenwärtige Demütigungen zu offenbaren, waren die mitleidvollen Blicke, die Marianne ihm manchmal schenkte, und die Sanftheit ihrer Stimme, wann immer sie gezwungen war oder sich zu zwingen vermochte, mit ihm zu sprechen — was freilich nicht oft geschah. Mariannes Verhalten bewies ihm, daß seine Mühe ihm größeres Wohlwollen von ihrer Seite eingetragen hatte, und es ließ Elinor hoffen, daß eben dieses Wohlwollen in der Folge noch weiter wachsen würde.
Mrs. Jennings dagegen, die nichts von alledem wußte, sondern nur sah, daß der Oberst so ernst war wie eh und je und daß sie ihn weder dazu bringen konnte, den Antrag selbst zu machen, noch, sie zu ermächtigen, es für ihn zu tun, begann nach zwei Tagen anzunehmen, daß sie statt im Hochsommer nicht vor Michaelis verheiratet sein würden, und nach Ablauf einer Woche, daß es überhaupt keine Hochzeit geben würde. Das gute Einvernehmen zwischen dem Oberst und Elinor schien eher darauf hinzudeuten, daß der vorteilhafte Besitz eines Maulbeerbaums, eines Kanals und einer Eibenlaube an diese übergehen würde, und eine Zeitlang bezog Mrs. Jennings Mr. Ferrars überhaupt nicht mehr in ihre Überlegungen ein.
Anfang Februar, zwei Wochen nach dem Eintreffen von Willoughbys Brief, wurde Elinor die schmerzliche Aufgabe zuteil, ihre Schwester davon zu unterrichten, daß er sich vermählt hatte. Sie hatte es sich angelegen sein lassen, ihr die Nachricht selber mitzuteilen, sobald der Abschluß der Feierlichkeit bekannt war, da sie nicht wünschte, daß Marianne die erste Information darüber aus den Zeitungen erhielt.
Sie nahm die Nachricht mit Fassung auf, machte keine Bemerkung dazu und vergoß anfangs auch keine Tränen; doch schon nach kurzer Zeit flossen sie reichlich, und für den Rest des Tages befand sie sich in einem kaum weniger bemitleidenswerten Zustand als zu dem Zeitpunkt, da sie zuerst von dem bevorstehenden Ereignis gehört hatte.
Die Willoughbys verließen unmittelbar nach der Hochzeit London, und da nun keine Gefahr mehr bestand, einen der beiden zu treffen, hoffte Elinor ihre Schwester, die seit jenem

Schlag noch kein einziges Mal das Haus verlassen hatte, doch nach und nach überreden zu können, wieder auszugehen, so wie sie es früher getan hatte.
Um diese Zeit meldeten sich die Schwestern Steele, die vor kurzem im Hause ihrer Cousine in Bartlett's Buildings, Holborn, eingetroffen waren, bei ihren vornehmeren Verwandten in der Conduit Street und in der Berkeley Street an und wurden von ihnen mit großer Herzlichkeit empfangen.
Einzig Elinor tat es leid, sie sehen zu müssen. Ihre Gegenwart war ihr unangenehm, und sie wußte kaum, wie sie auf die überwältigende Freude Lucys, sie *noch immer* in der Stadt vorzufinden, in entsprechend freundlicher Weise reagieren sollte.
„Ich wäre sehr enttäuscht gewesen, wenn ich Sie *nicht* mehr hier angetroffen hätte", sagte Lucy mehrmals mit starker Betonung des Wortes „nicht". „Aber ich hatte mir schon die ganze Zeit gedacht, *daß* ich Sie noch hier antreffen würde. Ich war mir fast sicher, daß Sie London nicht so schnell verlassen würden, wenn Sie mir auch in Barton gesagt hatten, Sie beabsichtigten nicht länger als einen *Monat* zu bleiben, wissen Sie noch? Aber ich dachte mir damals gleich, daß Sie Ihren Sinn schon noch ändern würden, wenn es erst soweit wäre. Es wäre so schade gewesen, wenn Sie die Heimreise angetreten hätten, bevor Ihr Bruder und Ihre Schwägerin hier eintreffen. Und jetzt werden Sie es doch sicher nicht so furchtbar eilig haben fortzukommen. Ich bin wirklich froh, daß Sie Ihr Wort nicht gehalten haben."
Elinor verstand sie sehr gut und war gezwungen, all ihre Selbstbeherrschung aufzubieten, um den Anschein zu erwekken, daß sie sie *nicht* verstünde.
„Nun, meine Liebe", fragte Mrs. Jennings, „wie sind Sie gereist?"
„Nicht mit der normalen Postkutsche, versichere ich Sie", antwortete Anne Steele frohlockend, „wir kamen die ganze Strecke mit der Eilkutsche und hatten einen sehr schicken Galan als Begleitung. Dr. Davies fuhr nach London, und da dachten wir, wir könnten uns mit ihm in eine Eilkutsche teilen, und er benahm sich höchst anständig und zahlte zehn oder zwölf Schillinge mehr als wir."
„So, so!" rief Mrs. Jennings. „Das ist ja hübsch! Und ich möchte wetten, der Doktor ist Junggeselle!"

„Da haben wir es", sagte Anne und lächelte geziert, „jedermann zieht mich mit dem Doktor auf, und ich weiß wahrhaftig nicht, warum. Meine Verwandten sagen, sie sind überzeugt, ich hätte eine Eroberung gemacht, aber ich für mein Teil erkläre, daß ich keine Sekunde lang an ihn denke. ‚Himmel! Da kommt dein Galan, Nancy', sagte meine Cousine neulich, als sie ihn über die Straße auf unser Haus zukommen sah. ‚Mein Galan, ja freilich!' sagte ich. ‚Ich weiß wirklich nicht, wen du meinst. Der Doktor ist nicht mein Galan!"
„Ach ja, das ist hübsch gesagt, aber mir können Sie nichts vormachen. Der Doktor ist derjenige, welcher, wie ich sehe."
„Aber nein!" antwortete ihre Verwandte mit geheucheltem Ernst, „und ich möchte Sie wirklich bitten, Einspruch zu erheben, wenn Sie je davon reden hören sollten."
Mrs. Jennings gab ihr sogleich die beruhigende Versicherung, daß sie dies ganz gewiß *nicht* tun würde, und Anne Steele war überglücklich.
„Ich nehme an, Sie werden bei Ihrem Bruder und Ihrer Schwägerin wohnen, Miss Dashwood, wenn sie nach London kommen", sagte Lucy, die nach einer Feuerpause in ihren feindseligen Anspielungen wieder zum Angriff überging.
„Nein, das glaube ich nicht."
„Oh, ich denke doch."
Elinor wollte ihr nicht den Gefallen tun, noch länger zu widersprechen.
„Wie gut, daß Mrs. Dashwood Sie beide auf einmal für so lange Zeit entbehren kann!"
„So lange Zeit, wahrhaftig!" warf Mrs. Jennings ein. „Wo ihr Besuch doch eben erst angefangen hat!"
Damit war Lucy zum Schweigen gebracht.
„Schade, daß wir Ihre Schwester nicht begrüßen können, Miss Dashwood", sagte Anne. „Es tut mir leid, daß sie sich nicht wohl fühlt." Denn Marianne hatte bei der Ankunft der Damen Steele das Zimmer verlassen.
„Sie sind sehr gütig. Meiner Schwester wird es ebenso leid tun, das Vergnügen zu versäumen, Sie zu sehen. Aber sie leidet in letzter Zeit sehr häufig an Migräne, und das macht sie für jede Gesellschaft oder Unterhaltung ungeeignet."
„Ach Gott, das ist wirklich schade! Aber so alte Freundinnen wie Lucy und ich! Ich denke, *uns* würde sie sicher gern sehen wollen, und wir würden auch bestimmt keinen Ton sagen."

Elinor lehnte den Vorschlag mit großer Höflichkeit ab. Ihre Schwester läge vielleicht im Bett oder sei im Schlafrock und könne daher leider nicht zu ihnen kommen.
„Ach, wenn es bloß das ist", rief Anne, „dann können *wir* ja zu ihr gehen."
Elinor wurde diese Aufdringlichkeit allmählich zuviel, aber die Mühe, ihr Einhalt zu gebieten, blieb ihr dank Lucys scharfem Verweis erspart, der sich jetzt, wie schon bei vielen anderen Gelegenheiten, als ein sehr wirksames Mittel bewährte, das Benehmen der einen Schwester zu korrigieren, wenngleich er dem der andern nicht gerade viel Liebenswürdigkeit verlieh.

Elftes Kapitel

Nach einigem Widerstand gab Marianne den Bitten ihrer Schwester nach und willigte eines Morgens ein, mit ihr und Mrs. Jennings für eine halbe Stunde auszugehen. Sie machte jedoch ausdrücklich zur Bedingung, daß sie keine Besuche abstatten würden, und wollte sie nur zu Gray in der Sackville Street begleiten, wo Elinor wegen des Umtausches einiger altmodischer Schmuckstücke ihrer Mutter verhandeln wollte.
Als sie vor der Tür hielten, erinnerte sich Mrs. Jennings, daß am anderen Ende der Straße eine Dame wohnte, bei der sie vorsprechen sollte, und da sie bei Gray nichts zu erledigen hatte, wurde beschlossen, daß sie, während ihre jungen Freundinnen ihre Sache aushandelten, dieser Dame ihren Besuch abstatten und dann wieder zu ihnen zurückkommen sollte.
Als sie die Treppe hinaufgestiegen waren, fanden die Schwestern Dashwood so viele Leute vor ihnen im Geschäft, daß niemand vom Personal frei war, sie zu bedienen, und so mußten sie warten. Das einzige, was sie tun konnten, war, am Ende des Ladentisches Platz zu nehmen, was die schnellste Abfertigung versprach; dort stand nur ein Gentleman, und wahrscheinlich hegte Elinor die Hoffnung, er würde sich aus Höflichkeit mit seinem Anliegen beeilen. Aber sein kritisches Auge und sein feiner Geschmack erwiesen sich als stärker denn jede Höflichkeit. Er gab eine Bestellung für ein Zahnstocheretui für sich selbst auf, und bis über dessen Größe, Form

und Verzierung entschieden war, die, nachdem er eine Viertelstunde lang jedes im Laden vorhandene Zahnstocheretui geprüft und begutachtet hatte, schließlich doch nach seinen eigenen Vorstellungen festgelegt wurden, hatte er keine Zeit, den beiden Damen eine andere Aufmerksamkeit zukommen zu lassen als drei oder vier reichlich unverschämte Blicke, eine Aufmerksamkeit, die dazu diente, Elinor die Erinnerung an ein Gesicht und eine Person einzuprägen, die zwar nach der neuesten Mode herausgeputzt, im übrigen aber gänzlich unbedeutend waren.

Marianne blieb das unangenehme Gefühl der Verachtung und Entrüstung bei dieser impertinenten Musterung ihrer Gesichter und bei dem stutzerhaften Benehmen, mit dem er die diversen Mängel der verschiedenen ihm zur Besichtigung vorgelegten Zahnstocheretuis beanstandete, erspart. Sie bemerkte nichts von alledem, denn sie war in Mr. Grays Laden genauso in der Lage, ihre Gedanken zu sammeln und alles, was um sie herum vorging, zu ignorieren, wie in ihrem Schlafzimmer.

Endlich war die Sache entschieden. Elfenbein, Gold und Perlen hatten ihren Platz zugewiesen bekommen, und nachdem der Herr den letzten Tag benannt hatte, an dem er ohne das Zahnstocheretui würde existieren können, zog er mit bedächtiger Sorgfalt seine Handschuhe an, schenkte den Schwestern Dashwood einen weiteren Blick, der jedoch eher Bewunderung zu heischen als zu spenden schien, und verließ den Laden mit einer glücklichen Miene, aus der echte Selbstgefälligkeit und gespielte Gleichgültigkeit sprachen.

Elinor verlor keine Zeit, brachte ihr Anliegen vor und war gerade im Begriff, die Sache abzuschließen, da trat ein anderer Herr an ihre Seite. Sie blickte ihn an und stellte mit ziemlicher Überraschung fest, daß es ihr Bruder war.

Ihrer aller Bewegung und Freude über die Begegnung waren groß genug, um in Mr. Grays Laden einen geziemenden Eindruck zu machen. John Dashwood war wirklich weit davon entfernt, über das Wiedersehen mit seinen Schwestern betrübt zu sein; es erweckte vielmehr in allen drei große Befriedigung, und er erkundigte sich höflich und aufmerksam nach ihrer Mutter.

Elinor erfuhr, daß er und Fanny schon seit zwei Tagen in London waren.

„Ich hätte euch gern schon gestern besucht", sagte er, „aber es war leider nicht möglich. Harry wollte unbedingt die Raubtiere in Exeter Exchange sehen, und den Rest des Tages verbrachten wir bei Mrs. Ferrars. Harry hat sich ungemein gefreut. Heute vormittag nun hatte ich die feste Absicht, bei euch vorzusprechen, falls ich eine halbe Stunde erübrigen könnte, aber in den ersten Tagen gibt es immer viel zu tun, wenn man in die Stadt kommt. Ich will hier für Fanny ein Siegel bestellen. Aber ich denke, morgen wird es mir sicherlich möglich sein, in der Berkeley Street vorzusprechen und bei eurer Freundin Mrs. Jennings eingeführt zu werden. Wie ich höre, soll die Dame sehr vermögend sein. Und die Middletons auch. Mit ihnen mußt du mich unbedingt bekannt machen. Ich werde mich glücklich schätzen, ihnen als Verwandten meiner Stiefmutter jede Achtung zu erweisen. Wie man mir erzählte, sind sie auch auf dem Land vorbildliche Nachbarn von euch."

„Das stimmt. Sie sorgen sich so um unser Wohl und sind in jeder Hinsicht so freundlich, daß es sich kaum beschreiben läßt."

„Es freut mich außerordentlich, das zu hören. Auf mein Wort, das freut mich außerordentlich. Aber so ziemt es sich auch. Es sind sehr vermögende Leute, sie sind mit euch verwandt, und man kann mit Fug und Recht von ihnen jede Aufmerksamkeit und jede Hilfe erwarten, die dazu dienen können, eure Lage angenehm zu machen. Da wohnt ihr also so hübsch in eurem kleinen Landhaus, und es mangelt euch an nichts! Edward hat uns einen ganz reizenden Bericht über das Haus gegeben. Das Vollkommenste in seiner Art, sagte er, das es je gegeben hat, und es schiene euch allen über die Maßen gut zu gefallen. Ich versichere euch, es war uns eine große Genugtuung, als wir das hörten."

Elinor schämte sich ein wenig für ihren Bruder, und es tat ihr nicht leid, daß ihr die Notwendigkeit einer Antwort durch die Ankunft von Mrs. Jennings' Diener erspart blieb, der melden kam, daß seine Herrin sie vor der Tür erwarte.

Mr. Dashwood begleitete sie hinunter, wurde Mrs. Jennings an der Tür ihrer Kutsche vorgestellt, und nachdem er ihnen noch einmal versichert hatte, er hoffe inständig, es werde ihm möglich sein, am nächsten Tag bei ihnen vorzusprechen, verabschiedete er sich.

Sein Besuch wurde pünktlich abgestattet. Er kam mit einer Entschuldigung von ihrer Schwägerin, die vorgab, sie hätte nicht mitkommen können, „weil sie so sehr von ihrer Mutter in Anspruch genommen sei, daß sie wirklich keine Zeit hätte, irgend woanders hinzugehen". Doch Mrs. Jennings versicherte ihm sogleich, daß sie auf keiner Förmlichkeit bestünde, denn sie seien ja alle mehr oder weniger miteinander verwandt, und daß sie bestimmt sehr bald bei Mrs. John Dashwood vorsprechen und ihre Schwägerinnen mitbringen würde, damit diese sie sehen könnten. Sein Benehmen gegen seine Schwestern war zurückhaltend, doch sehr liebenswürdig, gegen Mrs. Jennings äußerst höflich, und als bald nach ihm Oberst Brandon kam, betrachtete er diesen mit einer Neugierde, die zu besagen schien, daß er bloß noch zu wissen brauche, er sei reich, um gegen ihn ebenso höflich zu sein.

Nachdem er sich eine halbe Stunde lang bei ihnen aufgehalten hatte, bat er Elinor, mit ihm nach der Conduit Street zu gehen und ihn bei Sir John und Lady Middleton einzuführen. Das Wetter war ungewöhnlich schön, und sie stimmte bereitwillig zu. Sobald sie das Haus verlassen hatten, begann er Fragen zu stellen.

„Wer ist Oberst Brandon? Hat er Vermögen?"

„Ja, er hat einen sehr einträglichen Besitz in Dorsetshire."

„Das freut mich. Er scheint ein sehr wohlerzogener Mensch zu sein, und ich glaube, Elinor, ich kann dir zu der Aussicht auf eine sehr gute Stellung im Leben gratulieren."

„Mir, Bruder? Wie meinst du das?"

„Er mag dich. Ich habe ihn genau beobachtet und bin mir dessen sicher. Auf wieviel beläuft sich sein Vermögen?"

„Ich glaube, auf etwa zweitausend im Jahr."

„Zweitausend im Jahr!" Und nachdem er sich zum Gipfel enthusiastischer Großzügigkeit aufgeschwungen hatte, fügte er hinzu: „Elinor, ich wünschte dir zuliebe von ganzem Herzen, es wäre *doppelt* soviel!"

„Das glaube ich dir gern", antwortete Elinor, „aber ich weiß genau, daß Oberst Brandon nicht den geringsten Wunsch hat, *mich* zu heiraten."

„Da irrst du dich, Elinor. Da irrst du dich sogar sehr. Ein ganz klein wenig Anstrengung von deiner Seite, und du hast ihn sicher. Vielleicht hat er sich im Augenblick noch nicht entschieden, die Bescheidenheit deines Vermögens mag ihn zurückhalten, oder vielleicht raten seine Freunde ihm alle davon ab. Aber ein paar von jenen kleinen Aufmerksamkeiten und Ermutigungen, die eine Dame so leicht geben kann, werden ihn an dich fesseln, ob er will oder nicht. Und ich sehe keinen Grund, weshalb du nicht versuchen solltest, ihn zu bekommen. Es ist nicht anzunehmen, daß irgendeine frühere Bindung von deiner Seite — kurzum, du weißt, was eine solche Bindung anbelangt, so steht sie völlig außer Frage, die Hindernisse sind unüberwindlich — du hast zu viel Verstand, um das alles nicht zu sehen. Oberst Brandon ist der Richtige, und von meiner Seite soll es an keiner Höflichkeit fehlen, damit er dich und deine Familie angenehm findet. Es ist eine Verbindung, die allgemeine Befriedigung auslösen muß. Kurz, es ist eine Sache, die" — er senkte seine Stimme zu einem bedeutungsvollen Flüstern — „*allen Beteiligten* äußerst willkommen sein dürfte." Aber sogleich faßte er sich wieder und fügte hinzu: „Das heißt, ich will damit sagen — deine Freunde sind wirklich alle sehr daran interessiert, dich gut versorgt zu wissen, besonders Fanny. Ihr liegt dein Wohlergehen sehr am Herzen, wie ich dir versichern kann. Und auch ihrer Mutter, Mrs. Ferrars, einer sehr gutmütigen Frau, würde es große Freude bereiten, dessen bin ich sicher. Sie deutete es neulich an."

Elinor würdigte ihn keiner Antwort.

„Es wäre ja eigenartig", fuhr er fort, „wirklich komisch, wenn ein Bruder von Fanny und eine Schwester von mir sich zur gleichen Zeit verheirateten. Und doch ist es nicht ausgeschlossen."

„Will Mr. Edward Ferrars heiraten?" fragte Elinor mutig.

„Es ist noch nicht ganz spruchreif, aber es bereitet sich so etwas vor. Er hat wirklich eine vortreffliche Mutter. Mrs. Ferrars wird so unerhört großzügig sein, ihm tausend Pfund in Jahr auszusetzen, wenn die Heirat zustande kommt. Die betreffende Dame ist die Ehrenwerte Miss Morton, einzige Tochter des verstorbenen Lord Morton, mit dreißigtausend Pfund. Für beide Seiten eine sehr wünschenswerte Verbindung, und ich zweifle nicht, daß sie zu gegebener Zeit zustande kommen wird. Tausend Pfund im Jahr sind eine große Summe für eine Mutter, wenn man bedenkt, daß sie sie auf immer wegschenken will, aber Mrs. Ferrars besitzt eben ungewöhnlichen Edelmut. Ich will dir noch ein anderes Beispiel für ihre Großzügigkeit geben. Als wir neulich in London

ankamen, drückte sie Fanny sogleich Banknoten im Wert von zweihundert Pfund in die Hand, da sie wußte, daß wir im Augenblick nicht allzu gut bei Kasse sind. Es kam uns natürlich äußerst gelegen, denn das Leben hier ist sehr teuer."
Er hielt inne, um sich ihre Zustimmung und Anteilnahme versichern zu lassen, und sie zwang sich zu sagen:
„Deine Ausgaben in der Stadt und auf dem Land müssen in der Tat beträchtlich sein, aber dein Einkommen ist ja auch groß."
„Nicht so groß, möchte ich sagen, wie manche Leute vermuten. Aber ich will mich nicht beklagen. Es ist zweifellos ein annehmbares Einkommen, und ich hoffe, daß es sich mit der Zeit noch vergrößern wird. Die Einhegung des Gemeindelandes von Norland, die jetzt durchgeführt wird, stellt eine erhebliche Belastung meiner Finanzen dar. Und dann habe ich in diesem Halbjahr einen kleinen Kauf getätigt — das East-Kingham-Gut. Du erinnerst dich sicher daran, der alte Gibson hat dort gelebt. Die Ländereien sind in jeder Hinsicht für mich von so großem Wert und sie grenzen so unmittelbar an meinen Besitz, daß ich es für meine Pflicht hielt, sie zu kaufen. Ich hätte es vor meinem Gewissen nicht verantworten können, sie in andere Hände fallen zu lassen. Aber man bekommt das Angenehme im Leben nicht geschenkt, und es hat mich tatsächlich eine ganz schöne Menge Geld gekostet."
„Mehr, als du es in Wirklichkeit für wert hältst?"
„Nun, das hoffe ich nicht. Ich hätte es schon am nächsten Tag für mehr verkaufen können, als ich selbst bezahlt habe. Aber im Hinblick auf die Kaufsumme hätte es in der Tat sehr ungünstig aussehen können. Die Aktien standen zum betreffenden Zeitpunkt so schlecht, daß ich mit sehr großem Verlust hätte verkaufen müssen, wenn mein Bankier nicht gerade zufällig die erforderliche Summe zur Verfügung gehabt hätte."
Elinor konnte nur lächeln.
„Außerdem hatten wir auch noch andere große und unvermeidliche Ausgaben, als wir nach Norland kamen. Wie du wohl weißt, vermachte unser verehrter Vater alle bewegliche Habe von Stanhill, die in Norland noch vorhanden war, deiner Mutter, und die war sehr wertvoll. Nichts läge mir ferner, als mich über seine Handlungsweise zu beklagen. Es war sein gutes Recht, über sein Eigentum zu verfügen, wie ihm beliebte.

Aber infolgedessen waren wir gezwungen, große Einkäufe an Wäsche, Porzellan und ähnlichem zu tätigen, um all das zu ersetzen, was uns verlorengegangen war. Du kannst dir vorstellen, daß wir nach diesen Ausgaben alles andere als reich sind und wie willkommen uns Mrs. Ferrars' Güte sein muß."

„Gewiß", sagte Elinor, „und ich hoffe, daß du mit Hilfe ihrer Großzügigkeit noch einmal in guten Verhältnissen leben können wirst!"

„In ein, zwei Jahren wird es schon anders aussehen", erwiderte er ernst, „aber es bleibt eine Menge zu tun. Noch ist kein einziger Stein für Fannys Gewächshaus gelegt, und vom Blumengarten existiert bisher nur der Plan."

„Wo soll denn das Gewächshaus stehen?"

„Auf dem Hügel hinter dem Haus. Die alten Nußbäume sind bereits alle gefällt worden, um Platz dafür zu schaffen. Von vielen Teilen des Parks aus wird es einen sehr schönen Anblick bieten, und der Blumengarten wird sich den Hang davor hinunterziehen und sehr hübsch wirken. Wir mußten alle die alten Dornbüsche abholzen, die hier und da auf dem Abhang wuchsen."

Elinor behielt ihren Kummer und ihre Kritik für sich und war nur froh, daß Marianne nicht anwesend war und diesen Ärger nicht mit ihr zu teilen brauchte.

Nachdem er nun genug gesagt hatte, um seine Armut hinreichend unter Beweis zu stellen und sich der Notwendigkeit zu entziehen, anläßlich seines nächsten Besuchs bei Gray für jede seiner Schwestern ein Paar Ohrringe kaufen zu müssen, nahmen seine Gedanken eine erfreulichere Wendung, und er begann Elinor zu gratulieren, daß sie solch eine Freundin wie Mrs. Jennings besäße.

„Sie scheint in der Tat eine sehr schätzenswerte Frau zu sein. Ihr Haus, ihr Lebensstil, alles zeugt von einem außerordentlich guten Einkommen, und es ist eine Bekanntschaft, die nicht nur bisher von großem Nutzen für dich war, sondern sich am Ende noch als äußerst vorteilhaft erweisen mag. Daß sie euch nach London eingeladen hat, spricht sehr zu euren Gunsten, und es zeugt in der Tat von einem so großen Wohlwollen für euch, daß ihr aller Wahrscheinlichkeit nach auch nicht vergessen werdet, wenn sie stirbt. Sie wird gewiß eine Menge zu hinterlassen haben."

„Ich würde eher annehmen, überhaupt nichts. Denn sie hat nur ihr Witwenleibgedinge, das auf ihre Kinder übergehen wird."

„Aber man kann sich schlecht vorstellen, daß sie ihr ganzes Einkommen verbraucht. *Das* tun nur wenig Leute von Verstand. Und *was* sie spart, darüber wird sie nach Belieben verfügen können."

„Hältst du es denn nicht für wahrscheinlicher, daß sie es ihren Töchtern hinterläßt statt uns?"

„Ihre Töchter sind beide außerordentlich gut verheiratet. Ich kann mir nicht vorstellen, daß sie es als notwendig betrachtet, sie noch weiterhin zu bedenken. Während sie euch dadurch, daß sie euch so viel Aufmerksamkeit schenkt und euch so wohlwollend behandelt, meiner Meinung nach so etwas wie einen Anspruch auf künftige Berücksichtigung gegeben hat, den eine gewissenhafte Frau niemals mißachten würde. Nichts kann freundlicher sein als ihr Benehmen, und sie kann das alles kaum tun, ohne sich der Erwartungen bewußt zu sein, die sie damit weckt."

„Aber sie weckt ja gar keine in denen, die es am meisten betrifft. Wahrhaftig, Bruder, deine Sorge um unser Wohl und unser Glück geht doch etwas zu weit!"

„Nun ja", sagte er und schien sich zu besinnen, „es liegt eben wenig, sehr wenig in unserer Macht. Aber, meine liebe Elinor, was ist denn mit Marianne los? Sie sieht schlecht aus, hat ihre Farbe verloren und ist ganz abgemagert. Ist sie etwa krank?"

„Es geht ihr nicht gut. Sie leidet schon seit mehreren Wochen an nervösen Beschwerden."

„Das tut mir aber leid. In ihren Jahren zerstört jede Art von Krankheit die Blüte für immer! Die ihre war ja nur sehr kurz! Vergangenen September war sie noch das hübscheste Mädchen, das ich je gesehen habe — und wirkte ungewöhnlich anziehend auf die Männer. Ihre Schönheit hatte etwas, was ihnen ganz besonders gefiel. Ich erinnere mich, daß Fanny immer sagte, sie würde sich früher und besser verheiraten als du. Nicht, daß sie *dich* nicht außerordentlich gern hätte, aber sie hatte nun mal eben diesen Eindruck. Doch sie wird sich irren. Ich frage mich, ob Marianne *jetzt* noch einen Mann bekommt, der mehr hat als höchstens fünf- oder sechshundert im Jahr, und ich müßte mich schon sehr täuschen, wenn *du* nicht mehr Glück hättest. Dorsetshire! Ich kenne Dorsetshire kaum, aber, meine liebe Elinor, ich würde mich sehr freuen, es besser kennenzulernen, und ich glaube, ich kann mich jetzt schon dafür verbürgen, daß du Fanny und mich zu den ersten und zufriedensten deiner Besucher wirst zählen können."

Elinor bemühte sich ernsthaft, ihn zu überzeugen, daß sie Oberst Brandon ganz gewiß nicht heiraten würde; aber die Aussicht darauf war ihm viel zu angenehm, als daß er sie aufgegeben hätte, und so war er tatsächlich entschlossen, vertrauten Umgang mit diesem Gentleman zu suchen und die Heirat durch jede ihm mögliche Aufmerksamkeit zu fördern. Seine Gewissensbisse, selbst nichts für seine Schwestern getan zu haben, waren gerade heftig genug, ihn außerordentlich darum besorgt sein zu lassen, daß alle anderen recht viel für sie taten, und ein Heiratsantrag von Oberst Brandon oder ein Legat von Mrs. Jennings wären die bequemsten Mittel gewesen, sein eigenes Versäumnis wiedergutzumachen.

Zum Glück trafen sie Lady Middleton zu Hause an, und Sir John erschien, bevor sie ihren Besuch beendeten. Von allen Seiten wurden in überreichem Maße Artigkeiten ausgetauscht. Sir John war bereit, jedermann gern zu haben, und obgleich Mr. Dashwood nicht viel von Pferden zu verstehen schien, stufte er ihn bald als einen sehr gutmütigen Burschen ein, während Lady Middleton genug Eleganz in seinem Äußeren entdeckte, um es für wert zu erachten, mit ihm bekannt zu sein; und Mr. Dashwood verabschiedete sich, von beiden gleichermaßen entzückt.

„Ich werde Fanny einen sehr angenehmen Bericht geben können", sagte er, als er mit seiner Schwester zurückging. „Lady Middleton ist wirklich eine sehr elegante Frau! Eine Frau, wie Fanny sie ganz sicher gern kennenlernen wird. Und Mrs. Jennings auch, eine Dame mit außerordentlich guten Manieren, wenn auch nicht so elegant wie ihre Tochter. Deine Schwägerin braucht keinerlei Skrupel zu haben, auch *sie* zu besuchen, was, um die Wahrheit zu sagen, verständlicherweise ein wenig der Fall war. Denn wir wußten nur, daß Mrs. Jennings die Witwe eines Mannes wäre, der sein ganzes Geld auf niedrige Weise erworben hätte, und Fanny und Mrs. Ferrars fürchteten beide, daß weder sie noch ihre Töchter Frauen wären, mit denen Fanny gern verkehren würde. Aber nun kann ich ihr einen höchst befriedigenden Bericht über beide geben."

Mrs. John Dashwood hatte so viel Vertrauen zu dem Urteil ihres Gatten, daß sie schon am nächsten Tag sowohl bei Mrs. Jennings als auch bei deren Tochter vorsprach, und ihr Vertrauen wurde durch die Entdeckung belohnt, daß selbst die erstere, selbst die Frau, bei der sich ihre Schwägerinnen aufhielten, keineswegs ihrer Beachtung unwürdig war, und was Lady Middleton anbelangte, so lernte sie in ihr gar eine der entzückendsten Frauen der Welt kennen!

Lady Middleton war von Mrs. Dashwood ebenso angenehm überrascht. Beiden Seiten war eine kaltherzige Selbstsucht eigen, die sie einander sympathisch machte, und sie stimmten auch vorzüglich überein, was ihr untadelig-steifes Benehmen und ihren allgemeinen Mangel an Verstand betraf.

Die gleichen Manieren jedoch, die Mrs. John Dashwood der guten Meinung Lady Middletons empfahlen, waren nicht nach Mrs. Jennings' Geschmack, und für *sie* war Mrs. Dashwood weiter nichts als eine stolz aussehende, unbedeutende Frau mit einem unfreundlichen Benehmen, die den Schwestern ihres Mannes keinerlei Liebe entgegenbrachte und ihnen fast nichts zu sagen wußte; denn von der Viertelstunde, die sie der Berkeley Street widmete, saß sie wenigstens sieben und eine halbe Minute schweigend da.

Elinor hätte zu gern gewußt — wenngleich sie nicht danach fragte —, ob Edward inzwischen schon in London sei, aber nichts hätte Fanny dazu gebracht, freiwillig vor ihr seinen Namen zu erwähnen, bis sie hätte sagen können, daß seine Heirat mit Miss Morton beschlossen sei, oder bis ihres Gatten Erwartungen hinsichtlich Oberst Brandon erfüllt sein würden; denn sie hielt Elinor und Edward noch immer für so verliebt ineinander, daß sie nicht beharrlich genug bei jeder Gelegenheit durch Wort und Tat getrennt werden konnten. Doch die Auskunft, die sie nicht geben wollte, sollte bald aus einer anderen Richtung kommen. Lucy sprach kurz vor, um Elinors Mitleid anzurufen, weil es ihr nicht möglich sei, Edward zu sehen, obgleich er mit Mr. und Mrs. Dashwood in London eingetroffen sei. Aus Furcht vor einer Entdeckung wage er es nicht, nach Bartlett's Buildings zu kommen, und obwohl sich nicht beschreiben ließe, wie ungeduldig beide seien, einander zu sehen, könnten sie zum gegenwärtigen Zeitpunkt weiter

nichts tun als sich schreiben.
Edward ließ sie auch sehr bald selbst wissen, daß er sich in der Stadt befand, indem er zweimal in der Berkeley Street vorsprach. Zweimal fanden sie seine Karte auf dem Tisch, als sie von ihren vormittäglichen Besuchen zurückkamen. Elinor freute sich, daß er vorgesprochen hatte, und freute sich noch mehr, daß sie ihn verfehlt hatte.
Die Dashwoods waren so unerhört begeistert von den Middletons, daß sie beschlossen, ihnen zu Ehren ein Essen zu geben, obgleich Geben sonst nicht ihre Art war, und bald nach Beginn ihrer Bekanntschaft luden sie sie ein, bei ihnen in der Harley Street zu dinieren, wo sie für drei Monate ein sehr gutes Haus gemietet hatten. Ihre jungen Verwandten und Mrs. Jennings wurden ebenfalls eingeladen, und John Dashwood war darauf bedacht, auch Oberst Brandon zu gewinnen, der, da er immer gern dort war, wo sich die Schwestern Dashwood befanden, seinen höflichen Eifer zwar mit einigem Erstaunen, aber um so mehr Freude aufnahm. Sie sollten Mrs. Ferrars kennenlernen, aber Elinor konnte nicht in Erfahrung bringen, ob auch ihre Söhne anwesend sein würden. Die Aussicht, *sie* zu sehen, genügte jedoch, um sie für die Gesellschaft zu interessieren; denn obwohl sie mit Edwards Mutter nun ohne all die Angst zusammentreffen konnte, von der diese Begegnung früher zweifellos begleitet gewesen wäre, obwohl es ihr nun völlig gleichgültig war, welche Meinung Mrs. Ferrars von ihr haben mochte, waren ihr Wunsch, mit ihr zusammenzukommen, und ihre Neugierde auf sie so lebhaft wie nur je zuvor.
Das Interesse, mit dem sie der Gesellschaft entgegensah, wurde bald danach noch erheblich gesteigert, wenngleich nicht unbedingt auf erfreuliche Art, als sie nämlich hörte, daß auch die Schwestern Steele anwesend sein würden.
Sie hatten sich so gut bei Lady Middleton eingeführt, sich ihr durch ihre beharrlichen Aufmerksamkeiten so gefällig gezeigt, daß diese — obgleich Lucy gewiß nicht elegant und ihre Schwester nicht einmal vornehm war — ebenso wie Sir John bereit war, sie zu bitten, ein oder zwei Wochen in der Conduit Street zu verbringen, und es erwies sich als besonders günstig für die Schwestern Steele, sobald die Einladung der Dashwoods bekannt war, daß ihr Besuch wenige Tage, bevor die Gesellschaft stattfinden würde, beginnen sollte.
Ihre Ansprüche auf Mrs. John Dashwoods Beachtung als

Nichten desjenigen Gentlemans, der sich viele Jahre lang um ihren Bruder gekümmert hatte, hätten nämlich kaum genügt, um ihnen einen Platz an ihrer Tafel zu verschaffen, aber als Lady Middletons Gäste mußten sie willkommen sein, und Lucy, die schon seit langem mit der Familie persönlichen Kontakt aufzunehmen wünschte, um näheren Einblick in die Charaktere der einzelnen Mitglieder und in ihre eigenen Schwierigkeiten zu erhalten und um Gelegenheit zu haben, sich ihnen gefällig zu erweisen, war selten in ihrem Leben glücklicher gewesen als in dem Augenblick, da sie Mrs. John Dashwoods Karte erhielt.

Auf Elinor hatte die Einladung eine gänzlich andere Wirkung. Sie folgerte sogleich, daß Edward, der ja bei seiner Mutter lebte, auch mit seiner Mutter zu einer von seiner Schwester gegebenen Gesellschaft eingeladen sein mußte; und ihn dann zum ersten Mal nach allem, was geschehen war, mit Lucy zusammen zu sehen — sie wußte kaum, wie sie das ertragen sollte!

Diese Befürchtungen waren vielleicht nicht völlig auf Vernunft gegründet und zweifellos nicht im mindesten auf Wahrheit. Sie wurden jedoch nicht dadurch abgeschwächt, daß Elinor sich wieder faßte, sondern durch Lucys Wohlwollen, die ihr eine schwere Enttäuschung zuzufügen glaubte, als sie ihr erzählte, daß Edward am Dienstag vermutlich nicht in der Harley Street sein würde, und sogar ihre Qual noch zu vergrößern hoffte, indem sie sie davon zu überzeugen suchte, daß ihn jene übergroße Zuneigung zu ihr fernhielt, die er nicht verbergen konnte, wenn sie zusammen waren.

Dann war der bedeutsame Dienstag da, an dem die beiden jungen Damen dieser schrecklichen Schwiegermutter vorgestellt werden sollten.

„Haben Sie Mitleid mit mir, liebe Miss Dashwood!" sagte Lucy, als sie zusammen die Treppe hinaufgingen; denn die Middletons waren unmittelbar nach Mrs. Jennings angekommen, so daß sie dem Bedienten alle zur gleichen Zeit folgten. „Hier ist niemand außer Ihnen, der mit mir fühlen kann. Ich sage Ihnen, ich kann mich kaum aufrecht halten. Gütiger Himmel! Gleich werde ich die Frau sehen, von der mein ganzes Glück abhängt — die meine Schwiegermutter sein wird!"

Elinor hätte ihr unmittelbaren Trost spenden können, indem sie sie auf die Möglichkeit hinwies, daß es Miss Mortons und

nicht ihre Schwiegermutter sein würde, die sie im nächsten Moment erblicken sollten; aber statt dessen versicherte sie ihr voller Aufrichtigkeit, daß sie Mitleid mit ihr habe — sehr zum Erstaunen Lucys, die — obgleich ihr wirklich unbehaglich zumute war — hoffte, zumindest Gegenstand ununterdrückbaren Neides für Elinor zu sein.
Mrs. Ferrars war eine kleine, magere Frau mit gerader, fast steifer Haltung und einem ernsten, fast mürrischen Aussehen. Ihre Gesichtsfarbe war gelblich, und ihre Züge waren nichtssagend, bar jeder Schönheit und von Natur ausdruckslos; aber glücklicherweise war ihre Stirn ständig gerunzelt, was ihr Gesicht davor bewahrte, langweilig zu wirken, indem es ihm die markanten Züge von Stolz und Bosheit verlieh. Sie machte nicht viele Worte; denn sie verteilte sie — im Gegensatz zu den meisten anderen Menschen — nach der Zahl ihrer Ideen; und von den wenigen Silben, die über ihre Lippen kamen, war keine einzige an Elinor gerichtet, die von ihr mit dem festen Entschluß betrachtet wurde, auf alle Fälle Abneigung gegen sie zu empfinden.
Elinor konnte durch dieses Verhalten *nun* nicht mehr unglücklich gemacht werden. Noch vor ein paar Monaten hätte es sie tief gekränkt; jetzt aber lag es nicht mehr in Mrs. Ferrars' Macht, sie damit zu beleidigen, und der Unterschied ihres Benehmens gegen die Schwestern Steele, ein Unterschied, der ganz offensichtlich dazu dienen sollte, sie noch mehr zu demütigen, konnte sie nur amüsieren. Sie mußte unwillkürlich lächeln, als sie die Freundlichkeit von Mutter und Tochter gerade der Person gegenüber sah — denn Lucy wurde besonders ausgezeichnet —, die vor allen anderen zu kränken sie sich am eifrigsten bemüht hätten, wenn ihnen so viel wie ihr bekannt gewesen wäre; während sie selbst, die vergleichsweise keinerlei Macht hatte, sie zu verletzen, von beiden ostentativ nicht beachtet wurde. Doch während sie über diese so falsch verwendete Freundlichkeit lächelte, konnte sie nicht an die niedrige Gesinnung denken, der sie entsprang, noch die geflissentlichen Aufmerksamkeiten verfolgen, mit denen die Schwestern Steele sich um diese Freundlichkeit bemühten, ohne alle vier gründlich zu verachten.
Lucy war eitel Freude, daß sie so ehrenvoll ausgezeichnet wurde, und Anne brauchte nur noch mit Dr. Davies aufgezogen zu werden, um vollkommen glücklich zu sein.

Das Dinner war ausgezeichnet, die Zahl der Bedienten groß, und alles zeugte von der Neigung der Hausherrin, zu renommieren, und von der Fähigkeit des Hausherrn, dafür aufzukommen. Trotz der vorgenommenen Verbesserungen und Erweiterungen des Besitzes Norland und trotz der Tatsache, daß sein Eigentümer einmal nur durch ein paar tausend Pfund davor bewahrt geblieben war, mit Verlust verkaufen zu müssen, war kein Zeichen jener Not zu bemerken, die daraus herzuleiten er sich bemüht hatte. Keinerlei Mangel, außer an Konversation, trat in Erscheinung — diesbezüglich allerdings war die Armut beträchtlich. John Dashwood wußte nicht viel zu sagen, was wert war, gehört zu werden, und seine Frau noch weniger. Aber das war weiter keine Schande, denn es traf auf die meisten der Gäste zu, denen es fast allen an einer wichtigen Voraussetzung fehlte, um sich als angenehme Gesellschafter zu erweisen — entweder an Verstand, sowohl angeborenem wie erworbenem, oder an Eleganz oder an Gemüt oder an Temperament.

Als sich die Damen nach dem Essen in den Salon zurückzogen, wurde dieser Mangel besonders augenfällig, denn die Herren hatten durch Themen wie Politik, Landeinhegung und Pferdezucht immerhin noch etwas Abwechslung in die Unterhaltung gebracht; aber das war nun auch vorbei, und bis der Kaffee serviert wurde, beschäftigte die Damen nur ein einziges Problem, nämlich der Vergleich der Körpergröße von Harry Dashwood mit der von Lady Middletons zweitem Sohn William, die beide etwa im selben Alter standen.

Wären beide Kinder dagewesen, so wäre der strittige Punkt möglicherweise allzu leicht entschieden worden, indem man sie unverzüglich gemessen hätte; da aber bloß Harry anwesend war, konnte es auf beiden Seiten nur bei auf Vermutung beruhenden Behauptungen bleiben, und jeder hatte das Recht, von seiner Meinung überzeugt zu sein und sie so oft zu wiederholen, wie es ihm beliebte.

Die Parteien standen folgendermaßen:

Die beiden Mütter, obwohl jede fest davon überzeugt war, daß ihr eigener Sohn der größere sei, stimmten höflich zugunsten des anderen.

Die beiden Großmütter unterstützten, mit nicht geringerer Parteilichkeit, doch größerer Ehrlichkeit, ebenso lebhaft die Sache ihrer eigenen Abkömmlinge.

Lucy, die eifrig bemüht war, der einen Mutter möglichst nicht weniger zu schmeicheln als der andern, hielt beide Jungen für bemerkenswert groß für ihr Alter und konnte auch nicht den geringsten Unterschied zwischen ihnen feststellen, und Anne stimmte mit noch größerer Gewandtheit, so schnell sie nur konnte, abwechselnd für jeden von beiden.
Elinor, die sich bereits zugunsten Williams ausgesprochen hatte, wodurch sie Mrs. Ferrars und Fanny noch mehr beleidigte, sah keine Notwendigkeit, ihr Urteil durch eine weitere Versicherung zu bekräftigen, und als man Marianne nach ihrer Meinung fragte, beleidigte diese alle, indem sie erklärte, sie habe gar keine, da sie noch nie darüber nachgedacht hätte.
Bevor sie aus Norland weggezogen war, hatte Elinor zwei hübsche Wandschirme für ihre Schwägerin gemalt, die gerade vom Rahmen zurückgekommen waren und nun ihren Londoner Salon schmückten; diese Schirme fielen John Dashwood in die Augen, als er den anderen Herren in das Zimmer folgte, und er reichte sie übertrieben eilfertig Oberst Brandon zur Bewunderung.
„Meine älteste Schwester hat sie angefertigt", sagte er, „und ich möchte behaupten, daß sie Ihnen als Mann von Geschmack gefallen werden. Ich weiß nicht, ob Sie zufällig schon mal eine ihrer Arbeiten gesehen haben, aber im allgemeinen sagt man, daß sie äußerst talentiert zeichnet."
Der Oberst hätte zwar nie den geringsten Anspruch auf Kennerschaft erhoben, bewunderte aber trotzdem die Schirme lebhaft, wie er alles von Elinor Gemalte bewundert hätte, und da dies selbstverständlich die Neugierde der anderen erregte, wurden sie zur allgemeinen Betrachtung herumgereicht. Mrs. Ferrars, die nicht wußte, daß es sich um eine Arbeit Elinors handelte, drängte besonders darauf, sie zu sehen, und nachdem ihnen Lady Middleton das befriedigende Zeugnis ihrer Billigung ausgestellt hatte, reichte Fanny sie ihrer Mutter und unterrichtete sie gleichzeitig rücksichtsvoll davon, daß Elinor sie verfertigt habe.
„Hm", sagte Mrs. Ferrars, sehr hübsch" und gab sie ihrer Tochter zurück, ohne sie eines einzigen Blickes zu würdigen.
Vielleicht hielt Fanny in diesem Augenblick ihre Mutter für allzu brüsk, denn sie sagte sogleich, ein wenig errötend:
„Sie sind wirklich sehr hübsch, Ma'am, nicht wahr?" Aber dann hatte sie wiederum wahrscheinlich Angst, selbst zu

höflich, zu entgegenkommend gewesen zu sein, denn sie fügte unverzüglich hinzu:
„Finden Sie nicht auch, Ma'am, daß sie ein wenig an Miss Mortons Stil erinnern? *Sie* malt doch wirklich ganz entzückend! Wie wunderschön ihre letzte Landschaft geworden ist!"
„In der Tat, sehr schön! Aber alles von ihr ist gut."
Das war zuviel für Marianne. Sie war schon die ganze Zeit über äußerst unangenehm von Mrs. Ferrars berührt gewesen, und dieses unangebrachte Lob einer anderen auf Kosten Elinors ließ sie, obgleich sie keine Ahnung hatte, was eigentlich damit beabsichtigt war, sofort voller Herzlichkeit sagen:
„Das ist ja eine sehr merkwürdige Art von Bewunderung! Was geht uns denn Miss Morton an? Wer kennt sie, oder wen kümmert sie schon? Uns interessiert Elinor, und von *ihr* sprechen wir!"
Und während sie dies sagte, nahm sie ihrer Schwägerin die Schirme aus der Hand, um sie selbst so zu bewundern, wie es ihnen zukam.
Mrs. Ferrars schaute äußerst böse dreirl, und während sie sich steifer denn je aufrichtete, erwiderte sie diese Beleidigung mit dem scharfen Verweis: „Miss Morton ist Lord Mortons Tochter!"
Fanny schaute ebenfalls sehr böse drein, und ihr Gatte war zutiefst erschrocken über die Kühnheit seiner Schwester. Elinor schmerzte Mariannes Herzlichkeit weit mehr als das, was sie ausgelöst hatte; Oberst Brandons Augen jedoch, die auf Marianne geheftet waren, brachten zum Ausdruck, daß er nur das bemerkt hatte, was liebenswert daran war: das zärtliche Herz, welches es nicht ertragen konnte, eine Schwester im geringsten Punkt herabgesetzt zu sehen.
Aber Mariannes Gefühle ließen es nicht dabei bewenden. Mrs. Ferrars' kaltes, anmaßendes Benehmen gegen ihre Schwester schien ihr auf solchen Kummer und solche Schwierigkeiten für Elinor hinzudeuten, an die ihr eigenes verwundetes Herz nur mit Schrecken denken konnte, und einer plötzlichen Regung ihrer zärtlichen Empfindsamkeit folgend, ging sie einen Augenblick später zu dem Sessel, in dem ihre Schwester saß, legte einen Arm um ihren Hals, eine Wange an die ihre und sagte mit leiser, doch lebhafter Stimme:
„Meine liebe gute Elinor, kümmere dich nicht um sie. Laß *du*

dich von ihnen nicht unglücklich machen!"
Sie konnte nicht weitersprechen; ihr Gefühl überwältigte sie, sie barg ihr Gesicht an Elinors Schulter und brach in Tränen aus. Sofort wurden alle aufmerksam, und fast alle waren bestürzt. Oberst Brandon erhob sich und ging, ohne zu wissen, was er tat, zu ihnen. Mrs. Jennings gab ihr mit einem sehr verständnisvollen „Ach, die Ärmste!" unverzüglich ihr Riechsalz, und Sir John wurde von solchem Zorn gegen den Urheber dieser Nervenschwäche erfaßt, daß er sofort seinen Platz mit einem neben Lucy Steele vertauschte und ihr flüsternd einen kurzen Bericht über die ganze schockierende Affäre gab.
Doch nach wenigen Minuten hatte sich Marianne genügend erholt, um der Aufregung ein Ende zu machen und sich zu den anderen zu setzen, obgleich der Eindruck des Geschehenen den ganzen Abend an ihr haftenblieb.
„Die arme Marianne!" sagte ihr Bruder mit leiser Stimme zu Oberst Brandon, sobald er dessen Aufmerksamkeit gewiß war, „sie besitzt keine so gute Gesundheit wie ihre Schwester. Sie ist sehr nervös. Sie hat nicht Elinors Konstitution, und man muß zugeben, daß der Verlust ihrer persönlichen Anziehungskraft wirklich sehr schmerzlich ist für eine junge Frau, die früher einmal eine Schönheit war. Sie werden es vielleicht nicht glauben, aber Marianne war noch vor ein paar Monaten bemerkenswert hübsch, ebenso hübsch wie Elinor. Doch wie Sie sehen, ist es damit jetzt vorbei."

Dreizehntes Kapitel

Elinors Neugierde, Mrs. Ferrars kennenzulernen, war nun gestillt. Sie hatte an ihr all das entdeckt, was geeignet war, eine weitere Verbindung zwischen den beiden Familien als nicht erstrebenswert erscheinen zu lassen. Sie hatte genug von ihrem Stolz gesehen, von ihrer niedrigen Gesinnung und ihrem fest eingewurzelten Vorurteil gegen sie selbst, um all die Schwierigkeiten vorauszuahnen, die das Verlöbnis zwischen Edward und ihr kompliziert und die Heirat verzögert hätten, wenn er anderweitig frei gewesen wäre; und sie hatte fast genug gesehen, um dankbar zu sein, daß ein größeres Hindernis sie davor bewahrt hatte, unter einem von Mrs. Ferrars in den

Weg gelegten zu leiden, daß es sie davor bewahrt hatte, von ihren Launen abhängig oder um ihre gute Meinung besorgt sein zu müssen. Und wenn sie es auch schon nicht gänzlich fertigbrachte, sich darüber zu freuen, daß Edward an Lucy gefesselt war, so entschied sie doch zumindest, daß sie sich gefreut hätte, wenn Lucy nur ein angenehmeres Wesen besessen hätte.

Elinor fragte sich, wie Lucy über Mrs. Ferrars' Höflichkeit so beglückt sein konnte, wie ihr Interesse und ihre Eitelkeit sie so sehr verblenden konnten, daß sie die Aufmerksamkeit, die ihr offenbar nur gezollt wurde, weil sie *nicht Elinor* war, für ein Kompliment hielt — daß sie aus einer Gunst Ermutigung zu schöpfen vermochte, die ihr nur gewährt wurde, weil ihre wirkliche Situation unbekannt war. Aber daß es so war, hatten nicht nur am selben Abend Lucys Augen zum Ausdruck gebracht, sondern das zeigte sich noch einmal ganz deutlich am nächsten Morgen, als Lady Middleton Lucy auf ihren besonderen Wunsch hin in der Berkeley Street absetzte, wo sie Elinor allein anzutreffen hoffte, um ihr sagen zu können, wie glücklich sie sei.

Die Gelegenheit erwies sich als günstig, denn bald darauf traf eine Botschaft von Mrs. Palmer ein, die Mrs. Jennings fortrief.

„Meine liebe Freundin", begann Lucy, sobald sie allein waren. „Ich bin gekommen, um Ihnen zu sagen, wie glücklich ich bin. Könnte es etwas Schmeichelhafteres geben als die Art und Weise, wie Mrs. Ferrars mich gestern behandelt hat? So überaus freundlich wie sie war! Sie wissen ja, wie sehr ich den Gedanken fürchtete, mit ihr zusammenzutreffen; aber sobald ich ihr vorgestellt worden war, legte sie mir gegenüber eine Freundlichkeit an den Tag, die wirklich nur besagen konnte, daß sie eine echte Zuneigung zu mir gefaßt hatte. Nun, war es vielleicht nicht so? Sie haben ja alles miterlebt, und waren Sie nicht auch überrascht?"

„Sie war allerdings sehr höflich zu Ihnen."

„Höflich! Haben Sie weiter nichts als nur Höflichkeit bemerkt? Ich habe sehr viel mehr bemerkt. Sie war so gütig zu mir wie zu niemand anders! Gar nicht stolz, gar nicht hochmütig, und Ihre Schwägerin ebenso — ganz Freundlichkeit und Leutseligkeit!"

Elinor hätte gern von etwas anderem gesprochen, aber Lucy

drängte sie, zuzugeben, daß sie Grund zu ihrem Glück habe, und Elinor war genötigt weiterzusprechen.

„Wenn sie von Ihrem Verlöbnis gewußt hätten“, sagte sie, „könnte zweifellos nichts schmeichelhafter gewesen sein als ihr Benehmen gegen Sie. Aber da dies nicht der Fall war . . .“

„Ich dachte mir schon, daß Sie das sagen würden“, erwiderte Lucy rasch, „aber es gab nicht den geringsten Grund, warum Mrs. Ferrars hätte so tun sollen, als ob sie mich gern hat, wenn es nicht wirklich der Fall wäre, und daß sie mich gern hat, ist das einzige, was zählt. Ich lasse mir meine Befriedigung von Ihnen nicht ausreden. Ich bin überzeugt, daß alles gut enden wird, und es wird überhaupt keine Schwierigkeiten geben, wie ich das einmal glaubte. Mrs. Ferrars ist eine reizende Frau und Ihre Schwägerin auch. Sie sind beide wirklich ganz bezaubernde Frauen! Ich wundere mich nur, warum ich von Ihnen noch nie gehört habe, wie angenehm Mrs. Dashwood ist!“

Darauf hatte Elinor keine Antwort, und sie machte sich auch nicht die Mühe, eine zu suchen.

„Fühlen Sie sich nicht wohl, Miss Dashwood? Sie kommen mir so niedergedrückt vor. Sie sagen ja gar nichts. Sicher geht es Ihnen nicht gut.“

„Ich bin nie bei besserer Gesundheit gewesen.“

„Das freut mich von ganzem Herzen, aber Sie sehen wirklich nicht so aus. Es würde mir ja so leid tun, wenn ausgerechnet Sie krank wären, wo Sie doch mein allergrößter Trost waren. Der Himmel weiß, was ich ohne Ihre Freundschaft angefangen hätte!“

Elinor versuchte eine höfliche Antwort zu geben, obgleich sie an ihrem Erfolg zweifelte. Aber Lucy schien davon befriedigt, denn sie antwortete sogleich:

„In der Tat, ich bin von Ihrer Gewogenheit für mich fest überzeugt, und neben Edwards Liebe ist das mein größter Trost. Der arme Edward! Aber wenigstens ein Gutes hat die Sache. Wir werden uns treffen können, und sogar ziemlich oft, denn Lady Middleton ist entzückt von Mrs. Dashwood, und so werden wir ziemlich oft in der Harley Street sein, nehme ich an, und Edward verbringt die Hälfte seiner Zeit bei seiner Schwester. Außerdem werden sich Lady Middleton und Mrs. Ferrars jetzt gegenseitig Besuche abstatten, und Mrs. Ferrars und Ihre Schwägerin waren beide so nett, mir mehr als einmal zu sagen, daß es ihnen immer eine Freude sein wird, mich zu sehen. Es sind ja so reizende Damen! Wirklich, falls Sie Ihrer Schwägerin je erzählen, was ich von ihr halte, dann können Sie gar nicht begeistert genug sprechen."

Aber Elinor wollte ihr keinerlei Hoffnungen machen, daß sie dies ihrer Schwägerin tatsächlich jemals erzählen würde. Lucy fuhr fort:

„Ich bin sicher, ich hätte es sofort gemerkt, wenn Mrs. Ferrars eine Abneigung gegen mich gefaßt hätte. Wenn sie mich zum Beispiel nur mit einer förmlichen Kopfbewegung gegrüßt hätte, ohne ein Wort zu sagen, und danach keinerlei Notiz mehr von mir genommen und mir keinen freundlichen Blick geschenkt hätte — Sie wissen, was ich meine —, wenn ich also auf so häßliche Art behandelt worden wäre, hätte ich alles voll Verzweiflung aufgegeben. Ich hätte es nicht ertragen können. Eins weiß ich nämlich: *Wenn* sie gegen jemand eine Abneigung hat, dann ist die auch stark."

Elinor wurde daran gehindert, auf diesen höflichen Triumph irgend etwas zu entgegnen, denn die Tür wurde aufgestoßen, der Diener meldete Mr. Ferrars, und Edward kam unverzüglich herein.

Es war ein sehr peinlicher Augenblick, wie die Miene eines jeden bestätigte. Alle drei machten ein ausgesprochen dummes Gesicht, und Edward schien lieber wieder umkehren als auch nur einen Schritt weitergehen zu wollen. Es war genau die Situation eingetreten, und zwar in ihrer unangenehmsten Form, die zu vermeiden ein jeder von ihnen sich eifrigst bemüht hätte. Sie waren nicht nur alle drei zusammen, sondern sie waren zusammen ohne die rettende Gegenwart irgendeiner anderen Person. Die Damen faßten sich zuerst. Lucy wollte sich nicht in den Vordergrund drängen, auch mußte der Anschein der Geheimhaltung noch immer gewahrt werden. Sie konnte daher ihre Zärtlichkeit nur mit Blicken zum Ausdruck bringen, und nachdem sie Edward flüchtig begrüßt hatte, sagte sie nichts mehr.

Elinor blieb entschieden mehr zu tun, und ihr lag so sehr daran, es um seinet- und um ihrer selbst willen gut zu machen, daß sie sich nach kurzer innerer Sammlung zwang, ihn mit einer Miene und auf eine Art willkommen zu heißen, die beinahe ungezwungen und beinahe echt wirkten. Und sie rang sich zu einem weiteren Entschluß durch, der diesen Eindruck noch verstärkte. Sie würde sich durch Lucys Gegenwart und das Wissen um ein ihr selbst zugefügtes Unrecht nicht davon abhalten lassen, ihm zu sagen, daß sie glücklich sei, ihn wiederzusehen, und daß sie es sehr bedauert habe, nicht zu Hause gewesen zu sein, als er vor ein paar Tagen in der Berkeley Street vorgesprochen hatte. Sie würde sich trotz Lucys wachsamer Augen nicht scheuen, ihm jene Aufmerksamkeiten zu erweisen, die ihm als Freund und beinahe Verwandten zukamen, obwohl sie schon bald merkte, daß Lucy sie ganz genau beobachtete.

Ihr Verhalten übte eine beruhigende Wirkung auf Edward aus, und er brachte genug Mut auf, um sich zu setzen; aber seine Verlegenheit übertraf die der Damen noch immer in einem Maß, das der Fall verständlich machte, obgleich es bei einem Mann selten sein mochte; denn sein Herz war nicht so gleichgültig wie das Lucys, noch konnte sein Gewissen ganz so rein sein wie das Elinors.

Lucy, mit ernstem, zurückhaltendem Gebaren, schien entschlossen, nichts zum Behagen der andern beiden beizutragen, und sagte kein Wort, und fast alles, *was* gesagt wurde, kam von Elinor, die gezwungen war, unaufgefordert all die Auskünfte über die Gesundheit ihrer Mutter, ihren Aufenthalt in London und so weiter zu geben, die Edward eigentlich hätte erfragen müssen, jedoch nicht erfragte.

Ihre Bemühungen hatten dabei aber noch nicht ihr Bewenden, denn schon bald darauf faßte sie den heroischen Entschluß, die anderen beiden unter dem Vorwand, Marianne holen zu wollen, allein zu lassen, und das tat sie auch wirklich, und zwar auf äußerst selbstlose Weise, indem sie mit hochherziger Standhaftigkeit mehrere Minuten auf dem Treppenabsatz wartete, ehe sie zu ihrer Schwester hineinging. Doch sowie das einmal geschehen war, stand das Ende von Edwards Glück auch schon unmittelbar bevor; denn Mariannes Freude ließ sie unverzüglich in den Salon eilen, und ihr Entzücken, ihn wiederzusehen, war ebenso stark wie jedes andere ihrer Gefühle und wurde auch entsprechend stark zum Ausdruck gebracht. Sie trat ihm mit einer ausgestreckten Hand entgegen, die ergriffen werden wollte, und einer Stimme, welche die Zuneigung einer Schwester verriet.

„Lieber Edward!“ rief sie. „Welch glücklicher Augenblick! Er könnte fast alles andere wiedergutmachen!“

Edward bemühte sich, ihre freundlichen Worte so zu erwidern, wie sie es verdienten, doch vor solchen Zeugen wagte er nicht die Hälfte von dem zu sagen, was er wirklich empfand. Sie nahmen wieder Platz, und eine Weile schwiegen alle, während Marianne mit zärtlich beredten Blicken bald zu Edward, bald zu Elinor schaute und im stillen nur bedauerte, daß beider Freude, endlich wieder beisammen zu sein, durch Lucys unwillkommene Anwesenheit getrübt werden mußte. Edward sprach als erster, und er tat es, um Mariannes verändertes Aussehen festzustellen und seiner Befürchtung Ausdruck zu verleihen, daß der Aufenthalt in London ihr nicht bekäme.

„Oh! Kümmern Sie sich nicht um mich!" erwiderte sie ernst, doch voll Eifer, obgleich sie Tränen in den Augen hatte, während sie sprach, „kümmern Sie sich nicht um *meine* Gesundheit. Elinor geht es gut, wie Sie sehen. Das muß uns beiden genügen."

Diese Bemerkung war allerdings nicht geeignet, Edwards oder Elinors Unbehagen zu verringern, und auch nicht, das Wohlwollen Lucys zu gewinnen, die Marianne mit nicht gerade sehr freundlicher Miene anblickte.

„Gefällt es Ihnen in London?" fragte Edward, nur um irgend etwas zu sagen, was zu einem anderen Thema überleiten konnte.

„Überhaupt nicht. Ich habe mir großes Vergnügen von unserem Stadtaufenthalt versprochen, aber keines daran gefunden. Sie zu sehen, Edward, ist der einzige Trost, den London bietet. Und dem Himmel sei Dank, Sie sind noch ganz der alte!"

Sie hielt inne. Niemand sprach.

„Ich denke, Elinor", fügte sie sogleich hinzu, „wir könnten Edwards Dienste gut gebrauchen, wenn wir nach Barton zurückkehren. Wir werden in ein, zwei Wochen fahren, vermute ich, und sicherlich wird Edward nicht abgeneigt sein, uns in seine Obhut zu nehmen."

Der arme Edward murmelte etwas, aber was es bedeuten sollte, wußte keiner, nicht einmal er selbst. Doch Marianne, die seine Erregung bemerkte und sie mühelos der Ursache zuschrieb, die ihr am besten gefiel, war völlig zufriedengestellt und sprach bald von etwas anderem.

„Gestern haben wir vielleicht einen Tag in der Harley Street erlebt, Edward! So was Langweiliges, zum Erbarmen langweilig! Aber darüber muß ich Ihnen noch viel mehr erzählen,

was ich jetzt nicht sagen kann."
Und mit dieser bewundernswerten Diskretion verschob sie die Versicherung, daß sie ihre gemeinsamen Verwandten unliebenswürdiger denn je gefunden habe und über seine Mutter ganz besonders entsetzt sei, auf einen Zeitpunkt, da sie mehr unter sich sein würden.
„Aber warum waren Sie denn nicht dort, Edward? Warum sind Sie nicht gekommen?"
„Ich hatte anderweitige Verpflichtungen."
„Verpflichtungen! Was soll das, wo Sie doch Freunde wie uns dort getroffen hätten?"
„Vielleicht denken Sie, Miss Marianne", sagte Lucy, begierig, sich an ihr zu rächen, „junge Männer kommen ihren Verpflichtungen nie nach, wenn sie keine Lust haben, sie einzuhalten, seien es nun kleine oder große."
Elinor war sehr zornig, aber Marianne schien die Spitze überhaupt nicht gespürt zu haben, denn sie erwiderte ruhig:
„Dem ist durchaus nicht so; denn ich bin ernstlich überzeugt, daß nur Edwards Gewissen ihn von der Harley Street ferngehalten hat. Und ich bin wirklich der Ansicht, daß er das empfindlichste Gewissen der Welt hat, das gewissenhafteste Gewissen, was die Erfüllung jeder einzelnen seiner Verpflichtungen anbelangt, wie unbedeutend sie auch sei und wie sehr sie auch gegen seine Interessen oder seine Wünsche gerichtet sein mag. Er ist so sehr darauf bedacht, niemandem weh zu tun und niemandes Erwartungen zu enttäuschen, und so völlig unfähig, egoistisch zu sein, wie ich es noch bei keinem anderen Menschen erlebt habe. Edward, so ist es, und ich will es auch sagen. Was, wollen Sie nicht hören, daß man Sie lobt? Dann dürfen Sie nicht mein Freund sein, denn wer meine Liebe und meine Achtung annimmt, der muß sich auch mein ehrliches Lob gefallen lassen!"
Doch in diesem Fall behagte die Art ihres Lobes zwei Dritteln ihrer Zuhörer absolut nicht, und auf Edward wirkte sie so wenig ermunternd, daß er schon bald danach aufbrach.
„Was, Sie wollen schon gehen!" rief Marianne. „Mein lieber Edward, das dürfen Sie nicht!"
Und indem sie ihn ein wenig zur Seite zog, flüsterte sie ihm zu, sie sei überzeugt, daß Lucy nicht mehr lange bleiben würde. Aber selbst diese Ermutigung half nichts, denn er verabschiedete sich trotzdem, und Lucy, die um keinen Preis vor ihm

gegangen wäre, und wenn sein Besuch zwei Stunden gedauert hätte, verließ sie bald danach ebenfalls.

„Warum kommt sie nur so oft hierher?" sagte Marianne, als Lucy gegangen war. „Hat sie denn noch nicht gemerkt, daß wir nichts von ihr wissen wollen? Wie unangenehm auch für Edward!"

„Warum denn? Wir sind doch alle mit ihm befreundet, und Lucy ist von uns dreien am längsten mit ihm bekannt. Es ist begreiflich, daß er sie genauso gern sehen möchte wie uns."

Marianne blickte sie fest an und sagte: „Du weißt doch, Elinor, daß ich diese Art von Gesprächen nicht ausstehen kann. Wenn du vielleicht hoffst, daß ich deiner Behauptung widerspreche, was ja wohl der Fall sein muß, dann solltest du dich daran erinnern, daß ich die allerletzte bin, die so etwas tut. Ich kann mich nicht so weit erniedrigen, mir Versicherungen entlocken zu lassen, die eigentlich unnötig sind."

Daraufhin verließ sie das Zimmer, und Elinor wagte nicht, ihr zu folgen, um ihr mehr zu sagen; denn da sie Lucy gegenüber durch ihr Versprechen gebunden war, konnte sie Marianne keine Erklärungen geben, die sie überzeugen würden, und wie schmerzlich auch die Folgen sein mochten, wenn sie weiter in diesem Irrtum befangen blieb, so war sie doch gezwungen, sich damit abzufinden. Sie konnte nur hoffen, daß Edward sie und sich selbst nicht mehr oft in die fatale Lage bringen würde, Mariannes verfehlte Herzlichkeit oder eine der anderen Peinlichkeiten, die das soeben beendete Beisammensein begleitet hatten, über sich ergehen lassen zu müssen — und das durfte sie mit gutem Grund erwarten.

Vierzehntes Kapitel

Wenige Tage nach dieser Begegnung meldeten die Zeitungen der Welt, daß die Gattin von Thomas Palmer, Hochwohlgeboren, glücklich von einem Sohn und Erben entbunden worden sei; eine sehr interessante und befriedigende Nachricht, zumindest für all jene nahen Verwandten und Bekannten, die es bereits wußten.

Dieses für Mrs. Jennings' Glück höchst wichtige Ereignis hatte eine zeitweilige Änderung in ihrem Tagesablauf zur Folge und beeinflußte gleichermaßen die Verpflichtungen ihrer jungen Freundinnen; denn da sie soviel wie möglich bei Charlotte zu sein wünschte, ging sie jeden Morgen, sobald sie angekleidet war, zu ihr und kehrte erst spätabends zurück, und die Schwestern Dashwood verbrachten auf besondere Bitte der Middletons jeden Tag zur Gänze in der Conduit Street. Sie wären allerdings viel lieber, wenigstens den Vormittag über, in Mrs. Jennings' Haus geblieben, da sie es dort bequemer hatten, aber sie konnten sich schlecht den Wünschen aller anderen entgegenstellen. Ihre Zeit war daher Lady Middleton und den beiden Misses Steele gewidmet, von denen ihre Gesellschaft in Wahrheit sehr wenig geschätzt, vorgeblich jedoch eifrig gesucht wurde.

Die Schwestern Dashwood hatten zu viel Verstand, um der ersteren angenehme Gesellschafterinnen zu sein, und von den letzteren wurden sie mit eifersüchtigen Augen betrachtet, da sie in *ihr* Gebiet eindrangen und das Wohlwollen teilten, das sie für sich allein in Anspruch zu nehmen gedachten. Wenngleich nichts höflicher sein konnte als Lady Middletons Benehmen gegen Elinor und Marianne, so mochte sie die beiden Mädchen in Wirklichkeit ganz und gar nicht. Da sie weder ihr selbst noch ihren Kindern Artigkeiten sagten, konnte sie einfach nicht glauben, daß sie liebenswert seien, und da sie gern lasen, hielt sie sie für satirisch — vielleicht, ohne genau zu wissen, was satirisch überhaupt hieß; aber das hatte nichts zu bedeuten. Es war ein allgemein gebräuchlicher Tadel, der leichtfertig verteilt wurde.

Die Anwesenheit der Schwestern Dashwood legte sowohl ihr wie auch Lucy Beschränkungen auf. Sie gebot der Untätigkeit der einen und der Geschäftigkeit der anderen Einhalt. Lady Middleton schämte sich, vor ihnen müßig zu erscheinen, und Lucy fürchtete, sie würden sie verachten wegen der Schmeicheleien, die zu ersinnen und anzubringen zu anderen Zeiten ihr ganzer Stolz war. Anne wurde am wenigsten aus der Fassung gebracht durch ihre Anwesenheit, und es lag allein bei ihnen, sie völlig damit auszusöhnen. Hätte nur eine von beiden ihr einen vollständigen und ausführlichen Bericht über die ganze Affäre zwischen Marianne und Mr. Willoughby gegeben, so hätte sie sich für den Verlust des besten Platzes am Kamin nach dem Dinner, der durch die Ankunft der Schwestern Dashwood bewirkt wurde, reichlich entschädigt gefühlt. Aber dieser Ausgleich wurde nicht gewährt; denn obwohl sie Elinor gegenüber häufig ihr Mitleid mit ihrer Schwester zum Ausdruck brachte und Marianne gegenüber mehr als einmal eine Bemerkung über die Unbeständigkeit von Galanen fallen ließ, brachte ihr dies nicht den gewünschten Erfolg, sondern nur einen gleichgültigen Blick der ersteren oder einen angewiderten der letzteren. Eine noch geringere Anstrengung von seiten der beiden Schwestern hätte sie sogar zu ihrer Freundin gemacht: Hätten sie sie doch nur mit dem Doktor aufgezogen! Aber sie waren so wenig, ja, noch weniger als die anderen, gewillt, ihr diesen Gefallen zu tun, daß sie, falls Sir John außer Haus speiste, einen ganzen Tag zubringen mochte, ohne andere Scherze über diesen Gegenstand zu hören als die, mit denen sie sich selbst auszeichnete.

Doch Mrs. Jennings vermutete nicht das geringste von all diesen Eifersüchteleien und Unzufriedenheiten, sondern fand es ganz reizend, daß die Mädchen zusammen sein konnten, und beglückwünschte gewöhnlich jeden Abend ihre jungen Freundinnen dazu, so lange von der Gesellschaft einer langweiligen alten Frau befreit gewesen zu sein. Sie leistete ihnen manchmal bei Sir John und manchmal in ihrem eigenen Haus Gesellschaft, aber wo immer es auch war, sie kam stets in glänzender Laune, voller Freude und Wichtigtuerei, Charlottes Wohlergehen ihrer eigenen Pflege zuschreibend und bereit, einen so genauen, so ins einzelne gehenden Bericht über ihren Zustand zu geben, daß allein Anne Steele neugierig genug war, ihn hören zu wollen. Eines nur brachte Mrs. Jennings auf, und darüber beklagte sie sich jeden Tag. Mr. Palmer verfocht die bei seinem Geschlecht verbreitete, aber völlig unväterliche Ansicht, daß alle Säuglinge gleich seien, und obwohl sie abwechselnd ganz deutlich die auffallendste Ähnlichkeit zwischen dem Baby und jedem seiner Verwandten mütterlicher- und väterlicherseits feststellen konnte, ließ sich sein Vater nicht davon überzeugen, wollte er einfach nicht einsehen, daß es eben nicht genau wie jedes andere Baby gleichen Alters war, ja, er konnte nicht einmal dazu gebracht werden, die simple Tatsache anzuerkennen, daß es das schönste Kind von der Welt sei.

Ich möchte nun von einem Mißgeschick berichten, das etwa um diese Zeit Mrs. John Dashwood zustieß. Als ihre beiden Schwägerinnen sie mit Mrs. Jennings das erste Mal in der Harley Street besuchten, hatte noch eine andere Bekannte vorgesprochen — ein Umstand, aus dem ihr keineswegs mit Notwendigkeit Ärger erwachsen mußte. Aber solange andere Leute von ihrer Einbildung dazu verleitet werden, sich Fehlurteile über unser Verhalten zu bilden und darüber auf Grund von unbedeutenden äußeren Anzeichen zu entscheiden, muß unser Glück in gewissem Maße immer von der Gnade des Zufalls abhängen. Im vorliegenden Fall erlaubte diese zuletzt angekommene Dame ihrer Phantasie, so weit über Wahrheit und Wahrscheinlichkeit hinauszuschießen, daß sie nur den Namen der Misses Dashwood zu hören und zu erfahren brauchte, sie seien Mr. Dashwoods Schwestern, um unverzüglich zu schlußfolgern, daß sie zur Zeit in der Harley Street wohnten; und diese Mißdeutung brachte ihnen wie auch ihrem Bruder und ihrer Schwägerin einen oder zwei Tage später Einladungskarten zu einer kleinen musikalischen Soiree in ihrem Haus ein. Als Folge davon sah sich Mrs. John Dashwood nicht nur gezwungen, die überaus große Unbequemlichkeit auf sich zu nehmen, die Misses Dashwood in ihrer Kutsche abholen zu lassen, sondern sie mußte sich auch, was noch schlimmer war, der unangenehmen Pflicht unterziehen, so zu erscheinen, als behandele sie sie mit größter Aufmerksamkeit; und wer konnte sagen, ob sie nicht darauf rechneten, ein zweites Mal mit ihr auszugehen? Es würde natürlich immer bei ihr liegen, sie zu enttäuschen, das stimmte schon. Aber das war nicht genug; denn wenn sich jemand für eine Verhaltensweise entschieden hat, von der er weiß, daß sie falsch ist, fühlt er sich beleidigt, wenn man etwas Besseres von ihm erwartet.

Marianne war inzwischen allmählich dahingebracht worden, jeden Tag auszugehen, so daß es ihr nun vollkommen gleich war, ob sie ausging oder nicht. Ruhig und mechanisch bereitete sie sich auf die allabendlichen Einladungen vor, obwohl sie sich von keiner das geringste Vergnügen versprach und sehr oft bis zum letzten Moment nicht wußte, wohin sie überhaupt gehen würden.

Gegen ihr Äußeres war sie so völlig gleichgültig geworden, daß sie ihm während ihrer ganzen Toilette nicht halb soviel Aufmerksamkeit schenkte, wie ihm danach von Anne Steele in den ersten fünf Minuten ihres Zusammenseins gewidmet wurde. *Ihrer* genauen Beobachtung und allgemeinen Neugierde entging nichts; sie sah alles und fragte nach allem, war nicht zufrieden, ehe sie nicht den Preis eines jeden Bestandteils von Mariannes Kleidung wußte; sie hätte die Zahl von Mariannes Kleidern genauer anzugeben gewußt als diese selbst und war nicht ohne Hoffnung, noch bevor sie sich trennten, herauszufinden, wieviel ihre Wäsche pro Woche kostete und wieviel sie jedes Jahr für sich selbst ausgeben konnte. Diese unverschämten Erkundungen wurden überdies gewöhnlich mit einem Kompliment abgeschlossen, das zwar als angenehme Zutat gedacht war, von Marianne aber als die allergrößte Unverschämtheit betrachtet wurde: Nachdem der Wert und der Schnitt ihres Kleides, die Farbe ihrer Schuhe und der Sitz ihrer Frisur geprüft worden waren, konnte sie fast sicher sein, daß sie zu hören bekam, „sie sehe auf ihr Wort ungeheuer schick aus, und man dürfe behaupten, daß sie eine Menge Eroberungen machen würde".

Mit einer solchen Ermunterung wurde Marianne auch im vorliegenden Fall in die Kutsche ihres Bruders entlassen, in die einzusteigen sie schon fünf Minuten, nachdem sie vor der Tür gehalten hatte, bereit waren, eine Pünktlichkeit, die ihrer Schwägerin ganz und gar nicht paßte, denn sie war in das Haus ihrer Bekannten vorausgefahren und wartete dort voll Hoffnung, daß sie sich verspäten würden, was entweder ihr selbst oder ihrem Kutscher Unannehmlichkeiten bereiten mußte.

Die Ereignisse des Abends waren nicht sonderlich bemerkenswert. Die Gesellschaft umfaßte, wie auch bei anderen Musikabenden, eine ganze Menge Leute, die wirklich Verständnis für das Dargebotene hatten, und noch eine ganze Menge mehr, die überhaupt keins hatten, und die Darbietenden selbst waren, wie üblich, nach ihrer eigenen Ansicht und der ihrer besten Freunde die ersten Hausmusiker Englands.

Da Elinor weder musikalisch war noch vorgab, es zu sein, trug sie keine Bedenken, ihre Augen vom Konzertflügel abzuwenden, wann immer es ihr gefiel, und sie, ohne sich vom Vorhandensein einer Harfe und eines Violoncellos abhalten zu lassen, nach Belieben auf irgendeinen anderen Gegenstand im Zimmer zu heften. Mit einem dieser umherschweifenden Blicke bemerkte sie in einer Gruppe junger Männer eben den, der ihnen bei Gray einen Vortrag über Zahnstocheretuis gehalten hatte. Sie bemerkte weiter, daß er bald darauf auch zu ihr herüberblickte und sich vertraut mit ihrem Bruder unterhielt, und sie hatte gerade beschlossen, sich bei dem letzteren

nach seinem Namen zu erkundigen, als beide zu ihr kamen und Mr. Dashwood ihn ihr als Mr. Robert Ferrars vorstellte.
Er sprach sie mit ungezwungener Höflichkeit an und verbeugte sich vor ihr auf eine Art, die ihr ebenso deutlich wie Worte klarmachte, daß er genau der Stutzer war, als den Lucy ihn ihr beschrieben hatte. Welch ein Glück wäre es für sie gewesen, hätte ihre Wertschätzung Edwards weniger von dessen eigenem Verdienst als von dem seiner nächsten Verwandten abgehangen, denn in diesem Fall hätte die Verbeugung seines Bruders vollendet, was die Übellaunigkeit seiner Mutter und seiner Schwester begonnen hätte. Aber während sie sich über die Verschiedenheit der beiden jungen Männer wunderte, fand sie keineswegs, daß die Hohlheit und Eitelkeit des einen sie die Bescheidenheit und den Wert des anderen weniger schätzen ließen. Warum sie so verschieden waren, erklärte ihr Robert selbst im Verlauf einer viertelstündigen Unterhaltung; denn als er über seinen Bruder sprach und dessen ungemein große Plumpheit beklagte, die ihn seiner Meinung nach davon abhielt, sich in anständiger Gesellschaft zu bewegen, schrieb er diese offen und großzügig weniger einer angeborenen Talentlosigkeit zu als vielmehr dem unglücklichen Umstand einer privaten Erziehung, während er selbst, ohne wahrscheinlich von Natur aus in irgendeiner Weise besonders begünstigt zu sein, dank dem Besuch einer Public School ebensogut wie jeder andere dafür gerüstet sei, in der vornehmen Welt zu verkehren.
„Bei meiner Seele", fügte er hinzu, „ich glaube, nur daran liegt es, und das sage ich auch oft meiner Mutter, wenn sie sich deswegen grämt. ‚Meine Teuerste', sage ich immer zu ihr, ‚mach dir nichts daraus. Man kann es jetzt nicht mehr ändern, und es ist ja alles ganz allein deine Schuld. Warum hast du dich gegen deine Überzeugung von meinem Onkel, Sir Robert, überreden lassen, Edward in der kritischsten Zeit seines Lebens Privatunterricht erteilen zu lassen? Wenn du ihn so wie mich nach Westminster geschickt hättest, statt ihn zu Mr. Pratt zu geben, wäre all dies vermieden worden.' So betrachte ich die Sache immer, und meine Mutter ist völlig von ihrem Fehler überzeugt."
Elinor wollte seiner Meinung nicht widersprechen, denn wie sie auch im allgemeinen die Vorzüge einer Public School einschätzen mochte, so konnte jedenfalls der Gedanke an

Edwards Aufenthalt in Mr. Pratts Familie bei ihr keinerlei Befriedigung hervorrufen.
„Sie wohnen in Devonshire, nicht wahr", lautete seine nächste Bemerkung, „in einem Landhaus in der Nähe von Dawlish."
Elinor klärte ihn über seinen Irrtum hinsichtlich der Lage auf, und er schien ziemlich erstaunt zu sein, daß jemand in Devonshire leben konnte, ohne in der Nähe von Dawlish zu wohnen. Doch fand ihre Art von Haus seine volle Zustimmung.
„Ich für mein Teil", sagte er, „habe Landhäuser außerordentlich gern. Sie haben immer so viel Komfort und sind so elegant! Und ich versichere Ihnen, wenn ich Geld übrig hätte, würde ich mir etwas Land kaufen und mir selbst eins bauen, in der Nähe von London, wo ich jederzeit hinfahren, ein paar Freunde um mich scharen und glücklich sein könnte. Ich rate jedem, der bauen will, sich ein Landhaus zu bauen. Mein Freund Lord Courtland kam neulich zu mir, um meinen Rat einzuholen, und legte mir drei verschiedene Pläne von dem berühmten Architekten Bonomi vor. Ich sollte entscheiden, welches der beste sei. ‚Mein lieber Courtland', sagte ich und warf sie alle drei unverzüglich ins Feuer, ‚nimm keinen von ihnen, sondern baue unter allen Umständen ein Landhaus.' Und das wird er schließlich auch tun, denke ich.
Manche Leute meinen, es gäbe nicht genug Räumlichkeiten, keinen Platz in einem Landhaus, aber das ist ein großer Irrtum. Ich besuchte im vergangenen Monat meinen Freund Elliott in der Nähe von Dartford. Lady Elliott wollte einen Ball geben. ‚Wie soll man es bloß machen?' fragte sie. ‚Mein lieber Ferrars, sagen Sie mir doch nur, wie man es bewerkstelligen soll. Es gibt keinen Raum in diesem Landhaus, der zehn Paare aufnehmen kann, und wo soll das Abendessen serviert werden?' Ich sah jedoch sofort, daß sich alles ohne Schwierigkeiten einrichten ließe. So sagte ich: ‚Meine liebe Lady Elliott, machen Sie sich keine Sorgen. Das Speisezimmer faßt mit Leichtigkeit achtzehn Paare. Die Spieltische können im Salon aufgestellt werden, die Bibliothek kann für Tee und andere Erfrischungen benutzt werden, und das Abendessen lassen Sie am besten in der Halle servieren.' Lady Elliott war entzückt von dem Vorschlag. Wir maßen das Speisezimmer aus und stellten fest, daß es wahrhaftig achtzehn Paare aufnehmen konnte, und die Sache wurde genau nach meinen Plan arran-

giert. Sie sehen also, daß man sich in der Tat in einem Landhaus ebenso jeder Bequemlichkeit erfreuen kann wie in dem geräumigsten Gebäude, wenn man nur weiß, wie man es anzustellen hat."

Elinor pflichtete allem bei, denn sie glaubte nicht, daß er das Kompliment vernünftigen Widerspruchs verdiente.

Da John Dashwood nicht mehr Gefallen an Musik fand als seine älteste Schwester, konnte sich sein Geist ebenso ungehindert mit anderen Dingen beschäftigen, und im Verlaufe des Abends kam ihm eine Idee, die er seiner Frau beim Nachhausekommen unverzüglich mitteilte, um sich ihrer Zustimmung zu versichern. Der Gedanke an Mrs. Dennisons irrige Vermutung, seine Schwestern seien ihre Gäste, hatte es ihm schicklich erscheinen lassen, sie tatsächlich einzuladen, während Mrs. Jennings durch ihre Verpflichtungen von ihrem Heim ferngehalten wurde. Die Kosten würden minimal sein, die Unannehmlichkeiten nicht größer, und alles in allem war es eine Aufmerksamkeit, die sein empfindliches Gewissen für notwendig hielt, um das seinem Vater gegebene Versprechen ganz zu erfüllen. Fanny war von dem Vorschlag unangenehm überrascht.

„Mir ist nicht ganz klar, wie wir das tun können", sagte sie, „ohne Lady Middleton zu beleidigen, denn sie verbringen ja jeden Tag bei ihr. Sonst würde ich es außerordentlich gern tun. Du weißt, ich bin stets bereit, ihnen jede in meiner Macht stehende Aufmerksamkeit zu erweisen, wie die Tatsache, daß ich sie heute abend ausgeführt habe, wohl deutlich zeigt. Aber sie sind Lady Middletons Gäste. Wie kann ich sie da zu uns einladen?"

Doch ihr Gatte sah, wenn auch in aller Bescheidenheit, die Berechtigung ihres Einwands nicht ganz ein. „Sie haben schon eine Woche in der Conduit Street verbracht, und Lady Middleton kann nicht beleidigt sein, wenn sie dieselbe Zahl von Tagen so nahen Verwandten widmen wollen."

Fanny schwieg einen Augenblick, dann sagte sie mit neuer Kraft: „Mein Lieber, ich würde sie von ganzem Herzen darum bitten, wenn es in meiner Macht stünde. Aber ich hatte gerade beschlossen, die Misses Steele zu bitten, ein paar Tage bei uns zu verbringen. Sie sind so wohlerzogene, anständige junge Mädchen, und ich glaube, ihnen gebührt diese Aufmerksamkeit, weil doch ihr Onkel an Edward so viel Gutes getan hat.

Deine Schwestern können wir ein anderes Jahr einladen, weißt du, aber die Misses Steele sind dann vielleicht nicht mehr in London. Ich bin sicher, daß du sie gern haben wirst; eigentlich *hast* du sie ja schon sehr gern, nicht wahr, und meine Mutter hat sie ebenfalls gern. Und sie stehen bei Harry so in Gunst!"

Mr. Dashwood war überzeugt. Er sah die Notwendigkeit ein, die Misses Steele unverzüglich einzuladen, und sein Gewissen war durch den Vorsatz beruhigt, seine Schwestern in einem anderen Jahr einzuladen. Gleichzeitig vermutete er jedoch schlau, daß ein anderes Jahr die Einladung überflüssig machen würde, indem es Elinor als Oberst Brandons Frau und Marianne als deren Besuch in die Stadt führen würde.

Fanny, froh, der Gefahr entronnen zu sein, und stolz auf die Gewandtheit, der sie ihre Rettung verdankte, schrieb am nächsten Morgen an Lucy und bat für einige Tage um ihre und ihrer Schwester Gesellschaft in der Harley Street, sobald Lady Middleton sie entbehren könnte. Das genügte, um Lucy wirklich und hinreichend glücklich zu machen. Mrs. Dashwood schien tatsächlich selbst für sie zu arbeiten, all ihre Hoffnungen zu nähren und all ihre Absichten zu fördern! Eine solche Gelegenheit, bei Edward und seiner Familie zu sein, war ihren Interessen dienlicher als alles andere und eine solche Einladung ihrem Herzen daher äußerst willkommen! Es war ein Vorteil, der nicht dankbar genug anerkannt und nicht schnell genug genutzt werden konnte, und plötzlich stellte sich heraus, daß der Besuch bei Lady Middleton, dem bis dahin keine genaue Grenze gesetzt gewesen war, von Anfang an in zwei Tagen hatte beendet werden sollen.

Als Elinor der Brief gezeigt wurde, was innerhalb von zehn Minuten nach seinem Eintreffen geschah, sah sie zum ersten Mal einigen Grund, die Erwartungen Lucys zu teilen, denn solch ein Beweis ungewöhnlicher Freundlichkeit, nach so kurzer Bekanntschaft gewährt, schien kundzutun, daß das Wohlwollen, mit dem Lucy bedacht wurde, noch anderen Motiven entsprang als bloßer Bosheit gegen sie selbst und mit Geduld und Geschick durchaus dahin gebracht werden könnte, alles zu tun, was Lucy wünschte. Ihre Schmeicheleien hatten bereits Lady Middletons Stolz besiegt und sich Zutritt in das verschlossene Herz Mrs. John Dashwoods verschafft, und dies waren Erfolge, die mit aller Wahrscheinlichkeit auf noch größere schließen ließen.

Die Schwestern Steele zogen in die Harley Street um, und alles, was Elinor über ihren dortigen Einfluß zu Ohren kam, bestärkte ihre Vermutungen bezüglich des Ausgangs der Sache. Sir John, der mehr als einmal bei ihnen vorsprach, brachte Berichte über die Gunst, in der sie standen, mit nach Hause, die einfach verblüffend waren. Mrs. Dashwood war noch nie in ihrem Leben von jungen Mädchen so sehr angetan gewesen wie von ihnen, hatte jeder ein Nadelbüchlein geschenkt, das von irgendeiner Ausländerin angefertigt worden war, nannte Lucy beim Vornamen und wußte nicht, ob sie es je fertigbringen würde, sich wieder von ihnen zu trennen.

Drittes Buch

Erstes Kapitel

Mrs. Palmer ging es nach zwei Wochen wieder so gut, daß ihre Mutter es nicht mehr länger für nötig hielt, ihr ihre gesamte Zeit zu widmen; vielmehr begnügte sie sich damit, sie ein- oder zweimal am Tag zu besuchen, und kehrte nach diesem Zwischenspiel in ihr eigenes Heim und zu ihren eigenen Gewohnheiten zurück, an denen in der früheren Weise teilzuhaben die Schwestern Dashwood sich sehr gern bereit fanden.

Etwa am dritten oder vierten Vormittag, nachdem sie auf diese Weise wieder in der Berkeley Street Einzug gehalten hatten, betrat Mrs. Jennings, von ihrem üblichen Besuch bei Mrs. Palmer zurückkehrend, so hastig und mit so gewichtiger Miene das Wohnzimmer, daß Elinor, die dort allein saß, sich darauf gefaßt machte, etwas Ungewöhnliches zu vernehmen; und ihr kaum Zeit zu dieser Vermutung lassend, begann Mrs. Jennings unverzüglich deren Richtigkeit zu bestätigen, indem sie sagte:

„Ach Gott, meine liebe Miss Dashwood! Haben Sie denn schon das Neueste gehört?"

„Nein, Madam. Was denn?"

„Etwas ganz Erstaunliches! Aber ich werde Ihnen alles der Reihe nach erzählen. Als ich zu Palmers kam, fand ich Charlotte in ziemlicher Aufregung wegen des Kindes. Sie war fest davon überzeugt, daß es sehr krank sei — es schrie und wälzte sich hin und her und war über und über mit Pusteln bedeckt. Also habe ich es mir gründlich angesehen und ihr dann gesagt: ‚Ach Gott, meine Liebe, es ist weiter nichts als bloß die Frieseln.' Und die Amme sagte genau dasselbe. Aber Charlotte gab sich nicht damit zufrieden, und so schickte man nach Mr. Donavan, und glücklicherweise war der gerade aus der Harley Street zurückgekehrt und kam sofort herüber, und nachdem er das Kind gesehen hatte, sagte er dasselbe wie wir, daß es nämlich bloß die Frieseln seien, und da erst war Charlotte beruhigt. Und gerade, als er wieder gehen wollte, kam ich auf die Idee, ich weiß auch nicht, wieso, aber jedenfalls kam ich auf die Idee, ihn zu fragen, ob es was Neues gäbe. Daraufhin verzog er den Mund, lächelte erst affektiert und schaute dann ernst drein und tat, als wüßte er tatsächlich etwas, und schließlich flüsterte er: ‚Für den Fall, daß irgendein unerfreuliches Gerücht bezüglich der Indisposition ihrer Schwägerin die unter Ihrer Obhut stehenden jungen Damen erreichen sollte, halte ich es für ratsam, Ihnen mitzuteilen, daß es meiner Ansicht nach kaum Grund zur Beunruhigung gibt. Ich hoffe, Mrs. Dashwood wird alles gut überstehen."

„Was! Ist Fanny krank?"

„Genau das habe ich auch gesagt, meine Liebe. ‚O Gott!' sagte ich. ‚Ist Mrs. Dashwood krank?' So kam denn alles heraus, und nach allem, was ich erfahren habe, scheint sich die Sache, kurz gesagt, folgendermaßen zu verhalten. Mr. Edward Ferrars, derselbe junge Mann, mit dem ich Sie immer aufgezogen habe — aber wie die Dinge jetzt liegen, bin ich schrecklich froh, daß nie was dran war —, Mr. Edward Ferrars also, scheint es, ist seit mehr als einem Jahr mit meiner Verwandten Lucy Steele verlobt! Da können Sie mal sehen, meine Liebe! Und niemand wußte auch nur das Geringste von der Sache, außer Nancy! Hätten Sie das für möglich gehalten? Man braucht sich nicht zu wundern, daß sie einander gut leiden können, aber daß es zwischen ihnen so weit gekommen ist, und niemand hat es geahnt! Das ist doch wirklich allerhand! Ich habe sie nie zusammen gesehen, denn sonst hätte ich es gewiß auf der Stelle gemerkt. Nun ja, das Ganze war also geheimgehalten worden, aus Furcht vor Mrs. Ferrars, und weder sie noch Ihr Bruder noch Ihre Schwägerin ahnten das Allergeringste von der Sache, bis heute morgen die arme Nancy, ein gutmütiges Geschöpf, wie Sie wissen, aber beileibe keine Verschwörerin, mit allem herausplatzte. Du lieber Gott! denkt sie sich, alle haben sie Lucy so gern, da werden sie ihr gewiß keine Schwierigkeiten machen deswegen, und so ging sie zu Ihrer Schwägerin, die ganz allein über ihrer Teppichstickerei saß und wohl kaum ahnte, was auf sie zukam — denn sie hatte eben, kaum fünf Minuten vorher, zu Ihrem Bruder gesagt, sie beabsichtige, eine Heirat Edwards mit der Tochter irgendeines Lords, ich habe vergessen, mit wem, zustande zu bringen. So können Sie sich sicher vorstellen, welch ein Schlag das war für all ihre Eitelkeit und all ihren Stolz! Sie bekam augenblicklich einen heftigen hysterischen Anfall und stieß so schreckliche Schreie aus, daß es Ihr Bruder hörte, der unten in seinem Zimmer saß, wo er einen Brief an seinen Verwalter auf dem Land schreiben wollte. Er stürzte sofort nach oben, und es spielte sich eine furchtbare Szene ab, denn inzwischen war Lucy gekommen, die es sich gewiß nicht hatte träumen lassen, was sie erwartete. Die arme Seele! *Sie* tut mir leid. Und ich muß sagen, man hat ihr nach meinem Dafürhalten recht übel mitgespielt; denn Ihre Schwägerin schimpfte wie eine Furie, so daß Lucy unverzüglich in Ohnmacht fiel. Nancy warf sich auf die Knie und weinte bitterlich, und Ihr Bruder ging im Zimmer auf und ab und sagte, er wüßte nicht, was zu tun sei. Mrs. Dashwood erklärte, sie dürften keine Minute länger im Hause bleiben, und nun war Ihr Bruder gezwungen, ebenfalls vor ihr auf die Knie zu sinken, um sie zu überreden, sie wenigstens so lange bleiben zu lassen, bis sie ihre Sachen gepackt hätten. Daraufhin bekam Ihre Schwägerin wieder einen hysterischen Anfall, und Ihr Bruder hatte solche Angst, daß er Mr. Donavan holen ließ, und Mr. Donavan fand das Haus in diesem ganzen Aufruhr vor. Die Kutsche stand schon an der Tür bereit, um meine armen Verwandten wegzubringen, und sie waren gerade beim Einsteigen, als er ausstieg; die arme Lucy war in einem solchen Zustand, sagte er, daß sie kaum laufen konnte, und Nancy soll es fast ebenso schlecht gegangen sein. Ich muß schon sagen, mir fehlt jedes Verständnis für Ihre Schwägerin, und ich hoffe von ganzem Herzen, daß es trotz ihres Widerstands zu einer Heirat kommen wird. Du lieber Gott, in welche Aufregung wird Mr. Edward geraten, wenn er davon hört! Seinen Schatz so schändlich behandelt zu sehen! Denn es heißt, er hätte sie schrecklich gern, und das mit Recht. Es würde mich nicht wundern, wenn er von der heftigsten Leidenschaft erfaßt wäre! Und Mr. Donavan denkt das auch. Er und ich, wir haben lange darüber gesprochen, und das allerbeste ist, daß er wieder in die Harley Street zurückgegangen ist, um in Reichweite zu sein, wenn man Mrs. Ferrars davon unterrichtet, denn man hat sogleich nach ihr geschickt, nachdem meine Verwandten das Haus verlassen hatten. Ihre Schwägerin war nämlich überzeugt, daß *sie* auch einen hysterischen

Anfall bekommen würde, und von mir aus soll sie. Ich habe mit keiner von beiden Mitleid. Ich weiß nicht, warum die Leute soviel Aufhebens um Stand und Vermögen machen. Es gibt überhaupt keinen Grund, weshalb Mr. Edward und Lucy nicht heiraten sollten; denn ich bin sicher, daß Mrs. Ferrars es sich sehr wohl leisten kann, ihren Sohn anständig zu versorgen, und obgleich Lucy so gut wie nichts besitzt, weiß sie doch besser als jede andere aus allem den größten Nutzen zu ziehen, und wenn Mrs. Ferrars ihm nur fünfhundert im Jahr zubilligte, dann wage ich zu behaupten, daß sie damit ebensogut zurechtkommen würde wie andere mit acht. Du lieber Himmel! Wie gemütlich sie in einem Landhaus, das etwa so ist wie Ihrs — oder ein bißchen größer —, mit zwei Mädchen und zwei Dienern leben würden, und ich glaube, ich könnte ihnen ein Hausmädchen besorgen, denn meine Betty hat eine stellungslose Schwester, die für sie genau das richtige wäre."

Damit schloß Mrs. Jennings, und da Elinor genügend Zeit gehabt hatte, ihre Gedanken zu sammeln, war es ihr möglich, eine solche Antwort zu geben und solche Bemerkungen zu machen, wie man sie bei einem derartigen Thema naturgemäß erwarten durfte. Froh, feststellen zu können, daß bei ihr kein außergewöhnliches Interesse an der Sache vermutet wurde, daß Mrs. Jennings — wie sie es sich in der letzten Zeit öfter gewünscht hatte — sie nicht mehr mit Edward in Verbindung brachte, und froh vor allem, daß Marianne nicht anwesend war, konnte sie ohne jede Verlegenheit über die Affäre reden und ihr Urteil über das Verhalten eines jeden darin Verwikkelten abgeben — mit völliger Unvoreingenommenheit, wie sie glaubte.

Sie vermochte sich kaum klarzuwerden, welche Folgen sie für sich selbst von diesem Ereignis erwartete, obgleich sie sich redlich bemühte, den Gedanken zu vertreiben, daß es möglicherweise anders als mit einer Heirat von Edward und Lucy enden würde. Sie war gespannt, was Mrs. Ferrars sagen und tun würde, obwohl es über ihre Einstellung zu dem Ganzen keinen Zweifel geben konnte, und noch mehr interessierte es sie, zu erfahren, wie Edward sich verhalten würde. Mit ihm hatte sie großes Mitleid, mit Lucy sehr wenig — und es kostete sie einige Mühe, auch nur dieses wenige zu empfinden —, mit dem Rest der Beteiligten überhaupt keins.

Da Mrs. Jennings kein anderes Thema mehr kannte, sah sich

Elinor bald vor die Notwendigkeit gestellt, Marianne auf eine Diskussion darüber vorzubereiten. Es durfte keine Zeit verloren werden, ihr die Augen zu öffnen, sie mit der Wahrheit vertraut zu machen und sie möglichst so weit zu bringen, daß sie andere darüber sprechen hören konnte, ohne zu verraten, daß sie in irgendeiner Weise Kummer wegen ihrer Schwester fühlte oder Groll gegen Edward hegte.

Elinor hatte eine schwierige Aufgabe zu erfüllen. Sie sollte ihrer Schwester das nehmen, was, wie sie fest glaubte, ihr einziger Trost war, sollte solche Einzelheiten über Edward berichten, die, wie sie fürchtete, ihre gute Meinung von ihm für immer zerstören würden, und sollte Marianne durch die Ähnlichkeit von ihrer beider Lage, die *ihrer* Vorstellung sehr groß scheinen würde, ihre eigene maßlose Enttäuschung von neuem fühlen lassen. Aber wie unangenehm eine solche Aufgabe auch sein mochte, so mußte sie doch erfüllt werden, und Elinor beeilte sich deshalb, sich ihrer zu entledigen.

Nichts lag ihr ferner als der Wunsch, auf ihre eigenen Gefühle näher einzugehen oder so zu erscheinen, als litte sie viel, es sei denn, daß Marianne durch eine Andeutung, welche Selbstbeherrschung ihre Schwester seit dem Augenblick geübt hatte, da sie von Edwards Verlobung erfuhr, vielleicht erkennen mochte, was für sie selbst möglich war. Ihr Bericht war klar und einfach, und obgleich er nicht ohne innere Beteiligung gegeben werden konnte, war er weder von leidenschaftlicher Erregung noch von heftigem Schmerz begleitet. *Dies* war vielmehr Sache der Zuhörerin, denn Marianne lauschte voller Entsetzen und weinte ausgiebig. So mußte Elinor andere nicht nur über deren Kummer, sondern auch noch über ihren eigenen trösten, und aller Trost, soweit er durch Versicherungen ihrer eigenen Gefaßtheit und eine sehr eifrige Freisprechung Edwards von jeglichem Vergehen außer dem der Unklugheit gewährt werden konnte, wurde bereitwillig gespendet.

Aber Marianne wollte ihr fürs erste weder in der einen noch in der anderen Hinsicht so recht Glauben schenken. Edward schien ein zweiter Willoughby zu sein, und da Elinor zugab, ihn einmal aufrichtig geliebt zu haben, wie sollte sie da weniger als sie selbst fühlen! Was Lucy Steele anbelangte, so hielt sie diese für so gänzlich unliebenswürdig, für so völlig unfähig, einen empfindsamen Mann zu fesseln, daß sie zunächst nicht dazu gebracht werden konnte, an eine frühere Zuneigung

Edwards für sie zu glauben, und sich dann nicht bereit finden wollte, ihm diese zu verzeihen. Sie wollte nicht einmal zugeben, daß eine solche Zuneigung ganz natürlich gewesen sei, und Elinor blieb nur zu hoffen, daß Marianne durch das einzige überzeugt werden würde, was sie überhaupt überzeugen konnte, nämlich durch eine bessere Menschenkenntnis.
Elinor war mit ihrem Bericht nur bis zur Feststellung der Tatsache der Verlobung und der Länge der Zeit, die sie schon bestand, gekommen. Dann hatten Mariannes Gefühle sich gewaltsam Bahn gebrochen und der folgerichtigen Wiedergabe der Geschehnisse ein Ende bereitet, und eine ganze Weile konnte Elinor nichts weiter tun als den Kummer ihrer Schwester lindern, ihre Befürchtungen zerstreuen und ihren Zorn mildern. Die erste Frage von Mariannes Seite, die zu weiteren Einzelheiten führte, lautete:
„Wie lange weißt du schon davon, Elinor? Hat er dir geschrieben?“
„Ich weiß es schon seit vier Monaten. Als Lucy im vergangenen November das erste Mal nach Barton Park kam, hat sie mir im Vertrauen von ihrem Verlöbnis erzählt.“
Bei diesen Worten drückten Mariannes Augen das Erstaunen aus, das zu äußern ihre Lippen sich weigerten. Nach einer Pause der Verwunderung rief sie:
„Vier Monate! Du weißt schon seit vier Monaten davon?“
Elinor bestätigte es.
„Was! Während du mir in all meinem Unglück beigestanden hast, hat das dein Herz beschwert? Und ich habe dir im stillen noch Vorwürfe gemacht, weil du glücklich warst!“
„Es wäre nicht richtig gewesen, dich damals wissen zu lassen, wie sehr das Gegenteil der Fall war.“
„Vier Monate!“ rief Marianne abermals. „So ruhig! So heiter! Wie hast du das ertragen können?“
„Indem ich fühlte, daß ich meine Pflicht tat. Das Lucy gegebene Versprechen zwang mich zur Geheimhaltung. Ich war es ihr schuldig, auch nicht die geringste Spur der Wahrheit ans Tageslicht kommen zu lassen, und ich war es meiner Familie und meinen Freunden schuldig, in ihnen keine Sorge um mich zu wecken, die zu beseitigen nicht in meiner Macht gestanden hätte.“
Marianne schien sehr betroffen.
„Ich hatte oft den Wunsch, dich und unsere Mutter auf-

zuklären", fügte Elinor hinzu, „und ein- oder zweimal habe ich es auch versucht, aber ohne das in mich gesetzte Vertrauen zu brechen, hätte ich euch niemals überzeugen können."

„Vier Monate! Und du hast ihn geliebt!"

„Ja. Aber ich habe nicht nur ihn geliebt, und da das Wohlbefinden anderer mir am Herzen lag, war ich froh, ihnen das Wissen darum, wie sehr ich litt, ersparen zu können. Jetzt kann ich fast ohne Erregung daran denken und davon sprechen. Ich möchte nicht, daß du dir meinetwegen Sorgen machst; denn ich kann dir versichern, daß ich nicht mehr allzusehr leide. Ich habe vieles, was mir hilft. Ich bin mir nicht bewußt, die Enttäuschung durch irgendeine Unklugheit selbst heraufbeschworen zu haben, und ich habe sie so gut wie möglich getragen, ohne sie weiterzuverbreiten. Ich spreche Edward von allem schuldhaften Benehmen frei. Ich wünsche ihm, daß er glücklich wird, und ich bin so sicher, daß er immer seine Pflicht tut, daß er es am Ende auch wirklich sein wird, obwohl er jetzt vielleicht ein gewisses Bedauern empfinden mag. Lucy fehlt es nicht an Vernunft, und das ist die Grundlage, auf der alles Gute aufgebaut werden kann. Und trotz allem, Marianne, trotz allem, was an dem Gedanken einer einmaligen und dauerhaften Zuneigung verführerisch ist, und trotz allem, was man zum Beweis dafür vorbringen mag, daß unser Glück gänzlich von einer bestimmten Person abhängt, ist es nicht beabsichtigt — ist es nicht so eingerichtet —, ist es nicht möglich, daß es wirklich so sein soll. Edward wird Lucy heiraten; er wird eine Frau heiraten, die der Hälfte ihres Geschlechts an Aussehen und Verstand überlegen ist, und Zeit und Gewohnheit werden ihn vergessen machen, daß er einst eine andere für begehrenswerter gehalten hat."

„Wenn du so denkst", sagte Marianne, „wenn der Verlust dessen, was am höchsten zu schätzen ist, so leicht durch etwas anderes ausgeglichen werden kann, dann sind deine Entschlossenheit und deine Selbstbeherrschung vielleicht etwas weniger verwunderlich, dann begreife ich sie jetzt schon eher."

„Ich verstehe, was du meinst. Du glaubst nicht, daß ich jemals viel gefühlt habe. Vier Monate lang, Marianne, habe ich das alles mit mir herumgetragen, ohne mit einem einzigen Menschen darüber sprechen zu können. Ich wußte, daß es dich und unsere Mutter todunglücklich machen würde, wenn ihr es erführet, und doch war es mir nicht möglich, euch im geringsten darauf vorzubereiten. Es wurde mir berichtet — es wurde mir geradezu aufgedrängt von ebender Person, deren schon vorher bestehendes Verlöbnis alle meine Aussichten vernichtete, und es wurde mir überdies, wie ich glaube, mit Genugtuung berichtet. Ich mußte daher die Vermutungen jener Person zerstreuen, indem ich mich bemühte, gleichgültig zu erscheinen, während ich innerlich doch so sehr beteiligt war, und dies war nicht nur einmal nötig. Ich mußte mir wieder und wieder ihre Hoffnungen und ihren Jubel anhören. Ich wußte, ich war für immer von Edward getrennt, ohne auch nur von einem Umstand zu erfahren, der mich die Verbindung hätte weniger wünschen lassen. Durch nichts wurde erwiesen, daß er unwürdig wäre, und nichts sprach dafür, daß er gegen mich gleichgültig wäre. Ich mußte mich gegen die unfreundliche Behandlung seiner Schwester und das anmaßende Benehmen seiner Mutter zur Wehr setzen, und ich mußte die Strafe für eine Verbindung erleiden, deren Vorzüge ich gar nicht genoß. Und all das ist zu einer Zeit geschehen, als es, wie du nur zu gut weißt, nicht mein einziges Unglück gewesen ist. Wenn du mich für fähig hältst, überhaupt jemals etwas zu empfinden, so wirst du *jetzt* hoffentlich glauben, daß ich gelitten habe. Die Fassung, mit der ich die ganze Angelegenheit nun zu betrachten vermag, und der Trost, den gelten zu lassen ich gewillt bin, sind Erfolge steter und schmerzlicher Bemühung; sie haben sich nicht von allein ergeben, sie haben am Anfang mein Gemüt noch nicht gestärkt. — Nein, Marianne, wenn ich nicht zum Schweigen verpflichtet gewesen wäre, hätte mich damals vielleicht nichts davon abhalten können — nicht einmal die Rücksicht, die ich meinen besten Freunden schuldete —, offen zu zeigen, daß ich *sehr* unglücklich war."

Marianne war völlig überwältigt.

„O Elinor!" rief sie. „Du hast mich dazu gebracht, daß ich mich mein Leben lang hassen werde. Wie grausam habe ich mich gegen dich verhalten! Gegen dich, die du mein einziger Trost warst, die du mit mir all mein Elend getragen hast, die du nur um meinetwillen zu leiden schienst! Ist das mein Dank? Ist das die einzige Gegenleistung, zu der ich fähig bin? Weil dein Verdienst ein schwerer Vorwurf für mich ist, habe ich versucht, es zu leugnen."

Die zärtlichsten Umarmungen folgten diesem Bekenntnis. Bei Mariannes augenblicklicher Verfassung hatte Elinor keine

Mühe, von ihr jedes gewünschte Versprechen zu erhalten, und auf ihre Bitte hin gelobte Marianne, niemals mit jemandem über die Angelegenheit zu reden und dabei auch nur den leisesten Anschein von Bitterkeit zu erwecken, mit Lucy zusammenzutreffen, ohne ihre gesteigerte Abneigung zu verraten, und sogar Edward selbst zu begegnen, falls es der Zufall so fügte, ohne etwas von ihrer gewohnten Herzlichkeit vermissen zu lassen. Dies waren große Zugeständnisse, aber sobald Marianne merkte, daß sie unrecht getan hatte, war ihr keine Sühne zu schwer.

Sie hielt ihr Versprechen, diskret zu sein, in bewunderungswürdiger Weise ein. Sie nahm alles, was Mrs. Jennings zu dem Thema zu sagen hatte, mit gleichbleibendem Gesichtsausdruck hin, war in keinem Punkt anderer Meinung, und man konnte sie dreimal sagen hören: „Ja, Madam." Sie lauschte geduldig ihrer Lobrede auf Lucy, wobei sie sich nur von einem Stuhl auf einen anderen setzte, und als Mrs. Jennings über Edwards Zuneigung sprach, kostete es sie lediglich ein Würgen in der Kehle. Solche an Heroismus grenzenden Fortschritte bei ihrer Schwester gaben Elinor das Gefühl, selbst allem gewachsen zu sein.

Der nächste Morgen brachte eine weitere Bewährungsprobe in Form eines Besuchs ihres Bruders, der mit tiefernster Miene kam, um über die entsetzliche Angelegenheit zu sprechen und Nachricht von seiner Frau zu bringen.

„Ich vermute", begann er mit großer Feierlichkeit, sobald er Platz genommen hatte, „ihr habt von der höchst schockierenden Entdeckung gehört, die gestern in unserem Hause stattgefunden hat."

Alle nickten zustimmend; der Augenblick schien zu grauenhaft zum Sprechen.

„Eure Schwägerin", fuhr er fort, „hat entsetzlich gelitten. Auch Mrs. Ferrars — kurz, es war eine Szene so maßlosen Kummers — aber ich will hoffen, daß sich die Aufregung wieder legt, ohne daß jemand von uns völlig zusammenbricht. Die arme Fanny! Sie hatte gestern den ganzen Tag hysterische Zustände. Aber ich möchte euch nicht zu sehr beunruhigen. Donavan sagte, es sei nichts Ernstliches zu befürchten; sie hat eine gute Konstitution und begegnet allem mit größter Entschlossenheit. Sie hat alles mit der Standhaftigkeit eines Engels ertragen! Sie sagte, sie würde nie wieder gut von jemand denken, und man braucht sich nicht darüber zu wundern, da sie doch so getäuscht worden ist! Solch eine Undankbarkeit zu erfahren, wo so viel Freundlichkeit erwiesen und so viel Vertrauen geschenkt worden ist! Aus purer Gutmütigkeit hatte sie diese jungen Mädchen in ihr Haus eingeladen, nur weil sie glaubte, daß sie einige Aufmerksamkeit verdienten und unschuldige, wohlerzogene Mädchen und angenehme Gesellschafterinnen seien, denn andernfalls hätten wir beide viel lieber dich und Marianne zu uns eingeladen, während eure gütige Freundin hier sich um ihre Tochter kümmerte. Und nun auf die Weise dafür belohnt zu werden! ‚Ich wünschte von ganzem Herzen', sagte die arme Fanny in ihrer liebevollen Art, ‚daß wir statt ihrer deine Schwestern zu uns gebeten hätten!'"

Hier hielt er inne, um den gebührenden Dank entgegenzunehmen; nachdem dies geschehen war, fuhr er fort:

„Was die arme Mrs. Ferrars gelitten hat, als Fanny es ihr schonend mitteilte, läßt sich gar nicht beschreiben! Während sie sich mit der aufrichtigsten Zuneigung bemühte, eine höchst wünschenswerte Verbindung für ihn zustande zu bringen, sollte man da vermuten, daß er die ganze Zeit über mit einer andern versprochen war! Ein solcher Verdacht wäre ihr nie in den Sinn gekommen! Wenn sie überhaupt irgendeine Befangenheit vermutet hatte, dann ganz bestimmt nicht in *dieser* Richtung! ‚Nach dieser Seite', sagte sie, ‚habe ich mich wahrhaftig für sicher gehalten.' Sie war in der allergrößten Aufregung. Doch wir berieten zusammen, was zu tun sei, und am Ende beschloß sie, Edward holen zu lassen. Er kam. Aber ich berichte nur ungern, was sich nun zutrug. Alles, was Mrs. Ferrars sagen konnte, um ihn zu bewegen, das Verlöbnis zu lösen — unterstützt auch, wie ihr euch wohl denken könnt, von meinen Argumenten und Fannys flehentlichen Bitten —, blieb ohne Erfolg. Pflicht, Zuneigung, alles wurde mißachtet. Ich habe vorher nie gedacht, daß Edward so eigensinnig und gefühllos ist. Seine Mutter erklärte ihm ihre großzügigen Pläne, falls er Miss Morton heiratete, sagte ihm, daß sie ihm Norfolk überschreiben würde, welches, da es grundsteuerfrei ist, gute tausend im Jahr einbringt, bot sogar an, als die Sache aussichtslos schien, auf zwölfhundert zu erhöhen; und für den gegenteiligen Fall, wenn er also weiterhin auf dieser niedrigen Verbindung bestehen würde, hielt sie ihm die sichere Not vor, die diese Heirat begleiten mußte. Seine eigenen zweitausend

Pfund, beteuerte sie, sollten sein ganzer Besitz sein, sie wolle ihn nie mehr sehen, und so wenig dächte sie daran, ihm auch nur die geringste Unterstützung zu gewähren, daß sie, falls er irgendeinen Beruf ergreifen würde, um auf diese Weise einen besseren Lebensunterhalt zu erwerben, alles tun würde, was in ihren Kräften stünde, um ihn am Weiterkommen zu hindern."

An dieser Stelle schlug Marianne voll Entrüstung die Hände zusammen und rief: „Allmächtiger Gott! Ist so etwas möglich!"

„Ja, Marianne", entgegnete ihr Bruder, „du kannst dich mit Recht über die Hartnäckigkeit wundern, die solchen Argumenten zu widerstehen vermochte. Dein Ausruf ist nur allzu verständlich."

Marianne wollte gerade etwas darauf erwidern, da erinnerte sie sich jedoch ihres Versprechens und unterließ es.

„Aber all das", fuhr er fort, „wurde umsonst vorgebracht. Edward sagte sehr wenig, doch was er sagte, das sagte er mit größter Entschiedenheit. Nichts würde ihn dazu bewegen können, sein Verlöbnis zu lösen. Er würde dazu stehen, koste es, was es wolle."

„Dann", rief Mrs. Jennings, die nicht länger schweigen konnte, mit rückhaltloser Offenheit, „hat er wie ein Ehrenmann gehandelt! Verzeihen Sie, Mr. Dashwood, aber hätte er sich anders benommen, so würde ich ihn für einen Schuft gehalten haben. Ich bin selbst in gewisser Weise an der ganzen Sache beteiligt, ebenso wie Sie, weil Lucy Steele meine Verwandte ist, und ich glaube, es gibt kein besseres Mädchen auf der Welt und keins, das eher einen guten Mann verdient."

John Dashwood war aufs höchste erstaunt, aber er war von Natur aus ruhig und keiner Provokation zugänglich, und er hatte nie den Wunsch, jemand zu kränken, schon gar nicht jemand, der ein Vermögen besaß. Deshalb entgegnete er, ohne zu zögern:

„Ich möchte keinesfalls unehrerbietig von einer Ihrer Verwandten sprechen, Madam, und ich glaube wohl, daß Miss Lucy Steele eine sehr achtbare junge Dame ist, aber im vorliegenden Fall muß, wie Sie sicher verstehen werden, eine Verbindung unmöglich sein. Und ein heimliches Verlöbnis mit einem jungen Mann eingegangen zu sein, der unter der Obhut ihres Onkels stand, mit dem Sohn einer Frau von so großem

Vermögen wie Mrs. Ferrars, ist denn am Ende vielleicht doch ein wenig ungewöhnlich. Um mich kurz zu fassen, ich habe nicht vor, über das Benehmen irgendeiner Person, die Ihnen nahesteht, Überlegungen anzustellen, Mrs. Jennings. Wir alle möchten sie gern glücklich sehen, und Mrs. Ferrars' Verhalten während der ganzen Sache war ganz so, wie man es von jeder anderen gewissenhaften, guten Mutter unter ähnlichen Umständen erwarten dürfte. Es war würdevoll und großzügig. Edward hat sein Schicksal selbst gewählt, und ich fürchte, es wird ein schlimmes Schicksal sein."

Marianne seufzte aus einer ähnlichen Befürchtung heraus, und Elinors Herz krampfte sich zusammen, wenn sie an Edwards Gefühle dachte, während er den Drohungen seiner Mutter mutig widerstand — um einer Frau willen, die es ihm nicht lohnen konnte.

„Nun, Sir", sagte Mrs. Jennings, „und wie endete alles?"

„Leider muß ich sagen, mit einem sehr unglücklichen Bruch, Ma'am. Edward ist für immer von seiner Mutter verstoßen worden. Er verließ gestern ihr Haus, aber wohin er sich gewendet hat oder ob er noch in der Stadt ist, weiß ich nicht; denn *wir* können natürlich keine Erkundigungen einziehen."

„Der arme junge Mann! Was soll bloß aus ihm werden?"

„Ja was, in der Tat, Ma'am! Das ist eine traurige Erwägung. Mit der Aussicht auf einen solchen Reichtum geboren worden zu sein! Ich kann mir keine beklagenswertere Situation vorstellen. Die Zinsen von zweitausend Pfund — wie soll jemand davon leben können? Und wenn dazu dann noch der Gedanke kommt, daß er — wäre es nicht durch seine eigene Torheit verhindert worden — binnen drei Monaten zweitausendfünfhundert im Jahr besessen hätte — denn Miss Morton hat dreißigtausend Pfund —, so kann ich mir keine schlimmere Lage vorstellen. Wir müssen alle Mitleid mit ihm haben, und das um so mehr, als es völlig außerhalb unserer Macht liegt, ihn zu unterstützen."

„Der arme junge Mann!" rief Mrs. Jennings. „Er ist natürlich als Gast in meinem Haus jederzeit willkommen, und das würde ich ihm auch sagen, wenn ich ihn sehen könnte. Es gehört sich nicht, daß er jetzt auf seine eigenen Kosten in Mietwohnungen und Wirtshäusern lebt."

Elinors Herz dankte ihr für ein solches Wohlwollen gegen Edward, obgleich sie nicht umhin konnte, über die Form, in

der es zum Ausdruck gebracht worden war, zu lächeln.
„Wenn er doch nur selbst an sich so gut gehandelt hätte", sagte John Dashwood, „wie an ihm zu handeln alle seine Freunde bereit waren, dann wäre er jetzt wahrscheinlich in der ihm geziemenden Situation, und es würde ihm an nichts gebrechen. Aber so, wie die Dinge liegen, steht es in niemandes Macht, ihn zu unterstützen. Und da ist noch etwas, was gegen ihn vorbereitet wird und was schlimmer als alles andere sein muß. Seine Mutter hat aus einer sehr verständlichen Regung heraus beschlossen, all jenen Besitz unverzüglich auf Robert zu überschreiben, der unter normalen Umständen eigentlich Edward gehört hätte. Als ich sie heute vormittag verließ, besprach sie die Angelegenheit gerade mit ihrem Rechtsanwalt."
„Ha!" rief Mrs. Jennings. „Das ist also *ihre* Rache. Jeder nach seiner Art. Aber ich glaube nicht, daß es meine Art wäre, den einen Sohn unabhängig zu machen, nur weil der andere mir Ärger bereitet hat."
Marianne stand auf und ging im Zimmer umher.
„Kann es etwas Qualvolleres für einen Mann geben", sprach John weiter, „als seinen jüngeren Bruder im Besitz eines Vermögens zu sehen, das sein eigenes hätte sein können? Der arme Edward! Er tut mir aufrichtig leid."
Einige weitere Minuten solcher Ergüsse beschlossen seinen Besuch, und nachdem er seinen Schwestern wiederholt versichert hatte, daß er wirklich glaube, es bestünde keine akute Gefahr hinsichtlich Fannys Indisposition, und daß sie sich also ihretwegen keine Sorgen zu machen brauchten, nahm er Abschied und ließ die drei Damen einig in ihrer Ansicht über das Geschehene zurück, zumindest soweit es Mrs. Ferrars' Verhalten, das der Dashwoods und das Edwards betraf.
Mariannes Entrüstung brach sich Bahn, sobald er das Zimmer verlassen hatte, und da ihre Heftigkeit jede Zurückhaltung von seiten Elinors unmöglich und von seiten Mrs. Jennings' unnötig machte, waren sie bald alle in einer äußerst lebhaften Diskussion über die Genannten begriffen.

Zweites Kapitel

Mrs. Jennings sang ein lautes Loblied auf Edwards Verhalten, aber nur Elinor und Marianne verstanden dessen wahren Wert. Nur sie wußten, wie wenig es gegeben hatte, um ihn in Versuchung zu führen, ungehorsam zu sein, und wie gering neben dem Bewußtsein, richtig gehandelt zu haben, der Trost war, der ihm nach dem Verlust seiner Freunde und seines Vermögens noch blieb. Elinor freute sich über seine Rechtschaffenheit, und Marianne verzieh ihm alle seine Vergehen aus Mitleid, weil er bestraft worden war. Aber obgleich das Vertrauen zwischen den Schwestern durch diese Enthüllung wiederhergestellt worden war, erörterte keine von beiden diesen Gegenstand gern, wenn sie allein waren. Elinor mied ihn aus Prinzip, da sie dazu neigte, auf Grund der so herzlichen, so überzeugten Versicherungen Mariannes jenen Glauben an Edwards beständige Zuneigung noch mehr in den Mittelpunkt ihrer Gedanken zu rücken, den daraus zu verbannen sie bestrebt war, und Marianne hatte bald keinen Mut mehr zu dem Versuch, über ein Thema zu sprechen, das sie durch den Vergleich zwischen Elinors Benehmen und ihrem eigenen, den es zwangsläufig heraufbeschwor, jedesmal nur noch unzufriedener mit sich selbst machte.

Sie empfand die ganze Gewalt dieses Vergleichs, aber er spornte sie nicht, wie ihre Schwester gehofft hatte, dazu an, sich nun zu beherrschen; sie empfand ihn mit all der Pein ständiger Selbstvorwürfe und bereute bitterlich, daß sie sich vorher nie beherrscht hatte, aber er brachte ihr nur Qualen der Reue, keine Hoffnung auf Besserung. Sie war so sehr deprimiert, daß sie Beherrschung zum gegenwärtigen Zeitpunkt für unmöglich hielt, und deshalb entmutigte er sie nur noch mehr.

Einen oder zwei Tage lang hörten sie nichts Neues über die Vorgänge in der Harley Street oder in Bartlett's Buildings. Aber obwohl ihnen schon so viel von der Sache bekannt war, daß Mrs. Jennings genug zu tun gehabt hätte, dieses Wissen weiterzutragen, ohne nach mehr forschen zu müssen, hatte sie von Anfang an beschlossen, sobald sie konnte, ihren jungen Verwandten einen Besuch abzustatten, um sie zu trösten und Erkundigungen einzuziehen, und lediglich eine größere Zahl von Besuchern als gewöhnlich hatte sie bisher davon abgehalten, zu ihnen zu gehen.

Der dritte Tag, nachdem sie von den Einzelheiten erfahren hatten, war ein so schöner, so warmer Sonntag, daß er viele Menschen nach Kensington Gardens lockte, obgleich es erst die zweite Märzwoche war. Mrs. Jennings und Elinor gehörten auch dazu; Marianne jedoch, die wußte, daß die Willoughbys wieder in der Stadt waren, und daher in ständiger Furcht lebte, ihnen zu begegnen, zog es vor, zu Hause zu bleiben, statt sich an einen so vielbesuchten Ort zu wagen.
Kaum hatten sie den Park erreicht, da trafen sie eine gute Bekannte von Mrs. Jennings, und Elinor war durchaus nicht böse, daß diese sich ihnen anschloß und Mrs. Jennings in ein Gespräch zog, denn so konnte sie selbst ungestört ihren Gedanken nachhängen. Sie sah weder etwas von den Willoughbys noch von Edward und eine Zeitlang überhaupt niemand, der sie in irgendeiner Weise interessiert hätte. Schließlich jedoch fand sie sich zu ihrem Erstaunen von Anne Steele angesprochen, die — obwohl sie ziemlich verschüchtert dreinblickte — große Befriedigung darüber ausdrückte, sie getroffen zu haben, und, durch Mrs. Jennings' besondere Freundlichkeit ermutigt, ihre eigene Gesellschaft für kurze Zeit verließ, um sich ihnen anzuschließen. Unverzüglich flüsterte Mrs. Jennings Elinor zu:
„Horchen Sie Nancy mal aus, meine Liebe! Sie wird Ihnen alles sagen, wonach Sie sie fragen. Sie sehen ja, ich kann leider nicht von Mrs. Clarke weg."
Doch zum Glück für Mrs. Jennings' und auch für Elinors Neugierde sagte Anne Steele alles, ohne gefragt zu werden, denn sonst hätten sie überhaupt nichts erfahren.
„Ich bin so froh, Sie zu treffen", begann Anne und nahm sie vertraulich am Arm, „gerade Sie wollte ich unbedingt sehen!" Und dann, indem sie die Stimme senkte: „Ich nehme an, Mrs. Jennings hat schon alles gehört. Ist sie böse?"
„Ich glaube, mit Ihnen überhaupt nicht."
„Das freut mich. Und Lady Middleton, ist sie böse?"
„Ich denke nicht."
„Ich bin schrecklich froh darüber. Du lieber Himmel! Ich habe vielleicht eine Zeit hinter mir! Noch nie im Leben habe ich Lucy so wütend gesehen. Zuerst hat sie geschworen, mir nie wieder einen neuen Hut zu besetzen oder irgendwas anderes für mich zu machen, solange sie lebt. Aber jetzt hat sie sich wieder beruhigt, und wir sind wieder so gute Freundinnen wie

eh und je. Sehen Sie mal, gestern abend hat sie mir diese Schleife an meinen Hut genäht und die Feder aufgesteckt. Da haben wir's, Sie machen sich auch über mich lustig. Aber warum sollte ich keine rosa Bänder tragen? Es ist mir völlig egal, ob das die Lieblingsfarbe des Doktors ist. Ich hätte es ja nicht einmal gewußt, daß sie ihm tatsächlich lieber ist als jede andere Farbe, wenn er es nicht zufällig erwähnt hätte. Meine Cousinen haben mich vielleicht schon was geärgert! Ich muß sagen, manchmal weiß ich wirklich nicht, wie ich mich vor ihnen in acht nehmen soll."

Sie war auf ein Thema abgeglitten, über das Elinor nichts zu sagen wußte, und hielt es deshalb bald für ratsam, wieder auf das ursprüngliche zurückzukommen.

„Aber wissen Sie, Miss Dashwood", sagte Anne triumphierend, „die Leute können so oft behaupten, wie sie wollen, daß Mr. Ferrars erklärt hätte, er wolle Lucy nicht haben, denn es verhält sich durchaus nicht so, das kann ich Ihnen garantieren, und es ist wirklich eine Schande, daß solche boshaften Gerüchte verbreitet werden. Wie auch immer Lucy selber darüber denken mag, so haben doch jedenfalls andere Leute nicht das Recht, es als wahr hinzustellen."

„Ich habe bis jetzt nicht die geringste Andeutung in dieser Hinsicht gehört, versichere ich Ihnen", sagte Elinor.

„So! Nicht? Aber es ist erzählt worden, ich weiß es genau, und zwar von mehr als einem; denn Miss Godby sagte zu Miss Sparks, kein vernünftiger Mensch könne von Mr. Ferrars erwarten, daß er eine Frau wie Miss Morton, die dreißigtausend Pfund besäße, wegen einer Lucy Steele, die überhaupt nichts hätte, aufgeben würde; und mir hat es Miss Sparks selber gesagt. Und außerdem hat sogar mein Cousin Richard gesagt, er fürchte, wenn es soweit sei, würde Mr. Ferrars sie sitzenlassen. Und als Edward drei Tage lang nicht zu uns gekommen ist, wußte ich nicht, was ich denken sollte, und ich bin völlig überzeugt, daß Lucy schon alles aufgegeben hatte, denn wir verließen das Haus Ihres Bruders am Mittwoch, und wir haben den ganzen Donnerstag, Freitag und Sonnabend nichts von Edward gehört und wußten nicht, was mit ihm los war. Einmal wollte Lucy ihm schon schreiben, aber dann hat sie sich eines Besseren besonnen. Doch heute morgen kam er dann, gerade als wir von der Kirche nach Hause kamen, und es stellte sich alles heraus, wie er nämlich am

Mittwoch in die Harley Street geholt worden sei und ihm seine Mutter und alle anderen zugesetzt hätten und wie er vor ihnen allen erklärt hätte, daß er nur Lucy liebe und keine andere als Lucy haben wolle. Und wie er von dem Vorgefallenen so aufgewühlt gewesen sei, daß er, sobald er von seiner Mutter fort gewesen wäre, aufs Pferd gestiegen und irgendwohin aufs Land geritten und den ganzen Donnerstag und Freitag in einem Gasthaus geblieben sei mit der Absicht, sich von allem zu erholen. Und nachdem er alles immer wieder durchdacht hätte, sagte er, schiene ihm, daß es nicht sehr rücksichtsvoll wäre, sie durch eine Verlobung zu binden, wo er doch jetzt kein Vermögen hätte und überhaupt gar nichts. Es würde ihr nur zum Schaden gereichen, denn er hätte bloß zweitausend Pfund und keine Hoffnung auf mehr; und wenn er in den geistlichen Stand träte, wie er geplant hätte, so würde er nur eine Kuratenstelle erhalten, und wie sollten sie davon leben? — Er könne den Gedanken nicht ertragen, daß sie kein besseres Leben würde führen können, und so bäte er sie, wenn es ihr recht sei, auf der Stelle Schluß zu machen und ihn zu verlassen, damit er nur für sich selbst zu sorgen hätte. Ich hörte ihn das alles so unmißverständlich wie nur möglich sagen. Und nur *ihret*willen und *ihret*wegen sagte er etwas von Trennung, nicht seinetwegen! Ich kann schwören, er hat mit keiner Silbe angedeutet, daß er ihrer überdrüssig sei oder Miss Morton zu heiraten wünsche oder etwas Ähnliches. Aber Lucy hat natürlich auf solches Gerede nicht gehört. Sie hat ihm direkt ins Gesicht gesagt — mit vielen süßen und lieben Worten, wissen Sie, und alles so was — na! man kann solche Sachen ja nicht wiederholen, wissen Sie —, sie hat ihm also direkt ins Gesicht gesagt, sie hätte nicht die geringste Absicht, mit ihm Schluß zu machen, denn sie könne mit ihm auch von einem schmalen Einkommen leben, und wenn er auch noch so wenig hätte, es würde ihr völlig genügen, wissen Sie, oder so ähnlich. Daraufhin war er furchtbar glücklich und sprach eine Weile davon, was sie tun würden, und sie kamen überein, daß er sofort in den geistlichen Stand treten solle und sie mit dem Heiraten warten müßten, bis er seine Pfründe bekäme. Und gerade an dieser Stelle konnte ich nicht mehr weiter zuhören, weil meine Cousine von unten hochrief, daß Mrs. Richardson in ihrer Kutsche gekommen sei und eine von uns nach Kensington Gardens mitnehmen würde. So war ich gezwungen, ins

Zimmer zu gehen und sie zu stören und Lucy zu fragen, ob sie mitfahren wolle, aber sie wollte Edward nicht verlassen. Da bin ich schnell nach oben gerannt und habe mir ein Paar Seidenstrümpfe angezogen und bin mit den Richardsons mitgefahren."

„Ich verstehe nicht, was Sie mit ‚ins Zimmer gehen und sie stören' meinen", sagte Elinor. „Sie waren doch alle im selben Zimmer, nicht wahr?"

„Na aber, Miss Dashwood! Glauben Sie denn, die Leute machen sich in Gegenwart Dritter Liebesgeständnisse? Oh, schämen Sie sich! Das müßten Sie doch eigentlich besser wissen" — sie lachte affektiert —, „nein, nein. Sie waren allein im Wohnzimmer, und ich habe alles nur gehört, weil ich an der Tür lauschte."

„Wie!" rief Elinor, „haben Sie mir das wiederholt, was Sie nur durch Lauschen an der Tür erfahren haben? Es tut mir sehr leid, daß ich das nicht schon eher gewußt habe. Ich hätte Ihnen ganz gewiß nicht gestattet, mir Einzelheiten eines Gesprächs wiederzugeben, das gar nicht für Ihre Ohren bestimmt war. Wie können Sie sich so unfair gegen Ihre Schwester benehmen?"

„Na aber! Da ist doch nichts dabei. Ich habe doch nur an der Tür gestanden und gehört, was eben zu hören war. Und ich bin überzeugt, daß Lucy in meinem Fall genau dasselbe getan hätte. Vor ein, zwei Jahren nämlich, als Martha Sharpe und ich so manches Geheimnis miteinander hatten, da hat sie sich ohne viel Federlesens in einem Schrank oder hinter einem Kamingitter versteckt, nur um zu hören, was wir uns erzählten."

Elinor versuchte, von etwas anderem zu sprechen, aber Anne Steele ließ sich nicht länger als ein paar Minuten von dem abhalten, was ihre Gedanken beherrschte.

„Edward sagte, er würde bald nach Oxford gehen", fuhr sie fort, „aber jetzt ist er in der Pall Mall, Nr. . . . in Logis. Seine Mutter ist doch eine böse Frau, nicht wahr? Und Ihr Bruder und Ihre Schwägerin waren auch nicht gerade sehr nett! Aber ich will vor Ihnen nichts Schlechtes gegen sie sagen. Schließlich haben sie uns sogar noch in ihrer eigenen Kutsche nach Hause fahren lassen, was mehr war, als ich erwartet hatte. Und ich für mein Teil hatte große Angst, daß Ihre Schwägerin die Nähkästchen von uns zurückfordern würde, die sie uns einen oder zwei Tage vorher geschenkt hatte. Aber es fiel kein Wort darüber, und ich habe mir alle Mühe gegeben, meins nicht sehen zu lassen. Edward hat was in Oxford zu erledigen, sagt er, deshalb muß er eine Zeitlang hin, und danach, sobald er einen Bischof auftreiben kann, wird er ordiniert werden. Ich bin ja neugierig, was für eine Kuratenstelle er bekommen wird! — Du lieber Himmel" — hierbei kicherte sie —, „ich würde meinen Kopf wetten, daß ich weiß, was meine Cousinen sagen werden, wenn sie's hören! Sie werden zu mir sagen, ich soll dem Doktor schreiben, daß er Edward die Kuratenstelle für seinen neuen Lebensunterhalt verschaffen soll. Ich weiß, daß sie das sagen werden, aber ich weiß auch, daß ich so etwas um nichts in der Welt tun würde. ‚Na!' werde ich einfach sagen, ‚ich wundere mich wirklich, wie ihr so was denken könnt. *Ich* dem Doktor schreiben, ihr habt Ideen!'"

„Nun", sagte Elinor, „es ist immer gut, auf das Schlimmste vorbereitet zu sein. Sie haben wenigstens Ihre Antwort parat."

Anne Steele war gerade im Begriff, darauf etwas zu erwidern, als das Herannahen ihrer eigenen Gesellschaft eine andere Bemerkung nötiger machte.

„Oh, da kommen die Richardsons! Ich hätte Ihnen noch eine ganze Menge zu sagen, aber ich darf nicht länger von ihnen wegbleiben. Ich versichere Sie, es sind sehr vornehme Leute. Er macht schrecklich viel Geld, und sie halten sich eine eigene Kutsche. Ich habe keine Zeit, selber mit Mrs. Jennings darüber zu sprechen, aber sagen Sie ihr bitte, ich bin glücklich, daß sie uns nicht böse ist, und sagen Sie Lady Middleton dasselbe. Und falls etwas passieren sollte und Sie und Ihre Schwester müssen weg und Mrs. Jennings braucht Gesellschaft, so kommen wir selbstverständlich furchtbar gern und bleiben bei ihr, solange sie will. Ich nehme an, daß Lady Middleton uns nun nicht mehr bitten wird. Auf Wiedersehen! Schade, daß Miss Marianne nicht mit ist. Empfehlen Sie mich ihr. Na, daß Sie Ihr getüpfeltes Musselinkleid anhaben! Ich wundere mich, daß Sie keine Angst haben, es könnte zerrissen werden."

Das war ihre letzte Sorge für diesmal, denn danach hatte sie nur noch Zeit, Mrs. Jennings ihre Abschiedsgrüße zu entbieten, bevor Mrs. Richardson ihre Begleitung beanspruchte, und Elinor blieb im Besitz eines Wissens zurück, das ihren Gedanken für einige Zeit neue Nahrung bieten mochte, obgleich sie kaum mehr erfahren hatte, als sie bereits geahnt und vermutet hatte. Edwards Vermählung mit Lucy war tatsächlich so fest beschlossen und der Zeitpunkt dafür wirklich so völlig ungewiß, wie sie es sich gedacht hatte: Alles hing davon ab, daß er dieses Amt bekam, wofür es im Augenblick nicht die geringste Chance zu geben schien.

Sobald sie zur Kutsche zurückkehrten, verlangte Mrs. Jennings ungeduldig von Elinor Bericht, aber da sie von Informationen, die ursprünglich auf so unlautere Weise erworben worden waren, so wenig wie möglich weitergeben wollte, beschränkte sie sich auf die kurze Wiederholung solch unverfänglicher Einzelheiten, von denen sie überzeugt war, daß Lucy sie um ihres eigenen Ansehens willen bekannt werden lassen wollte. Das Weiterbestehen ihres Verlöbnisses und die Maßnahmen, die seine erfolgreiche Beendigung fördern sollten, waren alles, was sie mitteilte, und das rief bei Mrs. Jennings die folgende verständliche Bemerkung hervor:

„Warten, bis er ein Einkommen hat! — Großer Gott, wir wissen doch alle, wie das enden wird! Sie warten zwölf Monate, und wenn sie dann feststellen, daß sie noch immer nichts erreicht haben, werden sie sich mit einem Kuratenamt von fünfzig Pfund im Jahr, mit den Zinsen seiner zweitausend Pfund und dem bißchen, was Mr. Steele und Mr. Pratt ihr geben können, bescheiden. — Und dann wird jedes Jahr ein Kind kommen! Gott möge ihnen beistehen! Wie arm sie sein werden! — Ich muß sehen, was ich ihnen für ihre Einrichtung geben kann. Zwei Mädchen und zwei Diener, wahrhaftig, wie ich neulich gesagt habe! — Nein, nein, sie brauchen ein kräftiges Mädchen für alle Arbeiten. Wie die Lage jetzt ist, würde Bettys Schwester nie für sie genügen."

Am nächsten Morgen erhielt Elinor mit der Ortspost einen Brief von Lucy. Er lautete wie folgt:

Bartlett's Buildings, im März

Ich hoffe, meine liebe Miss Dashwood wird mir verzeihen, daß ich mir die Freiheit nehme, ihr zu schreiben. Aber ich weiß, daß Sie sich auf Grund Ihrer freundschaftlichen Gefühle für mich sehr freuen werden, einen so guten Bericht von mir und meinem lieben Edward zu erhalten, nach all dem Kummer, den wir kürzlich durchgemacht haben. Deshalb will ich auch nicht länger Entschuldigungen vorbringen, sondern Ihnen statt dessen lieber mitteilen, daß es uns beiden Gott sei Dank —

obgleich wir entsetzlich gelitten haben — jetzt recht gut geht und daß wir so glücklich sind, wie man das immer sein muß, wenn eins den andern liebt. Wir hatten große Prüfungen und große Heimsuchungen durchzustehen, aber andererseits haben wir auch viele Freunde — zu denen nicht zuletzt Sie selbst gehören —, an deren große Güte ich mich immer voll Dank erinnern werde, desgleichen Edward, dem ich davon berichtet habe. Sie und die liebe Mrs. Jennings werden sich sicher freuen, wenn Sie hören, daß ich gestern nachmittag zwei glückliche Stunden mit ihm verbracht habe. Er wollte nichts von einer Trennung wissen, obwohl ich ihn — da ich es für meine Pflicht hielt — allen Ernstes drängte, sich aus Gründen der Klugheit dazu durchzuringen, und auf der Stelle von ihm gegangen wäre, wenn er eingewilligt hätte. Aber er sagte, dies solle nie geschehen, er würde auf den Zorn seiner Mutter keine Rücksicht nehmen, wenn er meiner Zuneigung gewiß sei. Unsere Aussichten sind natürlich nicht allzu rosig, aber wir müssen eben warten und das Beste hoffen. Er wird bald ordiniert werden, und sollte es je in Ihrer Macht liegen, ihn irgend jemandem zu empfehlen, der eine Pfründe zu vergeben hat, so bin ich gewiß, daß Sie uns nicht vergessen werden, und auch die liebe Mrs. Jennings nicht, ich hoffe, sie wird ein gutes Wort für uns bei Sir John oder Mr. Palmer oder irgendeinem anderen Freund einlegen, dem es möglich ist, uns zu helfen. — Die arme Anne ist sehr zu tadeln für das, was sie getan hat, aber sie tat es in der besten Absicht, daher sage ich nichts. Ich hoffe, Mrs. Jennings hält es nicht für zu beschwerlich, uns einen Besuch abzustatten; sollte sie eines Vormittags bei uns vorbeikommen, so wäre das eine große Freundlichkeit, und meine Cousinen wären stolz, sie kennenzulernen. — Mein Papier mahnt mich, zum Schluß zu kommen, und indem ich Sie bitte, mich Mrs. Jennings voll Dankbarkeit und Ehrerbietung zu empfehlen, auch Sir John und Lady Middleton und den lieben Kindern, falls Sie sie zufällig sehen sollten, und mit herzlichen Grüßen an Miss Marianne,

verbleibe ich etc. etc.

Sobald Elinor den Brief zu Ende gelesen hatte, führte sie das aus, was sie als die wahre Absicht der Schreiberin erkannt hatte: Sie gab ihn Mrs. Jennings, die ihn mit vielen Bemerkungen der Genugtuung und des Lobes laut vorlas.

„Wirklich sehr gut! — Wie hübsch sie schreibt! — Ach ja, das war höchst anständig, ihn freigeben zu wollen, falls er es verlangt hätte. Das war echt Lucy. Arme Seele! Ich wünschte von ganzem Herzen, ich könnte ihm tatsächlich eine Pfründe beschaffen. — Hören Sie mal, sie nennt mich liebe Mrs. Jennings! Sie ist das gutherzigste Mädchen, das je gelebt hat. — Wirklich, auf mein Wort. Dieser Satz hier ist sehr hübsch formuliert. Ja, ja, ich werde sie besuchen, aber ganz sicher werde ich das. Wie aufmerksam sie ist, an alle denkt sie! — Danke, meine Liebe, daß Sie ihn mir gezeigt haben. Es ist der hübscheste Brief, den ich je gelesen habe, und er macht Lucys Herz und Verstand große Ehre."

Drittes Kapitel

Die Schwestern Dashwood waren nun schon seit mehr als zwei Monaten in London, und Mariannes Ungeduld, es wieder zu verlassen, wuchs mit jedem Tag. Sie verlangte nach der guten Luft, der Freiheit und der Stille des Landes und bildete sich ein, daß — wenn überhaupt ein Ort — nur Barton ihr Ruhe geben könne. Elinor sehnte die Abreise kaum weniger ungeduldig herbei und war nur deshalb nicht so sehr darauf bedacht, sie unverzüglich anzutreten, weil sie sich der Unannehmlichkeiten einer so langen Reise bewußt war, die Marianne einfach nicht sehen wollte. Sie begann nun jedoch ihre Gedanken ernsthaft darauf zu richten und hatte ihre Absicht auch bereits ihrer gütigen Gastgeberin mitgeteilt — die sich mit der ganzen Beredsamkeit ihres Wohlwollens dagegen sträubte —, als ein Vorschlag gemacht wurde, der Elinor insgesamt weit annehmbarer schien als jeder andere, obgleich sich daraus ergab, daß sie noch ein paar Wochen der Heimat würden fernbleiben müssen. Die Palmers hatten vor, Ende März über die Osterfeiertage nach Cleveland zu fahren, und Mrs. Jennings sowie ihre beiden Freundinnen erhielten eine sehr herzliche Einladung von Charlotte, sich ihnen anzuschließen. Das allein hätte jedoch Elinors Feingefühl noch nicht genügt, aber die Einladung wurde von Mr. Palmer mit einer gleichermaßen von Herzen kommenden Höflichkeit unterstützt, die sie im Verein mit der auffallenden Besserung seines Benehmens ihnen gegenüber, seitdem das Unglück ihrer

Schwester bekannt geworden war, dazu bewog, mit Vergnügen anzunehmen.
Doch als sie Marianne davon berichtete, fiel deren erste Antwort nicht sehr günstig aus.
„Cleveland!" rief sie erregt. „Nein, ich kann nicht nach Cleveland fahren."
„Du vergißt", sagte Elinor sanft, „daß es nicht — es liegt nicht in der Nachbarschaft von . . ."
„Aber es liegt in Somersetshire. — Ich kann nicht nach Somersetshire fahren. — In die Gegend, wo ich einmal so gerne hinfahren wollte . . . Nein, Elinor, du kannst nicht von mir erwarten, daß ich dorthin fahre."
Elinor wollte nicht darauf eingehen, wie angebracht es sei, solche Gefühle zu überwinden; sie bemühte sich lediglich, ihnen entgegenzuwirken, indem sie andere Gefühle ansprach und das Vorhaben als eine Maßnahme hinstellte, die den Zeitpunkt von Mariannes Rückkehr zu ihrer teuren Mutter, die sie so sehr zu sehen wünschte, auf eine angenehmere, bequemere Weise festlegen würde, als das mit Hilfe jedes anderen Planes geschehen könnte, und vielleicht auch ohne größere Verzögerung. Von Cleveland, das ganz in der Nähe von Bristol lag, betrug die Entfernung nach Barton nicht einmal einen Tag, wenngleich es auch eine lange Tagesreise war, und der Diener ihrer Mutter konnte leicht dort hinkommen, um sie nach Hause zu begleiten; und da es für sie keine Veranlassung geben würde, sich länger als eine Woche in Cleveland aufzuhalten, konnten sie, von nun an gerechnet, in wenig mehr als drei Wochen zu Hause sein. Da Marianne wirklich sehr an ihrer Mutter hing, mußte dieses Argument mit Leichtigkeit über die eingebildeten Übel triumphieren, die sie gegen das Unternehmen ins Feld geführt hatte.
Mrs. Jennings war so weit davon entfernt, ihrer Gäste überdrüssig zu scin, daß sie sie sehr ernsthaft drängte, mit ihr wieder von Cleveland zurückzufahren. Elinor war dankbar für diese Aufmerksamkeit, doch sie vermochte nichts an ihrem Plan zu ändern, und da sie das Einverständnis ihrer Mutter bereitwilligst erhielten, wurde hinsichtlich ihrer Rückkehr alles soweit wie möglich vorbereitet, und Marianne fand ein wenig Ablenkung darin, die Stunden zu zählen, die sie noch von ihrem geliebten Barton trennten.
„Ach Oberst, ich weiß gar nicht, was wir beide ohne die Misses

Dashwood machen sollen", begrüßte ihn Mrs. Jennings, als er sie das erste Mal besuchte, nachdem ihre Abreise feststand, „denn sie sind fest entschlossen, gleich von den Palmers aus nach Hause zu fahren, und wie einsam werden wir sein, wenn ich zurückkomme! Du lieber Himmel! Wir werden dasitzen und einander trübsinnig anstarren wie zwei altersschwache Katzen."

Vielleicht hoffte Mrs. Jennings, ihn durch dieses anschauliche Bild ihrer künftigen Langeweile bewegen zu können, jenen Antrag zu machen, der ihm einen Ausweg daraus bot, und wenn es sich so verhielt, hatte sie bald darauf guten Grund, anzunehmen, daß sie ihr Ziel erreicht hatte; denn als Elinor zum Fenster ging, um die Maße einer Zeichnung, die sie für ihre Freundin kopierte, schneller nehmen zu können, folgte er ihr mit einem bedeutungsvollen Blick dorthin und unterhielt sich dann mehrere Minuten lang mit ihr. Die Wirkung dieser Unterhaltung konnte der Aufmerksamkeit der Dame des Hauses nicht entgehen, denn obgleich sie zu wohlerzogen war, um zu lauschen, und sogar ihren Platz mit einem in der Nähe des Klaviers, auf dem Marianne spielte, vertauscht hatte, damit sie nichts hörte, sah sie doch, daß Elinor die Farbe wechselte, in Erregung geriet und ihm so angespannt zuhörte, daß sie vollkommen vergaß, in ihrer Beschäftigung fortzufahren. Zur weiteren Bestätigung von Mrs. Jennings' Hoffnungen drangen in der Pause, während der Marianne von einem Übungsstück zum anderen überging, einige Worte des Obersts unvermeidlich an ihr Ohr, mit denen er sich für den schlechten Zustand seines Hauses zu entschuldigen schien. Damit war die Sache klar. Zwar wunderte sie sich, daß er dies für nötig hielt, aber sie nahm an, daß es die Etikette verlange. Was Elinor darauf erwiderte, konnte sie nicht verstehen, schloß aber aus der Bewegung ihrer Lippen, daß sie das für keinen begründeten Einwand hielt, und lobte sie innerlich für ihre Aufrichtigkeit. Die beiden unterhielten sich dann noch ein paar Minuten, ohne daß sie eine Silbe auffing, bis sie glücklicherweise während einer weiteren Unterbrechung in Mariannes Darbietung die folgenden, von der ruhigen Stimme des Obersts gesprochenen Worte verstehen konnte:

„Es tut mir leid, daß sie nicht eher stattfinden kann."

Erstaunt und schockiert über diese eines Liebhabers unwürdige Rede, war sie nahe daran, auszurufen: Himmel! Durch was sollte sie verzögert werden?, doch sie unterdrückte diese Regung und beschränkte sich auf den schweigenden Stoßseufzer: Das ist aber seltsam — er braucht ja weiß Gott nicht zu warten, bis er älter ist!

Diese Verzögerung von seiten des Obersts schien jedoch seine hübsche Gesprächspartnerin nicht im geringsten zu beleidigen oder zu kränken, denn als sie bald darauf ihre Unterhaltung abbrachen und nach verschiedenen Seiten auseinandergingen, hörte Mrs. Jennings Elinor mit einer Stimme, die bewies, daß sie wirklich empfand, was sie aussprach, sehr deutlich sagen: „Ich werde mich Ihnen immer sehr zu Dank verpflichtet fühlen."

Mrs. Jennings war von ihrer Dankbarkeit entzückt und wunderte sich nur, daß es der Oberst, nachdem er einen solchen Satz gehört hatte, fertigbrachte, sich mit der größten Kaltblütigkeit von ihr zu verabschieden, was er unverzüglich tat, und fortzugehen, ohne ihr eine Antwort zukommen zu lassen! — Sie hätte nicht geglaubt, daß ihr alter Freund einen so gleichgültigen Bewerber abgeben könnte.

Was sich wirklich zwischen den beiden zugetragen hatte, war folgendes.

„Ich habe von dem Unrecht gehört", sagte er mit großer Anteilnahme, „das Ihrem Freund Mr. Ferrars von seiner Familie zugefügt worden ist. Wenn ich die Sache richtig verstehe, so ist er von ihr verstoßen worden, weil er sein Verlöbnis mit einem sehr ehrenwerten jungen Mädchen nicht gelöst hat. Bin ich richtig informiert? Ist es so?"

Elinor bestätigte ihm, daß es so sei.

„Es ist grausam, schrecklich grausam und unvernünftig", fuhr er voller Gefühl fort, „zwei junge Menschen zu trennen oder trennen zu wollen, die einander schon lange zugetan sind — Mrs. Ferrars weiß vielleicht nicht, was sie tut — wozu sie ihren Sohn treibt. Ich habe Mr. Ferrars zwei- oder dreimal in der Harley Street gesehen, und er gefällt mir sehr gut. Er ist kein junger Mann, mit dem man in kurzer Zeit vertraut wird, aber ich habe genug von ihm gesehen, um ihm um seiner selbst willen Gutes zu wünschen, und als einem Freund von Ihnen wünsche ich es ihm noch mehr. Ich hörte, daß er in den geistlichen Stand treten will. Würden Sie so gut sein und ihm sagen, daß er die Pfründe in Delaford haben kann? Sie ist jetzt gerade unbesetzt, wie ich mit der heutigen Post erfuhr, und wenn er es für wert erachtet, sie anzunehmen — aber in Anbetracht der unglücklichen Verhältnisse, in denen er jetzt lebt, mag es unsinnig sein, das zu bezweifeln. Ich wünschte nur, sie wäre einträglicher. — Es ist eine Pfarrstelle, aber eine kleine. Ich glaube, der letzte Pfründeninhaber brachte es auf nicht mehr als zweihundert Pfund im Jahr, und wenn sich das sicherlich auch verbessern läßt, so fürchte ich doch, nicht auf eine solche Summe, die ein sehr reichliches Einkommen für ihn darstellen würde. Aber so, wie es ist, wäre es mir eine sehr große Freude, ihn dafür zu empfehlen. Bitte, versichern Sie ihm dies."

Elinors Erstaunen über diesen Auftrag war so groß, daß es kaum hätte größer sein können, wenn der Oberst ihr tatsächlich seine Hand angeboten hätte. Die Stellung, die sie noch vor zwei Tagen als für Edward unerreichbar betrachtet hatte, wartete schon auf ihn, um ihm die Heirat zu ermöglichen, und ausgerechnet sie war dazu bestimmt, sie ihm zukommen zu lassen! Ihre Erregung war so stark, daß Mrs. Jennings sie einer sehr anders gearteten Ursache zugeschrieben hatte; aber mochten auch nicht so erhabene, mochten weniger reine und weniger erfreuliche Gefühle Anteil an dieser Gemütsbewegung haben, so waren ihre Hochschätzung der grenzenlosen Güte und ihre Dankbarkeit für die wahre Freundschaft, die Oberst Brandon zu dieser Tat bewogen hatten, doch tief empfunden und wurden wärmstens ausgedrückt. Sie dankte ihm von ganzem Herzen dafür, sprach von Edwards Ansichten und seinen Fähigkeiten mit jenem Lob, das sie ihrer Meinung nach verdienten, und versprach, den Auftrag mit Freuden auszuführen, wenn es wirklich sein Wunsch sei, eine so angenehme Aufgabe jemand anderem zu übertragen. Gleichzeitig aber kam ihr unwillkürlich der Gedanke, daß sie keiner so gut ausführen könnte wie er selbst. Kurz, es war eine Aufgabe, von der sie sehr gern verschont geblieben wäre, da sie wenig Lust hatte, Edward in die peinliche Lage zu bringen, sich ihr verpflichtet zu wissen. Aber Oberst Brandon, der diese Aufgabe aus Gründen ähnlichen Zartgefühls ebenfalls ablehnte, schien noch immer sehr darauf bedacht, sie von ihr ausführen zu lassen, so daß sie sich auf keinen Fall länger sträuben konnte. Sie nahm an, daß sich Edward noch in der Stadt befand, und glücklicherweise hatte sie seine Adresse von Anne Steele erfahren. Sie konnte ihn daher im Laufe des Tages von dem

Angebot in Kenntnis setzen. Nachdem diese Sache endlich geklärt war, begann Oberst Brandon davon zu sprechen, daß es sein eigener Vorteil sei, wenn er sich einen so respektablen und angenehmen Nachbarn sichere, und an dieser Stelle erwähnte er auch mit Bedauern, daß das Haus klein und bescheiden sei — ein Übelstand, den Elinor, wie Mrs. Jennings richtig vermutet hatte, für unbedeutend erachtete, wenigstens soweit es sich um die Größe handelte.
„Was die Kleinheit des Hauses anbelangt", sagte sie, „so kann ich mir nicht vorstellen, daß ihnen daraus große Unbequemlichkeiten erwachsen werden, denn es wird im richtigen Verhältnis zu ihrer Familie und ihrem Einkommen stehen."
Diesen Worten entnahm der Oberst mit Erstaunen, daß sie Mr. Ferrars' Heirat als logische Folge des Angebots betrachtete; denn er selbst hielt es nicht für möglich, daß die Delaforder Pfründe ein solches Einkommen liefern könnte, welches einen Mann mit seinem Lebensstil zu dem Wagnis verleiten würde, eine Ehe darauf aufzubauen — und das sagte er auch.
„Diese kleine Pfarrstelle bringt nicht mehr ein, als daß Mr. Ferrars bequem als Junggeselle davon leben kann. Sie ermöglicht es ihm nicht, zu heiraten. Es tut mir leid, wenn ich sagen muß, daß meine Protektion hier endet und mein Einfluß kaum weiter reicht. Falls es sich jedoch einmal durch Zufall ergeben sollte, daß ich ihm von Nutzen sein kann, so müßte sich meine Meinung von ihm schon sehr geändert haben, wenn ich ihm dann nicht mit derselben Bereitwilligkeit weiterhülfe, mit der ich ihm im Moment weiterhelfen würde, wenn ich nur könnte. Was ich jetzt tue, scheint in der Tat kein Gewicht zu haben, da es ihn dem, was für ihn sein ganzes Glück bedeuten muß, so wenig näherbringt. Seine Heirat bleibt noch immer ein lockendes Ziel in weiter Ferne. Es tut mir leid, daß sie nicht eher stattfinden kann."
Dies war der Satz, der, falsch gedeutet, Mrs. Jennings' Feingefühl mit Recht verletzen mußte, der jedoch, wenn man berücksichtigt, was wirklich zwischen Oberst Brandon und Elinor vorgegangen war, während sie am Fenster standen, und welche Dankbarkeit Elinor zum Ausdruck gebracht hatte, als sie sich trennten, vielleicht nach Wortwahl und Tonfall tatsächlich so geklungen haben mag, als wäre er im Zusammenhang mit einem Heiratsantrag gesprochen worden.

„Nun, Miss Dashwood", sagte Mrs. Jennings und lächelte wissend, sobald sich der Gentleman zurückgezogen hatte, „ich frage Sie nicht, was der Oberst zu Ihnen gesagt hat, denn obgleich ich, auf mein Wort, versucht habe, mich außer Hörweite zu halten, habe ich doch genug aufgeschnappt, um zu verstehen, was für ein Anliegen er hatte, und ich versichere Sie, ich war nie im Leben angenehmer berührt, und ich wünsche Ihnen von ganzem Herzen Glück."

„Danke, Ma'am", sagte Elinor. „Es ist mir wirklich eine große Freude, und ich weiß Oberst Brandons Güte sehr wohl zu schätzen. Es gibt nicht viele Leute, die so handeln würden wie er. Nur wenige haben ein so mitfühlendes Herz! Ich war noch nie im Leben so überrascht."

„Du lieber Gott! Sie sind sehr bescheiden, meine Beste! Ich bin überhaupt nicht überrascht, denn ich habe in letzter Zeit oft gedacht, daß nichts eher zu erwarten wäre als das."

„Sie haben damit gerechnet, weil Sie die große Güte des Oberst kennen, aber Sie konnten zumindest nicht voraussehen, daß sich so bald eine Gelegenheit ergeben würde."

„Gelegenheit!" wiederholte Mrs. Jennings. „Oh, was das anbelangt, so findet ein Mann, der sich einmal zu so etwas entschlossen hat, immer eine Gelegenheit. Nun, meine Liebe, ich wünsche Ihnen viel, viel Glück, und ich denke, wenn es je ein glückliches Paar auf der Welt gegeben hat, so werde ich bald wissen, wo ich es suchen muß."

„Sie meinen, Sie wollen es in Delaford suchen", sagte Elinor mit einem leichten Lächeln.

„Aber ja, meine Liebe, das tue ich gewiß. Und was das Haus anbelangt, das so schlecht sein soll, da weiß ich wirklich nicht, was der Oberst damit gemeint hat, denn es ist ein so gutes Haus, wie ich noch nie eins gesehen habe."

„Er sprach davon, daß es baufällig sei."

„Na und, wessen Fehler ist denn das? Warum läßt er es nicht reparieren? Wer soll's denn sonst machen?"

Sie wurden durch den Bedienten unterbrochen, der hereinkam, um zu melden, daß die Kutsche vorgefahren sei, und Mrs. Jennings sagte, während sie unverzüglich zum Aufbruch rüstete:

„Nun, meine Liebe, ich muß gehen, bevor ich Ihnen auch nur

die Hälfte von dem sagen konnte, was ich Ihnen eigentlich sagen wollte. Aber wir können alles ausführlich am Abend besprechen, denn da werden wir ganz allein sein. Ich bitte Sie nicht, mich zu begleiten, denn ich möchte behaupten, Sie sind in Gedanken zu sehr mit der Sache beschäftigt, um auf Gesellschaft Wert zu legen. Und außerdem wollen Sie es sicherlich gern Ihrer Schwester erzählen."

Marianne hatte das Zimmer verlassen, bevor das Gespräch begann.

„Gewiß, Ma'am, Marianne werde ich davon erzählen, aber jemand anderem werde ich es im Augenblick nicht mitteilen."

„Na schön", sagte Mrs. Jennings ziemlich enttäuscht. „Dann wollen Sie also auch nicht, daß ich es Lucy sage. Ich habe nämlich vor, heute bis nach Holborn zu fahren."

„Nein, Ma'am, nicht einmal Lucy, wenn ich Sie bitten darf. Ein Tag Verspätung wird nicht viel ausmachen, und ich glaube, bis ich an Mr. Ferrars geschrieben habe, braucht es niemand anders zu wissen. Das werde ich allerdings gleich tun. Es ist wichtig, daß er es unverzüglich erfährt, denn er wird im Hinblick auf seine Ordination sicher viel zu tun haben."

Diese Worte irritierten Mrs. Jennings zuerst sehr. Warum Mr. Ferrars mit solcher Eile in Kenntnis gesetzt werden sollte, konnte sie nicht sogleich verstehen. Aber nachdem sie ein paar Augenblicke darüber nachgedacht hatte, kam ihr eine sehr glückliche Idee, und sie sagte:

„Aha! Ich verstehe. Mr. Ferrars ist derjenige, welcher. Nun, um so besser für ihn. Es ist mir klar, daß er schnell zu seiner Ordination kommen muß, und ich freue mich sehr, daß die Sache zwischen Ihnen so vorangegangen ist. Aber, meine Liebe, schickt sich das auch für Sie? Sollte nicht der Oberst selbst schreiben? Er ist doch wohl die geeignete Person."

Elinor begriff den Anfang von Mrs. Jennings' Rede nicht ganz, erachtete es aber auch nicht für wert, seinen Sinn genauer zu erkunden, und antwortete daher nur auf den Schluß.

„Oberst Brandon ist so feinfühlig, daß es ihm lieber ist, wenn jemand anders Mr. Ferrars seine Absichten mitteilt als er selbst."

„Und so sind Sie gezwungen, es zu tun. Na, das ist mir aber ein sonderbares Feingefühl! Aber ich will Sie nicht stören" — Mrs. Jennings sah, daß Elinor sich zum Schreiben anschickte—,

„Sie wissen am besten, was Sie zu tun haben. Also dann auf Wiedersehen, meine Liebe. Seit Charlottes Niederkunft habe ich nichts so Angenehmes gehört!"
Damit ging sie, um schon im nächsten Moment wiederzukommen.
„Mir fiel da gerade noch Bettys Schwester ein, meine Liebe. Ich wäre sehr froh, wenn ich ihr eine so gute Herrin besorgen könnte. Aber ob sie sich als Zofe eignet, weiß ich natürlich nicht. Sie ist ein ausgezeichnetes Hausmädchen und versteht sich sehr gut auf Nadelarbeiten. Aber Sie werden sich das alles in Ruhe überlegen müssen."
„Gewiß, Ma'am", antwortete Elinor, die nicht viel von dem gehört hatte, was Mrs. Jennings sagte, da sie lieber allein sein wollte als sich voll auf das Gespräch konzentrieren.
Wie sie beginnen sollte — wie sie sich in ihrem Brief an Edward ausdrücken sollte, war nun ihre ganze Sorge. Die Besonderheit der Beziehungen zwischen ihnen machte ein Problem aus dem, was für jeden anderen die leichteste Sache von der Welt gewesen wäre; aber gleichzeitig fürchtete sie auch, zu viel oder zu wenig zu sagen, und saß nachdenklich vor dem Papier, die Feder in der Hand, bis sie auf einmal durch das Eintreten von Edward selbst unterbrochen wurde.
Er hatte Mrs. Jennings an der Tür auf dem Weg zur Kutsche getroffen, als er kam, um seine Abschiedskarte zu hinterlassen, und diese hatte ihn nach vielen Entschuldigungen, daß sie selbst nicht wieder mit hineingehen könne, genötigt einzutreten, indem sie ihm sagte, daß Elinor oben sei und mit ihm über eine besondere Angelegenheit sprechen wolle.
Elinor hatte sich auf dem Höhepunkt ihrer Verlegenheit gerade damit getröstet, daß, wie schwer es auch sein mochte, sich brieflich richtig auszudrücken, diese Art der Information doch zumindest einer mündlichen Mitteilung vorzuziehen sei, als ihr Besucher eintrat und ihr diese äußerste Anstrengung aufzwang. Ihre Überraschung und Verwirrung bei seinem so plötzlichen Erscheinen waren sehr groß. Sie hatte ihn nicht gesehen, seit sein Verlöbnis bekannt geworden war, und folglich nicht, seit er wußte, daß sie davon erfahren hatte; dieser Umstand und der Gedanke daran, was sie soeben erwogen und was sie ihm mitzuteilen hatte, bewirkten, daß sie sich ein paar Augenblicke lang außerordentlich unbehaglich fühlte. Auch er war sehr befangen, und sie nahmen beide in größter Verlegenheit

Platz. Er konnte sich nicht entsinnen, ob er sie um Verzeihung gebeten hatte, daß er so unerwartet ins Zimmer getreten sei, aber um sicherzugehen, entschuldigte er sich, nachdem er sich einen Stuhl genommen hatte, in aller Form, sobald er wieder reden konnte.

„Mrs. Jennings sagte mir", begann er, „daß Sie mit mir zu sprechen wünschten. Wenigstens habe ich sie so verstanden — sonst hätte ich mich Ihnen sicherlich nicht in dieser Weise aufgedrängt, obgleich es mir andererseits sehr leid getan hätte, London zu verlassen, ohne Sie und Ihre Schwester noch einmal gesehen zu haben, zumal es höchstwahrscheinlich einige Zeit dauern wird — es ist nicht anzunehmen, daß ich das Vergnügen haben werde, Sie bald wiederzusehen. Ich fahre morgen nach Oxford."

„Sie wären doch nicht abgereist", sagte Elinor, die sich allmählich wieder faßte und beschloß, das, wovor sie sich so sehr fürchtete, sobald wie möglich hinter sich zu bringen, „ohne unsere guten Wünsche zu empfangen, selbst wenn es uns nicht möglich gewesen wäre, sie persönlich zu übermitteln. Mrs. Jennings hatte ganz recht mit dem, was sie Ihnen sagte. Ich muß Ihnen etwas Wichtiges mitteilen, wovon ich Sie gerade schriftlich in Kenntnis setzen wollte. Ich bin mit einer sehr angenehmen Aufgabe betraut worden." Sie atmete viel schneller als sonst beim Sprechen. „Ich soll Ihnen von Oberst Brandon, der vor knapp zehn Minuten hier war, bestellen, daß es ihm — vorausgesetzt, Sie haben die Absicht, in den geistlichen Stand zu treten — eine große Freude wäre, Ihnen die Pfründe von Delaford anzubieten, die gerade frei ist, und daß er nur wünschte, sie wäre einträglicher. Erlauben Sie mir, Ihnen dazu zu gratulieren, daß Sie einen so ehrenhaften und wohlmeinenden Freund haben, und mich seinem Wunsch anzuschließen, daß die Pfründe — sie bringt etwa zweihundert im Jahr ein — wesentlich einträglicher wäre, daß sie geeignet wäre, Sie eher in die Lage zu versetzen zu — Ihnen mehr als eine vorübergehende Versorgung zu sein — kurz gesagt, Ihnen alle Ihre Glücksaussichten zu erfüllen."

Es darf nicht erwartet werden, daß jemand anders beschreiben könnte, was Edward fühlte, da er es selbst nicht zu sagen vermochte. Man sah ihm das grenzenlose Erstaunen an, das eine so unerwartete, so völlig unvermutete Nachricht in ihm erregen mußte, aber er sagte nur zwei Worte:

„Oberst Brandon!"
„Ja", fuhr Elinor fort und faßte mehr Mut, da das Schlimmste fast vorüber war, „Oberst Brandon will es als Zeichen seines Mitgefühls für das, was sich kürzlich ereignet hat, verstanden wissen — für die furchtbare Lage, in die Sie das ungerechtfertigte Verhalten Ihrer Familie gebracht hat —, ein Mitgefühl, das Marianne, ich selbst und alle Ihre Freunde zweifellos teilen, und zugleich als Beweis seiner allgemeinen Hochachtung vor Ihnen und als Ausdruck der besonderen Zustimmung, die Ihr Verhalten im gegenwärtigen Fall bei ihm gefunden hat."
„Oberst Brandon gibt mir eine Pfründe! — Kann das möglich sein?"
„Die Herzlosigkeit Ihrer eigenen Verwandten läßt es Ihnen erstaunlich erscheinen, daß Sie anderswo Freundschaft finden."
„Nein", antwortete er in plötzlicher Erkenntnis, „nicht, daß ich sie bei Ihnen finde. Ich weiß, daß ich alles nur Ihnen, Ihrer Güte verdanke. Ich fühle es — ich würde es auch ausdrücken, wenn ich es könnte — aber Sie wissen ja, daß ich kein guter Redner bin."
„O nein, da irren Sie sich sehr. Ich versichere Ihnen, daß Sie alles, oder doch wenigstens fast alles, Ihrem eigenen Verdienst zu verdanken haben und der Tatsache, daß Oberst Brandon dies Verdienst erkannt hat. Ich habe meine Hand dabei überhaupt nicht im Spiel gehabt. Bevor ich von seinem Plan hörte, wußte ich nicht einmal, daß die Pfründe frei war. Auch wäre es mir nie in den Sinn gekommen, daß er eine solche Pfründe zu vergeben hätte. Als Freund von mir und meiner Familie mag er vielleicht — in der Tat, ich weiß, daß er eine noch größere Freude daran hat, sie an Sie zu vergeben. Aber auf mein Wort, meiner Fürsprache verdanken Sie nichts."
Um der Wahrheit die Ehre zu geben, mußte sie jedoch eine geringe Beteiligung an der Sache eingestehen, aber gleichzeitig war sie so wenig gewillt, als Wohltäterin Edwards zu erscheinen, daß sie dies nur mit Zögern tat, was wahrscheinlich dazu beitrug, jene Vermutung, die ihm vor kurzem gekommen war, in ihm zu festigen. Als Elinor zu sprechen aufhörte, saß er eine Weile tief in Gedanken versunken da. Schließlich sagte er mit einiger Mühe:
„Oberst Brandon scheint ein sehr edler und ehrenwerter Mann zu sein. Ich habe immer gehört, daß man ihn so beurteilt, und

ich weiß, daß Ihr Bruder ihn über alle Maßen schätzt. Er ist zweifellos ein empfindsamer Mensch und in seinem Benehmen ein vollkommener Gentleman."

„Das stimmt", erwiderte Elinor. „Und ich bin überzeugt, wenn Sie ihn näher kennenlernen, werden Sie feststellen, daß er genau so ist, wie man es von ihm sagt, und da Sie ganz nahe Nachbarn sein werden — ich habe gehört, daß das Pfarrhaus nicht weit vom Gutshaus entfernt liegt —, ist es besonders wichtig, daß er tatsächlich all diese Eigenschaften besitzt."

Edward gab keine Antwort. Aber nachdem sie den Kopf abgewandt hatte, sah er sie mit einem ungemein ernsten, nachdenklichen und niedergeschlagenen Blick an, der zu besagen schien, daß er es für die Zukunft weit wünschenswerter fände, wenn die Entfernung zwischen dem Pfarrhaus und dem Gutshaus sehr viel größer wäre.

„Soviel ich weiß, wohnt Oberst Brandon in der St. James' Street", sagte er wenig später und erhob sich.

Elinor nannte ihm die Hausnummer.

„Dann will ich eilen und ihm den Dank abstatten, den Ihnen abzustatten Sie mir nicht erlauben, und ihm versichern, daß er mich sehr glücklich — daß er mich außerordentlich glücklich gemacht hat."

Elinor tat nichts, um ihn zurückzuhalten, und sie trennten sich mit der sehr ernsten Versicherung ihrerseits, daß sie ihm für alle Änderungen, die sich in seinem Leben ergeben mochten, viel Glück wünsche, und dem Versuch seinerseits, ihr dieselben guten Wünsche zurückzugeben, ohne sie jedoch in angemessene Worte kleiden zu können.

Wenn ich ihn das nächste Mal sehe, sagte sich Elinor, als sich die Tür hinter ihm geschlossen hatte, werde ich ihn als Lucys Mann sehen.

Und mit dieser angenehmen Erwartung setzte sie sich wieder, um über das Vergangene nachzusinnen, sich Edwards Worte ins Gedächtnis zurückzurufen, sich zu bemühen, seine Gefühle zu verstehen, und natürlich, um voll Unzufriedenheit über ihre eigenen nachzudenken.

Als Mrs. Jennings nach Hause kam, waren ihre Gedanken, obwohl sie vom Besuch bei Leuten zurückkehrte, die sie nie zuvor gesehen hatte und über die sie daher viel zu berichten haben mußte, noch immer so ausschließlich mit dem wichtigen Geheimnis beschäftigt, das sie erfahren hatte, daß sie un-

verzüglich darauf zurückkam, sobald Elinor erschien.
„Nun, meine Liebe", rief sie lebhaft, „ich habe Ihnen den jungen Mann hochgeschickt. Das war doch richtig, nicht wahr? Und ich vermute, Sie hatten keine große Schwierigkeit — er war doch wohl nicht abgeneigt, Ihren Vorschlag anzunehmen?"
„Nein, Ma'am; das war auch nicht zu erwarten."
„Nun, und wie schnell wird er bereit sein? Denn es scheint doch alles davon abzuhängen."
„Ich verstehe wirklich so wenig von diesen Formalitäten", sagte Elinor, „daß ich nicht die geringste Ahnung habe, wieviel Zeit und was für Vorbereitungen erforderlich sind. Aber ich nehme an, zwei bis drei Monate wird er schon für seine Ordination brauchen."
„Zwei bis drei Monate!" rief Mrs. Jennings. „Großer Gott! Meine Liebe, mit welcher Seelenruhe Sie das sagen! Und kann denn der Oberst zwei bis drei Monate warten! Gott steh mir bei! Ich bin sicher, ich hätte nicht so viel Geduld! Und wenn man auch dem armen Mr. Ferrars furchtbar gern etwas Gutes täte, so glaube ich doch nicht, daß es sich lohnt, seinetwegen zwei bis drei Monate zu warten. Sicher läßt sich noch jemand anders finden, der es genauso tut, jemand, der schon ordiniert ist."
„Gnädige Frau", sagte Elinor, „was denken Sie nur? Oberst Brandons einziger Wunsch ist es, Mr. Ferrars zu helfen."
„Du großer Gott! — Meine Liebe, Sie wollen mir doch nicht etwa einreden, daß der Oberst Sie nur heiratet, um Mr. Ferrars zehn Guineen zukommen zu lassen."
Nach diesen Worten konnte das Mißverständnis nicht mehr länger fortbestehen, und die Aufklärung fand unverzüglich statt, woraus beiden für eine Weile großes Vergnügen erwuchs, ohne daß die eine oder die andere viel von ihrem Glück eingebüßt hätte, denn Mrs. Jennings tauschte nur eine Form der Freude gegen eine andere ein, und noch dazu, ohne die Hoffnung auf die erste zu verlieren.
„Ja, ja, das Pfarrhaus ist wirklich nicht sehr groß", sagte sie, nachdem sich die Wogen des Erstaunens und der Befriedigung wieder etwas gelegt hatten, „und kann natürlich baufällig sein, aber zu hören, daß sich jemand für ein Haus entschuldigt — so habe ich es ja aufgefaßt —, das meines Wissens im Erdgeschoß fünf Wohnzimmer hat und in dem, wie mir die

Haushälterin, glaube ich, sagte, fünfzehn Betten verfügbar sind — und noch dazu bei Ihnen, die Sie ja in dem Bartoner Landhäuschen wohnen! Das kam mir denn doch ziemlich lächerlich vor. Aber nun, meine Liebe, müssen wir den Oberst dazu bringen, daß er etwas für das Pfarrhaus tut und es ein wenig behaglicher macht, bevor Lucy hinkommt."
„Aber Oberst Brandon glaubt offenbar nicht, daß die Pfründe ausreicht, damit sie heiraten können."
„Der Oberst ist ein Kamel, meine Liebe. Weil er zweitausend im Jahr hat, glaubt er nicht, daß andere mit weniger heiraten können. Ich gebe Ihnen mein Wort, daß ich, wenn ich es erleben sollte, noch vor Michaelis einen Besuch im Delaforder Pfarrhaus abstatten werde, und ich fahre natürlich nicht dorthin, wenn Lucy nicht da ist."
Elinor war ganz ihrer Meinung, daß die beiden wahrscheinlich nicht auf etwas Besseres warten würden.

Fünftes Kapitel

Nachdem Edward Oberst Brandon seinen Dank abgestattet hatte, trug er die frohe Kunde zu Lucy, und zu dem Zeitpunkt, als er Bartlett's Buildings erreichte, war das Ausmaß seines Glücks so groß, daß Lucy Mrs. Jennings, die am nächsten Tag bei ihr vorsprach, um zu gratulieren, versichern konnte, sie hätte ihn noch nie in ihrem Leben so guter Laune gesehen.
Ihr eigenes Glück und ihre eigene gute Laune waren zumindest nicht unbeträchtlich, und sie schloß sich von Herzen Mrs. Jennings' Erwartung an, daß sie sich alle noch vor Michaelis gemütlich im Delaforder Pfarrhaus zusammenfinden würden. Gleichzeitig war sie jedoch so rückhaltlos bereit, Elinor jene Anerkennung zu zollen, die schon Edward ihr zuteil werden lassen wollte, daß sie mit der allergrößten Herzlichkeit von ihrer Freundschaft für sie beide sprach, nachdrücklich betonte, sie seien allein ihr für alles zu Dank verpflichtet, und offen erklärte, es würde sie keineswegs überraschen, wenn Miss Dashwood gegenwärtig oder in Zukunft nach Kräften zu ihrem Glück beitrüge, denn sie sei zweifellos fähig, für diejenigen, die sie wirklich schätze, alles Menschenmögliche zu tun. Was Oberst Brandon anbelangte, so war sie nicht nur bereit, ihn als einen Heiligen zu verehren, sondern

überdies ehrlich darum besorgt, daß er in allen weltlichen Angelegenheiten auch als solcher behandelt wurde, besorgt, daß sein Zehnt bis zum Äußersten erhöht würde, und insgeheim entschlossen, in Delaford soweit wie möglich von seinen Bedienten, seiner Kutsche, seinen Kühen und seinem Geflügel Gebrauch zu machen.

Es war jetzt eine Woche her, seitdem John Dashwood in der Berkeley Street vorgesprochen hatte, und da sie seit dieser Zeit der Indisposition seiner Frau, abgesehen von einer mündlichen Nachfrage, keine Beachtung geschenkt hatten, hielt es Elinor nun für notwendig, ihr einen Besuch abzustatten. Dies war jedoch eine Verpflichtung, die nicht nur ihrer Neigung zuwiderlief, sondern zu deren Erfüllung sie auch in keiner Weise durch ihre Gefährtinnen ermutigt wurde. Marianne, nicht zufrieden mit der entschiedenen Weigerung, selbst mitzugehen, bemühte sich eifrig, ihre Schwester ganz und gar von dem Vorhaben abzuhalten, und Mrs. Jennings, deren Kutsche Elinor zwar immer zur Verfügung stand, hatte eine solche Abneigung gegen Mrs. John Dashwood gefaßt, daß weder ihre Neugierde, zu sehen, wie sie die jüngste Enthüllung aufgenommen hatte, noch ihr großes Verlangen, sie zu beleidigen, indem sie für Edward Partei ergriff, ihren Widerwillen zu besiegen vermochten, in ihrer Gesellschaft zu weilen. Die Folge davon war, daß Elinor sich allein aufmachte, einen Besuch abzustatten, zu dem niemand weniger Lust verspüren konnte als sie, und das Risiko eines Gesprächs unter vier Augen mit einer Frau einzugehen, die unsympathisch zu finden keine der beiden anderen so viel Grund hatte wie sie.

Mrs. Dashwood war nicht zu sprechen, aber ehe noch die Kutsche vor dem Haus gewendet hatte, kam zufällig ihr Gatte heraus. Er freute sich sehr, Elinor wiederzusehen, sagte ihr, daß er gerade im Begriff gewesen sei, in der Berkeley Street vorzusprechen, versicherte ihr, Fanny würde sich sehr freuen, sie zu sehen, und bat sie hereinzukommen.

Sie gingen hinauf in den Salon. Niemand war darin.

„Ich nehme an, Fanny ist in ihrem Zimmer“, sagte er. „Ich werde gleich zu ihr gehen. Sie hat gewiß nichts dagegen, *dich* zu sehen. Ganz im Gegenteil. Besonders *jetzt* kann es wirklich nicht — aber du und Marianne, ihr wart ihr ja schon immer die liebsten. Warum ist denn Marianne eigentlich nicht mitgekommen?“

Elinor entschuldigte sie, so gut es ging.

„Ich bin nicht böse, dich allein zu sehen“, antwortete er. „Ich habe dir allerhand zu sagen. Diese Pfründe Oberst Brandons — kann es wahr sein? Hat er sie wirklich Edward gegeben? Ich hörte es gestern zufällig und wollte zu dir, um mehr darüber zu erfahren.“

„Es ist tatsächlich wahr. Oberst Brandon hat Edward die Pfründe in Delaford gegeben.“

„Wirklich! Nun, das ist ja sehr erstaunlich! — Keine Verwandtschaft — keine Verbindung zwischen beiden! — Wo Pfründen jetzt einen so guten Preis erzielen! — Wieviel bringt denn diese ein?“

„Ungefähr zweihundert im Jahr.“

„Ganz schön — und für die Zusicherung der Nachfolge einer Pfründe dieses Werts — vorausgesetzt, der letzte Inhaber war alt und krank und hätte sie aller Wahrscheinlichkeit nach bald aufgegeben — hätte er, möchte ich behaupten, vierzehnhundert Pfund bekommen. Warum hat er die Angelegenheit bloß nicht schon vor dem Tod dieses Mannes geregelt? Jetzt wäre es natürlich zu spät, sie zu verkaufen, aber ein Mann mit Oberst Brandons Verstand! Ich wundre mich, wie er sich bei einer so gewöhnlichen, so selbstverständlichen Sache derart unklug verhalten konnte! Nun, ich bin überzeugt, daß es in fast jedem menschlichen Charakter eine Vielzahl innerer Widersprüche gibt. Wenn ich es mir jedoch genauer überlege, komme ich zu der Ansicht, daß sich der Fall wahrscheinlich so verhält: Edward soll die Pfründe nur so lange innehaben, bis die Person, welcher der Oberst die Nachfolge wirklich verkauft hat, alt genug ist, sie zu übernehmen. Ja, ja, so ist es, verlaß dich drauf.“

Dem widersprach Elinor jedoch sehr bestimmt, und indem sie ihm berichtete, daß sie selbst das Angebot Oberst Brandons an Edward übermittelt hatte und daher die Bedingungen, unter denen es gemacht worden war, genau kennen mußte, brachte sie ihn dazu, ihrem Zeugnis Glauben zu schenken.

„Es ist wirklich erstaunlich!“ rief er, nachdem er sie angehört hatte. „Welches Motiv könnte der Oberst gehabt haben?“

„Ein sehr einfaches. Er wollte Mr. Ferrars helfen.“

„Nun gut. Aber was auch immer Oberst Brandon sein mag, Edward jedenfalls ist ein Glückspilz! Erwähne aber die Sache bitte nicht vor Fanny. Obgleich ich es ihr schonend bei-

gebracht habe und sie es mit Haltung trägt, hat sie es doch bestimmt nicht gern, wenn viel darüber gesprochen wird."
Hier konnte Elinor nur mit Mühe die Bemerkung unterdrücken, sie hätte sich schon gedacht, daß Fanny eine Vermehrung des Reichtums ihres Bruders, durch die weder sie noch ihr Kind ärmer werden konnte, mit Fassung ertragen würde.
„Mrs. Ferrars", fügte er hinzu und senkte seine Stimme in einem der Wichtigkeit dieses Themas angemessenen Maße, „weiß zur Zeit noch nichts davon, und ich erachte es für das Beste, es solange wie möglich vor ihr verborgen zu halten. — Ich fürchte, zur Hochzeit wird sie ohnehin alles erfahren."
„Aber warum soll man es denn so geheimhalten? Zwar ist nicht anzunehmen, daß Mrs. Ferrars die geringste Befriedigung empfinden wird, wenn sie erfährt, daß ihr Sohn genug Geld für seinen Unterhalt hat — denn das steht wohl völlig außer Frage —, doch weshalb sollte man, nach ihrem Verhalten von neulich, annehmen, daß sie überhaupt etwas empfindet? Sie hat mit ihrem Sohn gebrochen — sie hat ihn für immer verstoßen und all jene, auf die sie in irgendeiner Weise Einfluß hat, veranlaßt, ihn ebenfalls zu verstoßen. Man kann sich schwer vorstellen, wie sie seinetwegen auch nur eine Spur von Sorge oder Freude empfinden sollte, nachdem sie dies getan hat. Sie kann an überhaupt nichts interessiert sein, was ihm widerfährt. Sie würde doch nicht so schwach sein, auf die Beglückung durch ein Kind zu verzichten, sich aber trotzdem die Besorgnis einer Mutter zu bewahren."
„Ach, Elinor!" sagte John. „Deine Überlegungen sind sehr logisch, aber sie basieren auf Unkenntnis der menschlichen Natur. Wenn Edwards unglückselige Heirat stattfindet, dann wird seine Mutter, dafür garantiere ich dir, genausoviel empfinden, als hätte sie ihn nie verstoßen. Deshalb muß jeder Umstand, der dieses schreckliche Ereignis beschleunigen kann, ihr soweit wie möglich verborgen bleiben. Mrs. Ferrars kann nie vergessen, daß Edward ihr Sohn ist."
„Das überrascht mich. Ich hätte gedacht, daß es bereits jetzt ihrem Gedächtnis fast völlig entschwunden sein müsse."
„Du tust ihr sehr unrecht. Mrs. Ferrars ist eine der besten Mütter der Welt."
Elinor schwieg.
„*Jetzt* hoffen wir", sagte Mr. Dashwood nach kurzer Pause,

„daß *Robert* Miss Morton heiratet."
Elinor lächelte über den ernsten und bestimmten Ton ihres Bruders und erwiderte ruhig:
„Die Dame, nehme ich an, hat dabei keine Stimme."
„Keine Stimme! — Was meinst du damit?"
„Ich meine damit lediglich, daß ich aus deinem Tonfall schließe, es müsse Miss Morton offenbar gleich sein, ob sie Edward heiratet oder Robert."
„Gewiß, da gibt es keinen Unterschied, denn Robert gilt jetzt in jeder Hinsicht als der älteste Sohn. Und was alles andere anbelangt, so sind *beide* sehr annehmbare junge Männer. Ich wüßte nicht, daß einer den anderen irgendwie überträfe."
Elinor sagte nichts mehr, und auch John schwieg eine Weile. Dann führte er seine Gedanken folgendermaßen zu Ende:
„Eines, meine liebe Schwester", sagte er mit ehrfürchtigem Flüstern und nahm freundlich ihre Hand, „kann ich dir versichern, und ich tue das, weil ich weiß, daß du dich darüber freuen wirst. Ich habe allen Grund, anzunehmen — ich habe es in der Tat aus bester Quelle, sonst würde ich es nicht wiederholen, denn es wäre ja sonst nicht richtig, etwas darüber zu erzählen — aber ich habe es aus allerbester Quelle — nicht, daß ich es jemals Mrs. Ferrars selbst hätte sagen hören, aber ihre Tochter hat es sie sagen hören, und von ihr habe ich es auch — daß, kurz gesagt, welche Einwände es auch gegen eine gewisse — eine gewisse Verbindung geben mag — du verstehst mich —, sie ihr bei weitem angenehmer gewesen wäre und ihr nicht halb soviel Ärger bereitet hätte wie *diese* Sache. Ich war außerordentlich befriedigt, als ich hörte, daß Mrs. Ferrars es in diesem Licht betrachtet — ein sehr erfreulicher Umstand für uns alle, wie du dir denken kannst. Es würde bei weitem, sagte sie, das kleinere Übel von beiden gewesen sein, und sie würde froh sein, wenn sie sich *jetzt* nicht mit etwas ungleich Schlimmerem abfinden müßte. Aber all das kommt natürlich überhaupt nicht in Frage — daran ist nicht zu denken, und man sollte auch gar nicht davon reden — ich meine, was diese gewisse Verbindung betrifft — so könnte sie nie zustande kommen — das ist vorbei. Aber ich dachte, ich würde dir das wenigstens erzählen, weil ich weiß, wie sehr es dich freuen muß. Nicht, daß du Grund hättest, traurig zu sein, meine liebe Elinor. Es besteht kein Zweifel, daß du es einmal außerordentlich gut haben wirst — ebensogut oder vielleicht sogar noch

besser, wenn man es richtig bedenkt. War Oberst Brandon in letzter Zeit mal bei dir?"

Elinor hatte genug gehört, was, wenn es schon nicht ihrer Eitelkeit schmeichelte und ihre Selbstschätzung steigerte, doch ihre Nerven erregte und ihre Gedanken beschäftigte, und sie war daher froh, daß in diesem Moment Robert Ferrars hereinkam und sie der Notwendigkeit enthob, etwas antworten zu müssen, und sie zudem von der Gefahr befreite, von ihrem Bruder noch mehr über dieses Thema zu hören. Nachdem sie eine Weile zusammen geplaudert hatten, fiel John Dashwood ein, daß Fanny ja noch immer nicht von der Anwesenheit seiner Schwester wußte, und er verließ den Salon, um sie zu suchen, und Elinor bekam auf diese Weise Gelegenheit, ihre Bekanntschaft mit Robert zu vertiefen, der durch seine unbekümmerte Sorglosigkeit und glückliche Selbstgefälligkeit, während er sich einer so ungerechten Teilung der Liebe und Freigebigkeit seiner Mutter zum Schaden seines verstoßenen Bruders erfreute, die ihm nur sein eigenes ausschweifendes Leben und eben jenes Bruders Rechtschaffenheit eingebracht hatten, ihre überaus schlechte Meinung von seinem Verstand und seinem Charakter bestätigte.

Sie waren kaum zwei Minuten allein, als er schon von Edward zu sprechen begann; denn auch er hatte von der Pfründe gehört und wollte unbedingt Näheres wissen. Elinor wiederholte alle Einzelheiten, wie sie sie bereits John mitgeteilt hatte, und ihre Wirkung auf Robert war, wenn auch sehr andersartig, so doch nicht weniger eindrucksvoll. Er lachte unbändig. Der Gedanke, daß Edward Geistlicher sein und in einem kleinen Pfarrhaus leben würde, belustigte ihn maßlos. Und als er sich dann noch ausmalte, was für ein Bild Edward abgeben würde, wenn er in einem weißen Chorhemd Gebete las und John Smith und Mary Brown aufbot, konnte er sich nichts Lächerlicheres vorstellen.

Während Elinor schweigend und unveränderlich ernst darauf wartete, daß sich seine Albernheit wieder legte, konnte sie nicht verhindern, daß sich ihre Augen mit einem Blick auf ihn hefteten, der die Verachtung ausdrückte, die dieses Benehmen in ihr hervorrief. Es war jedoch ein sehr wohl angewandter Blick, denn er machte ihren Gefühlen Luft, ohne ihm etwas zu verraten. Endlich kam er wieder zu sich, aber nicht durch einen Tadel ihrerseits, sondern dank seinem eigenen Zartgefühl.

„Wir mögen es als einen Scherz betrachten", sagte er schließlich und hörte mit dem affektierten Lachen auf, das die echte Heiterkeit des Augenblicks beträchtlich in die Länge gezogen hatte, „aber bei meiner Seele, es ist eine äußerst ernste Angelegenheit. Der arme Edward! Er ist für immer ruiniert. Es tut mir außerordentlich leid, denn ich weiß, daß er ein sehr gutmütiger Mensch ist, vielleicht ein so wohlmeinender Bursche, wie es keinen zweiten auf der Welt gibt. Sie dürfen ihn nicht nach Ihrer kurzen Bekanntschaft mit ihm einschätzen, Miss Dashwood. Der arme Edward! Seine Manieren sind zweifellos nicht die glücklichsten. Aber wissen Sie, wir werden eben nicht alle mit den gleichen Anlagen, mit der gleichen Gewandtheit geboren. Der arme Bursche! Wenn man ihn so in einem Kreis von Fremden sah! Das war schon mitleiderregend; aber bei meiner Seele, ich glaube, er hat ein so gutes Herz wie kein zweiter in England, und ich kann Ihnen hoch und heilig versichern, daß ich noch nie im Leben so schockiert war wie in dem Moment, als alles herauskam. Ich konnte es einfach nicht glauben. Meine Mutter berichtete mir als erste davon, und da ich mich zu entschlossenem Handeln verpflichtet fühlte, sagte ich augenblicklich zu ihr: ‚Meine liebe Mutter, ich weiß nicht, was du bei diesem Anlaß zu tun gedenkst, aber was mich betrifft, so kann ich nur sagen, daß ich Edward nicht mehr sehen will, wenn er dieses junge Mädchen heiratet.' Das habe ich augenblicklich gesagt. Ich war weiß Gott ungewöhnlich schockiert! Der arme Edward! Er hat sich selber zugrunde gerichtet, sich für immer von jeder anständigen Gesellschaft ausgeschlossen! Aber wie ich auch sofort zu meiner Mutter sagte, bin ich nicht im geringsten davon überrascht. Bei seiner Art von Erziehung mußte man mit so etwas von vornherein rechnen. Meine arme Mutter war halb wahnsinnig."

„Haben Sie die Dame jemals gesehen?"

„Ja. Während sie hier zu Besuch war, kam sie einmal zufällig für zehn Minuten vorbei, und da habe ich genug von ihr gesehen. Ein ganz unbeholfenes Mädchen vom Land, ohne Geschmack und Eleganz, und fast ohne jede Schönheit. Ich erinnere mich noch sehr gut an sie. Genau der Typ von Mädchen, dem ich zutrauen würde, daß es den armen Edward einfängt. Sowie mir meine Mutter die Sache berichtet hatte, erbot ich mich augenblicklich, selber mit ihm zu sprechen und ihn von dieser Heirat abzubringen. Aber ich mußte feststellen, daß es zu dem Zeitpunkt schon zu spät war, irgend etwas zu tun, denn unglücklicherweise war ich nicht zu Hause, als das alles passierte, und erfuhr erst davon, als der Bruch schon vollzogen war, und Sie verstehen sicher, daß ich mich da nicht mehr einmischen konnte. Aber wäre ich ein paar Stunden früher informiert worden, dann hätte sich höchstwahrscheinlich noch etwas machen lassen. Ich hätte Edward die Lage in aller Deutlichkeit vor Augen geführt. ‚Mein lieber Junge', hätte ich gesagt, ‚überlege dir gut, was du tust. Du gehst eine äußerst unehrenhafte Verbindung ein, eine Verbindung, die deine Familie einmütig mißbilligt.' Kurz, ich kann mir nicht vorstellen, daß man keinen Ausweg gefunden hätte. Aber jetzt ist alles zu spät. Er muß zweifellos Hunger leiden, wissen Sie, geradezu Hunger leiden."

Er hatte diesen Punkt soeben mit größter Gelassenheit erledigt, als Mrs. John Dashwoods Eintritt dem Thema ein Ende setzte. Obgleich *sie* mit niemandem außer ihrer Familie darüber sprach, konnte Elinor an dem leicht verwirrten Gesichtsausdruck, mit dem sie eintrat, und an dem Versuch, in ihr Benehmen gegen sie mehr Herzlichkeit zu legen, sehen, wie sehr ihr Denken davon beeinflußt wurde. Sie ging sogar so weit, über die Mitteilung betrübt zu sein, daß Elinor und ihre Schwester die Stadt schon so bald verlassen würden, da sie gehofft hätte, sie öfter zu sehen — eine Anstrengung, in der ihr Gatte, der sie in den Salon begleitet hatte und gebannt ihrer Rede lauschte, all das zu finden schien, was er für besonders gütig und huldvoll hielt.

Sechstes Kapitel

Ein weiterer kurzer Besuch in der Harley Street, bei dem Elinor ihres Bruders Glückwünsche dafür entgegennahm, daß sie ein so großes Stück in Richtung Barton reisen würden, ohne die geringsten Auslagen zu haben, und daß Oberst Brandon ihnen in ein oder zwei Tagen nach Cleveland folgen würde, beendete den geselligen Verkehr zwischen Bruder und Schwestern in London. Eine zaghafte Einladung Fannys an Elinor und Marianne, doch nach Norland zu kommen, falls ihr Weg sie zufällig einmal daran vorbeiführen sollte — was äußerst unwahrscheinlich war —, zusammen mit der herzlicheren, wenngleich weniger öffentlichen, an Elinor gerichteten Versicherung Johns, daß er sie sehr gern in Delaford besuchen würde, war alles, was hinsichtlich eines Wiedersehens auf dem Lande geplant wurde.

Elinor sah mit Belustigung, daß alle ihre Freunde entschlossen schienen, sie nach Delaford zu verbannen, dem letzten Ort von der Welt, an dem sie jetzt zu Besuch weilen oder wohnen mochte; denn er wurde nicht nur von ihrem Bruder und von Mrs. Jennings als ihre zukünftige Heimat betrachtet, sondern sogar Lucy lud sie beim Abschied angelegentlich ein, sie dort zu besuchen.

An einem der ersten Apriltage brachen die beiden Gesellschaften schon in den frühen Morgenstunden in ihren Wohnungen am Hanover Square und in der Berkeley Street auf, um sich auf Verabredung unterwegs zu treffen. Aus Rücksicht auf Charlotte und das Kind sollte die Fahrt über mehr als zwei Tage verteilt werden, und Mr. Palmer, der mit Oberst Brandon schneller reiste, sollte in Cleveland bald nach ihrer Ankunft zu ihnen stoßen.

Mochte Marianne auch nur wenige angenehme Stunden in London verbracht haben und noch so sehr darauf bedacht gewesen sein, die Stadt zu verlassen, als es dann soweit war, konnte sie dem Haus, in dem sie sich zum letzten Male jener Hoffnungen und jenes Vertrauens in Willoughby erfreut hatte, die nun für immer dahin waren, doch nicht ohne großen Schmerz adieu sagen. Auch konnte sie einen Ort, an dem Willoughby mit neuen Verpflichtungen und neuen Plänen zurückblieb, an denen sie keinen Anteil haben konnte, nicht verlassen, ohne viele Tränen zu vergießen.

Elinors Befriedigung im Augenblick ihrer Abreise war eindeutiger. Sie hatte keinen ähnlich gearteten Gegenstand, auf den sie ihre umherschweifenden Gedanken heften konnte; sie ließ niemand zurück, von dem für immer getrennt zu werden sie auch nur einen Augenblick bedauert hätte, sie war froh, der Belästigung durch Lucys Freundschaft entronnen zu sein, sie war dankbar, daß sie ihre Schwester fortbringen konnte, bevor diese Willoughby nach dessen Heirat wiedersah, und sie hoffte darauf, daß ein paar Monate Ruhe in Barton viel dazu beitragen würden, Mariannes Seelenfrieden wiederherzustellen und ihren eigenen zu festigen.

Die Reise verlief ohne Zwischenfälle. Am zweiten Tag kamen sie in die geliebte oder die verbotene Grafschaft Somerset, denn als solche erschien sie abwechselnd in Mariannes Vorstellung, und am Vormittag des dritten Tages erreichten sie Cleveland.

Cleveland präsentierte sich als ein geräumiges, modernes Gebäude, das auf einem Rasenhang lag. Es war von keinem Park umgeben, wohl aber von ziemlich weitläufigen Anlagen, und wie bei jedem anderen Ort gleicher Bedeutung gehörten ein mit Büschen bewachsenes offenes Gelände und ein Stück dichterer Wald dazu; ein glatter Kiesweg, der sich um eine Schonung schlängelte, führte zur Vorderseite des Hauses; über den Rasen verstreut standen hohe Bäume, und das Haus selbst wurde von Tannen, Ebereschen und Akazien beschützt, während eine aus diesen Arten bestehende, mit hohen lombardischen Pappeln durchsetzte dicke grüne Wand die Wirtschaftsgebäude verdeckte.

Marianne betrat das Haus dank dem Bewußtsein, nur achtzig Meilen von Barton und keine dreißig von Combe Magna entfernt zu sein, mit einem vor Erregung klopfenden Herzen, und noch ehe sie fünf Minuten in seinen Mauern geweilt hatte, verließ sie es wieder, während die andern eifrig Charlotte dabei halfen, ihr Kind der Haushälterin zu zeigen, stahl sich auf gewundenen Wegen durch die Büsche fort, die eben ihre Schönheit zu entfalten begannen, bis zu einer fernen, von einem griechischen Tempel gekrönten Anhöhe hin, die ihrem weit über das Land nach Südosten wandernden Auge erlaubte, zärtlich auf der letzten Hügelkette am Horizont zu ruhen und sich einzubilden, daß von ihrem Kamm aus Combe Magna zu sehen sei.

In diesen Augenblicken köstlichen, unschätzbaren Leidens genoß sie es mit Tränen der Qual, in Cleveland zu sein, und als sie auf einem anderen Weg zum Haus zurückkehrte, wobei sie von dem beseligenden Vorzug ländlicher Freiheit Gebrauch machte, in ungebundener, schwelgerischer Einsamkeit von Ort zu Ort zu wandern, beschloß sie, fast jede Stunde eines jeden Tages, den sie bei den Palmers blieb, der Wonne solch einsamer Ausflüge zu weihen.

Sie kehrte gerade noch rechtzeitig zurück, um sich den anderen anzuschließen, die soeben das Haus zu einem Streifzug durch seine nähere Umgebung verließen, und der Rest des Vormittags wurde mühelos damit verbracht, im Küchengarten umherzuschlendern, die Blumen an seinen Mauern zu besichtigen und dem Gärtner zuzuhören, der über die Trockenfäule klagte, durch das Gewächshaus zu bummeln, wo der Verlust ihrer Lieblingspflanzen, die unbedacht aufgedeckt und vom späten Frost vernichtet worden waren, Charlotte unwiderstehlich zum Lachen reizte, und den Hühnerhof zu besuchen, wo Charlotte in den enttäuschten Hoffnungen ihres Milchmädchens im Hinblick auf Hennen, die ihre Nester im Stich ließen oder von einem Fuchs gestohlen wurden, oder im raschen Eingehen einer vielversprechenden jungen Brut neuen Anlaß zur Fröhlichkeit fand.

Der Vormittag war klar und trocken, und Marianne hatte in ihrem Plan für die Beschäftigung im Freien keinerlei Wetterwechsel während ihres Aufenthalts in Cleveland vorgesehen. Daher war sie äußerst überrascht, als sie nach dem Essen durch einen Dauerregen am Ausgehen gehindert wurde. Sie hatte fest auf einen Spaziergang in der Dämmerung nach dem griechischen Tempel und möglicherweise sogar durch die ganzen Anlagen gerechnet, und ein nur kalter oder feuchter Abend hätte sie auch nicht davon abgehalten; aber einen starken, stetigen Regen konnte nicht einmal sie als trockenes oder angenehmes Wetter zum Spazierengehen betrachten.

Die in Cleveland versammelte Gesellschaft war klein, und die Stunden gingen ruhig dahin. Mrs. Palmer hatte ihr Kind und Mrs. Jennings ihre Teppichstickerei; sie sprachen von den Freunden, die sie zurückgelassen hatten, arrangierten Lady Middletons Verpflichtungen und fragten sich, ob wohl Mr. Palmer und Oberst Brandon an diesem Abend weiter als bis nach Reading kommen würden. Elinor beteiligte sich an ihrem Gespräch, obgleich es sie wenig interessierte, und Marianne, die in jedem Haus den Weg zur Bibliothek zu finden wußte, wie sehr diese auch von der Familie im allgemeinen gemieden werden mochte, hatte sich bald ein Buch beschafft.

Mrs. Palmer ließ es an nichts fehlen, was gleichbleibende Freundlichkeit und gute Laune tun konnten, um ihnen das Gefühl zu geben, willkommen zu sein. Die Aufgeschlossenheit und Herzlichkeit ihres Benehmens machten den Mangel an Überlegung und Eleganz, durch den ihre Höflichkeitsbezeugungen oft beeinträchtigt wurden, mehr als wett. Ihre Liebens-

würdigkeit, von einem so hübschen Gesicht empfohlen, war gewinnend, ihre Torheit war, wenn auch offensichtlich, so doch nicht abstoßend, weil sie nicht verhehlt wurde, und außer ihrem Lachen hätte ihr Elinor alles verzeihen können.
Die beiden Herren trafen am nächsten Abend zu einem sehr späten Dinner ein, eine angenehme Vergrößerung der Gesellschaft und eine sehr willkommene Abwechslung für deren Konversation darstellend, die ein langer Vormittag desselben Dauerregens fast zum Erliegen gebracht hatte.
Elinor hatte Mr. Palmer so selten gesehen und bei diesen wenigen Malen ein so unterschiedliches Verhalten ihrer Schwester und ihr selbst gegenüber erlebt, daß sie nicht wußte, was sie von ihm im Kreis seiner eigenen Familie erwarten sollte. Sie fand in ihm jedoch, was sein Benehmen gegen alle seine Gäste anbelangte, einen vollkommenen Gentleman, der nur gelegentlich grob gegen seine Frau und ihre Mutter war. Sie stellte fest, daß er sehr wohl imstande war, ein angenehmer Gesellschafter zu sein, und daß ihn daran im allgemeinen nur seine allzu große Geneigtheit hinderte, sich allen anderen Menschen genauso überlegen zu fühlen, wie er das im Falle Mrs. Jennings' und Charlottes mit gutem Grund tun durfte. Was seinen übrigen Charakter und seine übrigen Gewohnheiten betraf, so wiesen diese, soweit Elinor feststellen konnte, keinerlei Züge auf, die für sein Geschlecht und sein Alter ungewöhnlich gewesen wären. Er benahm sich manierlich beim Essen, war unzuverlässig, was Zeit anbelangte, liebte sein Kind, obgleich er tat, als beachte er es nicht, und vertrödelte seine Vormittage, die dem Geschäft hätten gewidmet sein sollen, beim Billardspiel. Im großen und ganzen gefiel er ihr besser, als sie erwartet hatte, und es tat ihr nicht leid, daß er ihr nicht noch besser gefiel, wie es ihr auch nicht leid tat, daß sie durch die Beobachtung seiner Genußsucht, seines Egoismus und seiner Eitelkeit veranlaßt wurde, mit Genugtuung bei der Erinnerung an Edwards großmütige Natur, an seinen einfachen Geschmack und an seine schüchternen Gefühle zu verweilen.
Über Edward, oder zumindest über einige ihn betreffende Punkte, erhielt sie nun durch Oberst Brandon Auskunft, der vor kurzem in Dorsetshire gewesen war und der ihr, indem er sie zugleich als Mr. Ferrars' uneigennützige Freundin und als seine eigene liebenswürdige Vertraute behandelte, viel von dem

Pfarrhaus in Delaford erzählte, dessen Unzulänglichkeiten schilderte und ihr berichtete, was er zu tun gedachte, um diese zu beseitigen. Sein Benehmen gegen sie bei dieser wie auch bei allen anderen Gelegenheiten, seine unverhohlene Freude, sie nach einer Trennung von nur zehn Tagen wiederzusehen, seine Bereitwilligkeit, sich mit ihr zu unterhalten, und seine Hochachtung vor ihrer Meinung mochten Mrs. Jennings' Überzeugung von seiner Zuneigung sehr wohl rechtfertigen und hätten vielleicht auch genügt, Elinor selbst daran glauben zu lassen, wäre sie nicht noch immer, wie von Anfang an, überzeugt gewesen, Marianne sei die wirklich von ihm Bevorzugte. Aber wie die Dinge lagen, wäre ihr ein solcher Gedanke kaum je in den Sinn gekommen, es sei denn durch Mrs. Jennings' Anspielungen, und so mußte sie sich für die genaueste Beobachterin der beiden halten. Sie achtete auf seine Augen, während Mrs. Jennings nur an sein Benehmen dachte, und während seine von ängstlicher Sorge um Marianne wegen ihrer Kopf- und Halsschmerzen — den ersten Anzeichen einer schweren Erkältung — erfüllten Blicke der letztgenannten Dame völlig entgingen, weil sie nicht mit Worten ausgedrückt wurden, konnte sie in ihnen das lebhafte Mitgefühl und die übertriebenen Befürchtungen eines Liebhabers erkennen.

Zwei herrliche Abendspaziergänge am dritten und vierten Tag nach ihrer Ankunft, die nicht nur über die trockenen Kieswege der Gartenanlagen, sondern durch das ganze Anwesen und besonders nach seinen weiter entfernten Teilen führten, wo alles noch sehr viel urwüchsiger war, wo die Bäume am ältesten und das Gras am längsten und nassesten war, hatten Marianne — zusammen mit der noch größeren Unvorsichtigkeit, hinterher die nassen Schuhe und Strümpfe nicht zu wechseln — eine heftige Erkältung eingebracht, die zwar ein, zwei Tage lang leichtgenommen und geleugnet werden konnte, dann aber doch durch wachsende Beschwerden jedermanns Besorgnis erregte und Marianne zwang, sie zuzugeben. Medizin wurde von allen Seiten reichlich angeboten und von Marianne, wie zu erwarten, abgelehnt. Obgleich sie benommen und fiebrig war, Gliederschmerzen, Husten und einen entzündeten Hals hatte, glaubte sie, daß ein guter Nachtschlaf sie völlig kurieren würde, und nur mit Mühe konnte Elinor sie überreden, ein oder zwei der einfachsten Mittel zu versuchen, bevor sie zu Bett ging.

Marianne stand am nächsten Morgen zur gewohnten Zeit auf. Sie antwortete auf jede Frage, daß sie sich besser fühle, und bemühte sich, diese Behauptung zu beweisen, indem sie ihren gewohnten Beschäftigungen nachging. Aber ein Tag, den sie damit zubrachte, mit einem Buch in der Hand, das zu lesen sie nicht imstande war, fröstelnd am Kamin zu sitzen oder müde und matt auf einem Sofa zu liegen, sprach nicht unbedingt für eine Besserung ihres Zustands, und als sie schließlich zeitig zu Bett ging, weil sie sich immer unwohler fühlte, konnte sich Oberst Brandon nur über die Gemütsruhe ihrer Schwester wundern, die — obwohl sie Marianne gegen deren Wunsch den ganzen Tag über umhegt und umsorgt und ihr am Abend die geeignete Medizin aufgenötigt hatte — wie Marianne auf die heilende Wirkung ausgiebigen Schlafes vertraute und nicht ernstlich beunruhigt war.

Doch eine sehr ruhelose und fiebrige Nacht enttäuschte beider Erwartung, und als Marianne, die sich nicht am Aufstehen hatte hindern lassen, bekannte, daß sie nicht fähig sei zu sitzen, und freiwillig wieder ins Bett ging, nahm Elinor nur allzu gern Mrs. Jennings' Rat an, nach dem Apotheker der Palmers zu schicken.

Er kam und untersuchte seine Patientin. Obgleich er Elinor Hoffnung machte, daß schon wenige Tage genügen würden, um die Gesundheit ihrer Schwester wiederherzustellen, erklärte er doch, daß ihre Krankheit ansteckend sei, und sowie das Wort „Infektion" über seine Lippen gekommen war, geriet Mrs. Palmer in große Sorge wegen ihres Kindes. Mrs. Jennings, die von Anfang an geneigt gewesen war, Mariannes Beschwerden für ernster zu halten als Elinor, schaute nach Mr. Harris' Bericht nun sehr bedenklich drein, und da sie Charlottes Befürchtungen und Vorsicht teilte, betonte sie die Notwendigkeit, sie und das Kind unverzüglich von Cleveland fortzubringen, und Mr. Palmer waren, obwohl er ihre Beunruhigung für grundlos hielt, die Angst und die Hartnäckigkeit seiner Frau zu groß, um Widerstand zu leisten. Ihre Abreise wurde also vorbereitet, und knapp eine Stunde nach Mr. Harris' Ankunft brach sie mit ihrem kleinen Jungen und seiner Amme nach dem Haus einer nahen Verwandten Mr. Palmers auf, die ein paar Meilen hinter Bath wohnte, wohin in ein oder zwei Tagen nachzufolgen ihr Gatte auf ihre dringende Bitte versprach und wohin sie zu begleiten Charlotte ihre Mutter fast ebensosehr drängte. Doch Mrs. Jennings gab mit einer Herzensgüte, durch die sie Elinor wirklich lieb wurde, ihre Entschlossenheit kund, sich nicht von Cleveland wegzurühren, solange Marianne krank sei, und sich zu bemühen, ihr durch aufmerksame Pflege die Mutter zu ersetzen, von der sie sie fortgerissen hatte, und Elinor fand in ihr bei jeder Gelegenheit eine äußerst bereitwillige und rührige Helferin, die alle ihre Mühe zu teilen wünschte und durch ihre größere Erfahrung in der Krankenpflege oft von beträchtlichem Nutzen war.

Die arme Marianne, die durch ihre Krankheit matt und niedergedrückt war und sich in jeder Hinsicht elend fühlte, konnte nicht mehr hoffen, am nächsten Tag wieder wohlauf zu sein, und der Gedanke daran, was ihr der Morgen gebracht haben würde, wäre nicht diese unglückselige Krankheit gekommen, steigerte all ihre Schmerzen noch; denn an jenem Tag hätten sie in Begleitung eines Bedienten Mrs. Jennings' die Heimreise angetreten und ihre Mutter am folgenden Vormittag mit ihrer Ankunft überrascht. Das wenige, was Marianne sprach, waren Klagen über diese unvermeidliche Verzögerung, wenngleich Elinor sich bemühte, sie aufzuheitern und ihr einzureden, daß es sich nur um eine sehr kurze Verzögerung handeln würde — was sie zu diesem Zeitpunkt auch wirklich selbst noch glaubte.

Der nächste Tag brachte wenig oder gar keine Änderung im Zustand der Patientin; es ging ihr zweifellos nicht besser, doch abgesehen davon, daß keine Besserung zu verzeichnen war, schien es ihr auch nicht schlechter zu gehen. Die in Cleveland versammelte Gesellschaft war nun noch mehr zusammengeschmolzen; denn obwohl Mr. Palmer, teils aus echter Nächstenliebe und Gutmütigkeit, teils aus Abneigung, so zu erscheinen, als ließe er sich von seiner Frau kommandieren, nur ungern abreisen wollte, wurde er schließlich von Oberst Brandon überredet, sein Versprechen einzuhalten und ihr zu folgen; und während er zum Aufbruch rüstete, begann Oberst Brandon, obwohl es ihn weit größere Anstrengungen kostete, davon zu sprechen, daß er selbst ebenfalls fortmüsse. Hier jedoch legte sich Mrs. Jennings' Wohlwollen auf höchst willkommene Weise ins Mittel; denn den Oberst wegzuschicken, während seine Liebste in solcher Sorge um ihre Schwester war, bedeutete ihrer Meinung nach, beide jeden Trostes zu berauben, und deshalb erklärte sie ihm unverzüglich, daß seine Anwesenheit in Cleveland ihr unentbehrlich sei, daß sie ihn brauche, um am Abend Pikett zu spielen, während Miss Dashwood bei ihrer Schwester oben sei, und so weiter, und drängte ihn so sehr zu bleiben, daß er — der sich durch sein Nachgeben den sehnlichsten Wunsch seines Herzens erfüllte — nicht einmal zum Schein lange Einwendungen machen konnte, besonders da Mrs. Jennings' Bitte wärmstens von Mr. Palmer unterstützt wurde, dem es offensichtlich eine große Beruhigung bedeutete, jemand zurückzulassen, der so gut in der Lage war, Elinor im Notfall mit Rat und Tat zur Seite zu stehen.

Marianne war natürlich von all diesen Anordnungen nicht in Kenntnis gesetzt worden. Sie wußte nicht, daß die Besitzer von Cleveland bereits sieben Tage nach ihrer Ankunft ihretwegen wieder fortmußten. Es wunderte sie nicht, daß sie Mrs. Palmer nicht zu Gesicht bekam, und da es sie auch in keiner Weise nach ihrer Gesellschaft verlangte, erwähnte sie nie ihren Namen.

Zwei Tage vergingen nach Mr. Palmers Abreise, ohne daß sich Mariannes Zustand wesentlich geändert hätte. Mr. Harris, der sie täglich besuchte, sprach noch immer kühn von einer baldigen Genesung, und Elinor war gleichermaßen optimistisch; die Hoffnungen der anderen jedoch waren längst nicht so groß. Mrs. Jennings hatte gleich zu Beginn der Krankheit entschieden, daß Marianne sie nie überstehen würde, und Oberst Brandon, dessen Hauptaufgabe darin bestand, sich Mrs. Jennings' Prophezeiungen anzuhören, befand sich nicht in einer solchen Gemütsverfassung, daß er sich ihrem Einfluß hätte entziehen können. Er versuchte sich seine Angst auszureden, die durch das gänzlich andersgeartete Urteil des Apothekers absurd erschien; aber die vielen Stunden eines jeden Tages, die er völlig sich selbst überlassen blieb, waren nur allzu geeignet, alle möglichen melancholischen Gedanken aufkommen zu lassen, und er konnte die Befürchtung nicht unterdrücken, daß er Marianne nie mehr wiedersehen würde.

Doch am Morgen des dritten Tages wurden die düsteren Vorahnungen der beiden fast gänzlich vertrieben; denn als

Mr. Harris eintraf, erklärte er, seiner Patientin ginge es wesentlich besser. Ihr Puls war viel stärker und jedes Symptom günstiger als bei seinem vorhergehenden Besuch. Elinor, die in ihren schönsten Hoffnungen bestärkt wurde, war überglücklich und nur froh, daß sie sich in ihren Briefen an ihre Mutter weit mehr auf ihr eigenes Urteil als auf das ihrer Freundin verlassen hatte, indem sie Mariannes Indisposition, die sie in Cleveland zurückhielte, als sehr geringfügig hinstellte und schon fast genau den Zeitpunkt angab, zu dem Marianne in der Lage sein würde, die Reise anzutreten.

Aber der Tag endete nicht so gut, wie er begonnen hatte. Gegen Abend ging es Marianne wieder schlechter, sie war benommener, unruhiger und schwächer als zuvor. Ihre noch immer zuversichtliche Schwester jedoch schrieb den Wechsel allein der Ermüdung zu, denn Marianne war aufgewesen, während ihr Bett gemacht wurde, und nachdem sie ihr sorgfältig die vorgeschriebenen stärkenden Mittel eingegeben hatte, sah sie sie schließlich mit Befriedigung in einen leichten Schlaf fallen, von dem sie sich die vorteilhafteste Wirkung versprach. Marianne schlief ziemlich lange, wenngleich ihr Schlaf nicht so ruhig war, wie Elinor es sich gewünscht hätte, und da die letztere die Entwicklung selber verfolgen wollte, beschloß sie, die ganze Zeit über bei ihr zu bleiben. Mrs. Jennings, die nichts von einer Veränderung im Befinden der Patientin wußte, ging ungewöhnlich zeitig zu Bett; ihr Mädchen, das zu den hauptsächlichsten Krankenpflegerinnen gehörte, erholte sich im Zimmer der Haushälterin, und Elinor blieb mit Marianne allein.

Deren Schlaf wurde immer unruhiger, und ihre Schwester, welche mit nimmermüder Aufmerksamkeit beobachtete, wie sie ständig die Lage wechselte, und die wiederholten, doch undeutlichen Klagelaute hörte, die über ihre Lippen kamen, erwog schon, sie aus einem so unerquicklichen Schlummer zu reißen, als Marianne plötzlich durch ein Geräusch im Haus aus dem Schlaf hochfuhr und im Fieberwahn laut rief:

„Kommt Mama?"

„Noch nicht", erwiderte Elinor, ihren Schrecken verbergend, und half Marianne, sich wieder hinzulegen, „aber ich hoffe, sie wird bald da sein. Du weißt doch, daß die Entfernung zwischen hier und Barton sehr groß ist."

„Aber sie darf nicht über London reisen", rief Marianne in

derselben überstürzten Weise, „ich sehe sie sonst nie mehr, wenn sie über London reist.“

Elinor merkte mit Besorgnis, daß sie nicht ganz bei Sinnen war, und während sie sich bemühte, sie zu beruhigen, fühlte sie aufgeregt ihren Puls. Er war schwächer und schneller denn je. Und da Marianne noch immer mit wirren Worten von ihrer Mutter sprach, steigerte sich ihre Angst so rasch, daß sie sich entschloß, sofort nach Mr. Harris zu schicken und einen Boten nach Barton zu ihrer Mutter zu senden. Sich mit Oberst Brandon darüber zu beraten, wie das letztere am besten zu bewerkstelligen sei, war ein Gedanke, der dem Entschluß zur Tat unmittelbar folgte, und sobald sie dem Mädchen geläutet hatte, damit dieses sie bei ihrer Schwester ablöste, ging sie eilig nach unten in den Salon, wo, wie sie wußte, Oberst Brandon gewöhnlich auch noch zu weit späterer Stunde zu finden war.

Es galt keine Zeit zu verlieren. Ihre Befürchtungen und ihre Schwierigkeiten waren ihm augenblicklich klar. Was ihre Befürchtungen anging, so hatte er keinen Mut und kein Vertrauen, zu versuchen, sie ihr auszureden, und hörte ihr mit stiller Verzweiflung zu. Aber ihre Schwierigkeiten wurden unverzüglich beseitigt, denn mit einem Eifer, der den Anlaß zu kennzeichnen schien, und einem bereits fertigen Plan bot er sich selbst als den Kurier an, der Mrs. Dashwood holen sollte. Elinor erhob keinen Einwand, der nicht mit Leichtigkeit entkräftet worden wäre. Sie dankte ihm kurz, aber herzlich, und während er sie verließ, um seinen Diener sogleich mit einer Botschaft an Mr. Harris und einer Bestellung auf Postpferde fortzuschicken, schrieb sie ein paar Zeilen an ihre Mutter.

Wie dankbar war sie, in diesem Augenblick einen solchen Freund wie Oberst Brandon, einen solchen Reisegefährten für ihre Mutter zu haben! Einen Reisegefährten, dessen Urteil sie leiten würde, dessen Begleitung sie trösten mußte und dessen Freundschaft sie beruhigen mochte! Wenn der Schock einer solchen Botschaft überhaupt abgeschwächt werden konnte, würde dies nur durch seine Gegenwart, sein Verhalten und seinen Beistand geschehen.

Inzwischen handelte *er,* was auch immer er empfinden mochte, mit der ganzen Entschlossenheit eines gefaßten Menschen, traf jede nötige Vorbereitung mit äußerster Eile und berechnete mit größter Genauigkeit die Zeit, in der sie ihn zurückerwarten konnte. Keine Sekunde ging durch irgendeine Verzögerung verloren. Die Pferde kamen, sogar noch früher als erwartet, und Oberst Brandon stieg eilends in die Kutsche, nachdem er ihr mit einem ernsten Blick kurz die Hand gedrückt und ein paar Worte gesprochen hatte, die jedoch zu leise waren, als daß sie ihr Ohr erreicht hätten. Es war gegen zwölf Uhr, und sie kehrte in das Zimmer ihrer Schwester zurück, um auf die Ankunft des Apothekers zu warten und den Rest der Nacht bei ihr zu wachen. Es war eine Nacht, die beiden fast dasselbe Maß von Leiden brachte. Stunde um Stunde verrann für Marianne in schlaflosem Schmerz und Fieberwahn und für Elinor in peinigender Angst, bevor Mr. Harris erschien. Nachdem ihre Befürchtungen einmal wachgerufen waren, mußte sie durch deren Übermaß für all ihre frühere Ruhe büßen, und das Mädchen, das mit ihr wachte — sie gestattete nicht, daß man Mrs. Jennings holte —, quälte sie nur noch mehr mit Andeutungen darüber, was ihre Herrin schon lange vorausgesehen hatte.

Mariannes verworrene Gedanken waren noch immer von Zeit zu Zeit auf ihre Mutter gerichtet, und sobald sie ihren Namen erwähnte, krampfte sich das Herz der armen Elinor zusammen, die sich Vorwürfe machte, daß sie die Krankheit so viele Tage hindurch leichtgenommen hatte, und unglücklich war, weil keine sofortige Hilfe kam. Sie bildete sich ein, daß alle Hilfe bald vergeblich sein würde, daß zu viel Zeit vergeudet worden sei, und malte sich aus, wie ihre arme Mutter zu spät eintreffen würde, um ihr Lieblingskind noch am Leben zu sehen, oder zumindest, um es noch bei klarem Verstand zu sehen.

Sie war eben im Begriff, noch einmal nach Mr. Harris zu schicken, oder, falls *er* nicht kommen könnte, einen anderen Rat einzuholen, als der Apotheker eintraf; allerdings war es inzwischen schon nach fünf Uhr. Seine Verspätung wurde jedoch durch seine Diagnose teilweise wieder wettgemacht, denn obgleich er eine sehr unerwartete und unerfreuliche Veränderung des Zustands seiner Patientin zugeben mußte, wollte er nichts von einer akuten Gefahr wissen und sprach von der unbedingten Wirksamkeit einer neuen Behandlungsmethode mit einer Zuversicht, die sich, wenn auch in geringerem Maße, Elinor mitteilte. Er versprach, in drei bis vier Stunden wiederzukommen, und ließ sowohl seine Patientin wie

auch deren besorgte Pflegerin sehr viel ruhiger zurück, als er beide vorgefunden hatte.
Mit großer Bestürzung und vielen Vorwürfen, weil man sie nicht zu Hilfe geholt hatte, hörte Mrs. Jennings am Morgen, was geschehen war. Ihre früheren Befürchtungen, die nun mit noch mehr Grund wiederkehrten, ließen sie über den Ausgang der Krankheit nicht im Zweifel, und obwohl sie sich bemühte, Elinor Trost zuzusprechen, erlaubte ihr ihre Überzeugung von der Gefahr, in der Marianne schwebte, nicht, ihr den Trost der Hoffnung zu spenden. Sie war in tiefster Seele betrübt. Der rasche Verfall, der frühe Tod eines so jungen, so hübschen Mädchens wie Marianne hätte auch jede weniger beteiligte Person mit Bestürzung erfüllt. Auf Mrs. Jennings' Mitleid jedoch hatte sie noch aus anderem Grund Anspruch. Sie war drei Monate lang ihre Gefährtin gewesen, stand noch immer unter ihrer Obhut, und man wußte, daß sie sehr gekränkt worden war und sich schon lange unglücklich fühlte. Dazu hatte sie das Leid ihrer Schwester, die sie besonders liebte, ständig vor Augen, und was die Mutter der beiden Mädchen betraf, so mußte, wenn sich Mrs. Jennings überlegte, daß Marianne dieser wahrscheinlich genausoviel bedeutete wie Charlotte ihr selbst, ihre Anteilnahme an *ihrem* Leid von Herzen kommen.
Mr. Harris war pünktlich bei seinem nächsten Besuch, aber er kam, um seine Hoffnungen auf das Ergebnis des letzten Besuchs enttäuscht zu sehen. Seine Medizin hatte nicht angeschlagen, das Fieber hielt unvermindert an, und Marianne, die zwar ruhiger, aber nicht mehr bei Sinnen war als vorher, lag weiterhin in tiefer Bewußtlosigkeit. Elinor, die augenblicklich von noch größerer Angst ergriffen wurde als er, schlug vor, weiteren Rat einzuholen. Aber er erachtete es für unnötig; er wollte noch etwas anderes ausprobieren, ein neues Mittel, auf dessen Erfolg er fast ebenso vertraute wie auf den des letzten, und er beendete seinen Besuch mit ermutigenden Versicherungen, die zwar Elinors Ohr, nicht aber ihr Herz erreichten. Sie war ruhig, außer, wenn sie an ihre Mutter dachte, aber fast gänzlich ohne Hoffnung, und in dieser Verfassung blieb sie bis Mittag. Sie rührte sich kaum vom Bett ihrer Schwester weg, während ihre Gedanken von einem schmerzlichen Bild, von einem leidenden Freund zum anderen wanderten und ihr Herz äußerst bedrückt war durch die Unterhaltung mit Mrs. Jen-

nings, die keine Bedenken trug, die Schwere und Gefährlichkeit dieses Krankheitsfalles den vielen Wochen der vorangegangenen Indisposition zuzuschreiben, die Mariannes Enttäuschung mit sich gebracht hatte. Elinor spürte die Berechtigung dieser Ansicht, und das verlieh ihren Überlegungen neue Qual.
Gegen Mittag aber begann sie sich einzubilden, begann sie zu hoffen — doch mit einer Vorsicht, mit einer Furcht vor Enttäuschung, die sie anfänglich selbst ihrer Freundin gegenüber schweigen ließ —, daß sie eine leichte Besserung im Puls ihrer Schwester feststellen könne. Sie wartete, beobachtete und prüfte ihn immer wieder, und endlich wagte sie mit einer inneren Erregung, die noch schwerer hinter äußerer Ruhe zu verbergen war als all ihr bisheriger Kummer, ihre Hoffnungen mitzuteilen. Mrs. Jennings mußte zwar nach eigener Prüfung eine vorübergehende Besserung zugeben, versuchte jedoch, ihre junge Freundin davon abzubringen, diese für endgültig zu halten, und Elinor, die sich jede Warnung vor zu großer Zuversicht zu Herzen nahm, versagte es sich gleichfalls, zu hoffen. Aber es war schon zu spät. Sie war bereits von Hoffnung erfaßt und beugte sich voll banger Erregung über ihre Schwester, um angespannt zu warten, sie wußte selbst kaum, worauf. Eine halbe Stunde verging, und das Andauern des günstigen Symptoms machte sie glücklich. Sogar noch andere zeigten sich, um es zu bestätigen. Ihr Atem, ihre Haut, ihre Lippen — überall entdeckte Elinor Zeichen der Besserung, und dann heftete Marianne ihre Augen mit einem klaren, wenn auch matten Blick auf sie. Besorgnis und Hoffnung rangen nun in Elinor und ließen ihr keinen Augenblick Ruhe bis zur Ankunft von Mr. Harris um vier Uhr, dessen begeisterte Glückwünsche zur Genesung ihrer Schwester, die seine eigenen Erwartungen übertraf, ihr Zuversicht und Trost gaben und ihr Freudentränen entlockten.
Marianne ging es in jeder Hinsicht bedeutend besser, und er erklärte, daß sie völlig außer Gefahr sei. Mrs. Jennings, vielleicht zufriedengestellt durch die teilweise Rechtfertigung ihrer Prophezeiungen, die diese auf Grund der letzten Verschlechterung erfahren hatten, gestattete es sich, seinem Urteil zu glauben, und gab mit unverhohlener Freude und bald auch mit aufrichtiger Fröhlichkeit zu, daß eine völlige Genesung als wahrscheinlich angenommen werden dürfe.

Elinor konnte nicht fröhlich sein. Ihre Freude war anderer Art und führte zu allem anderen als Heiterkeit. Eine dem Leben, der Gesundheit, den Freunden und ihrer in sie vernarrten Mutter wiedergegebene Marianne, das war ein Gedanke, der ihr Herz mit Empfindungen köstlichen Trostes erfüllte und es vor heißer Dankbarkeit schwellen ließ, der aber keine äußerlichen Bekundungen von Freude, keine Worte, kein Lächeln zur Folge hatte. Elinor verspürte eine stille, aber starke innere Befriedigung.

Sie blieb den ganzen Nachmittag mit wenigen Unterbrechungen an der Seite ihrer Schwester, beschwichtigte ihre Angst, befriedigte jede Frage ihres geschwächten Geistes, gewährte ihr jede Hilfe und beobachtete fast jeden ihrer Blicke und jeden ihrer Atemzüge. Von Zeit zu Zeit kam ihr natürlich der Gedanke an die Möglichkeit eines Rückfalls und erinnerte sie daran, was Angst hieß — aber als sie bei ihrer wiederholten eingehenden Erkundung sah, daß jedes Symptom der Genesung fortdauerte, und sie Marianne um sechs Uhr in einen ruhigen, festen und augenscheinlich gesunden Schlaf sinken sah, verjagte sie alle Zweifel.

Nun rückte allmählich der Zeitpunkt näher, da man Oberst Brandon zurückerwarten durfte. Um zehn Uhr, hoffte sie, oder zumindest nicht viel später, würde ihre Mutter von der schrecklichen Ungewißheit erlöst sein, in der sie sich jetzt auf der Reise zu ihnen befinden mußte. Und auch der Oberst! — Er war vielleicht nicht weniger zu bemitleiden als sie! — Ach, wie langsam verging die Zeit, die sie so grausam im ungewissen ließ!

Um sieben Uhr folgte sie Mrs. Jennings in den Salon zum Tee, während Marianne noch immer friedlich schlief. Beim Frühstück war Elinor durch ihre Ängste und beim Dinner durch deren plötzliche Verkehrung ins Gegenteil davon abgehalten worden, viel zu essen; daher war ihr eine Erfrischung jetzt besonders willkommen, zumal sie mit einem so wunderbaren Gefühl der Zufriedenheit genossen werden konnte. Mrs. Jennings hätte sie gern überredet, anschließend etwas zu ruhen, bevor ihre Mutter einträfe, und ihr selbst zu erlauben, sie bei Marianne zu vertreten, aber Elinor verspürte weder Müdigkeit, noch glaubte sie schlafen zu können, und ließ sich keinen Augenblick länger als nötig von ihrer Schwester fernhalten. Mrs. Jennings begleitete sie daher nach oben in das

Krankenzimmer, um sich zu vergewissern, daß noch alles in Ordnung sei, überließ sie dann wieder der Krankenwache und ihren Gedanken und zog sich in ihr Zimmer zurück, um Briefe zu schreiben und zu schlafen.

Die Nacht war kalt und stürmisch. Der Wind pfiff um das Haus, und der Regen schlug gegen die Fenster, doch Elinor, ganz von Glück erfüllt, achtete nicht darauf. Marianne schlief, wie sehr der Wind auch heulen mochte, und was die Reisenden betraf, so erwartete sie eine reiche Belohnung für jede Unannehmlichkeit, die sie im Augenblick noch in Kauf nehmen mußten.

Die Uhr schlug acht. Hätte sie zehn geschlagen, so hätte Elinor geschworen, daß sie in diesem Moment eine Kutsche am Hause vorfahren hörte, und obwohl sie unmöglich schon gekommen sein konnten, war sie sich ihrer Sache so sicher, daß sie in das benachbarte Ankleidezimmer ging und einen Fensterladen öffnete, um sich von der Wahrheit zu überzeugen. Sie sah sofort, daß ihre Ohren sie nicht getrogen hatten. Ihr Blick fiel auf die flackernden Laternen einer Kutsche. Bei dem undeutlichen Licht glaubte sie zu erkennen, daß sie von vier Pferden gezogen wurde, und das war auch die Erklärung für eine so unvermutete Schnelligkeit, während es gleichzeitig vom Übermaß der Angst ihrer armen Mutter zeugte.

Noch nie in ihrem Leben war es Elinor so schwergefallen, ruhig zu bleiben, wie in diesem Augenblick. Das Wissen um die Gefühle, die ihre Mutter bewegen mußten, als der Wagen an der Tür hielt, um ihre Ungewißheit, ihre Angst, vielleicht auch ihre Verzweiflung! — und um das, was sie selbst ihr zu berichten hatte! — mit diesem Wissen war es unmöglich, ruhig zu bleiben. Jetzt hieß es nur noch, schnell zu handeln, und daher blieb sie bloß so lange, bis sie ihre Schwester in der Obhut von Mrs. Jennings' Mädchen zurücklassen konnte, und eilte dann die Treppe hinunter.

Als sie durch einen Korridor lief, bestätigte der Lärm in der Halle ihre Vermutung, daß die Ankömmlinge bereits im Haus seien. Sie stürzte zum Salon, trat ein — und stand Willoughby gegenüber.

Elinor, die mit einem Blick des Entsetzens zurückfuhr, folgte der ersten Regung ihres Herzens, drehte sich auf der Stelle um und wollte das Zimmer wieder verlassen. Ihre Hand lag bereits auf der Türklinke, doch sie kam nicht dazu, sie herunterzudrücken, da Willoughby sich ihr hastig näherte und mit einer eher befehlenden als bittenden Stimme sagte: „Miss Dashwood, auf eine halbe Stunde — auf zehn Minuten — bitte bleiben Sie."

„Nein, Sir", antwortete sie mit fester Stimme, „ich werde *nicht* bleiben. Mit *mir* haben Sie nichts abzumachen. Ich nehme an, die Diener haben vergessen, Ihnen zu sagen, daß Mr. Palmer nicht zu Hause ist."

„Wenn sie mir gesagt hätten", rief er heftig, „daß Mr. Palmer und alle seine Verwandten beim Teufel wären, so hätte mich das auch nicht vom Eintreten abgehalten. Ich habe etwas mit Ihnen abzumachen, und nur mit Ihnen."

„Mit mir!" Elinor war aufs höchste erstaunt. „Nun, Sir, seien Sie kurz — und wenn Sie können, weniger laut."

„Setzen Sie sich, und ich werde beides sein."

Sie zögerte und wußte nicht, was sie tun sollte. Ihr fiel plötzlich ein, daß Oberst Brandon möglicherweise kommen und ihn hier antreffen könnte. Aber sie hatte versprochen, ihn anzuhören, und ihre Neugierde wie auch ihre Ehre drängten sie dazu. Nachdem sie einen Augenblick überlegt hatte und zu der Ansicht gelangt war, daß es am klügsten sei, alles rasch abzuwickeln, und daß sie durch ihre Bereitwilligkeit am besten dazu beitragen könne, ging sie schweigend zum Tisch und setzte sich. Er ließ sich auf dem gegenüberstehenden Stuhl nieder, und eine halbe Minute lang sprachen beide kein Wort.

„Bitte, beeilen Sie sich, Sir", sagte Elinor ungeduldig, „ich habe nicht viel Zeit."

Er saß in einer Haltung da, die von tiefem Nachdenken zeugte, und schien sie nicht zu hören.

„Ihre Schwester", sagte er einen Augenblick später unvermittelt, „ist außer Gefahr. Ich hörte es von dem Diener. Gott sei Dank! Aber ist es auch wahr? Ist es wirklich wahr?"

Elinor mochte nicht antworten. Er wiederholte die Frage mit noch größerer Ungeduld.

„Um Gottes willen, sagen Sie mir, ist sie außer Gefahr oder nicht?"
„Wir hoffen, daß sie es ist."
Er stand auf und ging im Zimmer umher.
„Wenn ich das vor einer halben Stunde gewußt hätte — aber da ich nun einmal hier bin" — er sprach mit erzwungener Lebhaftigkeit und kehrte zu seinem Platz zurück —, „was hat es da zu bedeuten? Noch einmal, Miss Dashwood — und es ist vielleicht das letzte Mal —, lassen Sie uns zusammen fröhlich sein. Ich bin glänzend aufgelegt. Sagen Sie mir offen" — ein tieferes Rot überzog seine Wangen —, „halten Sie mich in erster Linie für einen Schurken oder für einen Dummkopf?"
Elinor blickte ihn so verwundert an wie noch nie. Sie begann zu vermuten, daß er betrunken sei — solch ein merkwürdiger Besuch und solch ein merkwürdiges Betragen schienen anders nicht erklärlich, und in dieser Annahme erhob sie sich unverzüglich und sagte:
„Mr. Willoughby, ich empfehle Ihnen, für heute nach Combe zurückzufahren. Ich habe keine Zeit, länger bei Ihnen zu bleiben. Was auch immer Sie mit mir abzumachen haben, morgen werden Sie sich sicherlich besser konzentrieren und es besser erklären können."
„Ich verstehe Sie", antwortete er mit einem ausdrucksvollen Lächeln und völlig ruhiger Stimme. „Ja, ich bin sehr betrunken. Ein halber Liter Porter zu meinem kalten Steak in Marlborough hat ausgereicht, um mich total durcheinanderzubringen."
„In Marlborough!" rief Elinor, die immer weniger verstand, worauf er hinauswollte.
„Ja. Ich bin heute früh um acht in London aufgebrochen, und während der einzigen zehn Minuten, die ich seitdem außerhalb meiner Kutsche verbrachte, habe ich in Marlborough einen kleinen Imbiß eingenommen."
Sein sicheres Auftreten und die klaren Blicke, von denen seine Worte begleitet wurden, überzeugten Elinor, daß — gleich, welche andere unverzeihliche Torheit ihn auch immer nach Cleveland gebracht haben mochte — doch nicht Trunkenheit die Ursache dafür war, und nachdem sie sich ein wenig gesammelt hatte, sagte sie:
„Mr. Willoughby, Sie müßten doch eigentlich genauso wie ich

spüren, daß nach allem, was geschehen ist, Ihr befremdender Besuch hier und die Art, wie Sie sich mir aufdrängen, einer ganz besonderen Entschuldigung bedürfen. Was beabsichtigen Sie damit?"

„Ich beabsichtige", sagte er ernst und voll Nachdruck, „wenn ich kann, zu erreichen, daß Sie mich ein bißchen weniger hassen als jetzt. Ich beabsichtige, so etwas wie eine Erklärung abzugeben, eine Entschuldigung für das Vergangene. Ich möchte Ihnen mein Herz ausschütten und, indem ich Sie davon überzeuge, daß ich zwar immer ein Dummkopf, aber durchaus nicht immer ein Schuft war, so etwas wie Verzeihung von Ma — von Ihrer Schwester erhalten."

„Ist das der wahre Grund Ihres Kommens?"

„Bei meiner Seele, ja", gab er zur Antwort, mit einer Wärme, die ihr den ganzen früheren Willoughby ins Gedächtnis zurückrief und sie unwillkürlich glauben ließ, daß er aufrichtig sei.

„Wenn das alles ist, so kann ich Sie augenblicklich beruhigen, denn Marianne hat Ihnen schon lange verziehen."

„Wirklich?" rief er in demselben herzlichen Ton. „Dann hat sie mir verziehen, bevor sie es hätte tun sollen. Aber sie soll mir nochmals verzeihen, und das aus vernünftigeren Gründen. Wollen Sie mich *jetzt* anhören?"

Elinor nickte.

„Ich weiß nicht", begann er, nachdem er einen Augenblick nachgedacht und sie erwartungsvoll geschwiegen hatte, „wie Sie sich mein Verhalten gegen Ihre Schwester erklärt oder welch teuflisches Motiv Sie mir zu Last gelegt haben mögen. Vielleicht werden Sie hinterher auch nicht viel besser von mir denken, aber es ist den Versuch wert, und Sie sollen alles hören. Als ich mit Ihrer Familie näher bekannt wurde, hatte ich zuerst keine andere Absicht, hatte ich anfänglich nichts anderes mit dieser Bekanntschaft im Sinn, als meine Zeit angenehm zu verbringen, während ich gezwungen war, mich in Devonshire aufzuhalten, angenehmer als je zuvor. Die reizende Erscheinung Ihrer Schwester und ihr anziehender Charakter mußten mir imponieren, und ihr Verhalten gegen mich war fast von Anfang an dergestalt — es ist erstaunlich, wenn ich mir überlege, wie es war und wie *sie* war, daß mein Herz so gleichgültig gewesen sein sollte! Aber zuerst, muß ich gestehen, fühlte ich mich dadurch nur in meiner Eitelkeit geschmeichelt.

Ich kümmerte mich nicht um ihr Glück, dachte nur an mein eigenes Vergnügen, gab Gefühlen nach, denen ich schon immer nur zu gern nachgegeben hatte, und bemühte mich mit allen mir zur Verfügung stehenden Mitteln, mich ihr angenehm zu machen, ohne daß ich die Absicht gehabt hätte, ihre Zuneigung zu erwidern."

An dieser Stelle blickte ihn Elinor voll Zorn und Verachtung an und unterbrach ihn mit folgenden Worten:

„Es lohnt sich kaum, Mr. Willoughby, daß Sie weitersprechen oder daß ich Ihnen noch länger zuhöre. Einem solchen Beginn kann nichts Besseres folgen. Quälen Sie mich nicht damit, daß ich mir auch nur noch ein Wort mehr über diese Sache anhören muß."

„Ich bestehe darauf, daß Sie sich alles anhören", erwiderte er. „Mein Vermögen war nie groß, und ich habe immer kostspielig gelebt, war es immer gewohnt, mit Leuten zu verkehren, die ein höheres Einkommen hatten als ich selbst. Seit ich mündig geworden bin, oder sogar schon länger, glaube ich, sind meine Schulden mit jedem Jahr angewachsen. Zwar sollte mich der Tod meiner alten Cousine, Mrs. Smith, von allen Sorgen befreien, aber da dieses Ereignis ungewiß war und höchstwahrscheinlich noch in weiter Ferne lag, trug ich mich eine Zeitlang mit der Absicht, meine Verhältnisse durch die Heirat mit einer reichen Frau aufzubessern. Mich an Ihre Schwester zu binden war für mich daher undenkbar, und mit einer Niedrigkeit, Selbstsucht und Grausamkeit — die kein noch so entrüsteter oder verächtlicher Blick, nicht einmal von Ihnen, Miss Dashwood, je zu sehr verurteilen kann — handelte ich in dieser Weise, bemühte ich mich um ihre Wertschätzung, ohne daß ich je vorhatte, sie zu erwidern. Aber eines kann zu meinen Gunsten gesagt werden: Selbst in diesem verabscheuungswürdigen Zustand egoistischer Eitelkeit war ich mir über das Ausmaß des Unrechts, das ich im Sinn hatte, nicht im klaren, weil ich *damals* nicht wußte, was lieben heißt. Aber habe ich es überhaupt je gewußt? Man kann es mit Recht bezweifeln; denn hätte ich wirklich geliebt, hätte ich dann meine Gefühle der Eitelkeit, der Habsucht opfern können? Oder, was noch schlimmer ist, hätte ich dann die ihren opfern können? Aber ich habe es getan. Um nicht in vergleichsweiser Armut leben zu müssen, die durch ihre Zuneigung und ihre Gesellschaft all ihrer Schrecken beraubt worden wäre, habe ich, indem ich mir Reichtum verschaffte, all das aufgegeben, was ihn mir zu einem Segen gemacht hätte."

„Dann haben Sie also", sagte Elinor, ein wenig beschwichtigt, „doch einst geglaubt, ihr zugetan zu sein?"

„Solchen Reizen zu widerstehen, solcher Zärtlichkeit! Gibt es einen Mann auf Erden, der das gekonnt hätte? Ja, ich stellte fest, daß ich sie allmählich und unmerklich liebgewonnen hatte; und die glücklichsten Stunden meines Lebens sind die gewesen, die ich mit ihr zusammen verbracht habe, als ich spürte, daß meine Absichten völlig ehrbar und meine Gefühle untadelig waren. Aber selbst da noch, als ich fest entschlossen war, ihr einen Antrag zu machen, erlaubte ich mir höchst unziemlicherweise, diesen Augenblick von einem Tag auf den andern zu verschieben, weil ich nicht geneigt war, ein Verlöbnis zu schließen, während ich in so großen finanziellen Schwierigkeiten war. Ich will mich darüber nicht weiter auslassen, doch ich will auch nicht innehalten, damit Sie sich über die Absurdität, über die einen weit schlimmeren Vorwurf als den der Absurdität verdienende Tatsache verbreiten können, daß ich Bedenken trug, mein Wort zu verpfänden, wo meine Ehre schon gebunden war. Der Ausgang hat bewiesen, daß ich ein gewitzter Dummkopf war, der mit großer Umsicht für eine Gelegenheit sorgte, sich selbst auf immer verachtenswert und elend zu machen. Endlich aber war mein Entschluß gefaßt; ich hatte mir vorgenommen, sowie ich mit ihr allein sprechen könnte, die Aufmerksamkeiten zu rechtfertigen, die ich ihr die ganze Zeit über erwiesen hatte, und sie offen einer Zuneigung zu versichern, die erkennen zu lassen ich mich schon so lange bemüht hatte. Aber in der Zwischenzeit — in der Zwischenzeit der wenigen Stunden, die noch vergehen sollten, bevor ich die Möglichkeit haben würde, allein mit ihr zu sprechen — trat ein Umstand ein — ein unglücklicher Umstand, der all meine Entschlossenheit und mit ihr all meinen Trost vernichtete. Es fand eine Enthüllung statt." An dieser Stelle zögerte er und blickte zu Boden. „Mrs. Smith war irgendwie, ich glaube, durch eine entfernte Verwandte, die daran interessiert war, mich in ihrer Gunst herabzusetzen, von einer Affäre in Kenntnis gesetzt worden, einer Verbindung — aber mehr brauche ich Ihnen wohl nicht zu erzählen", fügte er hinzu und sah sie mit rotem Kopf und forschendem Blick an, „Ihr vertrauter Umgang mit — Sie haben sicher die ganze Geschichte schon längst gehört."

„Allerdings", entgegnete Elinor, gleichfalls errötend und ihr Herz erneut gegen jedes Mitleid mit ihm verschließend, „ich habe alles gehört. Und ich muß gestehen, mir ist nicht klar, wie Sie auch nur den geringsten Teil Ihrer Schuld in dieser entsetzlichen Angelegenheit von sich abwälzen könnten."

„Aber bedenken Sie doch", sagte Willoughby erregt, „wer Ihnen diesen Bericht gegeben hat! Konnte ein solcher Bericht unparteiisch sein? Ich gebe zu, ich hätte auf ihre Situation und auf ihren Ruf Rücksicht nehmen sollen. Ich möchte mich nicht rechtfertigen, aber ich kann Sie auch nicht in dem Glauben lassen, daß ich nichts vorzubringen hätte — daß sie, weil sie gekränkt worden ist, ohne Tadel wäre, und daß *sie* eine Heilige sein müsse, weil *ich* ein Wüstling bin. Wenn die Heftigkeit ihrer Leidenschaft, die Schwäche ihres Verstandes — doch ich will mich nicht verteidigen. Ihre Zuneigung für mich hätte eine bessere Behandlung verdient, und ich denke oft mit vielen Selbstvorwürfen an die Zärtlichkeit zurück, der es für eine sehr kurze Zeit möglich war, die allerstärkste Erwiderung hervorzurufen. Ich wünschte, ich wünschte von ganzem Herzen, es wäre nie so gewesen. Aber ich habe andere als nur sie gekränkt, und ich habe eine gekränkt, deren Zuneigung für mich — darf ich es sagen? — kaum weniger herzlich als die ihre war und deren Geist — ach! wie unendlich er dem ihren doch überlegen war!"

„Aber Ihre Gleichgültigkeit gegen jenes unglückliche Mädchen — ich muß es sagen, so unangenehm mir die Diskussion über ein solches Thema auch sein muß —, Ihre Gleichgültigkeit ist keine Entschuldigung dafür, daß Sie sie so grausam im Stich gelassen haben. Glauben Sie nicht, daß sich die unbarmherzige Grausamkeit, die sich in Ihrem Verhalten offenbart, durch irgendeine Schwäche oder irgendeinen natürlichen Mangel an Verstand auf ihrer Seite entschuldigen läßt. Sie müssen doch gewußt haben, daß sie in größte Not geriet, während Sie sich in Devonshire vergnügten, neue Pläne verfolgten und immer lustig und guter Dinge waren."

„Aber, bei meiner Seele, das habe ich eben *nicht* gewußt", antwortete er erregt. „Ich vergaß, daß ich es unterlassen hatte, ihr meine Adresse zu geben, und der gesunde Menschenverstand hätte ihr sagen müssen, wie sie sie hätte herausfinden können."

„Nun, Sir, und was sagte Mrs. Smith dazu?"
„Sie hielt mir das Vergehen natürlich unverzüglich vor, und meine Verwirrung kann man sich denken. Ihr reines Leben, ihre strengen Anschauungen, ihre Weltfremdheit — alles war gegen mich. Die Sache selbst konnte ich nicht leugnen, und ich bemühte mich vergeblich, sie weniger schlimm erscheinen zu lassen. Ich glaube, Mrs. Smith neigte schon vorher dazu, die Moral meines Verhaltens im allgemeinen anzuzweifeln, und außerdem war sie verärgert, weil ich ihr während meines Besuchs bisher nur sehr wenig Zeit und Aufmerksamkeit gewidmet hatte. Kurz gesagt, es endete mit einem vollkommenen Bruch. Durch eines jedoch hätte ich mich retten können. Auf dem Gipfel ihrer Moral bot mir die gute Frau an, das Vergangene zu verzeihen, wenn ich Eliza heiratete! Das war natürlich unmöglich — und so wurde ich in aller Form aus ihrer Gunst und aus ihrem Hause verstoßen. Die Nacht, die diesem Ereignis folgte — ich sollte am nächsten Morgen reisen —, verbrachte ich in Nachdenken darüber, wie ich mich in Zukunft verhalten sollte. Der Kampf war groß, aber er dauerte nicht lange. Meine Liebe zu Marianne, meine feste Überzeugung, daß sie mir gewogen sei — das alles genügte nicht, um jene Furcht vor der Armut in mir zu besiegen oder die Oberhand über jene falschen Vorstellungen von der Notwendigkeit des Reichtums zu gewinnen, zu denen ich von Natur aus neigte und die durch den Verkehr in wohlhabenden Kreisen noch gefördert worden waren. Ich hatte Grund, mich meiner jetzigen Frau sicher zu glauben, falls es mir gefiel, ihr zu schreiben, und ich redete mir die Überzeugung ein, daß dies das einzige sei, was mir vernünftigerweise zu tun übrigbliebe. Doch es erwartete mich noch ein schwieriger Auftritt, bevor ich Devonshire verlassen konnte; denn ich war am selben Tag bei Ihnen zum Essen eingeladen. Ich brauchte daher eine Entschuldigung, um diese Verpflichtung nicht einhalten zu müssen. Ich überlegte lange, ob ich diese Entschuldigung schreiben oder persönlich vorbringen sollte. Marianne zu sehen, das fühlte ich, würde entsetzlich sein, und ich bezweifelte sogar, daß es mir möglich sein würde, sie wiederzusehen und dabei an meinem Entschluß festzuhalten. In diesem Punkt jedoch unterschätzte ich meine eigene Seelengröße, wie der Erfolg zeigte, denn ich ging hin und sah, daß sie unglücklich war, und ließ sie unglücklich zurück — verließ sie mit der

Hoffnung, sie nie wiederzusehen."
„Warum sind Sie damals eigentlich selbst gekommen, Mr. Willoughby?" fragte Elinor vorwurfsvoll. „Eine kurze Mitteilung hätte doch vollkommen genügt. Warum war es nötig, bei uns vorzusprechen?"
„Es war für meinen Stolz nötig. Ich konnte es nicht ertragen, diese Gegend in einer Weise zu verlassen, die Sie und die übrigen Nachbarn hätte dazu bringen können, einen Teil dessen zu vermuten, was wirklich zwischen mir und Mrs. Smith vorgefallen war, und ich beschloß daher, auf meinem Weg nach Honiton in Ihrem Landhaus vorzusprechen. Aber Ihre liebe Schwester zu sehen war wirklich entsetzlich für mich, und um das Ganze noch schwerer zu machen, traf ich sie allein an. Sie waren alle fortgegangen, ich weiß nicht mehr, wohin. Ich hatte sie erst am Abend zuvor verlassen, so völlig, so fest entschlossen, recht zu handeln! Ein paar Stunden später hätte sie mir für immer verbunden werden sollen; und ich entsinne mich, wie glücklich, wie fröhlich ich war, als ich von dem Landhäuschen nach Allenham zurückwanderte, zufrieden mit mir selbst, entzückt von jedermann! Bei diesem unserem letzten freundschaftlichen Gespräch aber stand ich mit einem Schuldgefühl vor ihr, das zu verbergen ich kaum die Kraft hatte. Ihr Kummer, ihre Enttäuschung, ihr tiefes Bedauern, als ich ihr mitteilte, daß ich gezwungen sei, Devonshire so plötzlich zu verlassen — ich werde es nie vergessen —, gepaart überdies mit solcher Zuversicht, solchem Vertrauen in mich! O Gott, was für ein hartherziger Schurke ich doch war!"
Sie schwiegen beide eine Weile. Elinor sprach zuerst.
„Haben Sie ihr gesagt, daß Sie bald zurückkehren würden?"
„Ich weiß nicht mehr, was ich ihr sagte", antwortete er ungeduldig, „zweifellos jedoch weniger, als die Vergangenheit erfordert hätte, und aller Wahrscheinlichkeit nach viel mehr, als die Zukunft rechtfertigen konnte. Ich kann mich nicht mehr daran erinnern. Ich will es auch gar nicht. Dann kam Ihre teure Mutter, um mich weiter mit all ihrer Freundlichkeit und ihrem Vertrauen zu quälen. Dem Himmel sei Dank, es hat mich wirklich gequält. Ich war unglücklich. Miss Dashwood, Sie können sich wahrscheinlich nicht vorstellen, welchen Trost ich darin finde, auf mein eigenes Unglück zurückzublicken. Ich habe einen solchen Groll auf mich wegen

der unbegreiflichen, verbrecherischen Torheit meines eigenen Herzens, daß ich all die Qualen, die ich deswegen gelitten habe, jetzt nur mit Triumph und Frohlocken betrachte. Ich ging also fort, ließ alles, was ich liebte, zurück und ging zu jenen, die mir bestenfalls gleichgültig sein konnten. Meine Reise in die Stadt — mit meinen eigenen Pferden und daher so ermüdend — kein menschliches Wesen, mit dem ich sprechen konnte — meine freudigen Überlegungen — eine so einladende Zukunft! Wenn ich an Barton zurückdachte — dieses beruhigende Bild! — Ach, es war eine glückselige Reise!"
Er hielt inne.
„Nun, Sir", sagte Elinor, die zwar Mitleid mit ihm hatte, jedoch ungeduldig darauf wartete, daß er sich verabschieden würde, „und das ist alles?"
„Alles! — Nein — haben Sie vergessen, was sich in der Stadt ereignete? Dieser schändliche Brief — hat sie ihn Ihnen gezeigt?"
„Ja, ich habe alle Briefe gesehen, die gewechselt wurden."
„Was ich fühlte, als mich ihr erster erreichte — was unverzüglich geschah, da ich mich die ganze Zeit über in London befand —, läßt sich mit den üblichen Phrasen nicht beschreiben; einfacher ausgedrückt — vielleicht zu einfach, um irgendeine Gemütsbewegung hervorzurufen: meine Gefühle waren sehr, sehr schmerzlich. Jede Zeile, jedes Wort war ein Dolchstoß für mich — um ein abgedroschenes Bild zu benutzen, das die teure Schreiberin, wäre sie hier, sicherlich rügen würde. Zu erfahren, daß Marianne in der Stadt war, das wirkte — um dieselbe Sprache zu gebrauchen — wie ein Blitzschlag auf mich. Blitzschläge und Dolchstöße! Wie hätte sie mich getadelt! Ihr Geschmack, ihre Anschauungen — ich glaube, ich kenne sie besser als meine eigenen, und ich bin überzeugt, daß ich sie höher schätze."
Elinors Herz, das im Verlauf dieses ungewöhnlichen Gesprächs viele Wandlungen durchgemacht hatte, war nun wieder beruhigt; aber sie hielt es für ihre Pflicht, solchen Gedanken ihres Gesprächspartners, wie den zuletzt geäußerten, Einhalt zu gebieten.
„Das ist nicht richtig, Mr. Willoughby. Denken Sie daran, daß Sie verheiratet sind. Berichten Sie nur das, wovon mich in Kenntnis zu setzen Ihr Gewissen Sie zwingt."
„Mariannes Brief, der mir versicherte, daß ich ihr noch immer

so teuer war wie in früheren Tagen, daß sie trotz der vielen, vielen Wochen, die wir getrennt gewesen waren, so beständig war in ihren eigenen Gefühlen und so voll Vertrauen in die Beständigkeit der meinen, weckte all meine Gewissensbisse. Ich sage ‚weckte', weil die Zeit und London, Geschäfte und Zerstreuungen sie bis zu einem gewissen Grad beschwichtigt hatten. Ich war zu einem hartherzigen Schurken geworden, redete mir ein, daß sie mir gleichgültig sei, und wollte mir gern einreden, daß auch ich ihr gleichgültig geworden sein mußte; ich bezeichnete mir selbst gegenüber unsere einstige Zuneigung als eine völlig nichtige, unbedeutende Angelegenheit, zuckte die Schultern zum Beweis, daß es sich so verhielte, brachte jeden Vorwurf zum Schweigen und überwand jeden Skrupel, indem ich mir insgeheim immer wieder sagte: Ich werde von Herzen froh sein, wenn ich höre, daß sie sich gut verheiratet hat. Aber durch diesen Brief lernte ich mich selbst besser kennen. Ich fühlte, daß sie mir unendlich wertvoller war als jede andere Frau auf der Welt und daß ich ihr schändlich mitspielte. Aber zu diesem Zeitpunkt war bereits alles zwischen mir und Miss Grey abgemacht. Ich konnte unmöglich zurücktreten. Das einzige, was mir zu tun übrigblieb, war, Sie beide zu meiden. Ich schickte Marianne keine Antwort, in der Absicht, mich auf diese Weise ihrer weiteren Beachtung zu entziehen, und eine Zeitlang war ich sogar entschlossen, nicht in der Berkeley Street vorzusprechen. Aber schließlich hielt ich es für klüger, mich einfach so zu benehmen wie ein ganz gewöhnlicher, flüchtiger Bekannter. Eines Tages beobachtete ich Sie, bis Sie alle das Haus verlassen hatten, und gab dann meine Karte ab."

„Sie haben uns beobachtet, bis wir das Haus verlassen hatten!"

„Genau das. Sie würden staunen, wenn Sie wüßten, wie oft ich Sie beobachtet habe, wie oft ich nahe daran war, mit Ihnen zusammenzutreffen. Ich bin in manchen Laden eingetreten, um von Ihnen nicht gesehen zu werden, wenn Ihre Kutsche vorüberfuhr. Ich wohnte doch in der Bond Street, und es verging kaum ein Tag, an dem ich nicht die eine oder die andere von Ihnen sah, und nur höchste Wachsamkeit von meiner Seite, der ständige Wunsch, mich nicht von Ihnen erblicken zu lassen, konnte uns so lange voneinander fernhalten. Ich mied die Middletons soviel als möglich — wie auch jede andere

Person, die aller Wahrscheinlichkeit nach gemeinsame Bekannte mit mir aufzuweisen hatte. Doch ohne zu wissen, daß die Middletons sich schon in der Stadt befänden, stieß ich unerwartet auf Sir John — ich glaube, es war gleich am ersten Tag nach ihrer Ankunft und einen Tag, nachdem ich bei Mrs. Jennings vorgesprochen hatte. Er bat mich auf den Abend zu einer Gesellschaft, zu einem Ball in seinem Haus. Auch wenn er mir nicht als besonderen Anreiz mitgeteilt hätte, daß Sie und Ihre Schwester dort sein würden, wäre ich dessen dennoch zu sicher gewesen, um mich ohne weiteres in seine Nähe zu wagen. Der nächste Morgen brachte wieder einen kurzen Brief von Marianne — noch immer zärtlich, offen, arglos, vertrauensvoll — alles, was *mein* Verhalten äußerst verabscheuenswert erscheinen lassen konnte. Ich konnte ihn nicht beantworten. Ich versuchte es, doch ich brachte keinen einzigen Satz zustande. Aber ich glaube, ich dachte den ganzen Tag ununterbrochen an sie. Wenn Sie überhaupt Mitleid mit mir empfinden können, Miss Dashwood, dann bedauern Sie meine Lage, wie sie *damals* war. Ich war gezwungen, den glücklichen Liebhaber einer anderen zu spielen, während mein Herz und meine Gedanken allein Ihrer Schwester gehörten! Jene drei oder vier Wochen waren schlimmer als alles andere. Nun ja, am Ende, wie ich Ihnen wohl nicht zu erzählen brauche, wurden Sie mir aufgedrängt — und was für eine gute Figur ich abgegeben habe, was für ein qualvoller Abend es war! Auf der einen Seite, schön wie ein Engel, Marianne, die mich mit solcher Stimme Willoughby nannte! O Gott, und mir die Hand entgegenstreckte, mich um eine Erklärung bat mit jenen bezaubernden Augen, die sie voll unverhohlener Sorge auf mich gerichtet hatte! Und auf der anderen Seite, eifersüchtig wie des Teufels Großmutter, Sophia, die alles sah, was vorging . . . Nun, das hat nichts zu bedeuten, das ist jetzt vorbei. Was für ein Abend! — Sobald ich nur konnte, bin ich von Ihnen allen fort, aber nicht, bevor ich Mariannes süßes Gesicht totenblaß gesehen hatte. *Das* war der letzte, der allerletzte Eindruck, den ich von ihr hatte, *das* war die Verfassung, in der sie mir zuletzt erschien. Es war ein furchtbarer Anblick! Doch als ich heute dachte, daß sie wirklich sterben könne, war es eine Art Trost für mich, mir vorzustellen, daß ich bereits ganz genau wußte, wie sie jenen erscheinen mußte, die sie zuletzt sehen würden in dieser Welt. Ich hatte sie immer vor

Augen, ständig vor Augen, während ich reiste, in derselben Verfassung und mit derselben Totenblässe."

Ein kurzes Schweigen folgte, während beide sich ihren Gedanken überließen. Willoughby, der sich zuerst aufraffte, brach es mit den Worten:

„Nun, ich will mich beeilen, damit ich wieder fortkomme. Ihrer Schwester geht es wirklich besser, sie ist wirklich außer Gefahr?"

„Wir sind davon überzeugt."

„Ihre arme Mutter! Sie hängt doch so an Marianne!"

„Aber der Brief, Mr. Willoughby, Ihr eigener Brief. Haben Sie dazu nichts zu sagen?"

„Doch, doch, dazu ganz besonders. Ihre Schwester schrieb mir gleich am nächsten Morgen wieder, wie Sie sicher wissen. Sie haben gelesen, was sie mir mitteilte. Ich war zum Frühstück bei den Ellisons eingeladen, und ihr Brief wurde mir zusammen mit einigen anderen aus meiner Wohnung nachgebracht. Zufällig erblickte ihn Sophia, bevor ich ihn sah — und seine Größe, das feine Papier sowie die Handschrift ließen sie sofort Verdacht schöpfen. Schon früher hatte sie ein Gerücht von meiner Bindung an eine junge Dame in Devonshire erreicht, und was sie am Abend zuvor mit eigenen Augen hatte beobachten können, hatte ihr verraten, wer die junge Dame war, und sie so eifersüchtig gemacht wie noch nie. Sie öffnete daher mit der spielerischen Ausgelassenheit, die einem bei der Frau, die man liebt, so gefällt, unverzüglich den Brief und las ihn. Aber sie mußte für ihre Unverschämtheit ordentlich büßen. Sie las das, was sie unglücklich machte. Ihr Unglück hätte ich noch ertragen — aber ihren Zorn, ihre Rachegelüste! Die mußten auf jeden Fall besänftigt werden. Um mich kurz zu fassen — was halten Sie vom Briefstil meiner Frau? Feinsinnig, zärtlich, echt weiblich — nicht wahr?"

„Ihrer Frau! Der Brief war aber doch in Ihrer Handschrift geschrieben."

„Ja, aber ich hatte nur das Verdienst, sklavisch solche Sätze abzuschreiben, bei denen ich mich schämte, meinen Namen darunterzusetzen. Das Original stammte in Gänze von ihr — es waren ihre glücklichen Gedanken und ihre zarte Ausdrucksweise. Aber was konnte ich schon tun? Wir waren miteinander verlobt, alles war in Vorbereitung, der Tag schon so gut wie festgelegt — aber ich rede wie ein Narr. In Vorbereitung! Der

Tag! Um ehrlich zu sein, ich brauchte ihr Geld sehr dringend, und in einer Situation wie der meinen mußte alles getan werden, um einen Bruch zu vermeiden. Und was hatte es schließlich auch schon für Mariannes und ihrer Freunde Meinung von meinem Charakter zu bedeuten, in welche Worte meine Antwort gekleidet war? Ihr Zweck blieb immer der gleiche. Meine Aufgabe war es, mich für einen Schurken zu erklären, und ob ich es mit einer höflichen Verbeugung oder mit einer unverschämten Geste tat, war weniger wichtig. Ich habe mir ihre gute Meinung für immer verscherzt, sagte ich mir, ich bin für immer von ihrer Gesellschaft ausgeschlossen, sie halten mich bereits für einen prinzipienlosen Menschen, und dieser Brief wird sie nur dazu bringen, mich auch noch für einen Lumpen zu halten. So überlegte ich, als ich in einer Art verzweifelter Gleichgültigkeit die Worte meiner Frau abschrieb und mich von den letzten Andenken an Marianne trennte. Ihre drei Briefe — unglücklicherweise befanden sie sich alle in meiner Brieftasche, sonst hätte ich ihre Existenz geleugnet und sie mir für immer aufbewahrt — ich war gezwungen, sie herzugeben, und konnte sie nicht einmal mehr küssen. Und die Haarlocke — auch die hatte ich stets in derselben Brieftasche bei mir getragen, die nun mit liebenswürdigster Boshaftigkeit von Madame durchsucht wurde — die teure Locke, alles, jedes Andenken wurde mir entrissen!"

„Sie haben sehr unrecht gehandelt, Mr. Willoughby, sehr tadelnswert", sagte Elinor, während ihre Stimme unfreiwillig Mitgefühl verriet. „Sie sollten nicht so sprechen, weder von Mrs. Willoughby noch von meiner Schwester. Sie haben Ihre Wahl aus freiem Entschluß getroffen. Man hat Sie nicht dazu gezwungen. Ihre Frau hat zumindest Anspruch auf Ihre Höflichkeit und Ihre Achtung. Sie muß Ihnen zugetan sein, sonst hätte sie Sie nicht geheiratet. Wenn Sie sie unfreundlich behandeln und geringschätzig von ihr sprechen, so ist das keine Genugtuung für Marianne, und ich kann mir auch nicht vorstellen, daß es eine Erleichterung für Ihr eigenes Gewissen ist."

„Sprechen Sie mir nicht von meiner Frau", sagte er mit einem tiefen Seufzer. „Sie verdient Ihr Mitleid nicht. Sie wußte, daß ich keine Zuneigung für sie empfand, als wir heirateten. — Nun, am Ende waren wir jedenfalls verheiratet und kamen nach Combe Magna, um glücklich zu sein, und danach kehrten wir nach London zurück, um uns zu vergnügen. Und jetzt haben Sie doch wohl Mitleid mit mir, Miss Dashwood? Oder habe ich alles umsonst gesagt? Bin ich — und wenn es nur eine Spur wäre —, bin ich Ihrer Meinung nach jetzt weniger schuldig als zuvor? Ich hatte nicht immer schlechte Absichten. Habe ich einen Teil meiner Schuld durch diese Erklärung von mir abwälzen können?"

„Ja, sicher haben Sie das — einen kleinen Teil. Sie haben bewiesen, daß Sie insgesamt weniger schuldig sind, als ich zuerst dachte. Sie haben gezeigt, daß Ihr Herz weniger schlecht ist, weit weniger schlecht. Aber ich weiß kaum — dieses Unglück, an dem Sie schuld sind — ich weiß kaum, was es noch hätte schlimmer machen können."

„Würden Sie bitte Ihrer Schwester, wenn sie wieder gesund ist, all das sagen, was ich Ihnen erzählt habe? Ich möchte auch in ihrer Meinung ein wenig besser dastehen. Sie sagen, sie habe mir schon verziehen. Aber ich möchte mir gern vorstellen können, daß sie mir nach besserer Kenntnis meines Herzens und meiner augenblicklichen Gefühle auf eine spontanere, natürlichere, freundlichere und weniger würdevolle Art Verzeihung gewährt. Erzählen Sie ihr von meinem Unglück und meiner Reue — und sagen Sie ihr, daß mein Herz ihr nie untreu war, und wenn Sie wollen, dann sagen Sie ihr auch, daß sie mir in diesem Augenblick teurer ist denn je."

„Ich werde ihr alles berichten, was notwendig ist für Ihre — sagen wir — Rechtfertigung. Aber Sie haben mir noch nicht den eigentlichen Grund Ihres heutigen Kommens erklärt, und auch nicht, wie Sie von ihrer Krankheit erfahren haben."

„Gestern abend stieß ich im Foyer des Drury-Lane-Theaters mit Sir John Middleton zusammen, und als er mich erkannt hatte, sprach er zum erstenmal seit zwei Monaten wieder mit mir. Daß er mich seit meiner Hochzeit geschnitten hatte, war von mir ohne Überraschung oder Groll zur Kenntnis genommen worden. Doch nun konnte diese gutmütige, ehrliche und naive Seele, voller Unwillen gegen mich und Anteilnahme für Ihre Schwester, der Versuchung nicht widerstehen, mir etwas mitzuteilen, was mich, wie er wußte, eigentlich furchtbar aufregen sollte — obgleich er wahrscheinlich nicht annahm, daß es das wirklich tun würde. Er sagte mir also mit den gröbsten Worten, deren er fähig war, daß Marianne Dashwood in Cleveland am Faulfieber erkrankt sei und im Sterben läge

— daß ihnen in einem am Morgen eingetroffenen Brief von Mrs. Jennings mitgeteilt worden sei, Marianne befände sich in größter Gefahr — daß die Palmers alle in höchster Panik fort seien — und so weiter. Ich war zu entsetzt, als daß ich auch nur bei dem wenig scharfsichtigen Sir John den Eindruck der Unempfindlichkeit zu erwecken vermocht hätte. Sein Herz wurde weich, als er das meine leiden sah, und seine Feindseligkeit so weit beseitigt, daß er mir, als wir uns trennten, beinahe die Hand geschüttelt hätte, während er mich daran erinnerte, daß ich ihm schon seit langem einen Pointerwelpen versprochen hätte. Was ich empfand, als ich hörte, daß Ihre Schwester im Sterben lag — daß sie in der Überzeugung starb, ich sei der größte Schurke von der Welt, daß sie mich in ihren letzten Augenblicken verachtete, mich haßte — denn wie konnte ich wissen, was für schreckliche Absichten man mir zur Last gelegt haben mochte? *Eine* Person, dessen war ich sicher, würde mich so hinstellen, als sei ich zu allem fähig. Was ich empfand, war entsetzlich! Mein Entschluß stand bald fest, und heute früh um acht Uhr saß ich in der Kutsche. Nun wissen Sie alles."

Elinor gab keine Antwort. Ihre Gedanken verweilten im stillen bei dem nicht wiedergutzumachenden Schaden, den eine zu frühe Unabhängigkeit und die sich daraus ergebenden Gewohnheiten wie Müßiggang, Ausschweifung und Luxus der Seele, dem Charakter und dem Glück eines Menschen zugefügt hatten, der mit den Vorzügen seiner Erscheinung und seiner Anlagen ein von Natur aus aufrichtiges, ehrliches Wesen und ein gefühlvolles, zärtliches Gemüt verband. Die Welt hatte ihn verschwenderisch und eitel gemacht — Verschwendung und Eitelkeit hatten ihn kaltherzig und selbstsüchtig gemacht. Die Eitelkeit hatte ihn, während sie ihren eigenen schuldhaften Triumph auf Kosten eines anderen Menschen suchte, eine echte Zuneigung fassen lassen, die der Verschwendung, oder zumindest der sich daraus ergebenden Notwendigkeit, geopfert werden mußte. Jede schlechte Neigung hatte ihn, indem sie ihn zum Bösen verführte, auch seiner Bestrafung entgegengeführt. Die Zuneigung, von der er sich wider Ehre, Gefühl und besseres Wissen äußerlich befreit hatte, beherrschte nun, da sie nicht länger erlaubt war, alle seine Gedanken; und die Verbindung, um deretwillen er ihre Schwester ohne große Skrupel dem Unglück überlassen hatte, würde sich wahrscheinlich als Quelle eines weit weniger leicht wiedergutzumachenden Unglücks für ihn selbst erweisen. Aus diesen Gedanken wurde sie nach einigen Minuten von Willoughby gerissen, der, sich von seinen zumindest ebenso schmerzlichen Gedanken befreiend, aufstand und, indem er sich zum Gehen anschickte, sagte:

„Es hat keinen Zweck hierzubleiben. Ich muß gehen."

„Fahren Sie nach London zurück?"

„Nein — nach Combe Magna. Ich habe dort etwas zu erledigen. Von dort dann ein, zwei Tage später in die Stadt. Auf Wiedersehen!"

Er hielt ihr die Hand hin. Sie konnte ihm die ihre nicht verweigern, und er drückte sie warm.

„Denken Sie jetzt wirklich etwas besser von mir als vorher?" fragte er, ließ ihre Hand los und lehnte sich gegen den Kaminsims, als hätte er vergessen, daß er gehen wollte.

Elinor versicherte ihm, daß es so sei — daß sie ihm verzeihe, Mitleid mit ihm habe, ihm alles Gute wünsche — daß sie sogar an seinem Glück interessiert sei — und gab ihm noch einen freundlichen Rat hinsichtlich des Verhaltens, durch das es aller Wahrscheinlichkeit nach am besten zu fördern sei. Seine Antwort klang nicht sehr ermutigend.

„Was das anbelangt", sagte er, „so muß ich mich eben, so gut es geht, durch die Welt schlagen. Häusliches Glück kann es für mich nicht geben. Wenn ich jedoch denken dürfte, daß Sie und die Ihren Interesse für mein Schicksal und meine Handlungen aufbringen, so mag dies das Mittel sein — mag es mich warnen — wird es zumindest etwas sein, wofür zu leben sich lohnt. Marianne ist mir natürlich auf immer verloren. Selbst wenn ich durch einen glücklichen Zufall wieder frei wäre ..."

Elinor unterbrach ihn mit einem Verweis.

„Nun", erwiderte er, „noch einmal, auf Wiedersehen. Ich gehe jetzt und werde fortan in Angst vor *einem* Ereignis leben."

„Was meinen Sie damit?"

„Die Hochzeit Ihrer Schwester."

„Da irren Sie sich sehr. Sie kann Ihnen nie mehr verloren sein als jetzt."

„Aber ein anderer wird sie gewinnen. Und wenn dieser eine gerade der sein sollte, den ich von allen anderen am wenigsten ertragen könnte — aber ich will nicht länger bleiben, damit ich

mich nicht selbst Ihres mitleidvollen Wohlwollens beraube, wenn ich erkennen lasse, daß ich am wenigsten dort vergeben kann, wo ich am meisten verletzt habe. Auf Wiedersehen – Gott befohlen!"
Und mit diesen Worten rannte er fast aus dem Zimmer.

Neuntes Kapitel

Nachdem Willoughby sie verlassen hatte und das Geräusch seiner Kutsche verklungen war, fühlte sich Elinor noch eine Zeitlang zu bedrückt durch eine Fülle widersprüchlichster Empfindungen, unter denen jedoch die traurigen überwogen, um auch nur an ihre Schwester zu denken.
Willoughby — er, den sie noch vor einer halben Stunde als den unwürdigsten aller Menschen verabscheut hatte —, Willoughby erregte trotz all seiner Fehler ein gewisses Maß an Mitleid wegen der von ihnen verursachten Leiden, so daß sie mit einer Zärtlichkeit und einem Bedauern, die eher seinen Wünschen als seinen Verdiensten entsprachen, wie sie sich bald eingestand, daran denken mußte, daß er nun für immer von ihrer Familie getrennt sei. Sie spürte, daß sein Einfluß auf ihr Gemüt durch Umstände vergrößert wurde, die nach allen Regeln der Vernunft eigentlich kein Gewicht haben sollten, nämlich durch seine ungewöhnliche Anziehungskraft, jene offene, herzliche und lebhafte Art, die zu besitzen kein Verdienst war, und durch jene noch immer glühende Liebe zu Marianne, die zu bewahren nicht einmal anständig von ihm war. Aber sie spürte, daß es so war, schon lange, bevor sie spürte, daß sein Einfluß auf sie geringer wurde.
Als sie endlich zu der nichtsahnenden Marianne zurückkehrte, erwachte diese gerade, erfrischt durch einen langen und süßen Schlummer, der ihre größten Hoffnungen rechtfertigte. Elinors Herz war voll. Vergangenheit, Gegenwart, Zukunft, Willoughbys Besuch, Mariannes Genesung und die zu erwartende Ankunft ihrer Mutter versetzten sie in eine solche Erregung, daß keine Spur von Müdigkeit aufkam und sie nur Sorge hatte, sich vor ihrer Schwester zu verraten. Doch diese Sorge konnte sie nur kurze Zeit bewegen, denn binnen einer halben Stunde, nachdem Willoughby das Haus verlassen hatte, wurde sie durch das Geräusch einer anderen Kutsche wieder

nach unten gerufen. Darauf bedacht, ihrer Mutter jeden unnötigen Augenblick qualvoller Ungewißheit zu ersparen, lief sie eiligst in die Halle und erreichte die Haustür gerade rechtzeitig genug, um sie zu empfangen und hereinzugeleiten.

Mrs. Dashwood, deren grenzenlose Angst sie in dem Moment, als sie sich dem Haus näherten, fast zu der Überzeugung gebracht hatte, Marianne sei nicht mehr am Leben, versagte die Stimme, so daß sie weder nach ihr zu fragen noch etwas zu Elinor zu sagen vermochte; doch diese wartete weder auf einen Gruß noch auf eine Nachfrage, sondern ließ sie unverzüglich die freudige Nachricht wissen; und ihre Mutter, die sie mit der ihr eigenen Herzlichkeit aufnahm, war sofort im gleichen Maße von Glück erfüllt wie vorher von Angst. Ihre Tochter und ihr Freund geleiteten sie in den Salon, und dort umarmte sie unaufhörlich Elinor, während sie Freudentränen vergoß und noch immer unfähig war zu sprechen, wandte sich hin und wieder von ihr ab, um Oberst Brandons Hand zu pressen, mit einem Blick, der sowohl ihre Dankbarkeit ausdrückte wie ihre Überzeugung, daß er die Seligkeit dieser Sekunden mit ihr teile. Doch er teilte sie mit einem Schweigen, das ihres noch übertraf.

Sobald sich Mrs. Dashwood ein wenig gefaßt hatte, begehrte sie Marianne zu sehen, und in zwei Minuten war sie bei ihrem geliebten Kind, das ihr durch Trennung, Unglück und Gefahr teurer denn je geworden war. Elinors Freude, als sie sah, was Mutter und Tochter bei dem Wiedersehen empfanden, wurde nur durch die Befürchtung beeinträchtigt, daß es Marianne allen weiteren Schlaf rauben würde; aber Mrs. Dashwood konnte auch ruhig sein, konnte sogar vernünftig sein, wenn das Leben eines Kindes auf dem Spiel stand, und Marianne, die zufrieden war, ihre Mutter in der Nähe zu wissen, und der klar war, daß sie noch zu schwach zum Reden sei, unterwarf sich bereitwillig dem Schweigen und der Ruhe, die von allen ihren Pflegerinnen anempfohlen wurden. Mrs. Dashwood wollte unbedingt die ganze Nacht bei ihr sitzen bleiben, und Elinor kam der flehentlichen Bitte ihrer Mutter nach und ging zu Bett. Aber ihre überreizten Nerven ließen sie nicht die Ruhe finden, die eine schlaflose Nacht und viele Stunden zermürbender Angst erforderlich zu machen schienen. Ihre Gedanken kreisten unaufhörlich um Willoughby, „den armen Willoughby", wie sie ihn nun bei sich nannte; sie hatte seine

Rechtfertigung um keinen Preis der Welt hören wollen und schämte sich nun, klagte sich nun an, daß sie ihn zuvor so grausam verurteilt hatte. Aber das Versprechen, alles ihrer Schwester zu erzählen, quälte sie nach wie vor. Sie fürchtete die Ausführung, fürchtete die Wirkung auf Marianne, zweifelte, ob sie nach einer solchen Erklärung je mit einem anderen würde glücklich sein können, und wünschte sich einen Augenblick lang Willoughby als Witwer. Dann aber erinnerte sie sich an Oberst Brandon und tadelte sich selbst, weil sie fühlte, daß ihm ihre Schwester als Belohnung für seine Leiden und seine Beständigkeit weit mehr gebührte als seinem Rivalen für die seinen, und wünschte eher alles andere als Mrs. Willoughbys Tod.

Der Schock der Botschaft, die Oberst Brandon nach Barton gebracht hatte, war für Mrs. Dashwood durch ihre vorangegangenen Befürchtungen sehr abgeschwächt worden; denn sie war in so großer Sorge um Marianne gewesen, daß sie sich bereits entschlossen hatte, an ebendiesem Tag nach Cleveland zu fahren, ohne weitere Nachrichten abzuwarten, und sie hatte ihre Reise bis zu seiner Ankunft schon so weit vorbereitet, daß man jeden Augenblick die Careys erwartete, die Margaret abholen sollten, da ihre Mutter nicht gewillt war, sie an einen Ort mitzunehmen, wo sie sich möglicherweise anstecken konnte.

Marianne ging es mit jedem Tag besser, und die strahlende Heiterkeit, die in Mrs. Dashwoods Blicken und in ihrer Stimmung zum Ausdruck kam, bewies, daß sie — wie sie wiederholt selbst erklärte — eine der glücklichsten Frauen der Welt war. Elinor konnte diese Erklärung nicht mit anhören und die Beweise dafür nicht mit ansehen, ohne sich manchmal zu fragen, ob ihre Mutter sich jemals an Edward erinnerte. Aber Mrs. Dashwood, die dem zurückhaltenden Bericht über ihre eigene Enttäuschung Glauben schenkte, den Elinor ihr gesandt hatte, wurde durch die Überschwenglichkeit ihrer Freude dazu verleitet, nur an das zu denken, was sie noch vergrößern würde. Marianne war ihr aus einer Gefahr wiedergegeben worden, in die sie, wie sie nun langsam zu begreifen begann, nicht zuletzt durch ihre eigene falsche Entscheidung, die unglückselige Neigung zu Willoughby zu nähren, geraten war; und in ihrer Genesung sah sie noch einen weiteren Grund zur Freude, von dem Elinor nichts ahnen konnte. Er wurde ihr auf folgende Art mitgeteilt, sobald sich eine Gelegenheit für ein Gespräch unter vier Augen zwischen ihnen ergab.

„Endlich sind wir allein. Meine liebe Elinor, du kennst noch nicht mein ganzes Glück. Oberst Brandon liebt Marianne. Er hat es mir selbst gesagt."

Ihre Tochter, die abwechselnd Freude und Schmerz empfand, überrascht war und nicht überrascht, hörte ihr schweigend zu.

„Du bist nicht wie ich, liebe Elinor, sonst würde ich mich jetzt nicht über deine Ruhe wundern müssen. Wenn ich mir etwas Gutes für meine Familie hätte wünschen können, so hätte ich es sicher für das Erstrebenswerteste gehalten, wenn Oberst Brandon eine von euch heiratete. Und ich glaube, Marianne wird von euch beiden am glücklichsten mit ihm sein."

Elinor wollte sie schon nach dem Grund fragen, weshalb sie das glaubte, weil sie überzeugt war, daß es keinen geben konnte, der auf einer unvoreingenommenen Einschätzung ihres Alters, ihrer Charaktere oder ihrer Gefühle beruhte, aber da ihre Mutter sich bei jedem sie interessierenden Gegenstand von ihrer Einbildungskraft mitreißen ließ, ging sie, ohne zu fragen, mit einem Lächeln darüber hinweg.

„Er hat mir gestern während der Fahrt sein Herz ausgeschüttet. Es kam alles ganz unvermutet zur Sprache, ganz und gar unbeabsichtigt. Ich konnte von nichts anderem als meinem Kind sprechen, wie du dir vorstellen kannst, und er konnte seine Sorge nicht verbergen. Ich sah, daß sie meiner gleichkam, und er dachte vielleicht, daß ein so warmes Mitgefühl, wie es nun mal in der Welt geht, nicht durch reine Freundschaft gerechtfertigt würde — oder er dachte vielmehr überhaupt nichts, wie ich annehme, sondern gab unwiderstehlichen Gefühlen nach —, und gestand mir seine ernsthafte, zärtliche und beständige Zuneigung für Marianne. Er liebte sie, Elinor, seit jenem Augenblick, da er sie zum ersten Mal gesehen hat."

Hierin erkannte Elinor jedoch nicht die Sprache, die Beteuerungen Oberst Brandons, sondern die naturgemäße Ausschmückung durch die tätige Phantasie ihrer Mutter, die sich jede ihr angenehme Sache so ausmalte, wie es ihr am besten gefiel.

„Seine Zuneigung für sie, die alles, was Willoughby je gefühlt oder vorgetäuscht hat, bei weitem übertrifft, denn sie ist viel herzlicher, aufrichtiger und beständiger — wie wir es auch immer nennen wollen —, ist nie ins Wanken geraten, obgleich er um die unglückselige Voreingenommenheit der lieben Marianne für jenen unwürdigen jungen Mann wußte! Und ohne Selbstsucht, ohne eine ermutigende Hoffnung hätte er sie mit einem anderen glücklich sehen können! Solch ein edles Gemüt, solche Offenheit, solche Aufrichtigkeit! In ihm kann sich niemand täuschen!"

„Oberst Brandons Ruf", sagte Elinor, „als vortrefflicher Mensch ist wohlbegründet."

„Ich weiß, daß es sich so verhält", antwortete ihre Mutter ernst, „denn andernfalls wäre nach einer solchen Warnung ich die letzte, die eine solche Zuneigung fördern würde oder darüber erfreut wäre. Aber daß er mich in so hilfsbereiter, freundschaftlicher Weise hierhergeholt hat, reicht aus, um zu beweisen, daß er einer der besten Menschen auf Erden ist."

„Sein guter Ruf", erwiderte Elinor, „beruht aber nicht nur auf *einer* guten Tat, zu der ihn seine Zuneigung für Marianne, wäre Nächstenliebe nicht der Grund gewesen, angeregt hätte. Mrs. Jennings und den Middletons ist er seit langem gut bekannt; sie lieben und verehren ihn gleichermaßen. Selbst ich weiß schon viel Gutes von ihm, wenn auch erst seit kurzem, und ich schätze und achte ihn so hoch, daß ich, falls Marianne mit ihm glücklich sein kann, genauso wie du bereit bin, diese Verbindung für den größten Segen auf der Welt zu halten, der uns zuteil werden kann. Was hast du ihm geantwortet? Hast du ihm Hoffnung gemacht?"

„Aber meine Liebe, wie konnte ich ihm oder mir in diesem Augenblick von Hoffnung sprechen! Marianne konnte im gleichen Moment sterben. Aber er erbat sich weder Hoffnung noch Ermutigung. Für ihn war es ein unbeabsichtigtes Geständnis, ein an eine tröstende Freundin gerichteter ununterdrückbarer Herzenserguß, kein Anhalten um die Hand der Tochter. Zuerst war ich zwar ganz überwältigt, aber nach einiger Zeit sagte ich ihm dann doch, daß es mein größtes Glück wäre, ihrer beider Heirat zu fördern, wenn sie am Leben bliebe, was ich doch hoffte. Und seit unserer Ankunft, seit unserer köstlichen Gewißheit habe ich es ihm noch deutlicher gesagt und ihm jede in meiner Macht stehende Ermutigung gegeben. Die Zeit, sagte ich ihm, eine kurze Zeit nur, werde alles tun. Marianne würde ihr Herz nicht für immer an einen

solchen Mann wie Willoughby weggeworfen haben. Sein eigener vortrefflicher Charakter würde es bald gewinnen."
„Aber nach des Obersts Stimmung zu urteilen, hast du ihn noch nicht ganz so zuversichtlich gemacht, wie du selbst bist."
„Nein. Er hält Mariannes Zuneigung für zu tief, als daß innerhalb kurzer Zeit ein Wandel darin eintreten könnte, und selbst wenn er sich vorstellte, daß ihr Herz wieder frei wäre, würde er nicht zu glauben wagen, daß er sie bei einem solchen Unterschied an Jahren und Temperament je gewinnen könnte. Aber da ist er gewaltig im Irrtum! Sein Alter übertrifft das ihre nur um so viel, als es von Vorteil ist, als es ihm einen gefestigten Charakter und gefestigte Ansichten verleiht — und sein Wesen ist genau von der Art, deine Schwester glücklich zu machen, davon bin ich fest überzeugt. Auch sein Äußeres und sein Benehmen sprechen zu seinen Gunsten. Meine Voreingenommenheit verblendet mich nicht. Er ist sicherlich nicht so hübsch wie Willoughby, aber andererseits hat er viel angenehmere Züge. Du erinnerst dich vielleicht, manchmal kam ein Ausdruck in Willoughbys Augen, der mir gar nicht gefiel."
Elinor konnte sich *nicht* erinnern, aber ohne ihre Zustimmung abzuwarten, fuhr ihre Mutter fort:
„Und was seine Manieren anbelangt, so sind mir die Manieren des Obersts nicht nur angenehmer, als mir die Willoughbys jemals waren, sondern sie sind so beschaffen, daß sie — wie ich sehr wohl weiß — Marianne viel dauerhafter anziehen werden. Seine Güte, seine von Herzen kommende Aufmerksamkeit gegen andere Menschen und seine ungekünstelte männliche Einfachheit passen viel besser zu ihrem Wesen als die Lebhaftigkeit des andern, die oft so künstlich wirkte und oft fehl am Platz war. Ich bin fest davon überzeugt, daß Marianne, wäre Willoughby wirklich so liebenswert gewesen, wie er es nach allem, was wir von ihm erfahren haben, nicht ist, doch nie so glücklich mit ihm geworden wäre, wie sie es mit Oberst Brandon sein wird."
Sie hielt inne. Ihre Tochter konnte ihr nicht völlig zustimmen, aber sie ließ nicht verlauten, daß sie anderer Ansicht sei, und kränkte sie folglich nicht.
„In Delaford wird sie nicht weit von mir entfernt sein", fügte Mrs. Dashwood hinzu, „selbst wenn ich in Barton bleibe. Aber

aller Wahrscheinlichkeit nach — ich hörte, es ist ein großes Dorf —, ach, ganz bestimmt gibt es ein kleines Haus oder ein Landhäuschen in der Nähe, das uns ebenso zusagen wird wie unser jetziges Heim."

Die arme Elinor! Schon gab es einen neuen Plan, sie nach Delaford zu bringen! Aber sie blieb standhaft.

„Und dann sein Vermögen! — Du weißt ja, in meinem Alter denkt man an so etwas. Ich weiß zwar nicht, wie groß es wirklich ist, und ich will es auch gar nicht wissen, aber ich bin überzeugt, daß es ziemlich groß ist."

An dieser Stelle wurden sie durch den Eintritt einer dritten Person unterbrochen, und Elinor zog sich zurück, um über alles in Ruhe nachzudenken und ihrem Freund Erfolg zu wünschen, obwohl ihr dabei Willoughby leid tat.

Zehntes Kapitel

Mariannes Krankheit hatte zwar eine allgemeine Schwäche bewirkt, war jedoch nicht von so langer Dauer gewesen, daß ihre Genesung nur zögernd erfolgt wäre und mit Hilfe ihrer Jugend, ihrer kräftigen Natur und der Anwesenheit ihrer Mutter machte Marianne solche Fortschritte, daß sie schon vier Tage nach Ankunft der letzteren in Mrs. Palmers Ankleidezimmer übersiedeln konnte. Als sie dort war, wurde auf ihren besonderen Wunsch hin Oberst Brandon eingeladen, sie zu besuchen, denn sie wartete schon ungeduldig darauf, ihm ihren Dank dafür auszusprechen, daß er ihre Mutter geholt hatte.

Als er den Raum betrat, ihr verändertes Aussehen bemerkte und die bleiche Hand ergriff, die sie ihm unverzüglich entgegenstreckte, war seine Erregung so groß, daß sie nach Meinung Elinors von etwas anderem als nur seiner Zuneigung für Marianne oder dem Wissen, daß diese den anderen bekannt sei, herrühren mußte; und sie entnahm bald aus seinen schwermütigen Blicken und der wechselnden Gesichtsfarbe, während er ihre Schwester ansah, daß er sich wahrscheinlich an viele vergangene schmerzliche Szenen erinnerte, welche ihm durch jene Ähnlichkeit zwischen Marianne und Eliza ins Gedächtnis zurückgerufen wurden, von der er bereits gesprochen hatte und die nun durch die dunklen Augenringe, die blasse Haut, die müde Haltung und den herzlichen Dank für eine besondere Gefälligkeit noch erhöht wurde.

Mrs. Dashwood beobachtete alles, was geschah, zwar nicht weniger aufmerksam als ihre Tochter, doch von einem völlig anderen Standpunkt aus; daher zog sie auch völlig andere Schlüsse aus dem Beobachteten und sah im Benehmen des Obersts nichts, was nicht von den einfachsten und begreiflichsten Empfindungen herrührte, während sie sich einredete, daß in Mariannes Worten und Handlungen schon langsam etwas mehr als Dankbarkeit zu erkennen sei.

Nach ein, zwei Tagen, als Marianne zusehends kräftiger wurde, begann Mrs. Dashwood, sowohl von ihren eigenen Wünschen als auch von denen ihrer Tochter bewogen, von der Rückkehr nach Barton zu sprechen. Von ihren Maßnahmen hingen auch die ihrer beiden Freunde ab: Mrs. Jennings konnte Cleveland nicht verlassen, während die Dashwoods sich dort aufhielten, und Oberst Brandon wurde durch ihre vereinten Bitten bald so weit gebracht, seinen Aufenthalt dort als ebenso festgelegt, wenn nicht ebenso unerläßlich zu betrachten. Durch seine und Mrs. Jennings' vereinte Bitten wiederum wurde Mrs. Dashwood überredet, für ihre Rückreise seine Kutsche zu benutzen, damit ihr krankes Kind es bequemer hätte, und auf die gemeinsame Einladung von Mrs. Dashwood und Mrs. Jennings, deren rührige Gutmütigkeit sie nicht nur in ihrem eigenen, sondern auch im Namen anderer liebenswürdig und gastlich sein ließ, versprach der Oberst mit Freuden, schon in wenigen Wochen einen Besuch im Landhaus zu machen und die Kutsche wieder abzuholen.

Der Tag der Trennung und der Abreise war da, und nachdem Marianne so liebevoll und ausgiebig von Mrs. Jennings Abschied genommen hatte, so aufrichtig dankbar, so voller Achtung und mit so vielen guten Wünschen, wie es ihrem Herzen nach dem geheimen Eingeständnis früherer Gleichgültigkeit angemessen schien, und Oberst Brandon mit der Wärme einer Freundin Lebewohl gesagt hatte, half dieser ihr vorsichtig in die Kutsche, wobei er augenscheinlich darauf bedacht war, daß sie wenigstens die Hälfte des verfügbaren Platzes in Anspruch nähme. Dann folgten Mrs. Dashwood und Elinor, und die anderen blieben allein zurück, sprachen von den Reisenden und spürten ihre bedrückende Einsamkeit, bis Mrs. Jennings zu ihrer Kutsche gerufen wurde und im

Geschwätz ihres Mädchens Trost für den Verlust ihrer beiden jungen Gesellschafterinnen fand; Oberst Brandon brach unmittelbar danach zu seiner einsamen Fahrt nach Delaford auf.

Die Reise der Dashwoods dauerte zwei Tage, und Marianne ertrug sie an beiden Tagen ohne besondere Ermüdung. Jede ihrer beiden wachsamen Begleiterinnen befleißigte sich eifrigster Aufmerksamkeit und größter Fürsorge, um es ihr so angenehm wie möglich zu machen, und jede wurde durch Mariannes körperliches Wohlbefinden und die Ruhe ihres Gemüts belohnt. Für Elinor war die Beobachtung der letzteren besonders beglückend. Sie, die Marianne Woche um Woche so unverändert leiden gesehen hatte, von einer Herzensangst bedrückt, über die zu sprechen sie keinen Mut und die zu verbergen sie keine Kraft hatte, sah nun mit einer Freude, welche niemand anderes im selben Maße wie sie empfinden konnte, bei ihr eine unverkennbare Gefaßtheit, die ihrer Meinung nach das Ergebnis ernsthafter Überlegungen war und sie daher schließlich zu Zufriedenheit und Frohsinn führen mußte.

Als sie sich dann tatsächlich Barton näherten und in Gegenden kamen, wo jedes Feld und jeder Baum eine ganz besondere, schmerzliche Erinnerung heraufbeschwor, wurde Marianne schweigsam und nachdenklich, wandte sich ab, damit die anderen ihr Gesicht nicht sahen, und schaute ernst zum Fenster hinaus. Doch darüber konnte sich Elinor weder wundern, noch konnte sie es tadeln, und als sie Marianne aus der Kutsche half und merkte, daß sie geweint hatte, sah sie darin nur eine Gefühlsäußerung, die zu natürlich war, um eine weniger zärtliche Empfindung hervorzurufen als Mitleid, und der wegen ihrer Unaufdringlichkeit Lob gebührte. Ihrem ganzen weiteren Verhalten entnahm sie, daß Marianne sich wieder um eine vernünftige Einstellung zu den Dingen bemühte, denn sie hatten kaum ihr gemeinsames Wohnzimmer betreten, da ließ sie ihre Augen mit dem Ausdruck fester Entschlossenheit durch den Raum schweifen, als wolle sie sich sofort an den Anblick eines jeden Gegenstands gewöhnen, mit dem die Erinnerung an Willoughby verknüpft sein konnte. Sie sprach wenig, aber jeder Satz sollte ihre Fröhlichkeit beweisen, und obwohl ihr manchmal ein Seufzer entfuhr, kam es nie vor, daß er nicht durch ein Lächeln wettgemacht wurde. Nach dem

Essen wollte sie Klavier spielen. Sie trat an das Instrument, aber das erste Notenheft, auf das ihr Blick fiel, war ein Opernarrangement, das Willoughby ihr beschafft hatte und das einige ihrer Lieblingsduette enthielt und auf dem Titelblatt ihren eigenen Namen in seiner Handschrift trug. Das war zuviel. Sie schüttelte den Kopf, legte die Noten beiseite, und nachdem sie kurze Zeit ihre Finger über die Tasten hatte gleiten lassen, beklagte sie sich über Schwäche in den Händen und schloß das Klavier wieder; dabei erklärte sie jedoch mit Entschiedenheit, daß sie in Zukunft wieder mehr spielen wolle.
Am nächsten Morgen zeigte sich kein Nachlassen dieser glücklichen Symptome. Im Gegenteil, nun, da Geist und Körper durch Ruhe gleichermaßen gekräftigt waren, blickte und redete sie mit echterer Lebhaftigkeit, freute sich schon auf Margarets Rückkehr und sprach von dem teuren Familienkreis, der dann wieder vollständig sein würde, von ihren gemeinsamen Beschäftigungen und der fröhlichen Gesellschaft als dem einzig erstrebenswerten Glück.
„Wenn das Wetter besser ist und ich wieder bei Kräften bin", sagte sie, „machen wir jeden Tag lange Spaziergänge zusammen. Wir werden zu dem Bauernhof am Rande der Hügel wandern und schauen, was die Kinder machen. Wir werden nach Sir Johns neuen Pflanzungen in Barton Cross und nach dem Abbeyland spazieren, und wir werden auch oft zu den alten Ruinen der Priorei gehen und versuchen, die Grundmauern so weit zu verfolgen, wie sie einmal gereicht haben sollen. Ich weiß, daß wir glücklich sein werden. Ich weiß, daß der Sommer in Glück und Freude vergehen wird. Ich habe vor, nie später als um sechs aufzustehen, und die Zeit bis zum Essen werde ich zur Gänze mit Musizieren und Lesen ausfüllen. Ich habe mir schon einen Plan gemacht und bin entschlossen, mit ernsthaften Studien zu beginnen. Unsere eigene Bibliothek ist mir zu gut bekannt, als daß sie mir, außer zum Zwecke reinen Vergnügens noch etwas bieten könnte. Aber in Barton Park gibt es viele Werke, die es wohl wert sind, gelesen zu werden. Und dann gibt es noch andere, modernere, die ich mir von Oberst Brandon ausleihen kann. Wenn ich nur sechs Stunden jeden Tag lese, werde ich im Laufe von zwölf Monaten sehr viel lernen können, was mir, wie ich glaube, jetzt noch fehlt."
Elinor lobte sie für einen Plan, der so edlen Beweggründen entsprang, obwohl sie lächeln mußte, als sie die gleiche eifrige

Phantasie, die Marianne einst zu einem Übermaß an teilnahmsloser Trägheit und egoistischer Unzufriedenheit verleitet hatte, nun darauf gerichtet sah, ein Programm zweckmäßiger Beschäftigung und tugendhafter Selbstbeherrschung bis zum äußersten zu treiben. Ihr Lächeln wurde jedoch von einem Seufzer abgelöst, sobald die sich daran erinnerte, daß sie ihr Willoughby gegebenes Versprechen noch immer nicht erfüllt hatte, und sie befürchtete, daß sie etwas mitteilen mußte, was Marianne aufs neue betrüben und wenigstens für eine Zeitlang diese angenehme Aussicht auf stillvergnügte Geschäftigkeit zerstören würde. Gewillt, diese verhängnisvolle Stunde deshalb noch hinauszuzögern, beschloß sie, mit der Mitteilung so lange zu warten, bis für die Gesundheit ihrer Schwester keine Gefahr mehr bestünde. Aber der Entschluß wurde nur gefaßt, um geändert zu werden.

Marianne war schon zwei oder drei Tage zu Hause, und noch immer war das Wetter nicht schön genug, als daß eine Kranke wie sie sich hinauswagen konnte. Schließlich aber kam ein milder, heiterer Morgen, der die Wünsche der Tochter und die Zuversicht der Mutter zu wecken vermochte, und Marianne erhielt die Erlaubnis, von Elinors Arm gestützt, auf dem Weg vorm Haus spazierenzugehen, solange sie nicht müde wurde.

Die Schwestern schlugen einen so langsamen Schritt an, wie ihn Mariannes Schwäche bei einer seit ihrer Krankheit bisher nicht geübten körperlichen Bewegung erforderte, und sie waren nur so weit über das Haus hinausgekommen, daß sie den Hügel, den bedeutsamen Hügel dahinter ganz sehen konnten, als Marianne stehenblieb, ihren Blick auf ihn heftete und ruhig sagte:

„Dort, genau dort“ — sie zeigte mit der Hand —, „auf jenem Hang bin ich hingefallen. Und dort habe ich Willoughby zum ersten Male gesehen.“

Ihre Stimme versagte bei den letzten Worten, aber sie faßte sich sogleich wieder und fügte hinzu:

„Ich bin froh, daß ich mir diese Stelle ansehen kann und es mich kaum mehr schmerzt! Sollen wir überhaupt je davon sprechen, Elinor?“ fragte sie zögernd. „Oder wäre das nicht richtig? Ich *kann* jetzt so darüber sprechen, hoffe ich, wie man es erwarten sollte.“

Elinor forderte sie liebevoll zum Reden auf.

„Was meinen Kummer anbelangt“, sagte Marianne, „so ist er

vorbei, soweit es ihn betrifft. Ich habe nicht die Absicht, dir zu erzählen, wie meine Gefühle für ihn einst waren, sondern wie sie jetzt sind. Wenn ich im Moment nur über einen Punkt beruhigt sein könnte, wenn ich nur glauben dürfte, daß er mir nicht immer etwas vorspielte, mich nicht immer täuschte, wenn ich vor allem bloß sicher sein könnte, daß er niemals *ganz* so schlecht war, wie ich ihn mir in meiner Angst manchmal vorgestellt habe seit der Geschichte mit diesem unglücklichen Mädchen . . ."
Sie hielt inne. Elinor wog freudig ihre Worte, als sie antwortete:
„Du glaubst, wenn du dir dessen sicher sein könntest, würde dir leichter ums Herz sein?"
„Ja. Mein Seelenfrieden hängt in doppeltem Sinne davon ab. Es ist nicht nur entsetzlich, einen Menschen solcher Absichten zu verdächtigen, der einem einst so viel bedeutet hat wie er mir, sondern wie stehe ich denn dadurch vor mir selber da? In einer Situation wie der meinen konnte mich doch nur eine äußerst schmachvolle, unbedachte Neigung . . ."
„Wie würdest du dir denn dann sein Verhalten erklären?" fragte ihre Schwester.
„Ich würde denken, daß er — ach! ich würde nur zu gern denken, daß er bloß sehr wankelmütig ist, sehr, sehr wankelmütig."
Elinor sagte nichts mehr. Sie kämpfte mit sich, ob sie ihre Geschichte sofort berichten oder lieber damit warten sollte, bis Marianne wieder bei besserer Gesundheit wäre, und so gingen sie ein paar Minuten schweigend weiter.
„Ich wünsche ihm nicht zu viel Gutes", sagte Marianne schließlich seufzend, „wenn ich wünsche, daß seine geheimen Gedanken nicht unangenehmer sein mögen als meine. Er wird genug darunter leiden müssen!"
„Vergleichst du dein Verhalten mit seinem?"
„Nein. Ich vergleiche es damit, wie es hätte sein sollen. Ich vergleiche es mit deinem."
„Unsere Lage hat wenig Ähnlichkeit."
„Viel mehr als unser Verhalten. Meine liebste Elinor, laß nicht deine Güte verteidigen, was, wie ich weiß, dein Verstand mißbilligen muß. Meine Krankheit hat mich zum Nachdenken gebracht. Sie hat mir Muße und Ruhe zu ernster Betrachtung gegeben. Lange bevor ich wieder so weit genesen war, um

sprechen zu können, war ich schon sehr gut zum Nachdenken in der Lage. Ich habe über die Vergangenheit nachgedacht. Ich sah in meinem Verhalten gegen ihn seit dem Beginn unserer Bekanntschaft im letzten Herbst nichts als eine Reihe von Unbesonnenheiten mir selbst und einen Mangel an Freundlichkeit andern gegenüber. Ich sah, daß meine eigenen Gefühle meine Leiden vorbereitet hatten und daß mich der Mangel an Kraft, sie zu tragen, beinahe ins Grab gebracht hätte. Meine Krankheit, das wußte ich sehr wohl, hatte ich mir allein durch eigenes Verschulden zugezogen, weil ich meine Gesundheit so sträflich vernachlässigt hatte, daß ich sogar damals schon fühlte, was für ein Fehler es war. Wäre ich gestorben, so wäre es Selbstmord gewesen. Ich erkannte die Gefahr erst, als ich ihr entronnen war, aber ich wundere mich noch heute, daß ich mit solchen Gefühlen, wie sie diese Überlegungen in mir hervorriefen, wieder gesund werden konnte — wundere mich, daß mich nicht gerade die Stärke meines Wunsches, zu leben, Zeit zu haben für meine Sühne vor Gott und vor euch allen, nicht gleich auf der Stelle getötet hat. Wäre ich gestorben, in welch unvorstellbarem Unglück hätte ich dich zurückgelassen, meine Pflegerin, meine Freundin, meine Schwester! Dich, die du all den verdrießlichen Egoismus meiner letzten Tage gesehen, die du all die unzufriedenen Seufzer meines Herzens gehört hattest! Wie hätte ich in deiner Erinnerung weitergelebt! — Und auch meine Mutter! Wie hättest du sie trösten sollen! — Ich kann dir gar nicht sagen, wie sehr ich mich selbst verabscheute. Wann immer ich auf die Vergangenheit zurückblickte, sah ich eine Pflicht, die ich vernachlässigt, oder eine Schwäche, der ich nachgegeben hatte. Jedermann schien von mir verletzt worden zu sein. Mrs. Jennings' Güte, ihre grenzenlose Güte, hatte ich mit undankbarer Verachtung vergolten. Gegen die Middletons, die Palmers, die Steeles, ja, selbst gegen alle mir weniger nahestehenden Bekannten war ich anmaßend und ungerecht gewesen, hatte mein Herz gegen ihre Vorzüge verhärtet und zürnte ihnen gerade wegen ihrer Aufmerksamkeit. John und Fanny — ja, selbst ihnen hatte ich — so wenig sie auch verdienen — nicht das zukommen lassen, was ihnen gebührte. Aber dir, dir ist mehr als allen andern, ist noch mehr als unserer Mutter durch mich Unrecht geschehen. Ich, nur ich kannte dein Herz und seinen Kummer. Aber wozu hat mich das bewogen? Nicht dazu, Mitleid zu fühlen, das dir oder mir selber gutgetan hätte. Mir stand dein Beispiel vor Augen. Aber was hat es genutzt? Habe ich mehr Rücksicht auf dich und dein Wohlergehen genommen? Habe ich deine Geduld nachgeahmt oder dir deine Bürde erleichtert, indem ich mich irgendwie an jenen Pflichten allgemeiner Höflichkeit oder besonderer Dankbarkeit beteiligte, die du bis dahin allein hattest erfüllen müssen? — Nein. Als ich wußte, daß du unglücklich warst, bin ich jeden Beweis von Pflichtgefühl und Freundschaft nicht weniger schuldig geblieben als zu der Zeit, da ich dich für zufrieden hielt; ich wollte kaum zugeben, daß noch andere außer mir Kummer haben könnten, bedauerte nur den, der mich verlassen und gekränkt hatte, und überließ es dir, für die uneingeschränkte Zuneigung zu empfinden ich vorgab, um meinetwillen unglücklich zu sein."

Hier versiegte der rasche Strom ihrer Selbstvorwürfe, und Elinor, die sie unbedingt trösten wollte, wenngleich sie zu ehrlich war, um zu schmeicheln, spendete ihr sofort jenes Lob und jenen Zuspruch, die ihre Offenheit und ihre Reue wohl verdienten. Marianne drückte ihre Hand und erwiderte:

„Du bist so gut zu mir. Die Zukunft soll meine Bewährung sein. Ich habe meinen Plan gemacht, und wenn es mir gelingt, ihn auszuführen, werden meine Gefühle gezügelt, wird mein Charakter gebessert sein. Sie sollen nicht länger anderen Menschen Kummer, noch mir selbst Qualen bereiten. Ich werde jetzt einzig für meine Familie leben. Du, unsere Mutter und Margaret, ihr werdet von nun an die Welt für mich sein; euch allein wird meine ganze Liebe gehören. Ich werde nie wieder die geringste Neigung verspüren, mich von euch, von meinem Heim zu entfernen, und wenn ich mich dennoch in andere Gesellschaft begebe, dann nur, um zu zeigen, daß mein Geist nun demütig ist und mein Herz geläutert und daß ich mich der Artigkeiten, der kleineren Pflichten des Lebens mit Verständnis und Nachsicht entledigen kann. Was Willoughby betrifft, so wäre es müßig, zu sagen, daß ich ihn bald oder überhaupt jemals vergessen werde. Die Erinnerung an ihn kann durch keine Veränderung der Umstände oder der Ansichten ausgelöscht werden. Aber sie wird beherrscht werden, sie wird durch Religion, Vernunft und durch ständige Beschäftigung gezügelt werden." Sie hielt inne und fügte gleich darauf mit leiserer Stimme hinzu: „Wenn ich nur wüßte, was *er* denkt, dann wäre alles viel leichter."

Elinor, die bereits seit einiger Zeit überlegt hatte, ob sie ihren Bericht schon jetzt wagen sollte oder lieber doch noch nicht, ohne daß sie zu einer Entscheidung gekommen war, hörte diese Worte, und da sie merkte, daß alles Nachdenken zu nichts führte, entschloß sie sich rasch.
Sie handhabte die Sache, wie sie hoffte, taktvoll: Sie bereitete ihre aufmerksame Zuhörerin vorsichtig vor, berichtete einfach und offen die hauptsächlichsten Punkte, auf die Willoughby seine Entschuldigung gründete, ließ seiner Reue Gerechtigkeit widerfahren und schwächte lediglich die Beteuerungen seiner gegenwärtigen Zuneigung ab. Marianne sagte kein Wort. Sie zitterte, ihre Augen waren auf den Boden geheftet, und ihre Lippen wurden blasser als während ihrer Krankheit. Tausend Fragen erwachten in ihrem Herzen, aber sie wagte nicht, eine zu stellen. Sie lauschte jeder Silbe mit atemloser Spannung; ohne es zu wissen, drückte sie krampfhaft die Hand ihrer Schwester, und Tränen liefen über ihre Wangen.
Elinor, die befürchtete, daß Marianne müde sei, führte sie nach Hause; und da sie sich leicht vorstellen konnte, wie groß ihre Neugier sein mußte, wenngleich sie keine Frage laut werden ließ, sprach sie, bis sie die Pforte des Landhauses erreichten, von nichts anderem als von Willoughby und ihrer Unterredung und gab jede Einzelheit seines Berichts und seines Verhaltens peinlich genau wieder, wo Genauigkeit angebracht war. Sobald sie das Haus betreten hatten, trennte sich Marianne mit einem dankbaren Kuß und den unter Tränen gemurmelten Worten „Sag es Mama!" von ihrer Schwester und stieg langsam die Treppe hinauf. Elinor wollte die Einsamkeit nicht stören, die sie jetzt aus so verständlichen Gründen suchte, und indem sie das Ergebnis in Gedanken ungeduldig vorwegnahm und den Entschluß faßte, das Thema von sich aus wieder aufzugreifen, falls Marianne es nicht tat, wandte sie sich zum Salon, um dem ihr beim Abschied erteilten Befehl nachzukommen.

Elftes Kapitel

Mrs. Dashwood hörte die Rechtfertigung ihres früheren Favoriten nicht ohne Bewegung. Sie freute sich, daß er von einem Teil der ihm zugeschriebenen Schuld befreit war; er tat ihr leid; sie wünschte ihm Glück. Aber die Gefühle der Vergangenheit konnten nicht wiedererweckt werden. Nichts konnte ihn Marianne mit ungebrochener Treue, mit untadeligem Charakter wiedergeben. Nichts konnte vergessen machen, was die letztere durch ihn gelitten hatte, oder sein Verhalten gegen Eliza von Schuld befreien. Nichts konnte ihm daher ihre frühere Achtung wiedergewinnen oder die Belange Oberst Brandons verletzen.

Hätte Mrs. Dashwood wie ihre Tochter Willoughbys Geschichte von ihm selbst gehört, hätte sie seinen Kummer gesehen und unter dem Einfluß seines Mienenspiels und seines Verhaltens gestanden, so wäre ihr Mitleid wahrscheinlich größer gewesen. Aber es lag weder in Elinors Macht, noch war es ihr Wunsch, solche Gefühle, wie sie zuerst bei ihr geweckt worden waren, durch eine ins einzelne gehende Darstellung bei anderen hervorzurufen. Reifliche Überlegung hatte sie in Ruhe ein Urteil fällen lassen und ihre Ansichten über Willoughbys Vorzüge gemäßigt; sie wünschte daher nur die reine Wahrheit mitzuteilen und nur solche Tatsachen klarzulegen, die wirklich seinen Charakter widerspiegelten, ohne jede zärtliche Ausschmückung, die die Phantasie irreführte.

Als sie abends alle drei zusammensaßen, begann Marianne wieder von sich aus über ihn zu sprechen; aber daß es sie Mühe kostete, wurde durch die ruhelose, unstete Nachdenklichkeit, in die sie zuvor eine Zeitlang versunken gewesen war, durch ihr Erröten während des Sprechens und ihre bebende Stimme deutlich bewiesen.

„Ich möchte euch beiden versichern", sagte sie, „daß ich alles so betrachte, wie ihr es von mir nur wünschen könnt."

Mrs. Dashwood hätte sie sogleich mit besänftigender Zärtlichkeit unterbrochen, wenn Elinor, die gern die unbeeinflußte Meinung ihrer Schwester hören wollte, sie nicht schnell durch ein rasches Zeichen um Schweigen gebeten hätte. Marianne sprach langsam weiter:

„Was mir Elinor heute früh erzählte, ist für mich eine große Erleichterung. Ich habe nun genau das gehört, was ich gern hören wollte." Für kurze Zeit versagte ihr die Stimme, aber sie faßte sich wieder und fügte mit größerer Ruhe als vorher hinzu: „Ich bin jetzt vollkommen zufrieden und wünsche keine

Änderung. Ich hätte nie mit ihm glücklich sein können, wenn ich all das gewußt hätte, was ich früher oder später ja doch erfahren mußte. Ich hätte kein Vertrauen und keine Achtung mehr gehabt. Ich wäre den Gedanken daran nie wieder losgeworden."

„Ich weiß, ich weiß", rief ihre Mutter. „Glücklich mit einem Mann, der die Erfahrungen eines Wüstlings hat! — Der den Frieden unseres teuersten Freundes, des besten aller Männer so verletzt hat! Nein — meine Marianne hat kein Herz, das mit solch einem Mann glücklich werden könnte! Ihr Gewissen, ihr empfindsames Gewissen hätte all das gefühlt, was das Gewissen ihres Mannes hätte fühlen sollen."

Marianne seufzte und wiederholte: „Ich wünsche keine Änderung."

„Du betrachtest die Sache", sagte Elinor, „genau so, wie sie guter Wille und gesunder Menschenverstand betrachten müssen; und ich wage zu behaupten, daß du, ebenso wie ich, nicht nur darin, sondern auch noch in vielen anderen Umständen Grund genug siehst, überzeugt zu sein, daß deine Ehe dir viele große Sorgen und Enttäuschungen gebracht hätte, bei denen du durch eine viel weniger große Zuneigung von seiner Seite schlecht unterstützt worden wärst. Hättest du geheiratet, so wärst du immer arm gewesen. Seine Verschwendungssucht wird sogar von ihm selbst zugegeben, und sein ganzes Verhalten zeigt, daß er das Wort Selbstverleugnung kaum versteht. Seine Ansprüche und deine Unerfahrenheit bei einem niedrigen, sogar sehr niedrigen Einkommen hätten dir Kümmernisse gebracht, die für dich gewiß nicht weniger schmerzlich gewesen wären, weil sie dir vorher gänzlich unbekannt waren und du sie dir nicht vorstellen konntest. Ich weiß, sobald du dir über deine Lage klar gewesen wärst, hätten dich dein Ehrgefühl und deine Aufrichtigkeit dazu bewogen, so sparsam zu sein, wie es dir nur möglich erschienen wäre. Vielleicht wäre dir das auch gestattet worden, solange deine Sparsamkeit sich nur auf dein eigenes Wohl beschränkt hätte, aber darüber hinaus — und wie wenig hätten alle deine noch so großen Bemühungen dazu beitragen können, den Ruin aufzuhalten, der schon vor deiner Heirat begonnen hatte! — Außerdem, hättest du dich auch in noch so vernünftiger Weise bemüht, seine Vergnügungen einzuschränken, wäre nicht doch zu befürchten gewesen, daß du — statt einen so selbstsüchtigen

Menschen wie ihn zur Einsicht zu bringen — deinen Einfluß auf ihn verringert hättest und ihn die Verbindung hättest bedauern lassen, die ihn in solche Schwierigkeiten verwickelt hatte?"

Mariannes Lippen zitterten, und sie wiederholte das Wort „selbstsüchtig" in einem Ton, der einschloß: Glaubst du wirklich, daß er selbstsüchtig ist?

„Sein ganzes Benehmen", erwiderte Elinor, „war von Anfang bis Ende auf Selbstsucht gegründet. Es war Selbstsucht, die ihn zuerst mit deinen Neigungen spielen ließ, die ihn danach, als die seinen gebunden waren, das Bekenntnis dessen verzögern ließ und die ihn schließlich von Barton fortführte. Sein eigenes Vergnügen, oder seine eigene Bequemlichkeit, war in jeder Hinsicht sein oberstes Prinzip."

„Das stimmt wirklich. Mein Glück war nie sein Ziel."

„Jetzt bereut er zwar, was er getan hat", fuhr Elinor fort. „Aber warum bereut er es? Weil es für ihn nicht zum Guten ausgeschlagen ist. Es hat ihn nicht glücklich gemacht. Er lebt jetzt in gesicherten Verhältnissen — Kummer dieser Art drückt ihn nicht; und er denkt nur daran, daß er eine Frau geheiratet hat, deren Wesen nicht so liebenswert ist wie das deine. Aber folgt daraus, daß er glücklich geworden wäre, wenn er dich geheiratet hätte? Es hätte andere Schwierigkeiten gegeben. Er hätte dann unter finanziellen Sorgen gelitten, die er nun, da sie beseitigt sind, für unbedeutend hält. Er hätte eine Frau gehabt, über deren Wesen er sich zwar nicht hätte beklagen können, aber er wäre immer bedürftig, immer arm gewesen, und wahrscheinlich hätte er bald gelernt, die zahllosen Vorzüge eines schuldenfreien Besitzes und eines guten Einkommens als weit wichtiger zu betrachten, selbst für das häusliche Glück, denn das angenehme Wesen seiner Ehefrau."

„Daran zweifle ich nicht", sagte Marianne, „und ich habe nichts zu bedauern — nichts als meine eigene Torheit."

„Sag lieber, die Unklugheit deiner Mutter, mein Kind", sagte Mrs. Dashwood, „*sie* ist dafür verantwortlich."

Marianne wollte sie nicht weiterreden lassen, und Elinor, die sich freute, daß jede ihren eigenen Fehler erkannte, wollte jede Betrachtung der Vergangenheit vermeiden, die ihre Schwester deprimieren könnte, und sprach deshalb unverzüglich zum ersten Thema weiter.

„Ich denke, *einen* Schluß kann man billigerweise aus der

ganzen Geschichte ziehen — daß nämlich alle Schwierigkeiten Willoughbys aus dem ersten Verstoß gegen die Tugend durch sein Handeln an Eliza Williams entstanden sind. Dieses Verbrechen war der Ursprung einer jeden kleineren Übeltat wie auch seiner jetzigen Unzufriedenheit."

Marianne stimmte dieser Bemerkung in sehr gefühlvoller Weise zu, und ihre Mutter wurde durch sie zu einer Aufzählung der Verdienste Oberst Brandons und der ihm zugefügten Kränkungen bewogen, die so herzlich war, wie es Freundschaft und Absicht ihr eingaben. Ihre Tochter sah jedoch nicht so aus, als ob sie viel davon hörte.

Erwartungsgemäß mußte Elinor an den zwei, drei folgenden Tagen feststellen, daß Marianne nicht wie bisher weiter zu Kräften kam, aber solange sie ihrem Entschluß treu blieb und versuchte, heiter und ruhig zu erscheinen, konnte ihre Schwester getrost auf die heilende Wirkung der Zeit vertrauen.

Endlich kehrte auch Margaret zurück, und die Familienmitglieder hatten einander wieder, lebten wieder friedlich zusammen in ihrem Landhaus, und wenn sie ihren gewohnten Beschäftigungen auch nicht mit demselben Elan nachgingen wie seinerzeit, als sie gerade nach Barton übergesiedelt waren, so planten sie doch zumindest für die Zukunft, ihnen in stärkerem Maße nachzugehen.

Elinor wartete ungeduldig auf Nachrichten von Edward. Seit sie aus London abgereist war, hatte sie nichts von ihm gehört, nichts Neues über seine Pläne und nicht einmal Genaueres über seinen augenblicklichen Aufenthaltsort. In Verbindung mit Mariannes Krankheit waren ein paar Briefe zwischen Elinor und ihrem Bruder gewechselt worden, und im ersten Brief Johns hatte dieser Satz gestanden: „Wir wissen nichts von unserem unglücklichen Edward und können es auch nicht wagen, uns nach ihm zu erkundigen, nehmen aber an, daß er sich noch immer in Oxford aufhält." Und das war alles, was sie durch die Korrespondenz von Edward gehört hatte, denn in den folgenden Briefen wurde sein Name überhaupt nicht erwähnt. Sie war jedoch nicht dazu verurteilt, lange in Unkenntnis über seine Schritte zu bleiben.

Ihr Diener war eines Morgens mit einem Auftrag nach Exeter geschickt worden, und sobald er dann, während er bei Tisch aufwartete, die Fragen seiner Herrin nach dem Erfolg seines

Botengangs beantwortet hatte, teilte er unaufgefordert folgendes mit:
„Ich nehme an, Sie wissen, Ma'am, daß Mr. Ferrars verheiratet ist."
Marianne fuhr mit einem Ruck hoch, starrte Elinor an, sah sie blaß werden und fiel hysterisch schluchzend in ihren Stuhl zurück. Mrs. Dashwood, deren Blicke instinktiv dieselbe Richtung genommen hatten, während sie die Frage des Dieners beantwortete, war erschrocken, als sie an Elinors Gesichtsausdruck merkte, wie sehr diese wirklich litt; und einen Augenblick später, gleichermaßen bestürzt über Mariannes Zustand, wußte sie nicht, welchem Kind sie ihre Hauptaufmerksamkeit widmen sollte.
Der Diener, der nur sah, daß Miss Marianne unwohl war, besaß genug Umsicht, eins der Mädchen zu rufen, das sie mit Mrs. Dashwoods Unterstützung in das andere Zimmer brachte. Inzwischen ging es Marianne jedoch schon wieder besser, und ihre Mutter überließ sie der Fürsorge Margarets und des Mädchens und kehrte zu Elinor zurück, die zwar immer noch sehr verstört war, aber ihre Stimme und ihren Verstand schon wieder so weit in der Gewalt hatte, daß sie eben beginnen konnte, Thomas über die Quelle seiner Nachricht auszufragen. Mrs. Dashwood nahm diese Mühe sofort selbst auf sich, und Elinor gelangte ohne eigene Anstrengung in den Genuß der Mitteilung.
„Wer hat dir gesagt, daß Mr. Ferrars verheiratet ist, Thomas?"
„Ich habe Mr. Ferrars selbst gesehen, Ma'am, heute früh in Exeter, und auch seine Frau, was mal Miss Steele war. Sie hielten gerade mit ihrer Kutsche vor der Tür des New-London-Gasthofs, als ich mit einer Botschaft von Sally in Barton Park an ihren Bruder, der einer von den Türjungen ist, dort hinkam. Ich blickte zufällig hoch, als ich an der Kutsche vorbeiging, und da sehe ich doch sofort, es ist die jüngste Miss Steele. Ich zog also meinen Hut, und sie erkannte mich, sprach mich an und fragte nach Ihnen, Ma'am, und den jungen Damen, besonders nach Miss Marianne, und bat mich, Grüße von ihr und Mr. Ferrars auszurichten, ihre besten Grüße und Empfehlungen, und wie leid es ihr täte, daß sie keine Zeit hätten, vorbeizukommen und Sie zu besuchen. Aber sie hatten's sehr eilig, denn sie wollten noch ziemlich weit, aber na ja, wenn sie

zurückkehren, kommen sie bestimmt vorbei und besuchen Sie."
„Hat sie dir direkt gesagt, daß sie verheiratet ist, Thomas?"
„Ja, Ma'am. Sie lächelte und sagte, sie hätte ihren Namen geändert, seit sie das letzte Mal in dieser Gegend gewesen wäre. Sie war schon immer eine sehr leutselige und freimütige junge Dame, und sie benahm sich sehr höflich. So habe ich mir erlaubt, ihr viel Glück zu wünschen."
„War Mr. Ferrars bei ihr in der Kutsche?"
„Ja, Ma'am. Ich konnte sehen, daß er zurückgelehnt darin saß, aber er blickte nicht auf: Er ist noch nie ein besonders zum Reden aufgelegter Gentleman gewesen."
Elinors Herz konnte sich leicht erklären, warum er sich nicht vorgebeugt hatte, und Mrs. Dashwood fand wahrscheinlich dieselbe Erklärung.
„War weiter niemand in der Kutsche?"
„Nein, Ma'am, nur die beiden."
„Weißt du, woher sie gekommen sind?"
„Sie kamen direkt aus London, wie mir Miss Lucy — Mrs. Ferrars sagte."
„Und fuhren nach Westen weiter?"
„Ja, Ma'am. Aber sie wollen nicht lange bleiben. Sie werden bald wieder zurücksein, und dann werden sie sicher hier vorsprechen."
Mrs. Dashwood blickte bei diesen Worten zu ihrer Tochter hinüber; aber Elinor wußte, daß man nicht mit ihnen zu rechnen brauchte. Sie erkannte in der Botschaft die ganze Lucy wieder und war völlig überzeugt, daß Edward nie mehr in ihre Nähe kommen würde. Sie bemerkte zu ihrer Mutter mit leiser Stimme, daß sie wahrscheinlich zu Mr. Pratt in der Nähe von Plymouth fahren würden.
Thomas' Vorrat an Neuigkeiten schien erschöpft, aber Elinor machte den Eindruck, als wolle sie noch mehr hören.
„Hast du sie ein Stück begleitet, bevor du fort bist?"
„Nein, Ma'am — die Pferde wurden gerade gebracht, aber ich konnte nicht länger bleiben. Ich hatte Angst, daß ich zu spät kommen würde."
„Hat Mrs. Ferrars gut ausgesehen?"
„Ja, Ma'am, sie sagte, es ginge ihr bestens. Ich fand ja schon immer, daß sie eine sehr hübsche junge Dame ist — und sie schien ungeheuer zufrieden zu sein."

Mrs. Dashwood fiel keine weitere Frage mehr ein, und Thomas wurde bald danach mit dem Tischtuch, das nun gleich ihm nicht länger gebraucht wurde, fortgeschickt. Marianne hatte schon sagen lassen, daß sie nichts mehr essen wolle. Mrs. Dashwood und Elinor hatten ebenfalls keinen Appetit mehr, und Margaret mochte denken, daß sie selbst doch sehr gut dran sei, weil sie, bei so viel Kummer, wie ihn ihre beiden Schwestern in der letzten Zeit erfahren hatten, bei so viel Grund, wie sie oft gehabt hatten, nicht ans Essen zu denken, bisher noch nie gezwungen gewesen war, ihr Mahl stehenzulassen.

Als der Nachtisch und der Wein aufgetragen und Mrs. Dashwood und Elinor allein gelassen worden waren, saßen sie lange in ganz ähnlichem Schweigen und ganz ähnlicher Nachdenklichkeit beisammen. Mrs. Dashwood scheute sich, eine Bemerkung zu machen, und wagte auch nicht, Elinor zu trösten. Sie stellte nun fest, daß sie einen Fehler begangen hatte, als sie sich auf Elinors Selbstdarstellung verließ, und schloß sehr richtig, daß damals alles eigens zu dem Zweck abgeschwächt worden sei, ihr noch größeren Kummer zu ersparen, da sie ja schon so sehr um Marianne litt. Sie stellte fest, daß sie durch die sorgsame, wohlüberlegte Rücksichtnahme ihrer Tochter dazu verleitet worden war, die Zuneigung, die sie einst so gut verstanden hatte, für in Wirklichkeit viel schwächer zu halten, als sie bis dahin geglaubt hatte oder als diese sich jetzt erwies. Sie fürchtete, daß sie infolge dieser Überzeugung ungerecht, unaufmerksam, ja, fast unfreundlich zu ihrer Elinor gewesen war; daß Mariannes Schmerz, weil er offener zur Schau getragen wurde, ihre Zärtlichkeit zu sehr in Anspruch genommen und sie dahin gebracht hatte, zu vergessen, daß sie auch in Elinor eine Tochter haben konnte, die fast ebensosehr litt, und gewiß durch geringeres eigenes Verschulden und mit größerer Seelenstärke.

Zwölftes Kapitel

Elinor lernte nun den Unterschied zwischen der Erwartung eines unangenehmen Ereignisses, für wie gewiß sein Eintreten auch gehalten werden mußte, und der Gewißheit selbst kennen. Sie mußte nun feststellen, daß sie, solange Edward allein war, noch immer unbewußt gehofft hatte, daß etwas geschehen würde, was seine Heirat mit Lucy verhinderte, daß er von selbst einen Entschluß fassen, daß vielleicht die Vermittlung von Freunden helfen oder daß sich eine bessere Partie für die Dame ergeben würde, um alle glücklich zu machen. Aber jetzt war er verheiratet, und sie verdammte ihr Herz wegen der trügerischen Hoffnung, die den Schmerz über die Nachricht so vergrößerte.

Daß er so schnell geheiratet hatte, noch bevor er, wie sie annahm, in den geistlichen Stand getreten und folglich, bevor er im Besitz der Pfründe war, überraschte sie zuerst ein wenig. Aber sie kam schon bald zu dem Schluß, daß Lucy mit ihrer auf sich selbst bedachten Fürsorge und mit ihrer Eile, sich ihn zu sichern, wahrscheinlich eher alles andere übersehen würde als die Gefahr, die sich aus einer Verzögerung ergab. Sie hatten geheiratet, in London geheiratet, und wollten nun möglichst schnell zu ihrem Onkel. Wie mochte es Edward zumute gewesen sein, als er keine vier Meilen von Barton entfernt war, als er den Diener ihrer Mutter sah und Lucys Mitteilung hörte!

Sie vermutete, daß sie sich schon bald in Delaford niederlassen würden. Delaford – jener Ort, für den ihr Interesse zu wecken sich so vieles verschwor, jener Ort, den sie gern kennenlernen wollte und doch zu meiden wünschte. Sie stellte sich die beiden sofort in ihrem Pfarrhaus vor, sah in Lucy die tätige, erfinderische Hausfrau, die den Wunsch nach elegantem Schein mit äußerster Sparsamkeit verband und sich schämte, auch nur der Hälfte ihrer sparsamen Praktiken verdächtigt zu werden, die mit jedem Gedanken ihre eigenen Interessen verfolgte und sich um die Gunst Oberst Brandons, Mrs. Jennings' und jedes anderen wohlhabenden Freundes bemühte. Was sie in Edward sah, wußte sie nicht, und sie wußte auch nicht, was sie zu sehen wünschte. Glücklich oder unglücklich – nichts gefiel ihr; sie mochte sich ihn überhaupt nicht vorstellen.

Elinor hoffte insgeheim, daß irgendeiner ihrer Londoner Bekannten ihnen schreiben würde, um ihnen von dem Ereignis Mitteilung zu machen, und dabei weitere Einzelheiten berichten würde; aber ein Tag um den anderen verging und brachte weder Brief noch Nachrichten. Wenngleich sie sich nicht sicher war, ob jemand zu tadeln sei, fand sie doch an jedem abwesenden Freund etwas auszusetzen. Sie waren alle gedankenlos oder zu bequem.

„Wann schreibst du Oberst Brandon, Mutter?" lautete die Frage, die sich aus ihrer Ungeduld ergab, daß etwas geschehen möge.

„Ich habe ihm letzte Woche geschrieben, meine Liebe, und erwartete eher, bald etwas von ihm zu sehen als von ihm zu hören. Ich habe ihn nachdrücklich gebeten, uns zu besuchen, und wäre nicht überrascht, wenn heute oder morgen oder an einem der nächsten Tage die Tür aufginge und er hereinkäme."

Dies war schon ein Gewinn, etwas, worauf sie sich freuen konnte. Oberst Brandon mußte Nachrichten mitbringen.

Kaum war sie zu diesem Schluß gelangt, als ein Reiter draußen ihren Blick auf sich zog. Er hielt vor ihrer Pforte an. Es war ein Gentleman — es war Oberst Brandon selbst. Nun würde sie mehr hören, und sie zitterte vor Erwartung. Aber es war *nicht* Oberst Brandon — weder sein Äußeres noch seine Größe. Wäre es möglich gewesen, so hätte sie gemeint, daß es Edward sei. Sie schaute genauer hin. Er war eben abgestiegen, sie konnte sich nicht irren — es *war* Edward. Sie ging vom Fenster weg und setzte sich. Er kommt von Mr. Pratt in der Absicht, uns zu besuchen. Ich werde ruhig sein. Ich werde mich beherrschen!

Sie sah sofort, daß die anderen den Irrtum ebenfalls bemerkt hatten. Sie sah, daß ihre Mutter und Marianne die Farbe wechselten, einander anblickten und sich ein paar Worte zuflüsterten. Sie hätte viel darum gegeben, wenn es ihr möglich gewesen wäre, zu sprechen und ihnen klarzumachen, daß sie hoffe, es würden sich weder Kälte noch Geringschätzung in ihrem Verhalten gegen ihn zeigen, aber sie brachte keinen Ton heraus und war gezwungen, alles ganz dem Taktgefühl der beiden zu überlassen.

Kein Wort wurde gesprochen. Sie warteten schweigend auf das Erscheinen ihres Besuchers. Seine Schritte waren auf dem Kiesweg zu hören, dann war er im Korridor, und schon im nächsten Augenblick stand er vor ihnen.

Als er den Salon betrat, kam ihnen sein Gesichtsausdruck nicht sehr glücklich vor, nicht einmal Elinor. Vor Erregung war er totenblaß, und er sah aus, als fürchtete er sich vor dem Empfang, der ihm zuteil werden würde, und als sei er sich bewußt, daß er keine freundliche Aufnahme verdiene. Doch Mrs. Dashwood, die sich, wie sie hoffte, den Wünschen jener

Tochter fügte, von der sie sich im Überschwang ihres Herzens in allem leiten lassen wollte, zwang sich, ihm einen freundlichen Blick zu schenken, reichte ihm die Hand und sprach ihm ihre Glückwünsche aus.

Er errötete und stammelte eine unverständliche Antwort. Elinors Lippen hatten sich gleichzeitig mit denen ihrer Mutter bewegt, und als der Augenblick der Begrüßung vorüber war, wünschte sie, sie hätte ihm ebenfalls die Hand geschüttelt. Aber nun war es zu spät, und sie nahm mit möglichst unbefangener Miene wieder Platz und sprach vom Wetter.

Marianne hatte sich so weit wie möglich zurückgezogen, um ihre Bestürzung zu verbergen, und Margaret, die einen Teil der Zusammenhänge, jedoch längst nicht alle begriff, hielt es für ihre Pflicht, sich würdevoll zu zeigen. Sie setzte sich daher so weit von Edward weg, wie sie nur konnte, und bewahrte strenges Stillschweigen.

Als Elinor aufgehört hatte, ihrer Freude über die Trockenheit der Jahreszeit Ausdruck zu geben, entstand eine sehr peinliche Pause. Sie wurde durch Mrs. Dashwood beendet, die sich verpflichtet fühlte, die Hoffnung zu äußern, daß Mrs. Ferrars bei bester Gesundheit gewesen sei, als er sie verlassen habe. Er bestätigte es hastig.

Eine neue Pause.

Elinor, die beschlossen hatte, sich aufzuraffen, obgleich sie den Klang ihrer eigenen Stimme fürchtete, fragte nun:

„Ist Mrs. Ferrars in Longstaple?"

„In Longstaple!" antwortete er mit überraschter Miene. „Nein, meine Mutter ist in London."

„Ich meinte", sagte Elinor und nahm eine Arbeit vom Tisch auf, „mit meiner Frage Mrs. Edward Ferrars."

Sie wagte nicht hochzublicken, aber ihre Mutter und Marianne sahen ihn an. Er errötete, schien verwirrt, schaute sie zweifelnd an und sagte nach einigem Zögern:

„Sie meinen vielleicht — meinen Bruder — Sie meinen Mrs. — Mrs. Robert Ferrars."

„Mrs. Robert Ferrars!" wiederholten Marianne und ihre Mutter, aufs äußerste verblüfft, und obwohl Elinor nicht sprechen konnte, waren auch ihre Augen mit derselben ungeduldigen Verwunderung auf ihn gerichtet. Er stand von seinem Stuhl auf und ging zum Fenster, wahrscheinlich, weil er nicht wußte, was er tun sollte; er nahm eine Schere, die dort

lag, und machte sie und das Futteral kaputt, indem er das letztere in Stücke schnitt, während er hastig sagte:
„Sie wissen vielleicht nicht — Sie haben vielleicht noch nicht gehört, daß mein Bruder vor kurzem geheiratet hat — die jüngste — Miss Lucy Steele."
Seine Worte wurden mit unbeschreiblichem Erstaunen von allen wiederholt, außer von Elinor, die, den Kopf tief über ihre Arbeit gebeugt, in so starker Erregung dasaß, daß sie kaum wußte, wo sie sich befand.
„Ja", sagte er, „sie haben vorige Woche geheiratet und sind jetzt in Dawlish."
Elinor hielt es nicht mehr aus auf ihrem Stuhl. Sie rannte fast aus dem Zimmer, und sobald sie die Tür hinter sich geschlossen hatte, brach sie in Freudentränen aus, von denen sie zuerst dachte, sie würden überhaupt nicht mehr versiegen. Edward, der bis zu diesem Zeitpunkt überall hingeblickt hatte, nur nicht zu ihr, sah sie hinauseilen und sah vielleicht — oder hörte sogar, wie erregt sie war; denn unmittelbar danach verfiel er in tiefes Nachdenken, aus dem ihn keine Bemerkungen, keine Fragen und keine noch so liebevolle Anrede Mrs. Dashwoods herausreißen konnten, und schließlich verließ er, ohne ein Wort zu sagen, das Zimmer und ging hinaus in Richtung auf das Dorf und ließ die anderen voller Erstaunen und Verwirrung über eine so wunderbare, so plötzliche Änderung seiner Verhältnisse zurück — eine Verwirrung, die sie einzig und allein durch ihre eigenen Mutmaßungen verringern konnten.

Dreizehntes Kapitel

So unerklärlich die Umstände seiner Freigabe der ganzen Familie auch scheinen mochten, es stand jedenfalls fest, daß Edward frei war, und zu welchem Zweck diese Freiheit benutzt werden würde, konnten sich alle leicht denken; denn nachdem er die Segnungen *eines* unklugen, ohne die Zustimmung seiner Mutter eingegangenen Verlöbnisses erfahren hatte, was ihm länger als vier Jahre vergönnt gewesen war, konnte nun, da *dieses* gescheitert war, von ihm nichts anderes erwartet werden, als daß er unverzüglich ein neues einging.
Sein Geschäft in Barton war ein sehr einfaches. Es bestand

lediglich darin, Elinor zu bitten, ihn zu heiraten, und wenn man bedenkt, daß er nicht ganz unerfahren in dieser Sache war, muß man sich wundern, daß er sich im vorliegenden Fall so unbehaglich fühlte und so sehr der Ermutigung und frischer Luft bedurfte.

Doch wie lange er hatte spazierengehen müssen, bis die nötige Entschlossenheit gewonnen war, wie bald sich die Gelegenheit ergab, sie unter Beweis zu stellen, wie er sich dabei ausdrückte und wie ihm erwidert wurde, braucht nicht extra berichtet zu werden. Nur das muß gesagt werden: Als sich alle um vier Uhr zum Tee trafen, etwa drei Stunden nach seiner Ankunft, hatte er die Dame seines Herzens errungen, die Zustimmung ihrer Mutter erhalten und war nicht nur nach dem verzückten Geständnis des Liebhabers, sondern auch in Wirklichkeit der glücklichste Mensch von der Welt. Seine Situation war in der Tat außergewöhnlich erfreulich. Es war mehr als der übliche Triumph erhörter Liebe, was sein Herz schwellen ließ und seine Stimmung hob. Er war mit Anstand von einer Verbindung freigekommen, die schon seit langem Grund seines Unglücks gewesen war, von einer Frau, die er schon seit langem nicht mehr liebte, und war augenblicklich mit dem Einverständnis einer anderen belohnt worden, an dessen Erlangung er fast mit Verzweiflung gedacht haben mußte, sobald er begonnen hatte, es für erstrebenswert zu halten. Das Glück wurde ihm nicht nach Zweifel und Ungewißheit zuteil, sondern nach Unglück; und diese Veränderung offenbarte sich in einer so aufrichtigen, überschäumenden, dankbaren Freude, wie sie seine Freundinnen noch nie an ihm bemerkt hatten.

Sein Herz lag nun offen ausgebreitet vor Elinor, all seine Schwächen, all seine Irrtümer wurden eingestanden, und seine erste jünglingshafte Zuneigung zu Lucy mit dem ganzen philosophischen Ernst eines Vierundzwanzigjährigen betrachtet.

„Es war eine törichte, oberflächliche Neigung von mir", sagte er, „die Folge von Weltunkenntnis und Mangel an Beschäftigung. Hätte meine Mutter mir einen richtigen Beruf verschafft, als ich mit achtzehn Jahren aus Mr. Pratts Obhut entlassen wurde, so denke ich — nein, ich bin überzeugt, es wäre nie geschehen. Zwar verließ ich Longstaple mit einer — wie ich damals dachte — unüberwindbaren Zuneigung für seine Nichte, aber hätte ich damals irgendeine Betätigung gehabt, einen Gegenstand, der meine Zeit in Anspruch genommen und mich ihr ein paar Monate ferngehalten hätte, so wäre ich sehr bald über diese eingebildete Neigung hinweggekommen, besonders wenn ich mehr unter Menschen gegangen wäre, wie ich das in einem solchen Fall hätte tun müssen. Aber statt daß ich etwas zu tun gehabt hätte, statt daß man einen Beruf für mich gewählt oder mir erlaubt hätte, selbst einen zu wählen, kehrte ich nach Hause zurück, um völlig dem Müßiggang zu leben; und während des ganzen folgenden Jahres hatte ich nicht einmal dem Namen nach eine Beschäftigung, wie das der Fall gewesen wäre, wenn ich die Universität besucht hätte, denn ich wurde erst mit neunzehn Jahren in Oxford eingeschrieben. Ich hatte daher nichts anderes zu tun, als mir einzubilden, daß ich verliebt sei, und da meine Mutter mir mein Heim durchaus nicht in jeder Hinsicht angenehm machte, da ich keinen Freund, keinen Gefährten in meinem Bruder hatte und neue Bekanntschaften nicht liebte, war ich selbstverständlich sehr oft in Longstaple, wo ich mich immer wie zu Hause fühlte und stets gewiß sein durfte, willkommen zu sein; dementsprechend verbrachte ich auch den größten Teil meiner Zeit zwischen achtzehn und neunzehn dort. Lucy schien ungewöhnlich liebenswürdig und gefällig zu sein. Sie war auch hübsch — zumindest dachte ich das *damals,* und ich hatte so wenig andere Frauen kennengelernt, daß ich keine Vergleiche ziehen konnte und keine Fehler sah. Wenn ich mir jetzt alles überlege, glaube ich, daß unsere Verlobung, so töricht, wie sie war, so töricht, wie sie sich seither in jeder Hinsicht erwiesen hat, zu diesem Zeitpunkt doch keine unbegreifliche und unverzeihliche Torheit war."

Der Wechsel, den einige wenige Stunden in den Gemütern und im Glück der Dashwoods bewirkt hatten, war so groß, daß er ihnen allen die Befriedigung einer schlaflosen Nacht zu bereiten versprach. Mrs. Dashwood, die ihr Glück gar nicht fassen konnte, wußte nicht, wie sie in genügendem Maße Edward ihre Liebe zeigen oder Elinor loben sollte, wie sie genügend dankbar sein konnte, daß er freigekommen war, ohne seine Ehre zu verlieren, oder wie sie ihnen zugleich Gelegenheit für ein ungestörtes Gespräch geben und sich doch, wie das ihr Wunsch war, an beider Anblick und Gesellschaft erfreuen konnte.

Marianne konnte ihr Glück nur durch Tränen zum Ausdruck

bringen. Es drängten sich ihr Vergleiche auf — Reuegefühle erwachten, und ihre Freude, obgleich so aufrichtig wie ihre Liebe zu ihrer Schwester, war von einer Art, die sich weder in Hochstimmung noch in Worten äußerte.

Doch Elinor, wie soll man *ihre* Gefühle beschreiben? Von dem Augenblick, da sie hörte, daß Lucy einen anderen geheiratet hatte, daß Edward frei war, bis zu dem Augenblick, da er ihre sofort gefaßten Hoffnungen bestätigte, war sie alles andere als ruhig gewesen. Aber als sie nach jenem zweiten Augenblick feststellte, daß alle Zweifel und alle Sorgen behoben waren, ihre Situation mit der verglich, in welcher sie sich noch vor kurzem befunden hatte — als sie sah, daß er auf ehrenhafte Weise von seinem früheren Verlöbnis befreit worden war, sah, daß er diese Befreiung sogleich nutzte, um sich an sie zu wenden und ihr eine Zuneigung zu erklären, die so zärtlich, so beständig war, wie sie es schon immer vermutet hatte — da war sie übermannt, überwältigt von ihrem eigenen Glück; und wenn es dem menschlichen Geist auch möglich ist, sich mit Leichtigkeit an jede Veränderung zum Besseren zu gewöhnen, bedurfte es doch mehrerer Stunden, ihrer Seele Ruhe und ihrem Herzen ein gewisses Maß an Frieden zu geben.

Edward sollte nun mindestens eine Woche im Landhaus bleiben; denn welche anderen Ansprüche auch an ihn gestellt werden mochten, so war es doch unmöglich, daß dem Genuß von Elinors Gesellschaft weniger als eine Woche gewidmet werden konnte oder daß eine kürzere Zeit genügen würde, auch nur die Hälfte dessen zu sagen, was über Vergangenheit, Gegenwart und Zukunft zu sagen war; denn obgleich schon wenige, mit der Zwangsarbeit ununterbrochenen Redens verbrachte Stunden mehr Themen zu erledigen vermögen, als es zwischen zwei vernunftbegabten Lebewesen eigentlich geben kann, ist das bei Verliebten anders. Zwischen ihnen ist kein Thema je abgeschlossen und nichts mitgeteilt, bevor es nicht wenigstens zwanzigmal wiederholt worden ist.

Lucys Heirat, die sie alle mit anhaltender und begreiflicher Verwunderung erfüllte, war natürlich eins der ersten Themen des Liebespaars, und da Elinor alle Beteiligten gut kannte, schien sie ihr in jeder Hinsicht das ungewöhnlichste und unerklärlichste Ereignis, von dem sie je gehört hatte. Wie sie sich gefunden hatten und was Robert zu einem Mädchen hingezogen haben konnte, von dessen Schönheit sie ihn selbst ohne jede Bewunderung hatte sprechen hören — zu einem Mädchen, das überdies schon mit seinem Bruder verlobt und dessentwegen dieser Bruder von seiner Familie verstoßen worden war —, das herauszufinden überstieg ihr Vorstellungsvermögen. Ihrem Herzen war es eine wunderbare und ihrer Phantasie sogar eine lächerliche Angelegenheit, ihrem Verstand und ihrem Urteil aber war es ein völliges Rätsel.

Edward konnte nur versuchen, es sich zu erklären, indem er annahm, es sei vielleicht bei der ersten zufälligen Begegnung der Eitelkeit des einen durch die Schmeichelei des andern so sehr Genüge getan worden, daß sich nach und nach alles weitere ergeben hatte. Elinor erinnerte sich daran, wie Robert ihr in der Harley Street erzählt hatte, was seiner Ansicht nach seine Vermittlung in der Sache seines Bruders erreicht hätte, wenn sie rechtzeitig eingesetzt hätte. Sie wiederholte es Edward.

„Das war echt Robert", lautete sein unverzüglicher Kommentar. „Und das", fügte er sogleich hinzu, „hat er vielleicht auch im Sinn gehabt, als die Bekanntschaft zwischen ihnen begann. Und Lucy hat möglicherweise vorerst nur daran gedacht, seine guten Dienste für meinen Vorteil zu gewinnen. Das andere mag sich später entwickelt haben."

Doch wie lange zwischen ihnen schon eine Verbindung bestanden haben mochte, konnte er genausowenig sagen wie sie; denn er hatte es vorgezogen, in Oxford zu bleiben, seit er von London weg war, und hatte nichts über sie gehört, als was sie ihm selbst schrieb, und ihre Briefe waren bis zum Schluß weder weniger häufig noch weniger zärtlich als sonst gewesen. Deshalb war ihm auch nie der geringste Verdacht gekommen, der ihn auf das Folgende vorbereitet hätte, und als ihn schließlich die Nachricht in einem Brief von Lucy selbst unerwartet traf, war er, wie er glaubte, eine Zeitlang wie betäubt vor Verwunderung, Schreck und Freude über eine solche Rettung gewesen. Er gab Elinor den Brief.

Mein Herr!

Da ich fest überzeugt bin, daß ich Ihre Zuneigung schon seit langem verloren habe, glaubte ich mir die Freiheit nehmen zu dürfen, die meine einem anderen zu schenken, und zweifle nicht, daß ich mit ihm genauso glücklich werde, wie ich das einmal mit Ihnen zu werden hoffte. Aber ich weise es von mir, jemandes Hand zu akzeptieren, dessen Herz einer anderen

gehört. Wünsche Ihnen aufrichtig Glück zu Ihrer Wahl, und es soll nicht meine Schuld sein, wenn wir nicht immer gute Freunde bleiben, wie das durch unsere nahe Verwandtschaft nun schicklich scheint. Ich kann mit gutem Gewissen sagen, daß ich Ihnen nichts nachtrage, und bin überzeugt, Sie werden zu großzügig sein, um uns irgendwelche schlechten Dienste zu erweisen. Ihr Bruder hat meine Zuneigung vollständig errungen, und da wir nicht ohne einander leben können, sind wir soeben vom Altar zurückgekehrt und befinden uns jetzt auf dem Weg nach Dawlish, wo wir ein paar Wochen bleiben wollen. Ihr lieber Bruder brennt darauf, diesen Ort kennenzulernen, dachte mir aber, ich würde Sie erst schnell noch mit diesen paar Zeilen behelligen, und verbleibe für immer
Ihre wohlmeinende, aufrichtige Freundin und Schwägerin
Lucy Ferrars

Ich habe alle Ihre Briefe verbrannt und werde bei nächster Gelegenheit Ihr Bild zurückschicken. Vernichten Sie bitte mein Gekritzel — aber den Ring mit meiner Locke können Sie gern behalten.

Elinor las den Brief und gab ihn ohne eine Bemerkung zurück.

„Ich frage dich nicht nach deiner Meinung über den Stil", sagte Edward. „Um nichts in der Welt hätte ich früher haben wollen, daß du einen Brief von ihr liest. — Für eine Schwägerin ist er schon schlimm genug, aber für die eigene Frau! — Wie bin ich beim Lesen ihrer Zeilen errötet! — Aber ich darf behaupten, daß dies seit dem ersten halben Jahr unserer törichten Affäre der einzige Brief von ihr ist, dessen Inhalt die Mängel des Stils wettmacht."

„Wie es sich auch zugetragen haben mag", sagte Elinor nach einer Pause, „sie sind auf jeden Fall verheiratet. Und deine Mutter hat sich die gerechte Strafe zugezogen. Die Unabhängigkeit, die sie Robert aus Groll gegen dich gab, hat es ihm ermöglicht, seine eigene Wahl zu treffen; und sie hat tatsächlich den einen Sohn mit tausend Pfund im Jahr bestochen, gerade die Tat auszuführen, wegen deren bloßer Beabsichtigung sie den andern enterbte. Ich vermute, sie wird kaum weniger gekränkt sein, wenn Robert Lucy heiratet, als wenn du sie geheiratet hättest."

„Sie wird sogar weit mehr gekränkt sein, denn Robert war stets ihr Lieblingssohn. Sie wird weit mehr gekränkt sein und ihm aus demselben Grund viel eher vergeben."

Wie die Sache im Augenblick zwischen Mutter und Sohn stand, wußte Edward nicht, denn er hatte nicht versucht, mit irgend jemand von seiner Familie in Verbindung zu treten. Er hatte Oxford binnen vierundzwanzig Stunden nach Erhalt von Lucys Brief verlassen, und mit nur einem Ziel vor Augen, nämlich dem nächsten Weg nach Barton, hatte er keine Zeit gehabt, irgendwelche Pläne zu machen, die nicht aufs engste mit jenem Weg in Zusammenhang standen. Er konnte nichts tun, bis er wußte, welches Schicksal seiner bei Elinor Dashwood harrte; und aus der Schnelligkeit, mit der er dieses Schicksal suchte, ist zu schließen, daß er trotz der Eifersucht, mit der er einst an Oberst Brandon gedacht hatte, trotz der Bescheidenheit, mit der er seine eigenen Vorzüge einschätzte, und trotz der Höflichkeit, mit der er von seiner Ungewißheit sprach, doch im großen und ganzen keine allzu schlechte Aufnahme erwartete. Er mußte natürlich sagen, daß er sie erwartete, und er sagte es mit sehr netten Worten. Was er vielleicht ein Jahr später darüber sagen würde, muß der Phantasie von Eheleuten überlassen bleiben.

Daß Lucy sie mit ihrer Botschaft durch Thomas absichtlich hatte täuschen und sich gegen ihn zum Schluß noch ein bißchen boshaft hatte zeigen wollen, war Elinor völlig klar; und Edward selbst, der Lucys Charakter erst jetzt ganz durchschaut hatte, zweifelte nicht daran, daß sie der äußersten Niedertracht eines rücksichtslosen Charakters fähig sei. Obgleich ihm schon vor langer Zeit, noch vor Beginn seiner Bekanntschaft mit Elinor die Augen geöffnet worden waren über ihre Unwissenheit und die fehlende Freisinnigkeit in einigen ihrer Ansichten, hatte er beides ihrem Mangel an Bildung zugeschrieben; und bis zu ihrem letzten Brief hatte er sie immer für ein wohlmeinendes, gutmütiges Mädchen gehalten, das ihm völlig ergeben sei. Nichts als diese Überzeugung hatte ihn daran hindern können, ein Verlöbnis zu lösen, das eine ständige Quelle der Sorge und des Bedauerns für ihn gewesen war, noch lange bevor seine Enthüllung ihn offen dem Zorn seiner Mutter ausgesetzt hatte.

„Ich betrachtete es als meine Pflicht", sagte er, „ihr, unabhängig von meinen Gefühlen, die Wahl zu lassen, das Verlöbnis weiter aufrechtzuerhalten oder es zu lösen, als mich meine Mutter enterbt hatte und ich allem Anschein nach ohne einen Freund in der Welt dastand, der mir helfen würde. In einer solchen Situation, wo es nichts zu geben schien, was die Habgier oder die Eitelkeit eines menschlichen Wesens zu reizen vermocht hätte, wie konnte ich da annehmen, daß sie, als sie so ernst und eindringlich darauf bestand, mein Schicksal zu teilen, gleich, wie es sich gestalten würde, von etwas anderem als der selbstlosesten Liebe dazu bewogen wurde? Ich kann bis heute nicht verstehen, aus welchem Motiv heraus sie handelte oder welchen Vorteil sie sich davon versprach, an einen Mann gebunden zu sein, für den sie nicht die geringste Zuneigung empfand und der nur zweitausend Pfund und sonst nichts auf der Welt besaß. Sie konnte ja nicht ahnen, daß mir Oberst Brandon eine Pfründe übertragen würde."

„Das nicht, aber sie mochte denken, daß die Sache eine günstige Wendung für dich nehmen, daß deine Familie mit der Zeit nachgeben würde. Und auf jeden Fall verlor sie nichts, wenn das Verlöbnis weiterbestand, denn sie hat bewiesen, daß es weder ihre Zuneigung noch ihre Handlungen beeinflußte. Die Verbindung war sicherlich eine achtbare und hob wahrscheinlich ihr Ansehen unter ihren Freunden, und falls sich nichts Vorteilhafteres ergeben hätte, wäre es immer noch besser für sie gewesen, *dich* zu heiraten, als allein zu bleiben."

Edward war selbstverständlich sofort überzeugt, daß nichts natürlicher sein konnte als Lucys Verhalten oder einleuchtender als das ihm zugrunde liegende Motiv.

Elinor schalt ihn — streng, wie Damen stets die Unbesonnenheit schelten, die ein Kompliment für sie selbst bedeutet —, daß er so viel Zeit bei ihnen in Norland verbracht hatte, als er schon gemerkt haben mußte, wie unbeständig er sei.

„Dein Verhalten war zweifellos sehr falsch", sagte sie, „weil, ganz zu schweigen von meiner eigenen Überzeugung, unsere Verwandten und Bekannten sich dadurch alle verleiten ließen, etwas zu erwarten, was nach deiner *damaligen* Situation nie sein konnte."

Er vermochte als Entschuldigung nur seine Unerfahrenheit und sein unbegründetes Vertrauen in die Stärke seines Verlöbnisses anzuführen.

„Ich war so einfältig, zu glauben, daß es ungefährlich für mich wäre, mit dir zusammen zu sein, weil ich einer anderen Treue geschworen hatte, und daß das Wissen um mein Verlöbnis mein Herz ebenso unversehrt und rein erhalten würde wie meine Ehre. Ich fühlte, daß ich dich bewunderte, aber ich sagte mir, es sei nur Freundschaft, und erst, als ich zwischen dir und Lucy Vergleiche anstellte, wußte ich, wie weit es mit mir gekommen war. Danach aber, glaube ich, habe ich *nicht* richtig gehandelt, als ich so lange in Sussex blieb, und die Argumente, mit denen ich mir die Dienlichkeit meines Bleibens bewies, waren keine besseren als diese: Es ist mein eigenes Risiko; ich tue niemandem Unrecht, es sei denn, mir selbst."

Elinor lächelte und schüttelte den Kopf.

Edward hörte voll aufrichtiger Freude, daß man Oberst Brandon im Landhaus erwartete, denn er wünschte nicht nur besser mit ihm bekannt zu werden, sondern wartete auch auf eine Gelegenheit, ihn zu überzeugen, daß er ihm nicht länger grolle, weil er ihm die Pfründe in Delaford gegeben habe. „Nachdem ich ihm meinen Dank damals auf so unfreundliche Weise ausgesprochen habe", sagte er, „muß er ja einfach denken, ich hätte ihm nie verziehen, daß er mir die Pfründe angeboten hat."

Edward wunderte sich jetzt selbst, daß er bisher noch nicht in Delaford gewesen war. Aber die Sache hatte ihn so wenig interessiert, daß er seine sämtlichen Informationen über das Haus, den Garten und das Pfarrland, die Größe des Kirchspiels, den Zustand des Bodens und die Höhe des Zehnten Elinor verdankte, die von Oberst Brandon so viel darüber gehört hatte, und es mit solcher Aufmerksamkeit gehört hatte, daß sie völlig im Bilde war.

Danach blieb nur noch eine Frage zwischen ihnen ungeklärt, war nur noch eine Schwierigkeit zu überwinden. Sie hatten einander durch gegenseitige Zuneigung gefunden, mit wärmster Billigung ihrer wahren Freunde, und sie kannten einander so gut, daß ihr Glück verbürgt schien — jetzt brauchten sie nur noch etwas, wovon sie leben konnten. Edward besaß zweitausend Pfund und Elinor eintausend; das war, zusammen mit der Delaforder Pfründe, alles, was sie ihr eigen nennen konnten; denn Mrs. Dashwood vermochte unmöglich etwas beizusteuern, und sie waren beide nicht so verliebt, um zu glauben, daß dreihundertfünfzig Pfund im Jahr genügen würden, sie mit den Annehmlichkeiten des Lebens zu versorgen.

Edward war nicht ganz ohne Hoffnung, daß sich die Haltung seiner Mutter gegen ihn zu seinen Gunsten ändern könne, und darauf baute er, was den Rest ihres Einkommens betraf. Elinor aber verließ sich nicht darauf; denn da Edward noch immer nicht würde Miss Morton heiraten können und Mrs. Ferrars in ihrer schmeichelhaften Ausdrucksweise seine Wahl Elinors nur das kleinere Übel genannt hatte im Vergleich zu einer Heirat mit Lucy Steele, befürchtete sie, daß Roberts Vergehen keinem anderen Zweck dienen würde, als Fanny zu bereichern.

Etwa vier Tage nach Edwards Ankunft erschien Oberst Brandon, um Mrs. Dashwoods Befriedigung vollständig zu machen und ihr die Ehre zu geben, zum ersten Male, seit sie in Barton wohnten, mehr Besuch zu haben, als ihr Haus aufnehmen konnte. Edward wurde das Vorrecht des Erstangekommenen eingeräumt, und Oberst Brandon wanderte daher jeden Abend in sein altes Quartier nach Barton Park, von wo er gewöhnlich morgens zurückkehrte, früh genug, um das erste Tête-à-Tête des Liebespaares vor dem Frühstück zu stören.

Der dreiwöchige Aufenthalt in Delaford, wo er zumindest in den Abendstunden nicht mehr zu tun hatte, als das Mißverhältnis zwischen sechsunddreißig und siebzehn auszurechnen, brachte Oberst Brandon in einer seelischen Verfassung nach Barton, die der ganzen heilsamen Wirkung von Mariannes Blicken, der ganzen Freundlichkeit ihres Willkommens und der ganzen Ermutigung durch die Worte ihrer Mutter bedurfte, um sich zu bessern. Doch unter solchen Freunden und bei solcher Schmeichelei mußte er wieder aufleben. Von Lucys Heirat hatte er noch nicht einmal gerüchtweise erfahren. Er wußte nichts von dem, was geschehen war, und die ersten Stunden seines Besuchs vergingen demzufolge mit Zuhören und Staunen. Mrs. Dashwood erklärte ihm alles, und er hatte neuen Grund, sich über das zu freuen, was er für Mr. Ferrars getan hatte, da es zu guter Letzt Elinors Belange förderte.

Es braucht wohl nicht gesagt zu werden, daß die Herren in dem Maße, wie sie sich näher kennenlernten, gegenseitig in ihrer Meinung stiegen, denn es konnte ja gar nicht anders sein. Die Ähnlichkeit ihrer Grundsätze und ihrer Auffassungen, ihrer Charakteranlagen und ihrer Denkweise hätte wahrscheinlich ausgereicht, um sie in Freundschaft zu verbinden, ohne daß noch eine andere Anziehungskraft vonnöten gewesen wäre, aber da sie in zwei Schwestern verliebt waren, und überdies in zwei Schwestern, die einander gern hatten, entstand diese gegenseitige Zuneigung unweigerlich sofort, während sie andernfalls erst durch den Einfluß von Zeit und Überlegung aufgekeimt wäre.

Die Briefe aus London, die noch vor ein paar Tagen jede Faser in Elinor vor Entzücken hätten beben lassen, trafen nun ein, um mit keiner stärkeren Empfindung gelesen zu werden als freundlichem Interesse. Mrs. Jennings schrieb von dem erstaunlichen Ereignis, entrüstete sich ehrlich über das unbeständige Mädchen und bemitleidete den armen Mr. Edward, der, so war sie überzeugt, ganz vernarrt in das unwürdige Weibsbild sei und sich nun, wie man höre, mit einem fast gebrochenen Herzen in Oxford aufhielte.

„Ich bin sicher", fuhr sie fort, „daß noch nie etwas so heimlich vor sich gegangen ist, denn es ist erst zwei Tage her, daß Lucy mich besucht und ein paar Stunden bei mir verbracht hat. Kein Mensch ahnte etwas von der Sache, nicht einmal Nancy, die arme Seele! Sie kam am nächsten Tag weinend zu mir, in großer Furcht vor Mrs. Ferrars, und wußte nicht, wie sie nach Plymouth kommen sollte; denn es scheint, Lucy lieh sich ihr ganzes Geld, bevor sie aufbrach, um sich trauen zu lassen, zu dem alleinigen Zweck, wie wir annehmen, damit großzutun, und die arme Nancy hatte keinen roten Heller mehr. Ich gab ihr freudigen Herzens fünf Guineen, damit sie nach Exeter fahren konnte, wo sie drei bis vier Wochen bei Mrs. Burgess bleiben will, in der Hoffnung, wie ich sicher bin, den Doktor wiederzusehen. Und ich muß sagen, daß Lucy so gemein war, sie nicht in der Kutsche mitzunehmen, ist das Schlimmste von allem. Der arme Mr. Edward! Der Gedanke an ihn geht mir nicht aus dem Kopf, aber Sie müssen ihn nach Barton einladen, und Miss Marianne muß versuchen, ihn zu trösten."

Mr. Dashwood schlug eine ernstere Tonart an. Mrs. Ferrars sei die unglücklichste aller Frauen — die arme Fanny habe Entsetzliches gelitten — und es erfülle ihn mit dankbarer Verwunderung, daß beide einen solchen Schlag überlebt hätten. Roberts Vergehen sei unverzeihlich, Lucys jedoch noch viel schlimmer. Die Namen der beiden dürften nie wieder vor Mrs. Ferrars erwähnt werden, und selbst wenn sie ihrem Sohn später einmal vergäbe, würde seine Frau nie als ihre Schwiegertochter anerkannt werden, wie sie sich auch nie in ihrer Gegenwart würde zeigen dürfen. Daß sich zwischen ihnen alles so in Heimlichkeit entwickelt habe, sei fast das größte Verbrechen gewesen, denn wenn die andern Verdacht geschöpft hätten, wären geeignete Maßnahmen ergriffen worden, um die Hochzeit zu verhindern; und er appelliere an Elinor, sich seinem Bedauern anzuschließen, daß Lucys Verbindung mit Edward nicht zustande gekommen sei, denn dann hätte Lucy jetzt wenigstens nicht das Mittel sein können, noch mehr Unglück über die Familie zu bringen. — Er fuhr folgendermaßen fort:

„Mrs. Ferrars hat Edwards Namen noch nicht wieder erwähnt, was uns nicht überrascht. Aber zu unserem großen Erstaunen hat uns keine einzige Zeile über diese Sache von ihm selbst erreicht. Doch vielleicht läßt ihn die Furcht schweigen, er könnte jemanden kränken, und ich werde ihm daher einen Wink geben, indem ich ihm ein paar Zeilen nach Oxford sende, daß seine Schwester und ich denken, wenn er einen Brief schriebe, der angemessen unterwürfig ist, vielleicht an Fanny adressiert, die ihn ihrer Mutter zeigte, so würde ihm dieser sicher nicht übelgenommen werden, denn wir alle kennen Mrs. Ferrars' zärtliches Herz und wissen, daß sie nichts sehnlicher wünscht, als sich gut mit ihren Kindern zu stehen."

Dieser Abschnitt war von einiger Wichtigkeit für Edwards Aussichten und sein Verhalten. Er veranlaßte ihn, eine Versöhnung anzustreben, wenn auch nicht gerade in der Weise, die von Elinors Bruder und seiner Schwester vorgeschlagen worden war.

„Einen Brief, der angemessen unterwürfig ist!" wiederholte er. „Wollen sie, daß ich meine Mutter für Roberts Undankbarkeit gegen *sie* und die unehrenhafte Behandlung, die *ich* durch ihn erfahren habe, um Verzeihung bitte? Ich kann mich nicht unterwerfen. Ich bin durch das Vorgefallene weder demütig geworden, noch bereue ich es. — Ich bin sehr glücklich geworden, aber das würde sie nicht interessieren. — Ich wüßte nicht, wieso eine Unterwerfung für mich angemessen wäre."

„Aber du solltest um Verzeihung bitten", sagte Elinor, „weil du sie gekränkt hast. Und ich möchte meinen, du solltest *jetzt* ruhig ein gewisses Bedauern zu erkennen geben, daß du dieses Verlöbnis überhaupt jemals eingegangen bist, das dir den Zorn deiner Mutter zugezogen hat."

Er gab zu, daß er es tun sollte.

„Und wenn sie dir verziehen hat, so mag vielleicht ein bißchen Demut angebracht sein, während sie ein zweites Verlöbnis zur Kenntnis nimmt, das in *ihren* Augen fast ebenso unklug ist wie das erste."

Er hatte nichts dagegen vorzubringen, widersetzte sich jedoch noch immer dem Gedanken eines „angemessen unterwürfigen" Briefes; und deshalb wurde, um ihm die Sache zu erleichtern — denn er zeigte viel größere Bereitschaft, kleine Zugeständnisse mündlich zu machen als schriftlich —, beschlossen, daß er, statt an Fanny zu schreiben, nach London reisen und sie persönlich um ihre Verwendung zu seinen Gunsten bitten sollte.

„Und wenn ihnen wirklich etwas daran liegt", sagte Marianne mit ihrer neu gewonnenen Vorurteilslosigkeit, „eine Versöhnung zustande zu bringen, so werde ich selbst John und Fanny für nicht ganz ohne Verdienst halten."

Nach einem Besuch Oberst Brandons von nur drei oder vier Tagen verließen die beiden Herren zusammen Barton. Sie wollten unverzüglich nach Delaford reisen, damit Edward sein zukünftiges Heim kennenlernen und seinem Freund und Gönner bei der Entscheidung helfen konnte, welcher Verbesserungen es bedurfte; und von dort aus sollte er ein paar Tage später nach London weiterreisen.

Vierzehntes Kapitel

Nach angemessenem Widerstand von seiten Mrs. Ferrars, der gerade so heftig und so hartnäckig war, daß er sie vor jenem Vorwurf bewahrte, den sich zuzuziehen sie ständig befürchtete, dem Vorwurf nämlich, zu freundlich zu sein, geruhte sie Edward zu empfangen und erkannte ihn wieder als ihren Sohn an.

Ihre Familie war in der letzten Zeit starken zahlenmäßigen Schwankungen unterworfen gewesen. Viele Jahre ihres Lebens hindurch hatte sie zwei Söhne besessen, aber Edwards Verbrechen und seine Auslöschung vor ein paar Wochen hatten sie eines Sohnes beraubt; durch Roberts ganz ähnliche Auslöschung war sie zwei Wochen lang überhaupt ohne jeden Sohn gewesen, und nun hatte sie durch Edwards Auferstehung wieder einen.

Doch obwohl es ihm wieder erlaubt war zu leben, fühlte er sich des Fortbestands seiner Existenz nicht sicher, bis er sein gegenwärtiges Verlöbnis offenbart hatte; denn er fürchtete, daß die Bekanntgabe dieses Umstands einen plötzlichen Umschwung seiner Gesundheit mit sich bringen und ihn ebensoschnell dahinraffen würde wie zuvor. Er offenbarte es daher mit ängstlicher Vorsicht, und man hörte ihm mit unerwarteter Ruhe zu. Mrs. Ferrars bemühte sich zuerst, ihn mit allen ihr zur Verfügung stehenden Vernunftgründen von dem Vorsatz abzubringen, Elinor Dashwood zu heiraten; sie sagte ihm, daß er in Miss Morton eine höher stehende Frau mit einem größeren Vermögen bekäme, und bekräftigte diese Behauptung durch die Bemerkung, daß es sich bei Miss Morton um die Tochter eines Edelmanns mit dreißigtausend Pfund handele, während Elinor Dashwood nur die Tochter eines leidlich wohlhabenden Gentlemans mit nicht mehr als dreitausend sei. Aber als sie einsah, daß er zwar durchaus die Richtigkeit ihrer Darstellung zugab, aber auf keinen Fall geneigt war, sich von ihr leiten zu lassen, hielt sie es auf Grund ihrer Erfahrungen in der Vergangenheit für das klügste nachzugeben und erteilte daher nach einem ungnädigen Zögern, das sie ihrer Würde schuldig zu sein glaubte und das dazu dienen sollte, auch nicht den leisesten Verdacht der Gutmütigkeit aufkommen zu lassen, ihre Zustimmung zur Heirat Edwards und Elinors.

Als Nächstes galt es zu überlegen, was sie zur Vergrößerung des Einkommens der beiden beitragen sollte, und hier zeigte es sich deutlich, daß Edward jetzt zwar ihr einziger, aber keinesfalls ihr ältester Sohn war; denn während Robert unbedingt tausend Pfund im Jahr erhalten mußte, erhob sie nicht den geringsten Einwand dagegen, daß Edward wegen einer Summe von höchstens zweihundertfünfzig Pfund in den geistlichen Stand treten wollte; auch wurde weder für die Gegenwart noch für die Zukunft irgend etwas über die zehntausend Pfund hinaus versprochen, die sie Fanny mitgegeben hatte.

Doch das war so viel, wie sich Edward und Elinor gewünscht, und mehr, als sie erwartet hatten, und Mrs. Ferrars selbst schien, nach ihren leeren Entschuldigungen zu urteilen, die einzige zu sein, die überrascht war, daß sie nicht mehr gab.

Da ihnen nun also ein Einkommen, das ihren Ansprüchen völlig genügte, sicher war, brauchten sie, nachdem Edward die Pfründe erhalten hatte, nur noch darauf zu warten, daß das

Haus fertig würde, an dem Oberst Brandon, eifrig bedacht auf Elinors Bequemlichkeit, beträchtliche Veränderungen vornahm, und nachdem Elinor einige Zeit auf deren Beendigung gewartet hatte, nachdem sie, wie üblich, tausend Enttäuschungen und Verzögerungen durch die unerklärliche Saumseligkeit der Handwerker erlebt hatte, gab sie dann doch ihren ursprünglichen festen Entschluß, nicht eher zu heiraten, bis alles fertig sei, auf, und zeitig im Herbst fand in der Kirche zu Barton die Trauung statt.
Den ersten Monat nach ihrer Hochzeit verbrachten sie bei ihrem Freund im Gutshaus, von wo aus sie den Fortgang der Arbeiten am Pfarrhaus überwachen und auf der Stelle Anweisungen geben konnten, wie sie alles haben wollten; sie konnten Tapeten auswählen, Gartenanlagen planen und sich eine Auffahrt ausdenken. Mrs. Jennings' Prophezeiungen, obgleich ein wenig durcheinandergeraten, waren im großen ganzen wahr geworden; denn sie konnte zu Michaelis Edward und seine Frau im Pfarrhaus besuchen, und sie war überzeugt, in Elinor und ihrem Gatten eins der glücklichsten Ehepaare von der Welt vor sich zu sehen. Ihnen blieb in der Tat nichts weiter zu wünschen als Oberst Brandons Heirat mit Marianne und besseres Weideland für ihre Kühe.
Nachdem sie sich im Pfarrhaus eingerichtet hatten, wurden sie von fast allen ihren Verwandten und Freunden besucht, Mrs. Ferrars kam, um ihr Glück zu begutachten, das gebilligt zu haben sie sich beinahe schämte, und selbst die Dashwoods hatten nicht die Kosten einer Reise von Sussex herüber gescheut, um ihnen die Ehre ihres Besuchs zu erweisen.
„Ich will nicht sagen, daß ich enttäuscht bin, meine liebe Schwester", sagte John, als sie eines Morgens vor den Toren des Gutshauses von Delaford spazierengingen, „das wäre zuviel gesagt; denn wie die Dinge liegen, bist du gewiß eine der glücklichsten jungen Frauen von der Welt. Aber ich muß gestehen, es würde mir große Freude bereiten, wenn ich Oberst Brandon Schwager nennen könnte. Sein Besitz hier, sein Grundstück, sein Haus, alles in einem so respektablen, einem so ausgezeichneten Zustand! Und seine Wälder — ich habe noch nirgends in Dorsetshire solchen Hochwald gesehen wie hier in Delaford! Und wenn Marianne auch nicht gerade die Frau zu sein scheint, die ihn anziehen könnte, so denke ich doch, es wäre durchaus ratsam, wenn du sie jetzt häufig bei

dir hättest. Da Oberst Brandon viel Zeit zu Hause zu verbringen scheint, läßt sich nie sagen, was geschehen kann. Wenn die Leute oft zusammen sind und wenig von anderen sehen — auch wird es dir immer möglich sein, ihre Vorzüge herauszustellen und so weiter. — Kurz gesagt, du könntest ihr schon eine Chance geben — du verstehst mich."

Aber obwohl auch Mrs. Ferrars sie besuchte und sie stets mit dem Anschein geziemender Zuneigung behandelte, wurden sie nie durch ihre wahre Gunst und Bevorzugung beleidigt. Die waren der Torheit Roberts und der Schlauheit seiner Frau vorbehalten; und sie kamen in ihren Genuß, noch ehe viele Monate vergangen waren. Der selbstsüchtige Scharfsinn der letzteren, der Robert überhaupt erst in seine Notlage gebracht hatte, war auch das Hauptmittel, ihn daraus zu befreien; denn Lucys ehrerbietige Demut, ihre beharrlichen Aufmerksamkeiten und endlosen Schmeicheleien, sobald sich auch nur die geringste Gelegenheit zu deren Anbringung bot, versöhnten Mrs. Ferrars mit seiner Wahl und gewannen ihm ihre Gunst zurück.

Lucys ganzes Benehmen in dieser Angelegenheit und der Erfolg, von dem es gekrönt wurde, können daher als ein sehr ermutigendes Beispiel dafür angeführt werden, daß eine ernsthaft betriebene, beharrliche Verfolgung eigener Interessen, sosehr der Fortschritt dabei scheinbar auch gehindert werden mag, sich jeden Glücksvorteil sichern kann, ohne daß etwas anderes geopfert werden müßte als Zeit und Gewissen. Als Robert zuerst ihre Bekanntschaft suchte und heimlich zu ihr nach Barlett's Buildings kam, geschah dies einzig zu dem Zweck, der ihm durch seinen Bruder unterstellt wurde. Er hatte lediglich vor, sie zu bewegen, das Verlöbnis zu lösen, und da nur die Zuneigung der beiden zu überwinden war, erwartete er naturgemäß, daß ein oder zwei Gespräche die Sache bereinigen würden. Doch in diesem Punkt, und nur in diesem, irrte er sich; denn obwohl ihm Lucy bald Hoffnung machte, daß seine Beredsamkeit sie mit der *Zeit* überzeugen würde, so machte sich stets ein weiterer Besuch, ein weiteres Gespräch notwendig, um diese Überzeugung herbeizuführen. Wenn sie sich trennten, dann hegte Lucy immer noch einige Zweifel, die nur durch ein neues halbstündiges Gespräch mit ihm beseitigt werden konnten. Sein Besuch wurde hierdurch gesichert, und das übrige ergab sich von selbst. Statt über Edward zu sprechen, kamen sie allmählich dahin, nur über Robert zu sprechen — ein Thema, über das er stets mehr als über jedes andere zu sagen hatte und für das sie bald ein Interesse verriet, das sogar dem seinen gleichkam; kurz, es wurde ihnen beiden bald klar, daß er seinen Bruder völlig verdrängt hatte. Er war stolz auf seine Eroberung, stolz, daß er Edward getäuscht hatte, und sehr stolz, daß er heimlich, ohne Zustimmung seiner Mutter, geheiratet hatte. Was danach folgte, ist bekannt. Sie verbrachten ein paar sehr glückliche Monate in Dawlish; denn sie hatte viele Verwandte und alte Bekannte, die sie schneiden konnte — und er entwarf verschiedene Pläne für großartige Landhäuser. Von dort kehrten sie nach London zurück und erwirkten auf Lucys Anregung hin Mrs. Ferrars' Verzeihung, indem sie sie ganz einfach darum baten. Die Verzeihung erstreckte sich allerdings, was verständlich war, zuerst nur auf Robert, und Lucy, die seiner Mutter gegenüber keine Pflichten zu erfüllen hatte und daher auch keine versäumt haben konnte, blieb noch ein paar Wochen länger in Ungnade. Aber Beharrlichkeit, was unterwürfiges Verhalten und demütige Botschaften betraf, ständige Selbstverdammung für Roberts Vergehen und Dankbarkeit für die Unfreundlichkeit, mit der sie behandelt wurde, verschafften ihr mit der Zeit die herablassende Beachtung, die sie durch ihre Güte überwältigte, und führten bald danach rasch zu größter Zuneigung und stärkstem Einfluß. Lucy wurde Mrs. Ferrars so unentbehrlich, wie das weder Robert noch Fanny je gewesen waren, und während sie Edward niemals von Herzen verzieh, daß er Lucy einmal zu heiraten beabsichtigt hatte, und Elinor, obgleich sie höher stand, was Vermögen und Rang betraf, als Eindringling bezeichnete, wurde *sie* in jeder Hinsicht als ihr Lieblingskind behandelt und auch stets offen so genannt. Sie ließen sich in der Stadt nieder, erhielten eine sehr großzügige Unterstützung von Mrs. Ferrars und standen mit den Dashwoods in dem besten Einvernehmen, das man sich denken kann; und wenn man die kleinen Eifersüchteleien und Feindseligkeiten, die dauernd zwischen Fanny und Lucy herrschten und an denen sich natürlich auch ihre Gatten beteiligten, wie auch die häufigen häuslichen Unstimmigkeiten zwischen Robert und Lucy selbst nicht mitrechnet, konnte nichts die Harmonie übertreffen, in der sie alle zusammen lebten.

Was Edward getan haben sollte, womit er sich das Recht des

ältesten Sohnes verwirkte, mag manchen vielleicht rätselhaft erschienen sein, und was Robert getan haben mochte, wofür es ihm zufiel, mag ihnen noch mehr Rätsel aufgegeben haben. Aber es war eine Regelung, die in ihren Auswirkungen, wenn auch nicht in ihrer Ursache, gerechtfertigt war; denn nichts in Roberts Lebensweise oder in seiner Unterhaltung deutete je darauf hin, daß er die Höhe seines Einkommens bedauerte, weil es entweder seinem Bruder zuwenig ließe oder ihm zuviel brächte; und wenn man Edward nach der bereitwilligen, sorgfältigen Erfüllung seiner Pflichten, nach der zunehmenden Bindung an seine Frau und sein Heim und nach der beständigen Heiterkeit seines Wesens beurteilen kann, so darf man annehmen, daß er nicht weniger zufrieden mit seinem Los war und sich keine Änderung wünschte.

Elinors Heirat trennte sie so wenig von ihrer Familie, wie sich dies einrichten ließ, ohne daß das Landhaus in Barton völlig überflüssig wurde, denn ihre Mutter und ihre Schwestern verbrachten weit mehr als die Hälfte ihrer Zeit bei ihr. Mrs. Dashwood handelte sowohl aus Zweckgründen wie auch aus Neigung, was die Häufigkeit ihrer Besuche in Delaford anbelangte, denn ihr Wunsch, Marianne und Oberst Brandon zusammenzubringen, war kaum weniger ernst, wenngleich wesentlich großzügiger, als der, den John zum Ausdruck gebracht hatte. Es war nun ihr Lieblingsplan. So kostbar, wie ihr die Gesellschaft ihrer Tochter auch war, begehrte sie doch nichts so sehr, als den dauernden Genuß daran ihrem geschätzten Freund zukommen zu lassen; und Marianne als Herrin im Gutshaus zu sehen war auch der Wunsch Edwards und Elinors. Sie alle waren sich Oberst Brandons Kummers wie auch ihrer eigenen Verpflichtungen bewußt, und Marianne sollte mit allgemeiner Zustimmung die Belohnung für alles sein.

Angesichts einer solchen Verschwörung gegen sie, einer so gründlichen Kenntnis seiner Güte und der Überzeugung, daß er ihr so innig zugetan war, was ihr schließlich, nachdem es alle anderen schon längst bemerkt hatten, klar wurde — was blieb ihr da noch übrig?

Marianne Dashwood war ein außergewöhnliches Schicksal bestimmt. Sie wurde geboren, um die Falschheit ihrer eigenen Anschauungen zu erkennen und durch ihr Verhalten ihren Lieblingsmaximen zuwiderzuhandeln. Sie wurde geboren, um eine Zuneigung zu überwinden, die im vorgerückten Alter von siebzehn Jahren entstanden war, und um mit keinem stärkeren Gefühl als großer Achtung und wahrer Freundschaft ihre Hand freiwillig einem anderen zu schenken! Und zwar einem Mann, der nicht weniger als sie selbst unter dem Ausgang einer früheren Zuneigung gelitten hatte, den sie noch vor zwei Jahren als zu alt zum Heiraten betrachtet hatte und der noch immer von gesundheitsfördernden Flanellwesten Gebrauch machte!

Aber so war es. Statt Opfer einer unwiderstehlichen Leidenschaft zu werden, was sie sich einst so sehr gewünscht hatte, statt auch nur für immer bei ihrer Mutter zu bleiben und ihre einzige Freude in Zurückgezogenheit und Studium zu finden, wie sie das später beschlossen hatte, als sie ruhiger und besonnener geworden war, mußte sie feststellen, daß sie mit neunzehn Jahren einer neuen Neigung nachgab, neue Pflichten übernahm, ein neues Heim hatte und Ehefrau, Herrin einer Familie und Patronin eines Dorfes war.

Oberst Brandon war nun so glücklich, wie er es nach Meinung aller, die ihn liebten, verdiente. Marianne entschädigte ihn für alles vergangene Leid; ihre Zuneigung und ihre Gesellschaft gaben seinem Geist die Lebhaftigkeit wieder und seinem Gemüt die Heiterkeit, und daß Marianne ihr eigenes Glück fand, indem sie zu dem seinen beitrug, davon war jeder Freund, der sie beobachtete, gleichermaßen überzeugt und entzückt. Marianne konnte niemals halbherzig lieben, und mit der Zeit hing ihr ganzes Herz so sehr an ihrem Gatten, wie es einst an Willoughby gehangen hatte.

Willoughby hörte von ihrer Vermählung nicht ohne Schmerz, und seine Strafe war bald danach vollständig, als ihm Mrs. Smith freiwillig verzieh und ihm, indem sie seine Heirat mit einer Frau von Charakter als Ursache für ihre Nachsicht bezeichnete, Grund zu der Annahme gab, daß er sowohl glücklich als auch reich geworden wäre, wenn er sich gegen Marianne anständiger benommen hätte. Daß seine Reue über sein verfehltes Verhalten, das auf diese Weise zu seiner eigenen Bestrafung führte, aufrichtig war, braucht nicht bezweifelt zu werden, auch nicht, daß er lange mit Neid an Oberst Brandon und mit Bedauern an Marianne dachte. Aber man darf nicht erwarten, daß er für alle Zeit untröstlich gewesen wäre, die Gesellschaft geflohen hätte, für immer in Schwermut verfallen oder gar an gebrochenem Herzen gestorben wäre — denn er tat nichts dergleichen. Er lebte weiter und amüsierte sich auch gern. Seine Frau war nicht immer schlechter Laune, auch war sein Heim nicht immer ungemütlich, und in seiner Hunde- und Pferdezucht und in Sport aller Art fand er kein geringes Maß häuslichen Glücks.

Für Marianne aber bewahrte er — trotz seiner Unhöflichkeit, ihren Verlust zu überleben — stets jene entschiedene Hochachtung, die ihn an allem lebhaft Anteil nehmen ließ, was ihr zustieß, und sie zu seinem heimlichen Ideal weiblicher Vollkommenheit machte; und manch eine zukünftige Schönheit wurde von ihm geringgeschätzt, da sie keinem Vergleich mit Mrs. Brandon standhielte.

Mrs. Dashwood war klug genug, weiterhin im Landhaus wohnen zu bleiben, ohne einen Umzug nach Delaford zu versuchen; und sehr zum Vorteil für Sir John und Mrs. Jennings hatte Margaret, als Marianne ihnen genommen wurde, gerade ein Alter erreicht, in dem es einem Mädchen wohl anstand zu tanzen und in dem es auch schon für den Verdacht in Frage kam, einen Liebhaber zu haben.

Zwischen Barton und Delaford gab es jenen ständigen Verkehr, den starke familiäre Bande naturgemäß mit sich bringen, und man darf es nicht als den geringsten Teil von Elinors und Mariannes Verdienst und Glück betrachten, daß sie ohne Mißhelligkeiten miteinander auskamen und daß sich keine Entfremdung zwischen ihren Gatten einschlich, obwohl sie Schwestern waren und nicht weit voneinander entfernt lebten.

fi 206/1